华南师范大学中国语言文学学科建设经费资助

中 国 诗 学

第三十六辑

主　编　　巩本栋　蒋　寅
编　委　　王小盾　王兆鹏　左东岭　刘　石
　　　　　刘玉才　刘跃进　孙克强　邬国平
　　　　　张伯伟　吴光兴　张宏生　周裕锴
　　　　　徐　俊　彭玉平　傅　刚　戴伟华

人民文学出版社

图书在版编目(CIP)数据

中国诗学.第三十六辑/巩本栋,蒋寅主编. -- 北京:人民文学出版社,2023
ISBN 978-7-02-018489-7

Ⅰ.①中… Ⅱ.①巩… ②蒋… Ⅲ.①诗歌理论-中国 Ⅳ.①I207.2

中国国家版本馆CIP数据核字(2023)第250636号

责任编辑　葛云波
装帧设计　黄云香
责任印制　任　祎

出版发行　人民文学出版社
社　　址　北京市朝内大街166号
邮政编码　100705

印　　刷　三河市鑫金马印装有限公司
经　　销　全国新华书店等

字　　数　420千字
开　　本　787毫米×1092毫米　1/16
印　　张　20.25　插页2
版　　次　2023年12月北京第1版
印　　次　2023年12月第1次印刷

书　　号　978-7-02-018489-7
定　　价　66.00元

如有印装质量问题,请与本社图书销售中心调换。电话:010-65233595

目　次

【诗歌理论】

中国文学批评课:《文心雕龙·知音》……………………………………张伯伟（1）

【诗学文献学】

明《六朝诗集》新编个人文集的构成与文献来源
　　——以《沈约集》和《梁武帝集》为例 ……………………………敖雪岗（14）
许奉恩诗文考 ………………………………………………………………郝　敬（22）
上海图书馆藏《全黔诗萃》稿本考述 ……………………………………刘思文（30）
近代词话作者考 ……………………………………………………………李建江（40）
程颂万《画兰箧歌赠梅郎畹华》本事发微 ……………………王京州　高明杨（47）

【诗歌史】

《诗经》与商周时期朝觐礼的生成及演化 ……………………谷文虎　邵炳军（52）
文体学视域下的汉代谶谣及其文学史意义 ………………………………王　轶（62）
重论庾信"融合南北文风" …………………………………………………张浅吟（76）
初唐岭南贬谪行旅诗的文学史意义 ………………………………………田　峰（85）
唐代"赏赐诗"初探 …………………………………………………………吴　娱（96）
偈、诗互鉴互渗:历史进程与文体的跨界融合（上） ……………………李小荣（109）
唐宋时期"塞北江南"地域印象的形成与空间转移 ……………………刘睿良（130）
被否定的赞歌:石介的是非书写与《庆历圣德颂》再解读 ……………王雨非（137）
叙事幻境的构建与欧诗情韵的生成 ………………………………………董　双（146）
姜夔《卜算子·吏部梅花八咏夔次韵》系年新证 ………………………谢安松（154）
论吕祖谦《宋文鉴》对北宋诗歌史的建构 ……………………杨许波　华若男（162）
石癖:宋代文人的赏石书写 ………………………………………………刘万磊（170）
"《青溪遗事》画册"词体唱和与顺康之际广陵词坛 ……………………王　毅（186）
道咸宋诗派的诗学性情观及其双重期待 …………………………………朱春雨（197）

《海绡词》的隐微心曲与时代弱音……………………………………黑　白（206）
论岭南"雄直"诗风的话语构建……………………………………郭子凡（216）

【诗学史】

中国古典"声情论"之"声"的三维解读……………………………吴　琼（225）
文章范围、文体侧重与文论演进
　　——以《典论·论文》及《文赋》为中心…………………陈　特（232）
论中国文学批评中的"诡"范畴………………………………………程　维（241）
陈訏《宋十五家诗选》编撰旨趣探论………………郑　斐　谢海林（251）
王国维语境中的"人间"新考…………………………………………伍世昭（263）
论龙榆生词学批评的现代特色………………………………………袁晓聪（268）
徐复观诗论之"回归"与"当代化"……………………………………王祖琪（276）
《杨万里选集》与诗史互证方法……………………郝润华　高云飞（283）
1949年后"豪放"、"婉约"话语体系流变……………………………刘泽华（295）

【文献辑考】

《全清词》顺康、雍乾、嘉道卷女性词补目………………………徐　梦（308）

《中国诗学》撰稿格式………………………………………………………（317）

Contents

Studies in Poetic Theory

Chinese Literary Criticism Course: *Wen Xin Diao Long* · *Zhi Yin* .... Zhang Bowei (1)

Studies in Poetic Docments

the Composition and Literature Source of the New Compilation of the
    Ming Dynasty's *Six Dynasties Poetry Collection* .... Ao Xuegang (14)
The Textual Research of Xu Fengen's Poems and Proses .... Hao Jing (22)
A Review of the Manuscript Version of *Quan Qian Shi Cui* by Xu Mu
    in Shanghai Library .... Liu Siwen (30)
The Investigation on the Authors of Modern Cihua .... Li-Jianjiang (40)
The Investigation of Original Story about Cheng Songwan's Poem Written
    On *Hua Lan Fan To Mei Lanfang* .... Wang Jingzhou and Gao Mingyang (47)

Studies in Poetic History

Shi Jing and the Generation and Evolution of Hajj Rites
    in the Shang and Zhou Dynasties .... Gu Wenhu and Shao Bingjun (52)
A Study on the Augury Ballad in Han Dynasty from the Perspective
    of Stylistics and its Significance in Literary History .... Wang Yi (62)
Rediscussing on Yu Xin "Integrating North and South Dynasty's
    Literary Styles" .... Zhang Qianyin (76)
Study on the Literary Significance of Banishment Journey Poetry in South
    of the Five Ridges during the Early Tang Dynasty .... Tian Feng (85)
A Preliminary Study of "Reward Poetry" in the Tang Dynasty .... Wu Yu (96)
The Historical Process of Mutual Learning and Interpenetration of Gāthā
    and Poetry and the Cross-border Integration of its Literary Styles(I)
    .... Li Xiaorong (109)
The Formation and Spatial Transfer of Regional Image of "Jiangnan
    of Saibei" in Tang and Song Dynasties .... Liu Ruiliang (130)
A Hymn of Negation: True or False of Shi Jie's Writing
    and Reinterpretation of *Qingli Shengde Song* .... Wang Yufei (137)
Narrative Illusions and the Generation of Emotional Rhyme

in Ouyang Xiu's Poetry ·· Dong Shuang (146)
Textual Research on the Creation Year of Jiang Kui's *Busuanzi* 卜算子
　Libu Meihua Bayong 吏部梅花八咏·· Xie Ansong (154)
On the Construction of the Poetry History in the Northern Song Dynasty
　by LüZuqian's Song Wenjian ················· Yang Xubo and Hua Ruonan (162)
The Literati' Obsession with Stones and Literature Writing
　in Song Dynasty ··· Liu Wanlei (170)
The Analysis about Ci in the *Qingxi Legacy Album* with the Guangling
　Poetry Circle during the Shunzhi and Kangxi Era in Qing Dynasty ········ Wang Yi (186)
The Poetic Temperament and Its Double Expectation of Daoxian
　Song Poetry School ·· Zhu Chunyu (197)
The Esoteric Writing of Chen Xun's Ci-poetry and the Weak Voice
　of History ·· Hei Bai (206)
On the Discourse Construction of South of the Five Ridges's "Xiongzhi"
　Poetry Style ·· Guo Zifan (216)

Studies in History of Poetics

Three-dimensional Interpretation of the "Sound" in Chinese Classical
　Critique of "Sound and Emotion" ································· Wu Qiong (225)
The Range and Emphasis of WEN and the Evolution of Literary Criticism
　in Early Medieval China ·· Chen Te (232)
On the Category of "Gui" in Chinese Literary Criticism ················· Cheng Wei (241)
On the Compilation Purposes of *Selected Poems of Fifteen Poets
　in Song Dynasty* 宋十五家诗选 by Chen Xu ········· Zheng Fei and Xie Hailin (251)
A New Examination of "Human World" in the Context of Wang Guowei
　·· Wu Shizhao (263)
On the Modern Characteristics of Long-Yusheng's Criticism
　of Ci-Poetry ·· Yuan Xiaocong (268)
On the Regression and Modernization in Xu Fuguan's Poetic Theory ········ Wang Zuqi (276)
The Selected Works of Yang Wanli and the Method of Mutual Proof
　of the History of Poetry ················· Hao Runhua and Gao Yunfei (283)
The Evolution of the Discourse System of "Haofang" and "Wanyue"
　after 1949 ·· Liu Zehua (295)

Literature Compilation and Examination

Addendum of the Female Ci-Poetry of Shunkang 顺康, Yongqian 雍乾
　and Jiadao 嘉道 Volume of Quan Qing Ci ································· Xu Meng (308)

4

中国文学批评课:《文心雕龙·知音》

张伯伟

在我大学三年级或四年级时候,周勋初师给我们开设了"《文心雕龙》研究"选修课,学期末的考试题目是:你认为《文心雕龙》哪一篇最重要?这是个好题目,因为它的答案可以是任何一篇,只要讲出自己的道理,所以能够逼迫学生作出自己的独立思考。我记得我的答案是《知音》,并提交了一篇作业。如果在今天这个课堂上,用同样的问题来问我,我给出的也还是同样的答案,只是今天的作业肯定与四十多年前的面貌大不相同了。

"知音"本是音乐上的术语,见于《礼记·乐记》。《吕氏春秋·本味》篇和《列子·汤问》篇也都记载了伯牙和钟子期的故事,"伯牙善鼓琴,钟子期善听"。所谓"善听",即所谓"知音",其标准是得其"志"。当年孔子跟从师襄子学鼓琴,其进程就是由"习其曲"到"习其数"到"习其志"到"习其为人"(《史记·孔子世家》),其中的关键就是"习其志",因为"习其为人"也是为了更好地"习其志",就是追求其志之所在。伯牙鼓琴,若"志在泰山",钟子期就说:"善哉乎鼓琴,巍巍乎若泰山。"若"志在流水",则曰"善哉乎鼓琴,汤汤乎若流水"(《吕氏春秋》)。所以钟子期死了以后,"伯牙绝弦,以无知音者"(《列子》)。"知音"者就是能够懂得并欣赏其心志的人。曹丕《与吴质书》中也说到:"昔伯牙绝弦于钟期……痛知音之难遇。"中国的文学批评,从孟子开始,就强调"以意逆志",读作品,重要的不在字词句章,而在于透过字词句章得到诗人之志,与音乐上的"知音"就是"习其志"非常类似,所以刘勰就用音乐上的"知音"来比喻文学批评。

在魏、晋以下,用音乐来比喻文学批评的现象非常普遍,这是为什么呢?《说苑·善说》篇有一则记载,有人对梁王说,惠子很善于用譬喻来说事,如果不让他使用譬喻,他就无能为力了。第二天梁王见到惠子,就对他说:"愿先生言事则直言耳,无譬也。"惠子回答说:"夫说者,固以其所知谕其所不知,而使人知之。今王曰'无譬',则不可矣。"要让人明白一个新的道理,就是用知道的比喻不知道的。中国早期的文学艺术,是诗乐舞结合在一起的,《墨子·公孟》篇中说:"诵诗三百,弦诗三百,歌诗三百,舞诗三百。"就是一例。而就文学批评来说,甚至也可以讲是起源于音乐批评的,是用音乐来说诗的。袁枚《随园诗话》卷三里说过这样一段话:

> 千古善言诗者,莫如虞舜教夔典乐。曰"诗言志",言诗之必本乎性情也;曰"歌永言",言歌之不离乎本旨也;曰"声依永",言声韵之贵悠长也;曰"律和声",言音之贵均

本文收稿日期:2023年11月20日

调也。知是四者,于诗之道尽之矣。

朱自清也曾经把"诗言志"说成是中国历代诗论的"开山的纲领"(《诗言志辨序》),而这恰恰是出自音乐理论的。典型的文学批评起于汉末魏初,所谓"《典论》其首也"(《四库全书总目》语)。在此之前的音乐理论已经相当发达,所以曹丕论文,就很自然地"以其所知谕其所不知",用音乐来比喻:

> 文以气为主,气之清浊有体,不可力强而致。譬诸音乐,曲度虽均,节奏同检,至于引气不齐,巧拙有素,虽在父兄,不能以移子弟。

曹丕在这里提出了著名的"文气说",这在文学批评上是一个新说,为了使人明白,就用了音乐为喻。一方面是当时人普遍具有较高的音乐素养,另一方面,"气"也是先秦乐论中司空见惯的话题。刘勰对此也印象深刻,《文心雕龙·总术》篇云:"魏文比篇章于音乐,盖有征矣。"整个魏晋南北朝时期,哪怕仅仅局限在刘勰之前,用音乐来比喻文学的现象非常普遍[1],《知音》篇的命名不是偶然的。而这类普遍现象的出现,也是因为音乐理论的发达早于文学批评。但是在文学批评发展起来以后,汉魏以下的音乐理论相对而言就大为逊色,除了阮籍的《乐论》和嵇康的《声无哀乐论》之外,几乎没有什么有价值的专论出现。

《知音》是对文学批评的批评,而且,它不是针对某一具体的批评作品而发,而是讨论了批评的原理,属于一种"元批评"(Meta—criticism)。刘勰以建安以来的众多文学批评论著作为研究对象,分析了文学批评的内在机制和外部干涉,建立起具有普遍意义的批评原理,这是非常可贵的。让我再一次引用蒂博代的话:"没有对批评的批评,就没有批评。""没有对批评的批评,批评便会自行消亡。"(《六说文学批评》)在公元六世纪的时候,中国文学批评已经有了如此高度的理论自觉,不能不说是某种奇迹。如果我们对比一下西方的文学批评,借用特里·伊格尔顿的观察,在十八世纪初的英国,比如斯蒂尔(Richard Steele,1672—1729)的文学评论,是"有感而发的、印象式的,缺乏理论结构或指导原理";艾迪生(Joseph Addison,1672—1719)"本质上是经验主义的、情感性的",他"关心的是文学作品的实用心理效应,而不太关注更多技术或理论性的问题"。所以就总体来说,"'批评'在此不是'文学的',而是'文化的':对文学文本的审查是一个相对边缘的时刻,它煞有介事广泛探讨的是对待仆人的态度、勇武规则、妇女现状、家庭感情、英语的纯洁性、恩爱的特点、感情心理和如厕之道"。一直要延伸到利维斯(E. R. Leavis,1895—1978),"此类批评才会在某一个点上突变为'文学'"(《批评的功能》)。也许只有在这样的强烈对比之下,我们才能深切感受到中国文学批评的"伟大",而不仅仅是"早熟"。

> 知音其难哉!音实难知,知实难逢,逢其知音,千载其一乎!

第一段文字是感叹千古知音难逢。"知音其难哉!"以一个先声夺人的感叹句开篇,也蕴含了对"知音"的渴望。紧接着将"知"、"音"分开,说明其何以难:既有客观上的"音"之"难知",也有主观上的"知"之"难逢",所以遇见知音,只能是"千载其一乎",再以感叹句作结。

知音虽然有"并世"和"异代"之别,但感叹的几乎都是在前者,也就是同时代"知音"的缺乏。杜甫感叹"文章千古事,得失寸心知"(《偶题》),曹雪芹感叹"满纸荒唐言,一把辛酸泪。都云作者痴,谁解其中味"(《红楼梦》第一回),都饱含了得到理解、期盼理解的渴望,和不被理解、难逢理解的失望。至于身后知音、异代同调,这倒是普遍存在的。王羲之《兰亭集序》中说:"每览昔人兴感之由,若合一契,未尝不临文嗟悼,不能喻之于怀……后之视今,亦犹今之视昔……后之览者,亦将有感于斯文。"这就引出了第二段议论,重点在"知实难逢"。

夫古来知音,多贱同而思古,所谓日进前而不御,遥闻声而相思也。昔《储说》始出,《子虚》初成,秦皇、汉武,恨不同时;既同时矣,则韩囚而马轻,岂不明鉴同时之贱哉!

至于班固、傅毅,文在伯仲,而固嗤毅云:"下笔不能自休"。及陈思论才,亦深排孔璋;敬礼请润色,叹以为美谈;季绪好诋诃,方之于田巴:意亦见矣。故魏文称"文人相轻",非虚谈也。

至如君卿唇舌,而谬欲论文,乃称史迁著书,谘东方朔,于是桓谭之徒,相顾嗤笑。彼实博徒,轻言负诮,况乎文士,可妄谈哉!

故鉴照洞明,而贵古贱今者,二主是也;才实鸿懿,而崇己抑人者,班、曹是也;学不逮文,而信伪迷真者,楼护是也。酱瓿之议,岂多叹哉!

这一段文字的含义可以分为四层,每一层次的结束几乎都是感叹句("岂不明鉴同时之贱哉","非虚谈也","可妄谈哉","岂多叹哉"),与上一段文字的感叹方式形成呼应。这种笔调总让我联想起《史记》列传的第一篇《伯夷列传》,全文近千字,传文仅二百一十五字,四分之三的文字皆出之以感叹。陈仁锡评曰:"颇似论,不似传,是太史公极得意之文,亦极变体之文。"(《陈评史记》卷一)吴见思说:"通篇以议论咏叹,回环跌宕,一片文情,及其纯密,而伯夷实事,只在中间一顿序过。"(《史记论文》)刘勰在《序志》中概括其四篇文学批评的特色,或"崇替"或"褒贬"或"耿介",都有一定的感情色彩,唯独用"怊怅"或"怡畅"形容《知音》,是感情色彩最为浓烈的词汇。读此篇,我们能够感受到刘勰在写作时的心潮起伏,其理性的判断是伴随着感性的激荡进行的。

知音难遇的第一个因素是"贱同思古",如果有幸相逢,也多是与古人遥为知音,而无法求之于当代。这就是古语所说的"日进前而不御,遥闻声而相思","御"是用的意思,语见《鬼谷子·内揵篇》。接下去就以秦皇、汉武为例,《储说》共有六篇(内上下,外左上下,外右上下),是《韩非子》中的重要篇章,以此代指韩非作品。其书传至秦国,秦王读了之后大为赞叹:"嗟乎!寡人得见此人与之游,死不恨矣。"(《论衡·佚文篇》中记为"独不得与此人同时")但是当他见到韩非之后,却禁不住李斯等人的几句谗言,就把他打入牢房,最后落个自杀身亡的结局。《子虚赋》是司马相如的代表作,汉武帝读到后也同样感叹道:"朕独不得与此人同时哉?"他的狗监杨得意说,司马相如是自己的老乡,汉武帝于是召见相如,相如说,前赋只是"诸侯之事,未足观,请为天子游猎之赋",但汉武帝也没有重用他,只是给他个郎官,也就是侍从之臣。这不正表明了"同时之贱"吗?这段文字从立意到表述,都本于《抱朴子·广譬篇》:"贵远而贱近者,常人之用情也;信耳而疑目者,古今之所患也。是以秦王叹息于韩非之书,而想其为人;汉武慷慨于相如之文,而恨不同世。及既得之,终不能拔,或纳谗而诛之,或放之乎冗散。"《抱朴子》中还引用了世间俗士的话:"今山不及古山之高,今海不及古海之广,今日不及古日之热,今月不及古月之朗。"所以"重所闻,轻所见,非一世之患也"。刘咸

3

炘曾经指出："章实斋《知难》非自抒不平,乃好学深思必知其意之注脚也。其立论本于彦和《知音篇》,而彦和又本《抱朴子·广譬篇》。"(《余力录·文史通义解》)读者试将此三篇合观,可以看清其联系和区别。

人们为何会"轻所见"呢?这就是知音难遇的第二个因素——"崇己抑人",同时之人,互不相下。这里又举曹氏兄弟的论述为例。曹丕《典论·论文》开篇就批评了"文人相轻,自古而然"之弊,班固、傅毅为同时之人,文才不相上下,"伯仲之间耳",但前者轻视后者,讥讽为"下笔不能自休"。元代李治《敬斋古今黈》卷十云:"说者以武仲下笔不休为文章之美,则既非孟坚之意,而又与魏文之旨忤矣。大抵谓毅'下笔不能自休'者,正斥其文字汗漫而无所统云耳。"曹植的相关言论涉及三人:陈琳(孔璋)、丁廙(敬礼)、刘修(季绪),语见《与杨德祖书》。曹植贬低陈琳的辞赋,譬为"画虎不成反为狗";丁廙请他润色文章,他赞为"美谈";刘修喜欢批评他人,故贬同喜欢诡辩的齐人田巴。总体上都是"文人相轻"的表现,轻视他人与自高自大正是一体之两面。这样的情形在历史上不胜枚举,赵翼《陔余丛考》卷四十专列"文人相轻"条,可以参看。

因为习惯对他人的贬低,所以若是出现不利于某位作者的传言,通常的状况多为以讹传讹,很难作理性的辨析,这就是知音难遇的第三个因素"信伪迷真"。刘勰举的例子是楼护和桓谭。这一段文字,从来《文心雕龙》的注家和研究者,不是含混其词就是误解其义。桓谭《新论》现存的是残本,后人辑佚而成。有两处谈到司马迁著书与东方朔的关系,这两段文字,一见于《史记·孝武本纪》司马贞《史记索隐》:"《史记》多称《太史公》,迁外孙杨恽称之也……而桓谭《新论》以为太史公造书,书成示东方朔,朔为平定,因署其下。'太史公'者,皆朔所加之也。"又见于《史记·太史公自序》的《索隐》:"桓谭云:'迁所著书成,以示东方朔,朔皆署曰太史公。'则谓'太史公'是朔称也。亦恐其说未尽。盖迁自尊其父著述,称之曰'公'。或云迁外孙杨恽所称,事或当尔也。"司马贞《索隐》两次引用文义类似的文字,且谓出自桓谭《新论》,当有根据。但他并不认同桓谭的这一说法,倾向于认同"太史公"之名出自杨恽,而不认同出自东方朔。

根据刘勰的说法,这一说法的始作俑者不是桓谭,而是楼护(君卿)。"君卿唇舌"出自《汉书·楼护传》记载的当时长安有"楼君卿唇舌"之号,刘勰借用来形容楼护喜作耸人听闻之谈,论文多谬,说"史迁著书,谘东方朔"。到此为止,尚未出现太大的意见分歧。但接下去的"于是桓谭之徒,相顾嗤笑",问题就来了,"嗤笑"的对象是何人?凡是有明确意见的,一概认为这是指桓谭之徒嗤笑楼护。如范文澜说:"据彦和此文,则是桓谭笑楼护之说,《索隐》误记。"(《文心雕龙注》)认为《新论》中的记载是出于对楼护的嘲笑,而不是对其说的认可,将这个意见归在桓谭名下,是司马贞的疏忽大意导致的错误。范氏门人温绎之解释说:"楼护荒谬地谈论文章,说司马迁著书是请教东方朔,引起桓谭等人的讥笑。"(《文心雕龙选讲》)《史记》的研究者也持此类看法,如吴忠匡《史记太史公自序注说会纂》云:"《索隐》引桓谭说云……此说实出君卿……本游根无稽之谈,桓谭辈初不信而嗤笑之。《索隐》乃误听而误记之,遂相沿以误至今日。"这还影响到一般的文论选著作,如李壮鹰主编《中华古文论释林·魏晋南北朝卷》亦选《知音》,对此的解说是:"可能是桓谭引用了楼护的话,旨在加以讥讽。"今存《新论》为辑佚之残本,不见"嗤笑"楼护的记载,就以为是司马贞《索隐》误记,是全无根

4

据的臆测之词。李详则以此事无考,但相信《索隐》引《新论》云云,只是又怀疑说:"不识谭此言上下仍有诋君卿之说否?"(《文心雕龙补注》)不管怎样,诸家都认为刘勰说"桓谭之徒,相顾嗤笑"的对象就是楼护。

吴林伯则说:"遍检有关桓谭文献,不见桓谭嗤笑楼护的记载。刘勰以桓谭为楼护,当亦用事不拘真实也。"(《文心雕龙义疏》)他把这个问题从司马贞转移到刘勰,认为是刘勰误将桓谭当成了楼护,更是无稽之谈。但他说刘勰论文"用事不拘真实",倒是讲对了。刘勰这里举出的楼、桓之例,不仅如众人关注的桓谭嗤笑楼护不见记载,而且就是楼护其人,也被刘勰大大地"污名化"了,历来《文心雕龙》的注释者都信从其说,不知这算不算是一种"信伪迷真"?刘勰笔下的楼护,是"学不逮文"却"谬欲论文"的"轻言"的"博徒",而我们看《汉书·楼护传》中的楼护,则是"学经传,为京兆吏数年,甚得名誉",又说他"论议常依名节,听之者皆竦",所谓"楼君卿唇舌",也是"言其见信用也"。曾被举"方正,为谏大夫",王莽时"封息乡侯,列于九卿",很有地位。正史记载的形象与刘勰的"漫画"真有天壤之别,我们不能死于句下,被刘勰误导。

刘勰是论文,不是写史传。论文以立意为主,举例只是为了阐明其理。所以,如果要明白《知音》的立意,只需要根据其自身的文脉,作出合理的解释,而不必计较是否都能够在史料中一一落实。据《知音》的立意和文脉,楼护本轻薄之人,伶牙俐齿,巧言令色,故其论文多谬。关于司马迁著《史记》向东方朔咨询的说法,也是不靠谱的。但桓谭之徒却信以为真,据此嗤笑司马迁。如果刘勰认为桓谭讥笑的对象是楼护,他们就站在同样的立场,他也就不会用"桓谭之徒"这种带有轻蔑的语气指代,而会用"君山师徒"。这样来理解的话,就与我们能够看到的文献资料——司马贞《索隐》引桓谭之说所表明的相一致。桓谭认同司马迁著《史记》咨询东方朔的说法,而根据刘勰的判断,这一说法本于楼护,是"信伪迷真"的表现,其立意与文脉也就顺理成章了。

最后四句的意思是,楼护这样的浅薄之徒,轻率发表议论都要受到讥讽(至少刘勰就对他很不客气),何况一个文士(可以是泛称,也可以是暗指桓谭),怎么能够以讹传讹呢?所以轻信世间谣传,是要不得的。

最后一层是总结上文三项知音难遇的因素,一是"贵古贱今",以秦皇、汉武为代表;二是"崇己抑人",以班固、曹植为代表;三是"信伪迷真",以楼护为代表("学不逮文"专指楼护,"信伪迷真"兼指桓谭,不出其名,乃是恕道,若作"楼、桓是也",则下笔过重。就整体上而言,刘勰对桓谭还是比较看重的,故不能以偏概全)。当年扬雄写出《太玄经》,时人不重视,刘歆担心后人会用其书来盖酱坛。如果知音难遇的话,再优秀的著作恐怕都难以逃脱这样的悲惨命运。以上是从开篇的"知实难逢"衍伸而来,接下去则阐述"音实难知"的原因。

> 夫麟凤与麏雉悬绝,珠玉与砾石超殊,白日垂其照,青眸写其形。然鲁臣以麟为麏,楚人以雉为凤,魏民以夜光为怪石,宋客以燕砾为宝珠。形器易征,谬乃若是;文情难鉴,谁曰易分?

> 夫篇章杂沓,质文交加,知多偏好,人莫圆该。慷慨者逆声而击节,酝藉者见密而高蹈,浮慧者观绮而跃心,爱奇者闻诡而惊听。会己则嗟讽,异我则沮弃,各执一偶之解,欲拟万端之变。所谓"东向而望,不见西墙"也。

这里从主客两方面展开讨论。从客观方面讲,是"文情难鉴,谁曰易分",所谓"文情",指的是文章的情状、特点,"易分"就是容易推测揣度。《杂文》云"苑囿文情",《隐秀》云"文情之变深矣",吴林伯将"文情"解释为"文与情",詹锳解释为"文辞与情思",皆并列结构,我认为当释为"文之情",指文章的种种情状。在此之前,《抱朴子·尚博篇》云"文章微妙,其体难识",讲的也是这个道理。从主观方面讲,则是"知多偏好,人莫圆该",所谓"知多偏好",就如同俗话说的"萝卜青菜各有所爱","圆该"是圆通该备之意,这里表示能够欣赏异量之美。此前曹植《与杨德祖书》云:"人各有好尚……岂可同哉!"《抱朴子·辞义篇》云:"近人之情,爱同憎异。贵乎合己,贱乎殊途。"发出的是类似的感叹。

外在的事物,有明显的区别,比如麒麟之于獐麇,凤凰之于野鸡,珍珠之于瓦砾,宝玉之于石头。即便如此,鲁臣、楚人、魏民、宋客都纷纷将二者搞混,何况文章的特点是很难鉴别的,谁能说这是一件容易理解的事?

"文情难鉴"表现在很多方面,篇章众多,体裁不一,文字表现,则有质朴有华丽。最主要的是性格,有慷慨(激昂者)、酝藉(含蓄者)、浮慧(轻浮者)、爱奇(好异者)之别,他们所好各异。这在陆机《文赋》中也已经指出:"故夫夸目者尚奢,惬心者贵当,言穷者无隘,论达者唯旷。"秉持"一隅之解",衡量"万端之变",结果必然是"东向而望,不见西墙",看了未必看见,所谓视而不见,用艺术史家贡布里希的说法:"一切注意都必须以不注意为背景。"(《通过艺术的视觉发现》,《图像与眼睛——图画再现心理学的再研究》)

> 凡操千曲而后晓声,观千剑而后识器。故圆照之象,务先博观。阅乔岳以形培塿,酌沧波以喻畎浍,无私于轻重,不偏于憎爱,然后能平理若衡,照辞如镜矣。
>
> 是以将阅文情,先标六观:一观位体,二观置辞,三观通变,四观奇正,五观事义,六观宫商。斯术既行,则优劣见矣。

《知音》篇的伟大,到这里才开始显现。此前所讲,基本上属于综罗众说,并加以条理,无非是"知音其难"。但如何克服其难,前人尚无系统论述。刘勰概括为两个方面,一是批评者的修养,二是批评的法则。

在刘勰看来,批评家修养的重心是"博观"。他改造了桓谭的话"音不通千曲以上,不足以为知音"和"能观千剑则晓剑",成为"操千曲而后晓声,观千剑而后识器",引出其结论"故圆照之象,务先博观"。前面对于"信伪迷真"之弊的批评,他回避了桓谭之名,毕竟"轻信"只是可怜、可悯而不至于可鄙、可恶(马克思最能原谅的缺点是轻信),所以不妨在这里又借用桓谭的言论。"圆"是中国文化中一个较高的境界,《周易·系辞》说"圆而神",与"方以智"相对。《淮南子·主术篇》说"智欲圆而行欲方",又云"智圆者,无不知也;行方者,有不为也"。佛教当然也强调"圆",但不能一见到"圆"字就必然联系佛教。此处的"圆"也只是普遍圆备之意,并不含有特殊的佛教义理。

想成为一名优秀的批评家,首先要阅读大量作品,拥有广博的文学知识和对于文学的见识。严羽认为不具备评诗能力的原因,主要在于"见诗之不广,参诗之不熟耳"(《沧浪诗话·诗辩》)。"见诗"就是读诗,"参诗"就是在读诗的过程中印证体贴,获得见识。见识的获得,不是离事言理,而是在具体的实际阅读中有所证悟。现在有些不学无识之辈,把文学研究看作是"软学问",甚至讥讽中文系"没学问",真算得上自彰其陋。文学研究,无论中外,都是需要大量的知识作为支撑的。韦勒克说:"我们并不是不再那样需要学问和知识,而是需要更多的学问、更明智的学问,这种学问集中研究作为一种艺术和作为我们文明的一种表现的文学的探讨中出现的主要问题。"(《近年来欧洲文学研究中对于实证主义的反抗》,《批评的概念》)刘勰强调的"博观",也同样说明文学研究需要"更多的学问、更明智的学问"。

但"博观"也要有选择,美食家不是"大胃王",不能像个"触鼻羊",我这里用了一个禅宗的典故。《临济录·示众》云:"今时学者总不识法,犹如触鼻羊,逢着物安在口里。"羊食物时,凡触鼻端即安在口中,故曰"触鼻羊",形容不辨真伪优劣者。该阅读的作品应该具备高大(如乔岳)、深广(如沧波)的品格,对比之下,渺小(如培塿)、浅仄(如畎浍)的作品就相形见绌了。善作文学赏析,养成学术公心,就能克服"文情难鉴"和"知多偏好"之弊。黄季刚先生说:"凡各门学问书籍,皆宜分为三类:一根柢书,二门径书,三资粮书。"(《训诂略论[二]》,《三思斋文丛》)。就传统学术而言,根柢书极为有限,即四部经典。门径书即目录学,《四库全书总目》、《书目答问》足矣。资粮书则甚广,我在《我的读书生活》一文中曾说:"读资粮书,就不仅需要有如庄子所谓'适千里者,三月聚粮'的锱铢积累,也需要有如禅家所谓'一口吸尽西江水'的豪迈气魄,重要的是如孟子所谓'先立乎其大者,则其小者不能夺也'。"刘勰"乔岳"、"沧波"之喻,大体上也是这个意思。

刘勰了不起的地方,是进一步提出了"六观"说。"六观"是六种方法,方法可以分解为方向性的(perspective)和法则性的(methodology),是"观"和"术"的结合,既是六个方面,也是六项法则。

"一观位体"。古人作文,最看重"得体"。包括某种体裁应该遵循的规范和崇尚的风格。从《典论·论文》就开始说"奏议宜雅,书论宜理,铭诔尚实,诗赋欲丽",这个雅、理、实、丽就是体裁规范,在这样的规范下,不同的作者还可以写出不同的风格。"位"是安排布置的意思,"位体"的核心意涵就是构思布局。《镕裁》篇中说"履端于始,则设情以位体",是作文的首要,也是批评的首要。如果不成体、不得体,其他方面再精心设计也无济于事。《封禅》篇说:"构位之始,宜明大体。"所以列为第一。后代继承、发挥这一思想的,最重要的文献是初唐佚名的《文笔式》,其中《论体》和《定位》两篇,阐述的就是"位体"之理。略举其中一二:"故词人之作也,先看文之大体,随而用心。遵其所宜,防其所失。"又说:"凡作文之道,构思为先,亟将用心,不可偏执。"又说:"凡制于文,先布其位,犹夫行陈之有次,阶梯之有依也。"《文笔式》的发展,在于详细阐明大到如何构思布局,小到如何说理、如何叙事、如何分段、如何造句,具有典型的"规范诗学"特征。

"二观置辞"。"置"是布置、安置之意,"辞"即文辞。《文心雕龙》作为一部"体大虑周"的著作,也有"互见"法。在《知音》中提到的,需要参见他篇。关于"置辞",就可以参见《丽辞》、《镕裁》、《章句》、《练字》、《指瑕》等篇。以上二者为一类。

"三观通变"。《周易·系辞下》称事物"穷则变,变则通,通则久",又说"变通者,趋时者也",就是与时俱进。刘勰则有所折衷,所谓"斟酌乎质文之间,而櫽括乎雅俗之际,可与言通变矣"。他看到的是"宋初讹而新",就是"竞今疏古",而当代文士,又"多略汉篇,师范宋集",提倡"望今制奇,师古定法"(《通变》)。所以这与"奇正"是相连的。

7

"四观奇正"。"奇正"指新奇和雅正,刘勰强调对于"奇"的控制和约束。《通变》之后的《定势》篇,谈了很多有关"奇正"的问题,归结到最后,就是要"执正以驭奇",不能"逐奇而失正"。

"五观事义,六观宫商",一是用典,一是声律,作文崇尚用典和讲求声律,是刘宋以来的文坛新风,在这一方面,刘勰和钟嵘不一样,他既反对宋以来文风的讹滥,又热烈拥抱新出现的文学法则,对此二者取肯定的态度,所以专门有《事类》和《声律》两篇。而钟嵘对这两者则极力反对。

刘勰认为,通过上述六个方面的观察,就可以比较作品的优劣。如果把文学当作文学来看待的话,批评也就应该针对文学的特征展开。不只是看它"说什么",更要看它"怎么说",也就是章太炎说的"论其法式,谓之文学"的意思。思想、情感、题材、内容固然重要,文学无疑具有历史性和政治性,但其功能和目的是通过文学自身"固有的"和"特有的"方式显现和达到的。如果无法进入文学自身"固有的"和"特有的"方式之中,就不存在文学批评,有的只是政治批评或历史批评。这是当下中国文学研究最大的症结所在。刘勰之所以提出"六观",也是魏晋以来对文学特点认识的积累所致。至少从陆机开始,就明确认识到文学拥有自身的规范、技巧、法则。陆机《文赋》说:"普辞条与文律,良余膺之所服。"程千帆先生释曰:"辞条即文律,谓为文之法式也。"(《文论十笺》)陶渊明《责子诗》描述他家二公子"阿宣行志学,而不爱文术",说明作"文"应有其"术"。沈约讲"工拙之数(术)"(《宋书·谢灵运传论》),其中存在妍媸。钟嵘《诗品序》中说"至若诗之为技,较尔可知",可以根据"诗"之"技"较其优劣。萧子显说到"吟咏规范"(《南齐书·文学传论》),就直接使用了"规范"一词。所以刘勰在《文心雕龙》中,就专列《总术》篇讨论掌握(总)文术(术)的重要,他在《知音》中列举的"六观"就是在这样的背景下出现的。对于今天的文学批评来说,也许具体的"六观"不完全适合,可以调整为"四观"或"八观",但其中体现的批评原则是我们应当重视并加以推进的。比如刘永济《文心雕龙校释》就举到自己撰著的《文鉴篇》,论知音难遇之故,举出三点:"一曰,人之性分学力各异,即舍人'知多偏好,人莫圆该'之义也。二曰,习俗移人,贤者不免,此义为舍人所未论及……三曰,知识诠别,与性灵领受殊科,此义最要,亦舍人所未言。"其分"知识诠别"又有四类:诗话家一,笺注家二,考证家三,历史家四。而当代学术中,校勘之学则笺注家之附庸,表谱之学则历史家之枝派。"凡此诸家,固读书者所当为,然仅能为此,即谓已尽鉴赏之能事,获古人之精英,则亦未然也。"

在此前甚至同时的批评实践中,"知音"往往局限在字句,比如《世说新语·文学》载:"孙兴公作《天台赋》成,以示范荣期,云:'卿试掷地,要作金石声。'范曰:'恐子之金石,非宫商中声。'然每至佳句,辄云:'应是我辈语。'"据刘孝标注,所谓"佳句",指的就是其中"赤城霞起而建标,瀑布飞流而界道"。又比如《梁书·王筠传》载沈约作《郊居赋》,请王筠看其稿,"筠读至'雌霓(五激反)连蜷',约抚掌欣抃曰:'仆尝恐人呼为霓(五鸡反)。'次至'坠石碣星',及'冰悬坳而带坻',筠皆击节称赞。约曰:'知音者希,真赏殆绝。所以相要,政在此数句耳。'"宋人王观国《学林》卷八云:"《南史》沈约《郊居赋》有'雌霓连蜷'之句,注曰:'霓,五结切。'盖与'齧'同音也……观国详考霓字,虽有倪、齧两音,然文字用倪音多,而用齧音少。若专用'雌霓',则当音齧,若泛用霓字,则倪、齧两音可通用,但取平仄顺而已。"沈约强调声律之美,所以有此故事。从文学批评的角度言之,刘勰的"六观"的视野远远超轶了字句范围,首次系统地展现了中国文学批评的具体操作手段,在世界文学批评史上也具有很高的历史地位,值得大书特书。

关于文学批评的话题,通常达到了"优劣见矣"的地步,也就能事已毕。钟嵘《诗品序》批评以往的研究,最大的缺陷是"皆就谈文体,而不显优劣",若优劣已见,岂非题无剩义?但刘勰的认识不是这样的,所以还要指出向上一路。

> 夫缀文者情动而辞发,观文者披文以入情,沿波讨源,虽幽必显。世远莫见其面,觇文辄见其心,岂成篇之足深,患识照之自浅耳。夫志在山水,琴表其情,况形之笔端,理将焉匿?故心之照理,譬目之照形,目瞭则形无不分,心敏则理无不达。

> 然而俗鉴之迷者,深废浅售,此庄周所以笑《折扬》,宋玉所以伤《白雪》也!昔屈平有言:"文质疏内,众不知余之异采。"见异唯知音耳。扬雄自称"心好沉博绝丽之文",其事浮浅,亦可知矣。

> 夫唯深识鉴奥,必欢然内怿,譬春台之熙众人,乐饵之止过客。盖闻兰为国香,服媚弥芬;书亦国华,玩绎方美。知音君子,其垂意焉。

很多前贤未能理解这一段的用意,似乎认为只是一个附带的补充说明,比如詹锳说这一段"指出做好鉴赏和批评工作,要'沿波讨源',深入到作品的内部……才能成为知音"(《文心雕龙义证》)。实际上,刘勰在这里的要求,是从进入作品到超越作品,绝不是还停留在"作品的内部"。只有把这一段与上一段的"博观"和"六观"合在一起,才能呈现刘勰文学批评的完整的世界。

在这一段文字中,刘勰将视线从"文"透入到"人",从文辞进化到心志。作者是"情动而辞发",文辞是其内心世界的展现,读者则"披文以入情",透过文辞进入作者之心。显现在外的"波"是文辞,幽微在内的"源"是人心。情动辞发是由隐至显,披文入情是由显至隐。即使有时空的限隔,但作者"情见乎辞,指归可得"(《抱朴子·钧世篇》),作者的心志就如在眼前。"成篇"代指古书旧文,"足"是过于的意思,"识照"是见识鉴别之意,刘勰说:难道是因为那些过去的作品过于深奥,而让人无法理解吗?恐怕还是因为读者的见识肤浅、鉴赏力不足吧。鼓琴者志在山水,琴声就能传达其情,文章是言志抒情,其脉络在笔下同样无法掩藏。"心之照理"的"心",詹锳说"是就读者方面说",这是正确的理解。"理"是脉理,指文章的脉络纹理,展现了作者之"心"。犹如眼睛观物,眼睛明亮则能察于秋毫,读者心灵敏锐就能通晓文章脉络。这一段文字中出现了三个"心"字,既有作者之心("觇文辄见其心"),也有读者之心("心之照理","心敏则理无不达")。刘勰期待的文学批评就是"以心会心"。其《序志》云:"文果载心,余心有寄。"那么,他应该期待后人读《文心雕龙》的时候,也能够"披文以入情"、"觇文辄见其心"的吧。

这段话中还出现了一个"志"字,是用在音乐上的:"夫志在山水,琴表其情。"这是一种自觉或不自觉的暗示,"知音"本来就出自音乐活动,而音乐上的知音,不只在"曲"和"术",又首先在"曲"和"术"。犹如文学上的知音,不只在"六观",又首先在"六观"。让我们重温一下《史记·孔子世家》的记载:

> 孔子学鼓琴师襄子,十日不进。师襄子曰:"可以益矣。"孔子曰:"丘已习其曲矣,未得其数也。"有间,曰:"已习其数,可以益矣。"孔子曰:"丘未得其志也。"有间,曰:"已习其志,可以益矣。"孔子曰:"丘未得其为人也。"有间,有所穆然深思焉,有所怡然高望而远志焉。曰:"丘得其为人……非文王,其谁能为此也!"师襄子避席再拜曰:"师盖云《文王操》也。"

冈白驹说"得其为人"的意思是"以其音知其所为之人"(《史记会注考证》),也就是周文王。这段记载,还见于《韩诗外传》及《淮南子·主术篇》,《孔子家语·辨乐解》亦用之。《韩诗外传》较《史记》多出下列一段文字:

> 故孔子持文王之声,知文王之为人……传曰:闻其末而达其本者,圣也。

从音乐之声到知其为人,就是"闻其末而达其本"的过程。它固然是从声音开始,进入到节奏、旋律("习其曲"),再进而把握其法则、技巧("习其数"的"数"就是"术"),这都是在作品之内的。如果再进一步,就要超越作品世界,进入到"人"的世界。其"深思"的状态是静穆的、庄严的,其"远志"的境界是要"高望"才能获取,听者拥有了"远志"才能理解文王其人,而他的情绪是"怡然"的。回到刘勰,从事文学批评,首先当然是从文本开始,即"观文",进入"文本"即"披文",进而寻绎其法则技巧,即"六观"。然而,这不是文学批评的终点,于是还要超越文本,进入作者之"心"、作者之"人",其方法是"以心会心",是以批评者之心对文本脉络所传达的作者志意(理)的照鉴而达成。到了这一步,批评者的情绪也就必然是"欢然内怿",这就是"怡畅于《知音》"(《序志》)。我去年曾经发表了一篇论文,"激活"了中国文学批评史上的"意法"概念,从而将"意法论"包含的文字、法则、意义分解为"文本化"(文)、"技法化"(法)和"人文化"(意)。从某种意义上说,也是将《知音》中的"理论批评"(theoretical criticism)落实为"实际批评"(practical criticism)。如果说,文学批评是一个阅读、理解、评价、阐释文学作品的完整过程,那么,其终点应该在"人文化",最终关注的是生活在当下的"人",哪怕我们阅读的是古典作品。我在这篇文章中曾经借用乔治·斯坦纳引用的卡夫卡(Franz Kafka)的一封信说:"如果我们在读的这本书不能让我们醒悟,就像用拳头敲打我们的头盖骨,那么,我们为什么要读它……我们必须有的是这些书,它们像厄运一样降临我们,让我们深感痛苦,像我们最心爱的人死去,像自杀。一本书必须是一把冰镐,砍碎我们内心的冰海。"斯坦纳接着说:"学习英国文学的学生,学习任何文学的学生,都必须问老师,也必须问自己,是否明白卡夫卡的意思。"(《教化我们的绅士》,《语言与沉默》)卡夫卡的这封信写于1904年1月27日,当时只有21岁。我们在大学课堂上讲授的作品,大多属于过去的时代,卡夫卡的问题是,我们为什么要讲授以及如何讲授这些作品?伟大的文学家通过作品告诉人们他对于人心和情感复杂性的洞察,哪怕是古典时代的作品,我们也应该反复追问:这篇作品对我意味着什么?它是如何言说的?为什么在当下它还有意义?而在读完这篇作品之后,更应该自我追问:读了这篇作品之后的我与之前的我有什么不同?[2]

刘勰强调阅读要选择具有高大、深广品格之作,但正因为其高大、深广,就不容易为俗世和俗士接受并喜爱,反而是浅薄的、庸俗的更受欢迎,也更为流行。从古到今,无非如此,这就是刘勰感慨的"深废浅售"。《庄子·天地篇》说:"大声不入于里耳,《折杨》、《皇荂(华)》,

则嗑然而笑。是故高言不止于众人之心,至言不出,俗言胜也。"《折杨》、《皇华》都是世俗小曲,故大受欢迎,而像《咸池》、《六英》这样的雅乐,却难入俗人之耳。也就如同宋玉说的,唱《下里》、《巴人》的俗曲,"国中属而和者数千人";而唱《阳春》、《白雪》等高雅之曲,"国中属而和者数十人",故其结论是:"其曲弥高,其和弥寡。"(《对楚王问》)接着,刘勰就举了两个"高"、"深"的例子:一个是屈原,其特点是"高",他不仅血统高贵,品德高洁,才能高超,而且在装饰上还喜欢戴高帽子(《离骚》有"高余冠之岌岌兮"之句)。所以,他既有外在的威仪("文"),又有内在的德性("质"),而且内外相通("疏内"),焕发出"异彩",即《思美人》所说的"满内而外扬"。《知音》引用的句子,见于《九章·怀沙》,偏偏是这样的"高"人,却不为"众人"所知,"众人"就是"国人",举国之人,在《离骚》的"乱"中有"已矣哉,国无人莫我知兮"之句。扬雄的特点是"深",他在《答刘歆书》自称"少不得学,而心好沉博绝丽之文",《汉书》本传也说他"默而好深沉之思",所以才写出像《太玄》、《法言》一般深奥的书。前面说到的"酱瓿之议",就是刘歆担心时人因为深奥而轻视其书甚至糟蹋其书,拿他的书盖酱坛。但扬雄的反应是"笑而不答",他根本看不上那些流行的"浮浅"之作。王叔岷解释"其事浮浅"句说:"'事'犹'于'也,'其于浮浅亦可知',意谓扬雄决不好浮浅之文也。"(《文心雕龙缀补》)扬雄自信他那些深奥的书是可以不朽的,事实上也正是如此,尽管在当时未受重视甚至遭遇嘲笑。

刘勰坚信"深识鉴奥"(即"鉴识深奥")才能获得愉悦,这种愉悦不同于诉诸外在的喜怒哀乐,而是生发于内的理性的"欢然内怿"。这不仅是理解了"高深"后生发的欢愉,更在于理解过程中由自身成长带来的知识上、道德上的满足,犹如孔子为了从琴声中"得其为人",在经过"穆然深思"后获得"怡然高望而远志"之乐。章学诚《文史通义·知难》发扬刘勰之说,强调"圣人之知圣人"和"贤人之知贤人",并感慨道:"夫不具司马迁之志而欲知屈原之志,不具夫子之忧而欲知文王之忧,则几乎罔矣。"正是对《知音》中这层意思的发挥。西方文学批评和思想中也有类似的看法,克罗齐说:"要判断但丁,我们就须把自己提升到但丁的水平。"(《美学原理》)黑格尔说:"只有精神才能认识精神。"(《小逻辑》)这是一种极高层次的批评境界。但刘勰接下去的两个比喻却让我觉得有点不伦,"譬春台之熙众人,乐饵之止过客",他把"深识鉴奥"后获得的"欢然内怿",比作春天的台子引来众人嬉戏,音乐和美食招揽过路客人的驻足。虽然其语典出《老子》,但一则为众人之乐,二则为感官之乐,与"深识奥鉴"后的"欢然内怿"完全属于不同品格、不同层次、不同价值的乐趣,绝难相提并论。现在,我尝试对这两个比喻作另一番解释,就是刘勰期待文学批评对"高深"作品的研讨绎解,由"独乐"扩展为"众乐",也许勉强可以说得过去,但其心目中是否真有文学鉴赏的"平民意识"、"普化意识",我还真不敢确定。最后,刘勰再次突出了"批评家"的重要,是不亚于创作者的,如果不说是有甚于的话。即便是贵为"国香"的兰草,要经过君子的佩戴欣赏,才会更加芬芳;再伟大的作品,荣为国之光华的文章,要经过君子的鉴赏分析,才能益增其美。没有"知音君子"的发现和推广,再香的花,再美的文,也仍然可能默默无闻。张九龄说"草木有本心,何求美人折"(《感遇》),真要是不求"美人折",也就无需写此《感遇》了。夏志清的《中国现代小说史》不仅给这一阶段的"英雄"重新排了座次,也挖掘出不少新的"英雄",如张爱玲、钱锺书、张天翼、沈从文等,并且一经挖掘和阐扬,就受到很多人的赞同和重视。这就是文学批评的价值,这就是批评家的价值,"知音君子"可千万要注意啊。

    赞曰:洪钟万钧,夔、旷所定。良书盈箧,妙鉴乃订。流郑淫人,无或失听。独有此律,不谬蹊径。

"赞曰"云云是对全文的总结。他还是从音乐导入,"洪钟"是大钟,一钧为三十斤,这是形容洪钟之重大。夔和师旷都是古代的乐官、乐太师,其工作之一就是负责调音。接着从音乐转到文学,再大的钟,也要经过乐官的调整校定,犹如满箧的好书,需要经过伟大批评家的高妙鉴别才能确定。这就是文学批评的价值。流行而又淫荡的"郑声"具有诱惑性,会将人引入歧途,所以任何时候都不能入其彀中,丧失判断。"律"是法则,加上"独有",意指铁律,即本篇确定的文学批评原理。刘勰自信其原理具有唯一的、排他的正确性,如果能够信受奉行,就不会走错道路。

斯维特兰娜·博伊姆说:"怀旧不永远是关于过去的;怀旧可能是回顾性的,但是也可能是前瞻性的……对于未来的考量使我们承担起对于我们怀旧故事的责任。"(《怀旧的未来》)刘勰对批评家的作用和批评原理重要性的强调,不仅在中国文学批评史上是第一人,而且在世界文学批评史上也同样是第一人。正是在这个意义上,我认为《知音》是《文心雕龙》中最重要的一篇。但他的这些看法直到章太炎方予以继承,其价值和意义在今天,尤其有必要激活并发扬光大,这就是我们讲述这个"怀旧故事的责任"。

十月二十八日至十一月二十日间陆续写成

引用书目(以文中出现先后为序,古籍为通行本,省略)
《朱自清古典文学论文集》,上海古籍出版社1981年版
《批评的功能》,特里·伊格尔顿著,程佳译,西南师范大学出版社2018年版
《推十书》(增补全本)丁辑,刘咸炘著,上海科学技术文献出版社2009年版
《李审言文集》,李详著,李稚甫编,江苏古籍出版社1989年版
《文心雕龙选讲》,温绎之编,河南大学出版社2013年版
《史记太史公自序注说会纂》,吴忠匡编著,黑龙江人民出版社1985年版
《图像与眼睛——图画再现心理学的再研究》,贡布里希著,范景中等译,广西美术出版社2013年版
《批评的诸种概念》,韦勒克著,罗钢等译,上海人民出版社2015年版
《三思斋文丛》,管雄著,南京大学出版社2017年版
《全唐五代诗格汇考》,张伯伟撰,江苏古籍出版社2002年版
《文论十笺》,程千帆著,黑龙江人民出版社1983年版
《语言与沉默》,乔治·斯坦纳著,李小均译,上海人民出版社2013年版
《文心雕龙缀补》,王叔岷著,台湾艺文印书馆1975年版
《美学原理》,克罗齐著,朱光潜译,外国文学出版社1987年版
《小逻辑》,黑格尔著,贺麟译,商务印书馆1980年版
《怀旧的未来》,斯维特兰娜·博伊姆著,杨德友译,译林出版社2010年版

注　释：

〔1〕　参见张伯伟《略论魏晋南北朝时期音乐与文学的关系》，《文学评论》1999 年第 3 期。
〔2〕　参见张伯伟《"意法论"：中国文学研究再出发的起点》，《中国社会科学》2021 年第 5 期。

〔作者简介〕　张伯伟，南京大学文学院教授。

《吴镇集汇校集评》（上下，清代诗人别集丛刊）
（冉耀斌点校，人民文学出版社 2023 年版）

　　吴镇，字信辰，号松崖，别号松花道人，狄道（今甘肃临洮）人，是清代甘肃著名诗人之一，在清中期诗坛具有重要影响。其学问渊博，勤于著述，一生著作颇丰，先后编成各种诗文集二十多种，除《古唐诗选》、《伏枕草》等几种遗失外，大多见收于乾隆年间刻《松花庵集》、嘉庆年间吴承禧刻《松花庵全集》和宣统年间刻《松花庵全集》中。本书以嘉庆间吴承禧刻《松花庵全集》为底本，《松花庵全集》未收之《玉芝亭诗草》以乾隆十四年兰山书院刻本为底本，完成点校和勘误，并辑录大量相关资料作为附录。

《和瑛集》（清代诗人别集丛刊）
（孙文杰、张亚华点校，人民文学出版社 2023 年版）

　　和瑛（1741—1821），清代蒙古族镶黄旗人，乾隆三十六年进士，历仕乾隆、嘉庆二朝，官至军机大臣。著有《易简斋诗钞》、《三州辑略》、《回疆通志》等著述十数种。书稿前言对和瑛的生平、诗歌的主要内容和艺术特色进行了概述；正文对和瑛的《易简斋诗钞》、《太庵诗集》、《太庵诗草》、《卫藏诗集》、《泺源诗集》、《西藏赋》、《草堂寤》进行了标点和校勘；附录整理了和瑛的年谱，选辑了史书、档案中遗留的和瑛资料。该书系统整理了和瑛的著作，能够为学界进一步深入研究清代文学和和瑛提供文献支持。

明《六朝诗集》新编个人文集的构成与文献来源
——以《沈约集》和《梁武帝集》为例

敖雪岗

明代弘治后,在复古文风的照拂下,也因追新求异,文人有意在唐宋文苑之外开辟新的天地,于是纷纷投入对汉魏六朝诗文集的整理、辑佚和编撰工作。而明代商业、出版业的发达也为文集的刊行、流通提供了便利条件。这些新撰集刊行的文集,或为了保存前代文献,卷帙浩大,如冯惟讷《古诗纪》、张溥《汉魏六朝百三家集》、张谦汇辑与王宗圣增补的《六朝诗汇》;或为了宣传体现编撰者自身的文学观念,如何景明《古乐府》、杨慎《选诗外编》、《五言律祖》、钟惺与谭元春《诗归》[1]。嘉靖中期刊行的《六朝诗集》便属于前者,是这股风潮中涌现的一个代表。

《六朝诗集》收录魏晋六朝二十四家集子,其编者不详[2],前有薛应旂于嘉靖二十二年序,故明清一些书目著录在薛应旂名下。它在明代诗学、保存传播六朝文献方面的重要性自不待言,"明人所刻汉魏六朝人集,当无早于此刻者。明末阎氏汇刻《萧梁文苑》一书,也是以这部书为底本的"[3]。但《六朝诗集》所录个人集子又以哪些文献作为底本?学者一般认为源出于宋代书棚本。但笔者在整理文献的过程中,发现情况有些复杂,具体情况应具体分析,有些集子出于宋代书棚本,但有些集子如《沈约集》、《梁武帝集》却是编撰者新辑,其开辟之功不容抹杀。至于新辑集子如《沈约集》,整部集子的编排结构如何,其诗歌底本源自何处,也都值得探索。

一

《六朝诗集》录二十四家:梁武帝、梁简文帝、梁宣帝、梁元帝、后周明帝、陈后主、隋炀帝、陈思王曹植、阮籍、嵇康、陆机、陆云、谢灵运、谢惠连、谢朓、江淹、鲍照、刘孝绰、刘孝威、沈约、何逊、阴铿、王褒、庾信。虽说是诗集,但其实也包括了各家的赋作。

清丁丙判断《六朝诗集》多从宋本来:"其中多从宋本出者,如《谢宣城集》五卷,与吴骞所刊宋本对看,无毫发差。余则二陆、阴、何,校以宋本,一一吻合。"[4]傅增湘进一步明确指出:"其行格与书棚本同,雕镂雅饬,尚存古式。"[5]郑振铎颇疑是从宋书棚本覆刻[6]。杨焄认

本文收稿日期:2023 年 4 月 12 日

为这个"推断大体是可信的"[7],并从版式行款及收录内容、避讳、脱文等方面作了论证。所谓书棚本,指南宋临安棚北大街睦亲坊南陈解元书籍铺,为陈起父子所经营,书籍铺拥有刻坊,所刻书有"临安府棚北大街陈解元书籍铺印行"等题记。其时,太庙前尹家书籍铺所刻书,样式与陈宅书籍铺相仿,也称书棚本。陈宅书籍铺所刻书主要特征为半页十行,行十八字,白口,左右双边。王国维说:"今日所传明刊十行十八字本唐人专集、总集,大抵皆出陈宅书籍铺本也。"[8]从《六朝诗集》部分来看,确实以书棚本为底本,比如丁丙所论谢朓、二陆、阴、何等人的集子,但其他家集子是否以宋书棚本为底本呢?

《六朝诗集》收录二十四家诗文集流传至明代的文本,可能存在三类成书形态,一是六朝旧集,二是宋人重编,三是明人重编。重编,指典籍旧本亡佚失传后,从其他文献典籍如类书、总集、史书、他人文集等存世文献中重新辑录成编,重建新的文本形态[9]。三类成书形态意味着三种文本地位,毫无疑问,六朝旧集的文本地位最高,其次是宋人重编。若《六朝诗集》所据底本都为宋本,其文本意义当然要高。明人重编,虽文本地位没有前两类高,但若《六朝诗集》编撰者曾亲自重编,与简单地刊印宋本集子又有不同。

六朝旧集,因为年代久远,兵燹人祸,留存至明代的已非常稀少。《四库全书简明目录》编纂者认为旧集只有二种:"今所传六朝别集,惟此(指《陶渊明集》)与《谢朓集》为原书。"[10]清严可均认为:"其旧本仅嵇康、阮籍、陆云、陶潜、鲍照、江淹六家。"[11]逯钦立基本认同严可均的观点,而认为谢朓是旧集,阮籍集非是[12]。这六、七家六朝旧集在宋代有刻本流传,陈宅书籍铺有刻本销售流通,也在情理之中。《六朝诗集》中的嵇、阮、陆、陶、鲍、江等人集子以书棚本为底本,当然是顺理成章的事。

至于《六朝诗集》的《谢朓集》,其底本情况则有些不同。谢朓集本有六朝旧集,从宋代楼炤五卷本、洪伋本到明清刻本,其刻本谱系较为清晰[13]。但《六朝诗集》的《谢朓集》底本却可能是明朝刻本。阿部顺子认为:"它的体裁、编排次序、正文与黎本完全一致,因此无疑是以黎本为底本刊刻的。"[14]刘明也认为它"可能不具备源出宋本的背景,而应该是明人据当时传本而编刻",不过,嘉靖十六年黎晨刻本是依据正德刘绍本谢朓《集》校刻而成,刘绍本又以宋洪伋刻本为底本[15],可见它仍可视作六朝旧集一系。

二十四家集之中,除去上述六、七家六朝旧集,有多少家是宋人重编之集,留存至明代的呢?因为资料有限,很难判断。宋代官私目录中能见到的宋人重编六朝集并不多。魏晋六朝别集,《崇文总目》卷十一收录陈琳、嵇康、阮籍、刘琨、陆云、陶潜、孔稚圭、王融、谢朓、江淹、沈约、吴均、徐陵十三家,除去嵇、阮、陆、陶、谢、江,最多只有七家是宋人重编。《直斋书录解题》卷十六收录曹植、陈琳、阮籍、嵇康、张华、陆机、陆云、刘琨、陶渊明、鲍照、谢朓、孔稚圭、沈约、萧统、何逊、江淹、庾信十七家,扣除嵇、阮、陆、陶、鲍、谢、江,则最多只有十家。《直斋书录解题》卷十九还有"诗集类",陈振孙解释道:"凡无他文而独有诗,及虽有他文而诗集复独行者,别为一类。"[16]此类"诗集",陈振孙录有魏晋六朝集子十种:《阮步兵集》四卷、《宋武帝集》一卷、《梁简文帝》五卷、《梁元帝诗》一卷、《谢惠连集》一卷、《刘孝绰集》一卷、《柳吴兴集》一卷、《徐孝穆集》一卷、《江总集》一卷、《阴铿集》一卷。与卷十六录十七种相较,仅阮籍集重复出现。两类相加,再去除六朝旧集,陈振孙所见的宋人重编也最多只有十九家,数量非常少,而这十九家又能有多少能留存至明代呢?至少陈振孙著录的《沈约集》,

不管是十五卷本，还是一卷本或是九卷本，到明代已不见踪影，绝不是《六朝诗集》中《沈约集》的底本。

至于《六朝诗集》收录的梁武帝、梁宣帝、后周明帝、陈后主、隋炀帝、刘孝威、王褒等人的集子，都未著录于《崇文总目》《直斋书录解题》，很可能它们在宋代就已亡佚，宋人也未重编，至少陈振孙等没有收藏。《六朝诗集》编纂者看到宋人重编之集的机会肯定比陈振孙要少得多。就梁武帝集而言，今见《梁武帝集》，其源头都只能溯源至明人重编本。

二

《六朝诗集·沈约集》《梁武帝集》是以明重编本为底本，是其编纂者从类书、总集等文献中辑录出来。这可通过二集自隋唐以迄明嘉靖的流传情况看出来。

沈约文名很盛，著述颇丰。《梁书》著录文集一百卷[17]。《隋书》著录梁特进沈约集一百一卷，并录[18]。加上目录，一共一百零一卷，可知《沈约集》卷帙为数不少。《旧唐书》著录《沈约集》，仍为一百卷，可见从梁到隋再到唐开元年间，《沈约集》保存相对完好。但唐末、五代的战乱，给书籍的保存带来很大的破坏，很多六朝旧集都在这段时期消失了。百卷本《沈约集》此后便不再见于从官私目录了。

《崇文总目》卷十一著录《沈约集》九卷，与六朝旧集百卷本相比，大部分内容已散佚。南宋《中兴馆阁书目》记录的是官方的藏书情况，此书已亡佚；《直斋书录解题》"《沈约集》"云："九卷者，皆诏草也。《馆阁书目》但有此九卷，及诗一卷，凡四十八首"[19]。可见，《中兴馆阁书目》著录了《沈约集》的两个版本，一为九卷本，收集的全是沈约所撰诏草；一为一卷本，收诗凡四十八首。刘明疑九卷本即《崇文总目》著录之九卷本《沈约集》[20]。南宋私家目录中，南宋初《郡斋读书志》未著录沈约集，尤袤《遂初堂书目》虽著录《沈休文集》，但未题卷数，无序释。《直斋书录解题》"别集类"著录《沈约集》三个版本，有较详细的序释："《沈约集》十五卷，别集一卷，又九卷。梁特进吴兴沈约休文撰。约有文集百卷，今所存惟此而已。十五卷者，前二卷为赋，余皆诗也。别集杂录诗文，不分卷。九卷者，皆诏草也。"九卷诏草本，《崇文总目》《中兴馆阁书目》都有著录，疑是隋唐以来旧集的残卷。陈振孙著录的十五卷本，全是诗赋，一卷本别集，则杂录诗文。刘明推测，这两种本子"当属据其他书（《文选》等文学总集或类书等）重辑沈约诗文的宋人编本"，但这两种宋人重编本在元明之际也均亡佚[21]。

调查明代各家目录，所见沈约别集以沈启原辑刻四卷本为最早，傅增湘认为沈约集诸本"顾分卷虽多寡不同，文字则初无增损，而推其端绪，皆以樵李本为祖，其正、嘉以前殆无闻焉"[22]。樵李本即沈启原本，沈启原，浙江嘉兴（古称樵李）人。沈启原四卷本刻于万历十三年，比刻于嘉靖二十二年的《六朝诗集》要晚不少。据刘明考证，沈启原本主要依据的是冯惟讷的《古诗纪》、梅鼎祚的《古文纪》[23]。《古诗纪》成书于嘉靖三十六年，也晚于《六朝诗集》的成书，《六朝诗集·沈约集》不可能采录《古诗纪》。

《六朝诗集·沈约集》只有一卷，是否可能以《中兴馆阁书目》《直斋书录解题》都著录的"杂录诗文"之别集一卷本为底本呢？但陈振孙序释明确地说，一卷本收诗四十八首，《六朝诗集·沈约集》则收诗一百七十余、赋四首，显然，《沈约集》与《中兴馆阁书目》、《直斋书录解题》著录的一卷本无关系。刘明推测宋人重编本都亡佚，确实很有可能。明朝前、中期几部重要的官私目录，如正统间官修《文渊阁书目》、成化间叶盛《箓竹堂书目》与嘉靖间晁瑮《宝文堂书目》都未著录沈约集。《文渊阁书目》收书甚富，四库馆臣曾以《永乐大典》对勘《文渊阁书目》，发现"世无传本者，往往见于此目，亦可知其储庋之富"[24]；叶盛"藏书之富，甲于海内"[25]；宝文堂收书近八千种，亦以数量众多而闻名。三种书目都未著录沈约集，可见明嘉靖以前，不只是宋人的重编本亡佚，也无流通较广的明人重编本[26]出现。《六朝诗集·沈约集》，既然无底本可依，应是编纂者从类书、总集、史书等存世文献中编选刊刻而成。

梁武帝集的流传过程与沈约集类似。《隋书》著录梁武帝集二十六卷，梁三十二卷[27]。说明梁时编成的《梁武帝集》有三十二卷，隋时仍留存有二十六卷。《旧唐书》著录《梁武帝集》十卷，说明唐朝开元时，《梁武帝集》已不全。中唐以后的社会动乱对书籍保存极为不利，到宋朝，梁武帝的别集已不见于众多的官私目录（《崇文总目》、《遂初堂书目》、《郡斋读书志》、《直斋书录解题》），显然，不只是六朝旧集无留存，连宋人重编本都没有。

明代前、中期，嘉靖以前的官私目录，如《文渊阁书目》、《箓竹堂书目》、《宝文堂书目》、《百川书志》等，也不见梁武帝别集的著录。《六朝诗集》刊刻《梁武帝集》，估计找不到什么底本，只能是如同《沈约集》，从存世类书、总集等文献中重新编选。

三

考察《六朝诗集·沈约集》的结构与所收文字，可发现它的结构主要依据的是《文苑英华》、《艺文类聚》两书。在诗歌采辑上，首先依据的是《文苑英华》，然后是《艺文类聚》等书。

在结构上，《沈约集》先赋后诗，诗歌部分的排列顺序有些特别，既不同于六朝旧集如《陶渊明集》、《江文通集》、《谢宣城集》等别集中诗歌部分的排列顺序，也不同于《文选》、《玉台新咏》等总集中诗歌部分的排列，而是类似于《艺文类聚》等类书的排列顺序，按照天部（岁时部）、地部（山部、水部）、人部（人部当中又分赠行、怀旧、隐逸等）这样的先后顺序排列。这样一种结构，主要是因为《沈约集》的主要采录对象就是《艺文类聚》、《文苑英华》，特别是《文苑英华》，而《文苑英华》虽是一部文学总集，但在结构安排上是仿照类书如《艺文类聚》来进行的。

《文苑英华》一共收录沈约诗 59 首，除去乐府诗，还剩 37 首，按这些非乐府类诗在《文苑英华》中出现的先后顺序标为第 1 至第 37 首。《六朝诗集·沈约集》共收诗歌 174 首，除去乐府类诗，也将《沈约集》中最先出现的第 1 至第 37 首非乐府类诗列出。《艺文类聚》共收沈约诗歌 136 首，除去乐府类诗 47 首，还有 89 首非乐府类诗，也按它们在《艺文类聚》中出现的先后顺序将第 1 至 37 首标出。为了更好对比这三本书收录的第 1 至第 37 首非乐府诗，列表如下：

	《文苑英华》		《六朝诗集·沈约集》	《艺文类聚》	
1	《咏月》（月华临静夜）	天部	《月》（月华临静夜）	《咏月》（月华临静夜）	天部
2	《咏月篇》（即《八咏》之《望秋月》）		《咏月篇》（望秋月）	《八咏望秋月》	
3	《咏风》（楼上试朝妆[28]） 《咏风》（即《八咏》之《临春风》）		《风》（临春风）	《和王中书白云》	
4	《和王中书德充咏白云》		《和王中书德充咏白云》	《八咏临春风》	
5	《初春》（扶道觅阳春）		《春初》（扶道觅阳春）	《余雪》	
6	《咏春》（杨柳乱如丝）		《咏春》（杨柳乱如丝）	《咏春》（扶道觅阳春）	岁时
7	《咏春》（弱草半抽黄）		《伤春》（弱草半抽黄）	《春咏》（杨柳乱如丝）	
8	《三日率尔成篇》（丽日属元巳）		《上巳率尔成篇》（丽日属元巳）	《秋夜》（月落宵向分）	
9	《秋夜》（月落宵向分）		《秋夜》（月落宵向分）	《三日侍凤光殿曲水宴诗》	
10	《织女赠牵牛》		《织女赠牵牛》	《上巳华光殿诗》	
11	《游钟山》	地部	《游钟山》	《侍林光殿曲水宴诗》	
12	《游金华山》		《游金华山》	《三日率尔成篇》	
13	《守山东》		《守山东》	《织女赠牵牛》	
14	《留真人东南还》		《刘真人东山还》	《为临川王九日侍太子宴诗》	
15	《泛永康江》		《泛永康江》	《九日侍宴乐游苑诗》	
16	《渡新安江贻京邑游好》		《渡新安江贻京邑游好》	《游金华山诗》	山部
17	《侍宴谢朏宅东归应制》	应制	《侍宴谢朏宅东归应制》	《留真人东山还诗》	
18	《侍宴乐游苑饯吕僧珍应诏》		《侍宴乐游苑饯吕参掺应诏》	《游钟山诗》	
19	《侍游方山应制》		《侍游方山应制》	《泛永康江》	水部
20	《三日侍林光殿曲水宴》		《三日侍林光殿曲水宴应制》	《渡新安江贻京邑游好》	
21	《庭雨应诏》		《庭雨应诏》	《大言应令》	人部言语
22	《咏筝》（秦筝吐绝调）	音乐	《咏筝》（秦筝吐绝调）	《细言应令》	
23	《笙》（彼美实孤枝）		《咏筝》（彼美实孤枝）	《登高望春》	人部游览
24	《游仙》（朝上闻阊宫）	道门	《游仙》（朝止闻阊宫）	《秋晨羁怨望海思归》	
25	《酬孔通直逷怀蓬居》	酬和	《酬孔通直逷怀蓬居》	《侍宴谢朏宅饯东归应诏》	人部别
26	《酬谢宣城朓》		《酬谢宣城朓》	《侍宴乐游苑饯徐州刺史应诏》	

18

续表

	《文苑英华》		《六朝诗集·沈约集》	《艺文类聚》	
27	《送别友人》	送行	《送别友人》	《侍宴乐游苑饯吕僧珍应诏》	
28	《别范安成》		《别范安成》	《别范安诗》	
29	《别谢文学》		《别谢文学》	《送友人别诗》	
30	《从齐武帝琅琊讲武应诏》	军旅	《从齐武帝琅琊城讲武应诏》	《别谢文学》	
31	《怀旧九首》(伤王融、谢朓等)	悲悼	《伤王融》、《伤谢朓》等九人[29]	《酬谢宣城朓》(王乔飞凫舄)	人部赠答
32	《悼亡》		《悼亡》	《酬孔通直逿怀蓬居》	
33	《登玄畅楼》(危峰带北阜)	居处	《又登玄畅楼》(危峰带北阜)	《怀旧九首》(伤王融、谢朓等九人)	人部怀旧
34	《园橘》	花木	《麦李》	《萧丞相第诣世子车中作诗》	人部哀伤
35	《麦李》		《园橘》	《守山东》	人部隐逸
36	《应诏咏梨》		《应诏咏梨》	《侍皇太子释奠宴诗》	礼部释奠
			《答元金紫饷朱李》(秾花春发彩[30])		
37	《咏青苔》		《咏青苔》	《为南郡王侍太子释奠宴诗》	

可以看出,《文苑英华》与《六朝诗集·沈约集》所收非乐府诗的第1—37首基本相同,只有第34、35首的《园橘》与《麦李》顺序互相颠倒这点小小的不同。显然,《沈约集》在收录沈约诗时,是以《文苑英华》为最先依据的收录对象,将《文苑英华》中的沈约诗尽数收录进来,并且完全按照《文苑英华》中沈约非乐府诗出现的先后顺序进行收录。

《艺文类聚》中沈约非乐府诗的第1—37首,与《文苑英华》、《沈约集》的前37首在篇目与顺序上有些不同,部分原因是《艺文类聚》所收录的沈约诗数量比《文苑英华》多了一倍有余,也因为《艺文类聚》、《文苑英华》两书在部类设置上不同,对有关诗篇归入哪一部类有不同判断而导致收录诗歌的篇目与顺序不同。例如《守山东》,《文苑英华》将其归入"地部山类",而《艺文类聚》将此诗归入"人部隐逸"类,这直接导致此诗在两书中出现的位置不同。又如《三日侍林光殿曲水宴》诗,《艺文类聚》将此诗归入"岁时部三月三日"类,故与《三日率尔成篇》等诗放在一起。而《文苑英华》则将此诗归入"应制"类,故与《侍宴谢朓宅东归应制》等放在一起,从而导致篇目顺序不同。

在具体诗篇的异文处理上,《六朝诗集·沈约集》首先依据的也是《文苑英华》。兹逐录几处以相证明:

1.《咏月篇》"望秋月,秋月光如练"。此诗为《八咏》之一,各书在篇名上有所不同。

文渊阁四库本《玉台新咏》卷九、《艺文类聚》卷一题作"望秋月"。明冯惟讷《古诗纪》、张燮《沈隐侯集》、《汉魏六朝百三家集》、《玉台新咏笺注》卷九皆题作"登台望秋月"。明沈启原本卷二题作"登楼望秋月"。《文苑英华》卷一五一、《六朝诗集·沈约集》则题作"咏月篇"。

2.《咏春》"杨柳乱如丝"。《玉台新咏笺注》卷五此诗题作"春咏",为《杂咏五首》之一。《艺文类聚》卷三也题作"春咏"。《文苑英华》卷一五七、《六朝诗集》则题作"咏春"。沈启原本卷二、《古诗纪》、张燮本、《汉魏六朝百三家集》题作"春思"。

3.《守山东》"守山东,山东万籁郁青葱"。此诗亦《八咏》之一。"万籁",《玉台新咏》卷九、《艺文类聚》卷三十六、沈启原本、《古诗纪》、张燮本、《汉魏六朝百三家集》皆作"万岭"。《文苑英华》卷一六○、《六朝诗集》则作"万籁"。

4.《怀旧九首伤庾杲之》"右率馥时誉"。"右率",《艺文类聚》卷三十四作"左率"。沈启原本、《古诗纪》、张燮本、《汉魏六朝百三家集》皆作"左率"。《文苑英华》卷三百一、《六朝诗集》则作"右率"。

《六朝诗集·沈约集》在诗集结构上,以《文苑英华》为优先收录对象,在将其中的沈约诗尽数收录完毕后,再参照《艺文类聚》、《文选》、《玉台新咏》、《初学记》做补充,将补充诗篇集中放在《沈约集》的后半部分。以《三日侍凤光殿曲水宴应制》诗为例,按照部类而言,此诗或者与"应制类"的《侍宴谢朓宅东归应制》等放在一起,或者与"天部三月三日类"的《三日率尔成篇》等放在一起,但因为《文苑英华》未收,故《沈约集》在收录《三日侍凤光殿曲水宴应制》时,并未将此诗与前述两诗放在一起,而是将它放在《沈约集》后面,夹在《沈道士馆》与《为临川王九日侍太子宴》中间。

《六朝诗集·梁武帝集》的结构也相似。考察《文苑英华》所收梁武帝诗歌,除去乐府类诗歌,共 8 首,分别是《七夕》(白露月下圆)、《望织女》(盈盈一水边)、《首夏泛天池》(薄游朱明节)、《登北顾楼》(歇驾止行警)、《游仙》(水华究灵奥)、《天安寺疏圃堂》(乘和荡犹豫)、《赋咏登山马》(登山马径小)、《后园看骑马》(良马出兰池)。其中《赋咏登山马》、《后园看骑马》两首,《艺文类聚》卷九三都题作梁元帝诗。实际上《文苑英华》收录的沈约非乐府诗只有六首。《六朝诗集·梁武帝集》首先收录了《文苑英华》这六首诗,将其排列在非乐府诗的最前面,然后再排列其它类书、总集收录来的非乐府类诗歌。《沈约集》、《梁武帝集》都是这种结构,这证明《六朝诗集》的编纂者在无本可依的情况下,形成了较为固定的思路和纂辑习惯。

《沈约集》和《梁武帝集》的这种结构,使得整部集子看起来更像个拼凑之作,前半部分完全来自《文苑英华》,后部分来自其它类书、总集。但也不能因此就否定集子的版本意义。以《沈约集》中的《刘真人东山还》一诗为例,此诗今存较早的收录情况,见于《艺文类聚》卷七及《文苑英华》卷一六○,二书皆作"留真人",《六朝诗集·沈约集》则作"刘真人"。明代后起沈约集刻本,如沈启原本、冯惟讷《古诗纪》、张燮本、《汉魏六朝百三家集》等,皆从《六朝诗集》而作"刘真人",又可见《六朝诗集》在明代版本流传上的影响。

注　释：

〔1〕　杨焄《明人编选汉魏六朝诗歌总集研究》，博士论文，复旦大学2004年，第11—12页。

〔2〕〔7〕　杨焄《明刻本〈六朝诗集〉编纂考》，《上海大学学报》社会科学版2007年第5期。

〔3〕〔6〕　郑振铎《藏明嘉靖刻本六朝诗集跋》，《西谛书跋》，文物出版社1998年版，第277页。

〔4〕　丁丙《善本室藏书志》卷三十九，《续修四库全书》第927册影印光绪二十七年钱塘丁氏刻本，上海古籍出版社，第656页。

〔5〕　傅增湘《藏园群书题记》，上海古籍出版社1989年版，第885页。

〔8〕　王国维《两浙古刊本考》卷上，《王国维遗书》，上海古籍书店据1940年商务印书馆影印本，第12册第19页下。

〔9〕〔13〕〔15〕　参刘明《谢朓集的书籍史——兼论汉魏六朝别集研究的话语体系与方法论》，《国学学刊》2021年第3期。

〔10〕　永瑢等《四库全书简明目录》，华东师范大学出版社2012年版，第581页。

〔11〕　严可均《全上古三代秦汉三国六朝文·凡例》，中华书局1958年版，第2页。

〔12〕　逯钦立《先秦汉魏晋南北朝诗·后记》，中华书局1983年版，第2788页。

〔14〕　阿部顺子《谢朓集版本渊源述》，《古籍整理研究学刊》2000年第1期，第61页。

〔16〕　陈振孙《直斋书录解题》卷十九，上海古籍出版社1987年版，第555页。

〔17〕　姚思廉《梁书》卷十三《沈约传》，中华书局1973年版。

〔18〕　魏徵《隋书》卷三五《经籍四》，中华书局1973年版。

〔19〕　陈振孙《直斋书录解题》卷十六，第465页。

〔20〕〔21〕〔23〕　刘明《沈约集成书及版本考论》，《商丘师范学院学报》2018年第1期。

〔22〕　傅增湘《藏园群书题记》，第563页。

〔24〕　永瑢等《四库全书总目》卷八十五"文渊阁书目"，中华书局1965年版。

〔25〕　钱大昕《潜研堂文集》卷三一《跋江雨轩集》，《钱大昕全集》第九册，江苏古籍出版社1997年版，第533页。

〔26〕　案，只有成书于嘉靖十九年（庚子）的高儒《百川书志》著录有《沈休文文集》一卷，高儒自注曰："梁尚书仆射武康沈约撰，凡五十八篇。"五十八篇的《沈休文文集》，既不同于南宋末年著录于《直斋书录解题》的48篇别集一卷，又不同于稍后成书的170余篇的《六朝诗集·沈约集》。疑此《沈休文文集》为小书商为射利而刊刻，印数极为有限，流通不广。

〔27〕　魏徵《隋书》卷三十五《经籍四》。

〔28〕　案，此诗《艺文类聚》卷一、《初学记》卷一都题为梁元帝作。《文苑英华》误题作沈约，故不统计在37首非乐府类诗之列。

〔29〕　案，《伤王融》《伤谢朓》……《伤胡谐之》，《六朝诗集·沈约集》中一共九首，连续出现，无《怀旧》总名，为制表方便计，此处以一首计之。

〔30〕　案，此诗《初学记》卷二八、《文苑英华》卷三二六皆题为王筠作，《沈约集》误收，故不统计在37首最早出现的非乐府诗之列。

〔作者简介〕　敖雪岗，男，文学博士，南京大学海外教育学院副教授。

许奉恩诗文考*

郝　敬

　　许奉恩(1816—1878)，字叔平，号兰苕馆主人，安徽桐城人。自幼好学，有诗名。乡试未中，屡为幕僚。其人著述甚多，散佚亦多。尤以小说作品《里乘》(《兰苕馆外史》)十卷，与蒲松龄《聊斋志异》和纪昀《阅微草堂笔记》，鼎足三分，共襄清代文言小说盛名，学界相关研究颇丰。笔记资料《转徙余生记》一篇，为清代后期太平天国运动重要历史资料，学界关注较少。而作为桐城派后期重要代表作家的许奉恩，不仅在小说创作上享一时之声誉，其对诗文理论思考也全面深入，对桐城派文章学和诗学理论的完善与实践进行了系统补充。但长期以来，其诗人身份并不被学界熟悉，诗文作品往往见遗。今以所见许奉恩遗存诗文，略为讨论，以补桐城诗派研究之阙。

一、《兰苕馆诗集》

　　许奉恩奔波不定，幕僚一生，与诗文相伴。其诗文作品随撰随辑，很早即编稿以待刊刻，旧友故交往往得以尽读其诗稿。倪文蔚《兰苕馆诗钞序》云："道光癸卯，始识君于次郊叔父所，自是，郡试省试必相过从，因尽得读其骈文及古今体诗尔，时君年未三十，才思横溢，倾倒一时……同治癸亥，君自蜀归，过襄阳，闻余客武昌幕府，寄诗见怀，俯仰今昔，不禁身世之感。余守荆州，来书笃念旧好，将作楚游……"[1]则倪文蔚在道光二十三年(1843)，即读过许奉恩青年时期诗，中经咸丰兵燹，两人音讯断绝，至同治二年(1863)，复见诗作唱和。舒焘《兰苕馆诗钞序》云："予耳叔平名五年于兹矣……今春始识面于吴门……君乃衷其所作古今体诗，删存一卷，持以睐予，嘱为点定……戊申暮春……"[2]则在道光二十八年(1848)春天，许奉恩将其诗稿摘录一卷，交由舒焘评点。同治十年(1871)，好友、时任两淮盐运使方濬颐《酬叔平四叠前韵》云："偏师真足抗王波，品藻兰苕不是过"，自注："君有《兰苕馆诗集》。"[3]据上，则许奉恩将自订诗集稿本名为《兰苕馆诗集》，无疑。又，《里乘》刘毓楠序云："兰苕馆所著十余种"。[4]方锡庆跋云："癸酉，予游广陵，君适客都，转家子箴方伯幕中，意外把晤，款接甚欢。急询君平日所著作十余种，稿本幸未尽散佚，愿助薄赀，趣为陆续付梓。金谓《兰苕馆外史·里乘》十卷，义关劝惩，宜先锓版。兹将竣工，爰为跋其缘起。倘全集次第一律刊行，即以此为嚆矢焉，可也。同治甲戌小春。"[5]则许奉恩撰著除小说集《里乘》外，当

---

* 本文收稿日期：2023 年 3 月 23 日

有十余种。而《兰苕馆诗集》在同治十三年(1874)《里乘》刊刻时,仍未刻板,且与许奉恩的其他著作,出现了部分散佚。

据上可知,许奉恩最早的诗集,当为其自编的《兰苕馆诗集》稿本,且这个稿本的作品数量随着许奉恩的创作不断增加。虽经历战乱流徙,在同治十二年(1873)方锡庆与许奉恩相见时,仍然基本完好,各体俱在。直到光绪四年(1878)许奉恩病故,操持后事的吴宝清将《兰苕馆诗钞》转交倪文蔚时,已非《兰苕馆诗集》原貌,而是经过许奉恩汰选,"集中大半遭乱后作,沉郁苍凉,诗境一变"[6],并且倪文蔚强调"见怀七律经君手删,余所未见者尚数百首"[7],删除了大量律诗。应该说,这部稿本最为符合许奉恩的标准,并且保留了不同时期诸多友人与许奉恩交流创作时为其诗歌的品评题跋。至光绪十一年(1885)倪文蔚刊刻时,采取"录其菁华,先付剞劂"与"各家序论,仍备于前"[8]的处理方式,形成了今天看到的十一卷本,当然,这与最初的文本状态是大相径庭的。

因此,两个时间点和三个时间阶段是呈现《兰苕馆诗集》面貌特征的关键,即至光绪三年(1877)许奉恩离开扬州方濬颐幕府前往武昌吴宝清处时,稿本收录诗歌最多;光绪四年(1878)许奉恩在吴宝清处病故前,"手删"其诗,七律删却尤盛,变《兰苕馆诗集》稿本为《兰苕馆诗钞》稿本,作品"大半遭乱后作",前期作品数量大幅减少;光绪十一年(1885)倪文蔚在《兰苕馆诗钞》稿本基础上"录其菁华",并删五、七绝,刊刻成十一卷《兰苕馆诗钞》,作品数量进一步减少,是为今见《兰苕馆诗钞》光绪刻本。

又,《清人别集总目》著录:安徽省图书馆藏有《兰苕馆诗集》稿本,不分卷。[9]但它并非上述《兰苕馆诗集》稿本,而是一个摘抄本。其扉页有题记,云:"摘抄《兰苕馆诗集》,同治上元甲子在西川少城军署园之梦佛盦受廛读一过。"[10]末页题云:"同治乙丑五月初三日在京都半亩园受廛读一过;同治丙寅五月十三日在京都半亩园受廛读一过;同治庚午十月初四日在京都半亩园受廛读一过。"[11]据此,同治三年(1864)春,许奉恩在西川少城(今成都)摘抄诗集并阅读整理,同治四年、五年、九年在北京半亩园又三次阅读整理摘抄本。半亩园为北京名园,麟庆在道光二十一年(1841)购置后重新翻修,藏书亦颇丰,为时人所称。同治四年、九年,许奉恩为谒选两赴北京,都住在半亩园。安徽省图书馆云此本修复之中,现无法得观。

二、《兰苕馆诗钞》

《兰苕馆诗钞》是目前可见的许奉恩诗歌的最集中体现。《清人别集总目》著录:是集最早刊刻于同治十一年(1872),又有光绪十一年(1885)刻本和民国十九年(1930)许方斐排印本。[12]同治刻本今已罕见,《清人别集总目》所云收藏单位安徽省图书馆、山西省图书馆和安庆市图书馆均无法检索是书。值得注意的是,同治十三年(1874)春,方锡庆在为即将刊刻成书的《里乘》作跋文时曾云:"癸酉,予游广陵,君适客都,转家子箴方伯幕中……急询君平日所著作十余种,稿本幸未尽散佚,愿助薄赀,趣为陆续付梓。金谓《兰苕馆外史·里乘》十卷,义关劝惩,宜先锲版。兹将竣工,爰为跋其缘起。倘全集次第一律刊行,即以此为嚆矢焉,可也。同治甲戌小春。"[13]据此,《里乘》是许奉恩全部著作中最先刊印的,且方锡庆愿意资助将其余作品陆续刊印。因此,所谓同治十一年刻本的《兰苕馆诗钞》存在相当大的可疑性。

加之此时许奉恩仍寄于方濬颐幕府,且无他人捐资,囊中有限,恐无法印书。

故光绪刻本为目下所见可信可读可用之仅存刻本。《清人别集总目》云此本上海图书馆、南京图书馆、山东省图书馆、安徽省图书馆和安徽科研所有藏,存世颇少,且问题亦有。如安徽省图书馆藏本,封面虽有"光绪乙酉夏刘彝题"的款识,但后有民国十九年(1930)许方斐跋文,则该馆藏本究竟为何尚存疑。光绪刻本后被收入《晚清四部丛刊》第五编第120册影印出版[14],虽云据光绪刻本影印,但未云据本藏地。观其封面,只云"兰苕馆诗钞,刘彝题",与安徽省图书馆藏本有异。许方斐排印本,《清人别集总目》据《皖人书录》转录,言首都图书馆有藏本。[15]《续修四库全书总目提要(稿本)》载有提要一篇,撰者佚名。其云:

> 《兰苕馆诗钞》十一卷,民国十九年刻本……分体编卷,首杂体,次五古、七古各一卷,次五律、七律各四卷,都五百四十一首。光绪十一年望江倪文蔚刻。前有文蔚及舒焘序,梅曾亮、汤贻汾、包世臣、丁廷枢、汪朝瑞、虞运枢、方濬颐题词,李国杞、倪良耀、侯云松、汤贻汾、梅曾亮、万藕舲、张之万、姚莹评语。民国十九年,族玄孙方斐重印并跋。徐宗亮《善思斋文续钞》有《许叔平诗序》,此乃不载。据倪序,集中大半遭乱后作,未见者尚数百首,录其精华,先付剞劂云云,是原集尚不止此也。曾亮谓其可继刘开,信非虚语。[16]

徐宗亮《许叔平诗序》,今存,《兰苕馆诗钞》光绪刻本未收,当为刊印是书时失收。其文曰:

> 初,予幼时即闻君工为诗,而不获见。既壮,交江学博待园,与论乡里诗人,亦颇及君。去年春,访方大令海云于郡,遇君座上,道姓名,各欢然喜。惜匆匆别去。其冬,待园至郡,招予,始与君过从。尽得所为诗。读之,信平一乡材士之杰者也。盖君生平以笔墨驰骋四方,西极峨岷,东尽吴越,皆能取其所历奇境,发之于诗,而不囿于俗学雕缛之习。然使终得优悠一室,纵其心与力之所至,以求会古人精神于穆邈之中,则所为当有不止是者,而惜乎于游老也。吾邑固多诗人,以予所见,文征君钟甫、戴孝廉蓉洲,各有盛名,而皆君故交,今亡矣。海云诗才尤横,去秋亦亡。独君与待园二人在耳。待园诗,予尝序之。君因援待园以请,予于是有感焉。昔刘海峰先生寓枞阳江上,以文学诏后进,世遂有枞阳诗派之传。[17]

撰此序前,两人故交文汉光(钟甫)(1808—1859)、戴钧衡(蓉洲)(1814—1855)皆已亡故。前一年春,二人初识于方海云席上。同年秋,方海云亡故。同年冬,徐宗亮入江有兰(待园)(1800—1871)幕府,与许奉恩订交。撰此序文时,江有兰与许奉恩俱在世,则徐宗亮撰此序文时间,必在咸丰九年(1859)后、同治十年(1871)前。则即使《兰苕馆诗钞》初刊于同治十一年(1872),徐宗亮所读许奉恩诗作,也当为稿本,即《兰苕馆诗集》。

今观《兰苕馆诗钞》光绪刻本十一卷,其书半叶九行二十一字,小字双行同,白口双边,单鱼尾。卷首有光绪十一年(1885)倪文蔚《兰苕馆诗钞序》和道光二十八年(1848)舒焘《兰苕馆诗钞序》,题词有梅曾亮(伯言)、汤贻汾(雨生)、包世臣(慎伯)、丁廷枢(星船)、汪朝瑞(雪庄)、虞运枢(叔垣)和方濬颐(子箴)等各家题诗。诸家评语有李国杞(南叔)、倪良耀(濂舫)、侯云松(青甫)、汤贻汾(雨生)、梅曾亮(伯言)、万藕舲、张之万(子青)和姚莹(石甫)等各家品评。全书共收诗541首,其中杂体10首、五古48首、七古38首、五律250首、七律195首。未收五绝、七绝之作,符合倪文蔚"录其菁华、先付剞劂"之语。许方中《诸叔父行略》亦云:"望江倪豹岑中丞取而廉选,刊之于粤,惜删五七言绝句,未免有遗珠之憾。"[18]

除缺失五、七绝外,《兰苕馆诗钞》最大的遗憾莫过于倪文蔚刊刻时依据的底本,是经过许奉恩临终前的删削而成,使得集中保留的诗歌大部分是经历咸丰兵燹后的创作。虽然这些"沉郁苍凉"的作品饱含了许奉恩的辛酸坎坷以及对人生苦难的深刻理解,如"庾信文章老更成"一般,让友人读其诗有感觉"诗境一变"。但是,这种删削也造成对许奉恩诗歌创作前期面貌的部分疏离,无法有效还原其完整的诗歌人生,即使这些缺失的诗歌都是"吟咏风谣、流连哀思"的寻常作品。许奉恩在世时,包世臣曾云"他年订全稿,少作不须删"[19],这种真诚的嘱托最终落空,也让我们失去了纵览许奉恩诗歌历程的契机。当然,从保留的诗歌作品看,许奉恩后期的创作视野的确得到了实质拓展,作品质量也得到了实质提升。

三、《题襟馆倡和集》

乾隆时期,两淮盐运使曾燠在扬州衙署后院建题襟馆,以便诗歌唱和,并刊刻《邗上题襟集》《续集》,记其文坛盛事。同治八年(1869)至光绪二年(1876),方濬颐任两淮盐运使,效仿前贤,重修题襟馆,与名士宾客诗歌酬唱,再次复兴扬州文坛。《题襟馆倡和集》正是记录同治十年(1871)夏秋间,方濬颐在题襟馆组织"消夏会",众人参与诗歌唱和的作品集。

此集四卷,卷首有方濬颐篆书"题襟馆倡和集四卷",内封牌记为"同治壬申秋,两淮运署刊,方濬颐篆首"。[20]在同治十一年(1872)。此书国内主要图书馆皆有收藏,著录信息略有不同,如中国国家图书馆、天津图书馆、南京图书馆等为2册;吉林省图书馆为1册;北京师范大学图书馆为4册,皆为四卷本,仅为分装不同。全书除许奉恩序外,版式一致,半叶11行21字,小字双行同,左右双边,白口单鱼尾。较为特别的是,天津图书馆藏本在卷首前有两篇许氏序,内容一字不差,惟版式稍有差异,一为半叶10行22字,一为半叶11行21字,与全书相同。未知前者何故?许奉恩在序中详述了这次扬州诗歌酬唱和作品编集的缘由,落款云"同治辛未秋",则是集编撰成书到刊刻,间隔约一年。全书收录诗歌551首,参与唱和诗人数十位,各家作品数量多寡不一,以许奉恩、方濬颐、王尚辰等人作品数量较多。其中,许奉恩诗作77首,另参与联诗1首,是这本集子的主要创作者,也体现了他与幕主方濬颐的深厚友谊。在这77首作品中,七律27首、五律12首、七古16首、五古10首、七绝12首,各体兼备,律诗尤盛。如以许奉恩留存的诗稿看,其人喜作律诗,艺术水准较高,而绝句创作相对不多。可能这也是倪文蔚刊刻《兰苕馆诗钞》时删去五、七绝的一个客观因素。

是书另有节选本。《方忍斋所著书》收有一册《题襟馆消夏倡和集》[21],书名稍异,收方濬颐、许奉恩等人唱和古今体诗163首。由于此本"经方氏手订,朱墨烂然"[22],故收录作品数量不足同治刊本的三分之一,也删去了许奉恩的序文。

《题襟馆倡和集》中许奉恩之作,均在《兰苕馆诗钞》外,可补其阙。

四、《兰苕馆论诗》和《文品》

《兰苕馆论诗》《文品》是许奉恩重要的文论作品,从中可见许奉恩及桐城派后期的文学思想观念变化。二书在其生前皆未刊刻出版,目前可见最早的评论资料当是方濬颐《兰苕馆文品论诗合钞序》[23],则鉴于二书性质与篇幅,许奉恩当时应将此二书稿作为统一整体。《清人别集总目》著录"桐城许叔平品文论诗合钞二卷"[24],言为稿本,藏安徽省图书馆。《皖人书录》亦著录"桐城许叔平文品论诗合钞二卷"[25],题目稍有异,当为一书。然安徽省图书馆今亦无法检索是书。方濬颐《兰苕馆文品论诗合钞序》云:"兰苕馆诗文集暨杂著,数年来,予皆假读一通……观其《文品》,厘为三十有六;《论诗》,自汉魏下及三唐,凡得百首。非平日读破万卷书,乌能若是之剖析明当,断制谨严欤?……愿吾叔平再取宋以后诗论列之,毋存尊唐薄宋之心,不且进而益上也欤?"[26]则二书至晚成书于许奉恩离开方濬颐幕府前,即光绪二年(1876)之前。

民国四年(1915),上海广益书局刊印许奉恩《兰苕馆论诗百首》,收入《古今文艺丛书》第六集,此为《兰苕馆论诗》首次刊刻。[27]然此集实有论诗99首。民国十六年(1927),《民彝》杂志第七期"杂俎"栏目刊登了许奉恩《兰苕馆文品》36则[28],此为《兰苕馆文品》首次刊刻。又在第八期"杂俎"栏目[29]和第十期"艺薮"[30]栏目分别刊登了《兰苕馆论诗》54首和45首。此为近代许奉恩文论作品的集中展示。民国十八年(1929),郭绍虞辑《文品汇钞》,收许奉恩《文品》一书,并略作提要讨论,此为现代学界对许奉恩文论思想的首次考察。其云:

> 《兰苕馆集》,未见。此《文品》三十六则,录自《民彝》杂志者。昔杨复吉跋马氏《文颂》,以无品文之人为艺林缺典。今得此文,亦足弥斯憾矣。虽然,郭(麐)、杨(夔生)《词品》,吴衡照以为奄有众妙者,谢章铤讥其叠床架屋。见仁见智,初无定论。则许氏《文品》,果足弥补艺林之缺憾乎?抑仍不免叠床架屋之讥也。则在读者之自辨矣。吴县郭绍虞识。[31]

评价虽不甚高,但能注意到许奉恩《文品》是对各体品评系列中对品文类的首次讨论。此后,郭绍虞在《诗品集解》附录《文品》[32],在《万首论诗绝句》中收录《兰苕馆论诗》[33]。王水照主编《历代文话》也收录《文品》[34]。聂巧平认为其"论文章风格为主,继承《二十四诗品》之形象性描述手法,以之论文,在文章品论形式上颇为新颖"[35]。

今观《文品》36则,仿前贤品评体例,标题二字,每则四字为句,两句一韵,六句作结,实四言诗。《文品》例举作品风格特色种种,学界曾有一二讨论,亦从桐城派古文理论着眼,实过于拘泥,未谙许奉恩文学思想核心观点。这里不展开详细讨论,略为陈说。许奉恩所处时代,国门渐开,传统受西学影响日盛,人心思变,文学亦如是。桐城派虽掌文坛,但并非止步于古文一体,诗歌、小说皆有所成,甚至经学、子学亦繁荣发达。桐城派后期代表诸家,诗文创作俱佳,则其理论焉能偏囿于一体?方濬颐《兰苕馆文品论诗合钞序》其实就以许奉恩为例,较为深入地讨论了桐城派文学理论观念的改变。其云:

> 诗、古文辞,皆文也。文以载道,而诗则有韵之文,要惟发乎性情,根乎学问,援笔立就,灿然成章,格调既殊,门径各别。于是有能文不能诗者,有能诗不能文者;有能为散体文不能为骈体文者,亦有能为近体诗不能为古体诗者。而论文者,或专学一派,遂以为谈经说理,判然两途,不可强之使同也;论诗者,或专宗一家,遂以为汉魏唐宋,毂然万变,断难容之使合也。吁,此特一篇之见耳,岂足为定评哉?若吾叔平,则于诗、古文辞

固无体不工也。兰苕馆诗文集及杂著,数年来,予皆假读一通。深服其取□,富有渊雅,名通吾皖,文人诗人萃于龙眠,君追逐诸老辈,后不愧全才,方且自树一帜,可谓豪矣……有问诗者,则告以一字诀,曰真而已矣。诗固宜尔,即文亦何独不然? 是古今文字胥由学问中来,从性情中出,区区格调门径,犹其浅焉者也。[36]

可见,在许、方这些桐城派后期代表作家看来,应摆脱古文对桐城派的模式化标签,让桐城文学家不断发展的文学理论冲击影响这个时代对文学的认知。因此,《文品》其实是对所有传统文学体式集中思考的呈现,读解也不应简单地停留在对桐城派古文理论的总结与丰富。

《兰苕馆论诗》今存99首,所谓百首之称应取其大数。亦仿前贤品评体例,无标题,七绝。大体按诗歌发展为序,从汉初到晚唐时期,每首绝句论一位或数位诗人创作风格特点或代表作品。应该说,许奉恩的论诗是古代论诗诗的重要组成部分,也是晚清以来诗学理论建构的不可或缺的重要因素。同时,其拓展了桐城文学流派的体系分支,丰富了桐城诗派的内涵,加强了桐城诗学的理论深度,也使桐城诗派的实际建立自刘大櫆"枞阳诗派"[37]之谓后得到了积极的补充完善。此外,也可看出《文品》36则是对文学的宏观思辨,《论诗》99首则是对作家作品的具体考察。前者重在建构文学理论体系,后者重在对特定文体分析文学现象。许奉恩从现象到本质,以创作促理论,正如方濬颐以《合钞》论述二书,二书实不可分,读解也应彼此照应,才可相得益彰。

当然,《兰苕馆论诗》似也存在一些不足,就其选论来看,止于三唐,无涉宋诗。方濬颐对许奉恩的这种处理曾有建议。其云:"愿吾叔平再取宋以后诗论列之,毋存尊唐薄宋之心,不且进而益上也欤?"[38]从方濬颐语意看,有两点值得关注,一是此《论诗》仅为书稿,并非定本,许奉恩可以继续对宋以后诗作品论,增补完善;二是受桐城派文学思想及当时文学背景的影响,诗歌领域的尊唐薄宋是为主流,许奉恩不可避免为其所扰。因此,方濬颐建议许奉恩应存有大的诗歌观,不厚此薄彼,方能从创作与理论两方面积极推动诗歌的良性发展。这种建议并非只有方濬颐提出,汤贻汾谈到许奉恩的诗歌创作特点,也曾指出:"别开町畦自一家,不□标榜务声华。尊唐抑宋殊多事,好句偏难众口夸。"[39]其实,许奉恩并非未注意到"尊唐抑宋"的诗学主张对创作与理论的局限,《兰苕馆杂记》曾记录了他对宋诗乃至清诗的一些论述:"东坡无意为诗,而诗无不入妙;山谷有意为诗,而诗亦无不入妙。昔人谓太白为诗中之仙,少陵为诗中之圣,予则谓东坡为诗中之龙,山谷为诗中之虎,盖一则夭矫变幻,不可捉摸,一则眈眈逐逐,令人慑服。"[40]对宋诗成就最高的诗人苏轼与黄庭坚的作品风格特征做了形象的表述。又云:"诗至元人,单弱极矣。予最爱杨铁崖,独来独往,奇气纵横,几有天马行空,不受羁控之至。于诗道极衰时,忽有此人,如残膏之复明,正蒙泉之将发,或者天生此公,默以为青田青丘之先导乎?"[41]极为推崇杨维桢诗歌的自由风格,并认为正是这个处于诗歌发展低谷时期的杨维桢,引领了明初刘基、高启的诗歌创作。又云:"我朝王、宋、施、朱诸公,起而提倡风雅,均为一代正宗。而诗教昌隆,故烝烝乎从此,而远与三唐相抗矣。"[42]体现出对清代诗人对当代诗歌发展的高度自信,这也是有清一代文学各体式均达到高峰的一个侧面写实。

因此,无论是从《文品》的论述,还是从《兰苕馆诗钞》的创作,都可看到开放的诗学观念对许奉恩的影响。只是由于《兰苕馆论诗》未留下继续创作的文字资料,无法看到他对宋以后诗歌的成体系论述。若天以假年，相信他会对历代诗歌做一完帙讨论，打破"尊唐抑宋"的诗学桎梏。

五、《兰苕馆杂记》

《兰苕馆杂记》，1册，不分卷，清稿本，今藏安徽省图书馆。因保存不善，残损较重。是书内容颇为繁杂，议论记叙兼有，议论如前文所引对诗学的相关讨论，记叙如《转徙余生记》般随事而叙，大致时间跨度约在咸丰间。此本相对重要，可补许奉恩研究之阙，但安徽省图书馆云此本亦在修复之中，现无法得观。

六、其他散佚诗文作品

许奉恩作品散佚特多，除前文所云《题襟馆倡和集》中收录大量诗歌及序文一篇外，仍有多篇文章和诗歌唱和作品收录在其好友方濬颐的别集中，如《二知轩文存》《二知轩诗钞》、《二知轩续诗钞》《梦园书画录》等。许奉恩有时亦会作一些铭诔文字，如其所撰《广西桂林营守备李君墓志铭》，收录在当地方志中。[43]

此外，田野考察也会发现一些散佚资料。2015年春，黄华许方氏修谱办公室在枞阳县凤仪乡凤仪村外调时，发现许奉恩《兰苕馆诗钞》清末民初抄本一种，凡四册，除第一册为抄书人方敏公所作诗词楹联作品外，余三册皆为许奉恩作品，包括五言诗200余首，七言诗250余首，及《兰苕馆文品论诗三十六则》(实录38首)。诗歌数量与《兰苕馆诗钞》光绪刻本所载颇不同，其中疑存佚诗。但据办公室留存此本首页的拍摄图片看，抄写工整，半叶12行15字，小字双行同。篇首题为"兰苕馆五言诗钞"，内容与光绪刻本同。惜方氏后人居家迁徙，已无法联系，不能深入了解此抄本。

又，2020年6月27日，苏州四礼堂古籍善本2020年春季拍卖会，拍品中有一册清刻本《吴中春草倡和诗钞》，是为许奉恩避咸丰兵燹转徙苏州时与友人唱和之作。预此集者凡施燕辰、吴云、蓝蔚雯、阮荣、倪人垌、顾希恺、黄廷瓒等。按，许奉恩曾于咸丰五年(1855)、八年数次寄居苏州。此集首倡即为其所撰七律两首，摘录如下：

> 远道绵绵寄所思，浅痕惨澹碧如丝。水波南浦江郎赋，野火东风白傅诗。不用须防茅易塞，难图莫使蔓能滋。美人渺隔情何极，且饮村醪读楚词。

> 无边芳翠接天涯，烟雨迷离入望赊。处处落花金缕曲，年年寒食玉钩斜。垂杨驿路初盘马，流水池塘又听蛙。万里河山原一色，王孙底事未归家？

许奉恩作为晚清时期桐城派的一名普通文学家，诗文俱佳，反映了桐城派文学观念在后期的自我革新与丰富完善。但长期以来，学界仅关注文言小说作品《里乘》，忽视了许奉恩的诗文创作。特撰此文，以备桐城派研究深入之需。

注　释：

　　* 本文系教育部人文社会科学重点研究基地项目"安徽诗歌、诗学文献综合整理与研究（GXXT—2020—026）"阶段性成果。

　〔1〕〔6〕〔7〕〔8〕　许奉恩《兰苕馆诗钞》，倪文蔚序，光绪十一年刻本。

　〔2〕　许奉恩《兰苕馆诗钞》，舒焘序，光绪十一年刻本。

　〔3〕　方濬颐《二知轩诗续钞》卷十一，同治八年刻本。

　〔4〕〔5〕〔13〕　许奉恩《里乘》，同治十三年刻本。

　〔9〕〔12〕〔24〕　李灵年、杨忠《清人别集总目》，安徽教育出版社2000年版，第603页。

　〔10〕〔11〕　许奉恩《兰苕馆诗集》，同治摘抄本。

　〔14〕　许奉恩《兰苕馆诗钞》，《晚清四部丛刊》第五编，文听阁图书有限公司2011年版。

　〔15〕〔25〕　蒋元卿《皖人书录》，黄山书社1989年版，第164页。

　〔16〕　中国科学院图书馆整理《续修四库全书总目提要（稿本）》第36册，齐鲁书社1996年版，第34页。

　〔17〕　徐宗亮《善思斋文续钞》卷一，《清代诗文集汇编》第728册，上海古籍出版社2010年版，第64页。

　〔18〕　许书生《黄华许方氏统谱》，民国11年续修。

　〔19〕〔39〕　许奉恩《兰苕馆诗钞》，题词，光绪十一年刻本。

　〔20〕　许奉恩、方濬颐等《题襟馆倡和集》，同治十一年两淮运署刻本，天津图书馆藏。

　〔21〕　方濬颐、许奉恩等《题襟馆消夏倡和集》，《方忍斋所著书》（《明清未刊稿汇编》第19册），联经出版事业公司1976年版。

　〔22〕　刘兆祐《方忍斋所著书叙录》，《方忍斋所著书》（《明清未刊稿汇编》第1册），第15页。

　〔23〕〔26〕〔36〕　方濬颐《二知轩文存》卷十五，光绪四年刻本。

　〔27〕　许奉恩《兰苕馆论诗百首》，《古今文艺丛书》第六集，广益书局民国4年版。

　〔28〕　许奉恩《兰苕馆文品》，《民彝》第七期"杂俎"，《民彝》月刊社民国16年8月21日，第15—27页。

　〔29〕　许奉恩《兰苕馆文品》，《民彝》第八期"杂俎"，《民彝》月刊社民国16年9月21日，第4—11页。

　〔30〕　许奉恩《兰苕馆文品》，《民彝》第十期"艺薮"，《民彝》月刊社民国17年3月1日，第22—28页。

　〔31〕　郭绍虞《文品汇钞》，朴社出版社民国18年版，第86—87页。

　〔32〕　郭绍虞《诗品集解》，人民文学出版社1963年版，第118—127页。

　〔33〕　郭绍虞等《万首论诗绝句》，人民文学出版社1992年版，第1368—1383页。

　〔34〕〔35〕　王水照《历代文话》第6册，复旦大学出版社2007年版，第5599—5612、5601页。

　〔37〕　徐宗亮《许叔平诗序》，《善思斋文续钞》卷一，《清代诗文集汇编》第728册，上海古籍出版社2010年版，第64页。

　〔38〕　方濬颐《兰苕馆文品论诗合钞序》，《二知轩文存》卷十五，光绪四年刻本。

　〔40〕〔41〕〔42〕　许奉恩《兰苕馆杂记》，清稿本，安徽省图书馆藏。

　〔43〕　许奉恩《广西桂林营守备李君墓志铭》，《续纂句容县志》卷十七下，光绪三十年刻本。

〔作者简介〕　郝敬，1978生，文学博士，现任职于安徽大学文学院，副教授，博士生导师。主要研究方向为中国古代文学、古典文献学。

上海图书馆藏《全黔诗萃》稿本考述*

刘思文

清代铜仁学者徐楘所辑《全黔诗萃》是一部横跨明清两代的地域诗歌总集，也是贵州省域文献整理的先期代表作。徐楘(1797—?)，字鼎梅，小字桂生，号蔗塘居士，别号一真。清通政司副使徐如澍长子。从小生长京师，随父读书求学，为嘉庆末国子监生，多次应试不中，转而闭门著书。工诗赋，精书法。著《红蔗山房诗集》30卷、《词》1卷、《文集》13卷、《骈文》6卷，并参与续修《铜仁府志》。除辑《全黔诗萃》67卷外，还辑有《黔南十三家诗钞》、《铜仁徐氏十一代诗集》，惜已散佚。

上海图书馆藏《全黔诗萃》稿本收录明清448位黔地诗人的6477首诗作。全书采用"以诗存人，以人存诗"之方法，较好地保存了贵州开省以来黔地诗人的作品，是研究明清贵州文史，了解徐楘生平、交游与诗学成就不可或缺的一部重要文献。前贤时修著述中虽对《全黔诗萃》有关涉，但仅是论述时连带而及，未对其版本、体例、成书与价值进行专门研究。故此不揣谫陋，草撰此文，以就正于方家。

一、上海图书馆稿本版本体例

上海图书馆稿本31册，共存65卷，缺第34、35两卷，书号：线善861096-125。稿本尺寸21.7×13.6cm，黑格白口，双鱼尾，四周双边，每半叶9行，行19字。诗人生平、诗文大字，注文小字双行，字数不等。封面与正文右下角均有"上海图书馆藏"朱印，书题下附"前明五本，国朝二十五本，附录一本，共三十一本"，可知其内容大体分布。如明代5册收录诗人174位，辑诗866首；清代25册收录诗人250位，辑诗5394首；附录1册，收录诗人24位，辑诗217首。其中，辑诗200首以上的诗人有徐楘、徐如澍、田榕、徐阊、许韵兰、周起源等6人，分别录诗1850首、473首、461首、220首、219首和202首。

稿本奇数卷天头右上角有册数，其下靠右列书题与卷次。除徐楘诗文所在的卷四十五至六十外，每卷书题左隔一列并空一格署"铜仁徐楘选辑"，又平行空一列载诗人名与辑诗数，再另列空三格载诗人字号、籍贯、生平与著作，最后按时代列出诗作，诗题空两格，诗文顶格。正文偶有朱圈断句，部分诗题前有圆点标记，少数卷次前后字体粗细不一，知辑者非单人

本文收稿日期：2022年2月28日

一次录入。《全黔诗萃》卷六十四《舒芳芷(下)》:"外选《全黔诗萃》,余与许香卿后先同预校订编次之事。"[1]可见稿本辑录中,徐楘与其妻许韵兰、舒芳芷共同对诗文作了批校。如天头、地脚与文中均有批校痕迹,这些批校可分补、删、改、标等4类。如下所示:

表1　上海图书馆稿本批校内容统计表

序号	类型	所属卷次与诗文		批校内容
1	增补脱文	卷二	放怀六合且忘机	补"合"字
		卷十二	怀芝廉介	补"芝"字
		卷十二	自号古愚子,铜仁府人	补"铜仁府人"
		卷四十三	金刚藤歌	补"藤"字
		卷六十	刺娶再醮妾而抛结发妻也	补"再"字
2	涂删衍文	卷三十六	谓静川从兄	删"从"字
		卷三十八	用云村从弟如鸿赋	删"从"字
		卷三十八	适见云村从弟如鸿	删"从"字
		卷五十	接静川从伯山东掖县书	删"从"字
		卷五十九	壬子年十二月下世	删"十"字
3	改正讹混	卷二	士大夫能以子乡之心居官	"子"改"居"
		卷十五	忽尔看云立水滨	"忽尔"改"旋去"
		卷十五	昨犹一尊开	"开"改"同"
		卷十五	和周渔璜前辈咏物诗六首	"六"改"八"
		卷五十三	一朝珠翠锦衣裳	"锦"改"绣"
		卷五十五	著眼儿曹催我老	"著"改"注"
		卷五十五	太平人见乱离时	"人"改"曾"
		卷五十五	岭南三家诸家	"家"改"集"
		卷五十五	城郭何曾见,朦胧月满舟	"舟"改"川"
		卷五十五	金岩涌出水中央	"金"改"岑"
		卷五十五	跨鳌亭子高千尺	"跨鳌亭子高"改"何须更筑亭"
		卷五十五	有客登临爱日长	"有客登临"改"坦腹高歌"
		卷五十六	团团压处筼簹重	"处"改"去"
		卷五十六	何如不去高,半生尘滚滚	"不"改"莫"
		卷五十七	人静庭除不染埃	"不"改"未"
		卷五十七	新正二日夜梦	"夜梦"改"早起"
		卷五十七	试泉重话竹林禅	"泉"改"茶"
		卷五十八	东海洋洋兮蓬莱岛	"洋"改"汪"
		卷五十八	暮山色紫晓山苍	"色"改"带"
		卷五十九	浙江山阴山	"山"改"人"

31

续表

序号	类型	所属卷次与诗文		批校内容
		卷五十九	蕉叶新经洗,吟残一夜秋	"夜"改"院"
		卷五十九	临行索余赋诗送别	"临"改"濒"
		卷五十九	善权子母却非商	"商"改"贪"
		卷五十九	道光辛亥年六月继室去世	"道光"改"咸丰"
		卷五十九	其后裔遂去世职	"遂"改"虽"
		卷五十九	送回贵贵,洵难得也	"贵"改"州"
		卷六十	独坐遣怀阁遣怀题壁	"遣怀"改"吟香"
		卷六十	春晓凝妆为惜花	"为"改"自"
		卷六十三	舒芳芷上,七十三首	"七十三"改"八十四"
		卷六十三	深掩柴阘尽日间	"阘"改"门"
		卷六十三	小憩江亭草亭	"亭"改"边"
		卷六十三	红袖春深倚翠楼	"春"改"花"
		卷六十三	未送行时已望归	"望"改"订"
		卷六十三	自笑几番寻竹径	"寻"改"行"
		卷六十三	不借东便便	"便便"改"风便"
		卷六十四	蝶影翩翩去复留	"蝶影"改"舞蝶"
		卷六十四	何如龙井好	"如"改"殊"
		卷六十四	一声蝉曳楚江秋	"曳"改"咽"
		卷六十四	曝衣须趁曝衣时	"衣"改"书"
		卷六十四	快游人在画图中	"人"改"身"
		卷六十四	爱他生脆香无比	"生脆"改"鲜脆"
		卷六十四	束发犹如昨	"犹如昨"改"日无多"
		卷六十四	卅月莫蹉跎	"卅"改"岁"
		卷六十四	惠风和畅艳阳天	"和"改"条"
		卷六十四	虽有二男如己出	"有"改"是"
		卷六十四	但知莲肉香	"香"改"甘"
		卷六十四	绿樽校字酒樽前	"樽"改"窗"
		卷六十四	光阴不再来	"不"改"岂"
4	标注异文	卷五	声泪以外则有情	"则"字一作"别"
		卷四十二	铜仁府人,嘉庆辛酉举人	《(铜仁)府志》作"戊午举人"

上述4类校注中,以改正讹混次数最多,达58次,而增补脱文、涂删衍文和标注异文3类总计仅12次,约为改正讹混的五分之一。从所涉卷次看,批注主要集中在徐楘诗所在卷五十五至卷六十、舒芳芷诗所在的卷六十三至六十四卷等8卷中,二者分别有32次、20次,这也印证了舒芳芷的"红袖题签灯影畔,绿窗校字酒樽前"[2]。

二、上海图书馆稿本成书时间

有关《全黔诗萃》成书过程的文献记载少，无法得知其确切的成书时间，但可据其稿本辑录体例与诗作内容掌握大体的时间节点。

道光七年(1827)，徐楘迎娶继室舒芳芷，偕其辑录《全黔诗萃》、《红蔗山房诗集》等。《全黔诗萃》卷六十三《舒芳芷(上)》："道光丁亥仲秋于归徐鼎梅……维时夫子选录《全黔诗萃》、《宝研山房诗集》、《红蔗山房诗集》，命余编次校订。"[3]

道光二十六年，清儒刘青华听闻徐楘在辑《全黔诗萃》，呈其《散人吟稿》请徐氏校正。《全黔诗萃》卷五十六《徐楘(十一)》"刘乙垣青华闻余选《全黔诗萃》以所著《散人吟稿》就正，并呈即事写怀七律二首，因次韵答之，即送其归松溪"："岂容鱼目从中混，惟恐骊珠暗里沉。"[4]可知《全黔诗萃》辑录工作进展顺利。

道光二十九年，舒芳芷题七律感谢徐楘将其与许韵兰诗辑入《全黔诗萃》。《全黔诗萃》卷六十四《舒芳芷(下)》"余与许香卿后先同预校订编次之事，因得列名于上，敬题七律一首，以志欣幸之私"："黔诗五百有余年，选录精华萃一编。红袖题签灯影畔，绿窗校字酒樽前。琳琅大部拈针订，闺阁微名附骥传。著作会当呈御览，巍巍秘府接云边。"[5]徐楘后在《续悼亡百咏》中又提及舒芳芷助其辑录诗集之事："余选录《全黔诗萃》与先府君《宝研山房全集》及余《红蔗山房全集》卷帙繁多，皆吾妻一手编次，装订整齐，曾未假手于书坊也。"[6]根据许、舒诗作所处卷次推知，此时的辑录工作已渐进尾声。

综上所知，上海图书馆稿本辑录时间主要在道光七年至二十九年，且如前批校内容所示，诗文辑录与批校同步推进。结合稿本徐楘诗集末卷尾篇所收诗作《癸丑四月十九日寅时次孙积福生，诗以志喜》、《秋窗雨后晓起口占》可知，辑录工作一直持续到咸丰三年(1853)秋。

三、上海图书馆稿本内容特色

粗略统计，上海图书馆稿本全书约45万字，书中收录从明代永乐贵州永宁州诗人刘宏到清代嘉庆流寓贵州思南府诗人郑吉佑近五百年的黔地诗人作品。全书按时代描述了贵州开省以来的山川风物、风俗民情、人物遗文、奇闻轶事等，其诗作来源、题材内容、身份类别分别呈现出个体与群体统一、共性与特性统一、主流与多元统一之特色。

(一)诗作来源：个体与群体统一

《全黔诗萃》收录的6477首诗作中，不仅有明代诗人谢三秀、越其杰、杨文骢、吴中蕃和清代诗人杨光焘、周起渭、张元臣、陈法、何德新、张素等名家个体之作，也有贵阳府潘氏十二代、平越府傅氏七代、思州府田氏四代、铜仁府徐氏十二代等家族群体诗作，体现了个体与群体的有机统一。具体如下表：

表2 上海图书馆稿本诗作来源统计表

名家个体	谢三秀(114首)	明万历贵阳府,才子诗人,代表作《雪鸿堂诗集》
	越其杰(116首)	明万历贵阳府,将军诗人,代表作《蓟门》、《白门》
	杨文骢(38首)	明万历贵阳府,山水诗人,代表作《洵美堂诗集》
	吴中蕃(118首)	明崇正贵阳府,遗民诗人,代表作《敝帚集》
	杨光泰(51首)	清康熙铜仁府,秀才诗人,代表作《梦游草》
	周起渭(202首)	清康熙贵阳府,神韵诗人,代表作《桐埜诗集》
	张元臣(73首)	清康熙铜仁府,玉尺诗人,代表作《豆村诗钞》
	陈法(107首)	清康熙安顺府,理学诗人,代表作《内心斋诗稿》
	何德新(46首)	清乾隆贵阳府,瑶族诗人,代表作《云台山诗选》
	张素(60首)	清乾隆铜仁府,县令诗人,代表作《省溪舟中杂咏》
家族群体	贵阳府潘氏十二代(11位、254首)	潘润民(45首)、潘驯(62首)、潘骧(7首)、潘德徵(36首)、潘珍(2首)、潘快(1首)、潘淳(82首)、潘文芮(10首)、潘文苞(4首)、潘晓(3首)、潘以潋(2首)
	平越府傅氏七代(9位、89首)	傅亿(5首)、傅如砺(2首)、傅如璋(1首)、傅龙光(8首)、傅瑶光(10首)、傅玉书(50首)、傅鉴书(1首)、傅玛(1首)、傅汝恂(11首)
	思州府田氏四代(6位、507首)	田榕(461首)、田熙(3首)、田煦(6首)、田均豫(6首)、田均晋(18首)、田樟(13首)
	铜仁府徐氏十二代(30位、2985首)	徐宰六(6首)、徐鹤年(12首)、徐穆(17首)、徐稷(21首)、徐以遏(55首)、徐以遇(1首)、徐以遶(1首)、徐懋德(10首)、徐懋芬(2首)、徐爽(24首)、徐闻(220首)、徐世坦(3首)、徐世垓(31首)、徐镇(34首)、徐铣(2首)、徐钧(3首)、徐如澍(473首)、徐如浩(1首)、徐如溶(1首)、徐如洙(24首)、徐如淳(36首)、徐如涵(1首)、徐如淬(1首)、徐樨(1首)、徐林(1首)、徐棨(1850)、徐栢(127首)、徐枚(17首)、徐榕(8首)、徐元焘(2首)

表中十位诗人名家个体和四个诗学家族群体,较全面地反映贵州开省以来的诗歌成果与特色,既可从横向对比分析明清贵州诗歌类型与创作特点,亦可从纵向整体把握贵州古代诗歌的发展脉络与走向,使整个诗文集展现出点面结合、前后贯通、重点突出特色。

(二)题材内容:共性与特性统一

《全黔诗萃》所辑诗作中,不但有传统诗集中常见的写景抒情、怀古咏史、爱情闺怨、羁旅思乡、山水田园、咏物言志、即事书怀、送别怀人等共性题材,还包含有"为内人题画"、"题名人诗集"、"扫墓杂咏"、"感事咏怀"等特色专题。相关诗作如下:

表3 上海图书馆稿本诗作题材内容统计表

共性题材	写景抒情	顾坚《南郊即景》、越其杰《春暮看花》、刘子章《庐山》等
	怀古咏史	陈珊《读史》、徐穆《芜城怀古》、周起渭《武昌怀古杂诗》等
	爱情闺怨	徐栢《七夕》、许韵兰《闺怨》、舒芳芷《喜外初归》等
	羁旅思乡	王训《客夜》、王祚远《京居书怀》、谢三秀《九日忆家》等

续表

	山水田园	刘宏《山居》、徐宰六《访竹隐山居》、陈达道《山居》等
	咏物言志	潘润民《咏蓑衣》、顾鼎新《咏梅》、刘复向《咏菊》等
	即事书怀	王家儁《辛酉感事》、徐燊《即事书怀时楚粤用兵已三年矣》等
	送别怀人	宋昂《送赵逊敏东归》、潘驯《怀友》、潘骧《客中别友》等
特性题材	卷五十二为内人题画(19首)	《许时庵大宗伯松下读书图》、《许素堂刺史秦云出岫图》、《许葵园学博苔溪垂钓图》、《许佩之明经小楼听雨图》、《许佩之外舅西畴种树图》、《陈宜人华堂集庆图》、《张孺人蕉窗课女图》、《李孺人长斋绣佛图》、《封孺人含饴娱老图》、《曹孺人惜花早起图》、《许孺人围炉话旧图》、《许孺人蚕桑得趣图》、《施惺渠太史春日早朝图》、《许太孺人春晖慈荫图》等
	卷五十五题名人诗集(41首)	《宋荔裳》、《王阮亭》、《彭美门》、《田山薑》、《赵秋谷》、《朱竹垞》、《潘稼堂》、《徐虹亭》、《高江村》、《宋牧仲》、《周渔璜》、《查初白》、《恽寿平》、《吴野人》、《吴莲洋》、《田端云》、《钱香树》、《沈归愚》、《袁子才》、《蒋苕生》、《赵云松》、《程鱼门》、《王葑亭》、《张船山》、《谢君采》、《越卓凡》、《杨龙友》、《吴滋大》、《潘南垞》、《张悔堂》、《傅竹庄》等
	卷五十八扫墓杂咏(50首)	《螽斯塘》、《楷德溪桐木坪》、《桃寨》、《茶园山金鳌峰》、《西门河》、《牛皮穴》、《大江坪》、《翀凤山》、《汪家凸》、《官舟坨》、《响塘杆子山》、《响塘龙舌坡》、《小教场》、《长坪溪团凸》、《望祭省垣照壁山》、《北望山》、《响塘徐家湾》、《矮坨烧香田》、《响塘龙舌坡左岭》、《矮坨紫草陇》、《曹家园》、《望祭黄平旧州》、《响塘狮子岩》、《望祭龙里县教场》、《响塘庄园凸》、《望祭浙江海宁州》、《长坪椒园》、《长坪桑树湾》等
	卷六十感事咏怀(20首)	《二贤咏 叹柱驾闭门之两高也》、《官久富 刺贪吏之不久富也》、《思虎将 讽武将之不能舍死忘生也》、《风流吏 讽仕宦之重优而轻士也》、《练勇歌 叹乡兵因及官兵也》、《县官孙 伤富贵子弟之不肖也》、《手足叹 刺厚妻妾而薄兄弟也》、《翁无鞋 叹中年丧妻不能不续娶也》、《忘糟糠 刺妾生子而与妻反目也》、《野花香 刺恋外室而弃其内也》、《前夫坟 刺再醮妇之惑后夫也》、《老来少 刺孀居老妇施脂粉走俏步也》、《红粉叹 悯荆楚妇女之陷贼也》、《死流芳 叹殉节妇女之难得也》等

从上表知,《全黔诗萃》在继承诗文传统题材的同时,又拓展出多个地域特色专题,实现共性与特性的融合统一,使整个诗文集内容更为丰富。诗作所描述的贵州山川风物、风俗民情、人物遗文、奇闻轶事等,纪实反映了明清黔地社会生活的多样性,是一部具有百科全书性质的诗文集。

(三)身份类别:主流与多元统一

《全黔诗萃》辑录的448位诗人,依稿本目录所标身份显示,主要以知县、知州、知府、按察等仕宦身份为主,兼及僧人、文人、流寓、处士、隐士、羽士、女史等布衣身份和秀才、举人、贡生、国子、诸生、廪生、谢元、副榜、进士、庠生、拔贡、岁贡、增生等书生身份,表现出主流与多元并行统一之特点。

表4 上海图书馆稿本诗人身份统计表

仕宦(58类,289人)	知县(63人)、知州(19人)、知府(18人)、按察(17人)、教授(10人)、同知(10人)、巡抚(9人)、布政(9人)、教谕(9人)、巡道(8人)、训导(8人)、学正(7人)、参政(7人)、检讨(7人)、光禄(5人)、尚书(5人)、郎中(5人)、御史(5人)、太仆(4人)、巡按(4人)、主事(4人)、通政(3人)、参议(3人)、通判(3人)、侍郎(3人)、州同(3人)、编修(3人)、庶子(2人)、总兵(2人)、府丞(2人)、大理(2人)、总镇(2人)、州判(2人)、提督(2人)、副宪(1人)、世袭(1人)、宣慰(1人)、行人(1人)、都督(1人)、总督(1人)、运使(1人)、推官(1人)、太常(1人)、指挥(1人)、鸿胪(1人)、宫詹(1人)、粮道(1人)、谕德(1人)、观察(1人)、庶常(1人)、提塘(1人)、给事(1人)、学录(1人)、大夫(1人)、洗马(1人)、县丞(1人)、参将(1人)、主簿(1人)
布衣(7类,44人)	僧人(12人)、文人(9人)、流寓(9人)、处士(5人)、隐士(3人)、羽士(3人)、女史(3人)
书生(13类,115人)	秀才(31人)、举人(24人)、贡生(18人)、国子(12人)、诸生(9人)、廪生(7人)、谢元(3人)、副榜(3人)、进士(2人)、庠生(2人)、拔贡(2人)、岁贡(1人)、增生(1人)

《全黔诗萃》所载诗人中,仕宦身份诗人最多,共有289位诗人,涉及58类官职,占诗人总数的65%,是明清黔地诗人的主流身份;其次是书生身份的115位诗人,他们中又以秀才、举人、贡生和国子4类身份居多;布衣身份诗人则较少,仅有7类44人。3类身份比重不同,其产生的影响也各异。值得一提的是,列于《全黔诗萃》末册的女史诗人和附册中的流寓、僧道诗人,这些身份人数虽不多,却辑有629首诗作,占诗文总数的10%,是不容忽视的三类身份,值得特别关注与分析,详见下文。

四、上海图书馆稿本主要价值

《全黔诗萃》体系明晰,内容丰富,保留了徐楘辑录、批校之痕迹。全书作为贵州省域文献整理之代表作,迄今尚未整理刊布,其于学术研究、文献整理与文化发掘等方面价值亦未能引起学界足够重视,实为研究明清黔地诗歌的一大憾事。

(一)诗文类别研究之学术价值

《全黔诗萃》较全面地收录了贵州开省以来黔地诗人作品,对了解古代黔地诗歌类型与特点,掌握诗歌发展的脉络与走向,具有十分重要的价值与意义。如前所述,稿本诗作来源、题材内容、身份类别具有鲜明的群体化、特性化与多元化特点,这些特征折射出《全黔诗萃》于家族诗文、专题诗文、类别诗文方面的研究价值。

家族诗文研究方面,徐楘所辑贵阳府潘氏十二代、平越府傅氏七代、思州府田氏四代、铜仁府徐氏十二代等四家均为明清黔地重要文化家族,其收录的56位共3835首诗歌为研究地域家族诗文提供了文献参考,同时亦可弥补徐楘《黔南十三家诗钞》和《铜仁徐氏十一代诗集》散佚之缺憾,并丰富了傅玉书父子所编的《黔风》三录(即《黔风旧闻录》、《黔风鸣盛录》、《黔风演》)与潘元炳兄弟所辑《潘氏八世诗集》之内容。

专题诗文研究方面,《全黔诗萃》所列"为内人题画"、"题名人诗集"、"扫墓杂咏"、"感事咏怀"等特殊专题,不仅系统梳理了相似主题的诗作,同时也明晰出共性主题诗文创作的特点与规律,并与散见的个体诗作相互补充,使整个诗文集更富层次感。如徐楘《题名人诗集序》所说:"近代诗人林立,大家名家,指不胜屈,自唐以来,未有如我朝之盛者也。今即得见全集者,各题七律一章,余俟异日见而补题之。"[7]

类别诗文研究方面,《全黔诗萃》所收许韵兰、舒芳芷、甘德廷3位女史诗人的412首诗作,为学者了解明清贵州女诗人创作提供了资料。3人分别著有《听春楼诗》6卷、《吟香阁诗》4卷、《红杏山庄诗草》1卷。许诗"得力于《长庆》、《樊川》、《剑南》诸集,兼取法于吴梅村、王阮亭、袁简斋诸家,宜其丽词云委,藻采霞披也"[8],舒诗"格律之工稳,音韵之清圆,可与《听春楼》继起而齐名焉"[9],甘诗"来去诗笺日日增,少壮诸公夸敏捷"[10]。然而三部诗集均已散佚,莫庭芝、黎汝谦、陈田所采《黔诗纪略后编》分别收录了12首、2首、0首,从侧面说明《全黔诗萃》所辑女史诗作之价值。此外,稿本中还辑有15位僧道、9位流寓、8位隐士诗人作品,这些也为分析明清黔地诗文多元化成就提供了参考。

(二)诗集辑录整理之文献价值

《全黔诗萃》作为明清黔地诗文整理的先期代表作,其辑录的原则、方法、体例与内容深刻影响了其后出的《黔诗纪略》、《黔诗纪略后编》、《黔诗纪略补编》和《播雅》等地域诗歌文献采辑与整理,推动了明清黔诗的整理与发展。

从辑录原则与方法来说,《黔诗纪略》、《黔诗纪略后编》、《黔诗纪略补编》和《播雅》等诗文辑著承继了《全黔诗萃》所贯通的"以诗存人,以人存诗"之法,"聚三百年来黔人诗卷,罗列于一编,或仿高仲武之评,或掇元裕之之传,使巨人长德与夫山林遗逸,各以生平著篡、遗事轶闻,传播于风微人往而后"[11],并将其拓展为"因诗存人,亦因人存诗,旁征事实,各系以传,而大要以年为次,无诗而事实可传、文字有关暨山川可考者,相因附见,按以证之"[12],进一步丰富和完善了黔诗辑录的形式。

从辑录体例与内容来说,《黔诗纪略》、《黔诗纪略后编》、《黔诗纪略补编》等辑著采用《全黔诗萃》分时代、重名家、立专题之体例整理明清黔地诗人作品,并将《全黔诗萃》所辑诗文悉数辑入到著述中。以晚出的《黔诗纪略补编》为例,全书补辑了来自《全黔诗萃》明代钱点、宋昱、王祚远、何腾蛟、宋昂、王训、谢国梗等30位诗人53首诗作和清代何德新、张元臣、潘德徵、李尃、唐兰、洪其哲、唐金、越珊等29位诗人59首诗作。该书从体例到内容均与《全黔诗萃》有着明显的承继与续补关系。

从辑著传播与影响来说,《全黔诗萃》不仅带动了以《黔诗纪略》系列为代表的省域诗集文献整理,也激发了区域性诗集文献的汇辑,涌现了如遵义府郑珍《播雅》、赵石知《桐梓耆旧诗》、赵知山《桐故》和黎平府黎兆勋《上里诗系》等相关辑著。莫友芝《播雅序》:"若吾子尹之为此编,存人存诗,一用裕之《中州》法,人不得诗,牵连旁附,渊源流别,丝穿绳引,郡之山川风土、疆里沿革、旧城残垒,有所钩核,亦参他例,并藉书之。"[13]黎兆勋《上里诗系自序》也说:"是编所录,因诗存人,因人纪事,藉以考诗文于十之一二而已。虽非备录之书,实无传疑之误。"[14]

(三)地域文化发掘之社会价值

《全黔诗萃》所载内容纪实反映了近五百年黔地社会历史文化,承载了诗人对名胜的向往、对民俗的重视、对社会的思考，它们是了解和发掘明清贵州地域文化的重要素材。

名胜向往上，《全黔诗萃》中有多首诗提及铜仁东山（27首）、东山楼阁（8首）、梵净山（9首）、文笔洞（6首），黄平飞云洞（24首）、飞云崖（8首）和贵阳甲秀楼（4首）等山川美景，表达了诗人对名胜之向往。如刘时举《东山登眺》："欲览江城胜，先登郭内山。尘嚣红树外，楼阁翠微间。径曲云千叠，舟横水一湾。更无人语杂，好鸟自飞还。"[15]又徐鹤年《梵净山》："洞天二十四，福地三十六。大名在寰瀛，兹山何隐伏。层云封其巅，狂澜鸣其麓。壁立千仞间，烟霞都在目。"[16]还如周璠《夏日登甲秀楼》："波心耸危楼，气象争杰阁。渔唱烟中起，梵音天外落。修篁夹曲岸，长柳荫深壑。浪怒骇潜犀，风骤语檐铎。"[17]这些题咏诗作不仅赞美了黔地名胜，也赋予了名胜丰富的文化内涵。

民俗重视上，《全黔诗萃》徐槃卷中载有多首介绍黔地生活民俗、人生礼俗和游艺民俗的诗作，反映了诗人对地域民俗之重视。生活民俗如《黔中乡味四咏》之二《酸汤》"夏日多烦渴，酸汤酿正清"，之三《一撮椒》"种来椒一撮，聊以佐盘餐"[18]；人生民俗如《催妆诗》"燕山我自踏芳尘，卿住吴江越海滨。羡尔深闺偏有福，无心嫁得一诗人。远嫁妇依姑是母，老年翁视媳如孙。红灯影里欢声合，金马双双直到门"[19]；游艺民俗如《岁暮杂咏竹枝词》之三《太平鼓》"无端羯鼓占芳名，童子欢呼庆太平。腊尽西山晴雪里，春风吹暖凤凰城"，之四《门神》"戎衣仗剑挺长矛，凛凛威风万古留。纸上功名休见笑，入门若个不抬头"[20]。诗文所述民俗颇有黔地特色，展现了民间文化的独特魅力。

社会思考上，《全黔诗萃》部分诗以反思的方式，阐述对社会事件的思考，具有一定的现实意义。如吴中蕃《设兵》："设兵以靖人，人靖兵可息。未闻倚兵威，无故思战克。征缮苦不休，奸蘖从此匿。遂使水火民，昧死怀反侧。此时议用兵，兵劳思作贼。兵民互为用，其祸乃不测。"[21]王家僖《辛酉感事》："烽烟四面逼城隅，一战郊原血骨枯。雷电有威施阛阓，山川无地问康衢。风鸣炮矢鸦愁度，粟尽仓箱鼠怒呼。事业动言今昔异，古人独不是吾徒。"[22]又如徐槃《即事书怀时楚粤用兵已二年矣》："凭眺客心惊，烽烟楚塞生。谁筹平远策，独咏捉船行。旁午军书急，经年戍鼓鸣。边关诸将帅，何以答升平。"[23]从诗题到内容，均流露出诗人对时局的关切和忧虑，表达了诗人对和平生活的向往。

结语

总括之，地方文学作品是研究地域历史文化的重要样本。《全黔诗萃》是研究明清贵州历史、文学不可忽视的一部重要文献。其书不仅辑录了贵州开省以来的黔地诗人代表作，还收录了多个诗学家族群体和僧道、流寓、隐士、女史等特殊身份诗人之作品，藉此可了解黔地诗歌类型与特点，掌握诗歌发展脉络与走向，梳理出黔地文化传承与变迁。书中部分诗作"不避伤时之忌讳"，着眼于吏治兵防、士风民俗等社会现实，"其辞激而切，欲闻之者深诫也；其事实而不虚，将以待采风者之传信也"，体现了"布衣存报国之心"[24]，具有一定的现实意义与价值，值得进一步关注与探讨。

本文所用《全黔诗萃》稿本在查阅、扫描、复印中，得到上海图书馆历史文献中心阅览部习青云主任的热情帮助，特此申谢！

注 释：

＊ 本文系国家社科基金项目"清代瑞安学派未刊稿抄本整理与研究"（22XZS013）阶段性成果。

〔1〕〔2〕〔3〕〔4〕〔5〕〔6〕〔7〕〔8〕〔9〕〔10〕〔15〕〔16〕〔17〕〔18〕〔19〕〔20〕〔21〕〔22〕〔23〕〔24〕 徐棻辑《全黔诗萃》，上海图书馆藏清稿本，卷六十四，第16、17页；卷六十三，第2页；卷五十六，第20页；卷六十四，第16—17页；卷五十七，第6页；卷五十五，第2页；卷六十一，第2页；卷六十三，第2页；卷六十四，第21页；卷二，第15、36页；卷十六，第18页；卷四十六，第22—23页；卷四十八，第9、31—32页；卷十，第7页；卷十一，第4页；卷六十，第1、2页。

〔11〕〔12〕〔13〕〔14〕 汪文学《贵州古近代文学理论辑释》，民族出版社2009年版，第420、413、408、412页。

〔作者简介〕 刘思文，1985年生，文学博士，现任职于贵州师范大学文学院文学教育与文化传播研究中心。主要研究方向为地域文献与文化。

《千江有水千江月——张晖纪念文集》

（张霖编，南京大学出版社2023年3月版）

　　这是为纪念中国古典文学界的杰出青年学者张晖逝世十周年而编辑的一本学术论文集。张晖（1977—2013）毕业于南京大学中文系，生前为中国社会科学院文学研究所副研究员、中国近代文学学会理事、中国近代文学学会南社与柳亚子分会秘书长，新加坡南洋理工大学客座教授。其代表作《龙榆生先生年谱》、《中国诗史传统》等已成为中国古典文学领域的重要著作。张晖在这个世上虽然只度过了三十六年的时光，但他的学术生命常青。过去的十年岁月并没有让他的学术褪色，他所指出的一些重要的学术现象，他尝试解决的一些重要的学术问题，仍然得到学界的重视，特别在一些年轻学人中得到了热切呼应。2023年，张晖的师友共同提议，向海内外学人征集明清文学研究的最新学术代表作，以纪念张晖的人生态度、工作精神和学术情怀，以期南京大学"诚朴雄伟，励学敦行"的治学传统能够薪火相传，生生不息。本书由张晖的至亲、师友负责编辑，特邀学界著名专家学者撰写明清诗文、词学、近代文学和古代文论等张晖生前取得过优秀成绩的相关领域的论文，选题或宏观或细微，论证逻辑严密，呈现出当代古典文学研究引人入胜的丰富面向。书内还附录了两篇有关张晖读书、治学生活的回忆文章，情感真挚，砥砺人心，可以让不同读者更多地了解张晖。

近代词话作者考*

李建江

目前,近代词话文献的整理已经取得了丰硕成果[1],但部分词话作者尚失考或失确。笔者查阅报刊资料、地志等,对失考者进行补充,失确者加以校正。

一、作者不详者考

1.《凉云室词话》

《凉云室词话》刊于《新世界》,署名"善之",《民国报刊词话叙录》云:"善之,不详。"[2]按,词话第八则言"余叔祖母凌氏讳苣沅",并著录其《翠螺阁诗词稿》。凌苣沅,即凌祉媛,字苣沅,浙江钱塘人。庄仲方为其作传云:"杭郡文学生丁名丙之室也。"卒时"咸丰二年五月二十日,年二十有二",[3]"咸丰二年"即1852年,其生年当在道光十一年(1831),为丁丙室。丁丙(1832—1899),字松生,浙江钱塘(今杭州)人;其兄丁申(1829—1887),原名壬,字竹舟;丁申长子丁立诚(1850—1911),字修甫,号慕倩。立诚第三子丁三在(1880—1917),一名三厄,字善之,号不识,别署子居,浙江杭州人,著有《丁子居剩草》,1915年加入南社,介绍人柳亚子。据此,凌苣沅确为丁三在叔祖母。《凉云室词话》作者之"善之",即丁三在。

2.《拜龚楼词话》

《拜龚楼词话》本名《拜龚楼诗词话》,刊于《时报》,不署名,故《民国报刊词话叙录》谓作者"佚名"[4]。按,《词话》中云:

> 辛亥之冬,随弇山、心侠谒邹子亚云于《天铎报》,时邹子方谱《杨白花传奇》,一夕,置酒招亚云,亚云披重裘来,笑指余曰:"适谱句之偶,忽见君笺,恍然若有悟,已借重大名,编入传奇。"亟询之,邹坚不肯吐。殆明日视之,盖"一转小么甚活灵"句也。呜呼!此情此景,仿佛目前,而邹子修文赴召,屈指已六年矣。[5]

此段故事亦见于《新世界》所刊姚民哀《息庐诗词谈》:

> 辛亥之冬,自宁来沪,由弇山、心侠介绍,得识邹亚云先生。时先生继陈子布雷席,主笔政于《天铎》,余则居福州路之龙升旅馆。一夕,平子、豹军、心侠等来访,置酒招亚云。

本文收稿日期:2022年6月2日

俄顷，亚云披重裘，掀帘笑语余曰："适君邀，正构思辞句未成，闻君电话声，恍然有所触，已借重大名，编入余《杨白花传奇》词曲中矣。"余亟起询之，亚云坚不肯吐。殆翌日视报端，则有曰："一转小幺甚鹘灵。"是时余身材矮小，故友人咸呼余为小妖怪，不图为亚云收拾去。呜呼！此情此景，如在目前。余则依然湖海飘零，而亚云则已墓有宿草矣。[6]

前一处记载尚不明"余"为何人，后一处则明确说明《拜龚楼词话》的作者当是姚民哀。姚民哀，生卒年不详，原名朱兰庵，后出嗣母姓姚家，改名姚朕，字肖尧，一字天亶，号民哀，别署半塘、花萼、君复、息庐、花萼楼主，江苏常熟人，著有《民哀说集》、《花萼楼随笔》。1916年加入南社，介绍人柳亚子。

3.《今闺秀词话》的作者

《今闺秀词话》刊于《申报》，署名"佛影"，《民国报刊词话叙录》云："佛影，不详。"[7]按，《申报》1923年6月23日刊《今闺秀诗话》，署名"顾佛影"；《月亮》1924年第2期亦刊有《今闺秀诗话》，亦署名"佛影"。《今闺秀诗话》中有"五妹慕飞"一语。慕飞，即顾飞（1907—2008），原名慕飞，字默飞，一字墨飞，别号杜撰楼主，与陈栩的女儿陈小翠相善。而《申报》1923年6月29日所刊《今闺秀词话》恰有"陈翠娜世妹"一语。陈翠娜，即陈小翠（1902—1968），又名璻、玉翠，字翠娜，别署翠吟楼主，著有《翠楼吟草》。如此，"佛影"当应是顾佛影。顾佛影（1898—1955），原名廷璧，又名宪融，字佛影，号大漠诗人，别署佛郎，上海南汇人，著有《佛影丛刊》、《红梵精舍词话》。他是陈栩弟子，所以称陈小翠为"世妹"。

4.《兰蓓蕾馆词话》、《梅庵词话》

《兰蓓蕾馆词话》刊于《先施乐园日报》，署名"唐和华"，《民国词话丛编》谓"生平不详"[8]；《梅庵词话》则刊于《大世界》，署名"愁唐狂奴"，《民国报刊词话叙录》亦谓其生平事迹"不详"[9]。按，《梅庵词话》之署名除"愁唐狂奴"，另署"唐狂奴"。词话云："忆昔时尝效定庵作《洞仙歌·赠方宝宝校书》。"词云：

> 霓裳仙子，甚襟怀洒落。奇气英英两眉角。算人天辛苦、酒恶花愁，聊向这、舞榭歌台栖托。　　喁喁吴语小。谱入琴丝，婉转凄凉动寥廓。好个女儿身，洗尽胭脂，合供养、软红帘幕、想汉恨，唐愁未能消，镇着意描摹、万千哀乐。

此词又见1924年6月13日《大世界》所刊《梦社酬唱集》之《洞仙歌·赠方宝宝》，署名"唐愁"。唐愁又有《孙绮芬君鉴》，刊于1924年7月24日《大世界》，文云："苟蒙惠函，径寄本埠天津路景行里太古辉报关行内唐和华收。"据此，唐和华、唐愁、唐狂奴、愁唐狂奴实为一人，唐和华应为本名，另有别号台麓隐樵，曾入文韵社、梦社、兰社、心社。据《新世界》1923年3月10日所刊《忆旧杂谈》："驹光荏苒，余春秋已十八度矣。"[10]可知其生年当为光绪三十三年（1907），卒年不详。

5.《自惕斋词话》

《自惕斋词话》刊于《先施乐园日报》，署名"邓履冰"，《民国报刊词话叙录》谓作者情况"不详"[11]。《词话》云："不才在沪，于民国七年六月，创办三廉学社。"[12]而《申报》所载《三廉学社之组织》云："邓伯贤君近集同志，在沪宁车站南首克能海路存厚里组织三廉学社。"[13]则此邓履冰,即邓伯贤。邓伯贤(1893—1985),字欣廉,斋名自惕斋,江苏无锡人,著有《自惕斋诗话》、《珠算函授讲义》(后改名《珠算易通》)。

6.《西斋笔记》

《西斋笔记》刊于《广西留京学会学报》,署名"谭寿林",《民国报刊词话叙录》谓作者情况"不详"[14]。《词话》云:"《留京学报》第二期将要出版,编辑罗运清屡来函向我索稿。时我正当《桂光》半月刊编辑之职,实在不能分心去兼顾学报。"[15]则此"谭寿林",当即《桂光》半月刊之主编谭寿林。谭寿林(1896—1931),号祝封,别署覃树立、曼殊、勉予,广西贵港人,1922年加入中国社会主义青年团,1924年入党,是广西省早期党组织领导人,1931年在南京雨花台被反动派杀害。

7.《滑稽词话》

《滑稽词话》刊于《先施乐园日报》,署名"秋农",《民国报刊词话叙录》谓作者情况"不详"[16]。按,《先施乐园日报》另刊《滑稽诗词话》,亦署名"秋农";另刊《征求诗钟》,则署"值课者吴门冯秋农",文尾署"木渎冯秋农"。据此,秋农当指冯秋农,即冯肇桂。冯肇桂,字秋农,曾主编《白雪》、《木铎》,任木渎小学教师。1934年,与杨宏才东渡日本,攻读政治经济,归国后同严子绚、金蓉初等创立吴西中学,苏州沦陷后停办。后到重庆,再到上海,任上海利工银行襄理。[17]

8.《绛岑词话》

《绛岑词话》刊于《社会日报》,《民国报刊词话叙录》云:"佚名,按词话内容系夏敬观学生。"[18]按,《社会日报》另刊《石床墨渖》,署名"绛岑"、"绛岑居士";又刊朱凤蔚《引凤楼杂缀》,中有"昨日绛岑居士何之硕先生,由《社会日报》转来一函"一语,文中所引绛岑居士信函,更有"我师夏剑丞先生"一语。[19]据此,词话作者当即是绛岑居士何之硕,《词话》以字号作为题名。何之硕(1911—1990),名嘉,字之硕,号颛斋,又号绛岑居士,江苏嘉定(在今上海)人,曾任中央大学教授,著有《颛斋乐府甲乙稿》、《词调溯源笺》、《千章草堂丛话》等。

9.《榆香拾存(卷中)》

《榆香拾存(卷中)》刊于《同声月刊》,署名"张开均",《民国报刊词话叙录》谓作者情况"不详"[20]。按,《榆香拾存》是张开均遗著,《同声月刊》1940年创刊号刊其卷上,后有编者知唐按语:"开均,字镜秋,江苏沛县人。其事迹无从详考,惟知其生于清道光间,卒于光绪间。嗜古笃学,著述颇富,有《镜尘谈新》、《绪言》、《稽古偶笔》、《圣益轩杂著》等书,均未付剞劂。诗学亲承黄治山、杨竹溪、崔星槎、叶仰峨诸名宿指授,故造诣甚深。"[21]可窥作者大略。

10.《诗词话》

《诗词话》刊于《枕戈》,署名"幼仝",《民国报刊词话叙录》谓作者情况"不详"[22]。按,《枕戈》另刊有《师梨阁诗话》,亦署名"幼仝",中云:"清初粤东祁公文友来宰吾庐江。"[23]可知其为江西庐江人;又云:"先通城公辛亥自鄂归,遂杜门不出。""家居唯与张潜辛年丈往还相得,丈有《偕卢通城游冶父山实际寺》七绝。"[24]可知其卢姓。卢通城,即卢国华,字筱湘,光绪甲午举人,宣统庚戌任湖北枝江知县,辛亥六月补通城知县,未赴而归隐,著有《潜园集》、《明清庐江文征录》。[25]幼仝当为其子卢美意。卢美意(1884—1965),字幼仝,号天白,曾

42

任商务印书馆编辑,上海光华大学、安徽学院教授,庐江县立初级中学校长等,建国后任南京市政协委员、文史馆员。[26]

11.《七夕词话》

《七夕词话》刊于《申报》,署名"枫隐",《民国报刊词话叙录》谓作者情况"不详"[27]。按,《申报》另刊有《不忘沟壑斋联话》,《金钢钻》则刊有《不忘沟壑斋诗话》,皆署名"枫隐"。程观钦《两枫隐》云:"枫隐先生,古今有二。今之枫隐,即老友朱枫隐,星社中之耆宿也。"[28]故词话作者当即朱枫隐。朱枫隐,原名朱迪生,号鲆渔,又号枫隐,江苏苏州人,别署涤心,著有《涤心碎录》、《爱晚轩诗稿》。[29]

12.《双十书屋词话》

《双十书屋词话》刊于1921年《国庆纪念特刊》,署名"忍庵",《民国词话丛编》谓其"身份不详"[30],《民国报刊词话叙录》将其著为"夏敬观"[31],《现代(1912—1949)话体文学批评文献丛刊·词话卷》则著为"唐忍庵"[32]。按,《国庆纪念特刊》由无锡商团公会、无锡救火联合会发行,唐忍庵、王悒盦任编辑。词话中有"同社汪兰皋"之语;同期所刊《双十书屋诗话》中称"吴江叶小凤先生,诗文卓绝,为我社之俊"。汪兰皋,即汪文溥(1869—1925),字幼安,号兰皋,别署忾庵、去非,武进人,1912年加入南社,介绍人柳亚子、叶楚伧、朱少屏、宁调元。叶小凤,即叶楚伧(1887—1946),原名宗源,号卓书,别署叶叶、小凤、楚伧,苏州人,1909年加入南社,介绍人陈去病。"同社"、"我社",皆指向忍庵,亦是南社成员。检柳亚子《南社社友姓氏录》[33],"忍庵"当指唐奇,生卒年不详,字忍庵,太仓人,1920年加入南社,介绍人冯心侠、狄君武、俞剑华。

13.《蕊轩词话》

《蕊轩诗话》刊于《小说新报》1917年第3卷第6期,署名"绛珠"。《民国词话丛编》谓"吴绛珠,生平不详。福建人。著有弹词《五女缘》、《苏小小》,另有《瑶台第一妃》、《扬州梦》。"[34]《现代(1912—1949)话体文学批评文献丛刊·词话卷》亦云:"作者吴绛珠,生卒年不详,福建人(一说安徽人)。"[35]按,关于绛珠名字,《申报》1915年1月5日所刊《怀人诗寄萍社同人》,署"(蕊轩女士)吴绛珠";《小说新报》1915年第9期《江南好·伉俪福题词》,署"蕊仙女史吴绛珠";1916年第2卷第2期所刊《庆春泽·千金骨题词》,署"绛珠女史吴蕊先传笛";《小说新报》1923年第8卷第4期所刊《致武昌女士陈琴仙书》,尾署"吴蕊先拜"。可知,吴绛珠,名蕊先,一作蕊仙,字绛珠,号蕊轩,曾入萍社。萍社女诗人尚有许碧霞、陈琴仙、张碧琴、杨碧珠、鲍萍香等。

关于绛珠籍贯,《女子世界》1915年第2期所刊《祭周碧琴女士文》,署"歙县吴蕊先绛珠";《小说新报》1916年第2卷第10期所刊《蕊轩诗话》云:"中表鲍萍香女史,述我徽黄村之东大香庵,向有老梅十三株。"《爱国报》1923年第3期所刊《陈明府述猷自锡山县署介东园老人索诗题瞻麓图因拈四绝以应之》,署"歙县女士吴绛珠"。此外《游戏杂志》1915年第16期刊其《蝶恋花·答苹香叠李韵兼呈家东园》,"东园"即吴东园。吴承烜,字伍佑,号东园,安徽歙县人。《小说新报》1917年第3卷第10期刊其诗《题睫庵全集》,诗中云:"五花笔粲授东园(谓东园族兄代征题词)。"可知,吴蕊先为吴承烜族妹,同为安徽歙县人。

关于绛珠著作,《扬州梦》弹词刊于《小说海》1917年第3卷第4、5期,署名"东园",非绛珠作品。吴蕊先另有新体弹词《西泠剧》,由吴东园润文。

二、作者不确者考

1.《金词述要》

《金词述要》刊于《教授与作家》1934年第1卷第2期,署名"王玉章",《民国报刊词话叙录》云:"王玉章,王蕴章。"[36]。按,王玉章与王蕴章实为二人,王玉章(1895—1969),号和云主人,从吴梅学词曲,曾任复旦大学、暨南大学、同济大学、云南大学、中央大学、中央戏剧学院教授,后任南开大学教授。除《金词述要》,另有《唐五代词述要》,刊于《绸缪月刊》1934年第1卷第4、5期。王蕴章(1884—1942),字莼农,号西神残客,别署莼庐、西神、红鹅生、王十三、窈九生、二泉亭长、红鹅鹣脑词人,江苏无锡人,著有《然脂余韵》、《然脂续韵》、《然脂补韵》、《梅魂菊影室词话》、《秋平云室词话》。1910年加入南社,介绍人柳亚子。

2.《绿蘼芜馆词话》

《清词话考述》仅有条目[37]。按,《妇女时报》1911年第5期刊《绿蘼芜馆诗话附词话》,署"吴门周瘦鹃辑";第6期刊《绿蘼芜馆诗话》,署"吴门周国贤瘦鹃辑"。诗话辑录女性诗歌,有李素玉、洪翠云、吕碧城、葛蕙生、汪小韫、葛兰生、阮芷孚、金芷兰、缪姗如、缪式如、徐寄尘、潘季兰、秋瑾、江阆仙、蓥因、张绿筠、潘湘红、王秾仙、织云、萨氏、吴珮纕、徐兰湘、庄莲佩、钱素秋、王秾仙、沈氏女、淑兰、秦芷香、叶秀芬、濮文湘、弹绿、娟红、朝鲜女子等人,并无词作及词本事,故《绿蘼芜馆词话》当有其名而无其作。周瘦鹃(1895—1968),原名周国贤,字祖福,号瘦鹃,别署紫罗兰盦主人、怀兰室主人、香雪园主人,江苏苏州人,著有《情诗话》、《闺秀丛话》、《香艳丛话》、《怀兰室夜艳杂话》、《游戏诗话》、《吾友诗话》、《西湖诗话》、《新诗话》、《听歌词话》、《诗人韵话》。1915年加入南社,介绍人叶楚伧。

3.《古今词曲品》

《清词话考述》录其作者为"陈小栩"[38]。按,《古今词曲品》,刊于《著作林》1900年第1期,第5期至第15期,署名"天虚我生",计5卷,共186则;又有《续古今词曲品》,刊于《著作林》1900年第19、20、22期,亦署名"天虚我生",计3卷,共61则,另附《金粟词话》19则。天虚我生,即民国名家陈蝶仙(1879—1940),原名陈寿嵩,字昆叔;后改名陈栩,字蝶仙,号栩园,别署惜红生、天虚我生、蘧盦等,浙江钱塘(今杭州)人,著有《栩园丛稿初编》、《栩园丛稿二编》。1916年加入南社,介绍人姚鹓雏。检近代报刊,未发现其曾署"陈小栩"之名。

4.《竹雨绿窗词话》

《竹雨绿窗词话》刊于《民权素》,署名"碧痕",《词话丛编续编》云:"碧痕,南社社员。"[39]《民国报刊词话叙录》从之[40]。按,《词话》中云:"上海南社,为人才丛聚之处,诗词文章,冠绝一时。"[41]且提及宁太一、傅君剑等南社社员时,均未以社友或同社呼之。称"社友"[42]者为黄矗声、郑任厂、吴曦子三人,但此"社友"非南社,而是指傲寒吟社。《词话》云:"癸丑春,小住武昌,与刘菊坡、易雪泥、纪雷渊、郑任厂诸子相唱和,并组织傲寒吟社。"[43]癸丑当是1913年,除刘、易、纪、郑、黄、吴外,名碧痕者,惟邹碧痕。李冷公创办《花世界》,他们与郑秋帆、朱春驹、贺有年等共襄其事。另,《民权素》1915年第8期刊有碧痕的短篇小说

44

《残碣泪痕》,其中写坟茔:"荒土垒叠,横冈曲曲。"《爱国月报》1915年第1卷第1期刊有署名"邹碧痕"的哀情小说《紫玉化烟》,写坟茔亦云:"荒土垒垒,横冈曲曲。"两处表现出相同的表达习惯,碧痕当即邹碧痕。邹碧痕,曾任《汉口中西报》、《汉口商报》、《武汉商报》主编,非南社社员。

5.《纫芳宧读词记》

《纫芳宧读词记》刊于《之江中国文学会集刊》,署名"陈运彰",马大勇《晚清民国词史稿》称其"曾入南社"[44],《民国词话丛编》亦将其著为"南社社员"[45],而刘茂业引翁奕波《五四之前的潮州文学》,称陈氏为"参加南社活动,但未正式入社的潮人"[46]。今检柳亚子《南社社友姓氏录》、《新南社社员录》及郭建鹏、陈颖编著《南社社友录》,均未见陈运彰之名。其名见于《南社湘集姓氏录》:"陈运彰,蒙盦,广东潮阳,上海霞飞路仁和里二号。"[47]南社湘集由傅熊湘于1924年在南社解体后发起:"为保存南社旧观,爰就长沙为南社湘集,用以联络同志,保持社事,发扬国学,演进文化。"[48]其成立尚在柳亚子组织的新南社之后,承脉南社而具有独立性。因此,径称陈运彰为南社社员不妥。

6.《餐碧簃词话》、《求物治斋词话》

《餐碧簃词话》、《求物治斋词话》皆刊于《针报》,署名"蕴璞",《民国词话丛编》直署"叶灵凤"[49]。按,《餐碧簃词话》有"亡友易哭庵,晚年以醇酒妇人自戕余生"[50]之语,观其言,颇有惋惜之意。易哭庵,即易顺鼎,卒于1920年,而叶灵凤则生于光绪三十一年(1905)。易顺鼎逝时,叶氏方十五岁,怎能以"亡友"呼之?又《求物治斋词话》刊于1925年,是时叶氏20岁,正忙于创造社及《洪水》半月刊,[51]《词话》中云:"临桂况夔笙先生,予耳其名有年,顾未见面。"当是神交已久。又云:"郑大鹤后,自当以归安朱彊村为近代名家。昨在余素盦处,见其手书《西平乐》长调小立幅一帧,风格遒劲,笔法古拙,盖二十年前赠余物也。"并引词句云:"消不得、能言恢石,犯斗灵槎。说甚虞翻宅徙,陆贾书新,一夜江湖梦已凉。"[52]此词即朱彊村《西平乐·别西园作》,作于光绪三十一年。余素盦,即余伯陶(1872—1944),字德埧,号素盦。朱氏赠词时,余伯陶已33岁,而叶灵凤方生。《求物治斋词话》刊发时,余伯陶已53岁,况周颐已66岁,皆属文坛耆宿,而词话行文语气似与二人辈属同侪,当更非钟情白话文学之叶灵凤。因此,将这两种词话的作者署为"叶灵凤"不确。检近代报刊,《橄榄》1939年第4期刊《求物治斋主近作》,署名"黄太玄";《墨海潮美术月刊》1930年第3期刊《黄太玄自书悼亡词》书法,末款"黄太玄书于求物治斋";再结合其与易顺鼎、余伯陶等相友,究心词学,尤重词律,笔者认为"蕴璞"或即黄太玄。黄太玄,字剑秋,别号玄翁,又署履平、明强、江南浪子,安徽黄山人,寓居江苏苏州,近代词家。

以上就已出版近现代词话整理著作中的19位作者信息加以订误、补阙,力求能考其实,望能于学术研究有文献基础之助。

注 释:

* 本文系国家社科基金重大项目"南社文献集成与研究"(16ZDA183)阶段性成果。
[1] 词话丛书主要有唐圭璋《词话丛编》,朱崇才《词话丛编续编》,屈兴国《词话丛编二编》,葛渭君

《词话丛编补编》，张璋等《历代词话》，张璋等《历代词话续编》，孙克强、杨传庆《历代闺秀词话》，孙克强《清代词话全编》，孙克强、杨传庆、和希林《民国词话丛编》等，目录著作主要有谭新红《清词话考述》、马强《民国报刊词话叙录》。

〔2〕〔4〕〔7〕〔9〕〔11〕〔14〕〔16〕〔18〕〔20〕〔22〕〔27〕〔31〕〔36〕〔40〕　马强《民国报刊词话叙录》，广西师范大学出版社2020年版，第64、71、99、110、101、104、69、234、266、145、92、82、178、25页。

〔3〕　《清代诗文集汇编》第七二〇册，上海古籍出版社2010年版，第649页。

〔5〕　《拜龚楼词话》，《时报》1919年6月18日。

〔6〕　民哀《息庐诗词谈》，《新世界》1918年5月30日。

〔8〕〔30〕〔34〕　孙克强、杨传庆、和希林编《民国词话丛编》第二册，社会科学文献出版社2020年版，第455、389、275页。

〔10〕　唐和华《忆旧杂谈》，《新世界》1923年3月10日。

〔12〕　邓履冰《自惕斋词话》，《先施乐园日报》1924年12月31日。

〔13〕　《三廉学社之组织》，《申报》1918年9月14日。

〔15〕　谭寿林《西斋笔记》，《广西留京学会学报》1924年第1卷第2期。

〔17〕　《吴县文史资料》第10辑，1993年版，第78页。

〔19〕　老凤《引凤楼杂缀》，《社会日报》1939年6月13日。

〔21〕　张开均《榆香拾存（卷上）》，《同声月刊》1940年创刊号。

〔23〕〔24〕　幼仝《师梨阁诗话》，《枕戈》1932年第1卷第1期。

〔25〕　方兆本主编《安徽文史资料全书·巢湖卷上》，安徽人民出版社2007年版，第772页。

〔26〕　庆和主编《巢湖文化全书·名人文化卷》，东方出版社2008年版，第119页。

〔28〕　程观钦《两枫隐》，《金钢钻》1932年12月2日。

〔29〕　郑逸梅《说林名宿朱枫隐归道山》，《新上海》1946年第8期。

〔32〕〔35〕　付优编著《现代（1912—1949）话体文学批评文献丛刊·词话卷》，凤凰出版社2020年版，第249、157页。

〔33〕　柳亚了《南社纪略》，上海人民出版社1983年版。

〔37〕〔38〕　谭新红《清词话考述》，武汉大学出版社2009年版，第413、414页。

〔39〕〔41〕〔42〕〔43〕　碧痕《竹雨绿窗词话》，朱崇才编纂《词话丛编续编》四，人民文学出版社2010年版，第2247、2269、2274、2273页。

〔44〕　马大勇《晚清民国词史稿》，华中师范大学出版社2016年版，第159页。

〔45〕　孙克强、杨传庆、和希林编《民国词话丛编》第七册，第63页。

〔46〕　刘茂业《灯谜聊天室》，上海三联书店2016年版，第204页。

〔47〕　《南社湘集姓氏录》，《南社湘集第六集》，1936年．

〔48〕　傅熊湘《南社湘集导言》，《南社湘集第一集》，1924年。

〔49〕　孙克强、杨传庆、和希林编《民国词话丛编》第三册，第99、105页。

〔50〕　蕴璞《餐碧簃词话》，《针报》1925年9月26日。

〔51〕　李广宇《叶灵凤年表》，《叶灵凤传》，河北教育出版社2003年版，第174页。

〔52〕　蕴璞《求物治斋词话》，《针报》1925年11月14日。

〔作者简介〕　李建江，1990年生，山东大学文学院博士研究生，研究方向为明清近代文学与文献。

程颂万《画兰筸歌赠梅郎畹华》本事发微

王京州　高明杨

程颂万是近代著名诗人,也是程千帆的叔祖父,对千帆少年问学曾有启导之功[1]。其《画兰筸歌赠梅郎畹华》一诗不见于《十发先生全集》,惟赖程千帆珍藏手稿而传布至今。该诗又经巩本栋作笺,其诗意得以贯通,其价值得以发扬,然而关于该诗的本事,即创作背景和主旨,仍有暧昧不明之处,现结合新发现史料予以澄清。

一、问题的提出

从诗题来看,该诗"赠梅郎畹华",显然是赠梅兰芳之作,这是毋庸置疑的。梅兰芳(1894—1961)字畹华,著名京剧艺术家,尤工旦角,在中国现代戏曲艺术史上具有重要地位。1919年冬,梅兰芳偕王凤卿、朱素云等名伶应武汉大舞台之邀,专程赴汉演出,期间曾拜访当地各界名流,其中也包括寓居武汉的程颂万。此诗作于梅氏到访后不久,围绕"画兰筸"为主题展开,铺衍而成一首七言长诗,全诗共24韵,长达336字。

至于为何以"画兰筸"为诗歌主题,巩本栋在《小笺》总序中对此已有明确解释:

> 在汉期间,梅兰芳曾先后拜访在汉各界名流,因得与十发老人相晤,并以其祖父所画兰花折扇相赠,十发老人欣然作诗为谢,遂成当日艺坛一段佳话。[2]

这里的解释文字有两处要点:一是认为画兰出自梅兰芳祖父之手,二是指出兰花折扇为梅兰芳所赠。对于诗歌创作的本事,在接下来的具体笺释中亦多有回应,如首韵"梅郎玉貌倾城绝,梅翁早化罗浮蝶"笺称梅翁即指梅兰芳祖父梅巧玲,并认为罗浮蝶"既关合梅姓,又言梅巧玲已仙逝,甚是贴切"[3];次韵"徂年乱后得逢郎,筸有而翁画兰筸"笺称:

> 两句谓在梅巧玲逝去多年后,作者竟得与其孙梅兰芳相遇,且得其祖所画兰花扇。案梅兰芳承乃祖之风,亦喜画兰。[4]

第三韵"画兰赠我兰此胎,国香奋迅天东来"的笺释再次回应这一本事:"两句言梅兰芳渊源有自,翩然东来,并以其祖父画兰折扇相赠。"[5]最末二句"要将锁箧缠绵意,付与兰心绝世歌"笺称:"意谓要将梅兰芳赠扇之美意写入诗歌中,传与后人。"[6]仍然映照了诗歌的这一写作背景。

本文收稿日期:2023年5月15日

然而画兰真的出自梅巧玲之手并经梅兰芳转手相赠吗？对此《小笺》并未写出依据，很可能是据自程千帆的转述，然而时代渺远，传闻异词，似无法取以为信。另外诗称"梅郎玉貌倾城绝"、"徂年乱后得逢郎"中的"郎"无疑指代梅兰芳，亦即诗题所称的"梅郎畹华"，可是"梅翁早化罗浮蝶"、"箧有而翁画兰箑"中的"翁"究竟指乃祖梅巧玲抑或另有其人，还值得重新考察。

二、新材料的发现

《画兰箑歌赠梅郎畹华》问世的十年后，程颂万又创作有赠梅兰芳《蕙兰芳引》词，见于《申报》（1929年1月8日）所载：

坊畔倚栊，尽凄听故京遗曲。瀛海角行尘，拚老大还讳哭。扇香恨胃，散梦绮、湘天余绿。苦万场唤遍，姓字传芬相续。　　忍赚修梅，中年痴绝。袖绊寒竹。忆庵语人回，间访旧窗片玉。惊心量海，泪珠几斛，饶翠禽、偏占晚枝春独。[7]

在这首词中提及"扇香"，可与《画兰箑歌》相互印证，扇与箑很可能同一指向。其沉痛的忆旧情绪在诗词中亦得以贯穿，诗称"三十年中一弹指，玉京楼观多风霾"，词称"尽凄听故京遗曲，瀛海角行尘"，甚至颇有悼亡的意味。值得特别注意的是，在《蕙兰芳引》词的末尾，有自注称："畹华父肖芬赠余画兰扇，今藏三十八年矣。"[8]此出于程颂万的自述，肯定得其事实。这里明确说"画兰扇"为梅兰芳之父梅肖芬所赠，并顺带提及该扇藏于作者箧中已有"三十八年"之久。由此引发的问题是，此扇是否即作者十年前所写长诗的"画兰箑"呢？

巩本栋师于《画兰箑歌赠梅郎畹华》第七韵"阿爷未惜泠泖早，奉诏宣仁偕百戏"的小笺，讲到梅兰芳父亲其人，现引述于此：

阿爷指梅兰芳之父梅明瑞。梅明瑞（1874—1897），字竹芬，昆曲、京剧旦角演员。光绪二十一年（1895），梅明瑞曾搭福寿班进宫演出。[9]

需略作补充的是，梅竹芬又名肖芬，其生卒年一说为1872—1898[10]，无论何者为是，享年均不满而立，英年早逝，令人痛惜，然而颇得乃父演艺精髓，以早慧知名当时。由程颂万撰词并载于报端的1929年，往上推三十八年，则梅肖芬正当风华之年，画兰扇并赠程颂万，是顺理成章的。至于梅兰芳赴汉演出，触发程颂万创作长诗动机的"画兰箑"，则存在两种可能：一是如《小笺》所言，为梅巧玲所作并经梅兰芳转赠；二是此画兰扇与梅巧玲无关，而是梅肖芬所赠，程颂万已藏于箧中二十余年，因梅兰芳来访而出示，并引发了存者的怀人之思和创作灵感。

嗣又于"全国报刊索引"库中检得《国剧画报》（1932年3月11日）载有"故梅肖芬君为程子大先生所绘制兰花便面"。画兰扇右端有题识两则，一则称："辛卯秋为子大先生雅属。肖芬作。"一则称："己未孟冬十有二日敬观先君画扇于十发翁汉上题襟馆。男兰芳谨识。"[11] 1932年此扇见载于报刊，同年程颂万病逝，如今实物不知去向，幸赖报刊所载而得见其鸿影。至于两则题词更加弥加珍贵，可证程颂万所藏画兰扇，确出于梅肖芬之手，而且是为程颂万专门绘制。梅兰芳的题识书于梅肖芬题字之后，字低且小，显示出对先君的敬重，其内容则

48

〔2〕〔3〕〔4〕〔5〕〔6〕〔9〕〔12〕〔13〕〔14〕〔15〕 巩本栋《〈画兰篕歌赠梅郎畹华〉小笺》,《古典文献研究》第11辑,凤凰出版社2008年版,第449—453页。

〔7〕 《梅讯·约闻》,《申报》1929年1月8日第20048号;又见《三程词钞》,附见于湖湘文库《程颂万诗词集》,湖南人民出版社2009年版,第566页。

〔8〕 《申报》所载"三十□年"漫漶不清,据《三程词钞》可知为"三十八年"。

〔10〕 赵山林《20世纪前期文人日记中的梅兰芳》,载刘祯编《梅兰芳与传统文化》,中国戏剧出版社2018年版,第72页。

〔11〕 《故梅肖芬君为程子大先生所绘之兰花便面》,《国剧画报》1932年3月11日第8期。

〔16〕 《已故名旦梅竹芬遗像》,《北京画报》1930年7月30日,第101期"戏剧特号"第3卷17号。

〔17〕 《故名伶梅竹芬窗课遗墨及诗人李释戡题记》,《北京画报》1930年8月17日,第107期"戏剧特号"第3卷19号。

〔18〕 《申报》1929年1月8日第20048号。

〔19〕 程颂万《闲堂八首》,《石巢诗集》卷三,《十发居士全集》武昌刻本,1923年。

〔作者简介〕 王京州,1977年生,文学博士,教授,现任职于暨南大学文学院。主要研究方向为中国古典文献学。高明杨,1989年生,上海大学文学院博士生。主要研究方向为清代文学及文献。

"清代诗人别集丛刊"近期书目

已出版部分:
侯方域集(上下)
冯溥集笺注
曹贞吉集
姜宸英集(上下)
金兆燕集
张晋张谦集校笺
鲁一同集
张隽集
吴镇集汇校集评(上下)
何道生集
郭曾炘集

即出部分:
徐乾学集
梁清标集(上下)
梁佩兰集
黄爵滋集
允禧集
冯煦集
马曰琯马曰璐集
和瑛集
赵怀玉集
黄燮清文集

《诗经》与商周时期朝觐礼的生成及演化*

谷文虎　邵炳军

朝觐,包括朝礼和觐礼,是规定地方诸侯定期朝觐中央政权的礼仪,具有正君臣之义、通上下之情的政治功能,藉此增强王朝对地方的控制力以及四方诸侯对中央的向心力。早在传说中的尧舜时期,便已有朝觐礼礼义的萌芽,降至商代渐具雏形,及至周人建政朝觐礼仪已趋于完备,成为维护王权政治的重要工具。《诗经》中有多首诗歌,不同程度地反映了朝觐礼生成及演化过程的信息,试以此为引,探究商周时期《诗》与礼互动共生的礼制信息。

一、《殷武》与殷商时期朝觐礼的生成

朝觐制度的萌芽,最早可追溯至上古传说中的尧舜禹时代。有学者认为朝觐制度起源于讼狱。其时部族林立且不相统属,各族如有争端,则请某族具有威望的族长仲裁或调停,其间过往繁密,因讼狱而将朝觐归之彼处,该族长可为"一定的宗主"[1]。《史记·五帝本纪》:"(禹)披九山,通九泽,决九河,定九州,各以其职来贡,不失厥宜。"[2]可知至晚在虞舜时期,已出现被征服部落向中央朝贡的制度,这成为后世王朝在对外交往中制定朝贡制度的理论源头[3]。《论语·为政篇》载孔子言:"殷因于夏礼,所损益,可知也。"[4]商人在夏礼的基础上增删损益,制作商代朝觐礼,其虽未臻于至善,但却为后来者制礼作乐奠定了基础。由于文献不足,已无从得知夏商两代朝觐制度的全貌,但从相关出土文献与传世文献当中,依然可窥见其生成的重要线索,《商颂·殷武》透露出这一时期朝觐礼的重要信息。

《商颂·殷武》是颂殷高宗武丁中兴殷道、征伐荆蛮之诗(孔《疏》),其中,二、三两章透露出先周时期朝觐制度的信息:

> 维女荆楚,居国南乡。昔有成汤,自彼氐羌,莫敢不来享,莫敢不来王。曰商是常。

> 天命多辟,设都于禹之绩。岁事来辟,勿予祸适,稼穑匪解[5]。

二章言"莫敢不来享",享,献也,来享即来宾之意;后句"莫敢不来王",清马瑞辰认为:王本世

本文收稿日期:2022年10月13日

见之名,亦通以为朝觐之称[6],诗中所言"来享"、"来王""来辟",均表朝觐之意。三章言"勿予祸适",清王引之认为,"祸"读为"过","谪"与"适"通,意为王朝勿对"岁事来辟"之诸侯施以谴责[7]。"岁事来辟,勿予祸适"实则是中央王朝与地方诸侯政治关系上微妙的默契与平衡,前者是诸侯的义务,后者则是中央的权利。从诗中可知,朝觐是地方部落或诸侯是否归顺中央的显明标志,且具有强制性特征,中央藉此与地方建立了一种权责分明的上下级隶属秩序。诗言氐羌"莫敢不来享","莫敢"即是武力震慑之下的结果。诸侯依例朝觐,"一不朝则贬其爵,再不朝则削其地,三不朝则六师移之"(《孟子·告子下》)[8],可知这种征伐不朝的理念早在殷商时期便已有实践。

关于殷商时期朝觐制度的记载,在出土文献中也有相关例证。商末时器子黄尊[9],呈现了作为与商王有血缘关系的同姓家族之族长的"子"朝觐商王时的情形[10]。其铭曰:

> 乙巳,见(献)在大室,白□一、琅九(又)百,用王商(赏)子黄瓒一、贝百朋,子女(母)商(赏)奴、丁贝,用乍(作)己宝🥚,翼。(《集成》5.6000))[11]

该铭文虽简短,但仍透露出关于殷商时期朝觐礼制的重要信息。"子"在大室朝见商王,大室即天子祖庙的中室,亦作"太室",据铭文可知"太室"之制,商时已出现[12]。后文说到,在"子"完成朝见礼仪之后,王赏赐他许多物品,可知商时已有王赏赐朝觐者的成例。铭文所言"子",应指作器者的君长,此处只称其爵而不称其名[13]。有学者认为,从现有甲骨文中可知殷商时期的确存在着诸侯朝觐商王、以及商王礼待来者的礼仪内容,包括商王朝对朝觐者的迎入之礼、诸侯至王都之后所行的将币和助祭之礼、商王对朝觐者的赐命与飨燕之礼等[14],这说明殷商时期所生成的朝觐制度已初具规模,同时也为周代朝觐礼的定型奠定了基础。

二、《振鹭》、《载见》与西周前期朝觐礼的定型

《论语·为政篇》:"周因于殷礼,所损益可知也。"[15]《八佾篇》:"周监于二代,郁郁乎文哉!"[16]周人在夏、商两代的基础上制礼作乐,继承并完善了服务于新的国家机器的朝觐礼。经过前代草创,朝觐礼在西周前期已逐渐定型[17],《周颂·振鹭》、《有客》、《载见》等诗歌透露出了这一时期朝觐礼定型的重要信息。

(一)《周颂·振鹭》、《有客》与西周前期二王之后朝觐助祭礼

《周颂·振鹭》为二王之后朝觐周王助祭时所作之诗(毛《序》),诗曰:

> 振鹭于飞,于彼西雍。我客戾止,亦有斯容。在彼无恶,在此无斁。庶几夙夜,以永终誉[18]。

按照"殷人尚白"(《礼记·檀弓上》)的传统[19],诗歌特选取白鹭这一客观物象起兴以引起全篇,足见周人对殷商遗民的重视。正如日本学者竹添光鸿《毛诗会笺》所言:"诗虽为杞、宋之来助祭而作,而其意则专在宋"[20],故下文所谓"我客戾止",则着重指殷商后裔微子启。诗首四句以白鹭喻杞、宋之君洁白之美德,修整之威仪,诗末四句则诫勉他们正视天命改易,勿生他念。作为夏、商两代王朝的二王之后均来助祭,为何周人对于殷商后裔尤为重视呢?盖因商周之间存有直接利害关系。周人克商,君臣名分倒置,并且就如武庚叛乱这样的复辟

事件也在时刻警醒着周人,现实统治的需要迫使周人在以武力征服的同时采取怀柔政策以笼络民心。周人对殷商后裔的重视与厚待,在《周颂·有客》中则更加明显。《有客》为宋微子赴周朝觐并助祭之乐歌(毛《序》),诗曰:

> 有客有客,亦白其马。有萋有且,敦琢其旅。有客宿宿,有客信信。言授之絷,以絷其马。薄言追之,左右绥之。既有淫威,降福孔夷[21]。

此诗虽名《有客》,但笔墨多着于白马,符合"殷人尚白"的传统,此举亦反映出周人对殷商后裔的笼络与安抚之意。

《振鹭》、《有客》反映出二王之后在朝觐周室、参与助祭时所享有的高规格礼遇,这涉及周代的"二王三恪"制度。通常认为周人以黄帝、尧、舜之后为三恪,以夏、殷之后为二王[22]。面对故王后裔,新朝念及其祖先功德,不忍绝其祭祀,故为之分封以继祭祀。这种尊崇先王后裔的礼仪制度,至早可追溯至夏禹时期:"然后禹践天子位。尧子丹朱,舜子商均,皆有疆土,以奉先祀。服其服,礼乐如之,以客见天子,天子弗臣,示不敢专也"(《史记·五帝本纪》)[23],可见该制度多实行于政权更迭、或权力交替的时代。周人建政以后,对这一传统亦有所继承,即"周既灭商,封微子于宋,以祀其先王,而以客礼待之,不敢臣也"(宋朱熹《诗集传》)[24]。在周王朝的礼法体系当中,二王三恪之后享有不同于普通诸侯的政治地位与权利,大致有三:其一,若有犯罪可不以普通法律论处,需经特别审议,若有必要并可减免刑罚;其二,所受礼仪规格高于其他诸侯;其三,不用供给王室用度与戍役。周人将"二王三恪"这一礼节制度化,将其尊称为"客"、"宾",而不称其为"臣",允许其享受高规格的礼仪,意在藉此安抚他们国破家亡后的悲痛情绪,实则也是一场带有某种补偿性质的政治交易。

(二)《周颂·载见》与西周前期其他诸侯朝王之礼

《周颂·载见》是成王即位,诸侯来朝、始见于武王庙的乐歌(毛《序》),诗曰:

> 载见辟王,曰求厥章。龙旗阳阳,和铃央央。鞗革有鸧,休有烈光。率见昭考,以孝以享。以介眉寿,永言保之,思皇多祜。烈文辟公,绥以多福,俾缉熙于纯嘏[25]。

此诗首句"载见辟王"之"载",即"初始",言成王初即位时率诸侯祭祀于武王之庙;次句"曰求厥章",意为诸侯朝觐并助祭的同时,请求新王赐予礼仪制度,此举意在向新王表示忠诚。《载见》对诸侯朝觐礼过程描述不多,着重凸显诸侯来朝之礼义。新王借祭祀先王之契机,向先王所封诸侯昭示自己的权威和地位,诸侯求章与新王赐福形成呼应,正体现出朝觐礼"正君臣之义"的礼义和功能。

除传世文献外,另有作册䰧卣、匽侯旨鼎、作册麦方尊等出土铜器铭文亦不同程度地反映了西周初期朝觐礼的概貌。以作册麦方尊为例,这是康王时邢侯史官作册麦记叙邢侯回宗周述职的铜器[26],其铭曰:

> 王令辟井(邢)侯出坏(坯),侯于井(邢),粤若二月,侯见于宗周,亡述(尤),迨(会)王碗莽京,酓祀,粤若翌(昱、翌)日,在璧(辟)雍(雍),王乘于舟,为大丰(礼),王射大龏(鸿)禽,侯乘于赤旗舟,从,咸,之日,王以侯内(人)于寝,侯赐玄周(琱)戈,粤王在岸(斥),已夕,侯赐者(赭)臣二百家,剂(齍)用王乘车马、金勒、冂(禎)衣、帝、舄,唯归,遟(扬)

天子休,告亡尤,用夤(恭)义(仪)宁侯,覭(景)孝于井(邢)侯,乍(作)册麦赐金于辟侯,麦扬,用乍(作)宝尊彝。用爵侯逆造,迟明令,唯天子休于麦辟侯之年铸,孙孙子子其永亡冬(终),冬(终)用造德,妥(绥)多友,享旋走令。(《集成》5.6015)[27]

铭文首句"王令辟井侯出坏"之"辟",即"君",亦即下文作尊者麦对井侯的称呼;所言入宗周朝觐之井侯,即《左传·僖公二十四年》所言周公六胤之一的邢侯,其始封于成王之时[28]。此器所记为邢侯入宗周朝觐之事,展现了入觐的完整过程。具体可分五部分:一,邢侯入觐,周王举行肜祭仪式;二,邢侯在辟雍,乘船随周王举行大礼,王赐邢侯雕戈;三,朝觐结束后王赐邢侯奴隶、车马、服饰等;四,邢侯受赐后返国,称扬天子休美;五,作册麦大孝邢侯,邢侯赐麦铜,麦作宝器。可知其时诸侯朝觐的流程极其繁复。邢侯入觐,天子有答赐之礼,可知朝觐礼与锡命礼紧密相联系,这反映出周礼对前代礼仪的继承性。

(三)朝觐礼与五服制度的融合

西周前期周人以宗法制为中心分封宗亲功勋为诸侯,最大限度地实现了对政治资源的合理化占有;对于边疆民族部落,周人则采取恩威并施的策略。将诸侯与民族部落均纳入王朝政治体系中的重要推手,则是周人所推行的五服制度,这一制度以宗法和政治关系为条件,规定了封君和诸侯对周王的义务[29]。

《国语·周语上》载祭公谏穆王征犬戎是了解周代五服制度的重要文献,节其要文如下:

> 夫先王之制:邦内甸服,邦外侯服,侯、卫宾服,蛮、夷要服,戎、狄荒服。甸服者祭,侯服者祀,宾服者享,要服者贡,荒服者王。日祭、月祀、时享、岁贡、终王,先王之训也。有不祭则修意,有不祀则修言,有不享则修文,有不贡则修名,有不王则修德,序成而有不至则修刑。于是乎有刑不祭,伐不祀,征不享,让不贡,告不王。于是乎有刑罚之辟,有攻伐之兵,有征讨之备,有威让之令,有文告之辞。布令陈辞而又不至,则增修于德而无勤民于远,是以近无不听,远无不服[30]。

此文主要阐述周王朝如何处理与偏远部落的朝贡关系。从文中可知,周人的五服制度是以王畿为中心、向外围不断延伸的空间政治格局,视与王畿的地理距离而履行相应的朝贡要求,距王畿最近的甸服诸侯须为王室供给日用祭祀物品,而最远的荒服部落则至少须一世一朝。周人通过令诸侯或部落朝贡,彰显王朝对统治天下的合法性和必要性。五服制度对服内诸侯的权利和义务都进行了详细的划分,于史有征。《左传·昭公十三年》载郑子产之言:"昔天子班贡,轻重以列,列尊贡重,周之制也。"[31]同时,若服内诸侯不供臣职,王朝亦有相应措施。对于甸、侯、宾等三服与周王朝政治关系密切的诸侯采取刑、伐、征等强制措施,而对于要、荒二服的部落则采取"布令陈辞"、"增修于德"的柔性手段[32],这也与"先王耀德不观兵"的德治理念相契合。

周人对边疆民族部落的管辖和统属早在建国伊始便付诸实践。《史记·孔子世家》:"昔武王克商,通道九夷百蛮,使各以其方贿来贡,使无忘职业。"[33]九夷百蛮向周王朝朝觐纳贡即是他们臣服的标志,只要其承认周天子的最高宗主权,按规定朝觐纳贡,其政治制度、风俗习惯等均可照旧,周天子亦可赋予其部落酋长对本族事务的独立处理权。而周人之所以将四夷纳入五服,其实是为了满足王朝武力扩张的需要,这使得周人对蛮夷戎狄的军事镇压和资源掠夺合法化和制度化[34],这与商代"自彼氐羌,莫敢不来享(王)"的礼义一脉相承。分封制度使得周族势力迅速向外围蔓延,成为维护统治的强力根基;而五服制度则将天下诸侯与氏族部落都囊括进了王朝的政治体系当中,将周人的政治制度和文化观念最大限度的传播开来,致力于打造一个"天下王有"的政治格局,"溥天之下,莫非王土;率土之滨,莫非王臣"(《小雅·北山》)的政治理念也在五服制度的推动下逐渐形成[35]。

三、《庭燎》、《采菽》与西周后期朝觐礼的发展

周王朝自康王以后频繁征伐四夷,以致国力日衰,对诸侯的控制也大为削弱。早在穆王时期,便已出现"荒服者不至"(《国语·周语上》)的变礼[36];及至夷王时,"王室微,诸侯或不朝,相伐"(《史记·楚世家》)[37],甚至出现了天子"下堂而见诸侯"(《礼记·郊特牲》)的失礼现象[38],及至宣王中兴才恢复了"诸侯复宗周"(《史记·周本纪》)的盛况[39]。《小雅·庭燎》、《采菽》、《大雅·韩奕》等诗歌反映了这一时期朝觐礼的礼制概貌。

(一)《小雅·庭燎》与西周后期王室庭燎礼

《小雅·庭燎》是赞美周宣王在诸侯来朝前夙夜不寐、勤于政事之诗,具体所述为"宣王时诸侯来朝之事"(《周礼·秋官·司烜氏》贾《疏》)[40],反映了先秦时期诸侯来朝之时庭燎礼的相关信息。其诗三章,章五句,诗曰:

> 夜如何其?夜未央,庭燎之光。君子至止,鸾声将将。
> 夜如何其?夜未艾,庭燎晣晣。君子至止,鸾声哕哕。
> 夜如何其?夜乡晨,庭燎有辉。君子至止,言观其旂[41]。

诗歌从宣王视角观察诸侯来朝的完整过程,以夜色明暗程度、庭燎亮度、车马声为线索,三者同步并进,视觉和听觉错综交织。朱熹评曰:"朝者至而闻其鸾声",继而"近而闻其徐行声有节",最后"既至而观其旂,则辨色矣"[42]。朱子所言"辨色",即《礼记·玉藻》所言"朝,辨色始入"[43]。清孙希旦认为辨色即昧爽之后[44],而诸侯入朝在此时方可入见。清王引之认为诗言"夜乡晨",即指天色将明未明之时,亦即礼书所言昧爽,诸侯入朝当在此时[45]。

诗所言庭燎,即为大烛。《周礼·秋官·司烜氏》:"凡邦之大事,共坟烛庭燎。"[46]朱熹注《庭燎》诗言:"诸侯将朝,则司烜以物百枚并而束之,设于门内也。"[47]其言"以物百枚"即"庭燎之百",谓设大烛百枚于庭中为夜间入觐者以照明,可知庭燎礼表敬贤尊客之意。依礼,庭燎礼之数目,天子可设百燎,诸侯视爵位高低则各有参差。然该礼在春秋齐桓公时遭到破坏,《礼记·郊特牲》:"庭燎之百,由齐桓公始也。"[48]齐桓以诸侯而设百燎,可谓僭越。

(二)《采菽》、《韩奕》与西周后期诸侯朝王之礼

凡诸侯入朝觐见,天子一般会有相应的赏赐,早在殷商时期便有此成例,这一方面表示天子对于诸侯入觐的嘉许,另一方面也反映朝觐礼与锡命礼的良性互动,在周人的礼乐体系当中,这种传统得到继承和延续,《小雅·采菽》、《大雅·韩奕》等相关诗即有佐证。

《采菽》是宣王之时诸侯来朝、天子为之锡命的诗歌(清李光地《诗所》卷五)[49],诗曰:

> 采菽采菽,筐之莒之。君子来朝,何锡予之?虽无予之,路车乘马。又何予之?玄

衮及黼。

  觱沸槛泉,言采其芹。君子来朝,言观其旗。其旗淠淠,鸾声嘒嘒。载骖载驷,君子所届。

  赤芾在股,邪幅在下。彼交匪纾,天子所予。乐只君子,天子命之。乐只君子,福禄申之。

  维柞之枝,其叶蓬蓬。乐只君子,殿天子之邦。乐只君子,万福攸同。平平左右,亦是率从。

  泛泛杨舟,绋纚维之。乐只君子,天子葵之。乐只君子,福禄膍之。优哉游哉,亦是戾矣[50]。

此诗写诸侯来朝而四海归心的盛大场面,反映了"天子赐侯氏以车服"(《仪礼·觐礼》)的礼制观念[51]。首章第六句"路车乘马"之"路车",即诸侯所乘之车。《白虎通义·车旗篇》:"路者,君车也。天子大路,诸侯路车,大夫轩车,士饰车"[52],则贵族车驾视等级不同,其规格亦有差异,在诸侯则名路车。首章结句所言"玄衮及黼",即绘以卷龙的黑色礼服,亦即礼书所言诸侯入朝时所着裨冕,这是诸侯朝觐的专门礼服。

《采菽》所言诸侯朝觐时的相关礼节线索,在《大雅·韩奕》中亦有例证。《韩奕》是韩侯入觐、宣王锡命其镇抚北疆的诗歌,其诗凡六章,次章曰:

  四牡奕奕,孔修且张。韩侯入觐,以其介圭,入觐于王。王锡韩侯:淑旗绥章,簟茀错衡。玄衮赤舄,钩膺镂锡。鞹鞃浅幭,鞗革金厄[53]。

这完整记载韩侯入觐受赐的情景,除了天子赐车服,诸侯入觐时所持介圭亦是朝觐礼的重要元素。《左传·昭公五年》:"朝聘有圭,享眺有璋,小有述职,大有巡功。"[54]《仪礼·觐礼》:"朝以瑞玉,有缫。"[55]可知介圭是诸侯朝觐时所持信物,也是诸侯身份等级的象征,另如《大雅·崧高》"锡尔介圭,以作尔宝"[56]、《江汉》"釐尔圭瓒,秬鬯一卣"[57],也有相关例证。

《采菽》、《韩奕》反映了诸侯来朝、天子锡命的礼仪程序,天子所赐概有三项内容:一曰赐物,从诗中可知,车服、介圭均为天子赐予诸侯的主要物品,但需要注意的是,天子赐物须符合礼制规定,即视爵位级别而赐予相应的礼物,否则即为非礼;二曰赐宴,如《小雅·湛露》所描绘的天子为来朝诸侯赐宴,其用意在于示之以慈惠,以期"天子当阳,诸侯用命"(《左传·文公四年》)[58];三曰赐命,即天子授予诸侯某种职能或权限,如《韩奕》载"缵戎祖考,无废朕命。夙夜匪解,虔共尔位,朕命不易。榦不庭方,以佐戎辟"之语[59],即是周宣王锡命韩侯为北疆方伯的命辞。

  从上述诗歌中可以看出,宣王与诸侯的君臣互动褪去了几分往日的威严,更多地则是对诸侯的厚待与示好,这固然有其尊贤勤政、和好诸侯的用意,但在某种程度上,这也是天子权威遭受冲击以后不得已而为之的举动。周王朝在经历了夷王时国力衰微、厉王时国人暴动以后,君臣离心诸侯不朝,王朝的统治基础开始松动,特别是夷王下堂而见诸侯这一仪节上的变化,使得朝觐礼在礼义上产生异变,这意味着传统上固有的君臣尊卑观念开始松弛,这种现象的出现不可避免地也为后来春秋时期的政治生态变迁埋下了诱因。

四、《沔水》、《菀柳》、《下泉》与春秋时期朝觐礼的演变

西周晚期幽王暴虐,王室衰微,随着骊山之难、周室东迁、二王并立等事件渐次发生,政治生态发生巨变,礼乐征伐的权限逐渐由天子下移到霸主、大夫、陪臣手中,朝觐礼也随之异变,总的趋势由诸侯朝王到朝霸主、甚至朝霸主国主政大夫的方向发展。《小雅·沔水》、《菀柳》、《曹风·下泉》等诗歌透露出这一阶段朝觐礼的礼制信息。

(一)《小雅·沔水》、《菀柳》与春秋前期王室朝觐礼的嬗变

《小雅·沔水》为周大夫忧平王东迁雒邑后王室衰微而诸侯将不行朝觐礼之作[60],诗曰:

> 沔彼流水,朝宗于海。鴥彼飞隼,载飞载止。嗟我兄弟,邦人诸友。莫肯念乱,谁无父母?
>
> 沔彼流水,其流汤汤。鴥彼飞隼,载飞载扬。念彼不迹,载起载行。心之忧矣,不可弭忘。
>
> 鴥彼飞隼,率彼中陵。民之讹言,宁莫之惩?我友敬矣,谗言其兴[61]。

诗以沔水朝宗、隼之飞止起兴,隐喻天子与诸侯的政治从属关系:流水尚朝宗于海,飞隼尚有所止息,而平王作为天下共主,却无法得到诸侯应有的尊重和拥戴,以此兴己之处境不如水与隼,借喻诸侯不朝天子。宋严粲《诗缉》评曰:"彼沔然而满之流水,必入于海,有朝宗之义,喻诸侯虽强大,必朝宗于天子,此理之常也。其叛服不常,如鴥然疾飞之隼,或飞或止者,必有其故矣,含蓄而未言也。"[62]可知随着周室东迁,天子威势大减,诸侯已不像往日那般尊崇天子,这反映出其时政治生态的剧烈震荡。

《小雅·菀柳》为携王近侍之臣中有功者获罪后所作之怨刺诗[63],透露出君王不德、诸侯不朝的重要信息。其诗曰:

> 有菀者柳,不尚息焉。上帝甚蹈,无自昵焉。俾予靖之,后予极焉。
>
> 有菀者柳,不尚愒焉。上帝甚蹈,无自瘵焉。俾予靖之,后予迈焉。
>
> 有鸟高飞,亦傅于天。彼人之心,于何其臻。曷予靖之,居以凶矜[64]。

诗言"有菀者柳,不尚息焉",以枯柳不可止息而起兴,以喻王朝衰颓而不值得依靠;后言"上帝甚蹈,无自昵焉",上帝应指携王,诗人不敢明斥其非,只能借控诉上帝淫威之名暗刺。诗人将这种担忧在卒章中很隐晦的表达出来:"有鸟高飞,亦傅于天。彼人之心,于何其臻"。诸侯不行朝觐之礼,实因"王待诸侯不以礼,诸侯相与忧危"(清姚际恒《诗经通论》)[65],足见朝觐礼废弃的责任在王而不在诸侯。

当然,就春秋前期总体政治生态环境而言,尽管周王行使王权已需依赖诸侯国之力,但诸侯国之间仍保持着暂时的力量平衡,尚未出现对王室构成威慑力量的诸侯国,故这一时期的政治格局仍是"天下有道,礼乐征伐自天子出"(《论语·季氏》)[66]。

(二)《下泉》与春秋后期王室朝觐礼的异化

《曹风·下泉》为曹人美晋荀跞纳周敬王之作,透露出春秋后期朝觐礼的相关信息[67]:

>   冽彼下泉,浸彼苞稂。忾我寤叹,念彼周京。
>   冽彼下泉,浸彼苞萧。忾我寤叹,念彼京周。
>   冽彼下泉,浸彼苞蓍。忾我寤叹,念彼京师。
>   芃芃黍苗,阴雨膏之。四国有王,郇伯劳之[68]。

诗歌前三章以寒泉浸蒿的意象控诉霸政对小国的欺凌,卒章又以阴雨膏苗的意象,表达对王权兴盛之时诸侯朝王、宗伯劳来四国的怀念和向往。按:稂、萧、蓍三者,都非灌溉之草,受不得寒泉浸泡。诗以寒泉浸三草起兴,以喻小国在霸政欺凌之下的艰难处境。诗所言"四国有王",即四方诸侯朝觐天子之意。此之郇伯即象征王权,言郇伯能忧劳四国、体恤臣民,藉以表达强盛的王权可以制约霸政,还小国臣民以安定。

特别值得注意的是,诗所言"四国有王"之"王",与《左传·隐公九年》"宋公不王"[69]、《左传·庄公二十三年》"诸侯有王"[70]、《国语·鲁语上》"是故先王制诸侯,使五年四王"之"王"意同[71],即朝觐周王。诗言"四国有王",实则是"郇伯劳之"的结果,故诗人所赞美的主体非周敬王,而是纳周敬王之晋卿士荀跞。这无疑是一种诸侯朝觐天子礼的一种异化形态,彰显出族权之强盛而王权之式微的政治生态。

(三)春秋时期朝觐礼异化的礼制轨迹

平王东迁时有赖于晋、郑等诸侯的拥护和支持,故不可避免地造成了王权对大国诸侯的依附,周天子的政治力量大为削弱,"王室将卑"(《国语·郑语》)逐渐成为时人的共识[72],这愈发助长了大国诸侯对礼制的僭越之心,朝觐礼也在这种日趋多变的政治生态中逐渐异化。

春秋前期繻葛之战中王权约束朝觐礼的失败尝试,是政治生态异化的肇始。因郑庄公不朝而引发的繻葛之战,以周王受伤、王师惨败而告终。此战是周天子为维护礼制权威而发起的战争,可视为王权政治对朝觐礼控制权的最后挣扎。因王权无法有力捍卫周礼,故依附于王权政治而延续的朝觐礼其衰弱也势所难免。

春秋中期北杏之会的举行,标志着诸侯朝王向朝霸主的转变。齐桓公以"非受命之伯"(《穀梁传·庄公十三年》)的身份首霸诸侯[73],霸主接替天子接受朝觐逐渐成为主流,这是"霸权"取代"王权"的重要标志。虽然齐桓公有"帅诸侯而朝天子"之举(《国语·齐语》)[74],但其实质却是以尊王之名建立霸政,并非是真正践行朝觐礼,其后晋文公城濮之战后"以诸侯朝王于衡雍"(《国语·周语上》)[75],二者均是以率诸侯朝王作为建立霸政的掩护。

在"礼乐征伐自诸侯出"的政治生态正式形成后,霸主国与小国之间的政治外交关系不再对等,"居大国之间而从于强令"(《左传·文公十七年》载郑大夫子家告晋赵宣子书)便成为诸多小国所要直面的朝觐现状[76],"行其政事,共其职贡,从其时命"(《左传·襄公二十八年》载公孙侨诫外仆语)亦成为小国必须承担的义务[77]。由王权向霸权过渡时期的霸主,其功能颇类似于西周时的方伯,成为介于周王和诸侯之间的第三重政治力量,但二者仍有本质的区别。方伯是王权在地方的代理人,不能代替天子接受治下诸侯的朝觐;而霸主则是借朝觐礼之名试探诸侯是否服膺于霸政权威。

春秋后期蒙门之会的召开,推动了诸侯朝霸主向朝霸主之卿大夫的转变。这次会盟除了东道主之君宋平公及其许、曹之君之外,其余七国参与者皆为卿大夫。其中,为会盟牵线搭桥的宋向戌以及主盟的晋赵武皆为执政卿。蒙门之盟标志着诸侯第二次弭兵的成功,从中可知大夫专权与主盟诸侯,甚至像宋、许、曹等诸侯国君,也须唯霸主之执政卿马首是瞻,这标志着春秋历史进程已进入到"礼乐征伐自大夫出"的时代。

由于其时霸权政治的不唯一性,朝觐礼因之亦有新变。在周灵王二十六年(前546)召开的弭兵之会中,盟约规定曰"晋、楚之从交相见也"(《左传·襄公二十七年》)[78],即晋楚属国交相朝觐,这反映出其时两大霸国之间的妥协与退让。此外,小国有朝觐之义,大国有拜朝之礼,如《左传·成公十八年》:"公如晋,朝嗣君也","公至自晋,晋范宣子来聘,且拜朝也。"[79]不过这种情况多发生在大国对小国持礼相待之时,征之史料文不多载,可见这种大国拜朝之礼亦不盛行。

要之,朝觐是规定诸侯定期朝觐中央政权的礼仪,生成于殷商时期,《商颂·殷武》中"岁事来辟,勿予祸适"的朝觐理念,为后来者制礼作乐提供重要思路;及至西周前期,随着二王三恪、五服朝贡等制度的正式确立并推行,标志着朝觐礼逐渐定型。降至西周后期,《庭燎》中敬贤尊客的庭燎礼,与《采菽》《韩奕》表现出朝觐礼与锡命礼的关联互动,体现这一时期朝觐礼的新发展。降至春秋时期,朝觐礼随政治生态的变迁而产生异化,《沔水》《菀柳》反映出君王不德与诸侯不朝的重要联系。随着王权式微、诸侯力政的政治格局日益明朗化,诸侯朝觐的对象也由朝王到朝霸主、甚至朝霸主国主政大夫的方向逐渐发展。

注 释:

* 本文系国家社科基金重大项目"《诗经》与礼制研究"(16ZDA172)阶段性成果。

[1] 徐旭生《中国古史的传说时代》,文物出版社1985年版,第110页。

[2][23][33][37][39] 司马迁撰,裴骃集解,司马贞索隐,张守节正义《史记》卷一、卷一、卷四七、卷四十、卷四,中华书局2014年版,第50、52、2329、2043、182页。

[3][32] 李云泉《五服制与先秦朝贡制度的起源》,《山东师范大学学报》2004年第1期,第81—84页。

[4][15][16][66] 邢昺《论语注疏》卷二、卷二、卷三、卷十六,中华书局影印阮元校刻《十三经注疏》本,2009年版,第5349、5349、5358、5477页。

[5][18][21][25][35][41][50][53][56][57][59][61][64][68] 孔颖达《毛诗正义》卷二十、卷十九、卷十九、卷十九、卷十三、卷十一、卷十五、卷十八、卷十八、卷十八、卷十八、卷十一、卷十五、卷七,《十三经注疏》本,第1354、1280、1286—1287、1285—1286、994、924—925、1049—1053、1230、1222、1237、1229、925—926、1056、822页。

[6] 马瑞辰《毛诗传笺通释》卷三二,中华书局1989年版,第1186页。

[7][45] 王引之《经义述闻》卷七、六,上海古籍出版社2016年版,第417、339页。

[8] 孙奭《孟子注疏》卷十二下,《十三经注疏》本,第6004页。

[9] 此器又名子尊、乙卯尊。详参:陈贤芳《父癸尊与子尊》,《文物》1986年第1期,第44—45页;李学勤:《沣西发现的乙卯尊及其意义》,《文物》1986年第7期,第62—64页。

[10][12] 王慎行《论乙卯尊的时代及相关问题——兼与陈贤芳同志商榷》,《文博》1987年第2期,第46—52页。

[11][27] 中国社会科学院考古研究所编《殷周金文集成》第5册,中华书局2007年版,第3691、3704页。

[13] 李学勤《沣西发现的乙卯尊及其意义》,《文物》1986年第7期。

〔14〕 郭旭东《甲骨文中所见的商代朝觐礼仪》,《陕西师范大学学报》2011年第3期,第24—29页。

〔17〕 关于西周分期,陈梦家将西周分为三期,初期为武王至昭王时期(前1027—前948),中期为穆王至夷王时期(前947—前858),晚期为厉王至幽王时期(前857—前771),广为学界认可。有鉴于周代史料匮乏,且据《史记·周本纪》、《汉书·匈奴传》载,西周至"懿王之时,王室遂衰",故为便于行文,兹将西周以懿王为界,分为前后两期。详参陈梦家《西周年代考》,商务印书馆1945年(1955年重印)版,第53页。

〔19〕〔38〕〔43〕〔48〕 孔颖达《礼记正义》卷六、卷二五、卷二九、卷二五,《十三经注疏》本,第2763、3135、3193、3134页。

〔20〕 竹添光鸿《毛诗会笺》,商务印书馆2012年版,第2166页。

〔22〕 《礼记·乐记》:"武王克殷反商。未及下车而封黄帝之后于蓟,封帝尧之后于祝,封帝舜之后于陈。下车而封夏后氏之后于杞,投殷之后于宋。"另有两种观点:一,《左传·襄公二十五年》杜注以周初所分封帝舜之后陈、夏王之后杞、商王之后宋合称为"三恪";二,《白虎通义·王者不臣篇》谓"二王之后,妻之父母,夷狄"为三恪。说详:孔颖达《礼记正义》卷三九,第3344页;孔颖达《春秋左传正义》卷三六,中华书局影印阮元校刻《十三经注疏》本,第4310页;陈立《白虎通疏证》卷七,中华书局1984年版,第316页。

〔24〕〔42〕〔47〕 朱熹《诗集传》卷十九、卷十、卷十,中华书局2016年版,第350、188、188页。

〔26〕 郭沫若《两周金文辞大系图录考释》,科学出版社2002年版,第97页。

〔28〕 杨文山《西周青铜器"邢侯簋"通释》,《邢台师范高专学报》2002年第1期,第23—28页。

〔29〕 王树民《畿服说考略》,《文史》总第44辑,中华书局1998年版,第59—70页。

〔30〕〔36〕〔71〕〔72〕〔74〕〔75〕 韦昭《国语》卷一、卷一、卷四、卷十六、卷六、卷一,上海古籍出版社1998年版,第4、8、153、507、242、44页。

〔31〕〔54〕〔58〕〔69〕〔70〕〔76〕〔77〕〔78〕〔79〕 孔颖达《春秋左传正义》卷四六、卷四三、卷十八、卷四、卷十、卷二十、卷三八、卷三八、卷二八,中华书局影印阮元校刻《十三经注疏》本,第4500、4434、3996、3765、3860、4039、4341、4333、4177—4178页。

〔34〕 马大正《中国边疆经略史》,中州古籍出版社2000年版,第24页。

〔40〕〔46〕 贾公彦《周礼注疏》卷三六,《十三经注疏》本,第1913页。

〔44〕 孙希旦《礼记集解》卷二九,中华书局1989年版,第781页。

〔49〕 李光地《诗所》,上海古籍出版社1987年影印文渊阁四库全书,第86册,第108页。

〔51〕〔55〕 贾公彦《仪礼注疏》卷二七、卷二六下,《十三经注疏》本,第2361、2356页。

〔52〕 陈立《白虎通疏证》卷十二,中华书局1984年版,第587页。

〔60〕〔63〕〔67〕 邵炳军《春秋文学系年辑证》,高等教育出版社2013年版,第36—37、73、1206页。

〔62〕 严粲《诗缉》卷十九,中华书局2020年版,第527页。

〔65〕 姚际恒《诗经通论》卷十二,中华书局1958年版,第248页。

〔73〕 杨士勋《春秋穀梁传注疏》卷五,《十三经注疏》本,第5172页。

〔作者简介〕 谷文虎,1995年生,甘肃临泽人,上海大学文学院博士研究生,研究方向为先秦文学与诗礼文化。邵炳军,1957年生,甘肃通渭人,上海大学文学院教授,研究方向为先秦文学与诗礼文化。

文体学视域下的汉代谶谣及其文学史意义

王 轶

谶谣,又称"谣谶",是以谣的形式预测未来政治、人事吉凶祸福的预言。谶谣起源于先秦,盛行于两汉,魏晋以后谶纬屡遭禁毁,但谶谣仍广为流行,隋以后渐趋衰落。谶谣作为一种文体,学界未有疑义,以往对汉代谶谣的研究,主要从文化学、历史学、民俗学的角度展开,[1] 从文体学角度开展的研究大都集中在谶谣的概念、发生、历史、预言方法、风格和体式特点、谶谣理论等基本问题上,吴承学《中国古代文体形态研究》第二章《论谣谶与诗谶》对上述问题做了较为详细的梳理和探讨。然而,对于谶谣文体的生成时间与文体渊源、汉代谶谣的文体形态特征和文学史意义等问题的讨论不多,本文拟就此谈谈自己的看法。

一、谶谣文体的生成与渊源

谶谣文体正式生成、定型于汉代。首先,谶谣的编造和流传,在两汉之际是对社会政治局势和意识形态具有重要影响的政治行为和社会行为。"中国古代文体分类首先萌生于人们对特定社会行为的分类,不同行为方式的区别类分是中国古代文体分类的原初的生成方式"。[2] 谶谣本身是谶纬的组成部分,为统治者维护统治提供神学依据,也是社会各阶级、阶层、政治集团打击、构陷政敌和领导者政治决策的依据。[3]

其次,谶谣的生成方式在汉代转变并固定下来。先秦谶谣大都是卜筮时以谣的形式出现的卜辞,其作者不是儿童或一般的成人,而是精通占卜的巫、卜、史、君王、卿大夫等统治阶层,通过他们的专业知识、技能来解释神谕。而汉以来随着社会政治和思想文化制度的改变和人文理性精神的抬升,谶谣都是根据事件主体的德行和事件本身的内在规律,运用天人感应、阴阳五行学说演算而来的"不占之书"。其造作和解读不需要借助特殊的仪式和卜问技巧,只需懂得一定的天人感应、阴阳五行理论和语言文字、文学知识即可。[4]

再次,谶谣的"表现手段和表达方式"[5] 也在汉代产生、定型。谶谣的创制主要利用古汉语的文字、音韵、语法、词汇的特点,运用拆字、谐音、双关、暗喻等手法,巧妙而又曲折、隐晦而又艺术地将预言的信息寄载于童谣中,使之呈现出模糊朦胧、奇诡僻异的艺术效果。这些预言、阐释法则及艺术风貌、传播特点等均在汉代产生、定型。此外,《汉书》开创了正史《五行志》系统记录一个朝代谶谣及其事应的编撰体例。

本文收稿日期:2022 年 9 月 30 日

最后,汉人对谶谣的文体特征及谶谣的发生、性质进行了理论探讨。《说文解字》曰:"谶,验也,有征验之书。"[6]张衡曰:"立言于前,有征于后,故智者贵焉,谓之谶书。"[7]谶就是预言吉凶祸福的隐语、符、图物等。《诗经·魏风·园有桃》毛传曰:"曲和乐曰歌,徒歌曰谣。"《说文解字》曰:"䚻,徒歌。从言肉。"《韩诗章句》曰:"有章曲曰歌,无章曲曰谣。"[8]谣是无曲调、无伴奏、只吟诵的、有一定节奏的韵文。汉代学者不仅对谶谣文体有明确的界定,还运用天人感应、阴阳五行学说对谶谣的发生、性质、社会功用进行研究,提出了"诗妖"说、"荧惑化童"说等中国谣谚史和古代文学批评史上最重要的谶谣发生理论。这两种理论认为,童谣即"诗妖",是荧惑勃乱造成的。每当社会政治状况异常或将有灾祸发生时,天文表现为荧惑勃乱,五行表现为"火"失度,五事表现为"言"失常,荧惑之精就会降临人间化身儿童唱出预测未来祸福吉凶、人事休咎的童谣。[9]后世学者研究大都是对上述观点的转述或阐发,并未超出汉代学者的研究水平。

综上,谶谣在汉代已经具备了作为一种独立文体的特征。谶谣是在两汉社会政治和思想文化背景下,以天人感应、阴阳五行等汉代官方学说为理论依据,通过预测人物、事件结局来干预社会政治的行为引起的舆论性政治预言,它具有明确的政治目的和时效性,有成熟独立的文体形态,在汉代获得人们的诚心信仰,具有"不可替代、不可或缺的作用"。[10]谶谣的生成除了受天人感应、阴阳五行学说和谶纬神学等诸多思想文化因素的影响外,其文体形态的生成也与下列文学因素紧密相关:

(一)"谣占"以谣为谶的文本形态与比类象喻的思维方式

谣占,即借用谣来占断、预示吉凶,是我国古代的一种占筮传统,既可用于蓍筮,也可用于龟卜。在巫术思维中,人们相信语言特别是韵语具有诱导鬼神活动的神奇魅力,因此,"谣"常被运用于占卜、祝颂等祭祀仪式上;此外,从训诂学角度来说,"谣"、"繇"相通假,"繇"即卦爻辞,二者是一体二用的关系,现存最早的谣辞,就是以"繇"的名义记录在《周易》之中。此后,"谣占"的传统一直延续下来,不仅蓍筮龟卜用谣,其他各种吉凶占断之书也都引用谣谚。春秋中叶以来,巫术文化逐渐转变为人文文化,宗教神学精神也逐渐为人文理性精神代替,卜筮逐渐没落,谣世俗化,预言方式也演变为运用阴阳五行公式进行演算,但谣依然是预测、判断祸福吉凶的预言的主要表现形式,也是可信度最强的预言文体。

谣占对谶谣的影响不仅仅体现在形式上,还表现在思维方式上。"天垂象,见吉凶,圣人象之"(《周易·系辞上》),谣占之辞引用民谣来"观物取象"、"立象尽意",揭示卜筮占断的结果,采用的是一种比类象喻的思维模式。这种思维方式自由感性、灵动多变,不受时空、物类的限制,唯以某种相似性为原则,建立起事象与抽象意义之间的联系,阐明特定的情感意志。它是先秦文章之一大特质,也是先秦两汉知识分子中广泛流行的认识方法和推理方法。如《淮南子·要略》在论述各篇题旨时曾反复论及"揽物引类"、"喻意象形"、"取象比类"、"假譬取象"等,文中还说:"言天地四时而不引譬援类,则不知精微……已知大略而不知譬喻,则无以推明事。"[11]王充《论衡》:"其文取譬连类,雄辩宏博,岂止为谈助才进而已哉!信乃士君子之先觉者也。"[12]在这种思维方式下,先秦谶谣与汉代谶谣的预言方式虽然存在着根本性的区别,但以谶谣为征象,通过某种相似性(汉代谶谣是以天人感应、阴阳五行学说理论为依据)建立与天命神意的类比关系、揭示休咎吉凶的基本思路是一致的。

(二)隐语"体目文字"、"图象品物"的艺术手法与"义生文外"、"伏采潜发"的风格特征

《四库全书总目提要》曰:"谶者,诡为隐语,预决吉凶。"[13]可见,谶的实质就是用隐语的方式创作的预言。隐语,先秦时期亦称"廋辞",是春秋战国乃至汉代流行的一种文体。刘勰《文心雕龙·谐隐》曰:"讔者,隐也;遁辞以隐意,谲譬以指事也。"隐可以为体为用,作为文体,隐语类似于后世的谜语,它是谜语的前身,"君子嘲隐,化为谜语"。它有"体目文字"、"图象品物"两种基本手法。"体目文字"即以体解文字为窍门而设谜,"图象品物"即以描绘事物表象为手法而设谜。作为艺术手法,则相当于兴或象征、譬喻、隐喻等手法。无论为体为用,隐都可以达到"纤巧以弄思,浅察以衒辞,义欲婉而正,辞欲隐而显"的艺术效果。春秋、战国之际,隐语皆寓讽谏、关系"要务",具有振兴政治、救济本身、改过解惑的功用:"昔还社求拯于楚师,喻眢井而称麦曲;叔仪乞粮于鲁人,歌珮玉而呼庚癸;伍举刺荆王以大鸟,齐客讥薛公以海鱼;庄姬托辞于龙尾,臧文谬书于羊裘。隐语之用,被于纪传。大者兴治济身,其次弼违晓惑……观夫古之为隐,理周要务,岂与童稚之戏谑,搏髀而忭笑哉!"[14]逮至汉代,隐语仍十分流行,不仅"被于纪传",其文事相依的传播方式和上述表现手法、风格特征,也被广泛运用到描写诗、散体赋、《周易参同契》等汉代早期道教典籍[15]及谶纬、谶谣等的创作中。

(三)"天人感应、比类象喻的文艺思维方式"与"假经设谊,依托象类"的经学阐释义法

在天人感应、阴阳五行学说和谶纬神学的思想框架下,比类象喻发展成为"天人感应、比类象喻的思维方式"。"天人感应,比类象喻的思维方式",简言之,就是在天人感应、阴阳五行的话语体系中比类取象。在这种思维方式中,宇宙是一个阴阳平衡、相互流转、彼此联系的整体,天象、阴阳、五行、四季、伦理、人情等万物逐层分类、精致对应。天地间一切皆可为象,与人事相互关联、对应,以象沟通人与天地。象与人事的关联、类比相对固定,是"一套早有共识的相似性和关联性",一方面一切想象、联想都必须在这套"共识"中展开,[16]另一方面,这套"共识"打破了物类、时空、理性等一切思维限制,让想象、联想更为自由。

天人感应、比类象喻既是两汉理性思维的流行模式,也是作诗之法。如落实到汉儒阐释经典的具体方法上就是"假经设谊,依托象类"。这种阐释方式援天人感应、阴阳五行学入经典阐释之中,将经典视为昭示天地自然和人间秩序及其关联的正确纲领,以阴阳五行理论为阐释原理,通过对元典的阐释借以说明社会政治变革的规律和趋势。如著名的《齐诗》学者翼奉因元帝初元二年(前47)关东洪水致使十一郡国出现饥疫上奏封事时说:"天地设位,悬日月,布星辰,分阴阳,定四时,列五行,以视圣人,名之曰道。圣人见道,然后知王治之象,故画州土,建君臣,立律历,陈成败,以视贤,名之曰经。贤者见经,然后知人道之务,则《诗》、《书》、《易》、《春秋》、《礼》、《乐》是也。《易》有阴阳,《诗》有五际,《春秋》有灾异,皆列终始,推得失,考天心,以言王道之安危。"[17]这种阐释方式赋予了经典"指象"功能,"《春秋》灾异,以指象为言语,故在于得一类而达之也……昔诗人所刺,《春秋》所讥,指象如此,殆不在它"[18]。《春秋》之灾异天变、《诗》之嗟怨讥刺等经典所载史实都是征兆或象征,将它们与现实政治、灾异比附联系起来解读,通过以类相感达到与天地感通,可知天命神意,进而干预、调节社会政治。如董仲舒曾多次论及治《春秋》的特点:"《春秋》之为学也,道往而明来者也。然而其辞体天之微,故难知也。弗能察,寂若无;能察之,无物不在。是故为《春秋》

者,得一端而多连之,见一空而博贯之,则天下尽矣。"[19]"《春秋》之道举往以明来,是故天下有物,视《春秋》所举与同比者,精微眇以存其意,通伦类以贯其理,天地之变,国家之事,粲然皆见,亡所疑矣。"[20]又如齐诗是汉代经典的天人之学,其"四始"、"五际"理论也是以阴阳五行的对立转化和相生相克为阐释原理,以《诗》所载的周王朝史实为历史材料探求历史兴衰、朝代更迭的规律。这种将经典与天地自然、社会人世的某些物象自由地比物连类、博贯广联以象喻的解经方法,正是"天人感应、比类象喻的思维方式"最鲜明的体现和运用。

"天人感应、比类象喻的思维方式"也被运用到文学创作中,如汉大赋按照大一统宇宙图式安排自然意象结构顺序和比物连类的铺排摹绘方法。[21]汉赋按照官方象征体系通过对祥瑞、郊祀、明堂等的铺陈描摹,"君主体天而行调和阴阳"的想象性叙事构建政治秩序,是"官方象征的再生产"。[22]

汉以来谶谣预言、阐释的基本路径是将谶谣视为天命神意的征象和窥探天道、沟通天人的中介,以阴阳五行学说为阐释原理,推测、演算谣中事象及其征应,预测祸福吉凶,调节政治的运作。这种预言和阐释方法显然受到了汉代"天人感应、比类象喻的文艺思维方式"和"假经设谊,依托象类"的经学阐释义法的影响。

二、汉代谶谣的文体形态特征

作为舆论性的政治预言,汉代谶谣以童谣为主要载体和传播方式,其制作者是成人,一级受传者是儿童,通过多渠道的传播实现政治目的。因此,谶谣文体本身存在着成人造作者与童谣的表现形式和儿童传播者的不协调,童谣的外在形态如何与深沉的预言内容完美契合又保持相对独立等矛盾。汉代谶谣采用了下列方法完满解决了谶谣文体本身的矛盾,并从此成为谶谣固定的文体特征。

(一)模糊朦胧、奇诡僻异的总体风格与预言原则

"有效传播的一个秘密是把一个人的语言保持在听众能够适应的抽象程度上的能力,以及在抽象范围内改变抽象程度的能力,以便在具体的基础上谈论比较抽象的内容,使读者或听众能够不感困难地从简单熟悉的形象转到抽象的主题或概括上来,并在必要时能够再回到原来的形象上去。"[23]因此,为了赋予谶谣神秘主义色彩,也为了远祸避害,令人信服,心生敬畏,吸引视听,谶谣的造作者一般不直接说出预言的内容,而是进行艺术加工,让受众觉得近而不浅、欲隐而显,并调动受众的主观能动性发现其中的"言外之意",获得"解码"的愉悦。

在内容上,只保留时间、地点、人物及结局等预言最关键的因素,略去对预言的事件、背景的介绍,造成模糊、朦胧的效果,也可以使预言的对象和信息量增加。如《建安初荆州童谣》:"八九年间始欲衰,至十三年无孑遗。"是对刘表命运及荆州兴衰演替的预测,"言自中兴以来,荆州无破乱,及刘表为牧,又丰乐,至此逮八九年。当始衰者,谓刘表妻当死,诸将并零落也。十三年无孑遗者,言十三年表又当死,民当移诣冀州也。"[24]该谣采用直言法,不用任何模糊、多解的语言形式,直接明白地交代预言结果,但谣中只提及八九年、十三年两个时间信息,略去预言对象、地点等信息,受众必须根据建安年间的政治局势、时事动态和阴阳五

行原理,反复回味、推敲方能找出答案。

在方法上,创作者运用天人相感,阴阳顺逆,五行生克的原理,利用古汉语文字、音韵、词汇、语法和修辞的特殊性,采用拆字、谐音、双关、隐喻等修辞手法,巧妙而又曲折、隐晦而又艺术地将预言的信息寄载于童谣中,使之呈现出模糊朦胧、奇诡僻异的艺术效果。反之,受传者也必须运用相同的原理和方法推演,才能正确解读,获得谶示信息。

拆字法,又称"离合",就是利用汉字的特点,通过对汉字结构的拆拼,起到影射或暗示的作用。如《献帝初京师童谣》:"千里草,何青青。十日卜,不得生。"采用了拆字法,"千里草"为"董"字,"十日卜"为"卓"字,预示董卓迅速败亡的命运。拆字法针对的大多是人物姓名,谶谣的内容基本上是对人物政治命运吉凶的预测。通过对人物姓名的拆卸拼合,既不会显得一目了然、过于直白,有一种朦胧的韵味和神秘感;也不会过于隐晦、难以理解,引起人们探究预言对象及其结果的兴趣。而不同的拼拆和组合,也可以增加预言的对象和信息量,为以后更改预言对象和解说留下余地。

双关法是借助于汉语一词多义的现象,表面上在说某事,实则暗指另一件事,使谶谣更具有神秘性和适用性,扩大谶谣预言的对象和范围。如《汉献帝时京师谣歌》:"乌腊乌腊。""乌腊"表面上指乌腊虫,实则暗指关东讨伐董卓的军队动辄数十万象乌腊虫相随。

谐音法亦属双关法的一种,利用两字发音相似或相同的特点,明言甲字,实指乙字。单纯的谐音法常常比双关法更加隐讳和神秘,离谶谣的对象和预言似乎更远,范围更大和"灵验"的可能性就更进一层。汉代运用谐音法的谶谣不多,目前发现的只有一首《桓帝末京师童谣》:"白盖小车何延延,河间来合谐,河间来合谐。"它预言的是桓帝去世后灵帝继位的事,拥立灵帝势力的刘郃即将升任司徒,暗示灵帝继位。其中,"合谐"之"合"即为"刘郃"之"郃"的谐音。此外,谣中还运用了别名法,灵帝曾任河间王,"河间"暗指灵帝。

特征法指制造谶谣时不直接讲出预言对象的名字,而以其特征指代应谶之人。通常用来隐喻应谶之人的特征有相貌特征、衣着特征、性别特征、职业特征等。如《建武六年蜀中童谣》:"黄牛白腹,五铢当复。"首句分别以王莽、公孙述所尚之色指代二人,末句则用汉代货币"五铢"指代汉朝,预示刘汉王朝将顺应天命复兴。

隐喻也是谶谣常用的手法,用以暗示预言的人物、时间、地点、事件过程等。如《更始时南阳童谣》:"谐不谐,在赤眉。得不得,在河北。"以地理位置河北隐喻人物刘秀,暗示刘秀将会称帝。

(二)简、顺、趣的童谣体式和节奏与深沉的预言内容契合无间

"一个信息传播范围的广度和它传播时间的跨度,除了信息本身的价值以及信息传播媒介方面的因素外,在很大程度上还取决于承载这一信息的载体,它直接对信息传播的效果产生影响。"[25]谶谣以童谣为主要表现和传播方式,除了增加神秘性、可信性之外,更主要的是因为童谣是最适宜口传的谣谚形式,也是成人喜闻乐见的谣谚类别之一。童谣的一级受传者是儿童,而儿童的认知水平、理解力有限,词汇量也不多,他们主要通过听来感知,靠记忆音和节奏来传播。因此,童谣必须要简短、节奏鲜明、富有童趣,表现风貌与真正的童谣保持一致,符合儿童的语言习惯、思维方式、理解能力和欣赏趣味,才能取得最佳传播效果。

此外,童谣的表层含义要与深层含义之间保持相对独立性。在谶谣的传播过程中,童谣

是传播符号,谶谣预言的信息寄载于童谣之中,它与预言内容的对应是"约定俗成"的,传者与受者根据天人感应、阴阳五行理论对信息进行编码、解码。但是,不同年龄、阅历、知识水平的二级受传者,对信息的接受程度不同。当受传者与创作者所处的社会政治、思想文化环境相同,具有相似的知识水平、身份、经历等时,能较顺利地接受、解读童谣中寄载的信息。而当受众为儿童或一些无心人士时,只接受载体的表面信息,仍将信息载体即童谣视为真正的童谣看待、解读,不会因谶谣复杂、隐晦的内涵给他们造成理解、传播的困难。

1. 以三言为主的经典童谣体式。

三言是汉代较为兴盛的一种诗歌体式,它的节奏简单活泼、短促有力,便于重复和记诵;体式上篇幅短小,构句简单,容量有限,难以将背景说明等复杂的内容容纳其中,适宜表达或轻快活泼、或情思深潜而迫促的题材。最适合儿童的思维速度和语音频率,也是最适宜于制作谶谣的体式。因此,汉代创制谶谣采用的最多的体式是纯三言体:

> 井水溢,灭灶烟,灌玉堂,流金门。
> 千里草,何青青;十日卜,不得生。
> 黄金车,班兰耳,开阊门,出天子。
> 谐不谐,在赤眉;得不得,在河北。
> 鬼在山,禾女运,王天下。
> 代汉者,当涂高。
> 两日出,天兵载。
> 废昌帝,立公孙。

上述童谣采用了两句或四句一章的形式,或隔句用韵,或不用韵,不采用任何复杂的结构和语言形式,以顺序叙述为主,谣中略去对预言背景的介绍,直接交代预言内容如人名、地点等,形式短小、整饬。

为了扩充三言体的涵载量,容纳更复杂的内容,谶谣的造作者用三言与四言、五言、七言等句型组合,构成以三言节奏为各体式节奏主导的三三七、五三三、三四五、三四七等杂言体式。五、七言等较长句型的增加,增加了容量,长短曲折变化更多,可以对同一个预言内容进行多角度的描摹或叙述,让预言内容更隐微曲折;也让单调急促的三言节奏得到缓冲,形成节奏的快慢交替,诵读起来更具轻松、畅快之感。如《献帝初幽州童谣》:

> 燕南垂,赵北际。中央不合大如砺,唯有此中可避世。

同样是预言地点,却并未直言,而是用三句篇幅并运用对仗、比喻等修辞手法描述了预言对象的地理位置,比直说地名易县更隐晦、更另人信服。又如《灵帝末京都童谣》:

> 侯非侯,王非王,千乘万骑上北芒。

光熹二年,外戚与宦官争权发生宫变,中常侍段珪等十人裹胁少帝、陈留王等出逃,公卿百官皆随其后,逃至北邙山后被董卓迎回,后来董卓废少帝为弘农王,改立陈留王刘协为献帝。少帝刘辩小名史侯,刘协当时为陈留王。是谣借用二人姓名和爵位的叠音加上地名北邙暗示这场剧变,三句中包含了三个预言内容,婉曲含蓄、耐人寻味。同时,三言节奏的主导加之

叠音、对仗的运用,也让该谣的节奏更流畅鲜明。又如两汉最长的谶谣《桓帝初京都童谣》:

城上乌,尾毕逋,一年生九雏。公为吏,子为徒,一徒死,百乘车。车班班,入河间。河间姹女工数钱,以钱为室金作堂,石上慊慊舂黄粱。梁下有悬鼓,我欲击之丞卿怒。

全谣14句的句型为三三五三三三三三三七七七五七,除第三、十三句采用五言以缓冲、调剂节奏外,主导节奏依然是三言。

2. 以实字体和单句散行的顺叙为主,语脉连贯流畅;语言采用民间散文化口语,直白朴拙,用韵自由。

童谣以实字体为主,几乎不用任何虚字、语助词。诗中虚字具有填充音节、延宕节奏、丰富诗歌层次等作用,而摇曳的声情与强烈的抒情意味并不利于维持童谣稳定、简单的节奏,也不适合其篇幅简短和实用性文体等的要求,因此,童谣主要采用实词构成语法意义完整的句子。实词化容易造成诗句单句散行的现象,现存汉代谶谣中从二言到十言均有单句成谣的,在整个汉代谣谚中单句成谣的现象也很普遍。汉代处于各种诗体的探索阶段,未形成固定的体式和节奏,加之童谣简、顺、趣的形式要求,谶谣在构建篇章时,形式上不采用复杂的语言和结构形式,除了偶用排比、对仗、对偶等修辞手法外,主要以单句散行的顺叙叙述为主,力求语脉的连贯流畅。语言采用民间散文化口语,直白朴拙,押韵自由,只有6句以上的、篇幅较长的首尾押韵。从节奏上来说,散句的节奏错综灵动,"音节调利",符合儿童的生理节奏和审美情趣。如前述《桓帝初京都童谣》,全谣14句,内容有四个层次,首三句描写了城墙上的乌鸦尾巴拖在身后,一年生了九个小鸦的生活中常见、富有生趣的现象,暗示人主多聚敛;中四句写蛮夷将叛、父子相继从役的社会常见现象;后二句写桓帝将崩,大臣们纷纷坐车到河间迎立灵帝的现象;末五句用夸张的、漫画式的笔触,描写了"河间姹女"疯狂敛财的性格特点及统治者卖官鬻爵导致民怨沸腾无处告诉的社会现象。全谣采用顺叙的方式,通过逐层换韵、体式转换和顶真等手法,完成内容层次的转换,语言童真稚拙,连贯畅达。

3. 用节奏来凸显预言内容。

"节奏之于诗是它的外形,也是它的生命。"[26]"许多意象都可以借声音唤起来"。[27]文学作品节奏的高低长短、抑扬顿挫不仅可以带来听觉的享受和审美的愉悦,作者的情绪、思致和诗的内在韵律也是借由外在的节奏、韵律来传递的。谶谣的一级传播者是儿童,从语言学的角度来说,在儿童语言发展的过程中有一种"语言结构的敏感性",儿童对语言的声音、节奏、重复和节拍等比较敏感;从心理学的角度来说,婴幼儿对音乐的敏感几乎是本能的、先天的,和谐的音节、韵律会引起他们的愉悦感。因此,儿童对于节拍的接受先于内容,节奏对于谶谣尤为重要。

谶谣的节奏首先要与儿童的"生理的自然节奏"和心理上的"预期"相吻合。儿童的语言认知能力较低,天性好奇、耐性不足、活泼好动,其心理上"预期"的和"生理的自然节奏"是单纯明净、流畅自由、轻快活泼、自然合节的,这样的节奏能给儿童心理带来愉悦感和满足感。三言节奏简洁明快、易于掌握,且具有轻松欢快的跳跃性,是最适合儿童的节奏。为此,两汉谶谣在造作时选择以三言节奏为主,对于较长的句型,努力让其节拍变短。如五言的基本节奏是二三节奏,韵律节奏是二二一,但五言童谣却普遍采用了二一二的节奏;七言的基本节奏是四三节奏,韵律节奏是二二二一,谶谣中普遍采用了二二一二的节奏;这种节奏突出了诗句前后两部分之间的独立性,即五言的二言词组与三言词组、七言的四言词组与三言词组之间的独立性,产生富于弹性且生动活泼的节奏感,节拍变短的同时,句末"三字顿"也更加鲜明,"一首诗以三字顿收尾占统治地位或者占优势地位的,调子就倾向于歌唱式(相当于旧说'吟调'、'溜下去',或者'哼下去')。"[28]

此外,注意让拍节节奏点与预言信息一致,在预言信息前后总会出现停顿或休音,以强调、凸显预言信息。拍节节奏点与休音具有同样的效果,在拍节节奏点和休音处会出现一种"节奏'真空'的状态。这样,一种试图填补其'真空'的节奏性的活力应运而生,便不难理解了。这种活力正是所谓的流动感和弹性的实态。"[29]如三言的节奏有二一、一二、一一一三种,谶谣在创制中不会固定选择某一种节奏,"井水溢,灭灶烟。灌玉堂,流金门。"首句为二一,后三句均为一二。"千里草,何青青;十日卜,不得生。"第一、三句为一一一,第二句为一二,第四句为二一。节奏点全部放在预言信息处。"八厶子系,十二为期。"四言的基本节奏是二二,但是这首谣为了配合、强调预言内容,首句采用了一一一一的节奏,末句采用二二节奏,首句一字一顿,末句依靠两个拍节间的停顿,对"十二"进行强调。又如:"白盖小车何延延,河间来合谐,河间来合谐。"预言信息为第二、三句中的"河间"、"合"两处,该句舍弃了五言常用的二二一节奏,采用二一二的节奏,在"河间"之后、"合"之前形成停顿,来凸显预言信息。"八九年间始欲衰,至十三年无孑遗。"的节奏是三一三,一三三,预言信息是"八九年"和"十三年",全部处在节奏点上。

(三)从儿童视角、儿童心理出发,精心选择预言信息元素

汉代谶谣用儿童的视角观察、描摹对象;揣摩儿童心理,以儿童的兴趣和理解力为依据,选择儿童感兴趣的元素,如对比强烈、鲜艳的颜色、数字、动植物、人的身体缺陷等嵌入童谣,作为预言信息,使作品充满童趣。如"黄牛白腹,五铢当复。"以动物身上的颜色代表王莽、公孙述两方政治势力,一黄一白色彩对比鲜明又切合五行之说,五铢钱则是儿童日常生活中最形象、直观的代表汉朝的事物,朝代的更替在儿童的看来只意味着购买零食的货币的变化。该谣不仅多处运用儿童感兴趣的元素,更以儿童的视角叙述朝代的更迭,显得童趣盎然。又如预言桓灵异代的两首童谣《桓帝初京师童谣》与《桓帝末京师童谣》,均选择了桓灵交替之际各方政治势力乘白盖车频繁往来京师与河间之间的细节进行描写,"车班班,入河间","白盖小车何延延",对纷繁复杂、波谲云诡的政治斗争进行简单化、陌生化处理,十分符合儿童的视角、兴趣、思维。

儿童同样对数字非常敏感,如《建安初荆州童谣》:"八九年间始欲衰,至十三年无孑遗。"采用直言法对刘表命运及荆州兴衰演替进行预测,是谣由两句单行散句连缀而成,既未采用押韵、对偶等手法,节奏也不是四三节奏,谣中略去预言对象、地点等信息,突出强调八九年、十三年两个时间信息,既是预言的核心内容,也符合儿童语言游戏的特点。

(四)采用拟人、比兴、双关、谜语等童谣常用的辞格

童谣还运用顶真、叠字、和声、复沓、自问自答等儿童语言游戏中常用的手法,协调韵律,加强节奏感。如《成帝时童谣》:"燕燕尾涎涎,张公子时相见。木门仓琅根,燕飞来,啄皇孙。皇孙死,燕啄矢。"以燕子贯穿全谣,燕子既是儿童感兴趣的事物又语带双关,童谣通过

对燕子三个不同动作的描摹将全谣内容联缀起来。最后四句采用了儿童语言游戏中常用的顶真手法使得语句衔接紧凑,语义贯通流畅。全谣节奏明快,语言生动简洁,完全符合儿童的语言和思维习惯,童趣盎然。又如《灵帝末京都童谣》:"侯非侯,王非王,千乘万骑上北芒。"则采用了谐音和叠字手法,"侯非侯,王非王"在语言表现上充满了神秘感和趣味性。而《董逃歌》则采用了"和声"的方式,以预言的核心内容"董逃"作为"和声"置于句尾,将董卓从权倾一时到篡逆败亡的过程串联起来,构思巧妙,节奏、韵律鲜明,简洁凝练,童趣盎然。据史料记载这首童谣在当时社会上广泛传播,对董卓造成严重打击,以致于董卓不得不下令改造童谣,甚至用残暴的手段大力禁绝。"《风俗通》曰:'卓以董逃之歌主为己发,大禁绝之,死者千数。'杨卓《董卓传》曰:'卓改《董逃》为《董安》。'"[30]

三、汉代谶谣的文学史意义

作为西汉中后期以来对社会政治影响至巨的文体,汉代谶谣与文学的关系不只是被诗文创作、文学评论、文学理论等征引、采用,[31]它与汉代文学的交流互动也是广泛深入的。如前述谶谣文体的生成受到众多文学因素的影响,而汉代谶谣的兴盛促使两汉社会产生数量远超谶谣的妖言、讹言、流言等相似文类,催生出一种预言文化并逐渐衍生出诗谶、谶诗、离合诗等文体。汉代史传文学通过征引谶谣刻画人物、谋篇布局、设置情节的叙事方式和韵散结合的写作手法,也深刻影响了后世叙事文学。其中,汉代谶谣与诗歌的关系最为紧密,它深刻影响了汉诗的创作方法、表现风貌、诗歌理论建构等。

(一)汉代谶谣"缘事而发"的生成机制和"文事相依"的传播方式

由现实社会中具体、真实的事触发,是两汉谶谣在创作上最鲜明的特点之一。由于谶谣的创作传播主体和受众共处同一个政治环境和背景,所由之"事"都是大众熟悉的,加之谶谣生产时秉持的模糊朦胧、奇诡僻异的原则和手法,谶谣不会对事件、背景做详细的再现,只对与预言相关的细节、行动或场景作简单的描摹,从而造成了谶谣文本无法单独传播,事与谶谣相互依存、相互生发的文本形态特点。事是谶谣文本存在和传播的根本目的,没有事谶谣文本不会传播深远甚至失去存在价值,而谶谣文本的广泛流布则引起人们对"事"的关注和兴趣,实现预设的目的。

理论上,"诗妖"说、"荧惑化童"说等谶谣发生理论也清晰地描述了谶谣生成的内在机制及"诗"、"事"、"情"的关系:"事"是谶谣的创作语境和动因,是谶谣预言的对象,具有本源价值,也是天象变异、五行失常的根本原因,"事"触发了人的内在情志(怨谤之气,也包括对事的理性思考、判断),人的内在情志则是谶谣产生的直接渊源(怨谤之气发于歌谣),即"事"→"情"→"诗"的诗歌创作路径。反之,解读谶谣就要透过文本发现本事并确认文本中的"情",即由"诗"→"情"→"事"或由"诗"→"事"→"情"两种路径。[32]可见,谶谣发生理论的内核与"缘事"说理论一致。谶谣正式从创作、传播实践和理论上将"缘事而发"的生成机制和"文事相依"的传播方式明确下来,并对汉诗基本的创作和传播模式产生深远影响。

首先,理论建构上,"缘事"说与谶谣发生理论具有同样的思想文化背景和理论基础,是在经谶融合的时代思想环境下,天人感应、阴阳五行学说的主导下,参考、模仿两汉谣谚发生

论、功能论等建构而成。如谶纬在论及文学发生时说:

> 诗者,天地之精,星辰之度,人心之操也。在事为诗,未发为谋,恬澹为心,思虑为志,故诗之为言志也。(《春秋说题辞》)
>
> 诗人感而后思,思而后积,积而后满,满而后作。言之不足,故嗟叹之。嗟叹之不足,故咏歌之。咏歌之不厌,不知手之舞之足之蹈之也。(《乐动声仪》)[33]

从话语表述来看,谶纬用"诗"、"情"、"事"、"感"等描述诗的渊源和发生,并主张情、志为诗之渊源,"本于人事之所感","缘事"说的话语表述方式和理论内核显然源自于此。

"缘事"说的表述方式和建构还参考借鉴两汉谣谚"采诗观风"的功能论。巧合的是,班固《汉书》两次提及此说,《艺文志》曰:"古有采诗之官,王者所以观风俗,知得失,自考正也";《食货志》又曰:"孟春之月,群居者将散,行人振木铎徇于路以采诗,献之大师,比其音律,以闻于天子。"汉人认为"采诗观风"是礼乐时代王道政治的重要举措之一,并通过风俗循行、举谣言、察举征辟等制度将其付诸政治实践,因为谣谚"缘事而发"、代表天命和民意的特点,这些制度均以采集谣谚作为重要依据,换言之,"采诗观风"的职责在汉代现实语境中由谣谚承担。[34]"缘事"说对乐府的来源、发生和功能的论述完全效仿两汉谣谚理论,"自孝武立乐府而采歌谣,于是有代赵之讴,秦楚之风",说明乐府与谣谚同源;"感于哀乐,缘事而发",说明乐府的发生路径和生成机制与谣谚一致;"亦可以观风俗,知薄厚",说明以娱乐为主要职能的乐府也兼具采诗观风的功能。

其次,汉诗的创作、传播方式也受到谶谣的影响。谶谣是促进汉诗诗事结合创作、传播基本模式形成的重要因素。汉乐府诗148首中有65首有本事,文人诗也大都有本事,现有辑录汉诗的典籍大都采用先引述作者生平、再引本事、辑录文本并随文注释即叙事+文本+解说的方式。清费锡璜《汉诗总说》:"世之说汉诗者,好取其诗,牵合本传,曲勘隐微。虽古人托辞写怀,固当以意逆志;然执词指事,多流穿凿。又好举一诗,以为此为君臣而作,此为朋友而作,此被逸而作,此去位而作;亦多拟度,失本诗面目。余说汉诗先去此二病。"[35]虽然是负面评价,却明确指出汉诗触事兴咏、诗事结合的创作、传播特征。谶谣显然是促进汉诗这一特征形成的重要因素。

谶谣"事"的表现方式促进了汉诗因事生情的抒情方式和多样化叙事手法的形成。谶谣不对"事"做全面、完整的再现、记录,或用陌生化、白描的手法对某个具体场景、现象、细节进行描摹、叙述,或概括叙述。受此影响,汉诗亦不以叙事为重,不进行纯粹的叙事,通过"片断叙事"、"概括叙事"、"情景叙事"[36]触发诗情、引起广泛联想。如《陌上桑》、《东门行》、《妇病行》、《陇西行》等并不注重交代事件全貌,只截取其中最典型的一个片断进行描写。乐府《孤儿行》、《雁门太守行》、《董逃行》等与隐括本事、借咏史抒怀的班固《咏史》、梁鸿《五噫歌》等都则舍弃情节、故事细节的叙写和情感的直接抒发,用高度概括的叙事方式交代人、事全貌,来感发志意和情思。古诗《上山采蘼芜》、《远送新行客》、《结发为夫妻》等、《古诗十九首》中《西北有高楼》、《明月何皎皎》、《客从远方来》、《今日良宴会》等则将简洁的叙事穿插于抒情之中,营造一种感人的情景,用叙事带动抒情。

(二)汉代谶谣对汉诗的创作方法、表现风貌产生重要影响

1. 受谶谣文体形态和风格特征的影响,汉诗形成了浑朴自然又兴寄遥深的特征。

谶谣以童谣承载天命、神意,呈现出既富有童趣又奇诡僻异的风格特征。受此影响,汉诗采用包括童谣在内的民间谣谚的体式、节奏、语言和具体、世俗、浅显的内容,寄托深邃、抽象的道理,从而形成了浑朴自然又兴寄遥深的特征。汉诗的体式大都源自民间谣谚,尤其是最为经典的五、七言体式和节奏,更直接源自谶谣,这一点前人已多有论述。[37]如同样源自民间,以五言、杂言见长的两汉乐府诗,质拙天然,通过摹写世俗社会生活中具体的人、事、物,寄托普世性的感情和对人生共同的、基本问题的思考。作为文人五言诗成熟标志的《古诗十九首》,在内容和形式上表现出鲜明的"民间性",以脱胎于谶谣的五言体式、节奏、口语化的语言和具体的物象、事象描写,抒写离人相思、羁旅愁怀等当时最普遍的社会现象,来寄托士人对人生命运和价值的哲学反思,从而呈现出"清平和远之中,具有离奇变化之妙"、"深衷浅貌,短语长情"的艺术风貌。

2. 谶谣借助各类自然物象触发多层次的艺术联想和多重思想情感的方法,促使汉诗联类状物、感物生情的抒情模式的基本生成。

在汉代官方学术思想和天人感应、比类象喻的艺术思维思维方式的主导下,谶谣或对一个物象进行多角度的简单摹写,如《成帝时童谣》着力描写燕子的三个动作;或以类相从,罗列几个物象、事象,如《建武六年蜀中童谣》用白腹黄牛和五铢钱两个物象,通过层层推演和联想,建立对物、事的全方位感知,获悉天命、民意。受此影响,汉诗也广泛运用动植物、天文、星象、时令、方位等自然物象,通过具体物象触发多层次的艺术联想,表现复杂、多重的思想、情感。如《枯鱼过河泣》、《乌生八九子》、《蛱蝶行》、《朱鹭》、蔡邕《翠鸟》、朱穆《与刘伯宗绝交诗》等寓言诗,借对某一个动物或植物意象的多角度书写,来抒情言理,隐喻社会现实。仅以《乌生八九子》为例,通过对乌的不幸遭遇的描写揭示人生无常、祸福难测的人生哲理,由乌的个别现象联想到个别的人事遭遇和变故,省略了对个别人事的描述,以简驭繁,继而又联想到白鹿、黄鹄、鲤鱼相同的遭际,由个人的不幸联想到整个社会的人生无常,抒写了社会中饱受迫害、蹂躏者的凄惨命运。最后两句"人民生各各有寿命,死生何须复道前后",又"透过一层",故作旷达,弥见沉痛。而张衡《歌》(天地烟煴)、《歌》(浩浩阳春发)、秦嘉《赠妇诗》(暧暧白日)、《鸡鸣》等,则通过罗列某一类自然物象,来感发情思。仅以《明月皎夜光》为例:

> 明月皎夜光,促织鸣东壁。玉衡指孟冬,众星何历历。白露沾野草,时节忽复易。秋蝉鸣树间,玄鸟逝安适。昔我同门友,高举振六翮。不念携手好,弃我如遗迹。南箕北有斗,牵牛不负轭。良无盘石固,虚名复何益?

诗中采用了促织、白露、秋蝉、牵牛、南箕、北斗等一系列表示"秋"的物象,首八句写天象物候的变化,由天象到动物,由动物到星象,再到时节、动物,由实到虚,从视觉、听觉、触觉和不同的时空中构成对"秋"的多重感知,再"感物兴情",由物及人,抚今追昔,联想到个人遭朋友离弃的不幸遭遇,再由己及人,扩展到对整个社会、人生命运、人生价值的思考。

3. 天人相通,打破物类、时空、理性思维等限制的想象力与象征、譬喻、比兴联想等手法的广泛运用。

在汉代天人感应、谶纬神学等时代思潮的熏染和天人感应、比类象喻的艺术思维方式的主导下,谶谣把天地间的一切作为观照的对象,表现出一种俯仰天地的宏阔视野和天人相通打破物类、时空、理性思维等限制的想象力。如《元帝时童谣》将现实与未来、人间宫廷中井水溢出现象与政治变迁、天意联系在一起;《桓帝初京都童谣》将一年生九子的城上乌与人间疯狂敛财、高高在上的人主及桓灵之际的政治变迁联系起来……受此影响,汉诗也表现出同样非凡的想象力。如《枯鱼过河泣》死去的鱼干过河哭泣并写信告诫鲂鱮要出入谨慎,《战城南》战死士卒的灵魂与乌鸦对话,跨越了人类社会与自然、物类、生死的界域,《上邪》则排比罗列了一系列的自然灾象,将人类爱情的命运与天象、山川、河岳、气候等连接起来,用自然现象感应天意。

此外,受谶谣影响,汉诗还广泛运用象征、譬喻、比兴联想等艺术手法,如张衡《四愁诗》、息夫躬《绝命诗》、古诗《橘柚垂华实》、题李陵与苏武的赠答诗中等普遍采用了这些艺术手法。

(三)汉代谶谣促进汉诗尚奇之风的形成

前人多以"奇"论汉诗,如张玉榖《古诗赏析》多次用"奇"评价收录的汉诗:《瓠子歌》"笔力绝奇"、《古诗》(橘柚垂华实)"格奇"、《古诗十九首》"具有离奇变化之妙"、《战城南》"奇极"《上邪》"局奇笔横"、《艳歌行》"奇变"、《枯鱼过河泣》"大奇大奇"、苏伯玉妻《盘中诗》"奇恣"、《练时日》"古色奇响"。[38]可见,汉诗在章法、用韵、构思、选材等方面均表现出求新尚奇的特征。汉诗不仅与谶谣同样追求"奇"的艺术效果,在创制手法上也受到谶谣的影响。

在内容、构思上,汉诗一方面以各类灾祥征象、"神仙迁怪"、奇闻异事非现实题材入诗,另一方面立足现实,选取生活中新奇、异常、反常的人、事入诗;对于常见题材,用儿童或陌生化的视角观察、叙写,突出其不同寻常、违背常理之处。如《古诗十九首》中《客从远方来》、《庭中有奇树》、《涉江采芙蓉》等,写生活中偶有发生之事,而《上山采蘼芜》写弃妇与故夫的邂逅,《陌上桑》中兼具美貌、智慧的秦罗敷及其与太守的巧遇、冲突等,无不富有传奇色彩。对传统题材的叙写则打破常规,从出奇不意的角度描写,如征戍题材的《十五从军征》,主人公是十五岁出征八十岁才得以返乡的老兵,本已十分罕见,诗歌并没有描写老兵多年征戍的经历,留下空白让大家想象,将叙写重点放在了他刚回乡之后的见闻上;《战城南》开篇就写阵亡,并让阵亡将士的灵魂与乌鸦对话,"用意之奇……异想天开"。

汉诗还追求奇句、奇韵、奇语,在诗体、节奏上取法谶谣和各类谣谚,看似自由、毫无章法,造语简洁、质朴,实则接落变换出人意料,匠心独运,已臻"大冶熔铸"的化境。如费锡璜《汉诗总说》评价汉诗曰:"汉诗韵最奇";"诗句之奇,至颜延之、谢灵运、李白、杜甫、韩愈、李贺、卢仝至矣;然不若汉人之奇。试拈数句:'泊如四海之池','遍观是邪','谓河水中之马','必有陆地之船','饥不从猛虎食,暮不从野雀栖','呼儿烹鲤鱼,中有尺素书','虫来啮桃根,李树代桃僵','垂露承帷,张霄成幄','腐肉安能去子逃',奇绝奇绝。至《郊祀》、《铙歌》中,奇语不可枚举。此非以奇语求汉人,见汉人无所不有也,不可忽略而读过。"[39]方东树《昭昧詹言》亦评曰:"汉魏诗陈古义,用心厚,文法高妙浑融,变化奇恣雄俊,用笔离合转换,深不可测。"[40]

结语

谶谣文体是在汉代大一统的政治环境中,在天人感应、阴阳五行学说和谶纬的理论支持下,在"谣占"的传统、隐语的艺术手法和风格特征、"天人感应、比类象喻的文艺思维方式"等文学因素的影响下生成、定型的。

汉代谶谣采用了当时最新型的诗歌体式、节奏等,艺术手法、表现风貌已然十分成熟,它的创作方法解决了谶谣文体本身存在的两个矛盾,并从此成为固定的谶谣文体形态。

汉代谶谣与汉诗的关系最紧密。在汉代社会政治语境和思想文化氛围中,谶谣的政治、思想文化地位远远高于汉诗。汉代社会谶谣的创作、传播活动十分繁盛,除文献所载应验的谶谣之外,汉代社会还充斥着大量的伪造的、未应验的谶谣,汉代谶谣的数量不少于汉代诗歌。加之,模拟因袭风气的流行,汉代文学和学术活动的主体也是谶谣的造作者和二级传播者,在诗歌创作中广泛吸收借鉴了谶谣的创作方式、方法。汉代谶谣与史传、大赋、小说等也有着广泛深入的交流互动,有待进一步的研究。

注 释：

〔1〕 谢贵安《中国谶谣文化研究》从民俗、文化的角度对谶谣的界定、历史、传播特点、预言方法等问题进行研究,吕宗力《汉代的谣言》从历史的角度探讨包括谶谣在内的汉代谣言的经典案例、社会政治功用、传播、建构等问题。吕肖奂《中国古代民谣研究》着重研究谶谣的概念、发生原因、历史和政治功用等。

〔2〕 郭英德《中国古代文体学论稿》,北京大学出版社 2005 年版,第 2—3 页。

〔3〕 《汉书》与《后汉书》的《五行志》记载了汉代谶谣及其政治影响和作用,汉代谶谣的政治功用前述著作中论述较为详尽,因该问题不是本文重点,这里不再展开论述。

〔4〕 关于谶谣的作者周作人《儿歌之研究》引中根淑云释"占验之童谣"云:"其歌皆咏当时事实,寄兴他物,隐晦其辞,后世之人鲜能会解。故童谣云者,殆当时有心人之作,流行于世,驯至为童子所歌者耳。"串田久治《汉代的"谣"与社会批判意识》认为,汉代童谣的作者是知识分子。

〔5〕 李龙植《文体学与语言实践》(《语言教学与研究》1981 年第 2 期)说:"文体就是在特定的交际领域,通过有目的地选择所产生的表现手段和表达方式的总体。它是在历史上形成的,同时被整个社会所接受的完整体系。"

〔6〕 许慎撰,段玉裁注《说文解字注》,上海古籍出版社 1981 年版,第 161 页。

〔7〕 范晔撰,李贤等注《后汉书》卷五十九《张衡列传》,中华书局 1965 年版,第 1912 页。

〔8〕〔24〕 杜文澜辑,周绍良校点《古谣谚》卷一百、卷六,中华书局 1958 年版,第 1053—1054、101 页。

〔9〕 汉代谶谣文体论和发生论在前述诸多成果及拙作《两汉谣谚理论考论》中已有详细论述,因不是本文研究重点,这里不再展开论述。

〔10〕 吕宗力《汉代的谣言》,浙江大学出版社 2011 年版,第 152 页。

〔11〕 刘文典《淮南鸿烈集解》卷二十一,中华书局 1989 年版,第 706 页。

〔12〕 黄晖《论衡校释》附编六《论衡旧序》,中华书局 1990 年版,第 1314 页。

〔13〕 纪昀等《钦定四库全书总目》卷六,中华书局 1997 年版,第 72 页。

〔14〕 刘勰著,祖保泉解说《文心雕龙解说》,安徽教育出版社 1993 年版,第 697 页。

〔15〕 朱光潜《诗论》说:"隐语为描写诗的雏形,描写诗以赋规模为最大,赋即源于隐语。"蒋振华《汉

代早期道教典籍文章观和隐语含蕴》(《文学遗产》2019年第1期)认为以《周易参同契》为代表的汉代早期道教典籍"大量使用隐喻性语言,构建了一个完整的隐语体系,为后世道教典籍的造作在用语上开创了隐秘晦涩、深奥神诡的先例,凸显了道教谲怪神秘的宗教色彩。"

〔16〕 郑毓瑜《引譬连类:文学研究中的关键词》,生活·读书·新知三联书店2017年版,第186页。

〔17〕〔18〕〔19〕 班固撰《汉书》卷二十七中《五行志》、卷七十五《眭两夏侯京翼李传》、卷八十五《谷永杜邺传》、卷二十七上《五行志》,中华书局2005年版,第1124、2372、2581、1093页。

〔20〕 苏舆撰,钟哲点校《春秋繁露义证》卷三《精华》,中华书局1992年版,第96页。

〔21〕 刘敏《汉赋自然意象的神学思维——兼论儒教神学对魏晋自然审美的开启意义》,《当代文坛》2012年第2期,第117—120页。

〔22〕 胡学常《文学话语与权力话语——汉赋与两汉政治》,浙江人民出版社2000年版,第138页。

〔23〕 威尔伯·施拉姆等《传播学概论》,新华出版社1984年版,第98页。

〔25〕 孙旭培主编《华夏传播论:中国传统文化中的传播》,人民出版社1997年版,第74页。

〔26〕 郭沫若《论节奏》,《沫若文集》第十册,人民文学出版社1959年版,第225页。

〔27〕 朱光潜《诗论》,上海古籍出版社2005年版,第90页。

〔28〕 卞之琳《哼唱型节奏(吟调)和说话型节(诵调)》,杨臣汉、刘福春主编《中国现代诗论》下编,花城出版社1986年版,第141页。

〔29〕 松浦友久著,石观海、赵德玉、赖辛译《节奏的美学——日中诗歌论》,辽宁大学出版社1995年版,第30页。

〔30〕 郭茂倩编《乐府诗集》第三十四卷,中华书局1979年版,第505页。

〔31〕 刘旭青《论古谣谚在文学发展中的作用》,《中国韵文学刊》2017年第1期,第1—6页。

〔32〕 王怀义《汉诗"缘事而发"的诠释界域与中国诗学传统——对"中国抒情传统"观的一个检讨》,《文学评论》2016年第4期,第130页。

〔33〕 安居香山、中村璋八辑《纬书集成》中,河北人民出版社1994年版,第856、544页。

〔34〕 潘啸龙《汉乐府的娱乐职能及其对艺术表现的影响》(《中国社会科学》1990年第6期,第163页)中说:"汉代乐府机关的设立,本为郊祀天地、上层娱乐所需;所谓'采诗夜诵',则是指乐府有选择地采用新声俗乐、民间诗歌作为演奏歌唱的内容。这与有计划、有组织地采集民间风谣,以'观风俗、知薄厚'的政治措施根本是两码事。"

〔35〕〔39〕 王夫之等《清诗话》下,上海古籍出版社2015年版,第982、983页。

〔36〕 赵敏俐《中国诗歌通史·汉代卷》(人民文学出版社2012版)曾总结汉代诗歌最常用的写作方式有"片断叙事"、"概括叙事"、"情景叙事"等。

〔37〕 刘勰《文心雕龙·明诗》说《邪径》童谣是汉代最早的五言诗,"离合之发,则明于图谶";余冠英《古代文学杂论》说:"谶纬本是童谣的变形,童谣多七言,所以谶纬亦多七言。"葛晓音《论早期五言体的生成途径及其对汉诗艺术的影响》说:民间谣谚是"五言体生成的直接途径"。

〔38〕 张玉榖著,许逸民点校《古诗赏析》,上海古籍出版社2000年版。

〔40〕 方东树著《昭昧詹言》卷一,人民文学出版社1961年版,第6页。

〔作者简介〕 王轶,1979年生,女,安徽师范大学文学院,讲师,文学博士,主要从事先秦汉魏六朝文学研究。

重论庾信"融合南北文风"

张浅吟

庾信(513—581)于梁元帝承圣三年(554)后羁北不归,人们一般把他的创作以此分为两个时期,认为他入北后所作由绮靡浮艳转向刚健质朴,赋予其"融合南北文风"的评价,这可以说是文学史共识。

然而从文献上看,庾信南朝之作在他生前就大部分不存。北周宇文逌首编《庾子山集》二十卷,言其在扬都所作"百不一存",仕江陵所作"一字无遗","今之所撰,止入魏以来,爰泊皇代"[1];《隋书·经籍志》著录的《庾子山集》多出一卷,被认为可能是他在南方创作的遗留,但也是极少数。可见庾信存世作品并不具备以在南、在北为评价着眼点的基础。

事实上,人们对庾信"融合南北文风"的文学史评价,主要是受唐人"南北文风交融论"影响。《隋书·文学传序》云:"江左宫商发越,贵于清绮;河朔词义贞刚,重乎气质……若能掇彼清音,简兹累句,各去所短,合其两长,则文质斌斌,尽善尽美矣。"[2]唐初史官以两种对立的风格概括南、北朝文学,并把"融合南北文风"作为实现唐代"文质斌斌"文学理想的路径。然而无论是对南、北文风的区隔、相埒式概括,还是对它们融合方式的说明,都是隋唐北方政权统一南北后的叙述,不能径直套用于南北朝具体作家的创作。

对于庾信存世作品,古今评论家指出一个现象,即其赋、五言诗、歌行三体的创作风貌存在差异,更重要的是,这种差异并不受到其在南、入北的影响。王夫之评价庾信作于南朝的《燕歌行》乃"凌云之笔",而对其所有五言诗的艺术成就都评价不高[3]。清人梁运昌和宗廷辅认为,庾信只有赋堪称"老更成",诗不足以当此评价[4]。钱锺书在《谈艺录》中指出,庾信"屈体魏周,赋境大变",五言诗却是"入北以来,未有新声,反失故步"[5]。论者大多提到庾信的赋、五言诗、歌行创作有差异且不随其南北经历变化的现象,但未作进一步探究[6]。

这一现象十分值得注意。既然文体是不同于地域南、北而影响庾信创作风貌的因素,就提示着一条回避其作品文献困境而转向批评史的思考进路。一方面,各文体的创作规范提供了较清晰的考察庾信创作特质并辨析南、北异同的标尺,避免与唐人建构的文学风格相混淆;另一方面,文体的美学特质,往往是更长时段、深层次的文学传统的表征,也是唐代文学批评话语所以生成的资源。而评论家对庾信文体差异的指出,集中在赋、五言诗、歌行三体;这三个文体皆纠合着南北朝至唐代非常重要的文学传统,它们既能典型地反映庾信的创作风

本文收稿日期:2023 年 4 月 20 日

貌,又能体现唐代文学批评话语的具体意涵。

本文重审庾信赋、五言诗、歌行的创作特质,结合对唐人建构的"南北文风融合论"的再辨析,以对庾信"融合南北文风"的意涵及生成理路获得新的认识。

一、庾信赋、五言诗、歌行分析

(一)赋

庾信赋现存十五篇,七篇作于入北后[7]。学界已有很多相关研究,但仍有两个问题值得关注。第一,如果以南、北区隔庾信赋作,那么其以叙事、述怀为题材的《哀江南赋》《伤心赋》,固然与在南描摹物色之作风貌有异,但同是入北后的《象戏赋》等咏物赋似又承续旧作,显示出南、北区隔方式的支绌;第二,有学者指出,庾信在南、在北所作之赋并无形式上的区别[8]。因此,对于庾信《哀江南赋》等赋作的风貌卓异,也许不应完全归因为"入北",而应在注意到情感题材变化的同时,也考虑其形式技巧的积累与描摹物色的惯性,才能找到其赋境提升的实际原因。以下以《哀江南赋》为例,从两方面分析庾信入北后赋的特点。

第一是在同韵多句排列的物色描摹后,在句式变化的同时也将描写变为叙事或抒情。

> 于时朝野欢娱,池台钟鼓。里为冠盖,门成邹鲁。连茂苑于海陵,跨横塘于江浦。东门则鞭石成桥,南极则铸铜为柱。橘则园植万株,竹则家封千户。西赆浮玉,南琛没羽。吴歈越吟,荆艳楚舞。草木之遇阳春,鱼龙之逢风雨。[9]

这段文字先大量铺写繁荣安定的景象,且从"西赆浮玉"到"荆艳楚舞"都是四字句。"草木"二句在字数变化的同时,也改变了单纯铺写的内容,使视角宽泛的社会画卷式描写落实到人的具体感受——百姓喜逢盛世,人才各得其所。

> 乘白马而不前,策青骡而转碍。吹落叶之扁舟,飘长风于上游。彼锯牙而钩爪,又循江而习流。排青龙之战舰,斗飞燕之船楼。张辽临于赤壁,王濬下于巴丘。乍风惊而射火,或箭重而回舟。未辨声于黄盖,已先沉于杜侯。落帆黄鹤之浦,藏船鹦鹉之洲。路已分于湘、汉,星犹看于斗、牛。[10]

先大片叙写逃亡过程,用的是南朝赋中十分常见的动词领首句[11]。以相同句式写逃亡经历,密密铺排如行路之辛苦;到最后"路已分"是对前面所叙长途跋涉的收束,而"星犹看"则终于出现自己——逃亡辛苦之多,也不敌留恋旧都之切。又如《小园赋》中,从"欹岖兮狭室"到"发则睢阳乱丝"都是相同韵脚的描写,但之后两句"非夏日而可畏,异秋天而可悲"在韵脚不变的同时转为抒情[12]。

第二是把景物描写语作为叙事中的点缀。东晋以来,随着人们对自然之美的关注,在许多题材创作中都有加入景物描写的倾向。如陆机《行思赋》、张载《叙行赋》、鲍照《登大雷岸与妹书》都是纪行之作,中间都有细腻的景物描绘。孙德谦在《六朝丽指》中有"感叹时序,别开文境"一条,指出梁简文帝《答张缵示集书》、萧统《答湘东王求文集诗苑书》在叙事或抒情中会加入对应时景象的描写,有别开生面的文学效果[13]。而庾信把景物描写与叙事更有机地结合,体现为描写语更加精炼,并且与叙事部分用韵统一,同样保持对偶的形式。

设重云之讲,开士林之学。谈劫烬之灰飞,辨常星之夜落。地平鱼齿,城危兽角。卧刁斗于荥阳,绊龙媒于平乐;宰衡以干戈为儿戏,缙绅以清谈为庙略。[14]

在一大段同韵脚的叙事中,"地平鱼齿,城危兽角"的描写如同画面定格。《吕氏春秋》云"猛兽之角,能以为城"[15],庾信先给高大坚固的城墙一个静态的特写,后面紧接着写君臣如何忘记干戚。一静一动,一描写一叙事,城郭纵然高大坚固,也只能静默地作为一切发生的背景,前后相连有一种无奈之意。倪璠注"地平"二句为"言不能完城郭以为保守之计也",正是对此表达效果的阐发。另外,《哀》赋后半部分叙写逃亡,云"于时瓦解冰泮,风飞电散。浑然千里,淄、渑一乱。雪暗如沙,冰横似岸"[16],这是对途中景物的赋写,以所见之混乱景象呼应了逃亡中的凄凉心境。

可以看到,庾信的叙事述怀赋,是在精美的物色描摹与形式组织之上,兼容了对家国、人生的感慨。他使离合无常的人间世与风景变换的自然界相映,使对自然规律的体察与对人世现象的思索相交织,将各种内容、情感的表达熔铸在赋体的精美形式中,正如张惠言所谓"其体之变则穷矣"[17]。

(二)五言诗

相较于赋,庾信入北后的五言诗变化不显是评论家、研究者的共识。事实上,庾信五言诗与南朝关注物色的思潮有着同构性,这种基本特点并未因他在南、在北而别。

首先是意在"描写状态"的句法。庾信诗有许多秀句为历代评家所称许,如"络纬无机织,流萤带火寒"[18],"流星向椀落,浮蚁对春开"[19],"山明疑有雪,岸白不关沙"[20],"水纹恒独转,风花直乱回"[21],等等,可以把它们视作庾信五言诗单句表达的最高水平。它们从句法上看,皆以名词领首,接下来无非是在对它进行描摹,这就体现了诗人创作思维的静观性——致力于表现事物的某种状态。往下降一个层次,则有这样一些句子:"寂寥寻静室,蒙密就山斋"[22],"萧瑟风声惨,苍茫雪貌愁"[23],"凄清临晚景,疏索望寒阶"[24],"幽居对蒙密,蹊径转深沉"[25]等,句中有非常明显的意义凝固的双音节形容词,大多还是双声叠韵;它们也体现了作者以"描写状态"为主的表达意图,但意义凝固的形容词的存在无疑缩小了句中内容的变化空间,在表达效果上就不如前面之例。再下降一个层次:"燕燥还为石,龙残更是泥"[26],"香炉犹是柏,麈尾更成松"[27],"今朝一壶酒,实是胜千金"[28],可以明显看到,这些句子结构松散,中间用了许多虚字连接,那是因为诗人没有充足的描写素材,却依然用着"说清性质、状态"的描写思维。同是描写物色,诗句尚有巧拙之别;在不是描写物色的时候,此种结构的弊端就更加明显。如"怅然张仲蔚,悲哉郑子真"[29],庾信把形容词加诸人物,也是意在"表明状态",但这样的组合就显得呆板。

其次是句与句之间并列铺陈的组合关系。庾信无论咏物还是奉和之作,结构均为铺陈式,最后整首诗如同一个平面上的展开。即使叙事感怀,也多以描写画面侧写发生的事件。如《奉报寄洛州》以"黎阳水稍渌,官渡柳应春"写战事平息;又如《上益州上柱国赵王二首》,第一首颂赞赵王,第二首写自己的贫苦,但都以景物描写为主。值得注意的是庾信入北后写的行军诗,《侍从徐国公殿下军行》诗云:"八风占阵气,六甲候兵韬。置府仍张幕,麾军即秉旄。长旗临广武,烽火照成皋。巡寒重挟纩,酌水胜单醪。阵后云逾直,兵深星转高。电焰驱龙马,山精镂宝刀。塞迥翻榆叶,关寒落雁毛。既得从神武,何须念久劳。"陈祚明评为"语健"[30],其实"健"的只是意象,此诗的结构和庾信其他咏物、山水之作是一样的平行铺陈式,呈现为一组组从军景象的画面组合。

在此基础上,可以更全面地分析庾信入北后书写经历、情怀诗作的艺术得失,以《拟咏怀》二十七首为代表。对于诗题是否有"拟"字虽然存在争议[31],但无论然否,都难以完全排除庾信创作时参考阮籍之作的可能。蔡宗齐曾指出阮诗创造了一种"非线性结构",并用不规律的意象安排以表现诗人复杂的内心[32]。庾信这组诗为了表达复杂的感想,也有不规律的意象与诗句间较大的逻辑跨度。除去可能是参考阮籍的这点以外,这组诗还有一个特征是为表达复杂内心、彰显与他作不同而存在的,即上下句对仗不避同样的虚字。如"直言珠可吐,宁知炭可吞","其面虽可热,其心长自寒","其觉乃于于,其忧惟悄悄"。这种不避相同虚字的对仗,在庾信其他诗作中十分少见,是其为表达复杂情绪而作的创变。

然而,庾信想要带来的"出新"之效,都因对偶、铺排写法而打了折扣。这组诗以大量对仗为基本结构;一句之内,依然是以"描摹状态"为主的思维。如"谁知志不就,空有直如弦",典云"直如弦,死道边"[33],庾信直接使用"直如弦"三字,本质也是描写;又"悲伤刘孺子,凄怆史皇孙",亦是以形容词加诸人物;至于"纤腰减束素,别泪损横波。恨心终不歇,红颜无复多",以精巧对仗写女子情态以自况,实乃"齐梁时艳情别思之常制"[34]。历代评家无论对庾信诗总体是好是恶,都指出了《拟咏怀》艺术上的缺陷,如陈祚明云"语之工拙,都所不计,但取情深"[35],王夫之认为"要皆汗漫不可以诗论也"[36],即体现了庾信五言诗适用于咏物缘情的静观式思维、并列式结构在表达上的局限。

要言之,五言诗的声律技巧、丽辞缉裁,都与齐梁以后关注物色的文学好尚密切相关,"指事造形,穷情写物,最为详切"[37]。庾信的五言诗思维注重静观、结构并列铺陈,鲜明体现了这种思潮。

(三)歌行

庾信《燕歌行》基本可以确定为在梁所作[38]。此乃乐府旧题,主题规定为边塞征战,本就超越了宫廷生活的经验。而就歌行体本身而言,关于其渊源虽有争议,但无论考其称名还是具体作品,都有表意流畅的创作传统。因此,庾信《燕歌行》虽是在与南梁文士的唱和中所作,写法也不是完全精工、整饬的,而是注意配合内容进行变化。《燕歌行》从边塞征战写到思妇情怀,虽然主体为对偶句,但在诗意层次改变时,都是以率直流利、不多斧削的非对偶句进行意脉转换。如以"愿得鲁连飞一箭,持寄思归燕将书。渡辽本自有将军,寒风萧萧生水纹"四句,构成从景物描写到征人思妇情感的转折。值得注意的是,南朝歌行创作也受到了市井文化的影响[39],庾信《燕歌行》中亦加入了民歌口吻,如"自从将军出细柳,荡子空床难独守"就以朴素的思妇口吻率直地表达了情感。

《杨柳歌》系年不明,但呈现出与《燕歌行》相近的风貌。庾信同样把民歌的放意率直与宫廷诗歌的精美整饬相间错,以区分内容的层次。开头四句写杨柳之态,"河边"、"河水"、"河中"密集出现,借鉴了民歌,以"可怜"二字领首的写法,亦多见于谣谚。"谁言从来荫数国,直用东南一小枝。昔日公子出南皮,何处相寻玄武陂"用了四个典故,又以不同的领首词区分了用典的情感。上二句以"谁言""直用"引起,如触发谈机,以虚拟之典叹人世普遍之无常;下二句"昔日""何处"用语日常化,用具体实事写生活常见之遗憾。从"凤凰新管萧史吹,朱鸟春窗玉女窥"到"不如饮酒高阳池,日暮归时倒接䍠","凤凰"以下四句用语典雅,对仗极其工整,之后以至"日暮归时倒接䍠",笔调流利,不假削刻,正与"连钱障泥渡水骑"、"照日食螺紫琉璃"这样的精工描绘形成强烈反差,对比出功名荣华之虚幻。至此,诗意已趋低落。但"武昌城下"以下四句转入对偶,"飞絮鹅毛"与"青丝马尾"十分工整细腻,由"独忆"领之,更见伤心人别有怀抱。结尾归为"欲与梅花留一曲,共将长笛管中吹"的民歌口吻,但在"武昌城下"四句的精巧排布之后出现,忧思实未断绝,只有"及时行乐"的意味。

通过分析庾信的赋、五言诗、歌行可知:第一,庾信从属于南朝梁以后关注声色的文学潮流,这在他入北后的创作中也鲜明存在。庾信在南梁,从东宫抄撰学士累迁,"既有盛才,文并绮艳"[40];可以说,对物色美和形式技巧的注重是他一切创作的底色。即使是他入北后被公认为发生巨变的以叙事、述怀为题材的赋作,也是在景物描摹的基础上兼容时世感与形式技巧。而学界关于庾信对北周文坛的影响研究无一不表明,北人所关注、效仿的正是其辞采与技巧[41],亦是这一结论的佐证。第二,庾信的创作在关注声色的同时,也能超越其上,兼容对家国现实、人生体验的关怀,但是这种创作成就和其入北的经历并不存在直接的关系。他即使在南朝作的歌行,也能融合宫廷趣味、民间情感于一体;而五言诗尽管在入北后用于记录经历、抒发情怀,因其与物色呈现有着同构性,表现力也有所不逮。

二、唐人"南北文风融合"建构理路与庾信接受

"融合南北文风"为《隋书·文学传序》所提出,也深刻影响了后世对庾信创作的认识。它至少包含两个层面的意义,一是唐代"文质斌斌"的文学理想,有文学创作层面的所指;二是实现这一理想的路径,却不止是文学层面的问题,还是隋唐北方政权统一南北后的叙述。因此,要重论庾信"融合南北文风",在前文重新认识其创作特质的基础上,还须再辨析唐人"南北文风融合"建构理路与文学演进事实的罅隙。

庾信在北周文坛影响甚巨,"朝廷之人,闾阎之士,莫不忘味于遗韵,眩精于末光,犹丘陵之仰嵩、岱,川流之宗溟、渤"[42]。这是因为南、北朝政权虽异,但并不存在两种明确异质的文风,而以北人模仿南人为主,原因如陈寅恪所言,"文化之关系较重而种族之关系较轻",皆以汉文化为正统[43]。虽然近年关于北朝"汉化"的程度和层面有许多更细致的商榷,但爱慕词华、以文才自尊是一个明确的面向[44]。庾信在北周,正是作为汉文化建构的辅助者而受到礼遇,譬如参与礼乐制作;且北周贵族纷纷请他撰写碑铭序文,并与之进行诗歌唱和[45],显然是以汉文化修养作为对自己身份的标置。质言之,庾信创作在北方的巨大影响,是南、北双方皆以汉文化为正统的意识在文学上的反映;这为南北统一后的文学发展提供了事实上的积累,但却不能等同于后来唐人"南北文风融合"的理论意涵。

《隋书·文学传序》提出"南北文学不同论",将南、北对应"文""质"并具体化为"清绮""贞刚"两种风格,在此基础上提出以"融合南北文风"为实现"文质斌斌"的路径。对于"南北文学不同论"背后的北方正统意识,史学、文学研究界已有很多深入的探讨[46]。但同时值得注意的是,这种叙述"不仅重构着过去,而且组织着当下和未来的经验"[47];因此,它也倾向以预言式的叙述先在地覆盖唐代文学未来演进的事实。"清绮""贞刚"在《文学传序》中

是伴随时间断限的,为"永明、天监之际,太和、天保之间",而不包括梁大同以后,是唐人对南、北朝曾经存在的文学风格进行片段式的截取[48]。然而,文学传统具有累积性,后一时期的任何改变都必然基于前一时期,故"清绮""贞刚"在唐初文学发展语境里,已经失去了实际指示意义,而是两个基于儒家文学理想与北方正统意识的文学价值判断概念。且它们作为文学风格术语被强调,就容易被视为纯粹的文学本身审美层面的元素,而淡化了原始语境中的时间断限。同时,《文学传序》以"融合南北文风"为实现"文质斌斌"的途径,是政治话语向文学层面的推演——由政治上的南北统一,走向儒家文学理想的实现;这种政治话语,与基于价值判断且时间限定淡化的文学风格术语相嵌合,则南"清绮"组合北"贞刚"而达到"文质斌斌"的设定就具有了强大的解释效力。质言之,《隋书·文学传序》所提出的"南北交融"的文学发展路径,是在以正统、非正统建构了北朝、南朝文学特质的基础上,以政治统一的共时性结构取代了文学演进的历时性进程。

庾信创作以物色美、形式精巧为底色,在这样的论述中无疑是"非正统"的代表,他事实上的南、北方经历并非批评者所考虑的因素:"其意浅而繁,其文匿而彩,词尚轻险,情多哀思,格以延陵之听,盖亦亡国之音也。"[49]唐初人这种批评不止针对庾信,而是反对整体的南朝梁以后的华美文学潮流。《周书》云:"子山之文,发源于宋末,盛行于梁季。其体以淫放为本,其词以轻险为宗。故能夸目侈于红、紫,荡心逾于郑、卫。昔扬子云有言:'诗人之赋丽以则,辞人之赋丽以淫。'若以庾氏方之,斯又辞赋之罪人也。"[50]明确指出"宋末"、"梁季"的时间点,"红紫"、"郑卫"的譬喻,也是儒家对无益于政教的文艺的形容。又卢藏用《右拾遗陈子昂文集序》云:"宋、齐之末,盖憔悴矣。逶迤陵颓,流靡忘返,至于徐、庾,天之将丧斯文也。"[51]也是对南朝文学后期整体潮流的批判。

庾信被《隋书·文学传序》中共时性的"南—北对立"结构划为了非正统,被排除在"南北文风融合"的路径之外;而他的作品却影响着唐代文学演进的历程。唐高宗龙朔初期"文场变体","竞构纤微",即以庾信诗文为主要模仿对象,学其描摹物色之技与炼字造句之法;盛行一时的"上官体",亦多学庾信五言诗的声律;这从属于唐人对梁以后文学技巧的学习。值得注意的是,武德年间成书的《艺文类聚》和贞观年间成书的《初学记》都收入很多庾信诗赋,《初学记》虽晚出,且其间文坛不乏批评庾信文辞丽靡的声音,却减少了其叙事、感怀内容,反增收绮丽之作[52]。这也佐证了庾信各题材作品其实都以精美的物色描摹手段、形式技巧为底色。正因为人们在创作中对丽辞缉裁、声律调谐等因素尚处在模仿、吸收阶段,自然批评眼光也主要在这一层面,就很难认识到庾信创作在此基础上的更新。

直到陈子昂提出上承汉魏文学传统,"文质斌斌"理论在唐代文学语境中的所指才初步明确。陈子昂云:"仆尝暇时观齐梁间诗,彩丽竞繁,而兴寄都绝。"[53]他主要不是从政教角度抨击齐梁诗歌,而是站在强调文学的人生、社会寄托意义的立场指出其不足。陈子昂的创作对齐梁文学传统亦多有吸收,许多诗作在有所寄托的同时都注重声律而典丽精工。而且,在此时的各种诗格中可以看到一共同现象:元兢《诗髓脑》中,以"丛聚病"言一诗之内不可意象相类,又言"解镫"、"撷腰"句须间错使用,谓诗中句法须有变化[54];崔融《唐朝新定诗格》中以"相类病"言连续诗句中不可用意义相近的虚字[55],等等。这些要求的共同点,在于既保证诗歌的形式整齐、辞藻精美,同时又避免单一内容的重复堆砌,从侧面反映了对诗歌主题丰富性的强调。可以看到,庾信赋、歌行的创作理路,与陈子昂的创作实践和诗格中的要求正有相通之处,皆是在精美辞藻与形式的基础上包含对社会人生的关怀。如果以"文"、"质"关系考察齐梁到盛唐的文学发展,梁以后钻研技巧成风,造成了"文"胜于"质"的创作局面;但当声律、对偶、句法等技巧不再是需要开拓、学习的因素而被自如应用时,就又可与丰富的题材、高远的情怀相融。这是庾信的创作成就所在,也是初、盛唐文学的进步所由,更是儒家"文质彬彬"的文学观念在经过华丽藻采积累后具体意涵的更新。殷璠指出开元十五年后"文质半取"创作风貌,"言气骨则建安为传,论宫商则太康不逮"[56],这说明唐人重新认识庾信的土壤已经成熟。

然而,庾信此时已不是为人所注意的模范,直到杜甫发出了重新认识他的先声。《戏为六绝句》第一首云:"庾信文章老更成,凌云健笔意纵横。"杜甫早年对庾信有"清新庾开府"的评价,此则晚年见解。对于杜甫之语,以往研究关注点多在于杜甫晚期诗歌创作变化与庾信作品的契合之处[57]。但这一评价,还应放在《戏为六绝句》的写作动机中考虑。《戏为六绝句》是一组与当时文坛对话的诗,屡言"尔曹"和"今人",它们评点前代文学而意在纠正时风,故杜甫是把庾信置于盛唐文学积累的视域下考察,寻找他和当时普遍性创作风气的相接之处。开、宝年间,齐梁文学余风已远,"海内词人,翕然尊古"[58],连上接齐梁的四杰都已成为"哂未休"的对象,庾信的作品也不再为人所追慕。而杜甫兼采前代诸家,转益多师,"不薄今人爱古人,清辞丽句必为邻",无论汉魏、齐梁文学经典皆无所厚薄地学习。杜甫认为"窃攀屈宋宜方驾,恐与齐梁作后尘",正指出了初唐人对梁以后文学一面贬斥一面承袭的状态。对于那些在盛唐已不再受欢迎的前代文学经典,就需要挖掘其新貌。对于庾信,他提出"老更成"与"凌云健笔意纵横"。杜甫早年言庾信"清新",主要是对前人关于其精美技巧等评价的推进[59],这在开、宝后已不再是为人所注目的特点。但"老更成"则是"凌云健笔意纵横",不同于音韵婉附、精巧雕琢而极具风力,从未被人认识到。"老更成"蕴含的是递进而非对立的意义,杜甫是在肯定庾信丽辞、声律等成就的基础上,又对其思想情怀进行发掘。所以,"老更成"包含了对庾信创作两个方面的肯定:既富藻绘技巧,又具现实关怀,正符合盛唐文学"文质彬彬"的境界。概括而言,在人们对"翡翠兰苕"一类的精美创作已不觉新鲜之时,杜甫对庾信"凌云健笔"的标举,不仅是对庾信创作特质在旧有认识基础上的更新,更是对盛唐文学积累状况的回应。

因为政治话语对文学批评的影响,唐代文学发展由历时性演进变为正统、非正统文学因素的共时性组合,也使后世对庾信创作特质的认识被南、北二分。而庾信在唐代的接受,是其作品作用于唐代文学演进,又随着文学演进对接受者视域的改变,其创作价值从精工丽藻到文质兼备,被逐渐全面认识到的过程。

结语

人们对一个作家创作特质的认识、评价,往往受到其所属时段的文学史书写的影响;而中国古代的文学史书写往往因为官方主导而蕴含着特定的意识形态。研究者对这种意识形态存在的考察,多在于比较显性的政治、思想性评价层面。事实上,文学史中对前代文学风格的总结,背后也隐藏着价值判断;对文学发展路径的叙述,亦往往依托于某种政治话语进行;这都会遮蔽后世对作家的创作特质与接受理路的认识。

庾信"融合南北文风",是其能在注重物色、形式技巧的基础上含纳对现世人生的关怀;这样的创作成就,与他身处南、北没有直接关系,却对唐人统一南、北后的文学理想有先导作用。而这种作用,亦不是在唐人提出"融合南北文风"时就被标举,而是随着唐代文学的演进由隐而显。对于庾信而言,羁北不归实可憾恨,但他的文学成就和由南入北的经历,恰与隋唐北方政权勾勒的文学发展路径有所契合。庾信的创作事实虽然被模糊了,但也因此获得了更醒目的文学史地位。

注　释:

〔1〕　倪璠注,许逸民校点《庾子山集注》滕王逌原序,中华书局1980年版,第66页。
〔2〕〔49〕　魏徵等《隋书》卷七十六《文学传序》,中华书局1973年版,第1729、2788页。
〔3〕　王夫之著,李利民校点《古诗评选》卷一、卷六,上海古籍出版社2011年版,第68、301页。
〔4〕　郭绍虞《杜甫戏为六绝句集解　元好问论诗三十首小笺》,人民文学出版社1978年版,第12页。
〔5〕〔34〕　钱锺书《谈艺录》,生活·读书·新知三联书店2007年版,第728—729、728页。
〔6〕　有关研究中,认为庾信入北后赋作境界提升而五言诗变化不显的看法屡见。较典型的例子是吉定《庾信研究》在讨论庾信五言诗时放弃了以南北划分而以题材划分。见《庾信研究》,上海古籍出版社2008年版,第68—105页。又如葛晓音认为庾信的《燕歌行》是"融合南北文风的最初尝试"。见《八代诗史》修订本,中华书局2012年版,第272页。
〔7〕　关于庾信作品的南北系年,参见《庾子山集注》中倪璠"题辞"及作品注释;徐宝余《庾信研究》第三章第二节,学林出版社2003年版。
〔8〕　王瑶认为庾信即使是后期赋,"形式特点也是最重要的"。参见王瑶《徐庾与骈体》,《中古文学史论集》,北京大学出版社1986年版,第289页;钟涛则明言庾信前后期赋"在形式上并无差别"。参见钟涛《六朝骈文形式及其文化意蕴》,东方出版社1997年版,第109页。
〔9〕〔12〕　《庾子山集注》卷一,第110—111、22—23页。
〔10〕〔14〕〔15〕〔16〕　《庾子山集注》卷二,第135—136、113—114、115、162页。
〔11〕　参见韩高年《南朝赋的诗化倾向的文体学思考》:"所谓动词领首句,就是在句中动词作为句子的语义核心,并且处在句首总摄全句……它们来自楚辞。"《文学评论》2001年第5期。
〔13〕　王水照《历代文话》,复旦大学出版社2007年版,第8477页。
〔17〕　张惠言《七十家赋钞序》,余祖坤编《历代文话续编》,凤凰出版社2013年版,第660页。
〔18〕〔19〕〔20〕〔21〕〔22〕〔23〕〔24〕〔25〕〔26〕〔27〕〔28〕〔29〕　《庾子山集注》卷四,第340、343、347、353、284、345、352、365、292、316、343、306页。
〔30〕〔35〕　陈祚明评选,李金松点校《采菽堂古诗选》卷三十三,上海古籍出版社2008年版,第1093、1096页。
〔31〕　陈沆云:"《艺文类聚》但称庾信《咏怀诗》,不云'拟'也。《诗纪》强增为《拟咏怀》,亦如增文通诗为'效阮',岂知自家块垒,无俟他人酒杯乎?"(陈沆《诗比兴笺》卷二《庾信诗笺》,上海古籍出版社1981年版,第89页)余冠英亦持此论,《汉魏六朝诗选》,人民文学出版社1978年版,第293页。
〔32〕　参见蔡宗齐《汉魏晋五言诗的演变:四种诗歌模式与自我呈现》,北京大学出版社2015年版,第184—195页。

〔33〕 范晔《后汉书》志第十三《五行志》,中华书局1965年版,第3281页。

〔36〕 《古诗评选》卷五,第325页。

〔37〕 钟嵘著,曹旭集注《诗品集注》,上海古籍出版社1994年版,第36页。

〔38〕 《北史·王褒传》:"褒曾作《燕歌》,妙尽塞北寒苦之状,元帝及诸文士并和之。"倪璠认为庾信也是和者之一,后来者皆从此说。

〔39〕 参见何诗海《汉魏六朝文体与文化研究》,北京大学出版社2011年版,第195—227页。

〔40〕〔42〕〔50〕 令狐德棻等《周书》卷四十一《王褒庾信传论》,中华书局1971年版,第733、744、744页。

〔41〕 学界这方面研究成果很多,较全面详细者参见林怡《庾信研究》,人民文学出版社2000年版,第111—145页。新近研究参见刘涛《北周隋唐学者的庾信骈文观》,《新疆大学学报》哲学社会科学版2022年第6期。

〔43〕 陈寅恪《隋唐制度渊源略论稿·唐代政治史述论稿》,生活·读书·新知三联书店2001年版,第78—79页。

〔44〕 王伟《"正统在我":中古正统建构与文学演进》,《复旦学报》社会科学版2021年第2期;苏航《从价值同构看北朝的文化变迁和民族凝聚》,《历史研究》2021年第4期。

〔45〕 牛贵琥《庾信入北的实际情况与其作品的关系》、郭鹏《论北周时庾信的交往对南北文风融合的表率与策动》(郭万金主编《河朔贞刚——北方民族政权下的文学与文化》,商务印书馆2014年版,第66—86页)。

〔46〕 南北朝时期的南、北文学是历时性的源流关系,而非《文学传序》所言之共时相埒关系(朱雷、唐刚卯编《唐长孺文存》,上海古籍出版社2006年版,第319—348页)。田晓菲认为南、北与"文"、"质"的对应消解了"质"中的"野蛮"义项而强化了正统性(《烽火与流星》,中华书局2010年版,第240—243页)。

〔47〕 扬·阿斯曼《文化记忆:早期高级文化中的文字、回忆和政治身份》,金寿福、黄晓晨译,北京大学出版社2016年版,第35页。

〔48〕 张伯伟指出:"他们心目中的'南',并不是齐、梁以来的诗歌,而是以陆机、潘岳为首的太康体。"《中国诗词曲史略》,北京大学出版社2022年版,第118页。

〔51〕 彭庆生《陈子昂集校注》附录四,黄山书社2015年版,第1591页。

〔52〕 关于这两部书所收庾信作品的内容比较,参见何世剑《庾信诗赋接受研究》,江西人民出版社2013年版,第80—81页。

〔53〕 陈子昂《修竹篇序》,《陈子昂集校注》卷一,第163页。

〔54〕〔55〕 张伯伟《全唐五代诗格汇考》,江苏古籍出版社2002年版,第121—123页、第135页。

〔56〕〔58〕 殷璠《河岳英灵集叙》,傅璇琮、陈尚君、徐俊编《唐人选唐诗新编》(增订本),中华书局2014年版,第156页。

〔57〕 参见吴相洲《庾信杜甫老成境界之比较》,《内蒙古大学学报》哲学社会科学版1994年第2期;杜晓勤《唐代文学的文化视野》,中华书局2022年版,第478—491页。

〔59〕 参见仲瑶《论杜甫对庾信诗歌的接受与其自身诗歌理论构建之关系》,《文艺理论研究》2012年第5期。

〔作者简介〕 张浅吟,1994年生,南京大学文学院博士研究生。主要研究方向为唐代文学、古代文学理论。

初唐岭南贬谪行旅诗的文学史意义*

田　峰

对地方的认识,学界向来比较重视"客观"的史书以及地理书,文学材料因为"主观"色彩的浓厚,多被忽略。同一历史时期政治制度固然对一个地方的发展具有重要意义,但是对某个空间最鲜活、最具体的认识文学却首当其冲,这种貌似主观的认识,因为"人"的凸显,却更为符合客观的历史。人的活动与认识是赋予"地方"意义的关键,使地方具有了重要的审美文化特征,地方也为文学的书写提供了各种资源,二者之间形成了双向互动。

中国古代文学的地理空间,王朝政治中心所在便是文学中心所在,但从唐代开始,西域与岭南的介入为诗歌迎来了新的契机[1],形成了"异质文学圈",对唐代诗歌的繁荣意义重大,严羽《沧浪诗话》:"唐人好诗,多是征戍、迁谪、行旅、离别之作,往往能感动激发人意。"[2]这些"好诗"以西域边塞诗和岭南贬谪诗首当其冲,其中包含了严羽所说的四种题材。其中岭南行旅诗与西域边塞诗的亢奋澎湃不同,它继承中国贬谪文学的传统,以落寞与悲伤为主调,以行进的"镜头"描写从未被关注过的"极边",意象奇特,情感跌宕,犹如惊涛骇浪,文学文化意义深远。

一、直御魑与魅:初唐岭南行旅诗中的文化疏离与情感焦虑

初唐之时,帝国初建,交通不远,发展的重心在北方,南方虽在疆域范围之内,但大多数地方仍然有边疆的感觉,甚至南方的巴蜀荆湘就是大多数人的心理边疆。更加遥远的岭南不仅是畏途,在文化上更是边缘的边缘,荒蛮不堪,文化资源掌握者对岭南的了解极为有限,文学领域对岭南的书写也是寥寥无几。贞观十三年(639)前,岭南道有县257,户数357348,人口642181,每户平均人口数1.8[3],较之隋代,人口有了大幅增长,但岭南道总体的人口密度并不高,人口主要集中在交通要道以及贸易发达的州县,山区人口稀少。中原人士始终将南下岭南视为畏途,甚至关于岭南的各种传说交织在一起,令旅行者感到十分恐惧。段义孚说:"心中的恐惧,除了病理情况下,其根源大都在外在的环境中,这种环境具有真正的威胁性。"[4]岭南在唐人心目中不仅遥远,而且有严重的瘴疠,被视为妖魔鬼怪经常出没的地方。对于岭南的远行客而言,这种环境极具威胁,段义孚将这样的体验,称为"恐惧景观",这既是

本文收稿日期:2022年5月19日

有形的外在环境,也是一种无形心理状态。诗人们背井离乡,行走在层峦叠嶂,更为原始的南方,阴郁、压抑、焦虑一直在旅途中伴随,似乎与人类社会正在分离。

唐代通往岭南的交通,主要有三条:一条是郴州路,以广州为中心,北上经过韶州、郴州、衡州、潭州、岳州、江陵、襄州、商州、邓州,再到长安;二是虔州大庾岭路,从洛阳出发,经过汴州、宋州、泗洲、楚州、扬州、润州、常州、苏州、杭州、衢州、信州、衡州、吉州、虔州、韶州,到达广州;三是桂州路,从衡州、永州、桂州,在到达岭南各地[5]。按照《元和郡县图志》的记录,郴州路距离中原四千余里,虔州大庾岭路和桂州路都大约五千余里[6]。隋唐之际,随着广州贸易和政治地位的提高,通往岭南的道路不断向东推移,大庾岭路的地位也日益提高,即便如此,在唐初的很长一段时间内,通往岭南的主要道路充满艰辛,张九龄在《开凿大庾岭路序》中说:"理内及外,穷幽极远,日月普烛,舟车运行,无不求其所宁、易其所弊者也。初,岭东废路,人苦峻极。行径夤缘,数里重林之表;飞梁嶪嶪,千丈层崖之半。颠跻用惕,斩绝其元,故以载则曾不容轨,以运则负之以背。"[7]这说明在张九龄修大庾岭路之前的很长一段时间,岭南路途不畅,极为险阻。初唐时期,贬谪岭南的诗人跋山涉水,披荆斩棘,多从大庾岭路到岭南,路途漫漫,随着前行的脚步不仅风景转换,心路也开始转变。初唐贬谪岭南有姓名可考者达42人[8],在诸道之中最多,已然成为重要的文化现象。尽管并不是每一位贬谪者都有诗留存,但留下的诗章依然具有典型意义,尤其是行旅诗中对荒蛮之地的恐惧与焦虑与日俱增,这种巨大的感情落差,给初唐诗带来全新的情感体验。

对故乡的眷恋与思念是人类永恒的主题,也是文学书写的重要主题,但一般而言所处的距离越远,环境越恶劣,对故乡的思念越发强烈,生命的体验也越深刻。初唐那些条件优厚的宫廷诗人,在政治不幸中远走岭南,他们将熟练的诗歌技巧运用于新的题材之中,边走边写,创作了一定数量的行旅诗。行旅诗明显的特点就是以动态的方式呈现行进路线,随着行程的推进意象与感情也逐渐发生变化。岭南行旅诗中所描写的距离之长在唐代之前的历史中是罕见的,在行进岭南途中,情感也迅速落到谷底,生命一片黯淡,恐惧加深,诗歌逐渐显示出细腻深沉的一面。

神龙元年(705),杜审言因"坐交通张易之,流峰州"[9],他从洛阳,经过襄州,再从鄂州南下岳州,顺湘水而下,翻越大庾岭到达岭南。在渡过湘水时,正值春暖花开,景色宜人,但诗人毫无心情欣赏春景,湘江北流,斯人南窜,异常焦虑,不禁悲从中来,创作了《渡湘江》。到了岭南之后,他也写了一些行旅诗,最典型的为《度石门山》,作者认为所有的景色"险涩难穷",令人惊异。到达安南后,作者写下了《旅寓安南》:"交趾殊风候,寒迟暖复催。仲冬山果熟,正月野花开。积雨生昏雾,轻霜下震雷。故乡逾万里,客思倍从来。"[10]对物候的敏感是感情落差的反映,安南的仲冬,山花漫野,山果飘香,轻雷积雨之中疏离之感陡增。这样以物候写情感的方式,是此诗的独特之处,风景之殊,乃是情感之孤,思念之深。

相比杜审言,沈佺期所行更南,《神龙初废逐南荒途出郴口北望苏耽山》是他长流驩州时,途经郴州时所写的一首诗,北望苏耽山,"重崖下萦映,嶕峣上纠纷。碧峰泉附落,红壁树傍分"[11],重岩叠嶂,高瀑飞泻,作者尚有心情欣赏美景,但越岭之后,无边的恐惧充斥周身,仿佛进入冥界,面对死亡一般,他在《入鬼门关》一诗中写道:

昔传瘴江路,今到鬼门关。土地无人老,流移几客还。自从别京洛,颓鬓与衰颜。

夕宿含沙里,晨行冈路间。马危千仞谷,舟险万重湾。(《沈佺期集校注》卷二,第87页)

鬼门关,在北流、玉林两地之间,两峰相对,中有关门,后来有很多贬谪诗人都经过此地,留下了一系列诗章,沈佺期的《入鬼门关》是最早写这里的诗歌。《太平寰宇记》:"其南尤多瘴疠,去者罕得生还,谚语云:'鬼门关,十人去,九不还。'"[12]作者早在传闻中已经听说了岭南之路,造化弄人,自己现在却处在这样的环境中。此诗无一句直接写景,处处写险恶,表达绝望的心情。岭南深山中还时常有黑色的幽灵出现,一种叫"山魈"的妖怪专门喷射峡谷中的行人[13],《广异记》中将这种山魈描写得绘声绘色[14],更令人恐惧的是那种充满神秘的软体动物"含沙",突然会出现在行旅途中,射人致死。沈佺期《从驩州廨宅移住山间水亭赠苏使君》:"遇坎即乘流,西南到火洲。鬼门应苦夜,瘴浦不宜秋。岁贷胸穿老,朝飞鼻饮头。死生离骨肉,荣辱间朋游。弃置一身在,平生万事休。"(同前第117页)此诗同样表达了身在鬼门,与世隔绝,心如死灰的感觉。《初达驩州》与《鬼门关》相呼应,也是作者对岭南的总体感知,其中有言:"配远天遂穷,到迟日最后。水行儋耳国,陆行雕题薮。魂魄游鬼门,骸骨遗鲸口。夜则忍饥卧,朝则抱病走。"(同前第83页)从距离来看已经到了天边,儋耳、雕题则是先秦古籍对遥远南方的荒蛮想象,这里鬼怪出没,枯骨残留,饥病交加,不堪忍受,完全是另一个世界,魂魄时时游荡鬼门,随时可能葬身渔海。这种"异端"的景观与情感体验,常使作者以泪洗面,容颜渐老,所谓:"别离频破月,容鬓骤催年。""肝肠余几寸,拭泪坐春风。"(同前第103页)"览镜怜双鬓,沾衣惜万行。抱愁那去国,将老更垂裳。"(同前第108页)

沈佺期的《同杜员外审言过岭》在初唐诗坛也是影响很大的一首行旅诗,诗道:

天长地阔岭头分,去国离家见白云。洛浦风光何所似,崇山瘴疠不堪闻。南浮涨海人何处?北望衡阳雁几群。两地江山万余里,何时重谒圣明君?(同前第85页)

代表归宿的洛阳,心里边疆的雁回峰,身陷极南的涨海与崇山,每一个地方都有特别的意义。从起点到终点,横跨万里之遥,没有疆土广大的喜悦,相反是无限的惆怅。大庾岭是诗人在贬谪途中情感体验最为强烈的地方,"岭"的象征意义完全大于实际的地理分割意义,而且沈佺期等诗人是中国历史上第一批贬谪岭南,贬谪岭南与死差别不大,在盛唐时期有大臣就觉得疆土并不是越大越好,甚至可以选择放弃诸如岭南这样的瘴疠之地。

古典诗歌以抒情为主的,这种情感体验在初唐振聋发聩。宋之问被认为是初唐的一流诗人,诗名早成,在他的所有诗歌中往返于岭南的行旅诗歌的创作艺术成就最高,这些诗中极端的生命体验与焦虑的情感依然是主流,这为他的诗歌带来了全新的感觉,在初唐诗坛别具一格,影响深远,正如《旧唐书》所云:宋之问"经途江、岭,所有篇咏,传布远近"[15]。宋之问从洛阳出发,下蕲州,过洪州,度大庾岭,途经韶州、端州,到达泷州,神龙元年(705)十月,到达了夷夏之界的大庾岭,心中有无限畏惧,迁窜炎徼,生不如死。写下了《度大庾岭》、《题大庾岭北驿》、《早发大庾岭》等诗歌,其中《题大庾岭北驿》:

阳月南飞雁,传闻至此回。我行殊未已,何日复归来?江静潮初落,林昏瘴不开。明朝望乡处,应见陇头梅。(《宋之问集校注》卷二,第427页)

此诗"凄咽欲绝"[16]、"沉亮凄婉"[17],全诗之妙在景中寓情,正是通过途中景色的转换来描写从未有过的情感体验。以回雁峰作为心理的极边,初唐时很少有文人到达这里,甚至盛唐时期的杜甫在诗歌中依然称这里为"南极"。宋之问行走的这里虽然江静潮落,景色宜人,但前方充满瘴气,令人无限惆怅与绝望。宋之问在大庾岭写得最著名的一首诗是《度大庾岭》其一:

度岭方辞国,停轺一望家。魂随南翥鸟,泪尽北枝花。山雨初含霁,江云欲变霞。但令归有日,不敢恨长沙。(同前第428页)

这是一首成熟的五律,颔联、颈联对仗工整,颈联写景之句清新俊朗,与其他三联合而观之则凄清冷峻,北花与南鸟便有遥远的距离之感,关于贾谊典故的运用,则使个人的遭遇、历史的记忆、现实的景象交融在一起,形成了极为复杂的心理体验。诚然这首诗格律方面已臻成熟,但是情感体验才是奠定这首诗地位的关键。这种空间跨度极大的诗歌,很适合意思相反的对仗,形成极端的体验。许学夷以为此诗"气格声色兼备"[18],正是情感格调与形式兼备的好诗。在另一首《早发大庾岭》中,宋之问面对不可知的前途,恐惧陡增,以为大庾岭是造化之力,界隔夷夏,想到家国、兄弟、妻子,苦恨踌躇,作者遂写了"春暖阴梅花,瘴回阳鸟翼。含沙缘涧聚,吻草依林植"(同前第429页)的异质景色,景物描写寥寥数语,全诗的主要部分依然是痛心疾首和对往日生活的怀恋。

《早发韶州》是宋之问第二次贬谪岭南时一首整体感知的诗歌:

炎徼行应尽,回瞻乡路遥。珠厓天外郡,铜柱海南标。日夜清明少,春冬雾雨饶。身经火山热,颜入瘴江消。触影含沙怒,逢人女草摇。露浓看菌湿,风飓觉船飘。直御魑将魅,宁论鸱与鸮。虞翻思报国,许靖愿归朝。绿树秦京道,青云洛水桥。故园长在目,魂去不须招。(《宋之问集校注》卷三,第551页)

从距离而言已经到了天外,气候是云雾缭绕,湿气极重,瘴热难耐,放眼望去是各种奇怪的植物,又伴随着含沙射影、恶鬼横行的恐惧感,魂牵梦绕之中皆是长安的宫阙大道。此诗与沈佺期的《入鬼门关》、《旅居安南》等诗在情感书写方面如出一辙。宋之问写给吴兢的信中说:"杳寻魑魅之途,远在雕题之国,飓风摇木,饥鼬宵鸣,毒瘴横天,悲鸢昼落,心凭神理,实冀生还。"[19]在"异域"的场景之下,生命体验异常强烈,这是初唐岭南行旅诗的普遍审美特色。这样的情感在他的岭南行旅诗中比比皆是,如"别家万里余,流目三春际。"(第547页)"破颜看鹊喜,拭泪听猿啼。骨肉初分爱,亲朋忽解携。路遥魂欲断,身辱理能齐。""挥袂日凡几,我行途已千。暝投苍梧郡,愁枕白云眠。"(第566页)"且别已千岁,夜愁劳万端。"(第567页)"朝夕苦遄征,孤魂长自惊。"(第555页)作者整日以泪洗面,容颜衰老,骨肉分离,穷愁无边,魂断南国。行旅艰难,恍恍惚惚、惊魂不定。

段义孚在《空间与地方》一书中说:"对于所有的动物而言,空间是一种生物需要;对人类而言,空间是一种心理需要,是一种社会特权,甚至是一种精神属性。"[20]贬谪岭南的诗人,在行旅途中,逐渐远离权力中心,陌生的空间,造成了巨大的恐惧,精神无处安放。对个人来说,实属不幸,但对诗歌而言却有了意外的收获,在极端的困境中真挚的情感与生命体验整体爆发,诗歌具有了更加丰富的内涵。这样的体验在行旅诗中尤为突出,因为行旅最重要的是空间的转移,每前进一步所面临的是未知的环境。对于失意的诗人而言,已无旅行期待,心中播下了恐惧的种子,恐惧一旦产生,必然深发生命意识,因而诗歌便具有了一种"绝境之美"。

二、"中心"与"边缘":初唐岭南行旅诗二重空间书写与诗歌艺术的提升

"中心"以"边缘"为参照,二者是共存关系,因此脱离"边缘"看"中心"是无意义的。若从地域文化的角度看,初唐诗歌的重大转变正是从"边缘"开始的,即北方的边塞诗与岭南的贬谪诗。这两类诗歌都有很重要的"中心"主题,边塞诗的主流群体是在边疆建功立业,然后希望回到中心在政治上得到重用的文人,贬谪岭南的诗歌则是远离"中心",到达荒蛮的南方,在政治上是失意的。这两类诗歌包含两种相反的情感,但都为唐诗都带来了新变。可以说,唐代的边塞诗与岭南诗歌是从"边缘"改变"中心"文学空间的典型。

岭南在诗歌中以另一种方式被唤醒,尽管是作为"中心"的对立面存在的,却在意象与情感方面都有很大的突破。岭南行旅诗以空间移动为主线,能够真切反映物象的变化与情感的变迁。在意象提炼时,也会选择最具代表性的物象,形成对立的意象,产生新的艺术效果。诗歌作为以抒情为主的文学样式,情感可以以多种方式表达,行旅诗在物理空间上为情感的铺宕提供了可能,通过旅行主体时间和空间的变化来体现情感的变化。在初唐的岭南行旅诗中,情感的跌宕正是通过空间的变化来体现的,这些诗歌往往南与北对举,京洛与边地对举,中原的物候与岭南的物候对举,从而在情感上也形成了巨大的反差。首先,南北之间的对举是岭南行旅诗感情书写非常重要的方式。沈佺期:"流望来南国,依然会昔闻。"(《沈佺期集校注》卷二,第83页)"南浮涨海人何处?北望衡阳雁几群。"(第85页)"北斗崇山挂,南风涨海牵。"(第91页)"搔首向南荒,拭泪看北斗。何年赦书来?重饮洛阳酒。"(第97页)沈佺期的这几首诗是通过在岭南的北望,表达强烈的回归之情。宋之问:"丹心江北死,白发岭南生。魑魅天边国,穷愁海上城。"(《宋之问集校注》卷三,第556页)"南溟天外合,北户日边开"。(第570页)"北看疑是雁,南客更思归。岭上行人绝,关中音信稀。"(第574页)"路逐鹏南转,心依雁北还。"(第546页)"北极怀明主,南溟作逐臣。"(同前卷二,第421页)距离意味着被中原的繁华所遗忘,也意味着主体刻骨铭心的情感体验,穷愁无边,白发新生,有了以"我"为中心的绝望体验。如此大规模的南北对立,在唐代之前的诗歌中并不多见,这正是距离的体现,也使得岭南行旅诗有了巨大的情感张力。

如果上述的对立是南北方位的对立,南荒与帝乡的对立则是对政治疏离的情感表达。身在南荒,心在京华,这是初唐岭南行旅诗表达二重空间的另一种方式。京华代表政治权力中心,南荒则代表政治上被抛弃。初唐岭南行旅诗中不断书写这二重空间,形成鲜明的意象对比,以强化感情层次。如,"不知林邑地,犹隔道明天。雨露何时及?京华若个边。"(《沈佺期集校注》卷二,第95页)"忆昨京华子,伤今边地囚。"(第117页)荒蛮之地,教化不及,既是遥远的距离,也是政治上的抛弃。"帝乡遥可念,肠断报亲情。"(第98页)"昨夜南亭里,分明梦洛中。"(第103页)"帝乡三万里,乘彼白云归。"(《宋之问集校注》卷三,第565页)直接通过"帝乡"来表达政治上的被抛弃。有时候,繁华的京城,与荒凉的魑魅相对,对比更加鲜明,如宋之问:"代业京华里,远投魑魅乡。"(第560页)"感谢鹓鹭朝,勤修魑魅职。"(同前卷二,第429页)

以鸳鹭比朝官,以魑魅代贬谪。在南中诗人始终处在一种思念帝乡的焦虑之中,也是政治前途的焦虑。

诗歌中的二重空间有时则是通过物象来反映的。宋之问的岭南行旅诗多属排律,开首叙述旅行的地点,中间主体部分写景,结尾表达愁情离绪。诗歌看似在写岭南的风物,实际上也在写京洛等核心文化区,在中心与边缘的书写中形成物与情的双重构架。表现在诗歌中则是意象的对立,如沈佺期在交州龙编(今越南河内东北)写道:"四气分寒少,三光置日偏。"(《沈佺期集校注》卷二,第91页)天气越来越热,地在日南,日月星都偏离了。宋之问第二次贬谪钦州,写了大量的行旅诗,这些诗歌较之他以前的诗歌在艺术水准与情感内涵上又有了新的突破。宋之问边走边写,在苏州写下了《渡吴江别王长史》、《夜渡吴松江怀古》,在荆州写下了《初发荆州府赠长史》、《在荆州府重赴岭南》,在衡阳写下了《晚泊湘江》,这首诗最具代表性,诗言:"五岭恓惶客,三湘憔悴颜。况复秋雨霁,表里见衡山。路逐鹏南转,心依雁北还。唯余望乡泪,更染竹成斑。"(《宋之问集校注》卷三,第546页)此诗的核心意象是南鹏与北雁,通过两个飞禽意象表达空间的阻隔。栖栖遑遑的南迁之客,颜色憔悴,行至衡山,秋雨初晴,遥望前程,泪如雨下,染竹成斑。到达韶州,写下了《自衡阳至韶州谒能禅师》、《早发韶州》等行旅诗,作者对岭南的抵触情绪依旧强烈,但是也开始对沿途风物进行冷静的观察,如前诗:"猿啼山馆晓,虹饮江皋霁。湘岸竹泉幽,衡峰石囷闭。岭嶂穷攀越,风涛极沿济。"(第547页)后诗:"珠厓天外郡,铜柱海南标。日夜清明少,春冬雾雨饶。身经大火热,颜入瘴江消。触影含沙怒,逢人女草摇。露浓看菌湿,风飓觉船飘。"(第551页)沿途的风物和气候,都随着路程的行进一一铺开,作者通过对仗工整的律句铺排独特的风物,无比艰险的行程伴随着瘴、蚖、女草等陌生的物象,自始至终处在一种风雨飘摇的境地。以旅行者的眼光来看,这样的风景是绝佳的、奇险的,但是在作者的感知世界里气候、物产带来的不是新奇,是极端的厌恶和绝愁,所以诗歌在写这些新奇风景的同时,在结尾往往注入这样的情感:"暝投苍梧郡,愁枕白云眠。"(第566页)"镜愁玄发改,心负紫芝荣。"(《宋之问集校注》卷二,第434页)"归心不可见,白发重相催。"(同前卷三,第571页)"鬓发俄成素,丹心已作灰。"(同前卷二,第431页)"丹心江北死,白发岭南生。"(同前卷三,第556页)物象给予感官的新奇与刺激后,则回应了故园的物象。物象描写往往以排律(或准排律)排比,少则五韵十句,多则近二十韵,铺排有力,回肠荡气,使诗歌大开大合,形成了巨大的情感宣泄。

文化的深刻体验使贬谪诗人在另一个空间格格不入,在王朝行政力量很弱的岭南,语言、习俗、文化等全然不同,作者始终无法认同。这种悬殊的文化体验在一些重要的节日,尤为深重,如沈佺期在《岭表寒食》中写道:"岭外无寒食,春来不见饧。洛阳新甲子,何日是清明?花柳争朝发,轩车满路迎。帝乡遥可念,肠断报亲情。"(《沈佺期集校注》卷二,第98页)地点是岭表,时间是寒食。这首诗最主要的"异"并不是地理环境,而是文化感知之"异"。纵观唐诗,当诗人远行至遥远的地方每逢节日是心里最为煎熬的时刻。帝乡与边鄙之间的距离也是通过节日来反映的。形成孤寂凄凉的诗境,正如他在另一首诗《驩州南亭夜梦》中所表达的:"肝肠余几寸,拭泪坐春风。"(第98页)

毫无疑问,杜审言、沈佺期、宋之问贬谪岭南行旅诗,在二重空间的描写上,形成了一种富有张力的对立,这在唐前的文学中罕见的,对初唐以后的行旅诗同样产生了深远的影响。

"中心"与"边缘"的对立或通过南北的对立,或通过帝乡与魑魅乡的对立,或通过物象的对立,或通过文化感觉的对立来表达强烈的情感,这不仅仅是情感上的感知,也是艺术上的探索,即随着岭南行程的推进,诗歌在陌生意象的安排上与排律一拍即合,推动了律诗的发展。

三、意象与情境的统一:初唐岭南行旅诗的境界开拓

岭南地区在唐宋时期成为贬官和流放犯人的重点地区,初唐第一次在诗歌领域关注岭南,荒蛮陌生的物象成为唐代诗歌的新意象,在诗坛振聋发聩,意义非凡。王昌龄《诗格》:"夫置意作诗,即须凝心,目击其物,便以心击之,深穿其境。"[21]看到岭南的山水,旅行者"处身于境,视境于心,莹然掌中",所有物象和盘托出,加以选择排比,"然后驰思,深得其情",终"则得其真"[22],形成了物境、情境、意境的统一,这便是中国传统诗学中的境、界交汇,即审美主体与客体之间的互动所形成的艺术世界,审美主体对客观外物感知的基础上形成意象,由意象组合形成诗歌境界,指向生命美学中的自我超越,是生命体验中的审美活动和审美体验中的生命感悟。

相比唐前的行旅诗歌,沈佺期、宋之问贬谪岭南的行旅诗歌,比初唐四杰及陈子昂的行旅诗又有了更大的进步与发展,在惊涛骇浪中焦虑、恐惧、痛苦的心境与岭南风物相遇使诗歌进入了另一重境界。可以说岭南行旅诗是"诗穷而后工"与"江山之助"的结合,前所未有的旅行体验加之不一样的风景与物候,这些诗歌便有了独特的意蕴。皎然《诗式》:"高手述作,如登衡、巫,觌三湘、鄢、郢山川之盛,萦回盘礴,千变万态。或极天高峙,崒焉不群,气腾势飞,合沓相属。或修江耿耿,万里无波,欻出高深重复之状。古今逸格,皆造其极妙矣。"[23]初唐的岭南行旅诗写出了岭南山水的各种姿态,变化曲折,物色、意兴兼有,意蕴更加丰富,大开大合。尽管不幸的遭遇使初唐岭南行旅诗在风景书写上处于一种被动的状态,但是却意外发现了岭南的山水之美。如杜审言流配之时拐经广州时所作的《度石门山》:

  石门千仞断,迸水落遥空。道束悬崖半,桥欹绝涧中。仰攀人屡息,直下骑才通。泥拥奔蛇径,云埋伏兽丛。星躔牛斗北,地脉象牙东。开塞随行变,高深触望同。江声连骤雨,日气抱残虹。未改朱明律,先含白露风。坚贞深不惮,险涩谅难穷。有异登临赏,徒为造化功。[24]

这首诗为杜审言流配峰州经过广州西北所写的一首五言排律,道路悬空,桥斜绝涧,淤泥阻塞前行的路线,云气中似有野兽的足迹。江声残虹骤雨,行旅艰险无比,但作者在艰险的行程中依然关注的是"异"。他的另一首诗《南海乱石山中作》更是一首奇异之诗,"涨海积稽天,群山高萟地。相传称乱石,图典失其事。悬危悉可惊,大小都不类。乍将云岛极,还与星河次。上笋忽如飞,下临仍欲坠。朝暾艳丹紫,夜魄炯青翠。穿崇雾雨蓊,幽隐灵仙閟。万寻挂鹤巢,千丈垂猿臂。"[25]涨海连天,众山耸立,形态不一,海岛在云雾中若隐若现,凌空而飞,与河汉相连。日光、月光映射下乱山色彩斑斓,精妙万状。常见的意象也因为情感而陌生,如《旅寓安南》中的"野花"、"山果"、"积雨"、"昏雾"、"轻霜"、"震雷"等也因为在安南产生了疏异感。

杜审言远去岭南途中也写了一些艺术成就很高的绝句,如《渡湘江》:"迟日园林悲昔游,今春花鸟作边愁。独怜京国人南窜,不似湘江水北流。"[26]胡应麟说:"唐初五言绝句……惟杜审言《渡湘江》、《赠苏绾》二首,结皆作对,而工致天然,风味可掬。"[27]这首诗"北人南窜,归无日期,惟湘江流向北可羡也"[28],形成了人与自然之间的反差,独具风味。

706年沈佺期遇赦北归途中,创作了很多行旅诗。这些诗歌画面更加开阔,也多了一些气势,如在琼州他写下了《早发平昌岛》:"阳乌出海树,云雁下江烟。积气冲长岛,浮光溢大川。"(《沈佺期集校注》卷二,第126页)一番别有风味的海岛风光。《夜泊越州逢北使》:"飚飚萦海若,霹雳耿天吴。鳌抃群岛失,鲸吞众流输。"(同前第127页)此诗众多新奇意象构成了一幅海国景象图。飓风萦绕海若(海神),霹雳照明天吴(水神),大龟鼓舞欢呼,大鲸鼓浪前行。《自昌乐郡泝流至白石岭下行入郴州》:"北流自南泻,群峰回众壑。驰波如电腾,激石似雷落。崖留盘古树,涧蓄神农药。乳窦何淋漓,苔藓更彩错。娟娟潭里虹,渺渺滩边鹤。"(同前第132页)这是在北归途中在大庾岭看到的山水,北流南泻,群山万壑,急湍似电,石声打雷。古树盘错,奇药杂生,钟乳欲滴,苔藓斑驳,虹鹤相映。尽管路途艰险无比,但这样的景色令作者异常激动。奇异的物象被凝练成新的意象,语言上具有了新奇的特点,创造了新的诗境。

司空图《与王驾评诗说》:"五言所得,长于思与境偕,乃诗家之所尚者。"[29]思指诗歌的主观情感,境指诗歌发生的环境。情思与环境融合统一,诗歌便具有了更为深沉的内涵。岭南的物象进入诗歌,成为新的意象,也造成了诗境的不同,宋之问的岭南行旅诗便是其中的代表,他的诗歌从意象转变开始,如《入泷州江》:"夜杂蛟螭寝,晨披瘴疠行。潭蒸水沫起,山热火云生。"(《宋之问集校注》卷二,第434页)诗中动词"杂"、"披"、"蒸"、"热"很好地连接了夜、晨、潭、山与蛟螭、瘴疠、水沫、火云等,而后又有一动词煞尾,将艰难的行程与独特的感受交织在一起,形成一种强烈的旅行体验。《下桂江龙目滩》:"峰攒入云树,崖喷落江泉。巨石潜山怪,深篁隐洞仙。鸟游溪寂寂,猿啸岭娟娟。"(同前卷三,第566页)诗中写景用了三种句式,第一句将峰、崖描述主体放在句首,攒、喷二动词将密林聚山,激水泻崖的景象很有气势地写了出来。第二句通过潜、怪两动词,想象丛篁中隐藏着山怪、洞仙。第三句寂寂、娟娟两个叠词巧妙地与鸟游、猿啸两个动态词衔接,写出了龙目滩周围的环境。宋之问的其他岭南行旅诗中的写景也很有特点,如《发藤州》:"石发缘溪蔓,林衣扫地轻。云峰刻不似,苔藓画难成。露裛千花气,泉和万籁声。攀幽红处歇,跻险绿中行。"(第556页)《早入清远峡》"雨色摇丹嶂,泉声聒翠微。两岩天作带,万壑树披衣。秋菊迎霜序,春藤碍日辉。翳潭花似织,缘岭竹成围。寂历环沙浦,葱茏转石圻。露余江未热,风落瘴初稀。猿饮排虚上,禽惊掠水飞。榜童夷唱合,樵女越吟归。"(第572页)《下桂江县黎壁》:"江回云壁转,天小雾峰攒。吼沫跳急浪,合流环峻滩……潭旷竹烟尽,洲香橘露团。"(第567页)《经梧州》:"南国无霜霰,连年见物华。青林暗换叶,红蕊续开花。春去闻山鸟,秋来见海槎。"(第568页),皆对仗精工,典丽精审,富于变化,张弛有序,不显繁琐,实为写景之典范。

宋之问贬谪行旅诗最具代表性当属《早发始兴江口至虚氏村作》:

  候晓逾闽峤,乘春望越台。宿云鹏际落,残月蚌中开。薜荔摇青气,桄榔翳碧苔。桂香多露裛,石响细泉回。抱叶玄猿啸,衔花翡翠来。南中虽可悦,北思日悠哉。鬒发

俄成素,丹心已作灰。何当首归路,行剪故园莱。(同前卷二,第431页)

此诗是宋之问被贬泷州时所作,第一、二句点名时间、地点,写春晓之景。第三、四句写隔夜之云像大鹏一样消散在天边,残月如蚌中的珍珠,最富想象。中间部分写南中之景。第五、六句是眼中之景,薜荔扶摇而上,青气蓬勃,桄榔矗立净空,阴翳青苔。第七、八句视觉、嗅觉、听觉相融合,露水打湿桂树,香溢四野,泉水激石,泠泠作响。第九句写岭南的黑毛猴抱叶啸叫。第十句写翡翠鸟叼花轻飞。第五句到第十句皆为写景,静中有动,动中有静,极富画面感。这样的景色当然是美景,但是诗从第十一句开始忽然转折,景虽好,人却心如死灰,最美的景色也不如在故园当中除草舒然。这首诗对仗工整,格律谨严,造语凝练,转承有度,是本色当行的好诗。作者不仅将岭南特有的物象融入诗歌中,形成了新的意象,而且将贬谪特有的绝望之情融入其中,形成了独特的诗境。

胡应麟曾经对宋之问的排律有一段论述,他说:"延清排律,如《登粤王台》、《虚氏村》、《禹穴》、《韶州》、《清远峡》、《法华寺》等篇,叙状景物,皆极天下之工。且繁而不乱,绮而不冗,可与谢灵运游览诸作并驰,占六排律绝唱也。"[30]从其中所举之例来看,十之八九是贬谪岭南时期的行旅之作,说明胡氏早已认识到了宋之问岭南行旅诗的价值。又说:"沈排律工者不过三数篇,宋则遍集中无不工者,且篇篇平正典重,赡丽精严,初学入门,所当熟习。"[31]宋之问的这些岭南行旅诗,排律占了大部分,景象烂漫,艺术臻熟,宫廷诗人练字锻句的功夫,在这些行旅诗歌中有了充分的发挥。他们不再在类书中寻章摘句,岭南就是一片广阔的诗歌天地。初唐岭南行旅诗不仅在诗歌内容方面有了很大突破,而且在诗歌创作技巧方面也树立了典范。我们仔细阅读初唐贬谪岭南的行旅诗,会发现对仗精工的律句比比皆是。胡应麟言:"排律,沈、宋二氏藻赡精工。"[32]又说:"作排律先熟读宋、骆、沈、杜诸篇,仿其布格措词,则体裁平整,句调精严……然后究极杜陵,扩之以闳大,溶之以沉深,鼓之以变化,排律之能事尽矣。"[33]胡应麟不断强调杜审言、沈佺期、宋之问等诗人排律的赡富、精工,即在措辞排比方面的丰富性和造词对仗方面严整性,而在岭南行旅诗中,这一艺术特点最明显,随着行程的推进,物象铺排而出,新奇丰富,又以对仗精研的律句纵横排翼,形成了一幅岭南旅行的长卷,往往与诗末表达情感的句子反差呼应,形成了独特的诗境。

岭南行旅诗不仅第一次关注岭南,而且将岭南之"异"与作者官场人生的失意相结合,形成了独具审美特色的诗歌,开启了岭南诗歌的新纪元。毫无疑问岭南行旅诗中所流露的基本感情是对岭南风物排斥与厌恶,然而正是这些新的风景,让久居宫廷的诗人第一次打开了眼界。在行旅途中,诗人的思想和感情变化也最为曲折,一步一景,新奇的景观使诗人有了暂时的审美快感,但是想到未来的前途,一切乐景皆成哀情,诗歌在情感上有了深度,在空间上有了拓展,具有典型的审美意义。山川感召,感情跌宕,造就了岭南行旅诗风格的转变,"在八世纪的开头十年,这种放逐行旅诗在彻底打破初唐风格中起到了重要的作用"[34]。

余论

初唐文学八十年,诗歌依然延续齐梁文学的余脉。《全唐诗》所录初唐诗人200多人,大多数为宫廷文人,宫体诗仍然占据一定优势,如何走出宫体诗,形成新的诗歌风貌,是很多诗人思考的问题。初唐奉和应制类行旅诗较多,许敬宗、虞世南、张九龄、宋之问、李峤、苏颋、沈佺期等诗人的作品多以长安为中心,行程范围有限,未脱宫廷脂粉。诗歌由中心空间向边缘空间转移为初唐诗的发展迎来了契机,而行旅诗在初唐诗歌新变中首当其冲。行旅是一个移动的过程,越是远行越是"异化",完全不同的自然景观与大起大落的感情书写,极大冲击了沉寂的初唐诗坛,为盛唐诗歌的繁荣准备了条件。岭南的行旅诗,与唐代开始的岭南贬谪文化相结合,作者在移步换景的过程中,面对"绝无仅有"的风景,加之失意的情感,使诗歌有了更加独特的意蕴。

岭南道在唐代作为非常重要的行政区划,与其他区域并无太大的差别,但是从乡土文化的角度而言,岭南给北人的地理感觉与征候体验完全不同,乡邦文化尚未建立,地域意识不成气候,"他者"的认识成了建构地方文化最重要的资源。唐宋文学中对岭南的认识依然以排斥的情绪居多,非常片面,绝望的生命体验是普遍的感情基调,但从中唐开始,文学家在一定程度上开始接受面对岭南,审美趋向理性,在整体的痛苦中有了间或的愉悦,而这样的审美体验在初唐的岭南行旅诗中已具雏形,部分作家试图在绝望中欣赏奇特的风景,主体深度参与审美,使岭南逐渐发展成为独立的地域审美对象,开启了新的诗歌传统,与之后的岭南贬谪诗一以贯之,成为重要的文学文化现象。方回《瀛奎律髓》卷四十三专立"迁谪"一类,以宋之问《途中寒食题黄梅临江驿》冠于卷首,已经认识到贬谪行旅诗的价值。可以说,诗人发现了岭南,岭南也等到了自己的诗人,在这种双向互动中,岭南便有了丰富的文学意义。

注 释:

* 本文系教育部人文社科青年项目(19YJC751040)阶段性成果。

〔1〕 唐代文学的主要空间有四个:一是以长安、洛阳为中心地带的"核心文学圈",二是以吴越、巴蜀、荆湘为主的"次文学圈",三是以陇右、燕赵、晋北为主的"边塞文学圈",四是以西域和岭南为主要区域的"异质文化圈"(田峰《"异域"角度看唐诗——初盛唐诗歌中的西域与岭南》,《光明日报》2020年12月7日,第13版)。学术界虽很早研究唐代的边塞诗和贬谪诗,已取得了丰硕的成果,但从"异质"空间的角度谈唐代诗歌的新变,系统的成果尚不多见。尤其是从情感体验、空间对立、境界开拓等方面系统研究岭南行旅诗的文学意义成果很少,这说明学界对岭南贬谪行旅诗的文学意义尚没有充分的认识,本文便从"异质"角度讨论初唐岭南行旅诗艺术特色及其对唐代文学走向的深远影响,以就教于方家。

〔2〕 严羽《沧浪诗话校释》,郭绍虞校释,人民文学出版社1980年版,第198页。

〔3〕 冻国栋《中国人口史》第二卷,复旦大学出版社2002年版,第194页。

〔4〕 段义孚《无边的恐惧》,徐文宁译,北京大学出版社2011年版,第4页。

〔5〕 陈伟明《唐五代岭南交通路线述略》,《学术研究》1978年第1期。

〔6〕 李吉甫《元和郡县图志》卷三四《岭南道》,中华书局1983年版,第886页。

〔7〕 熊飞《张九龄集校注》卷一七《开凿大庾岭路序》,中华书局2008年版,第890页。

〔8〕 尚永亮等《唐五代逐臣与贬谪文学研究》,武汉大学出版社2007年版,第75页。

〔9〕 欧阳修、宋祁等《新唐书》卷二百一《文艺传》,中华书局1975年版,第5736页。峰州即今越南境内红河岸边。

〔10〕 彭定求等编《全唐诗》(增订本)卷六二,中华书局1999年版,第732页。

〔11〕 陶敏、易淑琼《沈佺期集校注》卷二,《沈佺期宋之问集校注》,中华书局2001年版,第83页。

〔12〕 乐史《太平寰宇记》卷一六七《岭南道》十一,中华书局2007年版,第3191页。

〔13〕 段成式《酉阳杂俎》卷一五,中华书局1981年版,第144页。
〔14〕 李昉等《太平广记》卷四二八,中华书局1961年版,第3480页。
〔15〕 刘昫等《旧唐书》卷一九〇《文苑》中,中华书局1975年版,第5025页。
〔16〕 邢昉《唐风定》卷一六上,民国二十三年刻本。
〔17〕 姚鼐《今体诗钞》卷一,上海古籍出版社1986年版,第12页。
〔18〕 许学夷《诗源辩体》卷一三,人民文学出版社1987年版,第147页。
〔19〕 董诰编《全唐文》卷二四〇《在桂州与修史学士吴兢书》,中华书局影印1983年版,第2433页。
〔20〕 段义孚《空间与地方》,王志标译,中国人民大学出版社2017年版,第47页。
〔21〕〔22〕〔23〕 张伯伟《唐五代诗格汇考》,江苏古籍出版社2002年版,第162、172—173、222—223页。
〔24〕〔25〕〔26〕 徐定祥《杜审言诗注》,上海古籍出版社1980年版,第33、1、47页。
〔27〕 胡应麟《诗薮·内篇》卷六《近体下》,中华书局1962年版,第107页。
〔28〕 沈德潜《唐诗别裁集》,上海古籍出版社2013年版,第638页。
〔29〕 司空图《二十四诗品》附录,罗仲鼎、蔡乃中注,浙江古籍出版社2013年版,第99页。
〔30〕〔31〕〔32〕〔33〕 《诗薮·内篇》卷四《近体上》,第76、76、60、76页。
〔34〕 宇文所安《初唐诗》,贾晋华译,生活·读书·新知三联书店2004年版,第69页。

〔作者简介〕 田峰,文学博士,现任职于黑龙江大学文学院,主要研究方向为唐宋文学与文化。

《钱载诗集》(上下,乾嘉诗文名家丛刊)

(张寅彭、平志军、张硕点校,人民文学出版社2023年版)

钱载(1708—1793)是乾嘉诗坛成就最高的诗人之一。舒位《乾嘉诗坛点将录》以袁枚、钱载为首。钱锺书《谈艺录》评其"不仅以古文章法为诗,且以古文句调入诗",以为清代"以文为诗"的第一人。本书以诗人生前编订、乾隆间刻《萚石斋诗集》编年五十卷本为底本,汇取多种评本,共录翁方纲、顾列星、朱休度、钱仪吉、钱泰吉、钱聚朝、唐仁寿、吴应和、查有新、近藤元粹等十一家评语,并对卷首总目及各卷前的钱仪吉、钱聚朝所作年谱进行厘定。系统整理钱载的诗歌并汇集相关评论,对于深入研究钱载诗歌,进一步探讨乾嘉诗坛乃至整个清诗演进具有重要意义。

唐代"赏赐诗"初探*

吴 娱

唐太宗称"国家大事,惟赏与罚"[1]。赏与罚是古代帝王治国理政的重要措施,二者既具有一般制度性,又具有自身特殊性,运用得当,可以发挥一般制度所不能达到的作用。赏,"赐有功也";赐,"予也"[2]。二者语义有重叠,"赏"的指涵更丰富,包括奖赏、赏赐、赏识、称赏、赏鉴、赏誉等。"赐"侧重突出施受双方的不平等性,"上给下谓赐"[3]。为了便于表达,本文统称"赏赐",主要指君主(皇帝)所施予的赏赐。

唐代君主对赏赐的运用非常广泛丰富,遍及政治、经济、军事、学术、文化等所有领域,在国家政权和文明的建设、巩固、维护和发展中具有重要意义。尤其值得注意的是,唐代君主的赏赐意识和行为比较自觉,很多赏赐具有制度化性质,而且与文人、文学的关系空前密切,以至形成了"赏赐文学"(下及)。近数十年来,关于唐代"制度与文学"的研究方兴未艾,但迄今尚未见唐代赏赐与文学的专门性论著[4]。有鉴于此,笔者以《唐代赏赐与文学研究》为博士论文选题,对相关问题进行较为全面的考察,本文所要探讨的"赏赐诗"即是其中的一部分。

一、"赏赐诗"概况

赏赐活动是在"主体—物体—受体"之间建立和完成的,本文所指的"主体"为君主,"受体"主要是指文人,"物体"则是文学(诗歌)作品。因此所谓"赏赐文学",简言之就是与赏赐活动密切相关的文学,或者说是以赏赐活动为中心而形成的文学系统。其中又有广义和狭义之分:前者指所有与赏赐活动相关的文学,包括发布赏赐信息的公文,作为赏赐内容的文学,被施予赏赐的文学,在赏赐场合创作的文学,接受赏赐后的一系列谢恩唱和,出现赏赐相关描写的文学作品等;后者指专门用于赏赐的文学。在最严格的意义上,则是特指作为赏赐"物体"的文学作品。

赏赐诗大体也可作如此理解,总体来说,所有与赏赐活动相关的诗歌都可以说是赏赐诗,主要包括:作为赏赐"物体"的诗歌,受体所作获得赏赐的诗歌,在赏赐环境下创作的诗歌,受体回应赏赐而写作的谢恩、唱和之类诗歌,以及其他涉及赏赐的诗歌。从严格程度上说,

---

本文收稿日期:2023 年 4 月 15 日

作施予"赏赐诗"的契机。创作方式上以君主自发独立创作为主,也有受体创作在先,君主据此唱和答复,如开元十二年(724)玄宗作《同二相已下群官乐游园宴》便是张说首唱。还有施受双方以柏梁体、联句的方式共同创作,前者如中宗《十月诞辰内殿宴群臣效柏梁体联句》等,参与创作的宗室及臣僚一般会紧扣自身官职或身份进行联句,如皇后之"顾惭内政翊陶唐"、考功郎之"万邦考绩臣所详"、著作郎之"著作不休出中肠"[28]。后者如文宗与柳公权的《夏日联句》、宣宗《瀑布联句》等,君主与臣下的创作顺序不固定。武则天统治时期以郭元振所作《古剑歌》赏赐李峤、阎朝隐等学士,是统治者以文人诗歌作为赏赐物的特例。

"赏赐诗"的施予对象从受体身份来看包括官员、宗亲、异国君主或使者、女性、方外人士及父老。其中官员占大部分,基本以上层文臣为主,张说、魏徵、房玄龄、白居易、贺知章、李峤、姚崇等知名文人都曾获得过"赏赐诗"。但是并不局限于此,玄宗作诗送别巡边将军王晙,是对一线武将的赏赐。而且从围绕统治中心的京官延伸至地方官员,赏赐契机一是统治者路过地方,太宗为秦王时路过泾州以诗赏赐贬至此地的李百药;二是地方官员进京,忠州太守康昭远、徐州刺史张建封离京还任时都获得统治者送别赐诗。宗亲如高祖《赐秦王诗》、南唐后主李煜及吴越文穆王钱元瓘赐诗送别兄弟等。异国君主如玄宗《赐新罗王》、懿宗以诗句赐新罗景文王,使者如玄宗《送日本使》,多发生在入朝或归国时。女性主要为后宫女子,如玄宗《题梅妃画真》、李后主《赐宫人庆奴》。方外人士包括佛教高僧与道教法师,前者如玄奘法师、香严闲禅师[29]等,后者如邓紫阳、司马承祯、李含光等,反映出唐代君主对佛道的崇尚。父老如吴越王钱镠因"两邦父老喧然皆来相贺"[30]而赐《功臣堂》诗。在常见的个体赏赐之外,"赏赐诗"还根据不同背景目的以特定群体为施予对象,如武则天以郭元振颇具文采的《古剑歌》赏赐李峤、阎朝隐等文学之士,玄宗《赐诸州刺史以题座右》赏赐诫励新上任的十一位刺史,赐宴游乐诗面向参与聚会的全体臣工,至于寺庙道观等御题诗可看作是对当地全体僧道的赏赐。唐代"赏赐诗"涉及受体身份是多样的,数量是庞大的。

二、"赏赐诗"的主要内容

"赏赐诗"具备以上多种类型,是为了适用于各种场景及目的,针对不同受体。因此"赏赐诗"的内容意涵并不是单调唯一的,甚至同一类型"赏赐诗"因施予对象不同其内涵也是不同的。

(一)直接赐诗

直接赐诗通常有围绕受体本身的针对性描写,大多用来直接褒奖受体或进行君臣情感交流。现存太宗用来奖赏激励功臣的直接赐诗最多,时为秦王的太宗赐李百药诗云:

> 项弃范增善,纣妒比干才;嗟此二贤没,余喜得卿来。[31]

将李百药与谋士范增、谏臣比干相提并论,夸赞李百药善谋直谏,嗟叹项羽、纣王不惜贤才。尾句从怀古过度至当下,"喜"字既表示对李百药的看重欢迎,也摆明自己与项羽、纣王截然不同的爱才态度。结合李百药当时见疑被贬的处境,可以想见此诗无疑是最有力的安抚鼓励,促使他日后尽心竭力报答太宗知遇之恩。以宽容信任的态度对待贤能,此诗虽是赐予李百药的,却向天下士人展示秦王广纳贤良的胸怀。即位以后,太宗更是热衷于以诗赏赐贤才忠良,开国之初便赏赐由隋入唐的萧瑀诗歌:

　　疾风知劲草,板荡识诚臣。勇夫安识义,智者必怀仁。

首句引用汉光武帝与王霸的典故[32]暗示萧瑀追随日久,衷心可鉴。《板》、《荡》为《诗经·大雅》中斥责谏言周厉王的诗篇,以此暗合萧瑀直言进谏的品质。作诗之前太宗对房玄龄叙述萧瑀在隋进言受到贬谪的经历,衬托唐代统治者与隋朝截然不同的善于纳谏的态度。同时也是起兴,恶劣条件对草的生存考验具有个体筛选作用,类比乱世能够凸显忠臣义士。后两句以轻义的勇夫反面衬托萧瑀兼具聪慧与仁义,既肯定个人能力更嘉奖为国尽忠的品质。将萧瑀树立为"诚臣"典型,抚慰激励以他为代表的众多前朝遗臣,表明新政权宽容开放、礼贤下士的用人政策。太宗对人才的重视通过频繁赏赐宰臣诗歌的举动及其内容展现出来,如"未晓征车度,鸡鸣关早开"赞赏房玄龄运筹帷幄的能力。享受秋日风光时都联想到与房玄龄"还当葵藿志,倾叶自相依"的君臣情谊。对魏徵的恩宠甚至其所治之酒都获得空前绝后的美誉。显示出太宗尊重人才、君臣一体的用人观念,从而激发广大士人的功业理想和进取精神。

直接赐诗不仅用于褒奖对方、激励同类人,还可以实现日常政治生活中君臣情感的交流巩固。武则天《赐姚崇》是在姚崇按察蒲州盐池事返后对沿途风景的询问:

　　依依柳色变,处处春风起。借问向盐池,何如游沪水?[33]

看似轻松随意的问候像朋友般亲切,模糊了君臣身份差别,表达了对姚崇特殊的恩宠。玄宗过赵法师别院的赐诗将此处视为繁忙政务外的清幽圣地,"坐朝繁听览,寻胜在清幽"与法师交流修身养性的心得,"探玄知几岁,习静更宜秋"[34]。文宗以赐诗慰问裴度疾病也展现了专属君臣二人的私人情感:

　　注想待元老,识君恨不早。我家柱石衰,忧来学丘祷。[35]

开成四年(839)上巳曲江赐宴,裴度因病缺席,文宗赐以诗并御札慰问。诗歌开头直言注望思念,表明赐诗最主要的意图。"识君恨不早"直抒胸臆,叹息相逢恨晚表达对裴度的高度认可。后两句祈祷病愈显示对裴度急切的关心与思虑。篇幅虽短,却弥漫着皇帝对臣下的忧虑眷恋之情,施予者排他性的情感表达于受体而言是莫大的荣耀,展现出君主关心爱惜旧臣的仁慈宽厚。

李煜《赐宫人庆奴》是少见的代言体"赏赐诗":"风情渐老见春羞,到处消魂感旧游。多谢长条似相识,强垂烟态拂人头。"(《全唐诗》第74页)本质是抒发自己内心伤感,却借受体庆奴之口表达年华老去羞见春色的局促哀愁,具有独特的赏赐性质。

(二)答和诗

答和诗一是由受体进献物品、创作文学等引发的君主所作具有针对性的批答诗歌,对物品价值、受体创作能力表示肯定。如玄宗《答司马承祯上剑镜》先夸耀司马氏进献之物的独特价值:"宝照含天地,神剑合阴阳。日月丽光景,星斗裁文章。"再表明自己对剑镜的喜爱:"从兹一赏玩,永德保龄长。"(《全唐诗》第33页)对文学的答复则注重赞美作者文辞,玄宗在泰山登封途中与张说唱和以"闻有鹓鸾客,清词雅调新"[36]褒奖张诗格调清新。二是君主对受体诗歌的唱和及君臣联句,比如柳公权以"熏风自南来"的熏风典故揭示文宗"我爱夏日长"[37]的坚定意志,宣宗以"溪涧岂能留得住,终归大海作波涛"(《全唐诗》第50页)继和香严闲禅师的瀑布写景,表达雄心壮志,是对受体的极大信任。答和诗是施受双方以诗歌为载体、围绕物品及文学进行情感交流的形式。

(三)送赠诗

送赠诗分为送饯、寄赠两部分,政事之中的送饯以激励展望取代离愁别绪,面对臣下致仕还乡、宗室亲属远行的送饯则多惋惜不舍。寄赠诗主要针对方外人士,表达对重逢的期盼以及对佛道的尊崇向往。

送饯诗的获得在时人看来是一种莫大的荣耀,史载德宗以诗送别张建封还镇,"贞元以后,藩帅入朝及还镇,如马燧、浑瑊、刘玄佐、李抱真、曲环之崇秩鸿勋,未有获御制诗以送者"[38]。现存送饯诗20余首,根据送别对象、离京目的不同大体包括送宗亲和臣工赴任或还任、臣子巡边或致仕以及方外人士云游或还山几类,其内涵和情感是迥异的。送饯诗创作最多的是唐玄宗,在送别臣子赴任巡边或还任的诗中少有惜别不舍,更多的是信任与欣慰之情,激励受体到任后大有作为。比如《送忠州太守康昭远等》:

> 端拱临中枢,缅怀共予理。不有台阁英,孰振循良美。分符侯甸内,拜手明庭里。誓节期饮冰,调人方导水。嘉声驰九牧,惠化光千祀。时雨侔昔贤,芳猷贯前史。伫尔颂中和,吾将令卿士。(《全唐诗》第27页)

首句展现自己端拱垂衣形象,提出君臣共治理念,强调臣僚的重要。溢美康氏等为重臣、循吏的典型。授官之后期待对方做出斐然政绩,心系百姓,誉满天下,既是褒奖也是鞭策。这种与黎民为善的循吏是玄宗饯别诗中理想的官吏形象,送别崔日知时有"妙旌循吏德,特悦庶民心"(《张说集校注》第67页)。送李邕时也以黎庶嘱托:"黎庶既蕃殖,临之劳旧臣。"[39]最后将对象塑造为群臣英模,发挥典范号召作用。此类赴任还任送饯诗描绘的政治理想既是对受体的褒奖信任,也表达期许激励,同时更是对官吏群体的督促。全诗没有传统送别诗的愁闷哀婉,取而代之的是一种励精图治的雄心壮志。这种政治抱负在送别巡边中更为明显:

> 端拱复垂裳,长怀御远方。股肱申教义,戈剑静要荒。命将绥边服,雄图出庙堂。三台入武帐,八座起文昌。宝胄匡韩主,华宗辅汉王。茂先惭博物,平子谢文章。尽节恢时佐,输诚御寇场。三军临朔野,驷马即戎行。鼓吹威夷狄,旌轩溢洛阳。云台先著美,今日更贻芳。(同上第148页)

巡边是展现政权控制力与国家威望的契机,因此诗歌在文治之外更加注重武德展示。开头依然是垂裳而治的自我形象,端坐朝堂的帝王时刻关心边防情况,挑选股肱重臣代为巡边。"静要荒"、"绥边服"的愿景也出现在《饯王晙巡边》中:"振武威荒服,扬文肃远墟。"(同上第70页)五、六联夸赞送别对象是博学多才的国之重臣。七至九联描写巡边队伍及装备,旨在显示国力威望,送别王晙时也有"风扬旌旗远,雨洗甲兵初"、"檄来须插羽,箭去亦飞书"之语。结句点题今日送别意义重大。整首诗显示出玄宗对巡边的重视与自信,衬托张说作为钦定巡边重臣所受的信任与倚重,换来对方"重气轻生知许国"(同上第380页)的报效之心,感染以张说为代表的所有心怀勋业理想的士人。在普通送别赴任诗歌基础上更显壮阔激烈,既是对张说的宠幸,也是面向四夷万邦的帝国自信。

玄宗的送饯诗还经常赐予道教方士,相应的政治意味淡薄,变成对再次相逢的期待,折射出玄宗对仙道长生的向往。如送别道士薛季昌、李抱朴、李含光诗在赞扬对方道法高超、表达惜别之情,同时不断强调等待对方得道归来传授秘诀、炼制仙丹:"犹期传秘诀,来往候仙舆"(《全唐诗》第33页)、"参同如有旨,金鼎待君烧"(同上第33页)、"缅想埋双璧,长怀采五芝。真灵若可遇,鸾鹤伫来兹"[40]。

此种期待重逢、向往仙道的感情与寄赠诗类似。武则天在胡天师离去后的赠诗中依旧有"今日星津上,延首望灵槎"(同上第58页)的翘首以待。吴越忠懿王钱俶对通法师"南望一咨嗟"、"谁伴诵经声"[41]的怀念也透露分别后的孤寂。面向方外人士的"赏赐诗"展现出君主信奉宗教、期望得道的精神世界。

传统惜别之情通常展现在送别臣下致仕及宗室亲属的诗中。在饯别臣下致仕还乡时,受体政治生涯的结束导致诗歌由送别赴任的期许激励转变为面对长久分别的惆怅不舍:

> 遗荣期入道,辞老竟抽簪。岂不惜贤达,其如高尚心!寰中得秘要,方外散幽襟。独有青门饯,群英怅别深。[42]

天宝三年(744)贺知章还乡入道,玄宗带领群僚送别,面对彻底离开朝堂的贺知章,玄宗一方面褒奖其心志高洁,羡慕对方自由于方外,另一方面表达重臣离去的惋惜惆怅,抒发离愁别绪。

君主送别宗亲之诗仅存南唐后主李煜《送邓王二十弟从益牧宣城》及吴越文穆王钱元瓘《送别十七哥》。前者送别弟弟出镇满怀不舍:"君驰桧楫情何极,我凭阑干日向西。"同时不忘宽慰对方相聚有时:"咫尺烟江几多地,不须怀抱重凄凄。"(《全唐诗》第72页)展现出浓烈的手足之情。后者先以十七哥受百姓爱戴衬托其为政能力:"士民襦袴喜回时。"再叮嘱对方作诗传信以解相思:"登临若起鸰原念,八咏楼中寄小诗。"[43]二者都集中于私人亲情的表达。虽然同样是离京送别,不同对象、出行目的带来的"赏赐诗"书写是完全不同的,展现了唐代君主临别赐诗的多重面貌。

(四)题诗

题诗作为"赏赐诗"的一部分以题写在与受体有关的物品上为特征。现存具有赏赐性质的题诗10首,主要分为题受体居所、画真及受体所作艺术品等几类。题于居所的诗分为个体、群体所居两种,前者侧重对主人志向才能的肯定,如高宗题于玄奘禅房之"翠烟香绮阁,丹霞光宝衣"(同上第22页)以景物衬托玄奘佛法高强,钱镠题于罗隐居壁之"黄河信有澄清日,后代应难继此才"[44]溢美之意明显;后者以僧侣群居的寺庙为主,多赞叹寺庙清幽的环境、僧人无求的境界,如"尝闻大仙教,清净宗无生"(同上第47页)、"夜深闻法餐甘露,喜在莲花法界中"[45]。题于画真的有玄宗在梅妃死后创作的《题梅妃画真》,借画真抒发思念之情。题于受体所作艺术作品的有文宗题程修己所画竹障,夸奖对方画艺精湛。玄宗赐薛令之题诗则是与褒赏激励之传统旨趣完全不同的特例:"开元中,东宫官僚清淡,令之题诗自悼曰:'……无以谋朝夕,何由保岁寒?'上幸东宫,览之,索笔题其傍曰:'啄木口嘴长,凤凰羽毛短。若嫌松桂寒,任逐桑榆暖。'令之遂谢病归"[46]。延续受体题壁在先的方式与薛令之对话,表达不满,任其另择良木。虽不是褒奖,但能通过排他性的诗歌对话获得君主御制之诗也是较为独特的际遇。

(五)赐宴游乐诗

赐宴游乐诗是现存"赏赐诗"中数量最多的,有30余首,是"赏赐诗"的重要组成部分。受体通常是参与赐宴的群臣,创作的直接目的是示怀,"令节肇开,情兼感庆。率题八韵,以示群臣"(《张说集校注》第88页)、"书以示群臣"(《全唐诗》第46页)、"上制中春麟德殿会百僚观新乐诗,令太子书示百官"(同上第47页)。在此宗旨下,赐宴诗以展现君臣同心的和谐现状、表达垂衣而治的政治理想为主,建立起君—臣—民之间休戚与共的联系。

现存此类"赏赐诗"主要集中在太宗、玄宗、德宗三朝,推测可能正是这三个帝国政局相对稳定时期才能频繁举办以国家安宁为前提的赐宴追赏。太宗《春日玄武门宴群臣》展现国家统一后河清海晏的太平景象:

> 韶光开令序,淑气动芳年。驻辇华林侧,高宴柏梁前。紫庭文珮满,丹墀衮绂连。九夷箫瑶席,五狄列琼筵。娱宾歌湛露,广乐奏钧天。清尊浮绿醑,雅曲韵朱弦。粤余君万国,还惭抚八埏。庶几保贞固,虚己厉求贤。

在高雅奢华的聚宴气氛中感叹国家安宁,夷狄臣服,进一步反思恤边工作尚未尽善,由眼前群臣纷列联想到还需虚心求贤。仰赖股肱宰臣实现端拱而治的政治理念在赐宴诗中表现明显,一次冬季聚会中太宗直言"琐闱任多士,端扆竟何忧"依靠臣僚轻松实现教化的爱才好士之心是唐代君主赐宴诗的主旋律,与其以群臣为赐宴示怀对象有密切联系。

玄宗赐宴诗更加强调文治德化:

> 乾道运无穷,恒将人代工。阴阳调历象,礼乐报玄穹。介胄清荒外,衣冠佐域中。言谈延国辅,词赋引文雄。野霁伊川绿,郊明巩树红。冕旒多暇景,诗酒会春风。(《张说集校注》第79页)

顺应天道运作,调和阴阳臣辅。赐宴诗中的音乐不仅是写实,渲染欢聚气氛,更具备礼乐治国的政治意义,玄宗多有此类书写:"九歌扬政要,六舞散朝衣。"(同上第82页)或者进一步与无为自化相关联:"不战要荒服,无刑礼乐新。"(同上第77页)还会如上引诗中一般将礼乐与文章并举:"礼乐沿今古,文章革旧新。"(同上第151页)武将拓荒,文臣佐政,进言献策,作文论道,端午赐宴诗中也有"进对一言重,遒文六义陈"(同上第85页)。与唐代君主礼乐有序、文以治国的政治理念相统一。依赖忠臣辅政才有闲暇流连光景,突出举贤任能的重要性,展现治理国家得心应手的状态。

德宗赐宴诗最多,共同主题在于反复提醒自己及群臣不要沉湎于追赏享乐:"永怀无荒戒,良士同斯情"《全唐诗》第44页)、"戒兹游衍乐,书以示群臣"(同上第46页)、"何必尚耽湎,浮觞曲水滨"[47]、"此乐匪足耽,此诚期永孚"(同上第46页),显示出德宗乐而不淫、克己复礼的为政原则。诗中依然描绘圣君贤臣的理想画面:

> 东风变梅柳,万汇生春光。中和纪月令,方与天地长。耽乐岂予尚,懿兹时景良。

103

庶遂亭育恩,同致寰海康。君臣永终始,交泰符阴阳。曲沼水新碧,华林桃稍芳。胜赏信多欢,戒之在无荒。(同上第46页)

供养保育百姓,共同致力于海内外的安康宁静,是德宗的美好愿景,也是对群臣的政绩期望。于是需要君臣一体,善始善终,和谐沟通,各司其职。类似的书写还出现在《重阳日即事》:"至化在亭育,相成资始终。"(同上)德宗赐宴诗中经常出现"诚"、"同"、"和"等字眼,既是对自我及臣工的政治要求,也是对君臣一体理念的宣扬。

(六)赐物诗

最后还有为数不多的赐物诗,借物质寄托褒美、祝愿,以诗歌完善物品的赏赐之意。肃宗因李泌少食赐梨,与诸王联句皆围绕李泌饮食清宴、克己修为展开,"天生此间气,助我化无为"(同上第43页)直接表明赐梨背后的美好祝愿。玄宗两首《千秋节赐群臣镜》均是描绘应千秋节风俗所赐之镜铸造精美、映照清晰的物质特征,揭示物品庆祝寓意:"更衔长寿带,留意感人深"(《张说集校注》第92页)、"对兹台上月,聊以庆佳辰"(《全唐诗》第41页)。武则天《制袍字赐狄仁杰》虽是以袍为赏赐物,但赋予袍独特褒赏价值的在刺于其上的诗:"敷政术,守清勤。升显位,励相臣。"(《全唐诗》第59页)在契丹来犯的危急关头狄仁杰临危受命担任魏州刺史,危机解除后武则天以诗褒奖他治理有术,勤政清明,合该位极人臣,垂范天下。语言简明晓畅,不仅注重对功臣个体的表彰,更侧重对官僚群体的号召激励。

总之,唐代"赏赐诗"最主要的目的是为政治发展服务,在奖赏、激励、安抚受体之外兼及君臣情感的日常维护,主体旨趣是给予受体积极正向的情感反馈,偶有不满训诫。"端扆"、"端拱"、"垂拱"、"垂裳"、"垂衣"是"赏赐诗"中反复出现之词,也是君主希望通过"赏赐诗"达到的最终目的。"赏赐诗"的施予传播还有助于塑造礼贤下士的君主形象,与唐代帝王唯才是举、以文治国的政治理念相符合。

三、"赏赐诗"的艺术特点

君主能够将诗歌作为赏赐物施予功臣贤士,一方面反映出诗体文学在当时广泛的认可与接受度,另一方面也可以看出君主对自己所作诗歌的自矜态度。在景物描绘、意象呈现、创作手法等方面"赏赐诗"的确具有一些共同特征从而保持总体较为统一稳定的艺术特色,以区别于其他普通文人诗歌。

一是舍细逐大的景物选择带来弘阔高朗的审美体验。"赏赐诗"眼界开阔,不局限于受体本身,多描写景物,烘托气氛。根据多样的赏赐对象及目的,诗中景物选择并不囿于一宫一殿,而是向自然延伸,从而呈现丰富多彩的壮阔景象。从宫廷内苑日常景物的典雅清幽:"参差丽双阙,照耀满重闱"、"紫殿初筵列,彤庭广乐张"[48],到宫外城邑的开阔高远:"停轩观福殿,游目眺皇畿"(《全唐诗》第22页)、"九达长安道,三阳别馆春"(《张说集校注》第77页),再到寺庙道场与天地自然的相映成趣:"大殿连云接爽溪,钟声还与鼓声齐"(《全唐诗》第50页)、"罗汉亲崇建法台,龙峰凤岭四山限"[49],蔓延至万里边疆的广袤雄伟:"冠胄三方外,衔刀万里余"(《张说集校注》第70页)、"款塞旋征骑,和戎委庙贤"[50],都趋向于展示壮阔宏大之景。诗歌起兴也崇尚天地浩大、日月盈昃的宏观视角,"圣德合天地,五宿连珠见"[51]、"韶光开令序,淑气动芳年",抒发"大明御宇临万方"[52]君临天下的豪情。色彩选择以绿、朱、黄、白、紫、金等饱和度高的颜色为主,呈现出鲜明亮丽、色彩浓郁之感。以此精神面貌创作的"赏赐诗",既有帝王宽广胸襟带来的独特审美价值,也有助于激起读者(包括受体在内)的国家荣誉和身份认同感。

二是借代、夸张、联想等修辞手法的运用增强诗歌感染力,实现赏赐效果最大化。"赏赐诗"最主要的目的是褒赏施予对象,激励同类群体,强化君臣之间的联系从而使其效力于政权的巩固发展,于是诗歌的叙述描写常常涉及施受双方。"赏赐诗"中直接以第二人称指代受体的并不多见,除太宗赐李百药的"余喜得卿来"外,基本通过比喻借代的修辞来指称受体。比如以盐梅、鹓鸾、熊罴比喻文臣武将,用文珮、衮绂、介胄、衣冠借代济济人才,或者以上才、良臣、贤士、宗师等雅称指代,如此一来虽是受体固定的"赏赐诗"依然可以尽可能大地扩展激励范围,让受体之外的读者也产生代入感,激发忠君报国、励精图治的进取心。与此相配合,诗中多用夸张、衬托放大受体的贡献与能力,如"茂先惭博物,平子谢文章"(《张说集校注》第148页)以张华、张衡的惭愧衬托张说博学多才。"临窗忽睹繁阴合,再盼真假殊未分"(《全唐诗》第48页)以画中竹栩栩欲活夸赞程修己技艺精湛。"黄河信有澄清日,后代应难继此才"[53]以黄河水清有时、后世无才能继极言罗隐的才华。再通过联想受体优良政绩、天下治化来溢美鼓励对方,如"嘉声驰九牧,惠化光千祀"(《全唐诗》第27页)、"课成应第一,良牧尔当仁"[54]、"藩镇讴谣洽,行宫雨露深"(《张说集校注》第68页)联想受体到任后的突出政绩和口碑,"同和谅在兹,万国希可亲"(《全唐诗》第47页)、"推诚至玄化,天下期为公"[55]、"况是江山固,崇墉保万年"[56]想象天下治化、万邦来朝的理想画面,以美好的仕途前景感染读者。将个体政治生命与政权安定繁荣相结合,鼓励受体为自己更是为朝廷贡献力量。

三是匀称工切的对仗结合推敲炼字营造出浑融流畅、典雅稳重之感。诗歌发展至唐代,体式皆备,技艺精进,加之唐代统治者雅好文学,素养颇深,用以公开赏赐、广为流传的诗歌更是精雕细琢,其中整饬的对仗和精确的炼字尤可见功力。太宗送别来济开篇之"暧暧去尘昏灞岸,飞飞轻盖指河梁"。"暧暧"、"飞飞"叠词相对,声调绵密,词质虚渺,"去"、"轻"延续飘渺之感突显离别容易,转瞬即逝。"昏"明指烟尘弥漫灞岸,暗含送别之人眼昏心暗,黯然销魂。"指"既是离去之人车骑行径的方向也隐藏不得不分别的无奈。一联之内以叠词对仗营造依依惜别的感情基调,"去"、"昏"等动词、形容词的选择明暗结合、相互照应,既是写实景也是抒真情,语义丰富。贞观十九年(645)岁末太宗赐群臣的守岁诗简短直白,却因对仗和炼字生动再现了冬去春归的时间流动与心理感知:

四时运灰琯,一夕变冬春。送寒余雪尽,迎岁早梅新。

"灰琯"即占气候用具,与"冬春"相对显示出时间运行的动态变化过程,暗合"四时""一夕"而变的快速流逝,蕴含春天到来的惊喜。"运"与"变"相对,增强时光流动的具象化。"送"、"迎"两个相对的动作既写出自然流转规律,也表达诗人心中对春的欢迎向往。"寒"、"雪"和"岁"、"梅"分别是送迎的客体,也是"尽"、"新"的主体,通过对偶展现出辞旧迎新的外在物态变化与主观心理过程。严丝合缝的对仗加上动词的运用表现出春冬相继的连续感,衍生出年复一年的岁月更替,隐含着太宗对政权长存、君臣年年相聚的美好愿望。再如德宗赐予虢州僧寺的题壁诗以流水对揭示因果:"识尽无生理,乃觉出凡笼。"[57]总结此次路过访游心得,只有参透禅理才觉自由,既是对佛法无边的感悟也是对僧寺的高度认可。正因为流畅工切的对偶和精严准确的用词,带来生动真切、音律和谐的声色体验,使"赏赐诗"呈现出一种稳重雅致、大气流畅的阅读感受。

最后,在沉稳统一的主体风格之下,不同君主的"赏赐诗"展现出多彩的个人风格。现存"赏赐诗"数量较多的玄宗和德宗,二人都热衷于赐宴追赏赋诗,但是两者的意象选择、气韵格调是有差别的。同样是重视礼乐活动描写,玄宗倾向于钟鼓此类音色浑厚、磅礴浩大之乐器,如"帟幕看逾暗,歌钟听自虚"(《张说集校注》第162页)、"伐鼓鱼龙杂,撞钟角牴陈"(同上第77页)等。德宗则偏好丝竹此类细腻柔和、明朗欢快之乐器,如"丝竹岂云乐,忠贤惟所亲"(《全唐诗》第44页)、"池台列广宴,丝竹传新声"(同上第45页)等。在自我形象刻画方面,玄宗常用"岩廊暇"、"帟幕"等展现日理万机、忙中偷闲的君主形象,德宗则以"早衣"、"朔鸿"、"庭燎"等塑造清丽勤政、诚心尽意的帝王形象。景物选择上玄宗倾向绿川、红树、野花等色彩浓艳之物,随之而来的是秋丽热烈、情感饱满的风格。德宗崇尚寒菊、清霜、洁流此类清雅高洁之物,带来的审美体验总体偏向冲淡平和、温柔敦厚。在针对个体赏赐时玄宗展现出"自知三醮后,翊我灭残胡"(同上第32页)关于开疆拓土的豪情壮志,德宗则是"勿以千里遥,而云无已知"[58]关注私人情感的纤细婉约。其他统治者如文宗联句"人皆苦炎热,我爱夏日长"[59]的坚定意志,宣宗联句赐诗"溪涧岂能留得住,终归大海作波涛"(同上第50页)的托物言志,吴越王钱镠功臣赏赐诗"越王册后封吴主,大国宣恩达万方"[60]的伟大抱负,都因不同的政治经历形成"赏赐诗"中独特的个人风格,使唐代"赏赐诗"以兼容并包的博大姿态实现赏赐目的。

以上是对唐代较严格之"赏赐诗"的初步探讨,可以看到,君主频繁地将诗歌作为赏赐之物或在赏赐活动中进行诗歌创作,是中国诗歌发展至唐代出现的新景观,这表明诗歌在唐代"价值"崇高,受到君臣上下的普遍推重;同时也因此种推重使得诗歌的地位更加崇高。这种双重而交互的作用,对于唐代文学尤其是诗歌的繁荣发展无疑具有多方面积极意义。首先,君主以诗歌为赏赐物,说明自身拥有浓厚的文学兴趣、良好的文学素养和卓越的文学才能。所谓"上有所好,下必有甚"[61],在整个社会产生广泛巨大的表率、示范和引领作用。其次,"赏一人而万人悦"[62],赏赐的目的是表彰激励典型(受体)并由点带面感召更多的人。因而君主以诗歌这一文学体裁赏赐文人,本身就具有号召受体乃至整个社会爱重诗歌的用意,从而对诗歌地位的提升、具体诗篇的创作以及诗体文学的发展起到直接促进作用。复次,君主将诗歌与传统赏赐物——珍宝财物、高官厚禄等相并列,是对诗歌价值的最高肯定,从而产生广泛的价值导向,使得朝野上下特别是文人之间形成以诗歌作为珍贵"礼物"互相"赠送"的风尚,间接促进了"赠诗"、"送诗"等诗歌类别的发达。当然,君主赏赐臣下,除了激励之外,还有籍此建立、加强或改善君臣之间的关系,使受体更加忠诚而努力地为君主效力的用意。而乐于以诗歌赏赐臣下的君主,往往也是奉行"文治"的君主。因而"赏赐诗"的施予既是"文治"政策落实的一种方式,又是对"文治"理念的整体倡导,从更加深刻广大的层面促进唐代诗歌乃至文学、文化及文明的发展。

注 释：

* 本文系教育部哲学社会科学研究重大课题攻关项目"唐代文学制度与国家文明研究"（18JZD016）阶段性成果。

〔1〕 吴兢《贞观政要》卷三《封建》第八，上海古籍出版社1978年版，第98页。

〔2〕 许慎著，段玉裁注《说文解字注》六篇下《贝部》，上海古籍出版社1981年版，第280页。

〔3〕 商务印书馆编辑部《辞源》，商务印书馆1998年版，第2969页。

〔4〕 有一些研究略有涉及：如彭康华将鼓励文学艺术列为绩赏的类型之一（彭康华《唐代物质赏赐研究》，西南师范大学硕士学位论文2004年，第26页）；昌庆志将作家因文学创作受赏作为商业化的一种方式，概括了受赏赐文学作品内容基本以讽谏为主（昌庆志《唐代商业文明与文学》，黄山书社2010年版，第251页）；左汉林将唐代具有赏赐性质的"大酺"与诗歌联系起来研究（左汉林《唐代的大酺与诗歌》，《文史知识》2013年第1期，第43—48页）。

〔5〕〔6〕〔7〕〔11〕〔21〕〔35〕〔37〕〔38〕〔58〕〔59〕 《旧唐书》卷一七〇《裴度传》、卷一三《德宗本纪》、卷一三七《刘太真传》、卷一四〇《张建封传》、卷七二《李百药传》、卷一七〇《裴度传》、卷一六五《柳公权传》、卷一四〇《张建封传》、一四〇《张建封传》、一六五《柳公权传》，中华书局2013年版，第4433、397、3762、3832、2572、4433、4312、3832、3832、4312页。

〔8〕 陈尚君《唐诗的原题、改题和拟题》，《唐诗求是》，上海古籍出版社2018年版，第216—254页。

〔9〕 《旧唐书》卷一六五《柳公权传》载："文宗夏日与学士联句……时丁、袁五学士皆属继，帝独讽公权两句，曰：'辞清意足，不可多得。'"可见能够与君主共同创作并得到认可、留存，其中蕴含一定的挑选、赏赐意味。

〔10〕 玄宗《送李含光赴金坛诗序》、《诗送玄静先生暂还广陵》、《送道士薛季昌还山》序言，《东观奏记》下卷载宣宗赐诗送崔铉，均曰"宠行"（裴庭裕著，田廷柱点校《东观奏记》下卷《唐宣宗委信宰辅》，中华书局1994年版，第129页）。

〔12〕 李昉《太平广记》卷二一三《画》四《程修己》，中华书局1961年版，第1633页。

〔13〕 蒋寅笺，唐元校，张静注《权德舆诗文集编年校注》之《掖垣作品系年》之《中书门下谢御制中和节赐百官宴集因示所怀诗状》，辽海出版社2013年版，第383页。

〔14〕 唐玄宗《饯裴宽为太原尹》、唐懿宗赐新罗文昌王诗（李时人、詹绪左编校《孤云先生文集》卷一《谢嗣位表》，《崔致远全集》，上海古籍出版社2018年版，第540页）为残篇，仅可知为五言。

〔15〕 唐宣宗《饯崔铉》、《题天乙山寺门》为残篇，仅可知为七言。

〔16〕 此外，还有唐太宗《赐褚亮》仅余"隔阔相思"数字，无法确定其体制。

〔17〕 王若钦《册府元龟》卷二一《帝王部》之《征应》，凤凰出版社2006年版，第211页。案：童养年《全唐诗续补遗》卷一《初唐》一首录此诗，题作《为秦王制诗》。题解先录上述《册府元龟》一段文字（未注出处），后云："《全唐诗凡例》引胡震亨谓唐初无五星联聚之事，疑为伪托。曾见陕西鄠县有大业三年郑州刺史李渊为子世民祈疾疏石刻拓本，孙星衍《访碑录》亦收载。"（陈尚君《全唐诗补编》，中华书局1992年版，第323页）。检《全唐诗凡例》，于童氏所引录之文下云："今删去，断自太宗始。且一代有一代文章之盛，有所自开。"（《全唐诗》卷首，中华书局1960年版，第7页）。盖是为体现唐代文章之盛始于太宗而删略之。韩理洲将此诗编入《不编年诗文》，题作《赐秦王诗》，"题解"据《全唐诗凡例》谓："今因一家之言，尚无定论，录而存疑俟考。"又于"编年"下据《册府元龟》（上引）及《旧唐书》卷一《高祖本纪》谓："本诗既称世民为秦王，当作于武德元年五月至九年六月癸亥。"（《唐高祖文集辑校编年》之《赐秦王诗》，三秦出版社2002年版，第318—319页）。

〔18〕 徐松著,张穆校补,方严点校《唐两京城坊考》卷一《西京》之《三苑》,中华书局1985年版,第28页。

〔19〕〔22〕〔27〕 《资治通鉴》卷一九〇、卷一九〇、卷一九一,中华书局1956年版,第5952、5980、5992页。

〔20〕 王钦若《册府元龟》卷九七《帝王部》之《礼贤》,凤凰出版社2006年版,第1065页。

〔23〕〔24〕 《新唐书》卷一《高祖本纪》、卷一《高祖本纪》,中华书局2013年版,第17、18页。

〔25〕 杜佑著,王文锦等点校《通典》卷一五五《兵》八,中华书局1988年版,第3983页。

〔26〕 严耕望《唐代交通图考》第一卷《京都关内区》篇六《长安西北通灵州驿道及灵州四达交通线》,"中央研究院"历史语言研究所1985年版,第179页。

〔28〕〔52〕 武平一著,陶敏辑校《景龙文馆记》卷三《正月五日宴吐蕃使因为柏梁体》、卷三《正月五日宴吐蕃使因为柏梁体》,中华书局2015年版,第106、106页。

〔29〕 《全唐诗》卷四《宣宗皇帝》之《瀑布联句》注云:"《诗史》云:'帝游方外,至黄檗,与黄檗禅师同观瀑布联句。'《佛祖统纪》云:'帝至庐山,与香严闲禅师咏。'时黄檗在海昌,《诗史》误。"今检《佛祖统纪校注》载"初,帝为光王,武宗忌之……至香严闲禅师会下,剃发做沙弥,同游庐山,闲师题瀑布云……"(志磐著,释道法校注《佛祖统纪校注》卷四三,上海古籍出版社2012年版,第992页)。又检《五灯会元》卷四《百丈海禅师法嗣》之《黄檗希运禅师》未见联句记载(普济著,苏渊雷点校《五灯会元》卷四,中华书局1984年版,第188—190页)。现从《全唐诗》注。

〔30〕〔33〕〔40〕〔41〕〔43〕〔44〕〔45〕〔47〕〔49〕〔53〕〔56〕〔57〕〔60〕 陈尚君《全唐诗补编》,中华书局1992年版,第477、746、861、1442、479、478、92、370、478、478、478、936、477页。

〔31〕 吴云、冀宇《唐太宗全集校注》,天津古籍出版社2004年版,第101页。以下唐太宗作品均出自此书,不再出注。

〔32〕 《后汉书》卷二〇《王霸传》,中华书局2012年版,第735页。

〔34〕 《全唐诗》卷三,中华书局1960年版,第37页。下文引此书仅于引文后标明页码,不再出注。

〔36〕 唐玄宗《答张说南出雀鼠谷》,熊飞《张说集校注》卷四《扈从南出雀鼠谷》附,中华书局2013年版,第145页。下文引此书仅于引文后标明页码,不再出注。

〔39〕〔48〕〔54〕 《文苑英华》卷一七七、卷一六八、卷一七七,中华书局1966年版,第866、810、866页。

〔42〕〔46〕〔55〕〔61〕 计有功《唐诗纪事》卷一七《贺知章》、卷二〇《薛令之》、卷二《德宗》、卷一《太宗》,上海古籍出版社2013年版,第246、290、16、6页。

〔50〕 王谠著,周勋初校证《唐语林校证》卷二《文学》,中华书局1987年版,第156页。

〔51〕 韩理洲《唐高祖文集辑校编年》之《赐秦王诗》,三秦出版社2002年版,第318页。

〔62〕 魏徵著,沈锡麟整理《群书治要》之《子部》卷三一《六韬》之《龙韬》,中华书局2014年版,第373页。

〔作者简介〕 吴娱,女,1993年生,安徽省铜陵市人,上海师范大学人文学院中国古代文学博士研究生,研究方向为唐代文学与文化研究。

偈、诗互鉴互渗：历史进程与文体的跨界融合（上）*

李小荣

说到汉译佛经对中国古典诗歌影响最大、持续时间最长、争议最多的文体，自然莫过于偈（偈颂）。如果从东晋高僧支遁[1]算起，至晚清，佛偈类诗词创作有近1600年的历史；晋唐以降，佛偈翻译与创作的数量极其巨大，如在文字禅较为盛行的两宋，粗略统计释、道、儒三家以"偈"命题（拟题）者就超过8000首（不含宋、辽、西夏、金等译偈）。虽然学界对汉译佛典偈颂、禅宗诗偈的研究已有丰硕成果[2]，但对外来之"偈"和中土固有之"诗"在文体方面的互鉴、互渗这一关键问题，尚未有深入的综合性检讨[3]。根本原因就在于世人对不同文化场域中偈（颂）的含义，诗、偈异同理解不一和缺少系统的历史脉络之梳理。

一、引言：纷繁复杂的佛偈译名和莫衷一是的诗偈关系

（一）佛偈译名

现在常用的"佛偈"一词，主要是"佛教偈颂"或"佛经偈颂"的简称。其实，从语源学或翻译史的角度看，它最早指佛说之偈[4]。从印度数经法看，偈有通偈、别偈之分[5]；从佛经十二分教（十二部经）而言，佛偈又有广、狭义之别：前者包括伽他（梵文 gāthā，音译又作伽陀、偈他、偈咃、偈陀等）、祇夜（梵文 geya，音译又作岐夜）两类韵文，后者仅指伽他。祇夜，因用韵文重复其前散文（长行）的主体内容，故称重颂（偈）；伽他，则直接用韵文记录经句，故叫孤起偈、不重颂偈。本文重点讨论广义之偈。

偈作为外来文体，在汉译佛典的翻译用语极其复杂，除前面说过的七八种音译词以外，还有绝、绝句、缚束、偈经、偈句、偈颂（诵）、偈语、偈词、颂偈、歌偈、呗偈、讽颂（诵）、造颂、赞、颂、赞颂、歌谣、诗、歌、诗歌、诗歌经、颂经、应颂、重颂、调颂、重说、直说、祇夜经等三十多种音译、意译或音义兼顾的译词[6]。其中，歌、呗、赞、颂一类的意译用词，旨在强调偈的音乐性[7]。而更可注意的是，译者在常同一场合使用互文法，如西晋竺法护译《等集众德三昧经》卷中云：

> 时魔、天人往至所言："族姓子！吾有佛名将护读诵，假族姓子自逼迫身。日自暴炙自闻其身，所护音声然后乃书。如是诸颂，尔乃令仁得闻此颂四句之绝。"……于是上仙

本文收稿日期：2023年2月18日

心自念言:"将无试吾闻此偈乎?"[8]

这里的颂、绝、偈,含义一也,其实都指"吾有佛名"等三十二字构成的偈颂。此外,译者又常用"经偈"来指代具体的佛偈。如吴支谦译《佛说义足经》卷上云:

> 王处忧未尝止,闻识经偈,便生意而说言:"增念随欲,已有复愿,日盛为喜,从得自在。"
>
> 王便为众人说:"欲偈意,有能解是偈义者,上金钱一千……"[9]

此"经偈"与"偈",都指"增念"之四言四句偈。

(二)诗偈关系

随着佛教中国化,特别是最具中国特色的佛教派别——禅宗的成立,中土对佛偈的称呼变得更加多样化和本土化,除了继续使用伽他、祇夜、偈、偈颂、偈赞、赞、颂等翻译用语以外,其突出表现有三:一是用口语化的词汇"偈子诗"、"偈子"来称呼禅家诗歌作品,如津艺061A敦煌文书就把"身是菩提树,心如明镜台。元来何所物,何必若尘埃"等诗叫作"世祖偈子诗"[10],林澂撰《唐福州安国禅院先开山宗一大师碑文》(并序)载玄沙师备禅师开平二年(908)"感别忠懿王"时"兼寄偈子"云:"人中宝,人中宝,一颗神珠明已早。从来显现遍娑婆,人中达得无生老。"[11]二是常用"诗偈"、"偈颂"、"偈语"等来统称禅人诗集或别集,如《景德传灯录》卷八谓庞蕴"有《诗偈》三百余篇传于世"[12],《宋史》卷二〇五著录"《净惠禅师偈颂》一卷"[13],王昶撰《嘉庆直隶太仓州志》卷五六《艺文五》载"《偈语》,僧行正著"[14]。三者则把"偈颂"作为禅门传授心法的独门秘诀,如齐己《龙牙和尚偈颂》(并序)[15]就强调"禅门所传偈颂"是"自二十八祖止于六祖"且"后诸方老宿亦多为之"的"吟畅玄旨"的写作传统,日本临济宗高僧梦岩祖应《旱霖集·跋北磵诗集》甚至宣称"偈颂独盛于吾门"[16]。

正因为以禅师为主体的历代诗僧的创作实践及其理论思考[17],加上僧俗互动、禅学与诗学、画论(以画偈为代表,例见后文)等多方面的交流,致使诗、偈关系异常复杂,尤其是僧俗创作以偈为诗、以诗为偈、诗偈互渗的现象都十分普遍[18]。纵观历代对偈(颂)、诗(颂)异同关系的认识,其主要观点有:

1. 偈犹诗(颂)

如《法句经序》开宗明义地说"偈者结语,犹《诗》颂也"[19],这种观点主要是用格义法并从功能论角度而得出的。初唐道世《法苑珠林》卷三六进一步比附说"寻西方之有呗,犹东国之有赞,赞者从文以结章,呗者短偈以流颂。比其事义,名异实同,是故经言'以微妙音声歌赞于佛德'"[20],此则着眼于偈、颂共同的音乐表演特性而立论。明人徐一夔《〈酬倡禅偈〉序》又谓:

> 偈者,《诗》之类也,佛说诸经必有重偈以申其义。观于吾书,春秋列国大夫交聘中国,既修词令以达事情,末复举《诗》明之,盖亦此类。偈或五言七言,惟便于读诵而不叶以音韵。《诗》多四言而以音韵叶之,盖被之弦歌故也。诗自汉变为五言,唐变为七言,颇严声律。为释氏者出言成偈,大略亦近于诗。[21]

虽说徐氏区分了佛说之偈与中土之诗在应用场合、押韵与否的异同,但其总体判断是,偈、诗相近。[22]

2. 偈即诗,诗即偈

唐代诗僧拾得公开宣称"我诗也是诗,有人唤作偈。诗偈总一般,读时须子细"[23],其之所以强调诗偈一体,是因为他对世人强分诗、偈的不满,意在强调通俗派和清境派[24]的禅诗禅偈在劝世、开悟等方面功效的一致性。后世于此,自有不同的论述角度:如明末清初余绍祉《〈廓如上人诗集〉序》"西竺之经,中国之《典》、《谟》也;经中之偈,中国之《诗》也"[25],突出的是儒、佛经典共通的神圣起源,即把"经"(十二分教的"修多罗")、"偈"分别等同于中土的《尚书》和《诗经》;郭金台《庶庵〈岩花集诗〉序》"诗与偈同源,禅与儒共贯,释子与吾辈谈风雅,皆行吾道也。华严会上、菩提场中,诸佛菩萨众宣扬赞叹,七字声音遍满绵邈,非诗祖乎?能祖无文字,而拨斥卧轮、扫除神秀,四字了义,人人洞彻,非诗谛乎?船子和尚优游江上,明月满船,婉转流丽,非诗趣乎?真偈即诗,真诗即偈。悟皆证圣,迷尽入魔,判合自人,非有两辙也"[26],则从禅儒共贯的思想渊源和以儒统佛的思想立场出发,一方面肯定诸佛菩萨在佛偈创作方面的开创性贡献(诗祖),另一方面更突出了南宗大师如惠能、德诚偈作的禅理与禅趣的历史定位,进而主张诗、偈一如的前提在求真和求悟。乾隆五十五年(1790)状元石韫玉《〈雪斋诗稿〉序》说"昔者七佛传心,各有四句偈。偈者,古诗之流也。如来演十二部经,每说法必有重颂继之。颂,亦六义之一也。《诗》中三《颂》,皆无韵,佛经之颂亦无韵。虽地分彝夏,而理则一贯。其抑扬反复,均足以感发人之性情"[27],此处重点从中土译偈与《诗经》"三《颂》"在明世理、抒世情层面的一致性来强调偈是古诗之流,同时也隐含了中印诗学平等交流的重要意义。

3. 偈诗分途

清初曹洞宗诗僧函昰《〈青原嫡唱〉序》云"故诗与偈不不同者,诗见情乎辞中,偈发悟于言外。辞不妙则情难见,言弗巧则悟不真"[28],他显然是从抒情、说理之内容特色严格区分诗、偈;毛奇龄《高云和尚〈四居诗集〉序》曰"佛家有偈而无诗,偈也者揭也,揭其旨而已,非为诗也。自中峰以诗为偈,而偈乃一变,然而所揭之旨仍在焉……夫为诗为偈,是以何所于分别?而以予视之,以为四始六义靡一不备者,而明眼者见之,则又曰三门八正,无少欠焉"[29],可知毛氏虽然坚守诗缘情说而否定佛家之诗,却又充分肯定了元代临济宗诗僧中峰明本"以诗为偈"的积极作用,进而强调说"八正"等佛理内容才是偈的本色所在。

4. 诗偈无别又有别

明末诗僧观衡《〈拟古长诗述志〉序》云:

尝闻论诗者以谈道理为偈,不谈道理为诗,所以选诗者多不选僧诗,以偏道理故也。余虽不知诗,闻此说,恐非达者之论,且诗偈之分不知出何人之言。偈句也诗,离句何以言之?是则诗偈无别,但道理别耳。又,道理乃性情之所游也,诗果拒道理而性情何由出耶?是知诗偈不以道理为别,以辞之风雅为别耳。诗若徒以清淡藻雅为重,而为诗者何益哉?仲尼云"《春秋》作,诗道衰矣",又何言欤?《书》云"见山思高,见水思明",此诗之正训也。知此,诗不在词藻而在志,审矣……大都僧诗乃僧之性情,世之学者乃世之性情,僧之性情与世之性情差别远矣。[30]

111

观衡持论相对辩证,既强调二者表现形式(体制)上的相同,又突出二者在内容上的情、理、志之别,而对情、理、志的区别,最注重创作主体僧俗的身份之异。换言之,诗偈有无区别,主要是创作主体及其生活环境造成的,而非作品的外在形式。对此,日僧无隐道费撰《心学典论》卷四《诗偈第十六》也有类似的说法:

> 夫诗之与偈,异而不异,不异而异。夫其所以不异而异者,何也?盖偈亦道人言其志之所之焉者也,故其平生之所作为赠答、述怀、送行、登高之类,大都真率闲旷之辞,而不同于诗人绊荣辱惜别离之趣也。夫其所以异而不异者,何也?盖吾释氏之为教,尝皆假中华文字以倡者也。故若夫重颂、讽颂之制,弗得不特放于风雅之典。其已放焉,则其一唱一咏,宜当守法度以协曲调可也。此自古释氏豪杰,所以傍从事文儒而弗敢遗也。[31]

其对偈与道人言志关系的辨别,和观衡所说如出一辙。当然,无隐道费的比较,还有国别视角,即强调中华诗、偈对日本僧诗创作的示范引领作用,最后,他总结"吾党学诗偈者"的师承是:"寒山、拾得,其诗之神乎;禅月、杼山、庐阜,其诗之圣乎;雪窦、天童颂古,其偈之神乎;祖英之集,其偈之圣乎。其他古今高僧之作,可准之以简练取舍焉"[32],其推崇的僧诗典范寒山、拾得、贯休、皎然、齐己,僧偈典范雪窦重显、天童正觉,都是唐宋禅宗诗歌史上具有重大影响的名家,这点倒和中土评价完全一致。

5. 偈难于诗

北宋睦庵善卿编《祖庭事苑》卷六"伽陀"条说:"所谓直颂者,自非心地开明、达佛知见,莫能为也。今时辈往往谓颂不尚绮靡,率尔可成,殊不知难于世间诗章远甚。故齐己《龙牙序》云'其体虽诗,其旨非诗'者,则知世间之《雅》、《颂》与释氏伽陀固相万矣"[33],其说基于释家本位立场,难免有自夸成分,却也暗含了一个客观事实,即佛教偈颂要写得富于诗的韵味,其难度确实比一般的抒情诗大得多。方回大德七年(1303)作《清渭滨上人诗集》序说:"中国有僧始东汉,历魏晋唐宋以至今日,衣冠礼乐之士隐其身于僧者无数,而僧之以诗鸣于世者尤不可胜数。回尝为《名僧诗话》五十四卷,七佛偈、西天二十八祖偈皆预编摩。然偈不在工,取其顿悟而已。诗则一字不可不工,悟而工,以渐不以顿。"[34]作为当时拥有丰富禅偈创作经验的杰出诗论家,方回强调偈难于诗,原因是偈出于顿悟、诗出于渐悟,后者更需要锤炼和知识储备上的厚积薄发(此点受江西诗学影响)。精通佛学、诗学的钱谦益,其《陈古公诗集序》则说"偈颂歌词,与此方之诗,则语言之精者也……今不知空有之妙,而执其知见,学殖封锢柴塞者以为诗,则亦末之乎其为诗矣。吾尝谓陶渊明、谢康乐、王摩诘之诗,皆可以为偈颂,而寒山子之诗,则非李太白不能作也"[35],从钱氏僧俗诗偈异同特别是创作难易的比较中,显然,他也认为偈难于诗,因为俗世只有天才诗人李白才能和寒山相提并论。

既然佛偈译名如此复杂,诗、偈关系又如此纠缠不清,那么,我们就有必要先回到历史现场来考察偈、诗互鉴互渗的历史进程。

二、互鉴互渗的历史进程

对汉传佛教文学发展史,早在两宋时期就有人做过初步总结,如姚勉《赠俊上人诗序》归

112

纳说"汉僧译,晋僧讲,梁魏至唐初僧始禅,犹未诗也。唐晚禅大盛,诗亦大盛,吾宋亦然。禅犹佛家事,禅而诗,骎骎归于儒矣,故余每喜诗僧"[36],其把译经作为建构汉地佛教文学史之起点并注重佛典通俗化、世俗化传播进程的思路,颇具开创性,职是之故,我们主要依据佛典汉译史、佛偈传播史和中古以来士僧互动中佛偈创作的实绩,将偈、诗互鉴互渗的历史进程划分成三个阶段。

(一)后汉至盛唐

虽然按裴松之注《三国志》引鱼豢《魏略·西戎传》的记载,早在汉哀帝元寿元年(公元前2年)就有博士弟子受大月氏王使伊存口授《浮屠经》[37]之事,但较大规模译经始于东汉桓帝时期入华的安世高。概略说来,中土佛典翻译的高潮在(后)汉至(盛)唐的六七百年间。其中,译经最多、影响最大者被合称为四大译经家,其说有二:一指鸠摩罗什、真谛、玄奘、不空(705—774),二则用义净(635—713)取代不空[38]。无论哪种说法,最后一位都和唐玄宗治国有交集:如义净圆寂于先天二年(713)正月,李隆基则在先天元年(712)登基;不空被称"开元三大士"(另两位是善无畏、金刚智)之一,是盛唐密宗最杰出的代表,深受玄宗、肃宗、代宗祖孙三代的尊崇。中晚唐译经量少(敦煌例外,其影响主要是地域性的),北宋前期虽重建译经院,但所译经典在佛教史、佛教文学史上的影响,几乎可以忽略不计。

该时期偈、诗互鉴互渗的发生场域,主要有:

1. 译场

无论私译、官译,最难翻译的都是原典之诗歌(韵文),因为中印两国的语言表达、语言哲学、诗歌韵律等都判然有别[39],转梵为汉只能大致保持诗歌形式的整齐划一,很难完整呈现原诗的风貌和韵味,故多采用归化的翻译策略。汉译佛典之所以最常用"偈"字,是因为它有多种声训的可能,良贲《仁王护国般若波罗蜜多经疏》卷中即云:

> 所言偈者,此有三解:一云偈者竭也,摄义竭尽;二云偈者憩也,语憩息故;三者梵云伽他,此云讽诵。古译经者乃至"偈他",略去"他"字但名为"偈",语讹略也。[40]

本来,偈他、伽他都是是梵语 gāthā 的音译,但省略"他"后只留下"偈"字。有人推测"偈"的对音是gā,而用"竭尽"之"竭"等同部为训来解释偈(jì),虽有附会成分,理解却大致不差[41]。因为,"竭""憩"释偈,既表明偈有以少摄多之用,又说明诵读佛典时偈有特殊的停顿、收束功能。至于"偈"是音译,显庆元年(656)参加过玄奘译场的郭瑜在《修多罗法门》卷一(见敦煌遗书 S.1344 号背2)就十分明确地说"胡音曰偈,汉翻为颂,谓以短句重颂前长行也,犹如汉之碑志每后能以韵句重颂前事也"[42]。由此推断,佛典中的"偈颂",是音义兼顾和音义双美的译法。

佛偈除了用归化译名以外,其翻译形式主要借鉴了当时的新兴诗体五言、七言和以《诗经》为代表的传统四言颂(虽然也用三言、六言、九言或杂言等译偈颂,但它们的使用频率远远低于四、五、七言)[43]。而且,无论用哪种句式,译经偈颂基本上不押韵,石韫玉《〈雪斋诗稿〉序》就敏锐地发现这一点并和《诗经》相联系说:"《诗》中三《颂》皆无韵,佛经之颂亦无韵。"三《颂》,即《鲁颂》、《周颂》、《商颂》,内容性质多为贵族祭祀、祈福时的乐章舞词,具有鲜明的宗教特色,支谦《法句经序》"偈者结语,犹《诗》颂也",其依据也在于此。至于个别押韵的偈颂,

113

如题为后汉安世高译《尸迦罗越六方礼经》末尾的"佛说呗偈",从"鸡鸣当早起,被衣来下床"至"广劝无极慧,一切蒙神光"[44],五言共八十句(中间有换韵),但印顺法师指出它是中国人所造而增附的,并非出自印度原典。[45]

2. 讲堂

北宋释道诚集《释氏要览》卷下"说听"条专门就释家讲堂制度的中印源流有所梳理[46]。实际上,中土儒家早就有讲堂之设,如东汉永平十五年(公元72年)三月孝明帝刘庄就"幸孔子宅,祠孔子及七十二弟子。御讲堂,命太子、诸王说经"[47]。由此可知,当时儒家讲堂是专门讲习儒家经典之处。佛教讲堂之设,应不迟于后秦释道安时代。《高僧传》卷五即说后秦建元二十一年(385)正月二十七日有异僧借宿于道安驻锡的寺院讲堂[48]。释家讲堂,同样是专为讲经说法而设。虽说中古早期实施的是译讲同施(译场即讲场)[49],但讲堂还是有其特殊功用,除了专指僧团内部的讲经说法场所之外,它有时也可以对教外人士开放。谢灵运《山居赋》就记载了他亲历僧人冬夏二时安居中的斋讲场景:"法鼓朗响,颂偈清发,散华霏蕤,流香飞越……启善趣于南倡,归清畅于北机。"结合其自注"法鼓、颂偈、华、香四种是斋讲之事,析说是斋讲之议,乘此之心可济彼之生。南倡者都讲,北机者法师"[50],可知安居月的讲堂之设,都讲、法师是南北分座的,其时佛偈由都讲转读,法师负责解说。换言之,在讲堂举办的斋讲,必然涉及佛经佛偈的转读和解说,因此有机会参与此事的僧俗二众都可借此熟悉佛经佛偈吟诵传统并理解其要义,进而为自己的佛偈创作奠定良好的基础。

3. 道场

道场有广义狭义之分,广义指一切修行处所,狭义仅指释尊成道之处而言[51]。刘震全面梳理梵、巴、汉、藏佛典之后,归纳它有十一个语义项[52]。结合望月信亨等日本学者的观点[53],在汉传佛教语境中,其较常用义项有菩提道场(寺)、修道之所、寺院、法会(如水陆道场等)和密教坛场。若按鸠摩罗什译《维摩诘所说经》卷上《菩萨品》直心、发行、深心、菩提心乃至众生是道场和举足下足"皆从道场来"[54]的主张,则知物质、制度和精神层面的修道措施、弘法行为,皆可称为道场。由此可见,道场涵盖了前面所说的译场、讲堂。不过,这里更强调译场、讲堂之外的宣教场所,并且更强调佛教仪式(如拜忏、发愿等)场所。此时佛偈之用极为普遍,甚至还出现了特定用途的佛偈专卷,如日本僧人圆仁《入唐新求圣教目录》中就载有"《浴像烧香偈赞》一本"、"《十六赞叹》一本"、"《天龙八部赞》一本"[55]等名目。

4. 佛道交涉背景下的中古道教造经运动

日本学者福井文雅较早对佛、道经典偈颂进行比较,他主要揭示了中古道教五言颂和传统文体"颂"在功能和样式方面的差异,认为道教之颂参照了佛教偈颂[56];孙尚勇进一步指出"早期道教偈颂大多吸收了汉译佛经偈颂不求叶韵的特点"[57];柏夷(Stephen Bokenkamp)专门讨论了道教步虚辞(科仪颂歌),发现其术语和概念表达"都可以追溯至早期佛教法事活动和佛教赞美诗——梵呗的发展"[58];成娟阳从科仪的功能角度分析,归纳了道教文献中咒语与颂、赞、偈语的联系和区别,如形式上颂、赞与偈语都是供唱诵(或吟诵)的文体,而且"吟偈"作为科仪环节之一,它可与一定的乐舞相结合[59]。若从存世道典看,灵宝类道经对"佛偈"文体的融汇最有特色,P.2861(2)+P.2256宋文明《通门论》卷下释道教"十二部经"第十一部"赞颂"有二义时说"一者序名状(义),二者论变通。序名义者,赞以表事,颂以歌德

114

也。亦得[□](名)偈。偈者,解也,有四解也。此赞或四[□](言),或言五(五言),或七言也。四言可以象四时炁,五言可以法五行五德,七言可以象七元七曜也"[60],此即初步展示了本土儒道"赞颂"文体与外来之"偈"功能的互通。《太上洞玄灵宝三元玉京玄都大献经》(敦煌写本S.3081题作《太上洞玄灵宝中元玉京玄都大献经》)谓"偈者,赞颂之别名也。重明其义,故易之曰偈",此则直接借鉴汉译佛典的应颂格式,并把天尊所说五言诗"篡杀于君父,杀害无辜人。死受金锤打,铁杖不去身"称作"偈"[61]。道典偈颂中,形式上最像佛偈者是"四字偈",如《太上三十六部尊经》载天尊"作是大愿,而说偈曰":"我于往昔,无题劫中,为诸众生,发明正道。遍视一切,如不转动,而不为害,解脱之力。若有说者,穷劫不尽。若复至人,及以末学,当舍难舍,以难舍故,以身无损,是名正道。"[62]该偈本质上是散文体,只不过念(吟)诵时按照佛典"四字格"而作停顿罢了。

此外,由于本时期佛道争论较为常见,故释家对道教偈颂并不陌生,并且,常用它作为批驳对方的依据,如法琳撰《辩正论》卷八就先引《六十四真步虚品》之《偈》[63],然后通过文本比对,指明前者实从改自《妙法莲华经·偈》[64]。其实,这种文本袭用现象,本身就说明中古道教吸收改造佛偈的主动性,同时,偈本身也有一定的创新性。从本质上讲,这是传统文化对外来文化的主动汇通。

本时期的偈颂类作品,主要保存在汉译佛典和道教经典之中(道经作者,多托名,不赘列),独立成篇的作品较少见。释家方面的创作主体是译经僧、义解僧、讲经僧等。如四大译师之首的鸠摩罗什作有"十偈",留传至今的是《赠沙门法和》[65]、《十喻诗》[66]、《遗慧远偈》[67](拟题)和一首佚名偈[68],第一首被后人评为"此土之偈,滥觞于此"[69];第二组"名为诗,实乃偈也。梁武帝因作《十喻幻诗》,简文帝又变其名为《十空如幻诗》,皆偈颂耳"[70],即它对萧梁皇室的佛理诗深有影响。庐山慧远针对罗什遗偈则有"报偈"一章,同为五言十二句[71]。二人共同开创了后世较为流行的问答体诗偈,在佛教诗歌史上意义非同凡响。昙鸾撰《礼净土十二偈》[72],对后世净土歌赞(组偈)的创作产生了巨大影响。释僧凤完成相关著述后,以"苦哉黑暗女,乐矣功德天……愿阐摩诃衍,成就那罗延"[73]之八句偈自励。释解脱巡礼五台山文殊师利游处之地,"感诸佛见身",用七言偈"诸佛寂灭甚深法,旷劫修行今乃得。若能开明此法明,一切诸佛皆随喜"赞叹后,得到诸佛"方便智为灯,照见心境界。欲究真实法,一切无所见"[74]之偈的开示。释智恺《临终诗》(五言十句)[75],释灵裕《哀速终》、《悲永殒》[76],释智命《临刑诗》(此三首俱五言四句)[77]等,是此际僧人临终诗(偈)的代表,它们多用佛教名相,充满人生的虚幻感。华严宗初祖杜顺和尚《送弟子游五台山偈》"游子漫波波,台山礼土坡。文殊只这是,何更觅弥陀"[78],则是当时少有的释家师徒之间的送别偈,语言极具口语化色彩。

世俗士大夫的诗歌创作,从题材言,玄言诗与佛偈的关系最为密切(尤其是佛玄合流时期),学术界对此已有充分讨论,不赘论。山水诗、游寺诗所受佛偈的影响,集中表现在佛教思想(如般若学、涅槃学、净土观等)的熏染以及在佛教思想影响下而形成的新自然观、审美观,对此,成果同样丰硕。稍可补充且较重要者有两类:一是临刑(终)诗,如苻朗"临刑,志色自若,为诗曰:'四大起何因?聚散无穷已。既过一生中,又入一死理。冥心乘和畅,未觉有终始。如何箕山夫,奄焉处东市! 旷此百年期,远同嵇叔子。命也归自天,委化任冥纪。'"[79]

谢灵运《临终诗》虽有多种版本(句数、文字略有差别)[80]传世,但其主体思想与苻朗一样,都初步体现了三教融汇的倾向。二是佛教赞颂,最具承前启后作用的当属王融组诗《法门颂》、《法乐辞》[或作《法寿乐(歌)》][81]。当然,竟陵"八友"、昭明太子萧统、简文帝萧纲等文学集团围绕佛教斋会法事活动而进行的酬唱之作(如《八关斋夜赋四城门更作四首》等),也深受汉译佛经偈颂的滋养。

本时期偈、诗的互鉴、互渗,从某些方面看也有较鲜明的阶段性特征。如先唐"偈"字入诗仅有徐孝克《仰同令君摄山栖霞寺房夜坐六韵》"晨朝宣宝偈,寒夜敛疏钟"[82]、佚名《老子化胡经》卷十《老君十六变词》其十四"沙门围城说经偈,至著罪人未可济"[83]等屈指可数的几例;至初、盛唐,则相对常见,有玄奘《题半偈舍身山》、道士吴筠《酬刘侍御过草堂》、《太上升玄消灾护命妙经颂》、文士刘希夷《初度岭过韶州灵鹫广果二寺,其寺院相接,故同诗一首》、郑愔《奉和幸大荐福寺》、岑参《观楚国寺璋上人写一切经,院南有曲池深竹》、孟浩然《陪姚使君题惠上人房》(得青字)、储光羲《同房宪部游衡山寺》、李白《登梅冈望金陵赠族侄高座寺僧中孚》、皇甫冉《秋日冬郊》《奉和独孤中丞游法华寺》、颜真卿《天台智者大师画赞》等近二十首,一方面,作者队伍扩大较快,甚至连道士也加入其中,另一方面,题材较先唐丰富,增加了咏物、咏怀、题赠等内容。

(二) 中唐至北宋

之所以把中唐至北宋划分为一个阶段并把中唐作为该时段的起点,主要是基于如下两点理由:

一者,中唐以降,僧俗两界开始自觉地以"偈"命题写作(尤其世俗文人之作,其文学史意义更为重要),并在编撰僧传、灯录或编辑文人别集时大量收录"偈"体作品。前者名作有皎然《座右偈》、无住《茶偈》[84],良价《辞亲偈》(此据S.2165写卷)[85]、《网要偈》,贯休《大蜀高祖潜龙日献陈情偈颂》、《道情偈》等,特别是龙牙居遁的弟子把其师九十五首偈颂汇编成集,并请著名诗僧齐己作序[86],此举表明当时已有把禅师偈颂编成释家别集之风气[87]。后者如大历四年(769)鲍防在云门寺组织了一次十一人的唱和活动,因"会云门济公之上方,以偈者赞之流也,始取于佛事"而作偈,今存作品有鲍防《护戒刀偈》、李纟聿《茗侣偈》、杜奕《芭蕉偈》、郑概《山石榴偈》、杜倚《漉水囊偈》、袁邕《藤偈》、崔泌《蔷薇偈》、任逵《题天章寺偈》等十一首四言偈[88];白居易自订《白氏长庆集》时,卷二二"铭、赞、箴、谣、偈"共"二十一首","偈"类收《八渐偈》,卷七十"碑、记、铭、吟、偈"共"九首","偈"类收《六赞偈》(并序)[89]。嗣后,以"偈"命题的诗作较为常见,如施肩吾《听南僧说偈词》、司空图《偈》、《与伏牛长老偈二首》等。尤可一提的有二人:一是贞元初年的庞蕴,其作品被人汇编成"《诗偈》三卷",有"三百余篇"[90];二是五代"学释氏法"的张峤"尝撰《参玄录》、《玄珠集》,歌行句偈百余篇"[91],二人皆是居士作偈的代表。

二者从敦煌佛教通俗讲唱文学看,无论俗讲变文中的偈赞唱词,还是禅宗、净土宗诗偈[92],真正广泛流行,也主要始于中唐。究其成因,就在于它们和音乐的深度融合,我们甚至可以把这类作品统称为"歌偈"[93]。如俗讲变文之唱词,就使用了平、侧、断、吟、韵、平侧、断侧、平吟、侧吟、古吟上下、吟上下、经平等二十余种音声符号[94];禅宗多用《十二时》、《五更转》等俗曲;净土歌赞常用《归去来》等曲调,尤其中唐法照倡导的净土五会念佛(包括《净土五会念佛略法事仪赞》《净土五会念佛诵经观行仪》两种文本,一简一广),可谓是当时净土歌偈的集大成之作[95]。总之,它们呈现了偈赞的谣歌化、曲子化和梵音的歌调化的进程,其本质虽在俗乐化,但也是当时音乐胡化与华化双向互动的结果。[96]

事实上,传世佛教文献突出禅宗、净土诗颂的"歌偈"性质,也是多从中唐始。如宗密《圆觉经略疏钞》卷十说"志公、傅大士作歌偈等,亦对此机"[97],是把宝志《十二时歌(颂)》、傅大士《行路易》等托名之作,皆纳入"歌偈"范畴,并和禅宗二祖、三祖、六祖之偈相提并论;曹山本寂读杜顺《傅大士所作法身偈》后有偈,末句曰"乍如谣《白雪》,犹恐是巴歌"[98],他则把傅大士之偈比作下里巴人之俗曲;云门文偃所作《十二时偈》,本身就是套曲,其七"日中午,一部笙歌谁解舞? 逍遥顿入达无生,昼夜法螺击法鼓"[99]又以佛教乐舞表演为歌词内容,暗示了禅宗歌偈与音乐的密切关系。手法相同者还有朗州梁山缘观禅师之《颂》:"梁山一曲歌,格外人难和。十载访知音,未尝逢一个。"[100]道原谓宋初遇臻禅师"其诸歌偈,皆触事而作,三百余首流行,见乎别录"[101],可见后者有别集收录了其全部流行的歌偈之作。[102]

净土宗方面,其例亦十分常见,如释齐翰大历十年(775)临终前"出道场,作偈曰:流水动兮波涟漪,芙蕖照兮宝光随,乘光以迈兮偕者谁?"[103]白居易开成三年(838)三月十五日作《画西方帧记》[104],结尾仿佛经重颂文体格式说"欲重宣此愿而偈赞云:极乐世界清净土,无诸恶道及众苦。愿如老身病苦者,同生无量寿佛所",此赞后来被编入《销释金刚科仪》(卷八)[105]、《礼念弥陀道场忏法》(卷三)[106]等佛教法事文书,流播甚广。净土宗又因倡导称名念佛之易行首,且念佛本身具有较强的音乐性,故相对容易吸引信众。宋末元初赵文《听请道人念佛》即深有感触地说:

> 平生不喜佛,喜听念佛声。大都止六字,三诵有余音。唱偈类哀切,和声等低平……听兹颓阘韵,生我寂灭情。坐令喧竞中,便欲无所争。乃知象教意,妙觉在声闻。俗人不解此,梵教杂歌行。敲铿鼓笛奏,真与郑卫并。能令妇女悦,未必佛者听。[107]

"六字",指"南无阿弥陀佛";"唱偈",指唱净土歌偈;"和声",一般指用佛号逐句句末和唱,如法照《五会赞》(依《无量寿经》)"第一会时平声入(弥陀佛),第二极妙演清音(弥陀佛,弥陀佛),第三盘旋如奏乐(弥陀佛),第四要期用力吟(弥陀佛,弥陀佛),第五高声唯速念(弥陀佛),闻此五会悟无生(弥陀佛,弥陀佛)"[108]所示,每一会念佛所配声乐不一,调高、调性、吟唱方法有别,但在劝化人心时,即便像赵文这样不喜欢佛教的人士,也被动听的念佛声所感染。相关声乐(如歌行)若是配上器乐,则更加感人,尤其是女性信徒趋之若鹜。两宋禅净合流后,禅、净二宗继续保持中唐以来好用"郑卫"之声的传统,特别是大型组歌(偈)或长篇歌偈也较为常见,较著名的有元代中峰明本禅师《怀净土诗》(一百〇八首)、明永觉元贤《参禅偈》(十二首)《念佛偈》(四首)、孙大玗居士《净土十二时歌》、清灯来禅师《闲僧念佛歌》、古宿尊禅师《五更转》等。

以敦煌变文、禅宗净土宗诗赞为代表的通俗讲唱型歌偈的出现,从文学社会学或佛教政治学角度观察,当与典籍(尤其是佛教典籍)的歌场化或半歌场化关系密切[109]。其中,李隆基以皇帝之尊亲注三教经典的举措,造成了巨大的社会影响。敦煌歌辞 P.2721《新集孝经十八章》(皇帝感)即全面生动地描述了这一社会生活的新现象:"新歌旧曲遍州乡,未闻典籍入歌场。新合孝经皇帝感,聊谈圣德奉贤良。开元天宝亲自注,词中句句有龙光……历代以来无此帝,三教内外总宣扬。先注《孝经》教天下,又注《老子》及《金刚》。"[110]换言之,唐玄宗基于孝道而倡三教并重的宗教政策加快了典籍歌场化的历史进程,当时僧人对此极其敏感,创作了大量的歌偈类作品[111]。虽然安史之乱一度打断了中原地区的这一进程,但敦煌发现的相关作品具有特殊的佛教文学史意义。肃宗以后的皇帝,大多和佛教关系密切,故中唐至北宋中叶,除唐武宗、周世宗等短暂的毁佛时期,佛教歌场化运动并未消歇。从孟郊《教坊歌儿》"去年西京寺,众伶集讲筵。能唱《竹枝词》,供养绳床禅"[112]推断,中唐教坊音声人就学习巴蜀民歌并用它来供养皇家讲经僧;《天圣广灯录》卷一六载宋初省念禅师上堂以"大众歌场送,千峰永不回"[113]开示学僧,可见禅僧对大众化的歌场相当熟悉,对歌场乐曲可以信手拈来;韩琦《甲寅灯夕会净明寺》"慰俗不专樽俎适,开愁宜有管弦能。歌筵列把新诗代,环视应饶士女憎"[114],则讲述了熙宁七年(1074)相州地区上元灯会寺院的设乐场景。这种场景,至清犹然,李调元《二月三日至团堆坝访孟时三丈,适入山寻药不遇。见叶赞之(天相)、毛殿飏(德纯)两秀才,携尊邀至梓潼宫,观剧底暮,尽欢而散》开篇即说"故友携尊枉驾过,一龛同佛听笙歌"。[115]

之所以把北宋王朝的结束作为本时段的终点,基于两点理由:

一者从居士佛教文学发展史的视域,以苏、黄为代表的宋代诗学,其创作高峰所在的元祐年间实已进入北宋后期[116]。并且,在中国诗学批评史上,苏、黄二人创作中的诗、偈互鉴最具示范意义。如清代御修《唐宋诗醇》卷三七点评苏轼作于元丰七年(1084)的《徐大正闲轩》时就说"为闲字下转语,转转无竭,是问是答,两无缚脱,以偈颂体入诗,自雪堂始也"[117],其他像游庐山时所作《赠东林总长老》、《题西林壁》二诗,历来都被当成居士偈之杰作[118]。黄庭坚元祐元年(1086)作《有惠江南帐中香者戏答六言二首》[119],苏轼《和黄鲁直烧香二首》其一称赞对方"四句烧香偈子,随香遍满东南。不是闻思所及,且令鼻观先参"[120],即认定山谷原诗性质为"偈子"(以偈为诗)。更重要的是,惠洪政和八年(1118)作于洪州分宁的《跋东坡山谷帖二首》指出:"前代尊宿火浴,无烧香偈子,山谷独能偈之。初见罗汉南公化,作偈,其略曰:'黑蚁旋磨千里错,巴蛇吞象三年觉。'"[121]换言之,惠洪认为僧人荼毗仪式有"烧香偈"就是始自黄山谷元祐九年(1094)为释系南所作的《罗汉南公升堂颂》[122]。而山谷这类作品还有绍圣二年(1095)作《云居祐禅师烧香颂》、元符三年(1000)作《为黄龙心禅师烧香颂三首》[123]以及作年俟考的《为慧林冲禅师烧香颂三首》[124]等。相比较而言,黄山谷创作的适用于丛林仪轨的偈颂更多些,教内影响也更大。当然,后世文人居士也有像苏轼一样更注重其鼻观"烧香偈"者,如元洪希文《烧香偈子二绝》[125]、清朱休度《小罗浮村》"咏到烧香山谷偈,深禅相对欲同参"[126]等,推崇的都是山谷式的鼻观禅。

二者从教内创作言,深受苏、黄诗学影响并成为文字禅理论的集大成者——惠洪(生于熙宁四年,即1071年),虽说他圆寂于建炎二年(1128)五月,然元祐五年(1090)受具足戒后的创作与北宋后期相始终,其入南宋不足两年,此前已完成文字禅的理论总结[127],因此,将他视作北宋后期佛教诗学的总结者,也无不当之处。

中唐至北宋的诗、偈互渗互鉴,呈现出几个明显的变化:一是创作队伍的迅猛发展,无论方内(包括道士)、方外互动,都常运用诗偈,其题材广泛,涉及日常宗教生活的方方面面,甚至原先只在教内流行的题材如临终(辞世)偈、开悟偈、劝世偈、问答偈等,世俗士大夫乃至普通庶民都有作品传世[128]。这种文化现象,或可称作偈的泛化;二是释家在布道弘法场合,所用诗偈来源多样,既有直接摘录、汇编佛典偈颂者,又有僧人的新创,更有引前朝名家(如陶渊明、谢灵运、王维、李白、杜甫、白居易、寒山、王梵志等)名作名句证禅者;三是文体方面的与时俱进,如出现"词"、"偈"互渗现象(例详后文);四是有一些特殊的"偈颂"体,如宋太宗赵炅的"回文偈"[129],赵鼎、李光等人的"四句偈"[130],而黄庭坚等人直接以"伽陀"、"偈句"、"句偈"命题[131],其目的在于强调诗的"偈"体特征(以诗为偈)。

(三)南宋至晚清

在偈、诗互鉴互渗的历史进程中,把南宋和北宋分开并作为第三时段的起点,是因为南宋具有和北宋不一样的特点且为元明清三朝所继承。它们主要表现在四个方面:

一者从教内队伍看,中唐至北宋的创作主体是"诗僧",南宋则是"文学僧"[132]。换言之,南宋及其后的僧人对文学涉猎的范围越来越广,创作题材和使用文体和俗世几无区别。比如,对中国诗歌两大传统之一"骚"的大力弘扬进而以"骚"为偈并广泛运用于佛事场合,就从南宋始[133]。此在释家诗评亦有所体现,南宋居简《蓬居梵竺卿诗稿》"俗恶眼中屑,《离骚》身后经……零落三千偈,关防在六丁"[134],即把释慧梵(字竺卿)诗偈比作《离骚》,其《祭葛无怀》又谓出家为僧的葛天民的诗学渊源是:"《骚》、《雅》、《风》、《赋》,澹泊是师。"[135]《天台空室愠禅师行业记》叙述元末明初释无愠的创作历程是"自少至老,手不释卷,凡内外典,靡不该博,发为文章诗偈,必追及古作,辄为人传诵不已。暇则端坐寡言。衲子请求法语禅偈,掇笔挥洒若神,各副其意,不欲久留滞也"[136],则知无愠少年成名,诗文并擅,文思敏捷,融本色僧、文字僧为一体。[137]

二者从士僧互动中士大夫的创作风尚言,黄庭坚开创的江西诗派无疑和禅学关系最为密切,如刘克庄《茶山诚斋诗选》总结两宋江西诗风演变时就说"曾茶山赣人、杨诚斋吉人,皆中兴大家数。比之禅学,山谷初祖也,吕、曾南北二宗也,诚斋稍后出,临济德山也"[138],其意在仿禅宗宗统说,强调黄庭坚的开宗地位,而把吕本中、曾几、杨万里看作分派者。但从黄山谷影响的深广度和持续性言,"诗到江西别是禅"[139]主要发生在南渡以后:(1)就禅学层级说来,后世多认为山谷高于其师苏轼[140];(2)南宋好禅士人多以学(或被列入)江西诗派为荣,如郑伯熊《次韵陈倅瑞岩之什》"诗到南昌老更奇,固知流派自江西"[141]、曹勋《送曾纮父还朝十首》其七"诗源正嗣江西派,句律先空冀北群"[142]、李光《与善借示〈鲁直集〉,雕刻虽精而非老眼所便,戏成小诗,还之》"知君欲嗣江西派,净几明窗付后生"[143]等诗句都是极有说服力的证据;(3)两宋江西派诗人总结的多种具有禅学因子的诗歌理论或批评方法如饱参、参活句、活参、活法、诗眼、句眼等,后世文士、禅僧皆有袭用。像耶律楚材《蒲华城梦万松老人》"曾参活句垂青眼"[144]、李流芳《盘螭山访觉如上人不遇》"坐对青山参活句"[145]是士僧交往诗而用"参活句";智闇《镜禅偈》"语默领全机,动用参活句"[146]则是禅僧修道的经验总结;佘翔《冬夜徐茂吴集汪惟一邵长孺汪虞卿于建初寺分得青字》"妙偈参诗入,微钟杂梵听"[147],描述了寺院友朋酬唱共参诗偈的氛围;姚燮《化茂上人招同族兄饮青弋山房》"饱持佛偈参梅熟,静得渔歌送水声。妙悟多从荒秽出,不须洁地始光明"[148],又更进一步,既写饱参"梅熟"公案[149],又强调"妙悟"也有特殊的悟入途径,蕴含了《维摩诘经》"不断烦恼而入涅槃"[150]的思想。

三者从道教科仪发展史说来，南宋是继北魏、刘宋、唐、五代（分别以寇谦之、陆修静、张万福和杜光庭为代表）之后非常重要的历史阶段，甚至可以说是集大成时期，如宁全真授、林灵真编《灵宝领教济度金书》，留用光授、蒋叔与编《无上黄箓大斋立成仪》，金允中编《上清灵宝大法》，吕元素集《道门定制》，吕太古撰《道门通教必用集》，在后世都有极其深远的影响。而且，其仪式性文体和佛教多有互通之处，元卫琪注《玉清无极总真文昌大洞仙经》卷二即总结说"凡二教经仪，多释道混融互用"[151]。如《灵宝领教济度金书》卷十、卷一一《赞颂应用品》就辑有《散花》、《三归依》等和释家名目相同的赞颂，以及仿净土宗歌赞并运用相似和声的《三清乐》、《五方童子偈》等偈[152]。但道教科仪之偈，语言总体要求是典雅，它们更接近于禅宗诗歌的清境派，而迥异于白话通俗派。《上清灵宝大法》卷三七谓"道家法事，有赞有颂，有步虚词、白鹤词之类，所有吟偈之格，自古无所出，势难从俗"，目的在于"崴斋立事，务合典仪"[153]，即以典雅之偈格营造道教科仪庄严肃穆的氛围。《道门通教必用集》卷三《赞咏篇》又明确要求外坛法事："讴歌词曲，尤为不便，今取前有偈颂及新添以助行事，庶几典雅。"[154]虽说士大夫对二教诗偈同等重视[155]，但他们创作步虚、青词等特殊题材时遵循的是典雅的语言传统。

四者南宋以后，偈的泛化现象较之中唐—北宋更加普遍，几乎无处不在，已渗入诗、词、文、赋、小说、戏剧等众多文学文体（例证详后文），同时也出现了一些特殊含义的"偈"体，如：

1. 山偈

较早使用者是北宋中期的白云守端，他把自己的《应真不借》《涉流转物》自（谦）称为"山偈"[156]。嗣后，佛眼清远有两首"山偈"，辑入《古尊宿语录》卷三十之"偈颂"部，一曰《山中阒寂，炉边静坐，因思四十年人间世外林泉之乐，与夫区区世上者何辽远也。谛思究极于至道，遂成山偈，聊以自勉，并示诸禅人，使勿如老夫之回头晚也》，二曰《夏散辄病，既病且恼，因书山偈，示一一禅者》[157]，据其内容推断，"山偈"似是禅僧感悟生死的自励偈以及就人生烦恼问题对弟子们的警示偈。南宋以降，僧人"山偈"之作渐多：一则用于上堂，如应庵昙华因雪上堂"吟得个山偈，举似大众：雪子纷纷落，乌盆变白盆。忽然日头出，依旧是乌盆"[158]，率庵梵琮索羢上堂"遂成山偈：老观当场斗大机，逢人赤手为提持。若能直下知端的，佛海波澜无尽时"[159]。二则用于教内应酬，如慧开《人至收书，知得心座元安乐，蒙惠数珠水晶者金重十二钱，一收讫，山偈奉赠》、希叟绍昙《分携需语，为途中道伴，敬搋山偈以赠》、雪溪希颜《忆佛轩诗》（其自称为"山偈"）、石溪心月《山偈奉饯九江纯禅者归东林受业》等。更值得注意的是，当时士大夫之作也不少，如虞俦《崇上人携育王书归行化，因以山偈勉之》、《道院周围果实，皆先居士手植，因长老今摘送，不胜追感，再成山偈》、《圣龙长老资公求修佛殿疏，余不暇作也。昔丹霞烧木佛，院主堕落须眉，普贤劝修古佛，末后童子证果，居士举此公案二段以问圣龙：'若下得一转语，则佛殿一时修了，其或未然，定又去聒扰檀施矣。'因作山偈奉送，只此大胜作疏头劝缘也》，张镃《净相兰若僧师雅持塑佛疏化，赠山偈二首》，吴潜《山偈寄无声老师》、《又山偈就寄善知识》等，就其内容说来，不再局限于生死感悟，而是僧俗对宗教生活面向的共同检讨。有时还用于自嘲，郑清之《自嘲》即云"我亦逢场因作戏，要令竿木自随身。老僧不学面壁观，山偈随缘举似人"[160]。

2. 画偈

此处所说画偈，是一种特殊的题画诗，其内容和佛教绘画、图像有关，多表现禅宗诗学或画学思想。虽说图、偈结合的佛教论著及论述画学思想的偈颂中古时期就有零星的记载[161]，中唐至北宋释家题材画赞之作渐多，但普遍流行特别是以"画论"形式出现的偈颂，则在南宋以后，甚至在特定时期、特定人物身上，"画偈"呈井喷式增长[162]。兹举数例有代表性的诗人诗作如下：

南宋王炎与画僧清老情谊颇深，其唱和诗中多直引对方论画之句，嘉定八年(1215)作《清老画双溪壁，以诗谢之》即说"虽然画意不画形，形意两全方笔老……师言此亦吾余事，佛祖玄关须探讨。未宜直说色是空，不著色空斯见道"，《用元韵答清老》其三又云"师言能诗且画工，笔仗须先知嫩老。复言能画亦饱参，亹亹玄谈听更好。吾闻法海深又深，性珠可得不可讨。若除诗画与谈禅，未审云何真悟道"[163]，而"师言"的内容，显然代表了清老的画学思想，即强调诗画同参，进而悟道。赵孟坚《里中康节庵画墨梅求诗，因述本末以示之》"逃禅祖花光，得其韵度之清丽。节庵绍逃禅，得其萧散之布置……枝分三叠墨浓淡，花有正背多般蕊。夫君固已悟筌蹄，重说偈言吾亦赘。谁家屏障得君画，更以吾诗跋其底"[164]，其对康节庵《墨梅》蕴含的画学、禅学渊源，追溯至北宋华光长老释仲仁，"重说偈言"四字表明，该诗结构就是仿佛经祇夜文体而来。徐瑞大德四年(1300)作《六言四首》其三"悟得字中有笔，却参画外无诗"[165]，在注重书画同参的同时，更强调参画本身就是参禅。李昱《题王竹斋〈墨梅〉》"鼻观幽香静可参，月明和影落空潭"[166]，突出了鼻观禅法在鉴赏《墨梅》图中的特殊功用。紫柏真可《墨画偈》"万物本虚，惟人自忧……即色入空，废器小道。即空接粗，众无不晓。以觊墨画，赋此寄奥"[167]、何白《幻由上人谈经后屿精舍，以书招予不果，往偶作〈墨竹〉，题偈奉寄》"亭亭翠竹真如相，体直心空似和尚"[168]，二偈都从体用层面来揭示禅画创作的终极意义，反对执着一端。清帝弘历"画偈"类诗作甚多，其对画家、禅画的评论也比较到位：如《题赵孟頫画〈雨竹〉》"是人参破中峰偈，写出当前色即空"[169]，直探赵氏《雨竹》思想之本源，谓后者深受同时代中峰明本禅师偈颂的深刻影响；《余既辨明〈富春山居〉为大痴真迹无疑，近又得摩诘〈雪溪图〉，二物皆董其昌画禅室中物，因成此诗，题于二图》"画禅室里群仙侣，近日纷来参画禅"[170]、《题庶子张鹏翀所进〈春林澹霭图〉即用其韵》其一"诗禅画偈相参处，正是春林澹霭时"[171]，分别突显了参画禅的场所和时机，换言之，只有时、地因缘成熟，才能悟透画禅本质。张九钺《题张二云所藏朱碏东〈岁朝图〉二首》其二"满室浓香兼淡态，诗禅画偈总相宜"[172]，既综合运用乾隆前二诗的手法、关键语汇，又更具中道思想。当然，"画偈"也可融汇游戏三昧，故有戏作者，如赵孟頫《戏题僧惟尧〈墨梅〉》"萧洒孤山半树春，素衣谁遣化缁尘？何如澹月微云月，照影西湖自写真"[173]，一设问、一反问，颇有反常合道的旨趣，郑善夫《棠陵家观释宗林诗画，戏为一偈，嘲之》后两联"五蕴元空寂，三车亦障魔。白牛载词藻，西去欲如何"[174]，则更富诙谐幽默感，其彻底否定《法华》"三车"、"四车"之喻，重在提倡般若空观。

画偈产生的根源在于"以画为禅定"的"画禅"思想[175]，特别是经过董其昌的大力提倡后，晚明至晚清，僧俗两界证(悟、参)画禅(三昧)的说法都极常见，如曹履吉《袁又玄以夏五过我，携〈谢园赋〉赠。又玄所自得，则以画为禅》云："按图已识高吟客，泼墨还兼入定僧"[176]、彭孙贻《雨窗琳长老见示李次公水墨大相,笔气高妙,是此老说法也,为题小引》"无须只履还岭头,坐对画禅入三昧"[177]、李铭山《〈桐阴论画〉题词》"三昧亲从画里参,右丞遗派盛江南"[178]、丘逢甲《题易实甫所藏张梦晋〈岁寒三友图〉,实甫自言张后身也》"悟彻画禅无我相,满天明月寺楼钟"[179]等,都强调画是观想客体,是凝视对象,并藉此进入物我两忘的境界。清僧释源长"尤善丹青,常写雪中梅花,疏枝冷艳,古干横绝,人谓于画禅中别得三昧者"[180],释无迹"尝与人言曰:予以琴韵、诗词为声音佛事,以临书、描画为禅关"[181],则知二人都实实在在过画禅(当然,后者以艺为禅的形式更加多样化)。尤可注意的是,无论画家创作还是读(观)者鉴赏,皆可以禅(三昧)为先导,宋荦《论画绝句二十六首》其二十五"多少画家三昧语,留题断纸故麻中"[182],即主要着眼于创作主体。王世琛《题〈洞庭东西两山图〉寄赣州观察兄五十韵》开篇"少小嬉游地,今来入画禅"[183],则着眼于鉴赏者本身。此外,受诗、艺、禅思想贯通的影响,参画禅者又可触类旁通,如释无可"说去来今偈,参诗书画禅"[184]、屠倬《山尊前辈索题朱素人画二首》其二"参透诗禅即画禅,全教笔墨化云烟"[185]、王芑孙《青浦圆津庵僧觉铭求题〈金山受具图〉二首》其一"往寻蒲褐老,曾过墨华禅……将诗当佛偈,以画作家传"[186]、曹楸堅《乙巳新正试笔十首》其六"放笔能通书画禅,分题好共襞吴笺"[187]等,都是各自的经验之谈和肺腑之言。

注　释:

＊　本文系国家社会科学基金重大招标项目"敦煌佛教文学艺术思想综合研究(多卷本)"(19ZDA254)阶段性成果。

〔1〕　支遁诗本无以"偈"为题者,但在传播接受史上却不尽然,如法若真《秦淮河上和高念东先生韵四首》其三"金陵雨洗支公偈,铁锁江沉王濬舟"(《黄山诗留》卷二,《清代诗文集汇编》第44册,上海古籍出版社2010年版,第67页上栏)即以"偈"称其诗。

〔2〕　佛偈主要分两大类:一是汉译佛典中的各类偈颂,二是中土僧俗创作的偈颂。学界对两类偈颂的文体学研究都比较充分,前者如王晴慧《六朝汉译佛典偈颂与诗歌之研究》(花木兰文化出版公司2006年版)、齊藤隆信《漢語仏典における偈の研究》(法藏馆2013年版)、王丽娜《汉译佛典偈颂研究》(商务印书馆2016年版)等,后者如蔡荣婷《〈祖堂集〉禅宗诗偈研究》(文津出版社2004年版)、黄朝和《唐五代禅宗悟道偈研究——从祖师禅到分灯禅之语境交涉及宗典诠释》(中兴大学中国文学系2018年博士学位论文)等。

〔3〕　当然,个案研究较为常见,代表性成果如陈允吉《东晋玄言诗与佛偈》(《复旦学报·社会科学版》1998年第1期)、史洪权《〈石灰吟〉:从僧偈到名诗——兼谈〈石灰吟〉的作者问题》(《文学遗产》2006年第5期)等。

〔4〕　如题为康僧会译《六度集经》卷六"调达虽先知佛偈"(《大正新修大藏经》第3册,新文丰出版公司1983年版,第32页中栏)、鸠摩罗什译《佛说华手经》卷七"闻佛偈已,投此深坑"(同前,第16册第183页上栏)等所说"佛偈",皆如此。

〔5〕　隋吉藏撰《百论疏》卷上即指出"偈有二种:一者通偈,二者别偈。别偈者,谓四言、五言、六言、七言皆以四句而成,目之为偈,谓别偈也。二者通偈,谓首卢偈。释道安云:盖是胡人数经法也,莫问长行与偈,但令三十二字满即便名偈,谓通偈也"(《大正新修大藏经》第42册,第238页中栏)。

〔6〕　参陈明《汉译佛经中的偈颂与赞颂简要辨析》(《南亚研究》2007年第2期)、李小荣《汉译佛典文体及其影响研究》(上海古籍出版社2010年版,第89—108页)等。

〔7〕 无论伽陀、祇夜,从本质上讲都是音乐文学,此在佛教仪式场合的表现最为明显。如东晋瞿昙僧伽提婆译《增一阿含经》卷六载波遮旬"便调琉璃之琴,前至须菩提所,便以此偈叹须菩提"后,便接五言偈颂二十句(即五首五言偈,参《大正新修大藏经》第2册,第575页中—下栏),则知此组偈是琴歌。日本所传《门叶记》明确要求伽陀"无音乐者,不可用之"(《大正新修大藏经》"图像部"第12册,第51页中栏)。

〔8〕 《大正新修大藏经》第12册,第979页上—中栏。又,校勘记所说异文,此不赘列;着重号为笔者所加。后同,不赘。

〔9〕〔19〕 《大正新修大藏经》第4册,第175页中栏、第566页中栏。

〔10〕 上海古籍出版社、天津市艺术博物馆编《天津市艺术博物馆藏敦煌文献》第1册,上海古籍出版社1996年版,第305页。

〔11〕〔167〕 《大藏新纂卍续藏经》第73册,河北省佛教协会2006年影印本,第26页中栏、325页上栏。

〔12〕〔84〕〔101〕 《大正新修大藏经》第51册,第263页下栏、第193页中栏、第426页上栏。

〔13〕 脱脱等撰《宋史》第15册,中华书局1985年版,第5183页。

〔14〕 王昶《嘉庆直隶太仓州志》卷五六,清嘉庆七年刻本。

〔15〕 《大藏新纂卍续藏经》第66册,第726页下栏。

〔16〕〔69〕 (日)无著道忠著《禅林象器笺》卷二一,蓝吉富主编《大藏经补编》第19册,华宇出版社1986年版,第602页下栏。

〔17〕 在中国佛教诗歌史上,除禅宗偈颂以外,净土、天台两宗的创作业绩较为突出:净土歌偈在敦煌文献及传世文献中都很常见,作品集较多;天台宗诗偈则集中于中唐至北宋前期。后者之研究,参张艮《天台宗僧诗创作传统考论》,《中南大学学报》(社会科学版)2018年第4期。

〔18〕 有鉴于此,张勇主张要严格区分偈与诗,他认为两者的区别主要表现在四个方面:即主旨上的"为法作"与"为诗作"之别,内容上的"无情"与"有情"之别,结构上的"概念"与"意象"之别,语言上的"理语"与"理趣"之别(《贝叶与杨花——中国禅学的诗性精神》,中华书局2016年版,第108页)。其论宏阔富于思辨性,但常与佛教文献固有说法相冲突,如原诗作者命名为"偈"者,硬要让它回归"诗"的队列,似有违其创作初衷、创作语境。

〔20〕〔83〕 《大正新修大藏经》第54册,第31页下栏、第1270页上栏。

〔21〕 厉鹗、张熷《增修云林寺志》卷五,杜洁祥主编《中国佛寺史志汇刊》第一辑,明文书局1980年版,第24册第125—126页。

〔22〕 徐一夔《钟偈序》又谓"偈亦诗,类佛所说诸经,必重之以偈,以申前义,然多五言或七言,敷扬佛理,以便诵读,而不叶以音韵。诗则四言五言,以至七言,缘情指事,而以音韵叶之。净慈钟成,诸上首争以言句落之,然不曰诗,而曰偈者,崇法器也"(释大壑撰,刘士华、袁令兰标点《南屏净慈寺志》卷二,杭州出版社2006年版,第56—57页),此则强调偈使用场合的特殊性。

〔23〕 项楚《寒山诗注》(附拾得诗注),中华书局2000年版,第844页。

〔24〕 周裕锴把唐代僧诗风格大致划分为两大类,一是以王梵志、寒山、拾得为代表的通俗派,二是以皎然、灵澈等人为代表的清境派(《中国禅宗与诗歌》,复旦大学出版社2017年版,第45页),其说可行。

〔25〕 余绍祉《晚闻堂集》卷九,清道光十七年单士修刻本。

〔26〕 郭金台《石村诗文集·文集》卷中,清康熙刻本。

〔27〕 石韫玉《独学庐稿·四稿》卷三,《清代诗文集汇编》第447册,第489页下栏。

〔28〕 《庐山天然禅师语录》卷一二,《嘉兴大藏经》第38册,第197页上栏。

〔29〕 毛奇龄《西河集》卷五一,《景印文渊阁四库全书》第1320册,台北商务印书馆1986年版,第445

页下栏—446页上栏。

〔30〕《嘉兴大藏经》第28册，新文丰出版股份有限公司1987年版，第698页上栏、第462页上栏—468页上栏、第386页上栏—401页下栏、第352页中栏。

〔31〕〔32〕《大正新修大藏经》第82册，第682页下栏、第683页上栏。

〔33〕《大卍新纂卍续藏经》第64册，第404页下栏。

〔34〕方回《桐江续集》卷三三，《景印文渊阁四库全书》第1193册，第685页上栏。

〔35〕钱谦益著，钱曾注，钱仲联标校《牧斋有学集》卷一八，上海古籍出版社1996年版，第799页。

〔36〕姚勉《雪坡集》卷三七，《景印文渊阁四库全书》第1184册，第254页上—下栏。

〔37〕陈寿著，裴松之注《三国志》卷三十，中华书局1959年版，第859页。

〔38〕慈怡主编《佛光大辞典》第2册，佛光出版社1988年版，第1658页上—中栏。

〔39〕参黄宝生《语言和文学——中印古代文化传统比较》(《外国文学评论》2007年第2期。

〔40〕《大正新修大藏经》第33册，第471页中—下栏。

〔41〕参龙晦《说偈子》，《龙晦文集》，巴蜀书社2009年版，第3—4页。

〔42〕方广锠、(英)吴芳思主编《英国国家图书馆藏敦煌遗书》第21册，广西师范大学出版社2013年版，第84页。又，《旧唐书》卷四七《经籍志下》载郭瑜原书有二十卷，今仅存敦煌写本1卷(尾残)。

〔43〕孙尚勇《佛教经典诗学研究》(高等教育出版社2013年版，第187—202页)指出，中古汉译佛典偈颂的数量，占比从高到低依次是五言、七言、四言、六言。其中，五言、七言占据绝对优势地位。

〔44〕《大正新修大藏经》第1册，第251页下栏—252页中栏。

〔45〕释印顺《华雨集》(三)，《印顺法师著作全集》第十二卷，中华书局2009年版，第167页。

〔46〕参《大正新修大藏经》第53册，第295页上—中栏。

〔47〕刘珍等撰，吴树平《东观汉纪》卷二，中华书局2008年版，第57页。

〔48〕〔71〕释慧皎撰，汤用彤校注《高僧传》，中华书局1992年版，第183、第217页。

〔49〕关于译讲同施的分析，参曹仕邦《论中国佛教译场之译经方式与程序》，《中国佛教译经史论集》，台北：东初出版社1980年版，第2—10页。

〔50〕顾绍柏《谢灵运集校注》，中州古籍出版社1987年版，第332页。

〔51〕蓝吉富主编《中国佛教百科全书》(八)，中华佛教百科文献基金会1994年版，第4888页。

〔52〕刘震《何谓"道场"？》，《复旦学报》(社会科学版)2015年第6期。

〔53〕参望月信亨原著，塚本善隆增补《望月仏教大辞典》第4卷，世界圣典刊行协会1984年版，第3897页上栏—3898页中栏。

〔54〕〔150〕《大正新修大藏经》第14册，第542页下栏—543页上栏、第539页下栏。

〔55〕《大正新修大藏经》第55册，第1082页下栏。

〔56〕参福井文雅《道教文献に見える頌の機能》，《日本中国学會報》第44卷(1992年)，第75—84页。

〔57〕孙尚勇《佛经偈颂的翻译体例及相关问题》，《宗教学研究》2005年第1期，第69页。

〔58〕柏夷撰，罗争鸣译《"灵宝经"步虚章研究》，《古典文献研究》2018年第1辑，第132页。

〔59〕参成娟阳《三界津梁：道教科仪文献的文学研究》，中南大学出版社2015年版，第140—141页。

〔60〕李德范辑《敦煌道藏》(五)，全国图书馆文献缩微复制中心1999年版，第2523—2524页。

〔61〕〔62〕《道藏》，文物出版社、上海书店、天津古籍出版社1988年版，第6册第270页上栏，《道藏》第1册第576页下栏。

〔63〕按，道世撰《法苑珠林》卷五五指出，该道经是"南齐道士陈显明造"(《大正新修大藏经》第53

册,第703页上栏)。

〔64〕〔82〕 《大正新修大藏经》第52册,第544页上栏、第356页下栏。

〔65〕 《出三藏记集》卷一四、《高僧传》卷二皆载有是偈,但文字略有不同。具体分析,参霍旭初《鸠摩罗什〈赠沙门法和〉辩正》,《西域研究》2016年第3期,第101—105页。

〔66〕 《古今图书集成选辑》(上),《大藏经补编》第15册,第181页下栏。

〔67〕 参释慧皎《高僧传》卷六,第217页。

〔68〕 澄观撰《大方广佛华严经随疏演义钞》卷八五载"什公常说偈云:'譬如淤泥中,而生青莲华,智者取莲华,勿观于淤泥。'"(《大正新修大藏经》第36册,第665页下栏),此五言偈当属罗什佚偈。

〔70〕 蒋超伯《南漘楛语》卷四,清同治十年两疈山房刻本。

〔72〕〔73〕〔74〕〔75〕〔76〕〔77〕 《大正新修大藏经》第50册,第470页下栏、第527页上栏、第603页中栏、第431页中栏、第496页下栏—497页上栏、第683页上栏。

〔78〕〔105〕 《大藏新纂卍续藏经》第24册,第699页中栏、第736页下栏。

〔79〕 房玄龄等《晋书》第9册,中华书局1974年版,第2937页。

〔80〕 参郑伟《谢灵运〈临终诗〉佚文注文辨证》,《图书馆理论与实践》2011年第9期。

〔81〕 参李秀花《论王融对佛偈体的改造及其文学史地位》(《理论学刊》2006年第10期)、林晓光《王融与永明时代:南朝贵族及贵族文学的个案研究》(上海古籍出版社2014年版,第316—339页)等。

〔85〕 《筠州洞山悟本禅师语录》题作《后寄北堂颂》(《大正新修大藏经》第47册,第516页下栏),诗句文字略有不同。

〔86〕 齐己《龙牙和尚偈颂》(并序),《大藏新纂卍续藏经》第66册,第726页下栏。

〔87〕 据欧阳修、宋祁撰《新唐书》卷五九《艺文志》记载,比居遁之师洞山良价时代稍早的楚南有"般若经品颂偈"一卷,良价自己有"激励道俗颂偈"一卷,伪仰宗香严智闲有《偈颂》一卷,二百余篇"(第5册,中华书局1975年版,第1530—1531页),可知中晚唐禅师编撰偈颂集,确是一种时代风尚。赞宁《宋高僧传》卷一三谓法眼文益"好为文笔,特慕支汤之体,时作偈颂真赞,别形纂录"(范祥雍点校,中华书局1987年版,第314页),则知文益禅师的偈颂也曾以"别集"形式传播于世。《四库全书总目》卷一四九"《寒山子诗集二卷》(附丰干拾得诗一卷,浙江巡抚采进本)"条评价寒山诗说"今观所作,皆信手拈弄,全作禅门偈语,不可复以诗格绳之,而机趣横溢,多足以资劝戒",则知寒山别集同样被视为禅门偈语。事实上,教内早就如此,如齐己《渚宫莫问诗一十五首》其九云"赤水珠何觅,寒山偈莫吟"(王秀林《齐己诗集校注》,中国社会科学出版社2011年版,第260页),《嘉泰普灯录》卷六载北宋保福本权禅师上堂"举寒山偈曰'吾心似秋月,碧潭清皎洁。无物堪比伦,教我如何说',老僧即不然"(《大藏新纂卍续藏经》第79册,第327页上栏),释开悟《念佛百问》谓"寒山子偈云'瞋是心中火,能烧功德林。欲行菩萨道,忍辱护瞋心',诚如是一切逆境,冰消瓦解"(同前,第62册第362页下栏)。

〔88〕 邹志方《〈会稽掇英总集〉点校》,人民出版社2006年版,第211—213页。

〔89〕 按,白居易的文体分类标准并不完全一致,如《白氏长庆集》卷七一"律诗(五言、七言)"收录《欢喜二偈》(七言)。

〔90〕 《新唐书》卷五九,第5册第1531页。

〔91〕 黄休复撰《茅亭客话》卷三,《宋元笔记小说大观》第1册,上海古籍出版社2001年版,第414页。

〔92〕 相关研究,参林仁昱《敦煌佛教歌曲之研究》(佛光山文教基金会2003年版)、李小荣《敦煌佛教音乐文学研究》(福建人民出版社2007年版)等。

〔93〕 当然,中唐以前也存在类似现象,如《宋高僧传》卷一七谓西域僧利涉开元年间参加三教论衡时

125

嘲笑韦玎之七言四句偈的演唱方式是"揭调长吟"(第420页),揭调即高调。但盛唐前配乐之偈较少见。

〔94〕 参李小荣《敦煌变文》,甘肃教育出版社2013年版,第383—412页。

〔95〕 赞宁《宋高僧传》卷二五则称赞净土五祖少康"所述偈赞,皆附会郑卫之声,变体而作,非哀非乐,不怨不怒,得处中曲韵。譬犹善医以饧蜜涂逆口之药,诱婴儿之入口耳。苟非大权入假,何能运此方便度无极者乎"(第632页),其着眼点在于净土歌偈的世俗化。

〔96〕 参徐湘霖《敦煌偈赞文学的歌辞特征及其流变》,《四川师范大学学报》(社会科学版)1994年第4期,第47—51页。

〔97〕《大藏新纂卍续藏经》第9册,第929页中栏。

〔98〕〔108〕《大正新修大藏经》第47册,第529页下栏、第477页上栏、第717页上栏、第228页上—中栏。

〔99〕 静筠二禅师编撰,孙昌武、衣川贤次、西口芳男点校《祖堂集》卷一一,中华书局2007年版,第514页。

〔100〕《景德传灯录》卷二四,《大正新修大藏经》第51册,第406页下栏。又,《五灯会元》卷一四则改称此颂为"偈"(《大藏新纂卍续藏经》第80册,第286页下栏),可知,释家灯录之颂、偈,其义一也。

〔102〕 至明清,虽有少数禅宗语录歌、偈分置,如《方融玺禅师语录》卷下"歌"收录《云居四季歌》《四景歌》《四威仪歌》《十二时歌》《插禾示众》《入廛四仪》等六种组歌,"偈"收录《赠普庵大师事亲》《怀天童密和尚》(二首)等三十四首七绝(《嘉兴大藏经》第29册,第836页上栏—838页中栏),但两者都有一定的音乐性,只是"歌"强"偈"弱而已。

〔103〕 戒珠《净土往生传》卷下,《大正新修大藏经》第51册,第123页上栏。志磐《佛祖统纪》卷二七把此骚体偈称作"歌"(同前,第49册第276页上栏)。显然是歌、偈同体。

〔104〕 顾学颉校点《白居易集》,中华书局1979年版,第1496—1497页。

〔106〕《大藏新纂卍续藏经》第74册,第89页中栏。

〔107〕 北京大学古文献研究所编《全宋诗》第68册,北京大学出版社1998年版,第43243页。又,赵氏还有《法寿乐歌》(同前,第43237页),表明作者对佛曲十分熟悉。

〔109〕 杨义《敦煌变文的佛影俗趣》(《中国社会科学》1993年第3期)认为,"日益加深的歌场化"是"变文系统的文体逻辑的发展动力",此论虽针对变文生而言,其实也适用于探究禅宗、净土歌偈的生成原因,如敦煌保存的多种《金刚经赞》和"净土五会念佛"赞,就适应了《金刚经》、《无量寿经》、《阿弥陀经》等佛教经典的歌场化需求。

〔110〕 上海古籍出版社、法国国家图书馆编《法国国家图书馆藏敦煌西域文献》第17册,上海古籍出版社2001年版,第359页。"开元天宝",分别指李隆基《孝经》开元十年、天宝二年注本。

〔111〕 潘重规从佛教孝道思想出发,揭示僧徒所制《皇帝感》的目的:"不但供一般人歌唱,还在歌场向大众演奏",进而推论"其宣传力量之大,是可想象得到的"(《从敦煌遗书看佛教提倡孝道》,《华冈文科学报》总第12期,1980年3月,第199页)。

〔112〕 郝世峰《孟郊诗集笺注》,河北教育出版社2002年版,第113页。

〔113〕《大藏新纂卍续藏》第78册,第494页下栏。

〔114〕《全宋诗》第6册,第4104页。诗人"新诗代"后虽有自注"坐客不听乐",但从前后文语境看,寺院设乐,僧俗共享是常态。

〔115〕 李调元《童山诗集》卷三四,《清代诗文集汇集》第384册,第407页下栏。

〔116〕 苏轼、黄庭坚虽跨越北宋中后期,但其诗歌创作产生重大影响,是后期之事。

〔117〕 乾隆御选《唐宋诗选》(下),中国三峡出版社1997年版,第789—790页。后世用"雪堂偈"典

者,如明刘泰《春日偕友游梵天寺》尾联云"问僧谁作兹山偈,犹是前朝苏雪堂"(《石仓历代诗选》卷四八七,《文渊阁四库全书》第1393册,第653页上栏),细绎其意,即自比其诗为东坡偈。

〔118〕 如黄庭坚评前者是"此老于般若横说竖说,了无剩语,非其笔端有口,亦安能吐此不传之妙"(何汶《竹庄诗话》卷九引《冷斋夜话》,常振国、绛云点校,中华书局1984年版,第179—180页);释达默《阿弥陀经要解便蒙钞》卷上谓后者"诗中有事有理……东坡乃悟道之人,即事以显理也",并揭示了心性解脱之理(《大藏新纂卍续藏经》第22册,第823页下栏—824页上栏)。

〔119〕 任渊等注,刘尚荣校点《黄庭坚诗集注》第1册,中华书局2003年版,第120—121页。又,陈敬撰《陈氏香谱》卷四引山谷诗题作《帐中香二首》。

〔120〕 冯应榴辑注,黄任轲、朱怀春校点《苏轼诗集合注》(三),上海古籍出版社2001年版,第1396页。

〔121〕 惠洪著,周裕锴校注《石门文字禅校注》,上海古籍出版社2021年版,第9册第4023页;第6册第2778—2781页、第2607—2608页。

〔122〕 惠洪所举偈句,出黄山谷撰《罗汉南公升堂颂二首》其二(参刘琳、李勇先、王蓉贵校点《黄庭坚全集》第2册,四川大学出版社2001年版,第608页)。南公,指释系南。

〔123〕 《嘉泰普灯录》卷二三引本组偈第三首,并交待背景说"先是,晦堂讣音至,公设伊蒲塞供,拈香说偈"(《大藏新纂卍续藏经》第79册,第427页下栏),则知整组偈都是为祖心圆寂之事而作。

〔124〕 慧林冲,指北宋东京慧林寺觉海若冲禅师,其人生卒年不详。元熙仲集《历朝释氏资鉴》卷十将其事迹置于元祐元年至建中靖国元年(1086—1101)之间(参《大藏新纂卍续藏经》第76册,第203页下栏—231页中栏)。

〔125〕 洪希文《续轩渠集》卷八,《景印文渊阁四库全书》第1205册,第131页下栏。

〔126〕 朱休度《壶山自吟稿》卷中,《清代诗文集汇编》第378册,第517页上栏。

〔127〕 关于惠洪生平事迹考述,详参周裕锴《宋僧惠洪行履著述编年总案》(高等教育出版社2010年版)。其传世作品最早者,即作于元祐五年(同前,第14页)。另,周先生对惠洪文字禅的理论形成与后世影响有宏观把握,参氏论《惠洪文字禅的理论与实践及其对后世的影响》,《北京大学学报》(哲学社会科学版)2008年第4期,第82—95页。

〔128〕 如北宋后期理学名臣陈瓘就有相关偈颂十九首,详细论述,参李小要、林素坊《陈瓘佛偈创作综论》,《福州大学学报》(哲学社会科学版)2022年第6期。

〔129〕 赵炅《御制莲花心轮回文偈颂》已佚,仅敦煌写卷P.3130中存有残本。

〔130〕 参赵鼎《潮阳容老出游闽浙,过泉南,当谒涌老禅师,因寄四句偈》(《全宋诗》第28册,第18429页)、李光《洞下宗风冷初地,而近时了、觉二老化行淮甸,今复盛于闽浙,学徒常千余人。予固疑之,昨天童访予于五松山,交臂立谈之顷,疑情顿释,因成偈四句,奉呈大众,一笑可也》(同前,第25册第16443页)。

〔131〕 如黄庭坚《和宣叔〈乞笋伽陀二颂〉》(按,是少有的三言偈)、朱长文《彦和善谈性理,子文继成偈句,见要属和,谨次韵》、沈辽《以沉香拄杖寄总老,戏呈句偈》等。

〔132〕 黄启江发现南宋尤其是孝宗之后的不少禅僧,不再专主于一味禅,而是热衷于诗文,并命名为"文学僧",其论洵是。参氏著《一味禅与江湖诗——南宋文学僧与禅文化的蜕变》(台湾商务印书馆2010年版)、《南宋六文学僧纪年录》(台湾学生书局有限公司2014年版)等。

〔133〕 相关例证,详见李小荣《论禅宗对屈原形象和楚辞的接受传播》,《海峡人文学刊》2021年第3期。

〔134〕 《全宋诗》第53册,第33119页。

〔135〕 释居简撰,纪雪娟点校《北磵文集》,西南师范大学出版社2016年版,第391页。

〔136〕 《大藏新纂卍续藏经》第71册,第445页上栏。

〔137〕 需要说明的是,文字禅兴起后,教内外仍有反对"文字僧""诗僧"而提倡"本色僧"者:如南宋方岳《赠诗僧》其一"瀑泉癖可能诗最,毕竟难为本色僧"(《全宋诗》第61册,第38269页)就对江西派诗僧祖可甚为不满;明末清初慧机禅师对世人目其为"为诗偈僧,非本色僧"也深表遗憾(参《庆忠铁壁机禅师语录》卷一七,《嘉兴大藏经》第29册,第648页中栏)。

〔138〕 曾枣庄、刘琳主编《全宋文》第328册,上海辞书出版社、安徽教育出版社2006年版,第157页。

〔139〕 刘迎《题〈吴彦高诗集〉后》,载《四朝诗》《金诗》卷一三,《景印文渊阁四库全书》第1349册,第214页下栏。吴彦高,北宋米芾之婿,后陷金。

〔140〕 如袁衷等录《庭帏杂录》卷下说"黄、苏皆好禅,谈者谓子瞻是士夫禅,鲁直是祖师禅。盖忧黄而劣苏也"(中华书局1985年版,第11页)。

〔141〕 《全宋诗》第37册,第23241页。

〔142〕 《全宋诗》第33册,第21179页、第20751页。

〔143〕 《全宋诗》第25册,第16454页、第16353页。

〔144〕 耶律楚材著,谢方点校《湛然居士集》,中华书局1986年版,第126页。又,是诗作于金兴定五年(1221)。

〔145〕 李流芳《檀园集》卷二,《景印文渊阁四库全书》第1295册,第320页上栏。

〔146〕 《雪关禅师语录》卷七,《嘉兴大藏经》第27册,第494页上栏。

〔147〕 佘翔《薛荔园诗集》卷二,《景印文渊阁四库全书》第1288册,第35页上栏。

〔148〕 姚燮《复庄诗问》卷七,清道光姚氏刻大梅山馆集本。

〔149〕 指唐代大梅法常悟道事,参《景德传灯录》卷七,《大正新修大藏经》第51册,第254页下栏。

〔151〕 《道藏》第2册,第608页上栏。

〔152〕 《三清乐》、《五方童子偈》和声词,分别用"愿往生……升太(上、玉)清"、"往生神仙界"(《道藏》第7册,第99页中—下栏)。

〔153〕 《道藏》第31册,第594页下栏。

〔154〕 《道藏》第32册,第19页上栏。

〔155〕 如李星沅《冬夜感事仿西昆体用三江全韵》"禅参兜率偈,声杳步虚跫"(《李文恭公遗集·诗集》卷四,《清代诗文集汇编》597册,第444页上栏),即如此。

〔156〕〔158〕〔159〕 《大藏新纂卍续藏经》第69册,第318下栏、第514中栏、第653页上栏、第591页中栏—595页上栏、第393页中栏、第564页上栏、第706页下栏、第358页下栏。

〔157〕 《大藏新纂卍续藏经》第68册,第197页中—下栏、第199页上栏。前者据诗题,作于崇宁五年(1106)清远四十岁时,后者是同时或稍后之作。

〔160〕 《全宋诗》第55册,第34674页。

〔161〕 如北齐魏收撰《魏书》卷五二《赵柔传》载"陇西王源贺采佛经幽旨作《祇洹精舍图偈》六卷,柔为之注解"(第4册,中华书局1974年版,第1162页),惜所说"图偈"及注都失传;魏查理《作为偈颂的"绘画六法"》(毕斐译,载《新美术》2006年第1期)则把谢赫《古画品录》"绘画六法"作为偈颂进行疏解,也是一种诠释方法。

〔162〕 如思嘉就较早关注到清初画僧群体的题画诗偈(参《清初画僧题画诗偈初探》,《新美术》1993年第3期)。另,清初新安画派的开山之祖渐江则有七十五首《画偈》传世;乾隆皇帝好收藏,精佛典,通禅学,亦有不少"画偈"类的题画诗。

〔163〕《全宋诗》第48册,第29813页。
〔164〕《全宋诗》第61册,第38683—38684页。
〔165〕史简编《鄱阳五家集》卷六"元徐瑞《松巢漫稿》一",《景印文渊阁四库全书》第1476册,第341页上栏。
〔166〕李昱《草阁诗文集·诗集》卷六,《景印文渊阁四库全书》第1232册,第59页上栏。
〔168〕何白《汲古堂集》卷二八,明万历刻本。
〔169〕爱觉新罗·弘历《御制诗五集》卷六,《清代诗文集汇编》第327册,第313页下栏。
〔170〕张照《石渠宝笈》卷四二,《景印文渊阁四库全书》第825册,第586页上栏。
〔171〕鄂尔泰等《词林典故》卷五,《景印文渊阁四库全书》第599册,第553页下栏。
〔172〕张九钺《紫岘山人全集·外集》卷九,清咸丰元年张氏赐锦楼刻本。
〔173〕赵孟頫《赵文敏公松雪斋全集》卷五,民国五年上海石印本。
〔174〕郑善夫《少谷集》卷五,《景印文渊阁四库全书》第1269册,第88页上栏。
〔175〕此处"画禅"定义,据韦宾《"画禅"正解》,《美术研究》2017年第6期。
〔176〕曹履吉《博望山人稿》卷四,《四库全书存目丛书》集部第185册,齐鲁书社1997年版,第650页下栏。
〔177〕彭孙贻《茗斋集》卷四,《清代诗文集汇编》第51册,第399页上栏。
〔178〕秦祖永《桐阴论画》,《续修四库全书》第1085册,上海古籍出版社2002年版,第285页下栏。
〔179〕丘逢甲《岭云海日楼诗钞》卷一一,《清代诗文集汇编》第789册,第490页下栏。
〔180〕〔181〕喻谦《新续高僧传》卷三一、卷六五,《大藏经补编》第27册,第254页上栏、第470页上一中栏。
〔182〕宋荦《西陂类稿》卷一三,《景印文渊阁四库全书》第1323册,第137页上栏。
〔183〕徐世昌辑《晚晴簃诗汇》卷五八、卷一五三,中国书店1988年版,第2册第118—119页,第4册第35页。
〔184〕转引自思嘉《清初画僧题画诗偈初探》,《新美术》1993年第3期,第73页。
〔185〕屠倬《是程堂集》卷一四,《清代诗文集汇编》第535册,第130页下栏。
〔186〕王芑孙《渊雅堂全集·编年诗稿》卷一八,《清代诗文集汇编》第442册,第226页下栏。又,是诗作于道光十五年(1810)。
〔187〕曹楙坚《昙芸阁集·诗集》卷六,《清代诗文集汇编》第552册,第372页上栏。又,是诗作于道光二十五年(1845)。

〔作者简介〕 李小荣,文学博士,教育部人文社会科学重点研究基地福建师范大学闽台区域研究中心主任,2020年度"长江学者"特聘教授。主要研究方向为宗教文学与敦煌学。

唐宋时期"塞北江南"地域印象的形成与空间转移

刘睿良

"塞北江南"是一个十分常见的意象,提到这个词,往往就会联想到宁夏地区。事实上,早在唐代,宁夏灵州就已经有了"塞北江南"的美名。但对于唐代的灵州为什么能够得名"塞北江南",目前还存在不同的说法。安介生指出:"一个地名的出现及长期沿用,并不是完全偶发的现象,其出现及被普遍接受,不仅与其所处客观的自然地理地貌特征相关,还往往与当地在整体地理格局中的区位价值及地位、经济与文化发展水平直接相关。"[1]"塞北江南"作为一个知名的文化景观符号,它在某个地区的定型,往往与当地独特的自然与社会经济条件以及文化风俗息息相关。

另一方面,随着朝代的变迁,不同时代的人们对于同一个地方的文化印象未必是一成不变的。段义孚认为,人类空间感的构成,必须依赖实有的景观,反映了人的感受与精神能力。[2]因此,在地区的客观条件经历过较大的变动后,人们对它的文化印象可能就会发生改变,甚至出现空间上的转移。由于灵州早在北宋时期就陷入战火,此后长时间处于西夏政权的控制之下,导致宋人心目中的"塞北江南"就与唐人有所不同,这种认知与感受在宋代的诗歌中体现得尤为明显。

一、唐代灵州"塞北江南"文化印象的形成

唐代宁夏地区之所以得名"塞北江南",主要有两种不同的说法。其中一种是源自于《太平御览》记载:"《图经》:周宣政二年,破陈将吴明彻,迁其人于灵州。其江左之人,崇礼好学,习俗相化,因谓之塞北江南。"[3]认为灵州得名"塞北江南"的是因为后周时期,吴明彻的部将战败后被迁移到了灵州,这些人来自江南,"崇礼好学",进而将中原文化带到了塞北地区,使灵州成为了文化意义上的"塞北江南"。《太平寰宇记》就沿袭这种说法,认为该地:"本杂羌戎之俗,后周宣政二年,破秦将吴明彻,迁其人于灵州。其江左之人,崇礼好学,习俗相化,因谓之塞北江南。"[4]

另一种说法则来自于唐代诗人韦蟾的《送卢潘尚书之灵武》:"贺兰山下果园成,塞北江南旧有名。水木万家朱户暗,弓刀千队铁衣鸣。心源落落堪为将,胆气堂堂合用兵。却使六蕃诸子弟,马前不信是书生。"[5]认为是自然环境的优越让灵州得名"塞北江南"。张维慎认

本文收稿日期:2022 年 3 月 12 日

> 真定府乃常山郡,唐成德军节度使治所……今真府,使廨雄盛,冠于河北一路。府城周围三十里,居民繁庶。佛宫禅刹,掩映于花竹流水之间。世云"塞北江南"。[27]

根据材料不难看出,随着真定府城内楼阁亭台与花木景观的建设,在宋人心目中,河北地区逐渐有了江南气象。生长福建的诗人黄裳在来到这里后,就写下了《南楼有作呈仲矩舍人》盛赞这里的江南风景:

> 莫言风物是穷边,塞北江南此果然。苍壁下粘芳草地,垂杨中卧碧塘天。人吟夜月波中笛,客醉秋荷雨后筵。来候朔音栖处好,梦常扪斗过幽燕。[28]

在此之前,边塞常常被描绘成"角鹰初下秋草稀","大漠穷秋塞草腓",甚至"胡天八月即飞雪",但是在黄裳的诗歌里,位居边塞的河北居然芳草连天,绿杨垂地,碧塘映照,秋荷带雨,让来宾在此纵宴酬游,流连忘返。只觉意犹未尽,哪里还有边塞的寒苦气象呢。无独有偶,陈襄在来到雄州城登临纵目后,也留下了《登雄州南门偶书呈知府张皇城》:

> 城如银瓮万兵环,怅望孤城野蓼间。池面绿阴通易水,楼头青霭见狼山。渔舟掩映江南浦,使驿差池古北关。雅爱六韬名将在,塞垣无事虎貔闲。[29]

历来在诗歌中一片肃杀之气的易水,在此诗中,扁舟掩映,渔家唱晚,让人仿佛置身江南水岸。作者还特意在诗末自注:"雄州人谓塞北江南。"显然在宋代,雄州地区"塞北江南"之名,并非偶然提及,而是相当一部分诗人共同的文化印象。事实上早在唐代,诗人就对河北地区有类似的印象,张伟然提到"唐人对河北的地理景观往往表现出令人惊叹的宽容和适应"[30]。并以《冀北春望》、《寄送卢拱秘书游魏州》等诗为证,认为这里"颇令人疑心是水乡江南"。但直到宋代,才真正开始有人将塞北江南这一头衔冠在河北地区的头上。

不过,与唐代有所不同的是,尽管河北雄州被冠以塞北江南之名,但宋代文人对于江南的印象却并未止步于此。即使是在唐代被称为绝塞的幽并之地,乃至更北的地带,也被宋代诗人将其与江南风光联系在了一起。

北宋政权在与辽国定下澶渊之盟后,每年都要派遣使者前往辽国,恭贺辽主生日,庆祝新辽主登基等。在这些派遣的官员之中,不乏富有文名的诗人。这些诗人在使辽路上往往会用诗歌记录下他们沿途见到的景色,传达他们对当地最真实的感受。根据傅乐焕等学者的考证,出使辽国的使团往往要从河北白沟出发,渡过巨马河一路向北,经行涿州、顺州、檀州,最终抵达辽国中京甚至上京。这一路远出边塞,深入异邦,途中不乏跋山涉水,环境十分艰苦,但在诗人的笔下,我们却处处能寻觅到江南的踪迹。

沈遘《发瓦桥十里而河梁败还坐客亭复上马戏咏道旁垂柳二首》写作于宋辽的边境,在他的诗里,看不到边塞的寒冷肃杀,穷冬烈风,而是一派春意盎然,草长莺飞的柔美景象:"客亭门外纤纤柳,解使行人去复还。为谢春风摇荡意,上林桃杏正堪攀。""行尽塘陂日已西,回头绿树却迟迟。柔条秀绝向人甚,忍不从容折一枝。"[31]同为使者的范镇在启程后不久也创作了一组诗歌,描绘了使辽沿途的风光:"南来十日尽山行,北去前驱野稍平。边日照人如月色,野风吹草似泉声。"[32]虽然写于边塞,但风光同样温婉秀丽,足以与江南相媲美。

与此相似的描写比比皆是,不胜枚举。如王珪《涿州》:"涿州亭下柳依依,谁折长条送客归。晓月未消燕成酒,春云初拂汉台衣。玉堂社燕宜先入,沙碛晴鸿已半飞。回首青山欲千里,行人犹自马骓骓。"[33]《望京馆》:"和气旋成燕谷暖,使华重照苏门新。山川如避中原执,天地应酬上国春。"[34]刘敞的《登新河桥诗》:"朝阳破雾水浮空,极目江湖一望中。三十六陂冰雪解,鱼龙鳞鬣动春风。"[35]

前文所提到的作品大多写作于燕云十六州境内,仍处于许多诗人心目中的汉唐旧疆。但即使在深入辽境之后,诗人依然能够见到充满江南风情的景色,刘敞《朱桥》诗下自注"鹿儿馆",此诗应作于辽国中京道北安州与泽州之间的鹿儿峡馆,这里已经不再属于作者认知上的故土。对于这里的风光,他描述道:"朱桥柳映潭,忽见似江南。风物依然是,登临昔所谙。犬声寒隔水,山气晚成岚。留恨无人境,幽奇不尽探。"[36]虽然身在异邦,这里的景色却让他觉得仿佛置身江南。同样创作于辽中京道的还有《过思乡岭南茂林清溪啼鸟游鱼颇有佳趣》:"山下回溪溪上峰,清辉相映几千重。游鱼出没穿青荇,断蝀蜿蜒奔白龙。尽日浮云横暗谷,有时喧鸟语高松。欲忘旅思行行远,无奈春愁处处浓。"[37]诗中也难觅边塞气象。

上述诗歌大多创作于使者归来的初春时节。除了这些,也有一些诗人会写到边塞秋冬时节环境的穷苦,如刘敞《发桑乾河》:"凝霜被野草,四顾人迹稀。水流日边去,雁向江南飞。"[38]渲染环境的衰颓,但诗人随后又写道:"览物岁华逝,抚事壮心违。岂伊越乡感,乃复泪沾衣。"类似的作品还有很多,诗中的描写,与其说是对塞北风尘的不适应,不如说是秋冬之际诗人对节候变换所产生的正常的伤感,以及远离家乡带来的心情抑郁。与之相对应的,在使辽路上经行塞外的诗人,描写当地带有江南风情的景色时,却并不会局限于特定的时节。最为典型的就是刘敞《十二月二日》诗:"十月黄河冰未澌,柳条若若草离离。寒蛩逐马声相续,都似江南秋半时。"[39]十二月份,正是塞外的冬季,使团应当还在辽南京道境内,然而诗人却还能在这里见到杨柳依依,听到蛩鸣阵阵,认为这里的景色仿佛江南正秋,这与唐人笔下单调枯燥,生灵绝迹,甚至"夏尽不闻蝉"的边塞景象简直判若云泥。同样写作于深秋的还有《顺州马上望古北诸山》。诗人在塞外登临远望,看到的景象是:"平原不尽对群峰,翠壁回环几万重。背日映云何所似,秋江千丈碧芙蓉。"[40]充满江南韵味的清词丽句,让人很难相信这首诗写作的地点顺州,在唐代属幽州管辖,是典型的边塞。即使到了春节前后,使团抵达中京时,诗人眼中的景色依然是"华林雪尽莺先啭,广陌风多草竞薰"[41]。仿佛温和秀丽的江南早春被定格在了辽国的大定府,丝毫看不出一点边塞寒冬的风味。

三、"塞北江南"意象转移与"江南"印象扩展的原因

正如上文所讲到的,到了宋代,文人心目中的"塞北江南"从宁夏灵州转移到了河北雄州,而对"江南"的感知甚至向北扩展到了辽国境内。那么,为什么会发生这种转移与扩展呢?主要有以下两个层面的原因。

首先,客观因素上,是两地自然与社会经济条件的变化。

宋代的灵州临近边疆,常年战乱,战争对当地的破坏是十分巨大的,这让灵州不论是在文化还是在环境上都难以再维持"塞北江南"的美名。一方面,由唐至宋,当地的少数民族杂居现象并未得到改善。沈括《鄜延凯歌》写道:"灵武西凉不用围,番家总待纳王师。城中半

是关西种,犹有当时轧吃儿。"[42]虽然在诗中作者仍秉持着以华化夷,自高自大的态度,但"城中半是关西种"的现实却是他无论如何也无法回避的。另一方面,常年战乱对当地的自然环境也造成了十分严重的打击。张舜民《西征回途中二绝》:"灵州城下千株柳,总被官军斫作薪。他日玉关归去路,将何攀折赠行人。"[43]尽管我们无法判断诗人的描写是否存在夸大的成分,但在北宋与西夏长达七年的争夺中,这座郁郁葱葱的"果园城"的环境遭到了相当程度的破坏,这是毋庸置疑的。

而与之相对应的,宋代的河北地区有着十分优秀的自然与社会条件。《癸辛杂识》记载:"河北惟怀孟州号小江南,得太行障其后,故寒稍杀。"[44]《资治通鉴前编》也记载:"太行为河北脊,其山脊诸州皆山险,至太行山尽头,地始平广,田皆腴美,俗谓小江南。"[45]河北乃至辽南京的大部分地区,都与宁夏灵州一样,处在400毫米等降水量线附近,在良好的水热条件下,农业得到了充分发展。苏颂在跟随使团路过边境时,就极言这里土地平旷,沃野千里:"青山如壁地如盘,千里耕桑一望宽。"[46]程民生指出,与唐代相比,尽管宋代河北路粮食出产有所减少,但畜牧业产品却有所增加,手工业的进步更使唐代瞠乎其后。[47]因此总体而言,宋代河北路的经济在全国依然保持着发达地位。且与灵州不同,河北在较长一段时间里都保持着和平。"自从澶州盟,南北结欢愉。虽云免战斗,两地供赋租。将吏戒生事,庙堂为远图。身居界河上,不敢界河渔。"[48]和平的环境,良好的自然条件与充分发展的社会经济,让河北地区在宋代具备了被称为"塞北江南"的客观条件。

其次,这种印象的转移与扩展,也与诗文作者的期待视野有关。

据现有的诗歌材料来看,唐代灵州的"塞北江南"之名往往出现在送别诗之中,诗人自己可能并未真的去过灵州,只是根据传闻进行描写。而与唐代不同的是,宋代的大部分使辽诗人都是第一次远离中原,即将亲赴河北乃至更远的地区。由于对边塞情况缺乏了解,诗人往往很难不受到唐代边塞诗所带来的影响,形成一种特定的期待视野。这在北宋一些诗人送别亲友使辽时创作的诗歌中表现得尤为明显。梅尧臣《送李学士公达北使》:"万里使穷域,山川入马蹄。驼鸣沙水冻,雕击雪云低。"[49]司马光《送李学士使北》:"酒薄阴山雪,裘寒易水风。"[50]苏轼《谢运使仲适座上送王敏仲北使》:"冲风振河朔,飞雾失太行。相逢不相识,下马须眉黄。"[51]尽管上述三人都未曾亲临辽境,但他们不约而同地都在诗歌里描写了边塞的雪紧风疾,尘沙漫天,这可能代表了许多未曾去过辽国的诗人对那里的一般认识。

而当诗人抱着对边塞的刻板偏见,亲身跟随使团来到河北,却发现这里尽管有时环境恶劣,但并非总是天寒地冻,寸草不生,许多地方都山暖水清,鸟鸣花语时,这种期待遇挫就会给诗人带来巨大的感官刺激,他们自然而然会将这里清秀的景色与自己所熟知的江南联系起来。于是,诗人见到"朱桥柳映潭",会觉得"忽见似江南",见到"苍壁下粘芳草地,垂杨中卧碧塘天",也会感叹"塞北江南此果然"。有时,期待遇挫所产生的强烈的反差感甚至会让诗人更加着力地去寻找塞北地区可以与江南风物相联系的节点。比如刘敞《十二月二日》,这时在辽南京道显然已是冬季了,对于生长江西的诗人而言,恐怕绝不是温和的气候。但是诗人却还能从柳条蛮鸣之中,联想到江南的深秋,这不能不说是一种有意的联想了。在这种期待遇挫产生强烈刺激的背景下,诗人破除了盛唐边塞诗所带来的刻板印象,将"塞北江南"的印象由战火纷飞的灵州转移到河北,乃至更远的辽国境内,也就不难理解了。

结语

"塞北江南"这一意象在唐代出现,最初被用来描述宁夏灵州的优越的自然条件。后来随着由唐至宋的时代变迁,人们心目中的"塞北江南"也逐渐由宁夏灵州变为河北雄州,许多文人甚至在北部更远的边疆发现了"江南"风物。这一现象既受到了两地客观条件变化的影响,也是大量文人出使辽国,对塞北地区自然风光"再发现"的必然结果。北宋文人在诗歌里把"塞北江南"的美名由宁夏转移至河北,又把这种印象扩展到辽国境内,不但意味着宋代人对宁夏与河北地方文化印象的转变,也标志着边塞诗在审美意义上的新开拓。

注 释:

〔1〕 安介生、周妮《江南景观史》,江西教育出版社2020年版,第40页。

〔2〕 段义孚《经验透视的空间与地方》,国立编译馆1998年版,第13页。

〔3〕 李昉撰,夏剑钦、王巽斋点校《太平御览》卷一六四,河北教育出版社1994年版,第560页。

〔4〕 乐史撰,王文楚等点校《太平寰宇记》卷三六,中华书局2008年版,第760页。

〔5〕〔13〕〔14〕〔15〕〔16〕〔21〕〔22〕 彭定求等编《全唐诗》卷五六六、卷五七、卷五四八、卷二八二、卷二八二、卷八一三、卷七〇二,中华书局1999年版,第6615、688、6382、3206、3206、9241、8153页。

〔6〕 张维慎《宁夏农牧业发展与环境变迁研究》,文物出版社2012年版,第79页。

〔7〕 葛剑雄《中国移民史》,福建人民出版社1997年版,第19页。

〔8〕〔12〕 宋祁等撰《新唐书》卷一一〇、卷三七,中华书局1975年版,第4115、974页。

〔9〕〔11〕 刘昫等撰《旧唐书》卷一九四、卷一四八,中华书局1975年版,第5168、3996页。

〔10〕〔17〕〔18〕〔19〕 李吉甫撰,贺次君点校《元和郡县图志》卷四,中华书局1983年版,第106、95、91、95页。

〔20〕 曾公亮《武经总要·前集》,景印文渊阁四库全书本。

〔23〕〔24〕〔25〕〔26〕〔28〕〔29〕〔31〕〔32〕〔33〕〔34〕〔35〕〔36〕〔37〕〔38〕〔39〕〔40〕〔41〕〔42〕〔43〕〔46〕〔48〕〔49〕〔50〕〔51〕 《全宋诗》卷六〇八、卷九〇三、卷一一二八、卷九〇四、卷九四二、卷四一四、卷六三〇、卷三四六、卷四九三、卷四九七、卷四八八、卷四八〇、卷四八四、卷四六七、卷四八九、卷四八八、卷四八五、卷六八六、卷八三六、卷五三一、卷二八六、卷二五九、卷五〇五、卷八二〇,北京大学出版社1991年版,第7199、10605、12803、10614、11066、5091、7522、4265、5969、6005、5918、5810、5871、5658、5923、5913、5876、8012、9693、6414、3630、3279、6148、9488页。

〔27〕 吕颐浩《忠穆集》,景印文渊阁四库全书本。

〔30〕 张伟然《中古文学的地理意象》,中华书局2014年版,第65页。

〔44〕 周密撰,吴企明点校《癸辛杂识》,中华书局1998年版,第218页。

〔45〕 金履祥《资治通鉴前编》,景印文渊阁四库全书本。

〔47〕 程民生《论宋代河北路经济》,《河北大学学报(哲学社会科学版)》1990年第3期。

〔作者简介〕 刘睿良,1997年生,河南郑州人。南京大学文学院2023级博士研究生,主要研究唐宋文学。

被否定的赞歌：石介的是非书写与《庆历圣德颂》再解读*

王雨非

庆历新政之前，宋仁宗后悔当年西夏战事上因没听从夏竦的建议而导致失败，所以决定召回夏竦担任枢密使一职。这遭到欧阳修的强烈反对。欧阳修接连上疏弹奏夏竦奸邪。夏竦罢枢密使一职。不久，石介仿照韩愈《元和圣德诗》作《庆历圣德颂》[1]。石介在歌颂范仲淹、富弼等人之余，对夏竦去位称之为"大奸之去，如距斯脱。"此诗一出，庆历党人内部对石介便有诸多非议。范仲淹称石介怪鬼坏事。韩琦也谓天下事不可如此。[2]

被他称为"大奸"的夏竦，对其怀恨在心，命人仿照石介的笔迹，伪作废立诏，陷害富弼、石介。范仲淹、富弼不敢自安于朝。稍后，苏舜钦"用鬻故纸公钱召妓女"以及王益柔在进奏院宴会上作《傲歌》，被弹劾。苏舜钦、王益柔等十二人遭贬黜。这就是著名的"进奏院案"。次年，新政领袖杜衍、韩琦、欧阳修遭贬，支持新政中心人物相继离开朝廷。石介也在其列。他未到任所，卒于家，终年四十一岁。由此看来，《庆历圣德颂》是新政失败的导火索。自石介事件后，世人对作颂颇为小心，如富弼从并州接任宰相，与当时范仲淹守边后出任参知政事，履历相似，而王令却"未敢轻浮作颂声"[3]。关于此颂，学界专门研究的不多。张兴武以文化转型为大的背景，认为此颂"标志着朋党政治已经实现了由权力之争到意气之争的转型"[4]。而本文从细微之处出发，通过分析《庆历圣德颂》，去关照石介内心世界，从而发掘他《徂徕集》中是非善恶书写所寄予的赤子丹心。

一、毁誉参半：石介的身后名

石介去世后，曾巩认为石介太过极端："闻朝廷美政则歌颂之，否则刺讥之"[5]，苏轼评价石介时说："通经学古者，莫如孙复、石介，使孙复、石介尚在，则迂阔矫诞之士也，又可施之于政事之间乎？"[6]治平二年（1064），欧阳修上疏英宗讨论石介之事。英宗以"造谤者因何不及他人"[7]回复之。元祐时期，石介之事被多次提起。元祐元年（1086），王岩叟称安焘不当进。他在奏章中说："当时名儒石介作《圣德颂》，用以歌仁宗之美，天下流传，至今称为盛事。伏望陛下法而行之……而以听谏为重。"[8]旨在以石介作《庆历圣德颂》一事约束哲宗，令哲宗效法仁宗听谏之名。元祐四年（1089），

本文收稿日期：2022 年 7 月 24 日

孙固、刘挚、韩忠彦见朝廷推恩吕诲、包拯、刘庠之子，为石介辩驳，并希望朝廷亦为石介之子谋职："然介志气刚大，不肯枉道以阿世，而喜于分别邪正，嫉恶太明，以此忤权贵取怒，挤逐倾陷，至其死犹不已，天下皆冤之。"[9]此时，群臣为石介辩诬，希望哲宗善待石介后人。元祐四年，众人以蔡确为奸邪，范纯仁上书为蔡确辩解：

> 庆历中，先臣仲淹与韩琦、富弼同时大用，欧阳修、石介以夏竦奸邪，因嫉其党，遂大起诬谤，言先臣与琦、弼有不臣之心。欧阳修寻亦坐罪，石介几至斫棺。其时朋党之论大起，识者为之寒心。上赖仁宗容覆，使两党之隙帖然自消。此事今以为美谈，陛下闻之必熟，则是仁宗所行，陛下可以取为成法。[10]

范纯仁以仁宗"赦免"石介为依托，目的在于为被贬谪之人提供辩解之词。可见，此时，石介与仁宗之间形成了一种微妙的政治关系，在这一层关系中，二人的形象都得以提升。

南宋时期道学兴起，石介被奉为先驱。孝宗时期，赵介任嘉州军时，为石介建祠堂，并请魏了翁为之记，对石介赞颂有加。但南宋士人对石介依然留有微词：

> 窃谓党祸之作，固小人之罪，而希君子之风，附君子之名，不得尽辞其责。故尝妄为之说曰：党论之始倡，蔡襄"贤不肖"之诗激之也；党论之再作，石介"一夔一契"之诗激之也；其后诸贤相继斥逐，又欧阳公"邪正之论"激之也，何者？负天下之令名，非人情不堪，造物亦不吾堪尔。吾而以贤自处，孰肯以不肖自名？吾而以夔、契自许，孰肯以大奸自辱？吾而以公正自褒，孰肯以邪曲自毁哉？[11]

这是认为石介之举有引发党争之嫌。叶适也认为石介此举"徒以自祸也"[12]。清人纪昀等称自欧阳修、司马光党争屡兴，"亦介（石介）有以倡之"[13]。可以说经过历史的沉淀，石介因《庆历圣德颂》，名节上毁誉参半。而《庆历圣德颂》究竟产生在怎样的背景下，石介作此诗时究竟经历了什么。下文详述之。

二、颂圣与除奸：《庆历圣德颂》创作背景鸟瞰

此诗以颂为题，就宋初来说，颂圣者很容易被统治者提拔，如钱惟演撰写《咸平圣政录》而召试学士院；夏竦也因创作了《河清赋》、《景德五颂》以及《大中相符颂》，得到了帝王的肯定。仁宗朝被称为宋代士大夫政治发展史上的关键时期。[14]大范围的取士，平民获得更多入仕的机会，逐渐形成了一个"科名自取"的时代。单纯歌颂圣德已经不能被破格任用，不过仍有人愿意一试，如梅尧臣有《祫礼颂圣德诗》、《祫享观礼十二韵》、《宝元圣德诗》。这很有可能是梅尧臣希望仕途有所改变而作的。但这三首诗并没有引起当权者的注意。

石介作颂，也与他当时的个人境遇有关。首先他在生活上陷入"穷苦"，石介曾言："并大人与介两人禄，四十口仅得饱食"（卷十七，204页）。其次，石介在仕途上也陷入窘困。他有《予与元均、永叔、君谟同年登科，永叔寻入馆阁，元均今制策高第，君谟复磨砺元均事业，独予弩下因寄君谟》一诗，仅从诗名就可见他在仕途上不如其同年。所以，石介在《庆历圣德颂》序言的最后写道："臣贱，无路以进，姑藏诸家，以待乐府之采焉。"

此处提到的"采诗"，是自太宗朝兴起的复古举措。太平兴国八年（983），太宗下诏曰：

"兴廉举孝,两汉之旧章,故遒人振铎以采诗。"[15]宋初,"采诗"多停留在赞颂层面。如《湘山野录》卷下记载了一则寇准因不事产业而被魏野献诗歌颂的故事。[16]真宗朝之后,"采诗"已经走出单纯赞颂,有规范士大夫行为的作用,如王禹偁在《送牛冕序》中说:"勿使采诗者听《伐檀》之刺。"[17]以及余靖有《送希昱上人永嘉觐亲》一诗,其中有"愿达采诗官,当令不孝惧"[18]之句。

石介的《庆历圣德颂》亦旨在建立榜样,痛斥奸邪。诗中抨击"大奸"之举是景祐时期(1034—1038)批判"不肖"的变形。景祐之际,范仲淹连上四论斥责吕夷简。吕夷简称范仲淹越职言事、荐引朋党。仁宗下诏贬范仲淹知饶州。欧阳修写下《与高司谏书》,批判谏官高若讷不为范仲淹进言。蔡襄有《四贤一不肖诗》,指责高若讷为不肖。据《渑水燕谈录》记载蔡襄此诗传入幽州,被辽人"密市以还"[19]。欧阳修、蔡襄由此声名远扬。此二人皆为石介同年好友,石介很可能受他们的影响。而《庆历圣德颂》一改"不肖"的说法,以"大奸"痛斥高若讷,这与庆历之际台谏官在朝堂之上的主流话语有关。当时台谏官痛斥"不法"官员常常以"奸邪"称之。

"奸邪"一词并非宋代独创。[20]在宋代,最早使用出现在太宗时。太宗在高梁河战役的失败以及赵德昭险些政变的两重打击下,大一统的愿望成为泡影。他便把主要精力放在防止内部反叛上,提出外忧可防:"惟奸邪无状,若为内患,深可罹也。"[21]

明道二年(1033),宋绶援引太宗故实,进言仁宗要防奸邪。随后,李淑把太宗对于奸邪的言论编入《三朝宝训》。庆历三年(1043)六月,仁宗意识到官员能力不足,希望辅臣贾昌朝、范仲淹等人"其与试人宜加精核之"[22]。范仲淹将其写入庆历新政纲领性文献《答手诏条陈十事》中,即其中的"择官长"以及"抑侥幸"。在此前提下,以庆历新政为开端,朝廷上下兴起了一股举荐人才,抨击奸邪的风气。太宗提出的"防奸邪"之论,被士大夫将错就错地利用,成为批判权臣的工具,如吕夷简作为宰相地位尊崇,台谏全然无所顾忌,攻击他时言语激烈。除此之外,富弼与晏殊因吕夷简发生争执,富弼直指晏殊:"殊奸邪,党夷简以欺陛下。"[23]晏殊与富弼有翁婿之谊,却因政事大加指责,这也是宋代政坛特有的文化现象。

文学反映政治,士大夫在诗文中也不乏关于奸邪的书写。蔡襄有《龟山夜泊书事》一诗,从诗中"忠信古云仗,奸臣神所贬"[24],可以看出蔡襄认为奸邪会受到天谴。苏舜钦在《感兴》一诗中称:"在昔尧舜日,光宅辟四门。所宾无凶邪,德教日益敦"[25],在他看来三代之际无奸邪,德教日隆,值得效法。此外,欧阳修有《读张李二生文赠石先生》一诗,诗中"朝廷清明天子圣,阳德汇进群阴剥"[26]之句点明天子圣明,群阴便可去位。而诗题中的张、李二生正是石介的学生。欧阳修此诗所表达的思想与石介同年创作的《庆历圣德颂》是相通的。这为日后欧阳修给石介写墓志铭,为石介辩诬奠定了感情基础。

三、"振起威德":新政前的心路

石介《庆历圣德颂》共960字,其中主要涉及11人,但每人篇幅不一。除去仁宗,晏殊、贾昌朝、王素各30字。欧阳修、余靖共60字。蔡襄、杜衍各40字。韩琦50字。范仲淹90字、富弼150字。

主要篇幅集中在范仲淹、富弼身上。而从石介与范仲淹、富弼以及夏竦的交往来看，他对于范仲淹、富弼的歌颂，以及对夏竦的批判显得有些突兀。范仲淹生于端拱二年(989)。石介出生于景德二年(1005)。二人年纪相差十六岁。天圣五年(1027)左右，范仲淹在南京掌学。石介为举子时曾经居于南都。这可能是二人相识的起点。[27]庆历元年(1040)，石介有《上范经略书》一文。除此之外，二人几乎没有交集。关于富弼，在履历上与石介有关的是二人先后在郓州任职过。石介是兖州奉符（今山东泰安东南）人，天圣八年(1030)中进士后即在郓州任上五年。景祐四年(1037)至宝元二年(1039)，富弼从王曾辟，通判郓州（今山东东平）。此外石介与富弼便没有了交集。但在创作《庆历圣德颂》之前，景祐二年(1035)，夏竦徙知南京应天府兼南京留守。石介有《上南京夏尚书启》一文，对夏竦赞颂不已。宝元二年(1039)至庆历二年(1042)之间，石介处于丁忧状态，与范仲淹、富弼、夏竦均没有往来。庆历二年，石介返回朝廷。一年之间，庆历新政兴起，石介下笔创作《庆历圣德颂》包含着他的心曲。

这要从宝元元年(1038)春夏之间说起。宋夏战争伊始，石介认为元昊"以夷狄而慢中国"（卷十六，186页），但正值丁母忧的石介面对战争，十分无力，只能"倚锄西北望，涕泪空沾襟"（卷三，29页）。由于时刻记挂于时政，石介连观人下棋亦仿佛听到了"铁甲相磨鸣"，并想到"西取元昊头，献之天子庭"（卷二，23页）。石介祖籍沧州，其诸祖皆"习战尚勇"。他继承了诸祖的豪勇精神，希望有人可以力挽狂澜，振起朝廷威德。这决定了他对宋夏之战采取"主攻"的态度，也决定了他对朝廷派出镇边的将领寄予厚望。

宝元二年(1039)七月，夏竦知泾州兼泾原秦凤路沿边经略安抚使、泾原路马步军都总管。庆历元年八月，石介的好友田况从夏竦之辟。石介写下《寄元均》一诗："君为儒者岂知兵，何事欣随壁马行……御戎谁道全无策，对垒宁妨一下枰。"（卷四，47页）可以看出，石介认为儒者与兵者之间有所隔阂，另一方面，他又认为儒者的"不足"可用策略来补偿。可见他对于儒者为将，存在一定的担忧。

正值此时，夏竦作为儒将，在战争中的表现不尽如人意。余靖多次论及夏竦奸邪不可为枢密使。杨偕弹奏夏竦对东兵、土兵廪给缺乏了解。[28]谏官、御史上书："（夏竦）尝出巡边，置侍婢中军帐下，几致军变。"[29]石介也对夏竦在军中的行为感到不齿。石介《徂徕集》有《责臣》一文，此文虽未明言，但其中"谓闻金鼓之震天下，不若闻丝竹之淫耳"（卷八，86页），所指夏竦无疑。从《上南京夏尚书启》到《责臣》再到《庆历圣德颂》可以看出石介对夏竦从赞扬到否定再到鞭挞的过程。

相比而言，夏人称范仲淹"今小范老子腹中有数万甲兵，不比大范老子可欺也"[30]。边塞渐渐有传言："军中有一范，西贼闻之惊破胆。"[31]在这样的前提下，石介写下《上范经略书》（卷十七，197—200页）这也是石介与范仲淹唯一的书信，书云："介又观兵兴以来，人多辞劳就逸。"这里的"辞劳就逸"有映射夏竦之意。信中又曰："今复起阁下，专当一面。"可见石介对范仲淹十分认同。

富弼在朝廷也有不俗的表现。康定元年(1040)，富弼使契丹。宋增岁币与契丹议和。庆历二年正月，契丹遣使索地。富弼为接伴使，称割地必不可。富弼之举在石介看来是"沙碛万里，死生一节"。这奠定了石介创作《庆历圣德颂》歌颂二人的感情基础。

四、模仿与超越:《庆历圣德颂》与《元和圣德诗》的对读

就石介自称其创作动机,石介曰:"尝爱慕唐大儒韩愈为博士日作《元和圣德颂》……辄作《庆历圣德颂》一首。"宋人学韩者颇多。在苏舜钦、尹洙的影响下,以欧阳修为核心的北宋古文运动的这一翼形成,他们与宋初单纯模拟韩文者迥然不同。在韩愈思想的感召下,他们"重新唤醒韩愈精神,赞美新的斗争。"[32]石介的这首《庆历圣德颂》也具有明显的学习韩愈"斗争"精神的痕迹。

首先,从石介的个人经历来看。新政之前,他在声名上也遭到了好友马永伯的连累。在庆历新政的促进之下,北宋太学建立,石介在仁宗以及庆历党人的肯定之中获得了太学博士一职。石介兴奋地创作了《庆历圣德颂》。这与韩愈经数年贬谪之后,又于元和元年(公元806)之初,任国子博士,身受洗雪、拔擢之恩,而作《元和圣德诗》如出一辙。

其次,逐句细读《庆历圣德颂》会发现,它几乎与韩愈的《元和圣德诗》一一照应。先看诗序。韩愈《元和圣德诗》[33]序中有:"臣伏见皇帝陛下即位已来,诛流奸臣,朝廷清明,无有欺蔽。"石介在序言中称:"皇帝退奸进贤,发于至聪,动于至诚,奋于睿断,见于刚克,陟黜之明,赏罚之公也。"接着,韩愈在序中曰"太平之期,适当今日";石介序中有"至今观之,如在当日"。最后,韩愈序曰:"而其职业又在以经籍教导国子,诚宜率先作歌诗以称道盛德";石介在序中说:"臣文学虽不逮韩愈,而亦官于太学,领博士职,歌诗赞颂乃其职业"。再看诗作。韩愈《元和圣德诗》中"皇帝曰嘻,岂不在我"之句后便是唐宪宗之言。石介《庆历圣德颂》诗中自"初闻皇帝,蹙然言曰"之后,也以仁宗的话为开端。韩愈诗在最后祝"天锡皇帝,与天齐寿",石介效仿之,在诗的最后写下"臣愿陛下,寿万千年"。关于作诗的目的,韩愈说:"具载明天子文武神圣,以警动百姓耳目。"石介也称:"皇帝一举,群臣懔焉。诸侯畏焉,四夷服焉。"在诗的体裁上,韩愈采用了四言,石介也采用了四言。

最后,石介的《庆历圣德颂》贬斥奸邪,呼唤贤者。诗文中有"君相予久"、"君仍相予"体现帝王需要贤臣辅佐。所以,石介在《庆历圣德颂》中推褒范仲淹、富弼二人为"一夔一契",又在宋仁宗任命蔡襄、欧阳修为谏官之时,称赞此举"得人之多,进人之速,用人之尽,实为希阔殊尤,旷绝盛事"。自"蹙然言曰"之后,石介模仿代王言的制诰文,以仁宗的口气叙述,使贤者在"仁宗"的宣扬之下更具榜样效应。石介为了体现对共治天下的期待,《庆历圣德颂》先后提及十一个人,比起蔡襄《四贤一不肖诗》中范仲淹、余靖、尹洙、欧阳修增加了七人,营造了一幅君臣齐心图,塑造了君臣铲除奸邪,共图大志的典范。

然而,四库馆臣发现了《元和圣德诗》与《庆历圣德颂》的不同:"然唐宪宗削平淮蔡,功在社稷,愈仿《雅》《颂》以纪功,是其职也。至于贤奸黜陟,权在朝廷,非儒官所应议。"[34]简言之,韩愈所言去"奸"是朝廷的平乱。石介则将矛头指向同僚。而在儒家思想史上,早在《尚书·商书·伊训》中就提出了宽人责己的要求。伊尹对太甲说:"与人不求备,检身若不及,以至于有万邦,兹惟艰哉!"[35]孔子云:"躬自厚,而薄责于人,则远怨矣!"[36]石介一反儒家先贤的做法,正体现了石介维护儒道的本心。

首先,石介取法韩愈是"表",维护儒道是"里"。石介曾暗示夏竦之行为"若有如孔子者

出,则当以《春秋》乱臣同论矣"(卷八,86页)。遭遇祸端之后,石介曾说:"孔子之大道,为异端侵害,不容于世实三千年……不去其害,道终病矣……予不自揆度,乃奋独力,直斥其人而攻之"(卷十八,215—216页)。可以看出,他此番作为是希望维护孔道。

孔子在世时以其笔"诛其奸"。孔子去世之后,对孔道的维护,石介当仁不让。生活在儒学之乡的石介有着很强的儒家天命思想,石介《徂徕集》及其佚文共274篇,关乎孔子之作有60篇。他曾说:"夫求圣人之道,必自鲁始。"(卷七,82页)石介认为自己乃命定的儒家道统的承继者。对于孔道之失,石介每每想起,"未尝不流涕横席,终夜不寐"(卷十二,141页)。

其次,石介维护孔道也有一个由表及里的过程。关于表,在文章上,因杨亿破坏孔子"万世长行不可易之道",石介作《怪说》三篇攻讦杨亿。石介推崇韩文是由于"道病非一日,善医唯孔韩"(卷三,33页)。他抨击佛老,称佛老是坏中国之源,周公、孔子不生的根本;而恢复儒道需要清除奸邪。石介给孔子四十余世孙孔道辅写了一封信,希望孔道辅共同铲除奸邪。但是石介清楚,尽管有孔道辅在,"朝廷尚有奸臣敢在位"(卷十三,147页),所以,石介思想上抨击奸邪的"弦"一直紧绷着。而翻开《徂徕集》,石介批判奸邪之人比比皆是,夏竦只是其中之一。

五、切切善恶戒:《徂徕集》中的是非书写

庆历五年(1045),石介含冤而死。欧阳修写下《读徂徕集》[37]一诗。欧阳修在诗中高度赞扬了石介的品格,肯定了《徂徕集》文稿具有"存之警后世,古鉴照妖魔"的作用。而打开《徂徕集》,一位身高不满三尺,见人"语呐呐不出诸口"(卷十五,183页)的儒者,向我们走来。《徂徕集》中"贤愚善恶,是是非非,无所讳忌"[38]的文字,记载着这位"好为奇异"之人维护孔道、回向三代的赤子丹心。

石介称"文之时义大矣哉!"(卷十三,143页)他相信文章可以拯救时弊,恢复孔道。而恢复孔道,就要明辨善恶是非。《徂徕集》及其佚文共274篇,其中无关是非善恶的内容57篇,占20%,涉及是非的内容217篇,占总数的80%。[39]石介书写是非善恶的频率之高,这在宋初至仁宗朝极为罕见。而从高频率的是非善恶书写,可以看出石介对于铲除奸邪,构建本朝盛世一直处于焦虑状态。

关于"是是",以《徂徕集》卷九为例,其中十者有七,尽在歌颂贤者。《明隐》一文称颂孙复为真隐士。《贤李》称李迪"贤于孟尝、平津"(卷九,97页)。《明孔》一文,认为孔道辅礼遇孙复一事,堪比周公"一饭三吐脯"(同上98页)。《赵延嗣传》称赞赵延嗣有"古君子之行"(同上109页)。《记永康军老人说》歌颂刘随,"他日送于史官,请书《循吏传》首"(同上108页)。《题郓州学壁》则赞颂王曾之贤"人不可及"(同上99页)。《郑元传》褒郑元之孝,以求天子"旌其人,表其门第"(同上74页)。石介称颂"公认"的贤者之外,还为被谤贤者辩诬。如他的《辩谤》辩滕元发以私举刘概之谤,《明隐》辩孙复之隐,《释疑》辩仆射孙公之贪荣禄,《周公论》辨周公之德。

石介赞颂贤人颇具"仪式感"。如石介得知杜衍出任枢密副使,先是"惊起,具冠带,顿首西望"(卷十二,140页),继而他将此告诉五个已故好友,令"五人实舒快喜于泉下"(卷十二,

140页)。再如,石介听闻永康军老人对刘随的赞誉,"起而舞"(卷九,108页)以歌咏之。在这些看似有些滑稽的动作中,可以看出贤人的"出现"会令石介产生兴奋感。

以上内容主要集中在人臣层面。在帝王层面,真宗下诏摒弃浮华之文,石介称赞"真宗皇帝真英主也"(卷十九,219页)。石介编订三朝圣训并创作了《宋颂》九首,分别赞颂太祖、太宗、真宗以及仁宗。石介主要生活在仁宗朝,他对仁宗的歌颂颇多。他在《上赵先生书》中称:"今天子继明守成,道德高厚,功业巍然,直与唐并。"(卷十二,137页)又如《上范中丞书》一文中说:"以我圣天子,亦唐太宗、明皇也……岂明道不为贞观、开元乎?"(卷十二,131页)他认为仁宗的年号"明道"可以与贞观、开元年间相媲美、仁宗也可以与唐代君王一样光耀史册。

关于"非非"。当仁宗沉迷女色时,石介立即给宰相王曾写信,希望王曾劝谏仁宗。他私下将帝王与后妃之事写入《唐鉴序》序,称:"奸臣不可使专政,女后不可使预事。"(卷十八,211页)石介深信"上无明主奸邪胜"(卷四,55页)。他认为忠臣和奸邪之间的天秤便是人君。所以,石介对帝王身边的奸邪十分焦虑,他在《是非辩》中如是说:"余惧冕旒之前,轩陛之下,有以奸为贤,有以贤为奸。"(卷六,69页)

铲除帝王身边的奸邪是石介政治理想的第一步。石介对于贪官污吏的愤恨,时常出现在其诗文中。景祐二年(1035),山中猛虎食人,仁宗下诏捕之。石介作诗称:"害人不独在虎狼,臣请勿捕捕贪吏。"(卷二,12页)他还在《闲兴》中说:"存莠苗不硕,去贪民自富。"(卷三,31页)石介恐怕奸臣害政,他在诗歌中凸显"忠"的概念,如他在《阳城谏议》一诗中歌颂阳城的忠勇:"众口喑喑血噬牙,独将忠謇敌奸邪。"(卷四,54页)石介政治理想的第二步是王制的恢复。而王制的恢复,四者需诛(卷六,71页),即"佛、老、夷狄之教"、"杨朱、墨翟之言"、"不为孔子之经,而淫文""不修大中至正之福,而托阴阳巫鬼之说"。致君尧舜是石介终极的政治理想。他认为历史上大中之治不及贞观、开元之治,罪在牛僧孺无致君尧舜的远大理想。而牛僧孺的政治理想仅在于"今四夷不至交侵,百姓不至疏散"(卷十一,122页)。正因如此,石介对无能者进行批判。他在《汉论》中指责陆贾、叔孙通、曹参,正当君子治历明时,却不能"创制度、明律令,以垂万世法"(卷十,115页)。

将《徂徕集》中的"是非"书写与《庆历圣德颂》对读,可以发现抨击大奸是与石介平素思想一致的。在石介看来天子端居于深宫,"不能尽知天下之贤不肖"(卷十四,166页)。他推崇忠臣,认为天子需要与臣下共治天下。他抨击奸邪是为了恢复王制,维护孔道。而这一切都基于对大宋王朝的热爱,这种热爱伴随着是非书写,贯穿了石介的一生。

结论

君子、小人之辨古已有之。在北宋时期小人这一词汇被"奸邪"代之。尤其是欧阳修等新型士人,为了实现自己的政治理想,对反对势力攻之以"奸邪"。这很容易想到北宋时期的君子、奸邪之争是儒家君子、小人之辩的延续。其实"防奸邪"最初被列为政治纲领,出现在太宗时期。仁宗时期士大夫或多或少地曲解了太宗提出"奸邪"的本意。他们将政见不同的反对者称之为奸邪,并且愈演愈烈,成为党争的催化剂。

庆历时代的谏官攻讦奸邪，带有一定的意气之争的成分，尤其是石介这类涉世不深的文人。他们甚至在诗文中直接称他人为"奸邪"，最终导致新政过早流产。石介这样的做法无疑与儒家不责人太过的思想相违背。而在石介一心想要复古，恢复二帝三代，超唐比汉。他创作《庆历圣德颂》奋力攻击奸邪也源于对孔子大道的维护。当以理解之同情的态度阅读《徂徕集》，了解他笔下的是非书写是基于构建一个盛世，便不会过分苛责他创作的《庆历圣德颂》，而是会感叹先贤敢于直言是非的精神，构成中华民族重要的思想内核。

注　释：

* 本文系泰州学院高层次人才科研启动基金"宋元时期的政治与音乐文学研究"（TZXY2022QDJJ004）、国家社科基金重大项目"中国古代音乐文学通史"（17ZDA241）；2023年度江苏省高校哲学社会科学研究一般项目（2023SJYB2275）阶段性成果。

〔1〕 陈植锷点校《徂徕石先生文集》卷一《庆历圣德颂》，中华书局1984年版，第9页。石介《庆历圣德颂》序言以及诗皆用此注，不再一一注出。本文凡引石介诗文，如无特别说明，均出此本，为避免繁琐，随文标注卷数与页码。

〔2〕〔11〕 汪圣铎点校《宋史全文》卷八下，庆历四年六月丁未条，中华书局2016年版，第433页。

〔3〕 辛更儒《刘克庄集笺校》卷一七四《诗话》十三，中华书局2011年版，第6726页。

〔4〕 张兴武《〈庆历圣德颂〉与北宋中期政治文化的转型》，《中华文史论丛》2007年第1期。

〔5〕 曾巩撰，王瑞来校正《隆平集校正》卷十五《儒学行义》，中华书局2012年版，第445页。

〔6〕 《苏轼文集》卷二十《议学校贡举状》，中华书局1986年版，第724页。

〔7〕 李焘《续资治通鉴长编》卷二百四，治平二年二月辛丑条，中华书局1992年版，第4947页。

〔8〕 《续资治通鉴长编》卷三七一，元祐元年三月壬戌条，第8982页。

〔9〕 《续资治通鉴长编》卷四三六，元祐四年十二月己卯条，第10505页。

〔10〕 《续资治通鉴长编》卷四二七，元祐四年五月乙酉条，第10325页。

〔12〕 叶适《习学记言序目》卷四十九，中华书局1977年版，第732页。

〔13〕〔34〕 纪昀等《四库全书总目提要》卷一五二，中华书局1965年版，第1312页。

〔14〕 邓小南《祖宗之法：北宋前期政治述略》，生活·读书·新知三联书店2014年版。

〔15〕 司义祖编撰《宋大诏令集》卷一百八十七《政事》四十，中华书局1962年版，第683页。

〔16〕 文莹撰，郑世刚点校《湘山野录》卷下，中华书局1984年版，第44页。

〔17〕 王禹偁《小畜集》卷十九《送牛冕序》，《景印文渊阁四库全书》，台湾商务印书馆1986年版，1086册，189页下。

〔18〕 余靖《武溪集》卷一《送希昱上人永嘉觐亲》，《景印文渊阁四库全书》，台湾商务印书馆1986年版，1089册，13页下。朱东润《梅尧臣集编年校注》卷十《田家语》，上海古籍出版社2006年版，第164页。

〔19〕 王辟之撰，吕友仁点校《渑水燕谈录》卷二《名臣》，中华书局1981年版，第15页。

〔20〕 纵观古代典籍可以发现对"奸邪"这一语言的使用自古有之，如秦代《琅琊台刻石》中有"奸邪不容，皆务贞良"。到了汉代，突出奸邪的文章呈现越来越多的趋势。如淮南王安有《上书谏伐南越》一文："一方有急，四面皆从，臣恐变故之生奸邪之作。"此外，贤良对策是两汉的一种重要选官方式，在对策文中常出现对于奸邪的否定，如晁错的《贤良文学对策》；董仲舒的《元光元年举贤良对策》以及公孙弘《元光五年举贤良对策》等等。在宋以前士人就开始指明奸邪进行抨击，如翟方进《劾红阳侯王立》："立怀奸邪，乱朝政"，但是基本上没有达到仁宗时代的运用频率与强度。

〔21〕 《续资治通鉴长编》卷三十二，淳化二年八月丁亥条，第719页。

〔22〕 《续资治通鉴长编》卷一百四十一,庆历三年六月己亥条,第3387页。
〔23〕 《续资治通鉴长编》卷一百三十七,庆历二年七月癸亥,第3287页。
〔24〕 陈庆元校注《蔡襄全集》卷二《龟山夜泊书事》,福建人民出版社1999年版,第37页。
〔25〕 傅平骧《苏舜钦集编年笺注》卷四《感兴》,巴蜀书社1990年版,第271页。
〔26〕 李逸安点校《欧阳修全集》卷二《读张李二生文赠石先生》,中华书局2001年版,第24页。
〔27〕 陈植锷《石介事迹著作编年》与李峻岫《石介交游考》中都没有石介与范仲淹在南京时期的具体交游活动,关于石介与范仲淹在此时期是否交游,存在疑问。陈植锷著,周秀蓉整理《石介事迹著作编年》,中华书局2003年版。李峻岫《石介交游考》,《文献》2002年第1期。
〔28〕〔29〕 脱脱等撰《宋史》卷二八三,中华书局1977年版,第9575页。
〔30〕〔31〕 孔仲武《谈苑》卷四,《景印文渊阁四库全书》,台北:商务印书馆1986年版,1037册,第143页下。
〔32〕 梁道理《试论宋代古文运动中的两条路线》,《陕西师大学报》哲学社会科学版,1984年第1期。
〔33〕 郝润华等《韩昌黎诗集编年笺注》,中华书局2012年版,第315页。韩愈《元和圣德诗》序言以及诗皆用此注,不再一一注出。
〔35〕 孔安国传,孔颖达疏《尚书正义》卷八,北京大学出版社1999年版,第204页。
〔36〕 何晏著,邢昺疏《论语注疏》卷十五,北京大学出版社1999年版,第213页。
〔37〕 《欧阳修全集》卷三《读徂徕集》,第43页。本段所引皆出于《读徂徕集》不在一一注出。
〔38〕 《欧阳修全集》卷三十四《徂徕石先生墓志铭》,第506页。
〔39〕 此数字统计系据陈植锷点校《徂徕石先生文集》,中华书局1984年版。

〔作者简介〕 王雨非,女,1987年生,河南安阳人,泰州学院人文学院讲师,研究方向为唐宋文学与文献学。

《侯方域集》(上下,清代诗人别集丛刊)
(王树林点校,人民文学出版社2023年版)

侯方域是明清之际的著名的文学家,明末四公子之一。本书以乾隆二十五年(1760)侯朝宗玄孙侯必昌父子辑刊《壮悔堂文集》、《四忆堂诗集》之力轩藏板本为底本,并参多本校异,并辑诸序跋题记、侯方域传志、轶事等,及新编《侯方域年谱》、其父侯恂《南园诗文集》、其叔父侯恪《遂园诗集》作为附录。

叙事幻境的构建与欧诗情韵的生成*

董 双

  叙事是古典诗歌重要的表现手法之一，叙事诗在宋代得到全面发展。欧阳修的部分七古叙事诗，被方东树《昭昧詹言》冠以"情韵"之评[1]，在之前的欧诗批评史中并未出现过类似表述[2]。实际上，"情韵"是从桐城派文法中所攫取的概念，方东树在具体的例证分析中，仅从古文章法的角度，只关注叙事作为表现方法的层面。然而，单纯的故事叙述往往有伤直致，故难以"韵胜"，叙事的时间线索分明、外露，故难以"蕴藉"、"浑雅"[3]。欧诗七古是如何以"叙"致"韵"的呢？

  提炼《昭昧詹言》所举例诗的共同因素，可以发现"情韵"生成之一途，在于对往昔时空的沉浸式叙事，从而泯灭时间界限，形成"叙事幻境"。所谓"叙事幻境"，便是凭借回忆对现实的渗透，而营造出的被修改的或非真实存在的时空。

一、叙事时空的偏置与"膨胀"的幻境

  现在时态往往是诗歌叙事的立足点，现在时态的叙事立场充分赋予作者叙事的自由度。但是过去、现在、未来，何者作为叙事重点，却受到作者情感的牵制，换言之，作者情感的表达藉由叙事时空的偏重来完成。以《寄圣俞》为例：

> 西陵山水天下佳，我昔谪官君所嗟。官闲憔悴一病叟，县古潇洒如山家。雪消深林自劚笋，人响空山随摘茶。有时携酒探幽绝，往往上下穷烟霞。岩苏绿缛软可藉，野卉青红春自华。风余落蕊飞面旋，日暖山鸟鸣交加。贪追时俗玩岁月，不觉万里留天涯。今来寂寞西冈口，秋尽不见东篱花。市亭插旗斗新酒，十千得斗不可赊。材非世用自当去，一舸鹭牙挥钓车。君能先往勿自滞，行矣春洲生荻芽[4]。

方东树《昭昧詹言》指出"首领双起，以下分应"乃杜甫排律章法[5]，欧阳修用于组织七古。《寄圣俞》"'官闲'以下全发第一句，'今来'一段虚应第二句"[6]，正是排律"双起，一句起一段"章法的应用[7]。排律章法易伤于板滞，但一段、二段并非顺接而下，而是"相背"而起，方氏称之为"客衬法"[8]。

本文收稿日期：2022 年 8 月 30 日

但这些章法分析"恰恰是饱受时文熏陶的普通士子的惯常思路"[9],此诗"深韵"则主要源于将首二句之间的情感"跌宕"扩大到全篇[10]。欧诗常用此法换层,如"当时凄凉已可叹,而况后世悲前朝","遗音仿佛尚可爱,何况之子得其全"[11],用之句首,更有先声夺人之妙。"西陵山水天下佳",首句定调高昂有声势,随即陡然转下,夷陵山水虽然天下绝佳,但老友梅尧臣亦嗟叹其处境。仅仅首二句,情感起伏之间,深得顿挫吞吐之妙。如此起笔,必暗伏今日情形以相对照,遂敷衍出"今来寂寞西冈口"等八句。

腐朽的章法分析不足以展现诗人的情感力量,而结构主义语言学却为我们探析形式与解析情感表达的关系提供了门径。高友工、梅祖麟曾提出"句法模拟空间的分离"的"双向结构"理论[12],主要是就律诗中间两联严格对仗这一体式特征而言,我们将其提升至七古的章法层面,亦具有阐释的空间。《寄圣俞》两个段落相背而起,便模拟出夷陵、乾德的空间分离,乃至情感的对峙。在夷陵时空内部,通过"叙事幻境"的塑造,诗人"不觉万里留天涯";在乾德板块中,"不见东篱花"、斗酒"不可"赊,意味着陶渊明式的自适与曹植、李白式的恣意均告失败[13],"材非世用自当去","君能先往勿自滞"的规劝,则表现出欧阳修在乾德不佳的心境及逃离乾德空间的渴望。"双向结构"不但模拟了空间的对峙,也呈现出诗人情绪的极限拉扯。因此,在基于乾德现在时的回忆建构中,"不觉"二字便已透露出欧公塑造夷陵"叙事幻境"的主观能动性。

在夷陵空间内,雪水消融的窸窣之声,"坎坎"的挖笋之声,山中采摘茶叶的声音,可谓"空山不见人,但闻人语响"。深林、空山的静谧环境,带来叙述时间的停滞感,"春自华"、"自劚笋"的两个"自"字,表达出了自然的无待与诗人的沉浸。诗人携酒探幽、上下攀跻,在定位的叙述时空中植入诗人充满沉浸感的活动。并随之以"岩藓绿缛软可藉","风余落蕊飞面旋"的触感、"野卉青红春自华"的视觉、"日暖山鸟鸣交加"的听觉感受,充分为我们营造了"叙事幻境"。在这样一个可被感知的时空里,"贪追时俗玩岁月,不觉万里留天涯"的感受,是诗人通过叙事的表现方式呈现出来。

然而,要把"叙事幻境"同步为读者的感知时空,叙述时空所分配的文本体量便非常关键。相较于对乾德的线条勾画,作者有意偏置夷陵,从而形成了相对"膨胀"的时空幻境。欧阳修《寄圣俞》、《赠许道人》(见下文)中的往昔时空占据绝大部分的文本体量,给予受述者以充分的沉浸时间,由此可见沉湎往昔之情占据了诗人情绪的主导。正如韩愈《杏花》选择"两年流窜出岭外"作为主要叙事对象,亦对应了韩愈惊魂未定、为岭外时空所缠绕的情绪状态,正如葛晓音所说"这样的印象一直凝固在他的回忆之中,此后无论是自伤过往,还是送别友人,只要提及湘中岭南,诗中意象必然转为险怪"[14]。由此可见,传统的意象选择与结构、叙事时空分析所指向的诗人情感是一致的。这是传统章法结构分析所不能涵盖的。《寄圣俞》一诗中,叙、写的体量调配与篇章的结构布局巧妙合一,因此,充分叙述自然而然地导向了抒情——"不觉万里留天涯"。不同于《戏答元珍》"春风疑不到天涯"中"天涯"所蕴涵的抛弃感[15],此处的"天涯"充满诗人的眷恋。

因此,以《寄圣俞》为代表的七古作品的情韵生成,是通过沉浸式的叙事方式,营造出"叙事幻境",并藉由结构的对峙、文本体量的偏置来象征情感的对立。这种抒情的婉转深曲,与其说是与"西冈口"的"寂寞"境遇作对比而得以凸显,不如说早已包蕴在夷陵时空的叙事板块之内,并在结构的对立架构中得以凸显。

二、叙事时间的抹杀与多重叠压式的幻境重塑

正如"今来寂寞西冈口"所提示的,《寄圣俞》叙述的时间基点是被贬乾德任上,整首诗是明确建立在现在时态上的写作,同时涉及欧阳修昔日贬谪夷陵的回忆,以及对好友梅尧臣"行矣春洲生荻芽"的未来设想[16]。尽管此诗努力将读者"吸附"在夷陵时空的生命体验上,但"我昔"、"今来"等词仍鲜明地提示了往昔与现在的界限,"叙事幻境"的成立只存在于夷陵时空的叙事板块之内。因此,如果要保持读者视角"叙事幻境"的完整,鲜明的叙事时间是首先要被抹杀的。如《赠许道人》:

> 洛城三月乱莺飞,颍阳山中花发时。往来车马游山客,贪看山花踏山石。紫云仙洞锁云深,洞中有人人不识。飘飘许子旌阳后,道骨仙风本仙胄。多年洗耳避世喧,独卧寒岩听山溜。至人无心不算心,无心自得无穷寿。忽来顾我何殷勤,笑我白发老红尘。子归为筑岩前室,待我明年乞得身[17]。

此诗作于熙宁元年(1068)冬,欧阳修时知青州。许道人,即许昌龄,是治平年间欧阳修出知亳州时所识道友。《宋朝事实类苑》所引《西清诗话》记载:"颍阳石唐山……治平中,许昌龄者,安世诸父,早得神仙术,杖策来居,天下倾焉。后游太清宫,时欧阳文忠公守亳社。公生平不肯信老佛,闻之,要至州舍与语。"[18]由此可知,许昌龄治平年间曾暂居颍阳,欧阳修治平四年(1067)知亳州后,始与其有所交游。查诸欧集,《赠隐者》、《送龙茶与许道人》、《赠许道人》、《戏石唐山隐者》四首诗均写于治平四年至熙宁五年(1072)之间,与《西清诗话》所载相符。又据欧阳修《洛阳牡丹记》所载:"天圣九年三月,始至洛,其至也晚,见其晚者。明年,会与友人梅圣俞游嵩山少室、缑氏岭、石唐山、紫云洞,既还,不及见。"[19]因此,颍阳石唐山先后见证了欧阳修、许昌龄的来访,却相隔三十六年之久。

由此可见,《赠许道人》的叙事方式有意磨灭了叙事最为关键的要素——时间。那么,是否因为欧阳修与赠与对象许道人共享时空而无需提及呢?即使是与结识多年的老友共同追忆往事的《书怀感事寄梅圣俞》,仍有"相别始一岁"、"每忆少年日"等明显的时间提示,同时亦有"逢君伊水畔,一见已开颜"、"诏书走东下,丞相忽南迁"等表述[20],以具体事件来替代具体时间,这对于熟悉背景批评的读者来说,无疑可以快速定位时空。因此,《赠许道人》之所以选取"抹杀"叙事时间的做法,更像是针对读者而精心编织的大网。《赠许道人》如何做到"回忆仿佛就变成了他的现实生存状态"[21]的呢?

首句没有出现如"忆"、"昔"等明确标识叙事时间的语词,便会将读者置于现在进行时态的阅读错觉中。其次,如果对比"洛城三月乱莺飞,颍阳山中花发时"与"三月入洛阳,春深花未残",在背景信息尚未介入时,前者只是客观表明了山中与城里节物的时间差,洛城与颍阳为并置空间,表现出作者淡化时间的意图。这便是最为简便的构建"叙事幻境"的方式。

诗人淡化时间线索的目的,并非简单地回溯到某一情感沉溺的时空,而是为了营造出一个非存在的"叙事幻境"。此一"幻境",并非因为过去而得以重现而"幻",乃诗人拼接记忆

板块、抹去拼凑痕迹的结果。《赠许道人》写于熙宁元年,此时欧阳修已经移知青州。但此诗并未以二人相识的亳州作为诗歌展开的时空场域,一方面因为颍阳石唐山乃道教圣地,借此可以凸显许道人身份,以神其迹,"五岳嵩当天地中,闻君仍在最高峰","颍阳道士青霞客,来似浮云去无迹"[22];另一方面,"洛阳时期豪迈欢快的生活成了欧阳修反复回忆并引以自豪的往事","几乎成了诗歌吟咏不绝的主题"[23]。因此,尽管在洛阳、颍阳、嵩山二人并未有任何实质性的交集,但欧阳修选择"架空"时间线索,通过叙事手段搭建起新的二人并存的"时空幻境"。

在抹杀背景化的叙事时间的基础上,进一步将此虚幻的时空,由干瘪的叙述切点扩充为一种可被感知的时空状态,这仍是上节《寄圣俞》夷陵"时空幻境"的塑造方式。与"莺飞"、"花发"等物候相勾连,调动读者的视觉、嗅觉,进一步由一般叙事聚焦到"游山客"的游览活动、许道人的避世生活,从而使诗歌呈现出一种具体化的、有情节的叙事状态。至此,欧阳修仿佛仍是那个"偶向岩前坐磐石"的"洛阳客",以上便是欧阳修全能视角的亲历讲述。

最后,这种沉浸式的追述,似乎是由"忽来顾我何殷勤,笑我白发老红尘"打破的。"忽来"二字,使叙事的脉络从往昔折向今日,使读者猛然意识到之前的叙述是作者的追忆。回忆的意识流虽然被打断,但由文本本身所塑造、多时空糅合而成的"叙事幻境",却得以保留下来。在为读者所设置的这个"幻境"中,表面绵延不断的时空叙事,保证了诗人沉湎往昔情感的表达,为回忆渲染了温暖而非破碎的底色。

三、"非乡"观念与回忆空间的篡改

"叙事幻境"的构造,是诗人有意篡改真实记忆的结果,而读者之所以能够解构"幻境",则得益于欧阳修对真实的即时记录和对回忆的多次书写,构成了自洽的文本场域。

《初至夷陵答苏子美见寄》可谓是欧阳修初至夷陵的心理实录。面对贬谪,欧阳修感到羞辱,"包羞分折腰";感到忧愁,"江云愁蔽日,山雾晦连朝";乡思难耐,"物华虽可爱,乡思独无聊","寄信无秋雁,思归望斗杓";同时对于贬地景物风俗充满好奇,"野筀抽夏笋,丛橘长春条","斫谷争收漆,梯林斗摘椒。巴宾船贾集,蛮市酒旗招。时节同荆俗,民风载楚谣。俚歌成调笑,摖鬼聚喧嚣"[24]。这种复杂的心态,成为欧阳修在夷陵期间的情绪底色,虽然游山玩水时有开解,但悲哀的情绪不时浮泛上来,无论是在送别之时——"壮心君未减青春,多难我今先白发"[25],还是在平日闲居之时——"衰颜惨时晚,病骨知寒疾"[26]。直到离开夷陵,"经年迁谪厌荆蛮"的烦厌情绪仍然占据主导[27]。

在夷陵诗歌中,欧阳修表现出了对时间的敏感,如"光阴催晏岁,牢落惨惊飚。白发新年出,朱颜异域销"[28],延续了贬谪诗的传统主题。但与此同时,表现出异于常人的对于地域因素的关注,仅以夷陵期间所写诗歌进行统计,便出现"蛮"字十次,"异"字五次。究其实,无论是"得罪宜投窜"的反语自慰,还是"同迁地最遥"的天真慨叹[29],以及在"未腊梅先发,经霜叶不凋"的节序体验背后[30],都有一个"乡"的概念。

欧阳修出生于四川绵州,四岁时父亲去世,跟随母亲赴随州投奔叔父。但在欧诗中,我们难以找到他对绵、随二州的依恋表达。《初至夷陵答苏子美见寄》一诗中点出所思之乡便是"须知千里梦,长绕洛川桥"的洛阳。此外,又如景祐元年(1034)的"楚客有归心,因声道故岑……遥知怀洛社,应复动乡吟"[31],景祐四年(1037)的"夜闻归雁生乡思,病入新年感物华。曾是洛阳花下客,野芳虽晚不须嗟"等等[32],均明确指出洛阳才是安顿诗人心灵的故乡。除此之外,终其一生,只有颍州才有"白首重来似故乡"的待遇。因此,贬谪夷陵的欧阳修一直以"楚客"自比,如景祐四年所作"楚人自古登临恨,暂到愁肠已九回……非乡况复惊残岁,慰客偏宜把酒杯。行见江山且吟咏,不因迁谪岂能来"[33],虽然是诗人故作旷达之语,但对夷陵"非乡"的定位却非常清晰。

诗人"非乡"观念的背后,便是对格格不入的"异域"感的表达。在这个层面上,《千叶红梨花》正可为《寄圣俞》一诗作注:

> 夷陵寂寞千山里,地远气偏时节异。愁烟苦雾少芳菲,野卉蛮花斗红紫。可怜此树生此处,高枝绝艳无人顾。春风吹落复吹开,山鸟飞来自飞去……从来奇物产天涯,安得移根植帝家。犹胜张骞为汉使,辛勤西域徙榴花[34]。

时节之"异"是诗人最易感觉到的。《寄圣俞》中的"风余"、"日暖"在《千叶红梨花》中变成"愁烟苦雾";"野卉青红春自华"中相安无事的静谧,被"野卉蛮花"繁闹地争奇斗艳所打破;"风余落蕊飞面旋,日暖山鸟鸣交加"中自然与人的亲密之感,也被"吹落复吹开"、"飞来自飞去"的重复枯燥之感所取代。花草、山鸟、春风,描述的对象并没有变化,作者的观感却截然不同。

夷陵的地域代称、风俗、风物一直被贴上"野"、"蛮"的标签,正是心理上的排异反映。如在景祐四年、诗人身在夷陵所作便有如下:"蛮荆鲜人秀,厥美为物怪"[35],"攀跻诚畏涂,习俗羡蛮犷"[36],"荆蛮苦卑陋,气候常壹郁","蛮床倦晨兴,篮舆厌朝出"[37];直到宝元二年(1039)移知乾德仍然没有摆脱这种定位,如《答梅圣俞寺丞见寄》:"仓皇得一邑,奔走踰千嶂。楚峡听猿鸣,荆江畏蛟浪。蛮方异时俗,景物殊气象。绿发变风霜,丹颜侵疾痒。"[38]可见,欧阳修自入夷陵至出夷陵,在政治、文化上对夷陵的态度一直没有改观,夷陵依然处于边缘的位置,诗人没有对其进行正统化的努力。因此,产于天涯的"奇物"千叶红梨花,便是诗人的自喻、自比,"安得移根植帝家"的发问,尤见脱化柳宗元"又怪其不为之于中州,而列是夷狄,更千百年不得一售其伎"之思想[39]。

欧阳修在夷陵期间表现出种种难以自安的情绪,正是源于在政治、文化、精神上远离洛阳的焦虑感。"异乡"风景节物或有安抚、镇定的作用,但终究缺乏志同道合之人。这与柳宗元《小石城山记》"其气之灵不为伟人,而独为是物,故楚之南少人而多石"的观点暗合[40],故欧诗有"蛮荆鲜人秀,厥美为物怪"[41],"蛮乡言语不通华","惟有山川为胜绝"[42],"野僧岂解惜清泉,蛮俗那知为胜迹"[43]。我们可以在苏轼"也知造物有深意,故遣佳人在空谷"的"天涯流落"之感、"幽独"之情中看到这种精神的延续[44]。山川胜绝,但不为当地人所发掘、欣赏,则山川与诗人的寂寞是相通的。蛮野之乡,缺乏钟秀之人,诗人益加怀念与洛社友人诗酒酬唱的精神富足状态,这便使其更愿意沉溺在对洛阳的回忆里,以致《赠许道人》将不同时空中的情事、以重组的形式呈现在洛阳时空里。

基于以上对欧阳修在夷陵期间真实境遇的修复,《寄圣俞》中被加盖暖色滤镜的岩荪、野卉、落蕊、山鸟似乎显得不真实,那么诗人为什么会塑造出这一幻境呢? 我们可以从欧阳修《和对雪忆梅花》中找到答案:"昔官西陵江峡间,野花红紫多斑斓。惟有寒梅旧所识,异乡每见心依然。为怜花自洛中看,花上蜀鸟啼绵蛮。当时作诗谁唱和,粉蕊自拆清香繁。今来把酒对残雪,却忆江上高楼山……惜哉北地无此树,霰雪漫漫平沙川。"[45]夷陵之梅逗引出洛阳之思,因此目前身在更为荒芜的乾德,对只有寒梅是旧相识的夷陵,便会生出无限牵挂。"洛阳——夷陵——乾德"形成了情感上的等级制度,真实夷陵时空中欧阳修的复杂情感,在某种程度上被所处乾德的欧阳修所简化甚至篡改,乾德场域的情绪感受渗透、下沉到夷陵时空,影响了诗人对夷陵场域的回忆书写。因此,《戏答元珍》中"春风疑不到天涯"中充满被抛弃感的"天涯",转变为"贪追时俗玩岁月,不觉万里留天涯"中的眷恋。

余论:自洽的文本场域与互文文献间的粘性与拟构

对洛阳的追忆,是持续欧阳修生命始终的。初贬夷陵是如此,移知乾德、亳州写作《寄圣俞》《赠许道人》时仍是如此,这是欧阳修在自觉或无意识状态下塑造"叙事幻境"的原因。而戳破这个华丽的泡沫,最为可靠的文献便是来自诗人自洽的文本场域。西方互文性理论认为,一个文本总会同别的文本发生这样或那样的关联。这种理论,在中国传统"举先以明后"的征引式注释体例里实现了软着陆。郭英德曾谈到:"'灵感'用于诗歌创作,是指诗人对自然、社会与文化传统的内心感应,或自然、社会与文化传统对诗人的心灵启悟。这种内心感应和心灵启悟外现为具象的诗歌文本,从而构成一脉相承、生生不息的'诗歌文本链'。"[46]因此,目前利用互文性理论开展的相关研究,更加强调的是不同作者所创作的文本间的相似性,而这个文本场域又是非排他的、具有无限开放性的,所有先前的文本都是后来者的取资之所。这似乎相对忽视了互文文献层次间的"粘性"问题,一个作者自我创作的文本,应该属于互文文献圈的最内层,是了解诗人精神场域最为真实、贴切的资料。

蒋寅则进一步指出:"互文性是中国古典诗歌的一般特征,仅注意先后产生的文本之间存在的一种普遍关联是远远不够的,'避'作为一种写作策略,同样也是互文性的一种形态,或许可以称作'隐性的互文'。"[47]从而补充"规避"是互文的一种隐性形态。由以上讨论可知,在相似、规避的形式之外,互文研究还应该包括文献间的多样关系,并以此为基础探讨诗人的精神领域、艺术境界。宋人"日课一诗"的写作方式,大大促进了宋诗的日常化记录。尽管梅尧臣被公认是"日课一诗"的大力践行者[48],但欧阳修亦表现出这一趋向。由此,全部的欧诗构成了一个自足的文本场域,不同诗歌间互释、互补、冲突,为我们拟构出一个超文本的诗人"精神场域"提供了条件。读者无法仅凭《赠许道人》侦破诗人有意混淆的时空逻辑,亦无法想象《寄圣俞》中的夷陵是诗人对自身记忆进行修改的结果。而我们可以通过充满自足性的文本场域内、互文间的冲突和对峙,来复原真相。

欧阳修评论梅尧臣诗歌云:"近诗尤古硬,咀嚼苦难嗗。初如食橄榄,真味久愈在。"[49]方东树亦以之来评价欧诗七古——"如啖橄榄,时有余味"[50]。这类由叙事之法打造出来的"叙事幻境",通过对文本场域内的诗歌进行"对峙"之后,从而使受述者能够在沉浸中体味诗人情感,在打破、抽离时猛然惊醒、怅然若失,这便是此类叙事诗的情韵生成路径。这种韵味,虽然不同于唐诗基于诗篇本体而生成的深厚浑雅,而是由于文本场域内文本间的相互作用而呈现出幽折深致的面貌,但二者均收蕴藉之美。

注 释:

　　* 本文系河北省社科基金青年项目"中晚唐诗学融通与宋调生成研究"(HB21ZW014)阶段性成果。
　　〔1〕 如,"六一学韩,才气不能奔放,而独得其情韵与文法","欧诗情韵幽折,往反咏唱,令人低徊欲绝,一唱三叹,如啖橄榄,时有余味。"方东树著,汪绍楹校点《昭昧詹言》,人民文学出版社1961年版,第223、276页。
　　〔2〕 按,欧文先于欧诗,被冠以"余韵"(方孝孺《逊志斋集》)、"风韵"(归有光《欧阳文忠公文选》)、"韵折"(茅坤《茅鹿门先生文集》)等评价,桐城派刘大櫆在《诸家评点古文辞类纂》中引入"情韵"这一范畴,之后姚范《援鹑堂笔记》、林纾《春觉斋论文》、姚永朴《文学研究法》、高步瀛《唐宋文举要》等桐城派后进均以富有"情韵"等类似表述评价欧文。
　　〔3〕 缪钺《诗词散论》,上海古籍出版社1982年版,第36页。
　　〔4〕 刘德清、顾宝林、欧阳明亮笺注《欧阳修诗编年笺注》,中华书局2012年版,第511页。
　　〔5〕〔6〕〔7〕〔8〕〔10〕〔50〕 《昭昧詹言》,第276、282、276、282、282、276页。
　　〔9〕 蒋寅《诗学、文章学话语的沟通与桐城派诗歌理论的系统化——方东树诗学的历史贡献》,《复旦学报》2016年第6期,第118页。
　　〔11〕 分别出自《答谢景山遗古瓦砚歌》、《送琴僧知白》,《欧阳修诗编年笺注》,第477、542-543页。
　　〔12〕 高友工、梅祖麟《唐诗三论:诗歌的结构主义批评》,李世跃译,商务印书馆2013年版,第21页。
　　〔13〕 按,陶渊明《饮酒》:"问君何能尔,心远地自偏。采菊东篱下,悠然见南山。"曹植《名都篇》:"归来宴平乐,美酒斗十千。"李白《将进酒》:"陈王昔时宴平乐,斗酒十千恣欢谑。"
　　〔14〕 葛晓音《从尚古到求奇:韩愈险怪诗风形成的内在逻辑》,《文学遗产》2021年第1期,第80页。
　　〔15〕〔17〕〔18〕〔20〕〔24〕 《欧阳修诗编年笺注》,第427、1842、1806、359、408页。
　　〔16〕 按,"春洲生荻芽"出自梅尧臣的《范饶州坐中客语食河豚鱼》,作于宝元元年(1038)春,为梅尧臣于本年春卸任建德知县任后、赴饶州所作。或此期间,欧阳修曾与梅尧臣相约归隐,故欧公有"先往勿滞"的嘱托。
　　〔19〕 李逸安点校《欧阳修全集》,中华书局2001年版,第1097页。
　　〔21〕 陈湘琳《欧阳修的文学与情感世界》,复旦大学2012年版,第110页。
　　〔22〕 出自《赠隐者》、《送龙茶与许道人》,《欧阳修诗编年笺注》,第1804、1824页。
　　〔23〕 程杰《北宋诗文革新研究》,台北:文津出版社1996年版,第202、190页。
　　〔25〕〔26〕〔27〕 分别出自《送姜秀才游苏州》、《新营小斋凿地炉辄成五言三十九韵》、《离峡州后回寄元珍表臣》,《欧阳修诗编年笺注》,第408、505、494、509页。
　　〔28〕〔29〕〔30〕 均出自《初至夷陵答苏子美见寄》,《欧阳修诗编年笺注》,第408页。
　　〔31〕〔32〕〔33〕〔34〕〔35〕〔36〕〔37〕〔38〕〔41〕〔42〕〔43〕〔45〕〔49〕 分别出自《忆龙门》、《戏答元珍》、《黄溪夜泊》、《千叶红梨花》、《金鸡五言十四韵》、《自枝江山行至平陆驿五言二十四韵》、《新营小斋凿地炉辄成五言三十九韵》、《答梅圣俞寺丞见寄》、《金鸡五言十四韵》、《寄梅圣俞》、《和丁宝臣游甘泉寺》、《和对雪忆梅花》、《水谷夜行寄子美圣俞》,《欧阳修诗编年笺注》,第319、427、501、454、446、489、494、529、446、462、465、643、701页。
　　〔39〕〔40〕 尹占华、韩文奇《柳宗元集校注》,中华书局2013年版,第1934页。
　　〔44〕 出自苏轼《寓居定惠院之东,杂花满山,有海棠一株,土人不知贵也》,孔凡礼点校《苏轼诗集》,

中华书局1982年版,第1036页。
〔46〕 谢琰《北宋前期诗歌转型研究》,北京大学出版社2013年版,第5—6页。
〔47〕 蒋寅《拟与避:古典诗歌文本的互文性问题》,《文史哲》2012年第1期,第22页。
〔48〕 按,《孙公谈圃》:"公昔与杜挺之、梅圣俞同舟溯汴,见圣俞吟诗,日成一篇,众莫能和。"孙升口述,刘延世笔录,杨倩描、徐立群点校《孙公谈圃》,中华书局2012年版,第147页。

〔作者简介〕 董双,河北保定人,现为河北师范大学文学院讲师,文学博士,研究方向为唐宋文学。

《诗词蒙语》(诗词灵犀系列)

(周本淳著,人民文学出版社2023年版)

周本淳,当代著名古典文史学者。本书共分二十章,包括"'三言两语'谈平仄"、"对偶和律诗"、"作诗和填词"、"谈练字"、"诗词里的重字"、"数字在诗词中的应用"、"草木禽鱼问题"、"时地问题"、"谈题引"、"谈短篇诗词的结构"、"聚讼问题例析"、"含蓄与痛快"、"承袭与变化"、"谈用典"、"情与理"、"谈博识"、"遮与表"、"梦与诗"、"画与诗"和"新诗与旧诗"等有趣话题。作者精于诗词创作,整理诗话、别集多种,熟稔诗词内在的肌理与创作奥秘,抉奥发微,皆出自家独到的体味和提炼总结,文笔雅驯,学者评价此书是一部"真正成于大家之手的诗词学习向导"。

"诗词灵犀"系列已出版俞平伯《读词偶得 清真词释》、俞陛云《诗境浅说》、龙榆生《唐宋词格律》、谢崧《诗词指要》、顾随《稼轩词说 东坡词说》、王国维《人间词话》、启功《启功说唐诗》(增补版)、龙榆生《词学十讲》。

姜夔《卜算子·吏部梅花八咏夔次韵》系年新证

谢安松

姜夔《卜算子·吏部梅花八咏夔次韵》，陈思考证作于开禧三年(1207)。他对此组词系年考证颇为详细。夏承焘《姜白石词编年笺校》亦系此组词于是年，以之为姜夔词系年最晚者。后来学者多从此说，然而如此系年并不准确。而韩立平《姜夔卒年考辨》以此组词作于开禧三年为依据，进而考证姜夔卒年，这也使得姜夔卒年考证出现了偏差。此组词的系年考证，对于姜夔作品的理解、生平的考证皆十分重要。本文对此组词系年加以梳理，同时分别从姜夔、张镃《卜算子》和词，并结合曾三聘、张镃、姜夔三人临安行迹来考察姜词的准确系年。

一、姜夔《卜算子·吏部梅花八咏夔次韵》系年梳理

陈思《白石道人年谱》"开禧三年条"载："《宋史·曾三聘传》：'字无逸，临江新淦人。乾道二年进士。调赣州司户参军，累迁军监主簿，迁秘书郎。宁宗立，兼考功郎，后知鄂州。会韩侂胄为相，以三聘为故相赵汝愚腹心，坐追两官。久之，复元官与祠。差知郴州，改提点广西、湖北刑狱，皆辞不赴。侂胄诛，诸贤遭窜斥者相继召用，三聘禄不及，终不自言。'张功甫《南湖词·卜算子·无逸寄示近作梅词次韵回赠》：'常记十年前，共醉梅边路……早愿却来看，玉照花深处。风暖还听柳际莺，休唱闲居赋。'案，《南湖集》有《走笔和曾无逸掌故约观玉照堂梅六首》，故云'早愿却来看'。'风暖还听'，即谓前约。'休唱闲居赋'，谓知郴、改提刑皆不赴也。《卜算子》八阕第一阕与功甫韵同，盖同和，功甫所和佚其七耳。无逸元官已复，新命未赴，故题曰'吏部'。时居扫帚坞，故曰'家在马城西'。《宋史·宁宗纪》：'开禧二年三月己亥，从太皇太后幸聚景园。'此词为三年春之作，故曰'长信昨来看'。"[1]

陈思率先考证出姜夔词中"吏部"为曾三聘，此为他最突出的功劳。而对于此组词的系年，他主要依据"长信昨来看"与《宋史·宁宗本纪》的互证。他对姜夔《卜算子》考证虽较为详细，然系年并不准确。

夏承焘《姜白石词编年笺校》亦认可陈思之说。夏先生称："《吏部梅花八咏》，张镃《南湖集》(十)有《卜算子》'无逸寄示近作梅词次韵回赠'云：'常记十年前……休唱闲居赋。'与姜词第一首同韵。《南湖诗集》有与曾无逸酬唱诗多首。《酬曾无逸架阁见寄一首》自注云：'无逸兄无玷，今主大府簿。'案，《宋史》(四二三)《曾三聘传》：'字无逸。'又(四一五)《曾三复传》，'字无玷，无逸兄'。是无逸即曾三聘。三聘宁宗初为考功郎，故白石称为'吏部'，此为

154

和三聘词无疑。又《南湖集》结集于宁宗嘉定三年庚午,见方回跋。白石此词在别集,别集十八首,其年代可考者:《汉宫春》二首,嘉泰三年作;《念奴娇》《洞仙歌》《永遇乐》,嘉泰四年作;《虞美人》《水调歌头》,开禧初作;是《别集》一卷必嘉泰二年钱希武刻歌曲六卷之后续辑。《陈谱》以此词末首咏聚景园官梅,有'长信昨来看'句,据《宋史·宁宗本纪》:'开禧二年三月己亥,从太皇太后幸聚景园。'定此词为开禧三年作,其说可信。白石词可考年代者,以此八首为最后矣。"[2]

夏先生跟从陈思的思路,认可"吏部"为曾三聘。他又从《南湖集》与《白石道人歌曲》正、别集刊刻时间来印证姜夔《卜算子·吏部梅花八咏夔次韵》作于开禧三年的可能性。同时他又指出《卜算子》八首为姜夔词系年最晚者。

陈思、夏承焘二先生开禧三年说影响颇大,后来学者多主此说。如陶尔夫等著《姜张词传》谓:"此词作于宋宁宗开禧三年(1207)。当时作者在杭州。"[3]杜伟伟、姜剑云笺注《卜算子》称:"宋宁宗开禧三年(1207),姜夔为和友人曾三聘的《梅花八咏》,在杭州写下了八首《卜算子》,收在《白石道人歌曲别集》中。"[4]同时引用夏先生之说加以佐证。吴熊和、沈松勤编《唐宋词汇评》系姜夔《卜算子》于开禧三年,亦引夏承焘的按语。[5]以上诸家皆受到夏先生的影响。

不过对于此组词亦有学者未具体系年。如刘乃昌《姜夔词新释辑评》题解称:"《吏部梅花》:吏部,指曾三聘。《宋史》卷四百二十二本传:'曾三聘字无逸,临江新淦人……宁宗立,兼考功郎。'张镃《卜算子》(长记十年前)词小序云:'无逸寄示近作梅词,次韵回赠。'张镃这首《卜算子》与姜夔词第一首同韵。据此可知吏部梅花词,系指曾三聘咏梅词。"[6]然刘先生只指出"吏部"为曾三聘,对于此组词并未系年。韩经太、王维若《姜夔词》[7]、陈书良《姜白石词笺注》[8],题解与刘先生略同,然皆未系年。

以下通过对张镃《卜算子·无逸寄示近作梅词次韵回赠》、姜夔《卜算子·吏部梅花八咏夔次韵》考察,结合三人之间的交往情况,对姜夔《卜算子》组词系年进行考辨。

二、张镃《卜算子·无逸寄示近作梅词次韵回赠》系年考

姜夔《卜算子·吏部梅花八咏夔次韵》其一与张镃《卜算子·无逸寄示近作梅词次韵回赠》同韵。据词题、词意以及次韵形式可知,二词当作于同时。而张镃《卜算子》词之系年则可考察。张镃和词云:

> 常记十年前,共醉梅边路。别后频收尺素书,依旧情相与。　　早愿却来看,玉照花深处。风暖还听柳际莺,休唱《闲居赋》。[9]

陈思考证出姜夔《卜算子》词中"吏部"为曾三聘是恰当的。所谓"吏部",即指考功郎。《宋代官制辞典》谓:"三国曹魏时有考功郎中,尚书吏部考功郎中始置于唐武德三年。宋沿置。"[10]《宋史·曾三聘传》谓:"字无逸,临江新淦人……宁宗立,兼考功郎。"[11]"无逸"即曾三聘字。只是陈先生系年不正确。张镃《走笔和曾无逸掌故约观玉照堂梅诗六首》[12],作于绍熙中曾三聘官掌故时期。张镃词中"常记十年前,共醉梅边路",当以此诗为基准下推

155

十年。

首先看曾三聘的仕宦情况。淳熙十六年(1189)四月，入为户部架阁。游似《有宋特赠正奉大夫直龙图阁谥忠节曾公神道碑》[13](以下简称《曾公神道碑》)谓曾三聘"由赣州户曹入为户部架阁"。所谓"架阁"，乃主管尚书某部架阁文字官的简称，亦称"掌故"。曾氏任户部架阁官的具体时间未载，而据杨万里、陆游诗歌系年，可知当在淳熙十六年。杨万里有《送曾无逸入为掌故》，系在淳熙十六年四月[14]。陆游《病中数辱曾无逸架阁见问今日忽闻徙居走笔奉简因致卜邻之约》，系在是年秋[15]。张镃亦有《酬曾无逸架阁见寄》[16]，当为淳熙十六年曾三聘初到任时作。

绍熙四年(1193)正月，在军器监主簿任上。《宋会要辑稿》选举二二载，绍熙四年正月二十四日"军器监主簿曾三聘点检试卷"。[17]同年四月前后，改太府寺丞。周必大《与曾无逸寺丞三聘札子》作于绍熙四年，其中云："所恨贱躯自四月卧病，又不入食，羸劣异常，今虽小愈，而咳嗽昼夜为祟。念念投闲，尚未得报，进退交病，以是未能叙贺，当沐情恕。"[18]此札为庆贺曾三聘升任太府寺丞。可见绍熙四年四月前后曾三聘已在太府寺丞任上。十二月，自太府丞任上除秘书郎。《南宋馆阁续录》卷八"秘书郎绍熙以后"条载："曾三聘字无逸，临江人，乾道二年萧国梁榜进士出身，治书。四年十二月除。"[19]

绍熙五年(1194)七月前后，以秘书郎兼权考功郎。《宋史·曾三聘传》谓："宁宗立，兼考功郎。"[20]宁宗于绍熙五年七月初三登基，曾三聘除考功郎盖在此时。八月二十七，自秘书郎罢官。《南宋馆阁续录》卷八"秘书郎绍熙以后"条谓曾三聘绍熙"五年九月罢"[21]。而《宋会要辑稿》职官七三载："(绍熙五年八月)二十七日，秘书郎曾三聘放罢。以左司谏黄艾言三聘遍诸宰势台谏侍从之门，传递言语。"[22]故当以八月二十七日为是。是年曾三聘罢官后即归乡临江新淦，其《冈南郊居记》称："冈南在新淦之郊……绍熙甲寅，予自中秘黜官，沂大江而归。"[23]

庆元元年(1195)十月，知郢州任上与宫观。《宋会要辑稿》职官七三载："(庆元元年十月十六日)知郢州曾三聘与宫观。"[24]

庆元三年(1197)十二月，入庆元党籍。《续宋中兴编年资治通鉴》卷十二"庆元三年条"载："十二月，知绵州王沇乞置伪学之籍，仍自今曾受伪学举荐关升及刑法廉吏自代之人，并令省部籍记姓名，与闲慢差遣。从之。伪学逆党得罪者，凡五十有九人。"[25]其中"余官三十一人"中有曾三聘。

庆元五年(1199)正月，追两官。《宋史·宁宗本纪》载："(庆元)五年春正月庚子，枢密院直省官蔡琏诉赵汝愚定策时有异谋，诏下大理捕鞫彭龟年、曾三聘等以实其事。中书舍人范仲艺力争之于韩侂胄，事遂寝。张釜等复请穷治，诏停龟年、三聘官。"[26]

嘉泰元年(1201)，复元秩。游似《曾公神道碑》载："嘉泰元年，皇子生，曾三聘复元秩。"[27]嘉泰二年(1202)二月，党禁弛，曾三聘等或复官自便，或典州宫观。《续编两朝纲目备要》卷七载："(嘉泰二年)二月，弛学禁。初，学禁之行也……是春，赵汝愚追复资政。于是党人之见在者，徐谊、刘光祖、陈傅良、章颖、薛叔似、叶适、曾三聘、项安世、范仲黼、黄灏、詹体仁、游仲鸿诸人，咸先后复官自便，或典州宫观。"[28]而曾三聘复官在嘉泰三年(1203)七月。魏了翁《显谟阁学士特赠光禄大夫倪公墓志铭》载："刘德秀劾公，嘉泰元年复提举兴国宫。

俄差知泉州……侂胄久执国柄，稍弃前怨以收士望，于是彭子寿、曾无逸复官，林和叔宫观，徐子宜放自便，吕子约量移，公提举玉隆万寿宫，皆三年七月也。"[29]

后差知郴州、广西提刑、湖北提刑，皆不赴。游似《曾公神道碑》载："久之，予祠。又久之，差知郴州，改提点广西刑狱事。未赴，改湖北，力辞。又主管冲佑观。"

以上是曾三聘仕宦的基本情况。以下则考察他与张镃临安交往情况。绍熙二年(1191)，曾三聘与张镃有交往。是年八月，杨万里《戏用禅观答曾无逸问山谷语序》云："右山谷语，无逸云见墨迹于张功父处。功父云：屡问人不晓。"[30]"张功父"即张镃。绍熙三年(1192)，曾三聘等十人在张镃家集会为石昼问、黄灏送行。[31]据前考，淳熙十六年夏，曾三聘入为户部架阁官，至绍熙五年九月前皆在临安任职。此后离京任职，后入庆元党籍，不复出仕。而据《张镃年谱》，淳熙十一年(1184)冬，张镃任临安府通判。十三年(1186)秋，奉祠居临安桂隐。约绍熙元年(1190)秋往苏州游览，旋归。庆元元年(1195)六月，自司农寺主簿放罢。四年(1198)九月，自司农丞上宫观。[32]张镃居家临安，又在临安为官。除绍熙元年短暂出游苏州，淳熙十一年至庆元四年皆在京。从二人临安行迹分析，曾三聘与张镃玉照堂赏梅当在绍熙元年春至五年春梅花开时。以此，张镃《卜算子》一词当作于庆元六年(1200)至嘉泰四年(1204)之间，绝不可能到开禧三年(1207)。若如此，则有十四年之久，称"常记十年前，共醉梅边路"显然不妥。

曾维刚《张镃年谱》系张镃《卜算子·无逸寄示近作梅词次韵回赠》于庆元四年。曾维刚称："前述淳熙十六年(1189)曾三聘(字无逸)入朝为掌故，以诗寄张镃。张镃有《酬曾无逸架阁见寄》、《走笔和曾无逸掌故，约观玉照堂梅诗，六首》等诗作与之唱和。宁宗立，曾三聘兼考功郎，旋知鄞州……张镃《卜算子·无逸寄示近作梅词，次韵回赠》有'常记十年前，共醉梅边路。别后频收尺素书，依旧情相与'。以淳熙十六年曾三聘入京与张镃交往算起，至宁宗庆元四年(1198)为十年，时曾三聘恰已离朝。"[33]曾先生以曾三聘淳熙十六年入京最早年份算起，时间显然过早。曾三聘庆元元年十月知鄞州任上宫观，三年十二月入党籍，五年正月追两官，嘉泰元年复元秩，三年七月复原官。张镃和词若作于庆元四年春，其时曾三聘刚入庆元党籍，称"休唱《闲居赋》"显然不妥。潘岳"因仕宦不达"作《闲居赋》，其以母病而辞官，是一种自主行为，表现出对官场的厌倦和归隐的渴望。而曾三聘入庆元党籍则是因政治斗争而被迫去职。张镃所谓"休唱闲居赋"当是针对嘉泰二年党禁弛，嘉泰三年七月曾三聘复原官而不愿出仕之背景。

张镃有《走笔和曾无逸掌故约观玉照堂梅诗六首》，而曾三聘任户部架阁官（即掌故）的时间则可细化。绍熙四年正月曾三聘在军器监主簿任上，张镃与曾三聘初次观玉照堂梅当在此前。此组诗收入《南湖集》卷九，其后十首为《任道源转示玉艳亭探梅诗卷未暇属和闰月十一日偶自北山塔院过亭下枝间已花因次元韵三首》[34]。核《二十史朔闰表》，绍熙三年闰二月，绍熙五年闰十月。[35]根据梅花花期，此诗只能作于绍熙三年闰二月。而组诗其六云："春色更拚过数日，三分余一尚堪追"[36]，可知当在春二月。

前考曾三聘离京在绍熙五年秋九月前后，因此绍熙三年春为二人观玉照堂梅之上限，下限则是绍熙五年春。张镃所谓"常记十年前，共醉梅边路"当指绍熙五年春二人在临安最后一次看梅。再考姜夔行踪，绍熙五年春亦在孤山看梅。[37]因此，三人当是绍熙五年春同时在临安看梅,得以共同唱和。姜夔《卜算子·吏部梅花八咏夔次韵》其一云:"忆别庾郎时,又过林逋处。万古西湖寂寞春,惆怅谁能赋。"此处"庾郎"即指曾三聘。"忆别庾郎时"即指十年前的绍熙五年春与曾三聘在临安孤山同看梅事。绍熙五年下推十年,当在嘉泰四年。

综上考可知,姜夔《卜算子·吏部梅花八咏夔次韵》非作于开禧三年,而当作于嘉泰四年春。

三、姜夔《卜算子·吏部梅花八咏夔次韵》系年考

姜夔《卜算子·吏部梅花八咏夔次韵》并无明确系年信息,然而其中内容已经透露了时间信息。以下通过此组词的内容、在词集中的编排等情况,对其系年进行考辨。

首先,看姜夔《卜算子·吏部梅花八咏夔次韵》[38]的创作时间、地点。《卜算子》八首中七首有词人自注。其二云:"西泠桥在孤山之西,水沉亭在孤山之北,亭废。"其三云:"凉观在孤山之麓,南北梅最奇。"其四云:"马城在都城西北,梅屏甚见珍爱。"其五云:"下竺寺前礀石上风景最妙。"其六云:"西村在孤山后,梅皆阜陵时所种。"其七云:"越之昌源,古梅妙天下。"其八云:"聚景官梅,皆植之高松之下,苆荫岁久,萼尽绿。夔昨岁观梅于彼,所闻于园者如此,末章及之。"而其一虽无注,但云"忆别庾郎时,又过林逋处。万古西湖寂寞春,惆怅谁能赋",可见写的是临安孤山之梅。其五"下竺寺"亦在杭州西湖。《西湖志》卷一三载:"下竺寺在灵鹫山麓,晋高僧慧理建。"可见此八首除了第七首提到越州之古梅,其余七首皆写临安孤山之梅。因此八首词当作于临安孤山寻梅之时。此组词多次提及春,如"万古西湖寂寞春"、"缓饮春风影"、"小迟春心透"、"古寺春寒恶"、"惆怅西村一坞春"、"龙笛吟春咽"、"松下春风细"等等。可见此八首词当作于早春之时,当在正月间。

姜夔《卜算子·吏部梅花八咏夔次韵》其一主要论及他与曾三聘临安咏梅之事。张镃和词亦存,故而稍作分析。姜夔词云:

> 江左咏梅人,梦绕青青路。因向凌风台下看,心事还将与。　　忆别庾郎时,又过林逋处。万古西湖寂寞春,惆怅谁能赋。[39]

词前四句主要写何逊咏梅的情形。"江左咏梅人",指何逊咏梅事。何逊《扬州法曹梅花盛开》云:"兔园标物序,惊时最是梅。衔霜当路发,映雪拟寒开。枝横却月观,花绕凌风台。"此处以何逊比曾三聘,写当年与词人一起在孤山赏梅之情形。后四句则写词人与曾三聘昔日分别到如今独自寻梅的情形。"庾郎",指庾信。庾信以诗赋著名,尝作有《梅花》诗,后因借用为咏梅花的典故。此处"庾郎"则借指曾三聘。"忆别庾郎时",即指当年在临安与曾三聘同看梅事。"又过林逋处",即又独自到孤山寻梅。林逋隐居杭州西湖孤山,有"疏影横斜水清浅,暗香浮动月黄昏"之咏梅名句。"万古西湖寂寞春,惆怅谁能赋"则写曾三聘离开后词人独自到孤山寻梅,感叹谁能赋写这万古西湖之春。此词从昔日与曾三聘孤山共同寻梅,到如今的两地寻梅,表现出彼此的深厚情谊。

而解读《卜算子》组词系年的关键在于第八首。姜夔《卜算子·吏部梅花八咏夔次韵》其八称:

御苑接湖波,松下春风细。云绿峨峨玉万枝,别有仙风味。　　长信昨来看,忆共东皇醉。此树婆娑一惘然,苔藓生春意。[40]

按,"长信宫",汉宫名。汉太皇太后所居。因用以为太皇太后的代称。《汉书·孝元傅昭仪》谓:"后又更号帝太太后为皇太太后,称永信宫,帝太后称中安宫,而成帝母太皇太后本称长信宫,成帝赵后为皇太后,并四太后,各置少府、太仆,秩皆中二千石。"[41]《后汉书·皇后纪》"置太仆、少府以下,皆如长乐宫故事"条注云:"《汉官仪》曰:帝祖母称长信宫,帝母称长乐宫,故有长信少府、长乐少府及职吏。"[42]

可见"长信"指帝祖母太皇太后所居宫殿。姜夔词中"长信"借指宁宗朝的太皇太后成肃太后谢氏。盖其六自注云:"西村在孤山后,梅皆阜陵时所种。""阜陵"为宋孝宗陵墓,宋孝宗卒于绍熙五年六月,十一月"权欑孝宗皇帝于永阜陵"。词中称"阜陵",时光宗已内禅,宁宗已即位。张镃《卜算子·无逸寄示近作梅词次韵回赠》词作于嘉泰二年后,姜夔《卜算子》其一与之同韵,亦当作于是年后。而宁宗嘉泰二年前后的太皇太后只能是成肃太后。

《宋史·成肃谢皇后传》载:"成肃谢皇后,丹阳人……淳熙三年,妃侍帝,过德寿宫,上皇谕以立后意。寻遣张去为传旨,立贵妃为皇后,复姓谢氏。亲属推恩者十人。光宗受禅,上尊号寿成皇后。孝宗崩,尊为皇太后。庆元初,加号惠慈。嘉泰二年,加慈佑太皇太后。三年崩,谥成肃,欑祔于永阜陵。"[43]谢皇后卒于开禧三年。《宋史》卷一二三载:"孝宗成肃皇后夏氏,开禧三年崩,殡于永阜陵正北。"[44]

嘉泰二年(1202),成肃太后谢氏封慈佑太皇太后。其庆元六年(1200)、嘉泰三年(1203)、开禧二年(1206)曾幸聚景园。《宋史·宁宗本纪》载:庆元六年三月"辛未,从寿成惠慈皇太后幸聚景园。"[45]《宋史·宁宗本纪》载:(嘉泰)三年"二月乙巳,御文德殿册皇后……三月丁丑,以久雨诏大理、三衙、临安府决系囚。乙酉,幸聚景园。"[46]《宋史·宁宗本纪》载:"(开禧二年)二月癸丑,寿慈宫火。甲寅,太皇太后移居大内,车驾月四朝。""(三月)己亥,从太皇太后幸聚景园。"[47]

《宋史·宁宗本纪》嘉泰三年仅称"(三月)乙酉,幸聚景园",并未提及太皇太后。而周密《武林旧事》卷四"故都宫殿御园"条载:"聚景园。清波门外,孝宗致养之地,堂扁皆孝宗御书。淳熙中,屡经临幸。嘉泰间,宁宗奉成肃太后临幸。其后并皆荒芜不修。"[48]可见嘉泰三年三月太皇太后谢氏亦临幸聚景园。

而陈思系姜夔《卜算子》于开禧三年的主要依据来自《宋史·宁宗本纪》开禧二年的记载。《白石道人年谱》称:"《宋史·宁宗纪》:'开禧二年三月己亥,从太皇太后幸聚景园。'此词为三年春之作,故曰'长信昨来看'。"前考太皇太后临幸聚景园,不仅仅在开禧二年。以此推定词作于开禧三年并不妥当。

夏承焘称姜夔《吏部梅花八咏》非收入嘉泰二年所刊《白石道人歌曲》的《正集》中,而是在《别集》中,故而当作于嘉泰二年之后。其说甚是。张镃词亦称"休唱《闲居赋》",当是嘉泰二年二月党禁弛,嘉泰三年七月复官之后。后起知郴州,改广西、湖北提刑皆辞不赴。曾三聘嘉泰三年七月复官,当即复考功郎,而知郴州新命未赴也,故姜夔和词称"吏部"。因此,姜夔此组词当作于嘉泰三年七月之后。

姜夔《卜算子·吏部梅花八咏》其二云:"家在马城西,曾赋梅屏雪。"并注云:"马城在都城西北,梅屏甚见珍爱。"说明此时姜夔临安马城之家尚未被烧毁。陈思《白石道人年谱》"嘉泰四年条"载:"三月,行都大火,舍毁,移寓旅邸。"[49]《宋史·宁宗本纪》载:嘉泰四年"三月丁卯,临安大火,迫太庙,权奉神主于景灵宫"[50]。姜夔开禧元年(1205)春方营建草堂。陈思《白石道人年谱》"开禧元年条"载:"饮水磨方氏,会饮总宜,营草堂于扫帚坞。"[51]周文璞有《题尧章新成山堂》云:"壁间古画身都碎,架上枯琴尾半焦。犹有住山穷活计,仙经盈卷一村瓢。"[52]可见姜夔筑草堂在嘉泰四年三月毁舍后。以此,姜夔《卜算子·吏部梅花八咏》当作于嘉泰四年三月前。

因此,《卜算子》八首当作于嘉泰二年春至四年春之间。再考姜夔行迹,绍熙五年春曾到临安看梅。夏承焘《姜夔行实考·系年》称:"绍熙五年甲寅(四十岁)。春,与张鉴自越之吴,携家妓观梅于孤山之西村,作《莺声绕红楼》。与俞灏观梅于孤山之西村,已而灏归吴兴,独游孤山作《角招》。"[53]姜夔与曾三聘相约孤山看梅当即在绍熙五年(1194)春,下推十年恰好是嘉泰四年(1204)春。而前考成肃太后嘉泰三年春观聚景园梅花,《卜算子》八首其八注云"聚景官梅,皆植之高松之下……夔昨岁观梅于彼"。故而此组词作于嘉泰三年后一年,即在嘉泰四年。两处推论恰合。因此,姜夔《卜算子》八首必作于嘉泰四年春。

此外,姜夔《卜算子·吏部梅花八咏夔次韵》与其卒年密切相关。韩立平《姜夔卒年考辨》称:"《盖》诗亦云'十年重入长安市',则二诗当皆作于己未后十年即嘉定二年前后。第二首云'故交零落',《盖》诗自注亦云'下世三年',由此倒推三年,则姜夔卒年当在开禧二年(1206)前后。姜夔《卜算子·吏部梅花八咏夔次韵》为存世词作可考年代最晚者,陈思年谱定于开禧三年。考虑古人诗中多有举成数之例,韩淲《盖》诗、《寄抱朴君》之确切作年或为己未后十一年,即嘉定三年,姜夔或已于三年前即开禧三年辞世……综上考,由韩淲《盖》诗、《寄抱朴君》作年与姜夔《卜算子·吏部梅花八咏夔次韵》作年两相参证,可定姜夔约卒于开禧三年前后。"[54]前考姜夔《卜算子·吏部梅花八咏夔次韵》当作于嘉泰四年春。因此,此组词不可用来推断姜夔之卒年。而韩先生囿于陈思、夏承焘二先生对于姜夔《卜算子·吏部梅花八咏夔次韵》之系年,而使得姜夔卒年摇摆不定。根据韩淲《盖希之作乌程县》可知姜夔当卒于开禧二年。

总而言之,不管是从姜夔《卜算子·吏部梅花八咏夔次韵》系年,还是从张镃《卜算子·无逸寄示近作梅词次韵回赠》的考证,都可知姜夔《卜算子》组词并非作于开禧三年,而当作于嘉泰四年春。姜夔《卜算子》八首并非其词系年之最晚者。同时,因为此组词作于嘉泰四年,亦不能以之考证姜夔卒年。

注 释:

[1][37][49][51] 陈思《白石道人年谱》,《丛书集成续编》第262册,台湾新文丰出版有限公司1988年版,第448、432、445、446页。

[2][38][39][40][53] 夏承焘《姜白石词编年笺校》,上海古籍出版社2020年版,第212—122、120—121、120、121、361—362页。

[3] 陶尔夫等《姜张词传》,吉林人民出版社1999年版,第218页。

[4] 杜伟伟、姜剑云笺注《姜夔集》,三晋出版社2008年版,第169页。

〔5〕 吴熊和、沈松勤主编《唐宋词汇评》(两宋卷)第3册,浙江教育出版社2004年版,第2802页。
〔6〕 刘乃昌《姜夔词新释辑评》,中国书店2001年版,第193页。
〔7〕 韩经太、王维若《姜夔词》,人民文学出版社2005年版,第193页。
〔8〕 陈书良《姜白石词笺注》,中华书局2013年版,第173—174页。
〔9〕〔12〕〔16〕〔34〕〔36〕 张镃著,吴晶、周膺点校《南湖集》,当代中国出版社2014年版,第275、257、162、262、257页。
〔10〕 龚延明《宋代官制辞典》,中华书局1997年版,第203—204页。
〔11〕〔20〕〔26〕〔43〕〔44〕〔45〕〔46〕〔47〕〔50〕 脱脱等撰《宋史》,中华书局1985年版,第12613、12613、725、8652、2875、726、733、739—740、735页。
〔13〕〔27〕 杜海军辑校《桂林石刻总集辑校》,中华书局2013年版,第337页。
〔14〕〔30〕 辛更儒《杨万里集笺校》,中华书局2007年版,第1291—1292,1629页。
〔15〕 陆游著,钱仲联校注《剑南诗稿校注》,上海古籍出版社2020年版,第1590页。
〔17〕〔24〕 徐松辑,刁忠民、舒大刚点校《宋会要辑稿》,上海古籍出版社2014年版,第5663、5037页。
〔18〕〔23〕〔29〕 曾枣庄、刘琳主编《全宋文》第229、280、311册,上海辞书出版社、安徽教育出版社2006年版,第321、352、340－341页。
〔19〕〔21〕 陈骙著,佚名续录,张富祥点校《南宋馆阁录续录》,中华书局1998年版,第293、293页。
〔22〕 徐松辑《宋会要辑稿》职官七三,《续修四库全书》第780册,上海古籍出版社2002年版,第487页。
〔25〕 刘时举著,王瑞来点校《续宋中兴编年资治通鉴》卷一二,中华书局2014年版,第275页。
〔28〕 佚名编,汝企和点校《续编两朝纲目备要》卷七,中华书局1995年版,第124页。
〔31〕〔32〕〔33〕 曾维刚《张镃年谱》,人民出版社2010年版,第175—176、68—208、208页。
〔35〕 陈垣《二十史朔闰表》,中华书局1956年版,第141页。
〔41〕 班固著,颜师古注《汉书》卷九七下《孝元傅昭仪》,中华书局1962年版,第4001页。
〔42〕 范晔著,李贤等注《后汉书》卷一〇下《孝崇匽皇后》,中华书局1965年版,第441—442页。
〔48〕 周密著,杨瑞点校《武林旧事》卷四,浙江古籍出版社2015年版,第70页。
〔52〕 周文璞《方泉诗集》卷四,影印文渊阁《四库全书》第1175册,台湾商务印书馆1986年版,第29页。
〔54〕 韩立平《姜夔卒年考辨》,《文学遗产》2010年第5期。

〔作者简介〕 谢安松,1992年生,文学博士,上海大学文学院博士后,研究方向为宋元文学与文献。

论吕祖谦《宋文鉴》对北宋诗歌史的建构[*]

杨许波　华若男

《宋文鉴》作为足资代表北宋一代文学成就的诗文总集,历来不乏研究者关注,尤其是在《宋文鉴》的版本及其与《圣宋文海》的比较研究、《宋文鉴》文学思想及文体研究、《宋文鉴》与学术及时政关系的研究、《宋文鉴》的选文研究等方面,取得较多成果。相对来说,专门考察《宋文鉴》选诗的成果较少。袁佳佳从《宋文鉴》的成书过程及选诗体例,《宋文鉴》选录诗人,《宋文鉴》与吕祖谦的诗学思想三个角度进行了较为详细的探讨[1],较多启发意义。然而,作为现存最早最全备的北宋诗文总集,吕祖谦《宋文鉴》选录诗人诗作179家1054首,较好地反映了北宋诗歌整体面貌,对于北宋诗歌史的建构有着重要的意义,将其置于整个诗歌史发展的长河中进行探讨更能彰显其独特的价值。

一、吕祖谦《宋文鉴》选诗所体现的北宋诗歌史整体面貌

吕祖谦《宋文鉴》选取了有宋一朝一百六十余年间的诗作共计1054首,囊括了北宋179家诗人,不仅有苏、黄等大家,同时不少诗歌史上籍籍无名的小诗人亦得以留存;且涵盖了古体诗、乐府歌行、近体诗等11类诗体,从中可以窥见北宋诗歌发展的总体概貌。《宋文鉴》所选的一批诗人、诗歌在当前通行文学史教材北宋诗歌部分占有十分重要的分量,这在一定程度上可以看出吕祖谦对于北宋诗歌史的建构之功。《宋文鉴》通过"诗以体分,体以时叙"的方式[2],以时间线索为经,诗体分类为纬,构建了一幅北宋诗歌发展全景图。

首先,《宋文鉴》选录诗歌的时期跨度大,自北宋立国初期到南渡前期,且充分考量了各个时期选录诗歌的标准及数量,清晰地呈现了北宋诗歌从发展初期到鼎盛期再到逐渐衰变期的发展脉络。宋初太祖、太宗、真宗三朝为北宋诗歌发展初期(960—1022),诗坛成就平平,但选录诗人多达50位,占比28%,正如吕祖谦所言"国初文人尚少,故所取稍宽"[3],所选诗人主要由白体、西昆体、晚唐体三派诗人及由晚唐五代入宋的一批诗人如范质、郑文宝等构成,每位诗人选录数量均较少,多为一到两首。鼎盛期为仁宗、英宗、神宗、哲宗四朝(1023—1100),选录诗人数量最多,共计117位,占比高达65.3%,且所选诗人多为后世公认的名家、大家,包括欧阳修、苏轼、黄庭坚等。对此,吕祖谦解释说:"仁庙以后,文士辈出,故所取稍严,如欧阳公、司马公、苏内翰、黄门诸公之文,俱自成一家,以文传世。今姑择其尤者,以备篇

本文收稿日期:2023年3月2日

帙。"[4]所选诗人的诗作数量亦多,苏、黄等人各体诗歌选录数量大多在十首以上。衰变期为徽宗、钦宗两朝(1101—1126),历时极短且国运一直处于动荡不安的状态,因此选录诗人数量最少,仅12人,占比6.7%,选录诗作亦极少,作家也较不知名。

其次,《宋文鉴》选录诗歌的体裁全备,分类细致,郭英德即指出其:"第一次在诗体中细分四言古诗、五言古诗、七言古诗、五言律诗、七言律诗、五言绝句、七言绝句、杂体、琴操等类,表现出中唐以来人们对诗体写作的充分自觉"[5]。这既反映了宋人对诗体认识的深化,又突出呈现了北宋各类诗体的发展成就,在凸显诗坛整体风气的同时也兼顾了吕祖谦的个人偏好。《宋文鉴》将诗歌体裁分为11大类,其选录数量分别为:四言诗26首,五言古诗293首,五言律诗146首,五言绝句55首,六言绝句15首,七言古诗57首,七言律诗147首,七言绝句179首,乐府歌行59首,杂言体40首,骚体38首。其中四言诗占比2.4%,五言诗占比47%,六言诗占比1.4%,七言诗占比36.3%,杂言诗(包含乐府歌行、骚体)占比12.9%;而古体诗(四言、五古、七古、乐府歌行、杂体、骚体)占比48.7%,近体诗(五律、七律、五绝、六绝、七绝)占比51.3%。从占比可以看出,吕祖谦对古体诗和近体诗均较为重视。对近体诗的略有偏好,与宋代诗坛整体风气保持了一致,当时及后代宋诗选本亦多推重宋代近体诗,如刘克庄《本朝五七言绝句》、《中兴五七言绝句》等选本重视宋人绝句,方回《瀛奎律髓》则重视律体,近人陈衍《宋诗精华录》亦推重近体诗,程千帆先生亦持同样主张,认为"此(古诗)宋人之短,非宋人之长"[6];而对于五言古诗的偏爱则凸显了鲜明的个人喜好,这可在《宋文鉴》之前吕祖谦所编《丽泽集诗》中见出端倪,其中"宋人诗多与《皇朝文鉴》同,除《文鉴》外,各卷增益若干"[7],且该书亦以五古选录数量为最。

最后,《宋文鉴》在选录诗人方面做到了尽可能的客观公正,在重视、突出大家的同时亦不废小家,全面考虑到了北宋诗人群体的各异风貌。《宋文鉴》最为推崇苏黄等大家,其中苏轼诗142首、黄庭坚诗112首、王安石诗88首、邵雍诗51首、欧阳修诗38首;选录诗歌数量在10首以上的诗人还有张耒、陈师道、梅尧臣、范仲淹、孔平仲、刘敞、苏舜钦、张载、鲜于侁、王令、刘攽、苏辙、王禹偁、尹洙(按诗歌数量由多到少依次排列),排名前五除邵雍外都为后世公认的大诗人;存诗两首以下的诗人共计有112家,占比约63%,数量较为庞大,北宋诗坛主要的诗人都囊括于其中。此外,根据杜海军统计,《全宋诗》所录仅见或首见于《宋文鉴》的诗多达92首,其中多数为种放、路振、罗处约、燕肃等不知名小诗人,许多诗篇凭借《宋文鉴》才得以流传至今[8]。但《宋文鉴》对大家的推重并不盲目,而是以其诗歌的整体成就为基准,在他们众多诗作中选出了一批能够凸显诗人个性特色的代表性诗歌,如苏轼与黄庭坚的五古、王安石的七绝、鲜于侁的骚体诗等。

概而言之,《宋文鉴》选录诗歌时期跨度大,反映了北宋诗歌从酝酿到全盛最后转衰的发展趋向;选录诗歌体式丰富,暗合了宋代辨体意识兴盛的时代风气;选录诗人数量众多,则有助于全面考察北宋诗坛生态。

二、吕祖谦《宋文鉴》建构北宋诗歌史的具体方式

钱志熙曾言"诗歌史整体建构与描述,是在具体的诗歌作品、诗人创作、流派及各个时期

诗歌发展等局部的研究的基础上整合出来的"[9]。为此诗歌选本在一定程度上可看作一部诗歌史,可从其所选诗人、诗作、选诗时期去考察选诗者所意欲构建的某一特定时期的诗歌发展流变脉络。吕祖谦《宋文鉴》共选录北宋诗人179家1054首诗,在现存的宋人选宋诗选本中堪称最为全备,体现了其对北宋诗歌史的全景式把握。

首先,《宋文鉴》按时间先后顺序选诗,突显了吕祖谦对于北宋诗歌发展历史进程的重点关注。其选诗范围贯穿北宋一百六十余年,为后世呈现了一部具有开先河意义的北宋诗歌发展史。吕祖谦曾言"编年与纪传互有得失,论一时之事,纪传不如编年;论一人之得失,编年不如纪传"[10]。其《宋文鉴》选诗按照时间顺序排列,无疑可以更直观地反映北宋这个时代诗歌从发端到衰落的全貌。明人许学夷于《诗源辨体》中直言其编选诗集模仿了司马光《资治通鉴》之体例,"故予编三百篇、楚骚、汉、魏、六朝、唐人诗,类温公《通鉴》",认为以时为序编排诗歌不仅能一目了然地呈现诗歌源流,还能使读者从中看出诗道之兴衰[11]。以时序编排诗歌是建构诗歌史的重要一步,可以一览无余地展现北宋诗歌的演变历程。

其次,《宋文鉴》按诗歌体裁分类选诗,表明了吕祖谦对于北宋诗歌不同文体成就高低的体认。吕祖谦打破了前代诗歌选本按题材分类的传统做法,别出心裁地采用了按诗歌体裁分类的做法,将诗歌分为四言、乐府歌行(杂言附)、五古、七古、五律、七律、五绝、六绝、七绝、杂体、骚体(如骚者亦附)11大类。分体选诗不仅体现了吕祖谦对于诗体的重视,同时也于无形之间确立了诗体标准,为学诗者树立了典范。许学夷曾批评以题材选诗之弊:"今世传太白等集,以登临、送别等为类,而不以体分,其法本于《文选》,尤紊乱可憎耳"[12],而认为学诗应以体制为先,"古、律、绝句,诗之体也;诸体所指,诗之趣也。别其体,斯得其趣矣"[13]。吕祖谦所选诗歌中,不同体裁诗歌数量的选录呈现出较大的差异,其中五绝、六绝各半卷,四言、七古、杂体、骚体各一卷,乐府歌行、五律、七律、七绝各两卷,五古六卷,从中可明显看出其重视五古的倾向。不仅如此,《宋文鉴》中存诗十首以上的诗人如苏轼、黄庭坚等大家,五言古诗选录的数量亦最多,由此可见,吕祖谦认为五古最能代表北宋诗歌成就。按诗歌体裁分类选诗是北宋诗歌在空间维度的展开,使得人们对北宋诗歌的认知向更纵深处开掘,有利于打破大众对北宋诗歌由直观认知而产生的偏见。

再次,《宋文鉴》选诗重视大家,同时亦不废小家,体现了吕祖谦对于北宋诗歌生态的全面把握。吕乔年曾记载吕祖谦自述其选录诗人标准一事:

> 国初文人尚少,故所取稍宽。仁庙以后,文士辈出,故所取稍严,如欧阳公、司马公、苏内翰、黄门诸公之文,俱自成一家,以文传世,今姑择其尤者,以备篇帙。或其人有闻于时,而其文不为后进所诵习,如李公择、孙莘老、李泰伯之类,亦搜求其文,以存其姓氏,使不湮没。或其尝仕于朝,不为清议所予,而其文自亦有可观,如吕惠卿之类,亦取其不悖于理者,而不以人废言。[14]

由此可知,吕祖谦选录诗人的标准较为灵活,考虑到了时代、才学、名望等多重因素。在宋初诗人较少时,放宽选诗标准,而到了仁宗至哲宗四朝文人辈出之际,选诗标准则变严苛;对于当时名望重,然而不为后世所熟知文人的诗歌亦多方搜求以存其名;对于在人品方面存在争议文人如吕惠卿等,也能客观选录,不以人废言,力求全面展现北宋诗坛风貌。《宋文鉴》既重视苏轼、黄庭坚等大家,选诗数量均高达百首以上,也关注鲜有人问津的小诗人,所选179家诗人中有41人存诗两首,71人仅存诗一首,存诗两首以下诗人约占选录诗人总数的63%,足见对这一群体的重视。吕祖谦在选录诗人时既突出大家亦留存小家,选诗时既重视主流同时也关注非主流,有助于全面了解北宋诗坛的整体风貌,客观评价北宋诗歌。

最后,《宋文鉴》选诗还做到了在突出诗坛整体风气的同时又凸显诗人的个性特色,在一定程度上影响了诗人后世诗歌史地位的确立。它充分考虑到具体诗人在某些方面的突出成就,如王安石是后世公认的绝句大家,严羽《沧浪诗话·诗体》便于"王荆公体"下注言:"公绝句最高,其得意处,高出苏(轼)、黄(庭坚)、陈(师道)之上,而与唐人尚隔一关"[15],杨万里甚至将王安石的绝句创作与唐人相媲美:"五七字绝句最少,而最难工,虽作者亦难得四句全好者,晚唐人与介甫最工于此"[16]。《宋文鉴》所选五言绝与七言绝中,王安石数量均最多,五言绝句4首,七言绝句多达32首,绝句占其入选诗歌总数88首的41%。据莫砺锋《论王荆公体》统计,王安石现存诗歌1652首,绝句604首,占总数的37%[17],绝句中又以七言绝句居多,受到的称誉也较多,可见吕祖谦选诗兼顾了诗坛整体大环境和诗人个性特色。《宋文鉴》中理学家诗收录比重较高,与其他选本不同,但这些诗大多乏善可陈,因此遭后人诟病较多。这其实是受南宋理学大兴及吕祖谦自身理学家身份影响所产生的特例,亦可在一定程度上反映时人对于理学诗之态度,进而帮助界定其在北宋诗坛的历史地位。

正如清人章学诚所指出,《宋文鉴》与《唐文鉴》、《元文类》等书"并欲包括全代,与史相辅"[18]。吕祖谦《宋文鉴》通过以时序编诗梳理了北宋诗歌发展源流,通过分体裁选诗界定了北宋诗体之规范,选诗既突出大家亦不废小家呈现了北宋诗坛生态全貌,重视诗坛整体风气亦凸显诗人个性特色助推了大家诗歌史地位的确立,构建了其心目中的北宋诗歌史。

三、吕祖谦《宋文鉴》构建北宋诗歌史的前提条件

宋孝宗因甚喜民间流行的《圣宋文海》坊本,故下令让吕祖谦重修,但吕祖谦并未遵照圣意重修该书,而是凭借己意重编了一部北宋诗文选本,孝宗赐名《皇朝文鉴》,即今所见《宋文鉴》。吕祖谦为何要重编《宋文鉴》?又缘何能在短时间内凭一己之力完成这项繁重的工作?弄清楚这两个问题才能更好地理解吕祖谦构建北宋诗歌史的雄心。执意重编《宋文鉴》是因为《圣宋文海》虽名为"文海",然其所收录诗文之数量与质量均不尽如人意,不仅吕祖谦对其不满,周必大亦言其"去取差谬,恐难传后"[19],无法代表北宋一代的文学成就。吕祖谦欲编纂一部可代表北宋文学成就的"一代之书",而能凭一己之力在短期内完成一部如此大体量的总集编纂工作,与其家学渊源及精深的史学、诗学修养密不可分。

首先,吕祖谦所在的东莱吕氏家族是有名的"文献故家",藏书丰富,文化积淀深厚,《宋元学案》即言"故中原文献之传独归吕氏,其余大儒弗及也"[20];且其家族文脉代代薪火相传,历经百余年未曾断绝,进入《宋元学案》者共7世17人[21],其家学渊源之悠久可见一斑。吕祖谦对于本家族的文学传统有着极为清晰的认知,曾指出其伯祖吕本中将中原文献南传延续了北宋中原文化之血脉,"于是嵩、洛、关、辅诸儒之源流靡不讲,庆历、元祐群叟之本末靡不咨"[22]。《宋史》亦载"祖谦之学本之家庭,有中原文献之传"[23],《宋元学案》则对其学

术渊源作了更为精当的评价:"先生文学术业,本于天资,习于家庭,稽诸中原文献之所传,博诸四方师友之所讲,融洽无所偏滞"[24]。可见中原文献传家使得他接触到了大量珍贵的北宋文献,而诗歌作为当时最受重视的文体之一,所得到的当不会少,在接触了如此丰富的北宋诗歌文献后试图构建北宋诗歌史便属情理之中。

其次,吕祖谦不仅是享有盛名的理学大家,同时还是位成就斐然的史学家。东莱吕氏家族素来就有重史的传统,吕祖谦直承其家学渊源,不仅重史亦善治史,具备极高的史学修养,所编纂史学著作如"左氏三传"(《左氏博议》、《左氏传说》、《左氏续传说》)和编年体史书《大事记》均产生了较大影响。吕祖谦曾指出:

> 史当自《左氏》至《五代史》依次读,则上下首尾洞然明白。至于观其他书,亦须自首至尾,无失其序为善。若杂然并列于前,今日读某书,明日读某传,习其前而忘其后,举其中而遗其上下,未见其有成也。[25]

由此可见,吕祖谦治史颇重时序,并能旁及其他学问,认为只有遵循首尾连贯的读书法才能有所得,为此也就不难理解他缘何采用时间顺序编排诗歌了。此外,吕祖谦还具有极强的历史"统体"意识,认为:"国朝典故,亦先考治体本末及前辈出处大致"[26],为此其选诗重"辨体",采用分体选诗之法,意欲呈现诗体发展流变之规律。此外,吕祖谦在编纂《宋文鉴》期间还担任国史院编修一职,"以修撰李焘荐,重修《徽宗实录》"[27],史官身份对《宋文鉴》编排体例、选诗标准均产生一定影响。吕祖谦治史重体例且于史书体例多有新创,比如于人物传记《欧公本末》新创"以文存人"之写作模式[28],通过收录时人文章反映一代文人风貌;编选《宋文鉴》也是如此,试图"以诗存人",用吕氏自己的话说便是"以存其姓氏,使不湮没",从中不难发现二者之间的联系。

最后,吕祖谦还有较深厚的诗学修养,这对其建构北宋诗歌史起到了至关重要的作用。吕祖谦的伯祖吕本中、外祖父曾几皆为江西诗派著名诗人,恩师汪应辰、林之奇都曾跟随吕本中学诗,家学与师承使其形成了深厚的诗学修养。吕祖谦虽不以诗名家,但亦有115首诗(据《全宋诗》收录篇目统计)留世,多因事而作,以挽章数量为最,其次是写景诗、咏物诗,正如其侄吕乔年在《东莱太史文集序》中所言:"太史之于文也,有不得已而作,故今所传,诗多挽章,文多铭志。余皆因事涉笔,未尝有意于立言也"[29]。宋末元初人方回、明人胡应麟等曾称赞吕祖谦诗才,方回称其:"五言诗亦佳,有云'棋声传下界,雁影没长空'、'岛屿秋江里,楼台海气中'盖少作也"[30],胡应麟则认为其诗名为大儒身份所掩盖:"宋诸人诗……掩于儒者,朱仲晦、吕伯恭。"[31]作诗虽并非吕祖谦强项,但其在甄别、鉴赏、品评诗歌方面的才能较突出,于《宋文鉴》中大量选录后世流传甚广的诗人诗作绝非偶然,而是自小受到浓郁文学氛围影响的结果。

由以上分析可知,得家族中原文献之传使吕祖谦得以遍览大量典籍,从而为其全面搜罗北宋一代诗歌提供了充足的物质条件,而深厚的史学修养则为其构建北宋诗歌史提供了丰富的经验借鉴,这两大因素为吕祖谦构建北宋诗歌史奠定了基础。吕氏扎实的诗学修养则为其构建北宋诗歌史提供了必要条件,众所周知,编选大型诗文总集极考验编选者在文学审美、批评、鉴赏等方面的功力,而吕祖谦恰好具备这样的能力。《宋史·周必大传》载"上欲召人与之分职,因问:'吕祖谦能文否?'对曰:'祖谦涵养久,知典故,不但文字之工'"[32],可见其文学方面的才华亦得到时人认可,故能承担起编纂《宋文鉴》这一重大职责。

四、吕祖谦《宋文鉴》构建北宋诗歌史的后世影响

南宋学者叶适认为吕祖谦《宋文鉴》"去取最为有意,止百五十卷,得繁简之中,鲜遗落之憾",且对于北宋一朝诗文搜罗较为全备[33]。又因吕祖谦所在时代去北宋未远,故其《宋文鉴》所构建的北宋诗歌史与历史真实较接近,有助于后世全面地了解北宋诗坛。

首先,《宋文鉴》作为现存最早宋人选宋诗的选集,且是以不同于前代的方式建构的最早的北宋诗歌史,在一定程度上影响了后人对于北宋诗歌的整体认知。巩本栋注意到吕祖谦因不满江钿所编《圣宋文海》"明贤高文大册,尚多遗落"[34],在编选《宋文鉴》的过程中,"选录了大量的名家之作,而这些作品,是大致能够反映北宋一代文学创作的总体面貌和成就的"[35],比如其选录的欧阳修《明妃曲》《水谷夜行寄子美圣俞》,王安石《桃源行》《杏花》,苏轼《六月二十日夜渡海》《望湖楼醉书》,黄庭坚《题竹石牧牛》《寄黄几复》等诗,均为具有鲜明个人风格且在后世广为流传的佳作,在宋诗经典化的过程中起到了一定的助推作用。方回便坦言其《瀛奎律髓》所选张耒诗受到了《宋文鉴》的影响:"文潜此五首(《夏日杂兴》、《夏日三首》、《和晁应之大暑书事》)中三首入《东莱文鉴》。"[36]

此外,《宋文鉴》中诗歌选录数量较多的北宋诗人在当前通行的文学史中均占有较为重要的地位,且多数都辟有专章或者专节进行较为详细的介绍。如游国恩主编的《中国文学史》与章培恒、骆玉明主编的《中国文学史》,进行专节介绍的诗人有欧阳修、梅尧臣、苏舜钦、王安石、苏轼、黄庭坚,袁行霈主编《中国文学史》增加了王禹偁、陈师道,袁世硕主编的《中国古代文学史》在此基础上又增加了晁补之、张耒,这些诗人在《宋文鉴》中除晁补之仅入选3首诗之外,其余诗人诗歌选录数量均在10首以上,居于前十四位,一定程度上说明了《宋文鉴》选诗所建构的北宋诗歌史,影响了后人对于北宋诗歌的整体认知。

其次,《宋文鉴》通过"诗以体分,体以时序"的方式建构北宋诗歌史,不仅打破了诗歌选本按题材分类的传统,且影响了后世众多诗歌选本的体例,强化了诗歌的辨体意识。吕祖谦之前的诗歌选本多沿袭《文选》体例,分类以题材为主,辅之以体裁。吕祖谦编《宋文鉴》时亦部分借鉴了《文选》的编排体例:"虽不知名氏,择其文可录者,用《文选·古诗十九首》例,并行编纂。"[37]但更值得注意的是对《文选》编排体例的超越,不仅完全按诗体进行分类,且分类较前人更为细致,将诗歌分为四言、乐府歌行、五言古诗等11大类。吴承学指出"从文体类目的细化可以看出同一文体的演变和增殖"[38],因《宋文鉴》分体选诗的体例反映了唐宋时期诗歌体式相较于汉魏六朝极大丰富的客观现实,故此后诗歌选本多沿用这一体例,如明代高棅《唐诗品汇》将诗歌分为五言古诗、七言古诗、五言绝句、七言绝句、五言律诗、五言排律、七言律诗(含七言排律)七大类;陆时雍《唐诗镜》虽未按诗体分类,但于每首诗之前均注明该诗的体裁(五古、七古、五绝、七绝、五律、七律),亦足以说明其对于辨体的重视;清代陈廷敬所编《御选唐诗》亦按诗体进行分类,以五言古、七言古、五言律、六言律、七言律、五言排律、七言排律、五言绝、六言绝、七言绝为序依次编排诗歌。冯舒曾言:"古人之集亡来已久,陈

思、蔡邕、二陆、阴、何,俱系后人编集,四言、五言亦并间出,足知《宋文鉴》以前,无分体之事矣"[39],此评虽不尽客观,但亦可在一定程度上说明《宋文鉴》在文体学方面的突出贡献。

最后,《宋文鉴》通过选诗所建构的北宋诗歌史对于诗人诗歌史地位的确立亦产生了一定影响。最典型的当属苏、黄二人,宋人对之有诸多批评,其中以张戒《岁寒堂诗话》最为激烈,不仅批评苏、黄二人"以文为诗"之倾向破坏了诗歌的审美旨趣,"子瞻以议论作诗,鲁直又专以补缀奇字,学者未得其所长,而先得其所短,诗人之意扫地矣"[40],还批评苏、黄二人好使事用典,在形式方面过分雕琢导致诗歌风雅精神的丧失,"苏黄用事押韵之工,至矣尽矣,然究其实,乃诗人中一害,使后生只知用事押韵之为诗,而不知咏物之为工,言志之为本也,风雅自此扫地矣"[41]。此外,还有人批评苏轼诗歌好怨刺,失却温柔敦厚之旨,比如其门人黄庭坚在《答洪驹父书》中告诫外甥洪刍:"东坡文章妙天下,其短处在好骂,慎勿袭其轨也"[42],陈师道亦指出:"苏诗始学刘禹锡,故多怨刺,学不可不慎也"[43]。对于黄庭坚及江西诗派的批评更是数不胜数。为此可以说至少在宋代,对苏、黄二人诗歌的评价还存在较大争议,而吕祖谦《宋文鉴》选录苏轼诗142首、黄庭坚诗112首,数量远超排第三位的王安石及其后的诗人,将他们作为北宋诗歌最高成就的代表推举出来,无疑对苏、黄二人诗歌史地位的确立有着积极的推动作用。同时,作为广为流传的北宋诗文选本,《宋文鉴》既影响到了后世对于苏、黄等大诗人诗歌史地位的体认,同时也保留了不为人所熟知的一批小诗人在诗歌史上的一席之地,使其得以在诗歌史留名。

结语

《宋文鉴》并未因其在搜罗整理北宋诗文方面的突出贡献而得到相应的关注,而该书选诗构建北宋诗歌史的意义更是长期为人所忽视。事实上,吕祖谦通过对《宋文鉴》选诗体例、选录诗人、诗作标准方面的通盘考虑,精心构建了最早的北宋诗歌史,且是以宋人的眼光、标准所建构的北宋诗歌史,对于认识北宋诗歌概貌无疑有重大意义。吕祖谦能以一己之力成功构建体系庞大的北宋诗歌史,不仅得力于家族中原文献之传,更是仰仗自身丰厚史学、诗学修养的必然结果。他所构建的北宋诗歌史影响了后人对宋诗的体认,后代诗歌选本体例的转变及北宋诗人诗歌史地位的确立。关于《宋文鉴》的选诗研究,构建北宋诗歌史只是其中一个侧面,可供挖掘的领域还有很多,值得进一步探讨。

注 释:

* 本文系国家社科基金西部项目"唐代诗赋文体交互渗透研究"(23XZW004)阶段性成果。

[1] 袁佳佳《〈宋文鉴〉选诗研究》,河北师范大学2009年硕士论文。

[2] 据王史鉴《宋诗类选》(道光十九年刻本)自序"诗以类分,类以时叙"改动而来。

[3][4][14] 吕祖谦编,齐治平点校《宋文鉴》附录一《太史成公编〈皇朝文鉴〉始末》,中华书局1992年版,第2118页。

[5] 郭英德《中国古代文体学论稿》,北京大学出版社2005年版,第112页。

[6] 程千帆《读〈宋诗精华录〉》,莫砺锋编《程千帆选集》下册《古诗考索》,辽宁古籍出版社1996年版,第1315页。

〔7〕 黄灵庚、吴战垒主编《吕祖谦全集》第十五册《丽泽集诗》,浙江古籍出版社2008年版,第2页。

〔8〕 杜海军《吕祖谦文学研究》,学苑出版社2003年版,第110—113页。

〔9〕 钱志熙《对中国古代诗歌史研究的一些思考》,《北京大学学报》哲学社会科学版2005年第4期,第35页。

〔10〕 《吕祖谦全集》第二册《丽泽论说集录·门人集录史说》,第218页。

〔11〕 许学夷著,杜维沫校点《诗源辩体》卷三十四《总论》,人民文学出版社1987年版,第328页。

〔12〕〔13〕 《诗源辩体》卷三十六《总论》,第354、370页。

〔15〕 严羽著,郭绍虞校释《沧浪诗话校释》,人民文学出版社1961年版,第59页。

〔16〕 杨万里《诚斋诗话》,丁福保辑《历代诗话续编》,中华书局1983年版,第141页。

〔17〕 莫砺锋《唐宋诗论稿》,辽海出版社2001年版,第281页。

〔18〕 章学诚著,叶瑛校注《文史通义校注》卷一《内篇一·书教中》,中华书局2014年版,第48页。

〔19〕〔23〕〔27〕 《宋史》卷四百三十四《儒林四·吕祖谦传》。

〔20〕 黄宗羲原著,全祖望补修,陈金生、梁运华点校《宋元学案》卷三十六《紫微学案》,中华书局1986年版,第1234页。

〔21〕 《宋元学案》卷十九《范吕诸儒学案》,第789页。

〔22〕 《吕祖谦全集》第一册《东莱吕太史文集卷第八·祭林宗丞文》,第133页。

〔24〕 《宋元学案》卷五十一《东莱学案》,第1653页。

〔25〕 《吕祖谦全集》第一册《东莱吕太史外集卷第五·杂说》,第715—716页。

〔26〕 《吕祖谦全集》第一册《东莱吕太史别集卷第七·与张荆州》,第395页。

〔28〕 程源源《论吕祖谦的历史学编纂成就——以史书体裁为中心的考察》,《郑州大学学报》哲学社会科学版2020年第4期,第99页。

〔29〕 陆心源《皕宋楼藏书志》卷八十五集部,国家图书馆藏清光绪八年(1882)归安陆心源十万卷楼刻潜园总集本。

〔30〕 方回选评,李庆甲集评校点《瀛奎律髓汇评》卷五《升平类》,上海古籍出版社2005年版,第228页。

〔31〕 胡应麟《诗薮·杂编》卷五《闰余中·南渡》,上海古籍出版社1958年版,第314页。

〔32〕 《宋史》卷三百九十一《周必大传》。

〔33〕 叶适《习学记言序目》卷三十七《隋书二·志》,中华书局1977年版,第547页。

〔34〕〔37〕 《宋文鉴》附录一《吕祖谦奉圣旨诠次劄子》,第2120页、第2121页。

〔35〕 巩本栋《论〈宋文鉴〉》,《中国文化研究》2012年春之卷,第55页。

〔36〕 方回选评,李庆甲集评校点《瀛奎律髓汇评》卷十一《夏日类》,第414页。

〔38〕 吴承学《宋代文章总集的文体学意义》,《中国社会科学》2009年第2期,第191页。

〔39〕 冯舒撰《诗纪匡谬》(不分卷),国家图书馆藏清知不足斋丛书本。

〔40〕〔41〕 张戒《岁寒堂诗话》,丁福保辑《历代诗话续编》,中华书局1983年版,第455页、第452页。

〔42〕 刘琳、李勇先、王蓉贵校点《黄庭坚全集》第二册《正集卷第十八·答洪驹父书》,四川大学出版社2001年版,第474页。

〔43〕 陈师道《后山诗话》,何文焕辑《历代诗话》,中华书局2004年版,第306页。

〔作者简介〕 杨许波,1983年生,男,河北沙河人,博士,兰州大学文学院副教授,硕士生导师。华若男,1998年生,女,江西赣州人,兰州大学文学院中国古代文学专业硕士。

石癖：宋代文人的赏石书写

刘万磊

  就北宋文学而言，题咏赏石是咏物诗、唱和诗中的特殊一类。赏石是宋代文人雅致生活中的重要物品，装点书斋园林，寄寓性情爱好。与普通咏物不同的是，宋人对赏石的题咏呈现出集中化、个体化的特点，他们集中书写某一类赏石，如形制中的假山、品种中的太湖石等，他们也关注于某一块赏石，如壶中九华、小飞来等。宋诗中多咏牡丹、瓷器、刀剑等物，却少有命名。给赏石命名这一行为体现了文人对于物的占有，更体现了与石为友的平等境界。写诗宣扬则又揭示出他们对赏石的偏爱与同好，围绕着发现、收藏、赠送、遗失等，宋人用诗文记录下自己所遇之石的"生命"历程。

  赏石之特殊在于其坚硬的质地，怪奇的外形，自然的产地，花费的价值等。北宋赏石文献可见宋人仰慕贞节的比德倾向，喜爱丑怪的审美偏好，崇尚山水的自然追求，警惕奢靡的道德焦虑。可触碰，可观察，可铭刻，可携带等特性使得赏石从名花异草、宝石珍珠中脱颖而出，成为文人题咏的重要对象。在书写与唱和中，宋代文人寄寓了自然之思、闲逸之情和物恋之痴。

一、咏赏与焦虑

  赏石是宋人雅玩题咏的对象，也是日常生活的物件。在文学世界中赏石有何特点？对诗文创作有何影响？宋人在日常生活中对赏石的态度如何？赏石行为又有哪些？赏石在宋人生活与文学创作中扮演了什么角色？提出并思考这些问题，是为了透过文献，深入底层，一窥宋人文化历史之真实图景。北宋赏石与文士之关系极其密切，赏石入诗，诗人得石。诗字概指诗文文献，文人士大夫得石赠石，亦咏石记石。赏石是宋代文士生活中的雅玩之物，赏石书写是宋代诗文中的重要一隅，由于书写对象的特殊，其文本又呈现出不同的特质意涵。

  文人可主观选择诗文对象，赏石入诗与否可以反映出宋人的文学创作"策略"。在同一主题范畴中，不同作者对赏石一物有写与不写、以什么体裁书写以及书写何种内容之类的创作考量。宋诗中题咏赏石之作，存在着格式化、空泛化的套路。与其他咏物诗一样，他们有时并不关注题咏对象的独特性，并不基于对赏石此物的偏爱而有感而发，只不过是应酬唱和

本文收稿日期：2022 年 6 月 19 日

或者借物言志而已。韩琦《阅古堂八咏·叠石》："叠叠云根渍古苔,烟峦随指在庭阶。主人未有铭功处,日视崔嵬激壮怀。"[1]诗人并未在意叠石的形态美丑,未作审美意义上的观看欣赏。此是借石咏诗言志,诗人每日注视此石,非为赏玩,而是念其功业未成、思及勒功燕然。王令《寄题韩丞相阅古堂》言韩琦修建阅古堂事并彰扬其定州功业[2];欧阳修《韩公阅古堂》亦言韩琦定州政绩,无一字提及堂中叠石。[3]

在题咏唱和同一主题时,作为对象和意象的赏石即有"写与不写"之差异:韩琦《叠石》诗乃因朝夕目睹,聊以写之,跻身组诗,阅古堂中作八咏有凑数拼题之嫌,韩琦并不见得真正赏玩喜爱此石。组诗写赏石者颇多,如韩琦《中书东厅十咏·假山》[4]、《长安府舍十咏·双石》[5]、黄庶《和柳子玉官舍十首·怪石》[6]、司马光《景福东厢诗·怪石》[7]、梅尧臣《和范景仁、王景彝殿中杂题三十八首并次韵·石咏》[8]等。此类诗多为应酬格套之作,并非赏石诗文之佳作。

苏轼咏石,可作为真心喜爱、着意宣扬之例。不同于韩琦单纯题咏叠石而未引起众人呼应,苏轼爱石,有意识地珍藏与宣扬雪浪石,为其作盆名斋,为其刻石写诗[9],更为重要的是,寄诗于众多友人,宣传赏石乐事。李之仪、苏辙、张耒、释道潜、秦观、晁补之等接连就同题唱和、共赞雪浪石。[10]晁补之诗题《次韵苏门下寄题雪浪石》,释道潜诗句"兴来作诗寄台阁,雄词妙笔争考论……殷勤寄语朔方客,佳致勿毁宜长存。"寄题、寄语等即点明苏轼通过书信网络寄送诗文,友人因之唱和回应。雪浪石之名随着苏轼及其友人的交流与影响而逐渐扬名。交往与酬唱有时并非是即时的、在地的,围绕同一主题的异时异地的文化互动更为珍贵,其动力可能源于人物的影响与号召、事件的趣味与意义。

对于赏石的癖藏雅好,流露于爱石之士的文字之中。他们不仅会因为得到一块奇绝的怪石而感到惊喜若狂,也会因为失去一块珍爱的藏石而留恋惆怅。

苏轼的仇池石诗颇能表现宋人对于赏石的痴迷与物恋。《双石》诗将这两块赏石,与杜甫"万古仇池穴,潜通小有天"诗句,与自己"梦人请住官府,榜曰仇池"的旧梦联系起来,发出"老夫真欲住仇池"的寄寓之思。[11]从此,仇池石成为苏轼的神游之处,象征着故乡与山水的回归、人生与生命的安顿。他在诗中反复提及"仇池":

连娟二华顶,空洞三茅腹。初疑仇池化,又恐瀛州蹙。[12]
吾今况衰病,义不忘樵牧。逝将仇池石,归泝岷山渎。[13]
万古仇池穴,归心负雪堂。殷勤竹里梦,犹自数山王。[14]
东坡信畸人,涉世真散材。仇池有归路,罗浮岂徒来。[15]
不如我仇池,高举复几岁。从来一生死,近又等痴慧。[16]
仇池九十九,嵩少三十六。天人同一梦,仙凡无两录。[17]
似闻崆峒西,仇池迎此翁。胡为适南海,复驾垂天雄。[18]
梦中仇池我归路。此非小有兮,嘻乎何以乐此而不去。[19]
梦中仇池千仞岩,便欲揽我青霞襜。且须还家与妇计,我本归路连西南。[20]
还朝暂接鹓鸾翼,谢病行收麋鹿姿。记取和诗三益友,他年弭节过仇池。[21]
天池水落层层见,玉女窗虚处处通。念我仇池太孤绝,百金归买碧玲珑。[22]
归来晚岁同元亮,却扫何人伴敬通。赖有铜盆修石供,仇池玉色自葱珑。[23]

171

在不断反复书写与解释的过程中,苏轼创造了一个文化符号——仇池石,这是苏轼的"记忆之所"。[24]仇池石作为一块石头,成为苏轼记忆的一个锚点。仇池石代表了乘风归去、性情安顿的梦想之物、人生之寄,归来自在之意屡屡抒于笔端,相伴终老之梦自然也贯彻于苏轼的羁旅一生。神游其中的联想与幻梦赋予此物以独特性与文化性的场域空间,围绕着此物的书写与寄情又生成了回忆的文本"地形"。苏轼可以凭借此石的实物、书写与记忆拥有个人化的性灵寄寓;与之处于同一境遇的群体,包括同时代的友人与后来的追慕者,他们同样可以借助仇池石这一文化符号进行一场文化的"朝圣"与情感的"共鸣"。石头不在,文本仍在,这一记忆之所依旧可以不断重建。

围绕着仇池石,苏轼与王晋卿发生过一场诗意的论争。[25]"这场以互赠诗歌、借诗说理的方式进行的'争夺'更近似于一场'诗战',是智慧的交锋与情感的对话。"[26]就留存的三首诗而言,我们可以看到苏轼对仇池之宝的渲染与夸饰,他与对方的来诗交锋,友人的激烈讨论,还有借机论辩的机智与哲思。写诗成为一场文人之间的游戏与狂欢,以言语与诗意进行辩护与反击,众人热情参与,乐在其中,这是一场文学事件。仇池石也因此次戏剧化的争夺故事而更具文化价值与情感重量。

宋人与物有一种亲密的联系,他们在日常生活中使用佳物、偏爱玩物、书写尤物,诗篇中的物意象不胜枚举,《石谱》、《花谱》、《茶录》、《博古图》等一系列名物谱录著述应时而生。宋人爱石与写石,反映出他们寄物自适的审美精神与文化心理。

然而宋人的赏石之好并非纯然赢得一片赞叹,对于赏石物恋与欲望的焦虑也时常流露于宋人笔端。苏轼《宝绘堂记》:"君子可以寓意于物,而不可以留意于物。寓意于物,虽微物足以为乐,虽尤物不足以为病。留意于物,虽微物足以为病,虽尤物不足以为乐。"[27]欧阳脩《试笔·学真草书》:"万事莫不皆然,有以寓其意,不知身之为劳也;有以乐其心,不知物之为累也。然则自古无不累心之物,而有为物所乐之心。"[28]"道德伦理的极端强化与感官情欲的刻意追求"造成了宋人的文化心理矛盾。[29]宋人始终对物好抱有一种焦虑感与警惕心。针对玩物丧志、劳民伤财等问题,他们不得不进行辩解或者讳饰。

道德伦理固然是这一现象的成因,但其背后另有赏石活动中的运输与经济问题需要解释。这是赏石文化与文学中道德批评、艮岳反思等内容的历史内因与底层低音。

宋人诗文多言赏石之物好,少叙赏石之运输,纵有提及,亦爱用"飞来"二字虚化美之。久传东晋时天竺僧登山而叹:"此中天竺灵鹫山之小岭,不知何年飞来。"[30]杭州此山遂名飞来峰,下置灵隐寺。宋诗言赏石飞来者多用此典故。[31]宋祁诗言:"赖得髯参令我喜,飞来灵鹫遣人惊。"[32]诗题明言此石乃友人抱之而来、自己换书而得,入诗却又用典美化之。"飞来"之句可径直解作惊喜到来、跃然入眼之意,以示假山奇石自人我毂而赏玩不足,其赏石来历、运石过程皆是一笔带过。朱长文有《苏学十题·玲珑石》:"巨浪洗苍玉,一峰飞我前。"[33]朱长文在诗序中已言玲珑石久存于苏州州学(即钱元璙南园旧址),且自著《吴郡图经续记》中即记南园旧事,他知道玲珑石在过去不是"飞来"而是钱元璙移运而来、到如今也不是"飞来"而是旧址遗存,但诗中却故意用典、径用"飞我前"而非"久在前"之语,应是出于夸饰求奇,不愿作"即目直寻"之写,由此亦见宋诗"以学问为诗"的特点。

此外,宋人有"飞来"之想象,或又虑及赏石灵动飞舞的造型。宋徽宗《怪石》诗:"直疑伏兽身将动,常恐长蛟势欲飞。"[34]文同《怪石铭并序》:"当时不知何所得巨石,置讲堂之后。质状怪伟,势若飞动。"[35]明代《素园石谱》更言:"至其神妙处,大有飞舞变幻之态,令人神游其间,是在玄赏者自得之。"[36]怪石空透而高耸,令观者自然有势若飞动、乘风归去之意。文同戏言庭中罗刹石:"试教常点检,每夜定飞空。"[37]此即诗家语,又作飞去之想。

赏石岂能"飞来飞去",自是人工运输而来。苏轼离杭而得惠净赠送丑石,"还将天竺一峰去,欲把云根到处栽"[38],此石当为把玩小石,故可随身携带,与君同行。欧阳脩移运菱溪石,自言"曳以三犊载两轮"[39],石大难移,他用三头牛拉一两轮拖车才搬运到丰乐亭旁。当时还有一种专门运载巨石大木的运输工具"痴车","只有短梯盘而无轮",可以节省人力。[40]艮岳长途运石,又恐折损,时人发明了新的运输方法:"先以胶泥实填众窍,其外复以麻筋、杂泥固济之,令圆混。日晒,极坚实,始用大木为车,致放舟中。直俟抵京,然后浸之水中,旋去泥土,则省人力而无他虑。"[41]用泥土糊实赏石孔窍,可有减震保护作用,避免运输过程中的意外磕碰,保证赏石怪奇空秀的完整造型。南汉时期,富人赎罪,可"航海于二浙买石输之"。[42]远离产地,广州购置赏石之花费定然不菲,刘𬭎"欲购怪石"就想出以石抵罪的办法。由此亦知,宋初航海条件即已发达,赏石能够通过海运方式远途运输,只是运费高昂。

黄庭坚曾称赞壶中九华、肘后屏风叠两块奇石,继而议论:"揭而示俗,以求赏音,吾见其支酱瓿于墙角也。世有出尘之因,然后此石为萧洒,缘尔。迩者象江太守费数十万钱,自岭南负载三石。比归,妻子不免寒饿。未知与此孰贤也。"[43]孰为真赏者?一是无人赏识,只能"用覆酱瓿";一是石癖成痴,不惜花费巨资。此审美困境与道德焦虑的背后即有运输花费的问题。倘若赏石便携易带,顶多招来癖好贪恋之议而不至有劳民伤财之忧。

赏石运输与花费的问题,正是宋人对于赏石保有警惕与焦虑的原因之一。宋人对于赏石的道德焦虑也源于此,石民开采的艰辛、赏石运输的糜费、玩物丧志的逸豫等因素都影响了宋人的赏石态度,或言"石不能言人有言,勿使他时重涅陁"[44],或言"胡不载之归,用此顽且丑"[45],他们用赏石适性、欣赏无用等理由为自己辩解。他们对赏石的花费与消耗的民力物力等抱有道德上的焦虑与警惕,但天然地、本能地对赏玩奇石充满了审美上的好感与雅意。宋人的赏石雅好促进了赏石的生产开发,奢侈消费与俭德思想也制约了赏石文化发展,赏石物好的困境始终隐含于宋人的诗文中。

二、议论与思理

宋诗中的赏石别有趣味,揭示出宋人当时的日常活动与文化偏好,他们求取、安置、玩赏、题咏、唱和、追忆……由于文本的局限,后之来者只能大致了解宋人所爱之石的些许特征,或是状如笋,或似群山峰,或有灵窍穴,或可掌中轻[46],大小质地、形状体制不一而足,《云林石谱》所记宋人赏石各有千秋。赏石书写背后有着更深层次的意蕴,包括宋人之于赏石的情感价值、审美思考等内容,或可略云宋人"长物观"。王恭自言"作人无长物"[47],示自在清正而不拘于物。至宋明时期长物则寓文人之雅致性情,意义已变。明代沈春泽序《长物志》:"于世为闲事,于身为长物,而品人者,于此观韵焉、才与情焉。"[48]文士于雅玩物好感慨系之,性灵寄之,风雅生活尽在其中。苏轼《咏怪石》:"凡此六用无一取,令人争免长物观。"[49]其生活实求意趣,"寓意于物"而未"留意于物",雅好长物而不贪恋外物,这即是宋时风雅的典型。

北宋赏石诗文有以下数端,可见宋人的风雅别致与才情睿思:

其一,感慨见赏与不遇的人生际会。

宋人题咏常谈及赏石的知遇或者弃用情况。王禹偁诗:"留滞诚为久,遭逢盖有因。"[50]梅尧臣诗:"埋没尚存三四分,雨淋日炙如皴皲。"[51]欧阳修诗:"荒烟野草埋没久,洗以石窦清泠泉。"[52]苏舜钦诗:"彼以至少合贵重,胡为久弃如隐沦。"[53]萧元宗诗:"和光瓦砾曾无累,委质泥沙积有年。"[54]此类诗歌所感慨之石皆是被埋没于荒野之处,或不曾被人发现,或旧有赏识而久被弃置。诗人触动于石头的境地而自然念及自身的遭遇。祖无择发现唐代卢肇旧址遗石而感慨:"十年再谪非不穷,犹慕坚纯无改易。如何故老不我愚,感物再三形叹息。石不能言人有言,勿使他时重湮阨。"[55]目睹卢肇石久在泥涂而坚重不改,他以此自我安慰与勉励,希望自己与旧石不要再受埋没。历代文人对于升迁用弃之遭遇分外敏感,埋没废弃之旧宅赏石遂被寓情寄托,宋诗赏石自然有得遇弃用之论,此即宋代诗文常见际遇主题之变异新奇处。

其二,欣赏丑怪与无用的审美特征。

石非丑怪,不可称奇,宋人品赏珍藏之石偏好丑怪无用者。宋庠《丑石》:"支机形迥出,蕴玉势相连。"[56]梅尧臣《石咏》:"君王爱石丑,百孔皆相通。怪状一如此,补天有何功。"[57]金君卿《怪石》:"凡物以怪见憎嫉,尔独何为人采拂。"[58]苏轼咏醉道士石:"胡不载之归,用此顽且丑。"[59]释净端《题假山石》:"无用无知顽石头,天生奇巧世人求。"[60]丑怪之意,多见于庄禅之支疏离、丑罗汉。形体残破丑怪与否,只是人之分别;合之天钧,本于自然,就自性而言则美丑好坏无所差异。宋人丑石怪石之审美,自是而来。欧阳修言:"吾嗟人愚不见天地造化之初难,乃云万物生自然。岂知镌镵刻画丑与妍,千状万态不可殚。"[61]王安石言:"嗟哉浑沌死,乾坤至,造作万物丑妍巨细各有理。"[62]其逻辑在于丑、怪、无用皆属人为价值判断,天地有大美而不言、有至用而无用,宋人穷理格思,从理、道、自然的角度认识则可脱略遮蔽、廓然天全。怪石之于宋人意味着审美、价值、自然等观念的冲击、洗涤与安顿。宋人目见怪石,常作天人之际念想。宋诗感慨赏石弃置,多有补充之句,"岂非高贤独赏激,终古弃卧于穷津"[63],此举意在突出知遇之期待与不遇之扼腕。梅尧臣《咏刘仲更泽州园中丑石》:"……君常夸于我,怪怪亦特特。以丑世为恶,兹以丑为德。事固无丑好,丑好贵不惑。"[64]宋人赏石,在石亦在人,石有可观处,人亦有可观者。前者是言发现和欣赏不遇之石的价值,后者是说发现和欣赏无用之石的意义。

其三,辨求真实与虚假的理式哲思。

宋人观看赏玩奇石,诗文常有真假之思,如刘敞《寒林石屏风》"屏风画山皆任假,寒林石屏自然者……观者宁分画与非,但怪奇妙非人为。"[65]宋代屏风流行以山水画作屏面,亦有使用石屏者。其中即涉及真与假、天工与人为的问题,屏风与画属人工而为假,石屏纹路属天然而为真。《庄子·秋水》:"牛马四足,是谓天;落马首,穿牛鼻,是谓人。"[66]天然者,正是宋人审美之追求。吟赏假山,尤有此辨,司马光《假山》:"人功与天力,秀绝两何如。"[67]面对假山,自然念及真山,宋人各有不同的解答:一说是从知解智慧上解决,"久知世界一泡影,大小真伪何足评"[68],真伪是非乃是个人偏见,假山与真山俱是假和之虚妄,由此不分真与假,"但知名尽假,不必故山归"[69],假山与真山之分别便可抛下;一说是从适情真性上解决,"莫认假与真,外乐聊以借。"[70]身游真山令人有目不暇接之野趣,神游假山亦令人有心接八荒之适意,就其情感性质而言,其致一也。真与假背后,必定有实在者,宋人作哲思上解终归根于实在的"理",宋人作心性上解亦落脚于本真的"乐"。苏洵《木假山记》:"然予之爱之,则非徒爱其似山,而又有所感焉;非徒爱之而又有所敬焉……"[71]宋人进一步"发明"了赏石的文化内涵,或有观赏神游之用,或是寄情把玩之乐。石自岿然,宋人看之,各得所得。

其四,宣扬小中见大的艺术境界。

宋代赏石文化发展,出现了小型赏石,进入书斋案头,是时诗文亦有涉及小大分别之"筋骨思理"。案头石、园中石与峰峦叠嶂相比自然是"小",但小中已现大,此中有真意。梅尧臣诗:"诸峰生镜里,小岭傍池间。"[72]陶弼诗:"千岩秀掌上,大者不盈尺。"[73]苏轼诗:"置之盆盎中,日与山海对。"[74]小山与群峰相对,一石与东海相对,此中与大块相对,极具审美意味与表现张力。程千帆讲:"在古典诗歌中,一与多的对立统一通常是以人与人,物与物,以及人与物,物与人的组合方式出现的,而且一通常是主要矛盾面,由于多的陪衬,一就更其突出,从而取得较好的艺术效果。"[75]此处所论是以多衬一,以大衬小,强调小的价值。小大之辨,非言小能胜大,而言小中亦有真正"大"者。大小之辨意在破除大小之偏见而使人认识到大小之中俱有的真性。郭象有注:"各以得性为至,自尽为极也。"[76]苏辙论小大之义:"是以小中见大,大中见小,一为千万,千万为一,皆心法尔,然而非有所造也。"[77]宋人钟爱赏石之小者正是意指自然之大者,他们欣赏一块顽石中的西岳东海、自明万性。朱良志论小中现大之意,即言"不在繁简"、"不在多少"、"不在小大"。[78]一片石亦有深处的关键在于有境界、有性情、有真意。顽石中自有高格,赏石者自有性情,吟赏片石自然也是大有意味。

其五,讨论不朽与速坏的辩证逻辑。

士人每每感怀世殊事异,盼如金石,伤逝流水,赏石之时不朽之念更为突显。王恭以"所遇无故物,焉得不速老"为古诗最佳[79],桓温即感慨"木犹如此,人何以堪"[80],古今一致,其情相通。宋人赏石诗中亦有不朽、速坏之论。司马光诗:"丹青不耐久,风日易消侵。何如造化真,更彼岁月沉。"[81]祖无择诗:"宅中旧物何所存,惟有嶙峋一区石。"[82]王安石诗:"能从太古到今日,独此不朽由天成。"[83]宋人得赏旧石即叹今昔世变,雨打风吹去,石因坚固而尚存,人生逆旅已速坏。苏轼《墨妙亭记》记下时人之见:"凡有物必归于尽,而恃形以为固者,尤不可长,虽金石之坚,俄而变坏,至于功名文章,其传世垂后,乃为差久,今乃于此托于彼,是久存者反求助于速坏。"[84]更进一步,面对纵是金石亦无法不朽的人生困境,宋人坚定了功名文章传世之信念,速坏之人、易坏之物在某种程度上终能成就"三不朽"。这又与开篇所言石因诗而扬名之意相合,不论赏石如何坚固,不论此人如何显赫,都需要生前身后名。

其六,寄寓卧游与心赏的生命精神。

宋人于斋中奇石、园中假山皆有一种"卧游"之态度,以心赏之亦欣然赏之。宗炳言:"老病俱至,名山恐难遍游。唯当澄怀观道,卧以游之。"[85]他遂画山水张之四壁卧看而心游。"游"的精神由来已久,《庄子》言逍遥于北海南溟,王羲之《兰亭序》言仰观宇宙而俯察品类,又到宋人流连于小园香径、顽石片云,一以贯之,他们都试图将身心寓于大自然、无边春,以求安顿心灵。梅尧臣诗:"何须费蜡屐,暂到此中闲。"[86]强至诗:"主人高卧嵩衡畔,应放幽寻杖履闲。"[87]孔武仲诗:"扁舟我亦谋归去,暂向岩前作醉翁。"[88]韩维诗:"可笑尚平游五岳,不如坐视一拳多。"[89]此类诗歌均强调此处赏石足以陶冶性灵,不必再去远游山林丘壑寻找野逸闲情。这与唐宋园林之发达息息相关,园林代替山林,宋人的园中假山、案头顽石代表了一种山林丘壑之意。士人群体越发达,其审美需求越高,然都市空间逼仄有限,京城所居大不易,不得不逼迫他们发展出一种"壶中窥天"的文化趣味。

以上各点内有关联:一、二条为"发现",发现赏石于野外未用时,发现赏石于怪奇无用中,均是强调认识赏石真正的审美价值;三、四条为"分别",宋人借助赏石重新审视思考大小、真假等判断与理念,在赏玩奇石中超越俗谛;五、六条则为"归属",小石与群山其致一也,不论速坏还是不朽,不论卧游还是远游,赏石都给予文士以当下的安顿,而文士则以诗报之、以心寄之。再加之所谓的道德焦虑等范畴,以上大致是宋人赏石咏诗的基本特征,涵盖了价值上的发现、哲理上的思考、情感上的寄寓、道德上的反思等。

此外,宋人赏石强调"道眼"之说,实蕴观看与观念两方面,可谓是赏石咏诗的超越观。苏轼言:"好去髯卿舍,凭将道眼看。"[90]米芾言:"须知物理有真妄,岂识道眼无殊观。"[91]释德洪言:"莫将道眼生分别,随意聊安几案间。"[92]以道眼观赏石,不生分别,不论真妄,不虑得失,但共当下此时。苏轼闲来拣取怪石,以古铜盆盛之,敬供佛印,自夸:"禅师尝以道眼观一切,世间混沦空洞,了无一物;虽夜光尺璧与瓦砾等,而况此石。"[93]佛印甚爱之,刻记苏轼语于诸石,又遭苏轼调侃。[94]诸人赏石论以道眼,不必以哲理禅思拘解。佛印视此怪石供一如珍爱,是亲切与大喜。宋人赏石亦不过要亲切把玩,癖好沉醉,不问其他。好石者只需专注赏玩、亲切入迷,不顾好坏美丑与贵贱,且去把玩之、观赏之、吟咏之、迷恋之、寄寓之。

宋人转向内在,转向自我,抬头望天论道,自然也会低头关注自我身边的环境与世俗,是时思想、文化与生活皆有发展。赏石,特别是斋中赏石,赋予了宋人以等同于自然山水的审美愉悦与心驰八荒万里的神游之思。司马光《风林石歌》:"置之坐侧野意生,静听若有飕飕声。忽疑身世在丘壑,使我萧然无俗情。"[95]赏石使得文士得以突破有限的、内部的、个人的生活空间,得以内适真性、外接千秋。

三、追忆与典范

苏轼、米芾与宋徽宗等都是宋代赏石文化中的经典人物,关于他们的文学书写与文化记忆正是赏石文献的"热"文本。此处以苏轼与宋徽宗二人为论述重点,米芾研究另见它处。

因为各种各样的原因,总会有一些石头脱颖而出成为所谓的历史文化名石,藏石者、爱石者的影响力及相应故事赋予了石头更多的文化内涵与收藏价值。阿斯曼认为:"文化记忆关注的是过去中的某些焦点。即使是在文化记忆中,过去也不能被依原样全盘保留,过去在这里通常是被凝结成了一些可供回忆附着的象征物。"[96]某些爱石人物的某些赏石,就是这样的文化焦点与记忆象征。围绕这些著名赏石衍生的文本被后来者挑选出来,成为了文化史中的典范,接受着人们的建构、诠释与追忆。

个人对于某一对象的反复题咏与书写,只是使之具备成为典范的潜力,但真正使得此物成为文学史中的经典意象与文化史中的记忆热点,在于后来者的不断接受与重构。与普通的咏物不同,此处的文化典范指的不是某一类,而是"这一个":王维的画不是典范,王维所画的"雪中芭蕉"这一个,才可以受到聚焦和追忆;苏轼喜爱的赏石不能统称为经典,雪浪石这一个才是典型之物。一个具体的对象,不论是虚构还是真实,方可以聚焦他人的关注与想象,亦即所谓文学上的"圣物崇拜",以此打通自我与他物的隔阂,将当下联结到过去,强化某种身份的认同。

苏轼对某些赏石有意识的偏爱与书写,多有讨论,此处主要关注他人对于苏轼赏石的呼应与回声。晁补之有诗《题袁耕道所收小飞来》:

藏山常恐负而走,壶中九华安在哉?忆似冷泉亭畔见,为君题作小飞来[97]。

宋诗颇见以山命名赏石之例,文人大多根据赏石的外观特征联想其他,从而命名并以诗纪事,例如小括苍、小华山、小玉山等。[98]是集卷三十三有《题小飞来诗后》,推敲其意,当是此诗的后续文字:"楚山之胜者曰九华,吴峰之异者曰飞来……近时祥符袁耕道亦得其石于豫章,小而特,颍川龚喜曰:'是小飞来也。'耕道则抵掌喜而怀之,曰:'是当与壶中九华俱名天壤间,虽一拳小,然吾不以百金售。'大观戊子六月壬申缙松菊堂题。"[99]他解释了以小飞来峰命名此石的缘由,将之与壶中九华并提以增加小飞来石的价值与意义。

"藏山常恐负而走,壶中九华安在哉"一联深含感慨,前一句藏山负走,见《庄子》藏山于泽典故[100];后一句是说纵为壶中九华如此盛名者也免不了被李正臣卖出之事。晁补之最早知道卖石一事是在元符三年:

元符己卯九月,贬上饶,舣钟山寺下,寺僧言壶中九华奇怪,而正臣不来,余不暇往。庚辰七月,遇赦北归,至寺下首问之,则为当涂郭祥正以八十千取去累月矣。然东坡先生将复过此,李氏室中嶙崒森耸殊形诡观者尚多,公一题之皆重于九华矣。[101]

元符庚辰三年(1100)徽宗即位,苏轼、晁补之等遇赦免北还。晁补之于此年七月路过湖口钟山寺,询问李正臣壶中九华消息,方知此石已被卖出。他宽慰说,苏轼将要北归路过此地,李家中所藏怪石甚多,只需让坡公再题诗唱和即可。而苏轼于当年六月二十日渡海北上,次年(建中靖国元年,1101)四月才至湖口次韵壶中九华旧诗[102],是年七月病逝。黄庭坚则于崇宁元年(1102)五月路过湖口,观看东坡手稿而追和苏诗。[103]晁补之题小九华诗落款为大观戊子二年(1108)。结合这一时间段中关于壶中九华的反复题咏,可知"藏山常恐负而走,壶中九华安在哉"两句,绝不单单是用典与叙事。人生未必牢固,壶中九华如今安在?更重要的是写诗赏石的人如今安在?此诗不仅包含对于壶中九华这一文学经典意象的使用与重叙,更隐含对自己与苏轼交往的追忆与抱憾。因此,晁补之紧接着说:"忆似冷泉亭畔见,为君题作小飞来。"将过去的回忆、文化的意义转移到当下,他想要重新唤醒与强调珍惜当年"冷泉亭畔见"的记忆。诗中没有刻意描绘小飞来石的形质特征,而是以自身经历的壶中九华事例作证,进一步增添了当下相处的情感记忆的份量。

赏石本身如何并不重要,重要的是赏石者的生命起伏与人生体验。过分苛求赏石这一文化符号的真实性、物质性,恐怕有失宋人咏石赏石的真谛。方勺《泊宅编》分析:"湖口李正臣所蓄石,东坡名以壶中九华者,予不及见之。但尝询正臣所刻碑本,虽九峰排列如雁齿,不甚嶙崒,而石腰有白脉,若束以丝带,此石之病。不知坡何酷爱之如此,欲买之百金,岂好事之过乎?予恐词人笔力有余,多借假物象以发文思,为后人诡异之观尔。"[104]方勺根据李正臣拓印壶中九华之图,判断石有石病,石质不佳,以为苏轼是好事咏物、逞才纵笔而已。《云林石谱》言:"土人李正臣蓄此石,大为东坡称赏,目为'壶中九华',有'百金归买小玲珑'之语。然石之诸峰,间有作来奇巧,相粘缀以增玲珑。此种在李氏家颇多,适偶为大贤一顾彰名,今归尚方久矣。"[105]杜绾则以为此类石头的巧峰多是人为造假粘合而成,在李正臣藏石中,壶中九华未必称奇,此石不过是侥幸获得苏轼的题咏而得蒙名声。他们固然从客观角度分析了壶中九华的不足,以为苏轼不应该对壶中九华如此偏爱,但是他们忽略了苏轼本身的思想性格。即使壶中九华品质不佳,苏轼也必然会欣然书写,毫无介怀,他关注的并不只是石头本身的优劣好坏,更多是当下的友谊往来与情感感受。

苏轼赏石这一文化记忆的典范性即在于此,重在身份的认同、情感的共鸣与记忆的回溯。在不断书写、追忆与再阐释中,苏轼成为了赏石文学与文化中的典范。"这个'此时',是人作与天心的会合,我心与东坡心,乃至'古心'的相会,相会于莫逆中。"[106]在重新阅读中,我与古人为友,石头成为一种沟通古今的媒介,也成为一种印证自我的对象。雪浪石、仇池石、怪石供、醉道士石、壶中九华等都可以成为诗资与文思,重要的是在书写当下的体验,在追忆中确定今时的性灵,在阐释中缱绻此身的情志。

与之相对,宋徽宗赵佶的赏石之好则成为了较为负面的文化典型,后人将宋徽宗藏石与玩物丧志联系起来,一个亡国之君的形象被制造出来。宋徽宗即是赏石文化中的箭垛式人物,后人在书写与回忆宋徽宗艮岳赏石时包含了历史的反思与物恋的焦虑。宋徽宗利用赏石进行的自我形象建构,与后人建构的形象之间存在巨大的张力。[107]

利用花石营建宫苑园林,有助于展示"丰亨豫大"的帝国气象。花石纲是徽宗一朝粉饰装点的政治工程中的重要举措,此举也是为了满足徽宗个人的好大喜功、审美享受。以艮岳为典型的建筑系统是特意打造的祥瑞之地,仙鹤飞舞,云烟弥漫,赏石巍峨,这些日常之物共同制造出徽宗心中的道君形象与圣王统治。

就像宋徽宗在《祥龙石图》上题写的诗句"彼美蜿蜒势若龙,挺然为瑞独称雄"[108],此石兼具审美上的虬龙象形和政治上的祥瑞象征。臣下游览艮岳之后进献的诗文就是这一政治典范的赞歌,王安中《进和御制艮岳曲宴诗》并序:"退归想像,恍如尝至清都玉府,彤云紫雾,虽仿佛在目,然已不知其路之所从入矣。"[109]以奢侈的珍物美景笼络臣下,借助物质性的享受彰显政治上的盛世,这就是艮岳的政治意义,赏石正是其中不可或缺的舞台装置。《宣和书谱》卷十二著录蔡京行书《万岁山记》、《游艮岳祝寿诗》、《游艮岳诗》、《艮岳嗺嗺亭题记》等。[110]《直斋书录解题》卷十五总集类著录《艮岳集》一卷:"不知集者。其首则御制记文也。"[111]这类文字大概和《艮岳百咏》、《御制艮岳记》类似[112],都是涉及艮岳题咏诗文,内容大概是叙述艮岳尤物美景,赞颂徽宗君德形象,仿佛徽宗就在胜景揽尽之中统治天下、"惟王不会"。日常有祥瑞,神圣即我身,宋徽宗在此类文学书写与文化记忆中被塑造成了盛世之君,文字、图像、景物、仪式等内容都是这一政治表演的重要构成。

问题在于,君王物好的道德约束不同于常人。苏轼言:"南面之君,虽清远闲放如鹤者犹不得好,好之则亡其国,而山林遁世之士,虽荒惑败乱如酒者犹不能为害,而况于鹤乎?由此

178

观之,其为乐未可以同日而语也。"[113]君王的赏石物好又不同于文人爱石,单纯的审美欣赏无可而非,但帝王的身份决定了其爱好牵涉极广。以政治威仪与工程制作为目的的赏石进贡,并不能掩盖宋徽宗片石癖好流于花石纲的事实,其间耗费民力物力难以估计。

宋人诗文颇有艮岳、花石纲导致逸豫亡国的议论,背后即含运输不菲、劳民伤财之因。徽宗一朝的花石纲是将四方佳物运输上贡:"大率太湖、灵璧、慈溪、武康诸石,二浙花竹、杂木、海错、福建异花、荔子、龙眼、橄榄、海南椰实、湖湘木竹、江南诸果、登、莱、淄、沂海错、文石、二广、四川异花、奇果,贡大者越海度江,毁桥梁,凿城郭而至。"[114]赏石采购搜罗、转运进贡愈演愈烈,极碍民生,甚至出现了"伐坟冢、毁室庐"、"凿河断拆,毁堰拆闸"等问题,以至于徽宗不得不稍抑此风,下诏"不许用粮纲若坐船及役百姓"等。朱勔为进贡太湖石,"截诸道粮饷纲,旁罗商舟",不惜冒险海运,即是其中典型。[115]北宋经济极赖漕运,以保障粮纲船为最先。就汴、淮运河而言,其年通航能力约 730 万石,粮运定额即占 600 万石,其余人、物、杂纲仅有 130 万石。[116]花石纲的影响不仅在于惊扰民生、劳民伤财,更在于耽误漕运、挤占份额。为运赏石,占船毁堰,贡石越多而漕运越滞。一片石而误万斛米,实非妄言。

逸豫可以亡身,运石影响国计,靖康后士人提及赏石,难免包含反思与批评。艮岳诗将徽宗亡国之君的形象不断确认和加强,花石纲成为政治上的亡国之象、文化上的道德之鉴。

南宋周紫芝的《菖蒲山子歌》可以说是徽宗爱石故事的典型书写,他不是直接批评宋徽宗,而是以含蓄的诗意侧面表达历史反思与关切:

> 南人生长在山间,家家有窗窗有山。吴峰楚峤不知数,但见云埋雨洗堆烟鬟。谁知长安绮纨子,一拳何处镌云根。阳侯疏凿出岩穴,上有斓斑皴藓纹,下有千岁不死瑶草苍须繁。痴儿持此矜王孙,朝携瑰磊登朱门,暮拥红旌辞帝阍。开元承平二十年,四边无警不控弦。绣衣半是花鸟使,达官避路谁敢言。大艑岢峩春浪碧,处处争看太湖石。天心不肯干太湖,八州万口空嗟吁。累石作山齐华岳,千峰万峦撑碧落。樛龙夭矫揽云雨,仿佛去天无一握。锦帆东下飞龙舟,咸阳苑籞空萧索。杜陵野老哀江头,菖蒲之山兮谁尔留。[117]

此诗共十四联,每两联四句为一段,诗意大致可分为七个层次:第一段写南方山多,南人极其容易见到山水云雾,隐含之语是当地固不以假山为奇。第二段承上启下,写北方纨绔子镌挖出奇石。石为云根,长安则代表都城意象,以唐代宋,直指汴京(开封)的赏石风气。阳侯有典,为波浪之神。[118]此处言菖蒲山子如太湖石一般由水中开凿而出,其外形上有苔藓之色,下密瑶草之根。

第三段"下有千岁不死瑶草苍鬓繁"之句,紧承上句,其特别之处在于点名菖蒲山子被推崇之处——千岁不死,仿佛祥瑞,它兼有奇绝造型与祥瑞之意。这正是纨绔浪子进献于王孙的原因。宋徽宗《祥龙石图》可与周紫芝此诗互证图文。《祥龙石图》中的赏石形似虬龙,石上植物为黄杨、菖蒲等四时不朽的福瑞物象。[119]传统方术思想中,服食以金石为主,追求长生不死成仙;医卜以草木为主,追求治病养生延年。[120]以草木之灵的瑶草加金石之寿的赏石,这种组合具有长生不老、仙珍吉祥的意义。以此进献,自然讨得帝王欢心。"朝""暮"二句则表示以山子献宝时嘉奖之速,此句令人联想起汉武帝时期诸多方士受赏升官、奉命求

179

仙，以及宋真宗等大兴祥瑞之事，更是指向朱勔等人以赏石受封、负责花石纲应奉之时事。

第四段以开元盛世二十九年指代徽宗继位至靖康二年的二十八年，其时兵备废弛，《清明上河图》即有表现相关情景。花鸟使本是唐玄宗派人密采民间艳色入宫的使者，正可借指徽宗搜罗花石之人。第五段则是采进运输赏石的描刻，使者以船漕运甚至海运奇石，不惜毁桥梁破城门。"天心""八州"句是说太湖附近八州人民苦不堪言，恨不得太湖干枯以断绝官人花石之采。第六段则形容艮岳，累石作山，奇峰如簇，徽宗艮岳记等多有描述。"樛龙"当是指龙形赏石的草蘦之态，又泛指花木奇石。

夸言艮岳奇绝、彰显帝国奢侈之后，顿笔急收，一落千丈：锦帆东下，龙舟南渡，咸阳宫苑战后萧索，这是暗写靖康之难后的汴京旧址。释祖秀《华阳宫记》言："靖康元年闰十一月，大梁陷，都人相与排墙，避虏于寿山艮岳之巅。时大雪新霁，丘壑林塘粲若画本，凡天下之美，古今之胜在焉。祖秀周览累日，咨嗟惊叹，信天下之杰观，而天造有所未尽也。明年春，复游华阳宫，而民废之矣。"[121]就内容而言，这两句是简写，以诗代史，不必细述靖康之难干戈寥落。就诗法而言，此两句转折，前面极繁而收尾迅捷。莫砺锋分析李白《越中览古》成功原因："一是描写盛衰二境皆用具体物象，此外不着一字。二是形容盛况连用三句，将繁荣热烈之景象推至极点，然后突然跌落，就像韩愈描写的高手奏琴：'跻攀分寸不可上，失势一落千丈强。'从而产生巨大的心理震撼。由此可见，将诗意转换的位置从第三句改到第四句，是此诗成功最重要的奥秘。"[122]此诗也是将转折句置后，以赏石物象作为串联，叙述一块石导致亡国的天裂之事。最后以杜甫《哀江头》悲恸于唐代安史之乱，言自己以《菖蒲山子歌》反思眼前靖康之难。"菖蒲之山兮谁尔留"，战乱中艮岳之石或拆毁用作守城炮石，或流散不知何处，"谁尔留"的重点不是赏石今在何处，而是意指宋徽宗等当初藏石之人。

周紫芝此诗反映的就是后来者确认和构建的宋徽宗形象。当时的亲历者，南宋的文人及更后之人不断书写艮岳赏石，以怪石概括花石纲、象征亡国之因，他们重塑了一个典型的历史"神话"——制造宋徽宗。与宋徽宗本人利用赏石等物意图装饰政治愿景、打造盛世之君的初衷完全相反，徽宗形象这一政治文化象征符号到了后世经过反复的文学书写而形象扭转。宋徽宗的艮岳赏石，成为了收藏史上的尤物，也成为了文化史上的"祸"物。

余论

北宋以前，赏石文学的第一个高峰是中唐时代，此前赏石文化不成风气时尚、少有石癖之人。以牛僧孺、李德裕等人的广搜奇石及白居易的诗文咏赞为代表，此时的赏石文学一方面是宣扬奇石物好，另一方面也试图升华这一物好的审美意义和精神境界，白居易《太湖石记》《双石》等都成为文人爱石的典范之作。就北宋以后的赏石书写而言，南宋之人多是关注艮岳之石、倾向历史反思，但又有不少诗作涉及赏石购藏欣赏，例见曾几之诗。此后的相关文献未能脱离苏轼等人确立的赏石经典，后世文人在题写所见赏石的同时，或多或少会追忆比拟北宋赏石，在反复提及与阐释中确定自我欣赏赏石的审美意义。与其他时期赏石文学相比，北宋赏石书写正处于"黄金时代"，苏轼等赏石人物的经典赏石正是赏石文化中的重要焦点。后来者根据相关文献构建和强调的赏石典范成为了一段具有母题意味的文化记忆。雪浪石、米芾研山的书写、追忆和重新阐释就是赏石文化史构建的典范。就赏石文学而言,北宋文人之述备矣,其关注范围、书写力度、思想内涵、艺术价值等都有极大成就。

注 释:

〔1〕 韩琦《阅古堂八咏·叠石》,北京大学古文籍研究所编《全宋诗》第六册,北京大学出版社1998年版,第4014页。《全宋诗》各册出版时间不一,姑以1998年概之。后引《全宋诗》,从略。

〔2〕 王令《寄题韩丞相阅古堂》,《全宋诗》第十二册,第8078—8079页。

〔3〕 欧阳脩《韩公阅古堂》,李逸安点校《欧阳脩全集》卷五,中华书局2001年版,第74页。

〔4〕 韩琦《中书东厅十咏·假山》,《全宋诗》第六册,第4045页。

〔5〕 韩琦《长安府舍十咏·双石》,《全宋诗》第六册,第4057页。

〔6〕 黄庶《和柳子玉官舍十首·怪石》,《全宋诗》第八册,第5503页。另《山谷别集诗注》卷下亦有《和柳子玉官舍十首》(《黄庭坚诗集注》,中华书局2003年版,第1497页),任渊注:"东坡《破琴诗》引:'柳瑾,字子玉,善作诗及行草。'《洪驹父诗话》云:'山谷父名庶,字亚夫,能诗,其怪石绝句云:山鬼水怪著薜荔,天禄辟邪眠莓苔。钩帘坐对心语口,曾见汉唐池馆来。'或疑此十首亚夫作,今两从之,以见山谷诗句得之家传,犹杜子美于审言也。"是诗则为黄庶、黄庭坚家传一脉,姑从旧说以为黄庶之诗。

〔7〕 司马光《景福东厢诗·怪石》,《全宋诗》第九册,第6095页。

〔8〕 梅尧臣《和范景仁、王景彝殿中杂题三十八首并次韵·石咏》,朱东润《梅尧臣集编年校注》卷二十九,上海古籍出版社2006年,1086页。

〔9〕 苏轼《雪浪斋铭》并引《次韵滕大夫三首·雪浪石》、《次韵滕大夫三首·雪浪石》(其二)《次韵滕大夫三首·沉香石》,孔凡礼点校《苏轼文集》卷十九,中华书局2004年版,第574、1997—2001页。

〔10〕 李之仪《次韵东坡所和滕希靖雪浪石诗、古律各一》、《次韵东坡沉香石诗》,《全宋诗》第十七册,第11164、11167页。苏辙《和子瞻雪浪斋》,苏辙著、曾枣庄、马德富校点《栾城集》后集卷一,上海古籍出版社1987年,1117页。张耒《和定州端明雪浪斋》,李逸安等点校《张耒集》,中华书局2000年重印,第221页。释道潜《次韵苏端明定武雪浪斋》,道潜著、孙海燕点校《参寥子诗集》卷八,上海古籍出版社2017年版,第175页。秦观《雪浪石》,徐培钧笺注《淮海集笺注》后集卷二,上海古籍出版社1994年版,第1394页。晁补之《次韵苏门下寄题雪浪石》,《济北晁先生鸡肋集》第二册卷十三,顾凝远诗瘦阁明崇祯八年刻本,国家图书馆藏(善本书号:00359),叶十。

〔11〕 苏轼《双石》并叙,王文诰辑注、孔凡礼点校《苏轼诗集》卷三十五,中华书局1982年版,第1880—1881页。

〔12〕《仆所藏仇池石,希代之宝也,王晋卿以小诗借观,意在于夺,仆不敢借,然以此诗先之》,《苏轼诗集》卷三十六,中华书局1982年版,第1941页。

〔13〕《王晋卿示诗,欲夺海石……穆、至二公以为不可许,独颖叔不然。今日颖叔见访,亲睹此石之妙,遂悔前语……》,《苏轼诗集》卷三十六,第1946页。

〔14〕 苏轼《过杞赠马梦得》,《苏轼诗集》卷三十七,第2028页。

〔15〕 苏轼《和陶读〈山海经〉》其十三,《苏轼诗集》卷三十九,第2136页。

〔16〕 苏轼《和陶桃花源》并引,《苏轼诗集》卷三十九,第2198页。

〔17〕 苏轼《次韵高要令刘湜峡山寺见寄》,《苏轼诗集》卷三十九,第2189页。

〔18〕 苏轼《次前韵寄子由》,《苏轼诗集》卷四十一,第2248页。

〔19〕 苏轼《山坡陀行》,《苏轼诗集》卷四十八,第2647页。

〔20〕 苏轼《次韵晁无咎学士相迎》,《苏轼诗集》卷三十五,第1870页。

〔21〕苏轼《次韵奉和钱穆父、蒋颖叔、王仲至诗四首·见和仇池》,《苏轼诗集》卷三十六,第1936页。

〔22〕苏轼《壶中九华诗》并引,《苏轼文集》卷三十八,第2047—2048页。

〔23〕苏轼《予昔作〈壶中九华〉诗,其后八年复过湖口,则石已为好事者取去,乃和前韵以自解云》,《苏轼诗集》卷四十五,第2454页。

〔24〕〔96〕(德)扬·阿斯曼著,金寿福、黄晓晨译《文化记忆:早期高级文化中的文字、回忆和政治身份》,北京大学出版社2015年版,第55、46页。

〔25〕苏轼《仆所藏仇池石,希代之宝也,王晋卿以小诗借观,意在于夺,仆不敢不借,然以此诗先之》、《王晋卿示诗,欲夺海石,钱穆父、王仲至、蒋颖叔皆次韵。穆、至二公以为不可许,独颖叔不然。今日颖叔见访,亲睹此石之妙,遂悔前语。仆以为晋卿岂必终闭不予者,若能以韩干二散马易之者,盖可许也。复次前韵》、《轼欲以石易画,晋卿难之,穆父欲兼取二物,颖叔欲焚画碎石,乃复次前韵,并解二诗之意》,《苏轼诗集》卷三十六,第1940—1942、1945—1948页。

〔26〕姚华《苏轼诗歌的"仇池石"意象探析》,《文学遗产》2016年第3期,第161页。

〔27〕苏轼《宝绘堂记》,《苏轼文集》卷十一,第356页。

〔28〕欧阳修《试笔·学真草书》,《欧阳修全集》卷一百三十,第1977—1978页。

〔29〕潘立勇《朱子理学美学》,东方出版社1999年版,第65—70页。杨晓山说:"从北宋诗歌里,我们能看到一个深刻的悖论:对石癖抨击得最为淋漓尽致的人,往往就是最富激情的石痴者本人。几乎每一个对石癖提出过道德和哲学置疑的诗人,都写过称赞奇石之美的诗篇。"(美)杨晓山著,文韬译《私人领域的变形:唐宋诗歌中的园林与玩好》,凤凰出版社2008年版,第116页。宋代诗文中对赏石的批评与赞赏等相关内容颇多,另撰文讨论,此处姑不赘举。

〔30〕《武林截潮志》:"东晋咸和元年丙戌,西天沙门竺慧理至余杭登见武林山,乃抚然叹曰:'此中天竺灵鹫山之小岭,不知何年飞来。'"引见施谔《淳祐临安志》,台北:成文出版社1983年版,第348页。此事久有传说,出处不一。

〔31〕王安石《次韵留题僧假山》:"态足万峰奇,功才一篑微。愚公谁助徙,灵鹫却愁飞。"李之亮补笺《王荆公诗注补笺》卷二十五,巴蜀书社2000年版,第455页;强至《文懿大师院假山》:"竺峰飞过传闻后,蓬岛移来想象间。"《全宋诗》第十册,第6996页;苏过《张庭实得石名小括苍》:"谁遣飞来在几案,伴君文史老三冬。"《全宋诗》第二十三册,第15498页。

〔32〕宋祁《兰轩初成,公退独坐,因念若得一怪石,立于梅竹间以临兰上,隔轩望之,当差胜也。然未尝以语人,沈吟之际,适鬈生历阶而上,抱一石至,规制虽不大而巘岩可喜,欲得一书籍易之。时予几上适有二书,乃插架之重者,即遣持去,寻命小童置石轩南花木之精》,《全宋诗》第四册,第2462页。

〔33〕朱长文《苏学十题·玲珑石》,《全宋诗》第十五册,第9789页。

〔34〕赵佶《怪石》,《全宋诗》第二十六册,第17079页。此诗帖今藏台北故宫博物院。

〔35〕文同《怪石铭并序》,胡问涛、罗琴校注《文同全集编年校注》卷二十五,巴蜀书社1999年版,第811页。

〔36〕凡例,见林有麟著,李子綦点校《素园石谱》卷一,浙江人民美术出版社2019年版,第1页。

〔37〕文同《山堂前庭有奇石数种其状皆与物形相类在此久矣自余始名而诗之·罗刹石》(校注者命题为"奇石六首"),胡问涛、罗琴校注《文同全集编年校注》卷十四,巴蜀书社1999年版,第449页。

〔38〕苏轼《予去杭十六年而复来,留二年而去。平生自觉出处老少,粗似乐天,虽才名相远,而安分寡求,亦庶几焉。三月六日,来别南北山诸道人,而下天竺惠净师以丑石赠行,作三绝句》,《苏轼诗集》卷三十三,第1763页。

〔39〕欧阳修《菱溪大石》,《欧阳修全集》卷三,第50页。《菱溪石记》:"乃以三牛曳至幽谷,又索其

小者,得于白塔民朱氏,遂立于亭之南北。"《欧阳脩全集》卷四十,第579页。

〔40〕 孟元老著,王永宽注译《东京梦华录》卷三,中州古籍出版社2017年版,第65页。

〔41〕 周密《癸辛杂识》前集,杨瑞点校《周密集》第三册,浙江古籍出版社2015年版,第13页。

〔42〕 朱彧《萍洲可谈》卷二,朱易安、傅璇琮主编《全宋笔记》第二编六,大象出版社2006年版,第160页。

〔43〕 黄庭坚《书壶中九华山石》,见屠友祥校注《山谷题跋》卷一,上海远东出版社1999年版,第31页。

〔44〕 祖无择《题袁州东湖卢肇石》,《全宋诗》第七册,第4432页。

〔45〕 苏轼《杨康功有石,状如醉道士,为赋此诗》,《苏轼诗集》卷二十六,第1376页。

〔46〕 石之外形:上述王克贞等人双笋石诗言石如笋,苏轼等有壶中九华石诗、陈与义《赵虚中有石名小华山以诗借之》等比石如山;石之孔窍:欧阳脩《菱溪大石》:"苟非神圣亲手迹,不尔孔窍谁雕刻。"张扩《灵璧石》:"不如此峰真巧具,六窗七窍俱天然。"灵璧等石多孔窍;石之形制:宋代赏石大者有园中假山,小者有掌中把玩,如陶弼《廉州石》"千岩秀掌上,大者不盈尺"句。

〔47〕 余嘉锡《世说新语笺注》,中华书局1983年版,第49页。

〔48〕 沈春泽《长物志序》,文震亨《长物志》,金城出版社2010年版,第1页。

〔49〕 苏轼《咏怪石》,《苏轼诗集》卷四十八,第2605页。

〔50〕 王禹偁《仲咸因春游商山下得三怪石辇致郡斋甚有幽趣序其始末题六十韵见示依韵和之》,《全宋诗》第2册,第797—799页。

〔51〕 梅尧臣《胡公疏示祖择之卢氏石诗和之》,朱东润《梅尧臣集编年校注》卷二十五,上海古籍出版社2006年版,第818页。

〔52〕 欧阳脩《菱溪大石》,《欧阳脩全集》卷三,第50页。

〔53〕 苏舜钦《和菱磎石歌》,沈文倬校点《苏舜钦集》卷五,上海古籍出版社1981年版,第49页。

〔54〕 萧元宗《和祖无择袁州东湖卢肇石》,《全宋诗》第七册,第4437页。

〔55〕 祖无择《题袁州东湖卢肇石》,《全宋诗》第七册,第4431—4432页。

〔56〕 宋庠《丑石》,《全宋诗》第四册,第2232页。

〔57〕 梅尧臣《和范景仁、王景彝殿中杂题三十八首并次韵·石咏》,朱东润《梅尧臣集编年校注》卷二十九,1086页。

〔58〕 金君卿《怪石》,《全宋诗》第七册,第4917—4918页。

〔59〕 苏轼《杨康功有石,状如醉道士,为赋此诗》,《苏轼诗集》卷二十六,第1376页。

〔60〕 释净端《题假山石》,《全宋诗》第十二册,第8341页。

〔61〕 欧阳脩《吴学士石屏歌》,《欧阳脩全集》卷六,第97页。

〔62〕 王安石《和吴冲卿鸦鸣树石屏》,《王荆公诗注补笺》卷十,第184页。

〔63〕 苏舜钦《和菱磎石歌》,沈文倬校点《苏舜钦集》卷五,第49页。

〔64〕 金君卿《怪石》,《全宋诗》第七册,第4917—4918页。

〔65〕 刘敞《寒林石屏风》,《全宋诗》第九册,第5785—5786页,

〔66〕 《庄子·秋水》,郭庆藩《庄子集释》卷六下,中华书局1961年版,第590页。

〔67〕 司马光《假山》,《全宋诗》第九册,第6138页。

〔68〕 苏轼《轼近以月石砚屏献子功中书,公复以涵星砚献纯父侍讲,子功有诗,纯父未也,复以月石风林屏赠之,谨和子功诗,并求纯父数句》,《苏轼诗集》卷三十六,第1924—1926页。

〔69〕 王安石《次韵留题僧假山》:"态足万峰奇,功才一篑微。愚公谁助徙,灵鹫却愁飞。"《王荆公诗

注补笺》卷二十五,第 455 页。

〔70〕 黄裳《假山》,《全宋诗》第十六册,第 11018 页。

〔71〕 苏洵《木假山记》,苏洵著、曾枣庄、金成礼笺注《嘉祐集笺注》卷十五,上海古籍出版社 1993 年版,第 404 页。

〔72〕 梅尧臣《寄题开元寺明上人院假山》,朱东润《梅尧臣集编年校注》卷二十五,第 815 页。

〔73〕 陶弼《廉州石》,《全宋诗》第八册,第 4987 页。

〔74〕 苏轼《文登蓬莱阁下石壁千丈,为海浪所战,时有碎裂,淘洒岁久,皆圆熟可爱,土人谓此弹子涡也。取数百枚,以养石菖蒲,且作诗遗垂慈堂老人》,《苏轼诗集》卷二十六,第 1651 页。

〔75〕 程千帆《古典诗歌描写与结构中的一与多》,程千帆《古诗考索》,武汉大学出版社 2008 年版,第 5 页。

〔76〕 郭象《逍遥游》注,郭庆藩《庄子集释》卷一下,第 16 页。

〔77〕 苏辙《洞山文长老语录叙》,曾枣庄、马德富校点《栾城集》卷二十五,第 536 页。

〔78〕 朱良志《一花一世界》,北京大学出版社 2020 年版,第 20—34 页。

〔79〕 余嘉锡《世说新语笺注》,中华书局 1983 年版,第 277 页。

〔80〕 余嘉锡《世说新语笺注》,第 114 页。

〔81〕 司马光《和圣俞咏昌言五物·淡树石屏》,《全宋诗》第九册,第 6030—6031 页。

〔82〕 祖无择《题袁州东湖卢肇石》,《全宋诗》第七册,第 4431—4432 页。

〔83〕 王安石《和吴冲卿鸦鸣树石屏》,《王荆公诗注补笺》卷二十五,第 455 页

〔84〕 苏轼《墨妙亭记》,《苏轼文集》卷十一,第 355 页。

〔85〕 张彦远著,俞剑华注释《历代名画记》卷六,上海人民美术出版社 1964 年版,第 129 页。

〔86〕 梅尧臣《寄题开元寺明上人院假山》,朱东润《梅尧臣集编年校注》卷二十五,第 815 页。

〔87〕 强至《文懿大师院假山》,《全宋诗》第十册,第 6996 页。

〔88〕 孔武仲《寄题程郎中家圆石》,《全宋诗》第十五册,第 10342 页。

〔89〕 韩维《新得小石呈景仁》,《全宋诗》第八册,第 5282 页。

〔90〕 苏轼《寄怪石石斛与鲁元翰》,《苏轼诗集》卷二十五,第 1329 页。

〔91〕 米芾《僧舍假山》,辜艳红点校《米芾集》,浙江人民美术出版社 2019 年版,第 25 页。

〔92〕 释德洪《李德茂家有磈石如匡山双剑峰求诗》,《全宋诗》第二十三册,第 15215 页。

〔93〕 苏轼《怪石供》,《苏轼文集》卷六十四,第 1986—1987 页。

〔94〕 苏轼《后怪石供》,《苏轼文集》卷六十四,第 1987 页。

〔95〕 司马光《风林石歌》,《全宋诗》第九册,第 6025 页。

〔97〕 晁补之《济北晁先生鸡肋集》卷二十二,叶七。

〔98〕 例见苏过《张庭实得石名小括苍》,陈与义《赵虚中有石名小华山以诗借之》、《友人惠石两峰巉然取杜子美玉山高并两峰寒之句名曰小玉山》等。

〔99〕 晁补之《济北晁先生鸡肋集》卷二十二,叶三。缙字不解,松菊堂即斋号,晁补之诗、词屡言之。

〔100〕 《庄子·大宗师》,郭庆藩《庄子集释》卷三上,第 243—244 页。

〔101〕 晁补之《济北晁先生鸡肋集》卷二十二,叶十二。

〔102〕 苏轼《予昔作〈壶中九华〉诗,其后八年复过湖口,则石已为好事者取去,乃和前韵以自解云》,《苏轼诗集》卷四十五,第 2454 页。

〔103〕 黄庭坚《湖口人李正臣蓄异石九峰,东坡先生名曰壶中九华,并为作诗。后八年自海外归,湖口石已为好事者所取,乃和前篇,以为笑实。建中靖国元年四月十六日。明年,当崇宁之元年五月二十日,

庭坚系舟湖口,李正臣持此诗来,石既不可复见,东坡亦下世矣,感叹不足,因次前韵》,任渊等注,刘尚荣点校《黄庭坚诗集注》卷十七,中华书局2003年版,第596页。

〔104〕 方勺《泊宅编》三卷本卷中之条,朱易安、傅璇琮主编《全宋笔记》第二编八,第224—225页。

〔105〕 《云林石谱》江州石条,见杜绾著,寇甲、孙林编著《云林石谱》卷上,中华书局2012年版,第48页。

〔106〕 朱良志《中国传统艺术关于"瞬间性"的思考》,《天津社会科学》2022年第1期,第117页。

〔107〕 徽宗事迹可参见(美)伊沛霞著、韩华译《宋徽宗》,广西师范大学出版社2018年;是书第九章涉及徽宗如何利用修建艮岳等方式"追求不朽"。

〔108〕 赵佶《题祥龙石图》,《全宋诗》第二十六册,第17069页。

〔109〕 王安中《进和御制艮岳曲宴诗》并序,《全宋诗》第二十四册,第15976页。

〔110〕 顾逸点校《宣和书谱》卷十二,上海书画出版社1984年版,第93页。

〔111〕 陈振孙撰,徐小蛮、顾美华点校《直斋书录解题》卷十五,上海古籍出版社1987年版,第456页。

〔112〕 《挥麈后录》卷二录御制艮岳记,王明清《挥麈录》后录卷二,上海书店出版社2001年版,第58页。

〔113〕 苏轼《放鹤亭记》,《苏轼文集》卷十一,第361页。

〔114〕 花石纲条,杨仲良《皇宋通鉴长编纪事本末》卷一百二十八,江苏古籍出版社1988年版,第4004—4005页。"郭",原作"廓",据《续资治通鉴》等书改。

〔115〕 方勺《清溪寇轨》,朱易安、傅璇琮主编《全宋笔记》第二编八,大象出版社2006年版,第235页。

〔116〕 吴同《北宋汴河、淮南运河的通航能力与漕粮定额》,《中国经济史研究》2020年第5期,第17页。

〔117〕 周紫芝著,徐海梅笺释《太仓稊米集诗笺释》卷八,江西人民出版社2015年版,第64页。

〔118〕 详见赵应铎主编《汉语典故大辞典》,上海辞书出版社2007年版,第1094页。

〔119〕 黄小峰《再现神迹:传宋徽宗〈祥龙石图〉新探》,李凇主编《"宋代的视觉景象与历史情境"会议实录》,广西师范大学出版社2017年版,第208—217页;董丽红《〈祥龙石图〉研究》,浙江师范大学硕士学位论文2020年版,第19—24页。

〔120〕 李零《中国方术考》,东方出版社2001年版,第306页。

〔121〕 释祖秀《华阳宫记事》,上海师范大学古籍整理研究所编《全宋笔记》第四编三,大象出版社2008年版,第198页。此文原见王称《东都事略》卷一百六列传八十九。

〔122〕 莫砺锋《七言绝句应在第几句转折——读李白〈越中览古〉》,《古典文学知识》2021年第1期,第88页。

〔作者简介〕 刘万磊,男,1994年生,中国人民大学文学院博士研究生,主要方向为古典文献与思想文化。

"《青溪遗事》画册"词体唱和与顺康之际广陵词坛

王 毅

扬州是清代顺康之际的词学重镇,王士禛自顺治十八年(1661)至康熙三年(1664)在扬州任推官时作为原唱发起五次词体唱和活动,尤以《浣溪沙》调寄"红桥怀古"、《菩萨蛮》调寄"《青溪遗事》画册"两次唱和规模最为宏大,作品留存数量最多。对于前者的研究可谓"前人之述备矣",而对于后者观照较少。"《青溪遗事》画册"唱和发生于顺治十八年(1661)[1],唱和调寄《菩萨蛮》咏《乍遇》、《弈棋》、《私语》、《迷藏》、《弹琴》、《读书》、《潜窥》、《秘戏》八题,是王士禛在扬州地区发起的第一次以新朝闻人和年轻遗民参与的词体唱和活动。王士禛以高妙的政治手段与灵敏的文学嗅觉选择了意内言外、言近旨远的词体,融入云间词风,摧刚为柔,以艳词唤醒以邹祗谟为代表的年轻遗民的倚声之心。在政治维度上,"《青溪遗事》画册"词体唱和使王士禛成功安抚了江南士子因"通海案"而造成的惊怖不安,在客观上保护并联合了年轻遗民,稳定了江南地区的文化氛围;在文学维度上,此次唱和成为一次成功的词体同调次韵集体创作,从而成为"红桥怀古"唱和的先声,并代表了清初的典型词风,继而开启了至康熙十八年京师"拟《乐府补题》"唱和将近二十年的词体唱和鼎盛时代,成为明清之际词体中兴过程中的重要环节与重点体现。

一、今昔之悲,废兴之感——王士禛原唱之用心

严迪昌曾言:"词人审美情趣的自我选择以至艺术风格的构成,既是自由的又是并非绝对自由,有时甚至是很不自由的。"[2]这个观点置于词体唱和中同样适用,原唱者必然占据着倚声立意的绝对位置,主导了创作的情感流向,甚至是限定了作品形式与用韵规范等,受限的和词作者则仿佛"带着脚镣"舞蹈,虽能展现自身的才华,但难出新意。因此,若不洞察王士禛发起"《青溪遗事》画册"唱和之用心,自然就无法从整体看待本组唱和的思想内蕴与创作手法。

王士禛下江南有着很强烈的政治意图,他不仅因顺治十四年(1657)在大明湖畔作诗《秋柳》四首被众多遗民诗人视为诗坛新星,同时自感背负平衡新朝政治机器与旧朝遗民两方面矛盾的重任。龚鼎孳曾为其赋诗送行"伏处此邦饶俊杰,仗君凭轼起高眠"[3],明确表示希望

本文收稿日期:2022 年 6 月 12 日

王士禛尽最大的努力可以安抚、庇护江南士人在经历亡国与"三大案"之后主观意识上对于新朝的反抗与惊恐。流寓扬州的遗民诗人孙枝蔚极为欣赏这位新朝闻人,作诗夸赞"潇洒已叹书法好,清新谁敌赋诗勤。寻常泥饮遭田父,最喜仁声处处闻"[4],与其订莫逆交。同时,生于齐鲁大地的王士禛初次来到江南水乡,尤其是经历过十日屠城的扬州与曾为明朝龙兴之地的南京,内心感受到了与遗民们同样的巨创。在主客观因素的催动下,王士禛从年岁较大与年纪较轻两个年龄层的遗民双管齐下,拉拢并联合广大的江南士人群体。王士禛于顺治十八年曾前往南京,应丁胤之邀,在其居所见钱谦益《题沈郎倩石崖秋柳》绝句,怅然援笔和之:"宫柳烟含六代愁,丝丝畏见冶城秋。无情画里逢摇落,一夜西风满石头",以六代繁华凋零之悲暗含废兴之感。[5]这种积极主动迎合的行为获得了许多遗民的赏识。嗣后,王士禛居桓伊邀笛步上,与遗老林古度、方文、纪映钟皆有交游。叶欣的《钟山图卷》有着十分浓重的易代记忆,王士禛也曾为其题诗"风雨欲来山欲暝,万树阴里飒寒流"[6]。蒋寅还认为王士禛通过撰写《任民育杨定国传》这样一类为死节之士立传的文章有效地赢得了遗民群体的好感,并在交往时极为注重江南文坛强大的舆论力量。[7]由此可见,为义士立传与文士间的诗文交往、切磋这两个主要手段使得王士禛成功地拉拢到年辈较大、资历较老的遗民诗人,虽然诗文中不免流露亡国之恸,但实际上为他们找到情感的抒泻,弱化了他们对清王朝的敌视,一定程度上缓和了民族矛盾。

　　对待年纪尚轻、资历尚浅的江南士子们,王士禛则采取政治庇护、情感照顾与词体唱和的形式联合他们,形成了一个与明末"云间派"组织形式相仿的广陵词人群体,以连续的雅集、频繁的创作带动了江南词体创作的热潮。[8]选择词体,一方面是王士禛自身的艺术取向,如其在《香祖笔记》中所言:"释氏言羚羊挂角,无迹可求。古言云羚羊无些子气味,虎豹再寻他不着,九渊潜龙,千仞翔凤乎?此是前言注脚。不独喻诗,亦可为士君子居身涉世之法。"[9]由此可见,在文网密布的文化环境下,王士禛欲寻一"居身涉世之法",那么词这种可包蕴寄托的文学样式自然是他绝好的选择;另一方面,扬州、常州、金陵一带的才子们本就极为欣赏"绮筵公子"之"叶叶花笺,文抽丽锦"、"绣幌佳人"之"纤纤玉指,拍按香檀"的花间情趣,积极投入倚声之道。就邹祗谟而言,他至少在顺治三年(1646)就有了亲自"下水"的创作实践,次年(1647)就与董以宁开展了清代较早的倚声唱和活动,六年(1649)两人取唐、宋诸词选,模仿僻调将遍。在顺治七年(1650)由于与虞山吴永汝发生诉讼纠纷,邹祗谟甚至作《惜分飞》叠韵四十四阕以纪事,其创作态度是严肃的。[10]并且据陈维崧所言"忆在庚寅、辛卯间,与常州邹、董游也,文酒之暇,河倾月落,杯阑烛暗,两君则起而为小词。方是时天下填词家尚少,而两君独矻矻为之,放笔不休,狼藉旗亭北里之间。其在吾邑中相与为倡和,则植斋及余耳"[11],至迟在顺治八年左右,邹祗谟、董以宁、陈维崧等年轻才子之间就形成了小范围的词体创作交游圈。王士禛的正式加入并以其彼时之政坛地位与倚声界"王桐花"之盛名迅速成为主心骨,使得这个交游圈进一步扩大,在过程中又吸入了扬州本地的吴绮、浙江的彭孙遹、山西的程康庄、顺天的陈祥裔等大批词人。借助五次词体唱和活动与《倚声初集》的编定刊刻,王士禛以其开阔的视野与包容的胸襟,将国破家亡的惨境与清王朝高压政策下这些门第清华、诗书满腹却又如同惊弓之鸟的年轻遗民们拉入"社集"的交游圈之中,以词交往,使得广陵词坛成为了"清词中兴的第一个高潮"。[12]

正是出于以上考量，"《青溪遗事》画册"唱和活动从发起上来说是一个极具政治因素的文人社集。顺治十八年三月，王士禛前往南京住在了遗民丁继之的秦淮河水阁之中，这个行为本身就是一种政治信号。陈寅恪先生曾指出丁氏水阁实乃"接应郑延平攻取南都计划之活动中心"[13]。在与老遗民的交往中，王士禛将自己也置于遗民身份，根据所闻前明故事作《秦淮杂诗》，并属好手画《青溪遗事》画册带回扬州并在与年轻遗民的宴集时展出。他在跋邹祇谟的唱和词时清楚记述了唱和发起缘由：

> 仆曩居秦淮，听友人谈旧院遗事，不胜寒烟蔓草之感，因属好手画《青溪遗事》一册，阳羡生为题诗，仆复成小词八阕，程村倚和，春夜挑灯，回环吟叹，觉菖蒲北里，松柏西陵，风景宛然在目，正使潘髯、王柏谷诸人，身在莫愁、桃叶之间，未必有此写照也。[14]

由这段记述可见，王士禛既是倚声唱和的发起人，也是情感基调的奠定者。陈维崧在宴集时率先成诗《为阮亭题〈青溪遗事〉画册》七首，实际上是根据王士禛的《秦淮杂诗》参透了画作深藏的政治意蕴，如王氏所言："余少客秦淮，作《秦淮杂诗》二十余首，陈其年诗：'两行小史艳神仙，争写君侯肠断句。'"陈维崧诗其二云："不道南风全不竞，恚将红子打檀奴"，借《左传》"南风不竞"之语典暗指南明兵势微弱，恐难成事；其六云"六幅笙囊空似水，细闻声处断人肠"[15]则内蕴了国破家亡的愁苦。有着共同的艺术取向和情感基础，以《菩萨蛮》调咏《青溪遗事》画册的倚声创作才得以顺利开展。

"《青溪遗事》画册"唱和由王士禛首唱，共咏《乍遇》、《弈棋》、《私语》、《迷藏》、《弹琴》、《读书》、《潜窥》、《秘戏》八题，根据画册之图像描写传说中青溪小姑恋爱中的种种细节，寄寓了昔日情景不再，徒留亡国荒漠之景的感伤。邹祇谟、彭孙遹当为同时同题次韵和之，董以宁则换调同题倚声，陈维崧则是事后不久追和，之后又吸引了程康庄、彭桂、吴绮、罗文颜、陈祥裔、孙在中的次韵追和。需要提及的是，陈维崧的词作应该是事后作，从三个方面可以看出：一，董以宁参与宴集倚声之作为《百媚娘·为阮亭题〈青溪册页〉同程村、金粟作》提及了王士禛、邹祇谟和彭孙遹三人，并未提及陈维崧。因此，在宴集当日，陈维崧很可能只是作诗，而未填词。二，王、邹、彭、董四人唱和词作皆为《倚声初集》所收录，且此后有王士禛和邹祇谟二人点评。陈维崧和词皆未收录入《倚声初集》，最早能看到他的八首《菩萨蛮》的刻本是康熙五年所刻的《乌丝词》，该词集由王士禄负责点评，当不是同时而作，但时间间隔不大。三，陈维崧词作中有明显模仿的痕迹。在咏《乍遇》题时，王士禛下阕云："含笑指鸳鸯"，句末用"鸯"字，那么他人和作在粘对、用意上难有新意，往往照用"鸳鸯"之字面。仅有邹祇谟改头换面云"何日嫁文鸯"，化用了李贺《谢秀才有妾缟练，改从于人，秀才引留之不得，后生感忆。座人制诗嘲诮。贺复继四首》其四"寻常轻宋玉，今日嫁文鸯"[16]，以"文鸯"代指青溪小姑之心上人，将《摽有梅》中女子对爱情态度之热烈充分表现出来，十分出彩。陈维崧正是借鉴、模仿了邹氏之妙用而言"准拟嫁文鸯"。合三点来看，陈维崧应该是参与到宴集并率先赋诗，而在唱和活动后不久才参与填词。

总而言之，"《青溪遗事》画册"唱和是清代第一次参与人数较多且影响持续甚久的词体唱和活动，涉及倚声词人11人，留存词作83首。[17]首唱者王士禛在与丁继之、林古度等老遗民"登雨花台，泛秦淮、清溪，游灵谷、吉祥诸寺"[18]的过程中，有感于明清鼎革之际士大夫主体意识中的今昔之悲,废兴之感,以自己所赋《秦淮杂诗》和陈维崧席间所作《为阮亭题〈青溪遗事〉画册》作为词体唱和的情感出发点,以文人雅集的游戏性作为掩盖,使扬州成为清初词体中兴的一个重镇。

二、极哀艳之深情,穷倩盼之逸趣——和词与原唱用心之偏离

正是鉴于王士禛发起原唱的政治用心,研究者们往往以极高的评价统概了"《青溪遗事》画册"唱和活动的政治内蕴与文学价值。如沈松勤所说"实际上通过对传说中南朝清溪小姑的爱情故事及其雍容华贵之妍态的书写,寄托故国之思","进而思之,在朝廷大兴'通海案'之际,王士禛将香艳消逝的传统作为怀古对象,既为怀古词的寄托创构了一种新的书写样式,又在新生官员与遗民的唱和中进行情感沟通和共鸣找到了契合点"[19]。刘东海也认为本次唱和达到了"追感秦淮昔日当今,寄托故国废池乔木之思"[20]的主题。但是,在邹祗谟等人和词的情况中细细来看,年轻遗民们确实将潘江陆海之才、纤细柔婉之情凝炼至香艳之词中,却并未完全能够将这种"废池乔木之思"与词体内涵的"双重语境"[21]深蕴的美相融,由此导致和词表现出的情感与原唱之用心产生了意蕴偏离。

王士禛的八首《菩萨蛮》中有几首词作确实能够令人捕捉到借故事叹往昔的线索。"《青溪遗事》画册"词体唱和第二题为《弈棋》,原描绘的是"绿窗横局一尘无,小妹娇憨博进输"(陈维崧《为阮亭题〈青溪遗事〉画册》其二)娇艳有趣的场景。但王士禛却巧妙地将对时局的担忧化入句中:

> 曲阑干外红兰吐。绿窗人静闻鹦鹉。两两读围棋。沉吟金钏迟。　　郎夸中正手。向姊偏多口。解意小猧儿,恼人将负时。[22]

"弈棋"这一主题令人联想到钱谦益好以"赋棋""观棋"为由潜论明清时局并影响到当时许多诗人的创作。邹祗谟指出此词下阕明显化用吴伟业《观棋绝句》中"围棋中正柳吴兴"和"康猧乱居君王笑"二句。借前句夸赞了青溪小姑多才多艺,写诗、操琴皆为妙手。后句则用唐玄宗与哥舒翰深夜弈棋,杨贵妃见玄宗败局已定顺势将所宠之狗放出搅乱棋局的轶事,暗喻欢景不再,而帝王的贪图享乐也终将招致滔天巨祸。读者不必深文罗织,根据王士禛原唱之初心与词作语句的些许线索便可大致摸索到这首以《弈棋》为题的小词中还在跳动着的对明清鼎革的愤慨之心与极为沉郁的沧桑之感。

邹祗谟、董以宁等和词作者们倚声过程中反倒是将创作与鉴赏的重点放到了创作手法上,而非创作内蕴的的延续与深挖。《倚声初集》中邹祗谟对王士禛八首《菩萨蛮》的总评是"写昵事不入亵语,大是唐人风味","八首摹坊曲琐事,可谓尽态极妍,妙处更在淡写轻描,语含蕴藉"[23]。因此,和词作者们整体的创作特点是"淡写轻描",情感表达上"语含蕴藉",倚声之难点在于"写昵事不入亵语",所追求的艺术效果是"尽态极妍""唐人风味",即《花间》遗韵。以王士禛与陈维崧二人写《私语》题为例:

菩萨蛮·咏《青溪遗事画册》同其年、程村作(私语)　王士禛

> 梧桐花落飞香雪。卷帘一片玲珑月。人月两婵娟,倚阑凭玉肩。　　小鬟春睡倦,

裙上苔花茜。私语好谁闻。姮娥应羡人。[24]

菩萨蛮·题《青溪遗事》画册同邹程村、彭金粟、王阮亭、董文友赋(私语)　陈维崧
银河斜坠光如雪。碧虚浅浸天边月。月色太婵娟。行来刚并肩。　阑干浑倚倦。小漾裙花茜。风细语难闻,亭亭双璧人。[25]

二人词皆从虚处着笔,上阕描写月下清幽的环境气氛,下阕淡淡描摹伊人之情态,却无一语涉及私语的内容,余韵不尽。小令的阐述空间本就有限,陈维崧能够将原词中"月""阑""裙"意象皆用于己句实属不易,在表现手法与用意上更见新意。王士禛首句兼用"花""月"以衬女子之纤巧,而陈词专注于勾勒,以一七字对句摹绘了月光静静地在无云碧虚中流淌的景象。在用意上,王士禛"极写无人之态"[26]的伊人之语,陈维崧则侧重一对璧人相处时女子情意绵绵的心里话,且不露题,得韦相小词之妙。单从两首词所呈现的表达内容与语句来看,并没有过深的寄托所在,但平淡之中自有意味,正是他们所追求的唐人风味。在王士禛《菩萨蛮》中颇有寄托的《弈棋》题,到董以宁手中又是别番模样:

小院铜镮双扣。何事堪消残酒。漫拂玉纹楸局子,赌个今宵无偶。半局便知郎欲覆。先逐康猧走。　若使白头相守。应是橘中仙叟。一緉态盈娘子袜,输与儿家着否。输罢犹然第二手。好比吴兴柳。[27]

小令所能承载的叙述空间较长调的确逼仄,董以宁以《百媚娘》调应和实属新意。一方面,董词将王士禛词的原意继续铺展开,不仅将原唱"郎夸中正手""解意小猧儿"分属两阕化入己词,还再次化用《太平广记》中"橘中戏"之典,通篇无一"棋"字,却无一句不围绕"弈棋"来写,甚为雅洁。另一方面,《百媚娘》本就是艳调,因此董以宁在倚声时用其本意,尤其着重描写了女子的动作、神态,揣度了女儿家的心头之语,"一緉态盈娘子袜,输与儿家着否"一联丝毫不输白居易"回眸一笑百媚生"。董以宁在倚声手法上的铺展与精细摹绘反倒消解了原唱词作中若隐若现的哀怨。

从当时及后人对"《青溪遗事》画册"唱和词作的评价来看,大部分点评人(亦是词人)都没有论及到王士禛、邹祗谟等人词作中寄托了很强烈的故国之思。但是需要承认的是,在这批清初第一流才子的笔下的确流淌出了淡淡的忧愁,皆从清溪小姑寂寥的庭院、凄清的夜晚、皎洁的月光与幽谧的心境侧面衬托出来。若这种故国之思仅有参与唱和的数人感同身受,那么此次唱和留给交游圈之外的追和者或者后人徒有精巧的词体形式与肤浅的叙述内容罢了。陈祥裔题《弹琴》的追和词:"好风轻弄疏桐叶。烟篆小篆香初爇。心事托琴弹,秋声指上寒。一声珠一串,谱出深闺怨。哀艳过潇湘,心头七线长。"[28]上阕虽极力烘托女子弹琴时的杂乱心绪,但下阕"闺怨"字面十分明朗,失去了词体一唱三叹的艺术感受。总之,不论是邹祗谟等在场参与"《青溪遗事》画册"唱和的词人,还是陈祥裔这类事后追和的作者,在创作时并非将很强烈的今昔之悲、废兴之感融于词中,出现了和词与原唱词心偏离的现象。出现这种现象的原因有三:

第一,以功能角度来考量,王士禛原作及和词均为题画词,与《青溪遗事》画册是互文关系。题画词为画册注入思想和灵魂,但是它的铺展与勾勒无法超越画面的摹绘范围。观者

往往感性地欣赏画作、知性地品鉴词作,在文本与画面的相互参照中很难顾及知人论世的文学鉴赏原则。

第二,以文本角度考量,原唱王士禛的八首《菩萨蛮》并非首首都确实含有深意。从整体来看是一组联章艳情词,八首词选取了少女恋爱故事中的片段,本就符合中国诗歌吟咏爱恋的传统。而从唐五代至北宋初期,由于词体文学的"在场"特性,词人往往男子作闺音,将男女热烈的爱情故事作为题材书写。另外,王士禛受明末云间词派的影响颇深,"云间三子"奉唐五代为圭臬,同时瓣香北宋诸家,创作主题多为闺阁艳情与时令感伤,艺术风格早期多呈秾艳纤软,并无鼎革后所呈现的"含婀娜于刚健,有风骚之遗则"〔29〕。从部分作品来看,王士禛词中所塑造出的女子并不像云间词人鼎革后的词作中包涵了对故国的留恋与动息无措、歧路徘徊之怅惘,而是一个含苞待放、青春气盛的沐浴在美妙爱情中的伊人形象。

第三,从参与者身份来看,邹祗谟等人尚属年轻遗民,国仇家恨的愤慨程度远不如祖、父辈那么强烈。以陈维崧为例,出身桐荫世家,真可谓门第清华。祖父陈于廷官至左都御史赠少保衔,品节刚介,曾因抗击魏忠贤阉党和抗职先后两次落职。父陈贞慧与当时名士商丘侯方域、如皋冒襄和桐城方以智并称"四公子",是"复社"领袖之一,曾与吴应箕等人一同草拟《留都防乱公檄》,公开声讨阮大铖及其党人的罪状,后因此事被捕下狱,面临九死一生而逃脱。明清鼎革后,陈贞慧便"坐卧村中一小楼,足迹不入城市者,二十年"〔30〕。与其父隐居不仕的生活状态不同,陈维崧明末清初行事依旧是富家子弟的作风,早年的《湖海楼诗稿》中虽有一部分伤今吊古之作,但论情感的厚重与抒泻的力度来说远不如吴伟业等老遗民的诗文。

正是出于"《青溪遗事》画册"唱和的成功,王士禛继而发起了多次词体的同调次韵唱和,并在康熙元年发起"红桥修禊"唱和,老少遗民共聚一堂,将词体唱和推向了一个高峰。"红桥修禊"参与者包括袁于令、张养重、杜濬、陈维崧、丘象随、陈允衡、刘梁嵩、朱克生、蒋阶、余怀,之后追和的作者有金镇、邹祗谟、曹贞吉和阮士悦。其中,仅有刘梁嵩、金镇和袁于令三人为清朝官员,丘象随尚为贡生,其他人皆为布衣身份(既有陈维崧这类从新朝弃诸生者,又有邹祗谟这种因"奏销案"除去功名者)。众人共赋《浣溪沙》,实际上分为三组唱和,前两组原唱为王士禛,第三组词原唱为袁于令。因此,到了康熙元年,王士禛终于将不同年龄阶层的遗民和部分官员以同样的纽带系在了一起,自我为领袖,拉入了共同的交游圈。[31]

综上所述,"《青溪遗事》画册"词体唱和的政治活动意义要大于其文学价值,它是主镇一方的新朝闻人王士禛所主持展开的一次以文人雅集为由的大型招揽与安抚工作。唱和所针对的是以邹祗谟、陈维崧为代表的年轻遗民,与王士禛诗文招揽老辈遗民的交游行为并行不悖,成功地安抚了江南地区的大部分遗民。顾贞观曾言:"渔洋之数载扬州,实为斯道总持。"[32]这样看来,王士禛不仅仅是广陵词坛之总持,更是顺康之际江南地区遗民文人的主心骨与和清王朝缓和关系、维系生存的桥梁。

三、雕组不失天然——清初广陵词坛的艺术风貌

如上文所述,从当时及后世的词评者对"《青溪遗事》画册"唱和留存作品的评语来观照,王士禛原唱之用心与邹祗谟等和词者倚声之用心发生了明显的偏离。将《倚声初集》中

关于《菩萨蛮·咏〈青溪遗事〉画册》组词的评语、陈维崧《乌丝词》中王士禄评语、程康庄《自课堂诗余》中程世英、杜濬等人的评语结合起来看,邹祇谟、彭孙遹、董以宁、陈维崧等人作为广陵词坛的中坚力量,在唱和活动中呈现出了相同的艺术取向和审美情趣,与王士禛倚声之主张相互影响、相融,呈现出清初广陵词坛在创作上"雕组不失天然"的艺术面貌。

"雕组不失天然"出自王士禛《花草蒙拾》:"前辈谓史梅溪之句法,吴梦窗之字面,确是固论。尤须雕组而不失天然如'绿肥红瘦'、'宠柳娇花',人工天巧,可称绝唱。若'柳腴花瘦,蝶惨蜂凄',即工,亦巧匠琢山骨矣。"[33]这既是创作主体倚声对于字句安排与结构处理的技术层面的准则,也是对于作品整体上在艺术鉴赏方面的要求,由此透视看到的,是以王士禛为首的广陵词人群"尊体"的观念。以发起人王士禛的视角来看,这是他的任务之一,倘若贯彻以词为诗余的传统观念,是无法用词体唱和来壮大主政一方的声势的。他主张"倚声非卑格"[34],以声律的角度追溯词的本源,反拨琵琶,没有如前人一样为了尊体而推翻"诗余"这一概念,而是以"诗"的正统肯定"诗余"也是《风》、《雅》之传。《倚声初集序》言:"诗之为功既穷,而声音之道势不可以终废。于是温、韦生而《花间》作,李、晏出而《草堂》兴,此诗之余而乐府之变也。诗余者,古诗之苗裔也。"[35]词体在词谱失传后,文人无填词之法则,从而出现的词体"曲化"[36]之现象,词逐渐失去了自身存在的重要性与特殊性,即文体独异与审美价值的流失。王士禛等人针砭时弊,以词上攀诗体,主张词在题材与语言上的雅化以拯救明词之俗滥,这在"《青溪遗事》画册"词体唱和活动中可以充分见得。

首先,清初广陵词坛在理论建构与创作实践两个维度上都重视情感上以真情打动他人。邹祇谟《倚声初集序》提及:"凡名公巨卿之剩艺,骚人逸人之遐音,无不推本性情,标举风格。""错综变秩,缘情假物,或因欢冶而起凄愁,或缘感恻而归澹宕。"[37]可见词本身就是根据创作主体的性情阐述情感幽思的独特文体,只要是情感合乎雅正、真挚动人,所呈现出来的不同风格皆是值得肯定的。"情"是评价词作内容的重要标准。如程康庄追和之作:

菩萨蛮·乍遇

小姑居处朱楼起。鸟啼声隐杨花里。香气出罗衣。能留蛱蝶飞。　　远出青可见。绣领遮团扇。小立看鸳鸯。心怜浴故双。[38]

程康庄这首《菩萨蛮》篇幅不长,但胜在以情御文,将物写活。杨花的香气具有摄人心魄的魔力,挽留住了花间飞舞的蝴蝶;水中的鸳鸯心系彼此,相互依偎沐浴。末句之"故"字深受评者喜爱,称:"妙在'故'字,将鸳鸯说得入情。"正是此理。黄传祖对程康庄此词的评语可谓目光灼灼:"语微入妙,又似有一种至理存乎其内。噫! 天下非大文人未易与之言情也。"创作主体的情才是使语言精妙的利器。此类言"情"评语俯拾皆是,王士禛评邹祇谟题《私语》词"妙得情态"[39]、王士禛评程康庄《读书》"极种情语"、黄传祖评程康庄《秘戏》"情在境中"[40]。"分享者"式的审美者在进行审美活动时会自觉地产生移情作用,由心入物,感受万物的脉搏与律动,产生一种传达欲,通过文学作品进而宣泄,这是"同情心"的作用。"心"通过"情"的作用,产生了感性的同情,通过文本传达给读者。由此来看,明代沈际飞所说"情生文,文生情,何文非情"[41]一直是词体发展流变的一条主线。

其次,若将"情"作为广陵词人群创作经线的话,"雅"就是他们在尊体背景下所遵循的创作纬线。即使模拟《花间》词风,书写男女艳情,但"写昵事不入亵语"仍是王士禛等词人的创作底线。词作者们从意境营构和语句雕琢两方面双管齐下,既保持了词体下不类曲的文体"高位",又能使得词在脱离音乐成为案头文学后依旧能够成为"词人心灵力量的总体爆发"[42]的载体。从意境营造的维度考量,词中实景的铺设与情要能够达到相得益彰的效果。王士禛题《潜窥》词首句"双双玉兔衣如雪,中庭桂树悬明月",陈维崧同题词首句"梨花簌簌飞红雪,狸奴夜扑氍毹月",邹祗谟则云"梅花隔院传香雪,兰芽吐砌流芬月",三人各有妙手,同一幅画面,却能引起不同的遐想。尤其是陈维崧,以猫扑玩照在毛毯上的月亮侧面烘托出月光之明亮皎洁。再如王士禄评程康庄《迷藏》"情生于景,知此者可语填词也"[43]。情不能平地而发,无的放矢,景的描绘须与情安排妥帖方能发挥妙用。贺裳《皱水轩词筌》中所言"凡写迷离之况者,止须述景……不言愁而愁自见"[44]也是谈的这个问题。词中之景如能复刻画中之境固然是好的。王士禛评邹祗谟《潜窥》词:"八图中惟此最难烘写,程村妙笔,一一写生。"[45]这样看来,邹祗谟善于照本宣科地将画中所描绘的每一个物象摹绘出来,还要兼顾图画中所绘不出的凄清之氛围,已然是了不得了。但是词中之景是否需要与画册之象完全贴合呢?其实不然,若能在贴合画册的同时又道出画中未尽之意则为佳作,即程世英评程康庄《弹琴》词所说:"弹琴图画不出者,此则以微思冷致写出之。"[46]以陈维崧题《迷藏》词为例:

菩萨蛮·题《青溪遗事》画册同邹程村、彭金粟、王阮亭、董文友赋(迷藏)

后堂恰与中门近。当时日傍飞蝉鬓。犹记捉迷藏。水晶庭院凉。　　侍儿前后逻。何计将他躲。匿笑颤花枝。鞋尖露一丝。[47]

陈维崧此词将清溪小姑捉迷藏时俏皮的心理与游玩的趣味溢于字里行间,是通过画面想象出来的新意,尤其是末句,王士禄认为绝妙,"所谓动人春色,不须多也"。娇小女子憨笑着藏于花丛之中,殊不知露出一丝丝鞋尖,不知是不小心暴露还是有意让对方发现,场景十分生动可爱,但他人词作中并未涉及,由此可知此乃陈维崧的发挥,但的确在画面的基础上使人物的细节更加丰满,场景增添了流动感。

从语句雕琢方面的维度考量,也能够充分体现出广陵词人对于词体雅化的追求。在"《青溪遗事》画册"唱和留存作品中,援诗入词的现象极为突出。王士禛《弈棋》词化用吴伟业《观棋绝句》诗句。邹祗谟《私语》词中化用王建的《宫词》和李贺的《美人梳头歌》,首句"黄金合里开红雪"与王建原诗仅改一字。《弈棋》词化用沈约《十咏·领边绣》,《弹琴》词化用白居易《松下琴赠客》和李商隐《燕台诗·秋》,《潜窥》词化用南北朝诗《木兰辞》,《秘戏》词化用李商隐《河阳诗》。董以宁《迷藏》词化用元稹《杂忆五首》,《秘戏》词化用李商隐《房中曲》。邹祗谟主张:"诗语入词,词语入曲,善用之即是出处,袭而愈工。"[48]以文体位置相对较低的词去接受并吸纳位置较高的诗,是词体雅化的有效措施。除了援诗入词外,广陵词人也十分钟爱倚声过程中的锤炼字句和品鉴过程中作品里的警句、佳句,能够使整首词作增添韵味与令人遐想的空间。陈维崧《弈棋》词末句"细捻柳绵儿,花冠报午时"王士禄评曰:"末二语殊有味外味。"[49]邹祗谟《乍遇》词"梨花开谢桃花里"王士禛称赞七字是"花竹翎毛妙手"[50]。邹祗谟独拈出董以宁《读书》词"狂烛馋脂都换却,坐彻莲花宵漏",称读此两句可"知南里北曲自有如许清事"[51]。以上诸例都可表明"雕组不失天然"在技法上是趋雅避俗的,更不可流入淫亵一道。

最后,由于《青溪遗事》画册词体唱和是王士禛组织倡导的第一次"试水",加之多位作者在心态上是反对次韵唱和这种形式的,但是从客观立场和实际生存必要的情况下又欣然参加了此次活动。[52]两个层次的因素导致了唱和中出现了多组词作部分韵脚语句形式化、固定化的弊端,非但没有因留存词作数量繁多而使创作丰富,反而因不出新意,拾人牙慧而给人以语句刻板与格局不大的阅读印象。如上文所论及的王士禛原唱《乍遇》词下阕"含笑指鸳鸯"句,正由于"鸯"字难以粘对,使得和词千篇一律:

> 惊起宿鸳鸯。(彭孙遹《菩萨蛮·题〈青溪遗事〉画册同阮亭韵》)[53]
> 小立看鸳鸯。(程康庄《菩萨蛮·乍遇,咏〈青溪遗事〉画册,和阮亭、程村作》)
> 玉坠刻鸳鸯。(罗文颉《菩萨蛮·题〈青溪遗事〉画册,次王阮亭、彭羡门,乍遇》)[54]
> 池上数鸳鸯。(彭桂《菩萨蛮·咏〈青溪遗事〉,次韵》乍遇》[55]
> 郎笑指鸳鸯。(陈祥裔《菩萨蛮·乍遇,和司农王阮亭清溪逸事八首韵》)[56]
> 莫去打鸳鸯。(孙在中《菩萨蛮·乍遇》)[57]

因此在这个韵脚上唯有邹祇谟"何日嫁文鸯"和陈维崧"准拟嫁文鸯"两词因难见巧,极为出彩。另外如《弈棋》词上阕"鹅"字韵、《私语》词上阕"娟"字韵和下阕"茜"字韵等皆宛如魔咒,未能脱出原唱之束缚。但到了次年"虹桥修禊"唱和《浣溪沙》调中,这种弊端基本可忽略不计,这就说明了《青溪遗事》画册"唱和毋庸置疑地成为后续唱和活动之先导,在技术规范上成为康熙朝词体唱和活动之规范,同时在接连不断的唱和实践中,创作主体们能够做到扬长避短,敢于创新,因难见巧,避入形式刻板的窠臼。

余论

诚然,群体作家的共同创作风貌有助于后人加强对待其作品的深入理解,经典化效果更为有力。如刘东海所言:"词人们的价值观念、政治身份、生活体验不同,但一旦参加互动(唱和活动),文本解读的影响力必定大于个体创作,就会'重新定义情境',使作品产生'重旨'和'复意'。"[58]但是反过来看,群体创作过程中是否一定按照原唱之本心进行创作呢?这种"重旨"与"复意"是否存在误读或者附加解释呢?从《青溪遗事》画册"唱和来看,应该是存在这种状况的。有的反面是无,但无只是另一种存在方式的有。黑格尔也认为,熟知非真知。[59]共同倾向化的文本解读中依旧无法泯没创作个体的品格个性,邹祇谟、陈维崧等和词中并未存在强烈的亡国之音,与原唱之词心产生了偏离,这不正表明了身为布衣、门第清华的年轻遗民们的身份意识吗?他们将其走马章台、莺歌燕舞的奢华生活体验融入词作中,以才子之敏感词心与细腻情感化为《花间》词风,与王士禛宗法云间词派之主张殊途同归,在清初词体中兴的过程中呈现出相同的风格面貌,从而主导了顺康之际的广陵词坛。在对词史的不断纵向深挖时,这种辩证思考将会脱离感性与知性,不断地刷新后辈学者对于个别词学现象的理解与透视。

注 释：

〔1〕 "《青溪遗事》画册"词体唱和的时间，沈松勤、刘东海等认为是顺治十八年，葛恒刚认为是康熙三年，见葛恒刚《清初"广陵词坛"唱和论略》，《南京师范大学文学院学报》2016年第4期。认为在康熙三年的原因在于陈维崧《为阮亭题〈青溪遗事〉画册》七首在《湖海楼诗集》中的系年于此。但是这忽视了《湖海楼诗集》与顺治年间就成稿的《湖海楼诗稿》不同，它是陈维崧身后他人所编，在系年方面本就经常有误差。就如系年于"癸卯"（康熙二年）的《招林茂之先生、刘公勇比部小饮红桥野园，越日茂之先生赋诗枉赠，奉酬一首》、《将发如皋留别冒巢民先生》等诗均写于康熙三年。周绚隆就指出《湖海楼诗集》中的诗作系年并不完全准确，见周绚隆《陈维崧年谱》上册，人民出版社2012年版，第245页。由此并综合王士禛行迹、清初词体唱和的演进特点，笔者将"《青溪遗事》画册"唱和的时间系于顺治十八年。

〔2〕 严迪昌《清词史》，江苏古籍出版社2001年版，第146页。

〔3〕 陈敏杰点校《龚鼎孳诗》下册，广陵书社2006年版，第917页。

〔4〕 孙枝蔚《赠王贻上诗》，《溉堂前集》卷七，《清代诗文集汇编》第71册，上海古籍出版社2010年版，第409页。

〔5〕〔6〕〔9〕〔18〕 袁世硕主编《王士禛全集》，齐鲁书社2006年版，第4756—4757、335、4481、1992页。

〔7〕 蒋寅指出："（王士禛）两次路过常州，不造访当时执文坛牛耳、且有通家之好的钱谦益，尽管他托人捎去诗集，请钱谦益作序，却不肯登门拜访，这说明他是清楚地意识到江南文坛强大的舆论力量的，值钱谦益声名狼藉之际，他对与钱往还不能不心存顾忌。"参见蒋寅《王士禛与江南遗民诗人群》，《北京大学学报》哲学社会科学版2005年第5期，第117页。

〔8〕 王士禛由于对"通海案"波及人员的保护，在康熙元年以"失出法严一事，被部驳辄至降级"，见《王士禛全集·渔洋山人自撰年谱上》，齐鲁书社2007年版，第5068页。王士禛也曾在致冒襄的信札中表现出友人的关心："吴下逋欠，虽先贤如唐荆川、缪西溪诸先生亦不能免，有心人可胜叹息。其年得不蔓及乎否？如讦士、云孙、又友诸同志皆在其中，浙中如骏孙兄不知何故阑入？为之废寝食数日夜。将来过郡城，何忍见其楚囚相对哉？"见王士禛《与冒襄书札三十二通》其八，《王士禛全集·集外文辑遗》卷二，第2364页。

〔10〕 据蒋寅考证，邹祗谟《丽农词》中最早有系年之作为顺治三年（1646）的《苏幕遮·丙戌过南曲作》。蒋寅《邹祗谟生平事迹辑考》，《清代文学论稿》，凤凰出版社2009年版，第181—182页。

〔11〕〔15〕〔30〕 陈振鹏标点，李雪颖校补《陈维崧集》，上海古籍出版社2010年版，第52—53、595—596、101页。

〔12〕 李丹《顺康之际广陵词坛研究》导言，上海古籍出版社2008年版，第3页。

〔13〕 陈寅恪《柳如是别传》，三联书店2001年版，第1098页。

〔14〕 邹祗谟《丽农词》卷上《菩萨蛮·咏〈青溪遗事〉画册，和阮亭韵》跋语，张宏生编《清词珍本丛刊》第4册，凤凰出版社2007年版，第567页。

〔16〕 王琦等注《李贺诗歌集注》，上海人民出版社1977年版，第173页。

〔17〕 彭孙遹、罗文颌、孙在中仍用《菩萨蛮》调续写了"叶子"、"夜饮"、"窃听"、"情外"四组词，但它们不属于王士禛根据《青溪遗事》画册所组织的词体唱和活动内容，因此不纳入本文的论述范围，特此指出。

〔19〕 沈松勤《明清之际词坛中兴史论》，上海古籍出版社2018年版，第118页。

〔20〕〔58〕 刘东海《顺康词坛群体步韵唱和研究》，上海世纪出版集团、上海古籍出版社2013年版，第85、18页。

〔21〕 叶嘉莹《清词在〈花间〉、两宋词之轨迹上的演化》，张宏生编《传承与创新——清词研究论文

集》,南京大学出版社2014年版,第6页。

〔22〕〔23〕〔24〕〔26〕〔27〕〔35〕〔37〕〔39〕〔45〕〔50〕〔51〕 邹祗谟、王士禛编《倚声初集》,南京图书馆藏清顺治大冶堂刻本,《续修四库全书》集部第1729册,上海古籍出版社2002年版,第249、250、249、249、357、164、167、253、253、252、358页。

〔25〕〔47〕〔49〕 陈维崧《乌丝词》,张宏生编《清词珍本丛刊》第4册,凤凰出版社2007年版,第351、351、350页。

〔28〕〔56〕 陈祥裔《凝香集》,张宏生编《清词珍本丛刊》第5册,第532—533、531页。

〔29〕 况周颐《蕙风词话》卷五"明词不尽纤靡伤格"条,唐圭璋编《词话丛编》,中华书局1986年版,第4510页。

〔31〕 需要提及的是,王士禛刚到扬州不久,与王士禄、释元志、宗元鼎、王揆、孙枝蔚、杜濬、陈维崧、邹祗谟等人有过"蜀冈禅智寺"唱和。从王岩的序来看,这次诗作唱和活动的主旨在于感叹"山常在而前世之士皆湮没",借怀念苏东坡在扬政绩从而对王士禛的政治表现寄予厚望,如程邃诗"奇绝二王真轼辙,将无同处两犗公",宗元鼎诗"他年禅智来游客,应问苏王棠棣碑"。总的来看,顺治十八年"蜀冈禅智寺"唱和虽由王士禛首唱,但更像是江南遗民们为王士禛的到来而办的一场"接风宴",影响自然不如《青溪遗事》画册"词体唱和与康熙元年"红桥修禊"唱和。参见王士禛编《禅智唱和诗》,上海图书馆藏清康熙年间刻《新城王氏杂文诗词十一种》本,《扬州文库》第五辑第83册,广陵书社2015年版,第45—51页。

〔32〕 纳兰性德撰,赵秀亭、冯统一笺校《饮水词校笺》,中华书局2005年版,第513页。

〔33〕〔34〕 王士禛《花草蒙拾》"雕组须不失天然"条、"倚声非卑格"条,唐圭璋编《词话丛编》,中华书局1986年版,第683、659页。

〔36〕 如王世贞所说:"词兴而乐府亡矣,曲兴而词亡矣;非乐府与词之亡,而调亡也。"王世贞《艺苑卮言》,唐圭璋编《词话丛编》,第385页。

〔38〕〔40〕〔43〕〔46〕 程康庄《自课堂诗余》,张宏生编《清词珍本丛刊》第1册,第399、401—402、400、401页。

〔41〕 沈际飞《序草堂诗余四集》,顾从敬辑,沈际飞评《草堂诗余正集 续集 别集 新集》,上海图书馆藏本。

〔42〕 清词复兴的实质是词人心灵力量的又一次总体爆发。见沙先一、张宏生《论清词的经典化》,《中国社会科学》2013年第12期,第98页。

〔44〕 贺裳《皱水轩词筌》"景中含情"条,唐圭璋编《词话丛编》,第708页。

〔48〕 邹祗谟《远志斋词衷》"诗词曲语袭而愈工"条,唐圭璋编《词话丛编》,第659页。

〔52〕 邹祗谟明确表示"词不宜和韵":"张玉田谓词不宜和韵,盖词语句参差,复格以成韵,支分驱染,欲合得离。"邹祗谟《远志斋词衷》,唐圭璋编《词话丛编》,第652页。

〔53〕 彭孙遹《延露词》,张宏生编《清词珍本丛刊》第6册,第628页。

〔54〕 罗文颔《半山园词》,张宏生编《清词珍本丛刊》第7册,第921页。

〔55〕〔57〕 张宏生编《全清词·顺康卷》,中华书局2002年版,第6029、10513页。

〔59〕 黑格尔《精神现象学》上卷,贺麟、王玖兴译,商务印书馆1981年版,第20页。

〔作者简介〕 王毅,1996年生,江苏连云港人,扬州大学文学院古代文学专业博士研究生。

道咸宋诗派的诗学性情观及其双重期待*

朱春雨

"性情"是中国传统哲学伦理学的一个重要范畴,"性情论是先秦以来中国古代哲学家、思想家关于人性、道德理性与生命情感、情欲之间相互关系、对应状态的思考。"[1]"性情"进入诗学领域成为文论术语之后,仍然随着时代风尚与哲学伦理思想的发展而有所变化。"性情"可以说是一个动态的概念,一个复杂含混的文学批评术语,在不同的时代,不同的环境以及不同的个人表述里有着不同的理论内涵与价值意义。"性情"在道咸宋诗派诗学观念中有着极其重要的地位。本文从理论内涵、价值规范、诗歌表现与时代意义等方面探讨道咸宋诗派的诗学性情观,并试图阐明其背后的理论渊源、文化意蕴与心理期待。

一、"性情"的理论内涵与价值规范

想要说清宋诗派的诗学性情观,首要的便是理解其"性情"的理论内涵与价值规范。和历代诗论家一样,宋诗派诗人没有对"性情"的内涵与外延作系统严谨的概念阐释,只能结合他们对性情培植与性情规范等相关论说作进一步的辨析、归纳。

性情须植根于儒家本源精神。程恩泽解释金石题咏的价值时说:

> 《诗》、《骚》之原,首性情,次学问。《诗》无学问则《雅》、《颂》缺,《骚》无学问则《大招》废。世有俊才洒洒,倾倒一时,一遇鸿章钜制则瞢然无所措。无它,学问浅也。学问浅则性情焉得厚?……恍神游于皇古之世,亲见其礼乐制度,则性情自庄雅。贞淫正变,或出于史臣曲笔,赖石之单文只词,证据确然,而人与事之真伪判,则性情自激昂。是性情又自学问中出也。[2]

研习不同的学问将培养出不同品质的性情。性情或庄雅或激昂,终须有学问根柢,学问深则性情厚,性情厚是创作鸿章钜制的必要准备。如果说金石题咏的例子太过偏颇,何绍基对如何读书的阐述更具典型性。他说:

> 当读者何书?经史而已。六经之义,高大如天,方广如地,潜心玩索,极意考究,性道处固启发性灵,即器数文物,那一件不从大本原出来。考据之学,往往于文笔有妨,因

---

* 本文收稿日期:2023 年 4 月 20 日

不从道理识见上用心,而徒务钩稽琐碎,索前人瘢垢,用心既隘且刻,则圣贤真意不出,自家灵光亦闭矣。故读经不可不考据,而门径宜自审处。恃孔、贾之符,倚程、朱之势,互相诽薄者,皆无与于圣经者也。子史百家皆以博其识而长其气,但论古人宜宽厚,不宜刻责,非故为仁慈也,养此胸中春气,方能含孕太和。[3]

何绍基对汉宋之学持一种辩证的态度,认为"互相诽薄"不宜于研究圣贤经典。考据有助于明了"圣贤真意",但不能"徒务钩稽琐碎",应在"道理识见上用心"。性情来自经史学问,来自对圣贤真意的揣摩,只有立足于儒家本源的深厚根基才能免于空疏不实之弊。

性情培植须明理养气,化气质之偏而归于正。何绍基说:

> 凡学诗者,无不知要有真性情,却不知真性情者,非到做诗时方去打算也。平日明理养气,于孝悌忠信大节,从日用起居及外间应务,平平实实,自家体贴得真性情,时时培护,时时持守,不为外物摇夺。久之,则真性情方才固结到身心上,即一言语,一文字,这个真性情时刻流露出来。[4]

宋诗派的"真性情"并非通常所论的先天气质与个人情感,更不是指情趣情欲,而是有着鲜明理学色彩的"真我"。相对于"规行矩步,儒言儒服"、"孝弟谨信,出入有节"的外在表现,"为人"的根本是"立诚不欺"的内在品性。虽然"刚柔阴阳,禀赋各殊,或狂或狷",但"就吾性情,充以古籍,阅历事物,真我自立,绝去摹拟,大小偏正,不枉厥材,人可成矣"[5]。这里的"吾性情"可以等同于个人气质,但何绍基的理想却是需要"充以古籍,阅历事物","时时培护,时时持守"的"真我"。"真性情"某种程度上说就是化气质之偏而成的"正性情"。何绍基对此有具体阐释:

> 盖善读诗者,可化气质之偏而返性情之正。善作者当亦然。迪甫之为人,言动皆有绳尺,余则疏野无检摄,迹若不相近者。至于为学,务刓削浮华,期自得本心之实;又道人之善,惟恐不及,两人盖同之。惟激而不随,淡而少嗜,自谓与人无忤,而人或远之,以为落落难合,得无气质之偏有相同而皆不能自化欤?何以化之,温柔之以诗,敦厚之以诗可矣。[6]

何绍基与宗稷辰天性不同,一个疏野,一个谨严,都属于气质有所"偏"而不能自化的人,也都需要通过读诗体会"温柔敦厚",从而"化气质之偏而返性情之正"。同样,曾国藩认为只有平日读书积理,才能足以达其胸中"至真至正"之情。

> 凡作诗文,有情极真挚,不得不一倾吐之时。然必须平日积理既富,不假思索,左右逢源,其所言之理,足以达其胸中至真至正之情,作文时无镌刻字句之苦,文成后无郁塞不吐之情,皆平日读书积理之功也……以后真情激发之时,则必视胸中义理何如,如取如携,倾而出之可也。[7]

明理养气的目的是培植"至真至正"性情,而"至真至正"性情又是作诗的必要准备。曾国藩还说:"人之气质,由于天生,本难改变,惟读书则可变化气质。"[8]郑珍也曾说:"固宜多读书,尤贵养其气。气正斯有我,学赡乃相济。"[9]其中"气正"斯"有我"的内在逻辑更值得注意。无论是强调经史学问,还是重视明理养气,都有着要求"性情归正"的深层意蕴。"性情归正"就是要求诗人使其性情符合儒家价值标准,形成温顺柔和、敦笃厚重的人格特质。

这里需要对宋诗派性情之"真"作进一步辨析。在宋诗派诗人眼中,"真"是指"立诚不欺",不矫饰不作伪,其中自然地含有遵循圣贤道义与伦理道德的意蕴。同样是追求"真我自立",明之公安派、清之性灵派露才扬己,注重自我表现,其"性情"是"先天真性情",是未受世俗污染的纯真"性灵"。宋诗派的"性情"自然也有情感成分,但这与龚自珍所尊之"情"并不相同。龚自珍说:"情孰为尊?无住为尊,无寄为尊,无境而有境为尊,无指而有指为尊,无哀乐而有哀乐为尊。"[10]他崇尚率性任情自作主宰,亦不妨尖锐凌厉、锋芒毕露。其情是率真之情,自然之情,创造之情,是一种无所顾忌的个人情感。宋诗派诗人却反复论述经史本源、明理养气、化偏归正、立诚不欺与温柔敦厚,有着明显的限情抑情倾向,始终遵循"发乎情,止乎礼义"的原则。他们不是肯定自然情欲与自由欲求,而是重视学问识见与道德修养,其情为忠孝伦理之情。

诗人性情应恪守儒家忠孝大节,实现政治、道德与情感的统一。何绍基认为,为人不俗是诗文不俗的前提。"所谓俗者,非必庸恶陋劣之甚也。同流合污,胸无是非,或逐时好,或傍古人,是之谓俗。直起直落,独来独往,有感则通,见义则赴,是谓不俗。"[11]"不俗"的核心是主体超拔流俗的内在品质。"'俗',不是坏字眼,流俗污世,到处相习成风,谓之'俗'。人如此,我亦如此,不能离开一步,谓之'俗'。做人如此,焉能临大节而不夺乎?……惟素位而行者,利害私见,本不存于中,临大节也只是素位而行,如何可夺。"[12]为人"不俗"的关键在于饱经忧患后仍能志事弥坚、不夺忠孝大节。曾国藩关于"器识"的论说也有着相同的人格期待。"古之君子所以自拔于人人者,岂有他哉,亦其器识有不可量度而已矣。试之以富贵贫贱,而漫焉不加喜戚;临之以大忧大辱,而不易其常,器之谓也。智足以析天下之微芒,明足以破一隅之固,识之谓也。"[13]曾国藩认为知言养气,能促进诗人识世务、厚禀赋。"杜诗韩文所以能百世不朽者,彼自有知言、养气工夫。惟其知言,故常有一二见道语,谈及时事,亦甚识当世要务。惟其养气,故无纤薄之响。"[14]可以说,强调"大节不可夺"、推崇"器识"意味着诗人自我要求从修身养性扩展到操守品节层面,具有深切的经世意味。

宋诗派诗人所说的"性情",就是通过读书明理养气力行而培养的,根植于儒家经史本源,恪守忠孝伦理大节,且以温柔敦厚为标准的人格特质。这种性情内涵与规范的要求,既有儒学本源、经史根柢的根本规定,又有忧国忧民、慷慨赴义的时代理想。

二、"人与文一"与风雅精神:"诗道性情"的价值追求

宋诗派诗人普遍认同"诗道性情"的观念,认为诗歌创作首先应立足于诗人对生活的个人体验与独特感悟。他们希望以表现自我性情来扭转剿袭模古、空虚浮滑的诗坛风气。

程恩泽对邓显鹤"自道悃愊"的创作态度表示钦敬,"我友昌于道,其道去华饰。诗文道之余,实具龙象力。文得欧苏正,诗欲杜韩逼。万卷纷在眼,万卷付销蚀。何必儗前古,要自道悃愊。"[15]明确反对剿袭古人,要求诗中有我。祁寯藻说:"诗以道性情,意有所触,言不能已,不必分时代、限体格也。若徒揣摹专家,循习声调,以耳目之濡染,求古人之糟粕,虽山水方滋,而真意漓矣。"段承实性情爽直,略无雕饰,其诗"大抵文生乎情,意余于笔,不规规缔章

绘句,而发言可咏,真气内充。夫本性情发为文章,由文章而见诸政事,其所得安可量哉?"[16]诗歌应表现作者的心声与情感,不能徒为雕饰,缔章绘句;若能表现自我性情,也不必在意诗歌的时代体格之分。何绍基多次表达诗歌语言应服务于表现自我性情的理念。"文章本性情,和繫祛浮嚻。"[17]"又性情是浑然之物,若到文与诗上头,便要有声情气韵,波澜推荡,方得真性情发见充满,使天下后世见其所作,如见其人,如见其性情。"[18]郑珍也重视表现真性情,"我吟率性真,不自谓能诗。赤手骑祖马,纵行去鞍羁。"[19]"言必是我言,字是古人字……从来立言人,绝非随俗士。"[20]莫友芝称赞黎兆勋遍览各大家而不为其束缚,抒一己之性情的诗歌创作。"既自《风》、《骚》、汉魏,逮乎近代名家制作,靡不含咀熟烂,彻其正变源流,窅焉得所以置我。"[21]又称赵旭性情率傲耿峭,"持论务出新意,不为苟同","故其为诗,不屑作经人道语。""余固知后之人之读吾晓峰之诗,其一往耿峭不可磨灭之劲骨,犹当撑在纸上,以得其为人。"[22]论述视角与具体评判略有差别,而"诗道性情"、"诗中有我"是他们评诗作诗的普遍标准与追求。

学习古人之诗当学其为人,学其"性情",学其创新精神,做到师古与师心的贯通。郑珍说:

> 余谓作者先非待诗以传,杜、韩诸公苟无诗,其高风峻节照耀百世自若也。而复有诗,有诗而莫复逾其美,非其人之为耶?故窃以为古人之诗非可学而能也,学其诗当自学其人始,诚似其人之所学所志,则性情、抱负、才识、气象、行事皆其人,所语言者独奚为而不似?即不似犹似也……以子偲为人若此,则其制境之耿狷,求志之专精,用心之谨细,非似古人之苦行力学者欤?其形于声发于言而为诗,即不学东野、后山,欲不似之不得也。[23]

学古人诗当先学古人高风峻节之性情。莫友芝诗作与东野、后山诗风相近,并非刻意模仿,而是其性情与古人相似,诗风只是性情的自然流露而已。诗人性情对诗歌体裁风貌有着决定性的作用。"性情之地,真不可解。前贤简炼静细之作,老来捉笔,亦欲学之,而既不一似,转失故步。邵亭诗多得于此,亦性情相近耶?"[24]郑珍认为塞仪轩擅作诸诗体中最难的七古、七律皆因性情使然:"君于诗非专家,意兴所至,随笔挥写,而独于七字古律不烦绳削,撒手空行,其妙合古人处,殆有难与外人道者。固其天分,亦其性情然也。"[25]不同的诗歌体裁虽有难易之分,但更重要的是须与诗人的自我性情相合。诗人性情相异,诗品自然有别,不应以此作为判评高下的依据。"向来有私见,诗品无定派。性情异刚柔,声响遂宏喝。纷纷儳忽徒,乃凿混沌坏。细思究何益?风雅因之败。"[26]纠结派别之争只会败坏风雅,毫无益处。

学诗门径与师法对象亦须结合个人性情,如此方能达到师古与师心的贯通。曾国藩说:"诗之为道,各人门径不同,难执一己之成见以概论……我之门径如此,诸弟或从我行,或别寻门径,随人性之所近而为之可耳。"[27]"盖诗之为道广矣,嗜好趋向,各视其性之所近。"[28]诗人创作诗歌会因个人性情不期然近唐或近宋。郑珍认为黎鲁新"天资于宋人近,于唐人不近。即极力学唐,适成就一个好宋派。此关天资,不能强也。要只须诗好,何分唐宋?"[29]宋诗派诗人倾向师法、创作宋型诗固然是清中后期诗歌发展的内在规律所致,但更重要的是他们与以往宋型诗创作者性情相似。

"诗道性情"的目标是"人与文一"。"真我自立"是"人成"的标志,是"诗文成家"的前提条件。"于是移其所以为人者,发见于语言文字","渐扩其己所独得者",即在诗文中表现自我的独特性情与人生感悟;"刊其词义之美而与吾之为人不相肖者",即不能片面追求辞藻华美,以免影响到自我性情的表达。如此方可谓"人与文一"[30]。宋诗派诗人"人与文一"说并不着眼于彰显个性风采,更不是个人主义或自由主义。同样是追求人与诗合一的诗学境界,宋诗派与龚自珍对"人"与"性情"的定位有着本质不同。"龚氏的'人'是'勇于自信'的有远见卓识之士,是'九州同急难'的爱国者;是'有阴符三百字'的反帝的先进的中国人;而何氏则纯以'忠臣孝子,高人侠客,雅人魁士'为'人'的标本。"[31]"诗道性情"、"人与文一"的背后仍然是对主体精神的不同期待。

诗歌创作须表现"至真至正"之性情,应以温柔敦厚为宗旨,保持诗歌对社会现实的介入姿态与干预功能。何绍基认为:

> "温柔敦厚,《诗》教也。"此语将《三百篇》根柢说明,将千古做诗人用心之法道尽,凡刻薄、吝啬两种人,必不会做诗。诗要有字外味,有声外韵,有题外意;又要扶持纲常,涵抱名理。非胸中有余地,腕下有余情,看得眼前景物,都是古茂和蔼,体量胸中意思,全是恺悌慈祥,如何能有好诗做出来?[32]

优秀的诗歌要呈现"声外韵"、"题外意"的审美意蕴,更要体现"扶持纲常,涵抱名理"的宗旨。林昌彝称何绍基"尝论诗以厚人伦,理性情,扶风化为主。其为诗天才俊逸,奇趣横生,一归于温柔敦厚之旨"[33]。其实,强调"温柔敦厚"并非就是宣传官方意识形态,古典诗学中的"温柔敦厚"本就包含内在的品性修养和外在的政治关怀两个层面。从"至真至正"的性情规范与"温柔敦厚"的诗风要求可以看出,他们重视诗歌的社会功用和思想意义,致力于重申风雅诗教。因其性情真,故能表现自我;因其性情正,故有益风雅政教。正如祁寯藻所言,"惟得性情正,能尽风雅变"[34]。

三、诗学性情观的双重期待与时代意义

宋诗派的诗学性情观显示了嘉道以来的经世思潮向诗学渗透的情形。鸦片战争前后,以往潜伏着的矛盾与危机充分暴露,内忧外患不断加剧,西学传入与太平天国运动也冲击着儒学权威地位,社会危机突显的同时又有着深刻的文化危机。宋诗派诗人倡导培植性情,化偏归正,恪守儒行,以追求完美人格与理想秩序来应对现实危机与时代变迁。

宋诗派的诗学性情观针对诗人品性不正、学问涵养不厚与诗坛浮滑泛滥、风雅不振的弊病而发,有着比较明确的问题意识。程恩泽说:"文章至今日,积弱不可强。禀赋益以薄,丰骨何其尪。必有扛鼎力,美丑斯可商。"[35]他主张以学问陶冶性情,力求学问与性情兼容,以改变文章风格之"弱"与文人禀赋之"薄"的情形。曾国藩想要以学习黄庭坚造意、琢辞等方面的生新倔强以革新诗坛,恢复风雅诗教。"大雅沦正音,筝琵实繁响。杜韩去千年,摇落吾安放?涪叟差可人,风骚通肮脏。造意追无垠,琢辞辨倔强。伸文揉作缩,直气摧为枉。自

仆宗涪公,时流颇忻向。"[36]郑珍批判诗坛颓风说:"此道不振知何时,遂尔疲苶及今兹。学语小儿喔咿,雕章绘句何卑卑。"并在诗中赞扬程恩泽振拔风雅之功:"黄钟一振立起痿,伟哉夫子文章医。当今山斗非公谁?种我门墙藩以篱。"[37]莫友芝希望树立儒家诗教的旗帜,以对抗严羽后学及性灵末学的影响,从而扭转诗坛"轻清派兴"、"浮薄不根"、"流僻邪散"的不良风气。他说:"百年以来,有轻清派兴,挹诚斋之余波,冒广大为教主,无学人一哄仿效,海内风靡。计能皭然不染,盖仅仅十数公。"[38]又说:"圣门以诗教,而后儒者多不言,遂起严羽'别材、别趣,非关书、理'之论,由之而弊竟出于浮薄不根,而流僻邪散之音作,而诗道荒矣。古今所称圣于诗、大家于诗,有不儒行绝特、破万卷、理万物而能者邪?"[39]"儒行绝特、破万卷、理万物"是他对诗人主体与诗歌创作的根本要求,这也是宋诗派极具代表性的诗学追求。

宋诗派诗人对诗坛颓风的分析和对理想诗学诗风的阐述都有着重视诗人主体人格精神的倾向。诗人主体的品性修养是能否创作优秀诗歌作品的先决前提,是衡量诗歌文学价值的重要参照。这种要求不仅是诗学观念的内部发展所致,而且是在诗学层面对时代危机与文化危机的回应。道咸之际亟需解决的两大问题,一是危机祸乱的平定,二是世道人心的扶正。为此,他们要求诗人厚禀赋、明大义、识世务,崇尚渊雅厚重的诗美风度,追求为人为诗的"不俗"境界。做人"不俗",诗歌创作才能"不依傍前人","力破余地"。"行文之理,与做人一样,不粘皮带肉则洁,不强加粉饰则健,不设心好名则朴,不横使才气则定。要起就起,要住就住,不依傍前人,不将就俗目。"[40]"不俗"论构成了宋诗派诗学创新的重要节点,也影响了其诗学性情观的深层构建。"不俗方能做到自立,自立方可谈及独创。不俗、自立、独创,构成了何绍基诗论,甚至是宋诗派诗论最有价值的理论内核,它显示出被文坛丢失已久,故而难能可贵的文学创造者的主体意识和创新锐气。"[41]其中更可以看出他们试图通过标举"不俗",规正性情以扭转士风救衰振靡,甚至匡扶政教,挽救文化危机的深刻意蕴,以及阐扬风雅诗教,追求自立创新的革新热情。

宋诗派诗人虽有居高位、沉下僚之别,但他们或专注事功,或致力学术,皆有着不以诗人自居的身份定位,反复表达经世济民、化风成俗的思想。曾国藩"少时器宇卓荦,不随流俗,既入词垣,遂毅然有效法前贤,澄清天下之志。"[42]他不满"今之君子""器识之不讲,事业之不问,独沾沾以从事于所谓诗者。兴旦而缀一字,抵暮而不安;毁齿而钩研声病,头童而不息。以呫嗫寒浅之语,而视为钟彝不朽之盛业,亦见其惑已。"[43]他认同彭丽生"今日不可救药之端,惟在人心陷溺,绝无廉耻"[44]的看法,以转移习俗陶铸世人为己任。杨杏农称何绍基:"君初出入承明,轺车几未停轨,不可为不遇,然徒表襮以文事,其夙所自负经世之略,尚未施设于当时。会宇内多故,不无少概于中。于时事之得失,每惓惓三致意焉,以冀当轴之一听,亦小雅诗人之遗意也。"[45]郑珍、莫友芝僻处西南,也没有经世所需的权位与条件,但他们也不肯以诗人自居。郑珍名列儒林传,以学术立世,他认为"学术正,天下乱犹得持正者以治之;至学术亦乱,而治具且失矣。"[46]其学术精神有着明显的经世色彩。"郑子尹的学术精神,即是汉宋融合,回应时代深层问题,解决中国传统人文内部的危机……尤其值得注意的是他所复兴的儒家学说正脉,不是阳明学,而是朱子学。朱子学的核心,是政治与道德的秩序。郑子尹经学的强项,是礼学;礼学的核心,是良俗美序。"[47]这种人生态度与治学理念自然会对其诗学观念与诗歌创作形成一种指引与规约。

宋诗派诗人强调至真至正的性情,反复强调儒学本源、忠孝大节,内在地有整合个人性情与群体纲纪的要求,意在培养一种经世济民、民胞物与的人文精神。宋诗派性情内涵论继承了先秦以降"化性归正"的传统理念。荀子曾云:"性也者,吾所不能为也,然而可化也。"[48]他希望用礼义法度"以矫饰人之情性而正之,以扰化人之情性而导之也。始皆出于治,合于道者也"[49]。宋诗派诗人并没有直接将个人之"性"或先天气质归于恶,也不纠结于是否"性善情恶"的哲学命题。他们"化偏归正"之说是将"气质"与"性情"相对待,且隐含了"性情"本身就是需要陶冶、铸炼、归正的意味。这种观念直接来源于程朱理学,特别是张载的"心统性情"、"变化气质"理念。张载将"性"分为"气质之性"与"天地之性","形而后有气质之性,善反之则天地之性存焉。故气质之性,君子有弗性者焉。""人之刚柔、缓急、有才与不才,气之偏也。天本参和不偏,养其气,反之本而不偏,则尽性而天矣。"[50]自此"天地之性"(或称"天命之性")与"气质之性"(或称"气禀之性")的区分以及"变化气质"的理念多为理学家所承袭。相对而言,何绍基、曾国藩等宋诗派诗人弱化了其中的学理思辨色彩,强化了性情归正的经世功用。在儒家学说体系中,个人性情与社会道德、个人修养与社会责任之间自有相通之处。"人的感情,是在修养的升华中而能得其正,在自身向下沉潜中而易得其真。得其正的感情,是社会的哀乐向个人之心的集约化;得其真的感情,是个人在某一刹那间,因外部打击而向内沉潜的人生的真实化。在其真实化的一刹那间,性情之真也即是性情之正。"[51]

在坚守性情价值规范的前提下,宋诗派诗人对"诗道性情"予以充分肯定,不必分时代、限体格、宗派别,显示了一种宽容通达的态度。这在客观上使其诗学观念摆脱了唐宋诗之争的纠缠,倡导了"诗中有我"、"诗外有事"的诗坛风尚。宋诗派主将郑珍"凡所遭际山川之险阻,跋涉之窘艰,友朋之聚散,室家之流离,与夫盗贼纵横,官吏割剥,人民涂炭,一见之于诗。可骇可愕,可歌可泣,而波澜壮阔,旨趣深厚,不知为坡、谷,为少陵,而自成为子尹之诗,足贵也。"[52]表现真性情与个体性的作品,往往也是富于社会性与时代性的作品。对社会现实的忠实描绘,对国疾民瘼的忧虑反思,对人生际遇的悲叹沉吟,使其诗作具有了可贵的诗史价值。"由时代言,则清自道、咸以后,海禁已开,国家多故,时局的变乱,民生的凋敝,处处流露着动荡不安的情绪,故其表现于诗者,也成为乱世之音。黔中诗人莫友芝与郑珍,尤足为其代表。"[53]总之,对性情本体意义的强调,促使他们回身返顾,从自己人生遭际中撷取诗材,发吾哀乐、摅吾怀抱,从而扩展诗题范围与情感视野,实现诗歌创作个性表现与社会关切的结合,"人与文一"与风雅精神的兼顾。

结论

总体看来,宋诗派诗人追求艺术的自然表现而非思想情感的本真状态。他们在"应该表现什么样的性情"层面,强调"至真至正"的理论内涵与价值规范,且多采用不容置疑的口吻;而在"如何表现性情"层面,肯定性情对于诗歌创作的本体意义,崇尚表现自我性情的诗歌,以此反对剿袭模拟与浮滑雕饰诗风。"诗道性情",核心还是表现什么样的性情。宋诗派的诗学性情观在理论渊源上有着鲜明的综合性,仍然属于局限于传统诗学内部的自我调节,但却有着明显的现实针对性。他们强调"至真至正"的性情内涵与规范,倡导"诗道性情"与风雅诗教显示了对完美人格与理想诗风的双重期待。这种诗学性情观是一种经世思潮影响下的文学观念,虽然在动荡的年代强调个人修养,采取内倾反思式的应对思路略显迂阔,且因企图以学问入诗而求新出现了实际创作与理论倡导的错位,但仍然反映了道咸年间文士阶层主体精神的回归与高扬,体现了宋诗派诗人不以诗人自居的身份定位与经世济民的价值追求,其时代价值与现实意义远比其理论价值更值得重视。

注 释:

* 本文系河南省哲学社会科学规划项目青年项目"场域视角下文人游幕与晚清诗歌创作研究"(2022CWX036)阶段性成果。

〔1〕 马育良《中国性情论史》,人民出版社2010年版,第7页。

〔2〕 程恩泽《金石题咏汇编序》,《程侍郎遗集》卷七,中华书局1985年版,第143页。

〔3〕〔4〕〔12〕〔18〕〔40〕 何绍基《东洲草堂文钞》卷五《与汪菊士论诗》,龙震球、何书置校点《何绍基诗文集》,岳麓书社1992年版,第819、817、818、817、818页。

〔5〕〔11〕〔30〕 何绍基《东洲草堂文钞》卷三《使黔草自序》,《何绍基诗文集》,第781、782、781页。

〔6〕 何绍基《东洲草堂文钞》卷三《宗迪甫躬耻斋诗集序》,《何绍基诗文集》,第778页。

〔7〕《曾国藩全集》16册日记,道光二十二年十一月十七日,岳麓书社2011年版,第130页。

〔8〕 曾国藩《谕纪泽纪鸿》,同治元年四月二十四日,《曾国藩全集》21册,第19页。

〔9〕〔20〕 郑珍《论诗示诸生时代者将至》,《巢经巢诗钞》前集卷七,黄万机、黄江玲校点《巢经巢诗文集》,上海古籍出版社2016年版,第130页。

〔10〕 龚自珍《长短言自序》,王佩诤校《龚自珍全集》第三辑,上海古籍出版社1975年版,第232页。

〔13〕〔43〕 曾国藩《黄仙峤前辈诗序》,《曾国藩全集》14册,第190页。

〔14〕《曾国藩全集》16册,道光二十三年二月十八日,第156页。

〔15〕 程恩泽《订交诗赠邓湘皋同年学博》,《程侍郎遗集》卷二,第21页。

〔16〕 祁寯藻《段芳山主政承实〈诗钞〉小序》,任国维总主编《祁寯藻集》第一册,三晋出版社2011年版,第671页。

〔17〕 何绍基《东洲草堂诗钞》卷一《送黄惺溪太史南旋》,《何绍基诗文集》,第8页。

〔19〕 郑珍《旌德吕茗香廷辉明经年六十余以去年避寇来贵阳课徒于东城人家穷甚余访得之知早从洪稚存先生弟子孙源湘编修学与同里姚仲虞配中相切究故学问具有渊源后见余诗文枉赠长句次韵奉答茗香道仲虞年五十余卒著有〈周易姚氏学〉及〈卦气配月令〉驳惠定宇推郑氏爻辰为误之说惜未见其稿也》,《巢经巢诗钞》后集卷二,《巢经巢诗文集》,第219页。

〔21〕 莫友芝《郘亭遗文》卷二《〈石镜斋诗略〉序》,张剑等编辑校点《莫友芝诗文集》,人民文学出版社2009年版,第581页。

〔22〕 莫友芝《郘亭遗文》卷二《〈播川诗钞〉序》,《莫友芝诗文集》,第583—584页。

〔23〕 郑珍《巢经巢文集》卷二《〈郘亭诗钞〉序》,《巢经巢诗文集》,第393—394页。

〔24〕 郑珍《巢经巢文集》巢经逸文《〈郘亭诗钞〉题识》,《巢经巢诗文集》,第533页。

〔25〕 郑珍《巢经巢文集》卷二《〈守拙斋诗钞〉序》,《巢经巢诗文集》,第410—411页。

〔26〕 郑珍《巢经巢诗钞》前集卷七《赠赵晓峰旭》,《巢经巢诗文集》,第115页。

〔27〕 曾国藩《致澄弟温弟沅弟季弟》,道光二十五年三月初五,《曾国藩全集》20册,第96页。

〔28〕 曾国藩《圣哲画像记》,《曾国藩全集》14册,第152页。

〔29〕 郑珍《巢经巢文集》卷三《跋内弟黎鲁新〈慕耕草堂诗钞〉》,《巢经巢诗文集》,第473—474页。

〔31〕 刘世南《清诗流派史》,人民文学出版社2011年版,第437页。

〔32〕 何绍基《东洲草堂文钞》卷五《题冯鲁川小像册论诗》,《何绍基诗文集》,第815页。

〔33〕 林昌彝《何绍基小传》,《何绍基诗文集》附录一,第1074页。

〔34〕 祁寯藻《除夕同舍祭诗,以"数篇今见古人诗"分韵得"见"字》,《馒飦亭后集》卷十五,任国维总主编《祁寯藻集》第二册,三晋出版社2011年版,第444页。

〔35〕 程恩泽《赠王大令香杜兼呈邓湘皋学博》,《程侍郎遗集》卷二,第27页。

〔36〕 曾国藩《题彭旭诗集后即送其南归二首》其二,《曾国藩全集》14册,第93页。

〔37〕 郑珍《巢经巢诗钞》前集卷一《留别程春海先生》,《巢经巢诗文集》,第9页。

〔38〕 黄统《邵亭诗钞·序》引莫友芝语,《莫友芝诗文集》附录一,第1130页。

〔39〕 莫友芝《邵亭遗文》卷二《郑子尹〈巢经巢诗钞〉序》,《莫友芝诗文集》,第577—578页。

〔41〕 关爱和《自立不俗与学问至上:清代宋诗派的两难选择》,《中国近代文学论集》,中华书局2006年版,第210页。

〔42〕 黎庶昌《曾国藩年谱(附事略 荣哀录)》,岳麓书社2017年版,第7页。

〔44〕 曾国藩《复彭申甫》,咸丰三年正月,《曾国藩全集》22册,第102页。

〔45〕 杨杏农《何蝯叟诗序》,《何绍基诗文集》附录二,第1090—1091页。

〔46〕 郑珍《巢经巢文集》卷二《甘秩斋黜邪集序》,《巢经巢诗文集》,第389页。

〔47〕 胡晓明《斯文留脉傥关天——郑子尹与同光体:文化诗学的意味(论纲)》,黎铎主编《遵义沙滩文化论集(一)》,吉林教育出版社2007年版,第15—16页。

〔48〕 王先谦著,沈啸寰、王星贤点校《荀子集解》卷第四《儒效篇第八》,中华书局1988年版,第143—144页。

〔49〕 《荀子集解》卷第十七《性恶篇第二十三》,第435页。

〔50〕 张载《正蒙·诚明篇第六》,章锡琛点校《张载集》,中华书局1978年版,第23页。

〔51〕 徐复观《传统文学思想中诗的个性与社会性问题》,《中国文学精神》,上海书店出版社2006年版,第5页。

〔52〕 唐炯《巢经巢遗稿序》,《巢经巢诗文集》附录二,第569页。

〔53〕 郭绍虞《中国文学批评史》下册,商务印书馆2010年版,第661页。

〔作者简介〕 朱春雨,1988年生,河南卫辉人,文学博士、历史学博士后,河南科技大学人文学院讲师,主要研究方向为中国近代文学。

《海绡词》的隐微心曲与时代弱音

黑 白

陈洵(1870—1942),广东新会(今江门市)人,朱祖谋将之与况周颐并举:"新拜海南为上将,试要临桂角中原。来者孰登坛。"[1]龙榆生亦称"所谓'领表宗风',自半塘老人倡导于前,海绡翁振起于后,一时影响所及,殆驾常州词派而上之。"[2]陈洵处身山河动荡、战乱频仍的晚清近代,好友中不乏革命党人黄节、遗民词人朱祖谋等。但他却始终以边缘人的身份自居,将时代洪流与个人心曲打并入词作的要眇深微之处,铭刻易代之际的"时代弱音"[3]。陈洵的创作动机恰如熊润桐所述:"先生每念遭世衰微,埋忧无所,亦乐以词自托云。"[4]周济云"诗有史,词亦有史"[5],陈著《海绡词》亦可谓从微观角度观照一个时代的经典文本。林立曾言:"透过阅读陈氏作品可窥探到当时社会现状的一个侧面,对所谓主流以外的'时代落伍者'的心声,亦能有所了解。"[6]谭勇辉进而总结出《海绡词》中"侘傺失意、相思情愁、故国之思、忧时念乱"等四种"伤心意蕴"[7]。总体而言,学界对于《海绡说词》的关注往往超过《海绡词》,本文则将考察重心放回《海绡词》的文本深层,聚焦酬赠书写里的个体存在与委曲心史、时代感怀下的群体认同与忧生自伤、节物兴叹中的哀感循环与生命意识等三个维度,揭橥一个普通词人的隐微心曲及其辐射而出的时代弱音。

一、酬赠书写里的个体存在与委曲心史

诗可以群,词亦可以群,酬唱赠答是词的重要社会功能。谢章铤论词云:"亦知词固有兴观群怨,事父事君,而与雅颂同文者乎。"[8]刘熙载在《艺概》中,举张元干因胡邦衡谪新州作《贺新郎》、张孝祥于建康留守席上赋《六州歌头》"致感重臣罢席"等例,说明词"莫要于有关系","词之兴观群怨,岂下于诗哉"[9]。据曾大兴统计,仅从《海绡词》的题序来看,与陈洵交往的文化人士有三十多人,其中词人十一位、诗人九位、画家七位、戏曲艺人两位[10],最重要的赠答对象当属黎国廉、黄节、朱祖谋、李雪芳四人。在与他者的关系场内,《海绡词》敷写了生活情味、诗意寄托和身世恋情三大主题,陈洵的个体存在与价值探寻也在与他者的关系中得到确立和自镜。

首先来看陈洵与黎国廉的唱和。黎国廉字季裴,号六禾,清光绪十九年举人,曾任《岭学报》主编,入民国后从事教育工作。陈、黎的唱和词集《秋音集》记录了1919至1923年间,二

本文收稿日期:2022年9月3日

人在"登临、吟赏、谈笑、饮酒之地"[11]因题共咏的种种生活情事,这一段悠游卒岁的填词时光,令陈洵一直念兹在兹:"尔后迹日密,月必数见,见必有词,如是数年。"[12]如《一丛花·邻西一废园新种梅数十株,连日六禾来讯,余未有以应也。偶出见花,喜报六禾》:

> 此花除我更无邻。犹是隔年春。窥墙便欲深心许,岁华静、蜂蝶逡巡。香讯懒封,闲门早闭,各自过黄昏。　　何郎词笔久销魂。垂老尚情亲。小楼绣被熏香罢,又还念、空谷佳人。输与夜来,一方明月,流水二三分。[13]

此词继承了清代"以词代书"的写作传统,题序与内容不可分割、相与为用。词序与词上阕交代"偶出见花"的心理动态,别出心裁地使用了时空逆溯的手法,即先点出花已开,再回溯自己不知花开、未回应六禾的缘由——废园荒芜,蜂蝶都徘徊不前,加上词人闲懒,导致"香讯"未被及时发现与传递给六禾。然而梅花竟好似窥探爱人的女子,主动表露深心使词人一睹芳容。陈洵笔下的梅花颇异质于"暗香疏影"之传统范型,本应作为主体咏叹梅花的词人,此际反而成为梅花欲望投射下的客体,这般主客体转换的匠心何在?这就需要结合下阕对六禾的书写进行理解。表面来看,下阕以戏谑的口吻将好友比作"小楼绣被"的贵公子,偏偏惦念着废园中的"空谷佳人"——亦即梅花。反观词人,又何尝不是将自我情志融汇入废园梅花之中呢?词首"此花除我更无邻"即表陈一种自我定位,与之相映成趣的,正是过片"何郎词笔久销魂"的六禾形象。又如《四园竹·重午与六禾晚出北郭饮村垆》:

> 榴花笑客,旧梦冷船箫。竹风动户,梅雨暗城,仙侣无聊。清昼阑,炊黍熟、汀菰路绕。酒怀山意飘飘。　　到魂销。村帘最好斜阳,江声换尽前朝。长涧菖蒲自秀,休向尊前、问息寻消。人事渺。听暮笛,飞梅翳丽谯。[14]

关于这段两人"晚出北郭"的故事,黎国廉在其词序中亦有提及:"重午同述叔出北郭宝汉茶寮小饮"[15]。词中所述情境并不复杂,但写得"兴象超妙,述情得体,不作无病呻吟"[16]。究其原因,主要是陈洵借用《四园竹》的特殊体式,诉说了时代变局下一位普通人的生活情味与自我保全意识。《四园竹》之句读内部,多以偶数句(四言、六言)构成,间或以三言调节音律。相比于《鹧鸪天》《浣溪沙》这类以七言为主的词牌,《四园竹》在节奏上缺乏奇数句的清畅之感,且上下阕各有一处仄韵("绕"、"渺"),更显得声情滞重、欲言又止。不过,陈洵在这里使用了较为朗阔的"箫"韵,一定程度上弥补了字句上的滞涩之感。因此,整首词在声韵上表现出了顿挫与疏朗的交织之美,词人的情感流动也投射出忧郁与闲散等多重面向。

具体而言,下阕"江声换尽前朝"句感慨深重,陡然截断了上阕时节之美、饮酒观山之乐。但词人并没有沉浸在时代更迭之群体感伤里,而是立即以"长涧菖蒲自秀"[17]表达自己的处世态度,并劝慰友人莫以时局自怆心神。然而,一句"人事渺"的仄韵插入,隐微流露出词人并非冷漠无情、不问世事。词的最后以袅袅笛声收束,其中夹缠如缕、无法名状的万般情愫,则留待读者细加勘抉。

总之,陈、黎唱和大多由周遭生活情境自然生发,在时世凋零的凝重氛围里,沉吟酝酿出几许轻盈的生活情味,无疑慰藉了彼此,印刻着普通人在时代乱局中难得的美好瞬间。但生活情味也只是词人精神世界的一个方面,在找到生活情味来抚平内心创伤之余,又该怎样重新体认自己的理想与寄托?这类对理想的追寻,更多见于陈洵与词坛祭酒朱祖谋的唱和之作。

可以将《海绡词》中与朱祖谋相关的作品按创作时间先后排列：1924年作《丹凤吟·春日怀彊村先生沪上》——1927年作《八声甘州·不得彊村先生起居》——1929年作《喜迁莺·立春日得杨铁夫书，喜闻彊村先生起居，赋此寄怀》、同年作《渡江云·彊村先生沪上书来询游约，且为词以促之，敬酬一解》——1930年作《烛影摇红·沪上留别彊村先生》——1931年作《三姝媚·午窗假寐，姬人为供红梅枝，既觉始见之，时得彊村翁寄词，有"风怀销尽"语，遂下一转语作我发端》、同年作《应天长·庚午秋，谒彊村翁沪上，日坐思悲阁谈词，吴湖帆为图以张之。赋此报湖帆，并索翁和》、同年冬作《木兰花慢·岁暮闻彊村翁即世，赋此寄哀》。

这几首词的题序其实就是一个个叙事单元，即使不了解陈洵和朱祖谋的生平，读者也可以大致勾勒出二人相交的情境与故事：1930年之前，陈洵与朱祖谋以文字相交，倾盖如故；1927至1929年期间，二人通讯受阻，陈洵心绪颇不安宁；1930年，朱、陈终于在上海会面，甚为投契，分别后亦酬唱不辍；1931年朱祖谋去世，陈洵痛失知己，词中一片哀情。从朱、陈往来书信以及门人记述中可以得知[18]，二人唯一一次的会面即在1930年的上海，朱祖谋设宴杏花楼，与会者有龙榆生、张尔田等人，是陈洵在词学界的一次重要亮相。1929年，朱祖谋举荐陈洵为中山大学词学讲席，陈洵对朱祖谋的知遇之恩感佩在心。可见，与《彊村语业》、《海绡词》中某些语意晦涩、本事难明的词作相比，朱、陈唱和原委清晰，词作与人物生平皆能一一对应，也可以说是微观层面的"以词存史"。

除了本事清晰之外，陈洵这八首词作风格深曲端敬，语言畅达、结构清晰，与前述着重技巧之词多有不同。善于运用时空交错、隐微写作等技巧是《海绡词》的一大特色，也正因如此，才赢得朱祖谋慧眼识珠，称赞陈洵"公学梦窗，可称得髓"[19]。面对如此知己，陈洵在酬赠词中反而采取直言无隐的写作策略，明示其对朱氏的深厚情谊。具体来说，《海绡词》中的"谒彊村翁沪上"是陈洵生平的重要节点，朱祖谋的赏识和延誉，使他"吟壶光小，灯飐夜来风色"[20]的清苦生活有了诗意的温情和感动："终岁怀人，兹辰芳草，一晌旧寒销凝。"[21]在赴上海与朱祖谋会面之前，陈洵在词中多表现出对时空阻隔的无奈，如"沧波自远，梦回何处，雁断犹闻，云飞无极"、"怅恨佳期晚，但无多芳草，须傍兰泽"[22]；"暮云锁，又飞鸿天阔，竹梅深静"、"待得倩莺烦燕，争奈有期无定"[23]。倾心相交却不得相见固然令人惆怅，但在时空的阻隔之中，又蕴含了有关对方的美好设想，"种柳依桃三径冷，待仙源重觅"[24]；以及对未来的殷殷期待，"良会永、因循去日休嗟。"[25]对陈洵来说，素未谋面的朱祖谋，仿佛遥遥天际的一颗明星，早已成为他心中诗意的载体。

游沪期间，陈洵与朱祖谋这两位词坛知己"日坐思悲阁谈词"，可谓惺惺相惜。朱祖谋召集沪上文士雅聚，"解带披襟，满座香发"[26]，给陈洵带来无限快意。然而良会终须散，陈洵在词中抒发知己离别的怅惘之情，"此情江海自年年，分付将归燕。襟泪香兰暗泫。两无言、青天望眼"[27]，自身处境的孤独与对未来的不确定也溢于言表。陈洵返粤后一年，朱祖谋在上海病逝。朱、陈二人的"后期心数"终究还是落空了。陈洵痛失知己，词中的物是人非之伤、人生萧索之感十分令人动容，如"弦敛赏音亡"[28]、"啼红泫碧，不成春笑"[29]等。

时空阻隔与通讯不便使朱、陈仅有一面之缘，但或许正因如此，其友谊达到了"君子之交淡如水"的境界。这样的友谊可遇而不可求,并因时代与未来等外部环境的脆弱性,更显弥足珍贵。陈洵曾在信函中言明:"盖洵之所为,惟先生知之耳。"[30]"洵之所为"所指为何? 朱、陈二人因何如此投契? 朱祖谋为前清礼部侍郎,对国势倾颓有着明确的政治立场,陈洵则是一介布衣,虽也曾伤悼亡清,但并不参与政治时事。再结合陈洵词学的整体面貌,能够发现二人之相识始于词学词艺的切磋[31],更在执守传统文化层面有着同样的追求。如果说与黎国廉的酬唱之作是在日常中求一慰藉,那么陈洵与朱祖谋的唱和,弥漫的正是词人心中充满诗意的精神寄托。二者之间萦绕着现实与理想的纠葛,词人如何在这一纠葛中厘定自我? 或许能在陈洵对梨园女子李雪芳的寄赠中一窥究竟。

李雪芳是二十世纪初期,粤剧全女班"群芳艳影"的正印花旦,曾以一曲《仕林祭塔》红极一时。如前所述,陈洵赠黎国廉、朱祖谋之词皆有明确的期待读者,然而赠"雪娘"(对李雪芳的昵称)诸阕却在阅读视阈上有所不同,与其说是"窈窕淑女,君子好逑"的爱欲冲动,毋宁说更多是词人在"她者"投影中对自我的反观与追寻。传统写作中所谓"将身世之感打并入艳情"在陈洵这里得以承续。比如1918年第一首明确赠与李雪芳的词作《探芳讯·雪娘病起,重见江湄,一月讹言如隔世矣》:

> 紫箫远。又凤翼飞軿,天风吹转。洗梦尘清泚,银河水深浅。人间百感冬温夜,教作良辰看。渐黄昏、隔水初灯,岁华深院。　　妆薄泪痕泫,有印粉窗纱,凝香罗荐。莫倚高寒,仙帔绀霞卷。熨怀暗堕金炉烬,漫借笙歌暖。正销凝、那更檐花怨断。[32]

这首词奠定了陈洵恋情词的主基调,写作风格上亦得"南宋之清泚"[33],接近于浙西词派追求的"醇雅"境界,可见浙常合流[34]之词史趋向。其中的旖旎情思,看似从旁观者角度为雪娘代言,但所叙雪娘种种,无不投射着词人对自身的观照。具体来说,雪娘歌儿舞女的现实身份,已被词人替换为乘风而去的仙人,此次"重见江湄",在现实中不过是复出而已,却在词人眼中似银河水化为人间良辰一般曼妙。词的换头处笔锋一转,并不接写雪娘演出的情境,而是从清空处落笔,融合雪娘"擅演悲剧"的艺术特征,细腻入微地设想了她病中的怨抑之情。这种设想皆为"泪"字所统摄,"泪"是雪娘心中的哀怨,亦是她着"仙帔"时的剧中之情,更是金炉香尽的夜深时分,窗外淅沥的檐花滴雨。

贯穿整部《海绡词》可以发现,雪娘的形象在同类型词作中是非常特殊的,既不同于普通歌姬如"学语依稀,学舞夸轻妙"[35]之外形描写,又与赠同为戏曲艺人梅兰芳的"赋情不比李龟年,曾侍开元宴"[36]之群体情感迥异。独倚高寒、拥炉而歌、细听檐雨——在词人的设想中,雪娘是一位具文人气质的空谷佳人,与前述词人的自我定位若合符节。这也说明与李雪芳的相恋相思,对陈洵来说并非一段寻常艳情而已,更不宜用"文人捧角"简单界定,而是掺杂着词人对自我美好品格的追寻与投影。

在其他多首赠雪娘的词中,词人的自我意识由若隐若现变得逐渐清晰,词作的主体与客体潜藏转换,感慨今昔、怅惘无端之意愈加浓挚。这一方面是缘于现实中人事的变迁,也即雪娘最终退出艺坛嫁为人妇;另一方面也是词人在不断的追寻叩问中,更加自觉地开启对生命的无尽思索。如"真知者少,相怜何计。双烟炉倚桐巏冷,更同心、松柏休轻比"[37],诉说了与雪娘柏拉图式的高洁情谊;"泉华自浇,翠冷一簪寒玉"[38]表达与雪娘同样的处世态度;

"将寂寞,慰飘零,相逢江海情"[39]更是加固了与雪娘同命相惜的自我存在。总而言之,上述的生活情味、诗意寄托和身世恋情并在于《海绡词》的抒情脉络之中,表征出一个普通文人在时势动荡中的个体存在与委曲心史。

二、时局感怀下的群体认同与忧生自伤

如前所述,无论是与黎国廉、朱祖谋的知遇离合之伤,还是与李雪芳的恋情相思之伤,皆有明确的指涉和时间线索,基本创作于1903至1928年之间(《海绡词》卷一和卷二部分),可以算作陈洵的早期和中期词作。与此二者不同,从陈洵的第一首词作《解连环》影射庚子国变始,至其绝笔《玉楼春》影射日军侵华终,《海绡词》的政治隐喻一直若隐若现,每每抒发着世事变动中的个人故事与情志。简言之,时局感怀贯穿其创作生命始终,具体表现在群体认同与忧生自伤两个维度,其情感浓度也随着人生及世事之变动而逐渐加深。恰如王德威所言:"在许多历史关键时刻,旧体诗词见证嬗变、铭刻忧患的能量远远超过任何以'新'为名的文类。"[40]

清末民初,恰逢"三千年未有之大变局",这次变局不同于以往的改朝换代,而是充斥着现代与古典的碰撞、西方对东方的冲击等,一度导致传承千年的中华文明出现了崩裂之象。在此种崩裂之象的笼罩下,传统文士既往的身份认同遭致极大动摇,渐次引发文人群体对自己身份边界的重新思考与定位——站在个体和家国、过去和未来之间,文人该何去何从?其中一类人扛起革命的旗帜,如梁启超在中国文学新旧交替之际掀起了文学革命的序幕,胡适等人则以白话文入手,开启了新文学运动,鲁迅更是从文学革命走向了政治革命,言明:"为革命起见,要有'革命人','革命文学'倒无须急急,革命人做出东西来,才是革命文学。"[41]与此相反,另一类人则是选择恪守传统、闭门著述,在身份上形成了一种"文化遗民"的自我认同,即"因为改朝换代所带来的失落和伤痛,以及对恢复政治和文化正统的渴求"[42]。但是在那样一个众声喧哗的时代,这种群体身份认同实际上是非常不稳定的。

在家国兴亡的时代背景下,无论选择哪种道路,都没有人能独善其身,每个个体都在主动或被动地"见证嬗变、铭刻忧患"。以旧体诗词创作为例,"亡国之音哀以思",文人们往往善用寄托比兴,以诗词反映时事,暗含政治隐喻,抒发忧世自伤的情怀。《海绡词》中也不乏此类作品,如《八声甘州·野烧》,词义隐晦,托兴深微,寄托了对当世乱象的讽喻:

> 送关河满眼是伤心,何堪问芳菲。甚霜凋仍绿,风摧竟白,灰尽能遗。坐叹烟销烬冷,缩手昨人非。时有笼灯火,光出丛祠。　　毕竟熏天何苦?笑几家葆屋,曾借余辉。任红心凄黯,今后总休提。想幽人、蓬蒿深护,剩劫残、三径得因依。谁怜我、向经行地,望伫青旗。[43]

陈洵乃一介布衣,对他来说,相比于庚子国变、辛亥革命等重大历史事件,地方豪强对民众生活的破坏,是一种更直接、更切实的生活体验——"毕竟熏天何苦?笑几家葆屋,曾借余辉。"以野火为喻写民不聊生之种种乱象,皆是一种来自社会底层的观察与倾诉。陈洵关心的是包括自身在内的普罗大众,关心他们在乱世中的身份认同及出处去就等问题,是以小人物之

眼窥见大时代之殇——"想幽人、蓬蒿深护,剩劫残、三径得因依。谁怜我、向经行地,望伫青旗。"

林立曾谈及陈洵的"遗老情结":"陈洵在处世态度、意识形态以至生活模式等方面,都一样恪守传统,可说是二十世纪'守旧派'的代表文人之一。即使他未侍于清朝,却颇以遗老自居。"[44]陈洵并未在清朝为官,且在民国大学任教,严格来说算不上遗老,但作为普通文人,在当下的乱世之中,难免将过往时光进行美化且不断追忆。如《庆宫春·灯夕听文叔说京华旧事》:

> 相觅春沽,随常灯火,梦回乍省今宵。西崦吹梅,东风匀柳,岁华相望无聊。旧寒重理,暗凄断、闲情紫箫。佳期携手,客恨天涯,人事萧条。　　依稀似说前朝。多暇承平,光景偏饶。明月欢惊,樊楼深夜,绣尘香陌骢骄。意销魂断,听呜咽、楼前去潮。余薰知苦,待暖罗衾,金烬都销。[45]

这首词所描写的"冶游生活",其来源乃是听文叔说京华旧事,陈洵自身未必经历过"明月欢惊,樊楼深夜"的种种奢华。词从白昼写到深夜,在现实中的"佳期"与描述中的"承平"之间,时空经历了两次变换。首句之"梦回"与结尾的"金烬都销",以及换头处的"依稀似说前朝",勾勒出词人对前朝往事的憧憬,与"余薰知苦"的凄苦现状形成鲜明对比,流露出词人的无所归依之感,"人生如梦之感益以漫漶"[46]。对故国的怀念,对现世的不满,其实都导向对安稳生活的向往,这种情愫也就不独属于遗民群体。

除了"人生如梦"这一主题,这首词的动人之处还在于,展现了个体在历史废墟面前苍茫独立的心态。"意销魂断,听呜咽、楼前去潮"一句,意境如同《八声甘州·野烧》中的"谁怜我、向经行地,望伫青旗",皆是词人独自面对历史的怆然之感——"站在历史的废墟前,现代主体不能不感受到无边的荒凉,却必须以回顾过去的不可逆返性,来成就一己独立苍茫的位置。"[47]其时,各种浪潮裹挟着人们前进,推向他们不愿直视的未来,人们凝视历史的废墟并且倍加缅怀,但是在这场无可抵挡的风暴中,逐渐模糊了自己的身份认同。[48]

陈洵一生目睹了庚子国变、地方战乱及日军侵华等种种乱象,晚年更是经历举家颠沛于穗、澳两地、房屋被日军拆毁等深重不幸,在词作中抒发对旧朝的想象与迷恋、对时局的不满与怨愤等,其实也是对"自我情志"的释放,伤逝的同时也是"自伤"。自伤,即自我感动、自我悲伤之意,近似于个体在现实中郁郁不得志,找不到确切的精神目标时,内心产生的一种创作的动力,借以进行能量之宣泄。中国传统即有"诗以泄导人心"之说,如钟嵘在《诗品》中云:"嘉会寄诗以亲,离群托诗以怨","使穷贱易安,幽居靡闷,莫尚于诗矣"[49]。在这一点上,词和诗的作用机理相似,都可以帮助作者与艰辛冷落的生涯妥协相安,使一个人的潦倒愁闷获得排遣、慰藉或补偿。[50]此种乱世中的自伤,亦具一定的普遍意义,颇能代表陈洵一类普通文士的心理状态:"民国肇造,有识之士尽管皆承认势之所趋,却难掩一股强烈的失落感觉。他们在民主维新的风潮之后,看到一片庞大的文化、精神废墟。'凭吊'成为时代的氛围。"[51]陈洵自伤词中最真切沉痛者,大多写于抗日战争爆发之后。如《渔家傲·澳门送秋,携谷儿登新园》:

> 梦里关河凭讯雁。社余日日催归燕。迟节晚花犹喜健。霜容倩。锦屏鸳枕新装

遍。　　　把酒西风谁与劝？登临客恨逢多难。此度送秋情不浅。秋去远。伤心行路休回面。[52]

此词作于日寇侵华,陈洵举家避祸澳门之时,词题中的"谷儿"乃其长子陈士谷。起首"梦里"一句表明此际身处异乡,穗中消息但凭书信,接下来写登园送秋,恰逢菊姿霜容,引发了词人强颜欢笑,以菊花装饰锦屏、填满鸳枕的设想,这是一种于逆境中产生的感物、惜物之情。下阕的"此度"三句,更是经历世乱才能道出的惋心之言。联系上阕对"锦屏鸳枕"的驰想,"情不浅"三字潜藏的客途秋恨也就愈加深沉,"伤心行路休回面"之对影自伤的文人形象清晰可见。国运之衰微,家室之颠沛,于兹可感可念。

至于陈洵的绝笔词《玉楼春》,更是自伤之典范。末尾一句"黄昏晴雨总关人,恼恨东风无计遣",一面有"天下兴亡,匹夫有责"之观照,一面以"东风"喻日寇,无比痛恨却又无力驱逐,最终也只得以自伤聊以自愈,可谓"为一室之悲歌,下千年之血泪,所感者深且远也。"[53]正如马大勇所言,陈洵的词作"将纷乱时世中国民的兴亡疾苦微言大义地呈现出来"[54],一个普通国民对战争记忆的忧患铭刻,其意义丝毫不亚于革命派或遗民等少数菁英群体的书写,往往更能表征普遍存在的社会心理现实。

三、重阳兴叹中的哀乐循环与生命意识

《海绡词》除了铭刻人间的悲欢离合与情志寄托,还有不少描摹物态、吟咏节令的作品,数量上占据总篇数的百分之三十左右。此类词作弥散着由节令物华引发的生命意识之思,其中重阳与秋天意象更是被词人反复涂写。重阳之源头或可追溯至先秦时期的秋祭民俗,即秋天丰庆祭祖,《诗经·周颂·丰年》即有相关记载[55],体现了先民处理天人关系的虔敬态度。而从秋祭到重阳,暗含着重阳意象与秋天意象的交织重叠。词人面对岁岁重阳、年年秋冬的宇宙常态,兴叹物是人非的生命变量,只能以重阳秋词敷写世事无常中的哀乐循环。

比如,《海绡词》中最负盛名的重阳词《风入松·重九》,即鲜明表征了"哀乐循环"之抒情底色,具体表现形式主要为句与句之间情感强度的跌宕变换。

　　　　人生重九且为欢。除酒欲何言。佳辰惯是闲居觉,悠然想、今古无端。几处登临多事,吾庐俯仰常宽。　　菊花全不厌衰颜。一岁一回看。白头亲友垂垂尽,尊前问、心素应难。败壁哀蛩休诉,雁声无限江山。[56]

上阕经历了升、沉、升、沉、升的情感历程,下阕前二句升中有沉,中二句沉,末二句是沉中有升。朱祖谋盛赞此词"淡而弥腴,如渊明诗,殆为前人所未造之境"[57]。朱氏向来惜字如金,不轻易下断言,却对此词给予极高评价,其中深意何在?"淡而弥腴"这句断语取自苏轼评陶渊明诗之"质而实绮,癯而实腴",意为称赞陈洵词如渊明诗一样平淡而山高水深。值得注意的是,朱祖谋的批评逻辑与苏轼不同,并非建立在两组对立的范畴之上,而是更强调"淡"和"腴"之间的统一关系。也即在朱氏看来,这首《风入松》以短小的体式,包蕴了冲和淡远的飘逸之致,以及穷高极深的闳阔境界,譬如将山容水态凝聚于一副小景画之中,呈现出跌宕多姿的艺术样貌。具体到创作手法,则要回到上文对情感强度"升"与"沉"的剖析。

如标注所示,词上阕情感强度呈现升沉交替的样貌,且每句之中亦蕴含繁复多样的情感质素。比如"人生重九且为欢",颇有豪宕洒落之积极态度,但所谓"人生重九"亦可理解为人生的暮年,那么下句"除酒欲何言"的苦中作乐,也就有了更深刻的心理动因。后续六句亦在"升"与"沉"的循环和绵延中娓娓道来,宛如山涧流水变幻无穷。而下阕则以"沉"为情感基调,哀与乐呈现出浑融一体的情状,比如"菊花全不厌衰颜。一岁一回看",回应了"人生重九"的暮年之哀,但岁岁有菊花相伴的生活况味,为人生的沉重平添轻盈之致,恰似巉岩深处的一抹留白。由此亦可见出,借用《风入松》上下阕不变的体式,词人在相同句位之中安排了微妙的呼应,比如上阕之"悠然想、今古无端"与下阕之"尊前问、心素应难"都抒写了词人寂寥无依的生命叩问。除此之外,词中还存在个体境遇和古今世事的强烈对照,如"佳辰惯是闲居觉"、"吾庐俯仰常宽",写出个体生存的悠然一面,但"几处登临多事"、"雁声无限江山"又告诫词人,社会与历史洪流是不可脱离的,个体就如同山水风物之中的渔樵一般,洋溢鲜活生命意识的同时,又终将没入茫茫大千。总体而言,陈洵以诗学中"哀乐无端"的创作传统为根柢,使这首《风入松》呈现出别具一格、如山水图画般的艺术境界,朱祖谋言"前人所未造之境"绝非溢美之词。

"哀乐循环"的诗意核心并非"重复",而是"变",细究海绡词中频频出现的"重阳"意象,实际上皆以"变"为基调。今古无端与生命流逝是宏观视角之人生一"变";亲友、恋人之间的分离聚合,又是微观视角之际遇一"变"。与此同时,"重阳"又与菊花的隐逸底色相关联,隐喻着陈洵内心的返乡之愿与隐逸之思。这份对生命变幻的感怀,对隐逸之思的眷恋,与词作中的时代感怆相与为用,共同构成了《海绡词》的一条暗线——在众声喧哗的时代里,陈洵遗世独立的生存状态,不仅容易出现身份认同之危机,也让他与周遭人事产生疏离之感,越与此世界相疏离,就越想找到一个彼世界,重阳词中"回归原乡"的欲望便也显得尤为强烈。这主要体现在日常索居中对精神原乡的追忆,以及晚年避寇之时远离故土的悲愤之情。如《霜叶飞·九日,读君特"断烟离绪"之句,不胜依黯。爱次其韵,寄吾旧游》:

> 倦琴孤绪。残蛩外、清游疏似花树。淡妆帘户易销魂,灯暗啼绡雨。慰寂寞、明珠翠羽。闲情惟有东篱古。怕旧宿芙蓉,冷艳缬、霜波误尽,别来缃素。　　无奈探菊逡巡,携壶漫伫,望极高处难赋。故山重问醉经人,日暮玄猿语。梦不着、新欢寸缕。佳辰长短从来去。向镜中、生涯淡,但忆歌前,笑声多处。[58]

这首重阳词着眼于细微的人生际遇,几乎通篇都在书写记忆中的情境。所谓"明珠翠羽"、"芙蓉霜波"、"歌前笑声",其实表征的是与好友一同度过的明媚时光。陈洵是一位敏锐善感的词人,人生际遇的苦乐跌宕使他一直念兹在兹,并在词中不断追忆旧日的欢愉、虚幻的升平,将其视为一种桃花源式的精神原乡。在好友风流云散之后,他也尽力携琴孤游,但始终绕不开"生涯淡"之现实境遇,只能通过追忆"抚今感昔,乐以写哀"[59]。"佳辰长短从来去",往者不可谏,未来似乎能够预期,但却又遥不可及——这是陈洵对人间变幻无奈又真实的体验。

陈洵晚年举家避祸澳门,一年多后返回广州。是时,词作表现出的返乡之愿真切沉痛,如作于1939年重阳节的《锁窗寒·己卯九日》:

去国秋风,天涯又作,一番重九。茱萸办了,旧俗看看还有。掩闲门、自珍岁华,古来尽道佳时候。只东篱误约,及花无奈,几回搔首。　　当槛。霜林后。甚对面青山,未成携手。新亭泪眼,怕检凭高罗袖。咽歌蝉、残日梦回,故人不见天也瘦。待从头、诉与今朝,倦客殊方久。[60]

在深秋的他乡,年近七旬的词人度过了一个冷清的重阳节。然而,相比于《霜叶飞》的消沉,这首《锁窗寒》反而表现出对未来的执着期待:"待从头、诉与今朝,倦客殊方久"。面对"故人不见天也瘦"的万物凋敝,词人反而生发出"共话西窗夜雨时"的遥想,并在悲凉的底色中酝藉出"自珍岁华"的暖意。在人生境遇的至暗时刻,词人朴实无华的生命意识,以及生命情味的委婉多姿,皆足以使读者心有戚戚。可以见出,《海绡词》之秋与重阳叙写多以淡语写深情,从关于一身到及乎斯世,以个体境遇的深微感悟,展现人类普遍性的生命思考,此即其艺术价值和精神内核所在。

综上所述,不难窥见一条"天·地·人"的心理轨迹,即从个体层面的友情爱情出发,历经忧生忧世的思想洗礼,最终达至"生命观"、"宇宙观"的极境。在"人"的层面,《海绡词》叙写了与朋友的知遇离合、与雪娘的恋情相思,这是一个心思无比细腻的文人对人类普遍情感的观察和摹写,其中值得注意的一点是如何在"他者"的镜像中追寻自我,例如在与李雪芳的恋情相思中,词人看到往昔的自身境遇,进而引发古今变幻之感。在"地"的层面,人是依托于国家民族而存在的,感伤情怀离不开国家的时局动荡,特别是生活在晚清近代的陈洵,词人既身处其间又置身边缘,无论是传统词人的文化标签,还是革命与战争给他带来的现实冲击,都潜在影响着他对世界的价值认知。在"天"的层面,则是超越一时一地之限制,"观古今于须臾,抚四海于一瞬"[61],陈洵的节令物华之伤虽然并未将其"宇宙观"系统化,但是词人凭借细腻的感知力、丰富的想象力和跌宕起伏的人生阅历,营造了一个充满生命意识的词境时空。可以说,《海绡词》丰富的艺术内蕴,是"清词经典化"[62]历史进程中值得关注的一环,具有独特的美学价值。重访这一居身时代潜流之普通词人的细腻心曲,更有助于倾听历史上那些被众声喧哗所掩盖的时代弱音,这些"弱音"正可提供一副有别于精英意识形态的另类世界景观,帮助以此为进路,理解时代精神的复杂性和多样性。

注　释:

〔1〕 朱祖谋著,白敦仁笺注《彊村语业笺注》,巴蜀书社2002年版,第384页。

〔2〕 龙榆生《陈海绡先生之词学》,《同声月刊》1942年第2卷第6号,第85页。

〔3〕 时代弱音,或称之为执拗的低音、被压抑的弱音、历史的微声等,即"被近代学术及思潮一层又一层复写、掩蔽、遮盖、边缘化,或属于潜流的质素。"参见王汎森《执拗的低音》,生活·读书·新知三联书店2020年版,序第2页;徐玮《重现被压抑的弱音——读〈沧海遗音——民国时期清遗民词研究〉》,《词学》第三十辑,华东师范大学出版社2013年版;王笛《历史的微声》,人民文学出版社2022年版。

〔4〕 熊润桐《陈述叔先生事略》,陈洵《海绡词》,台北中华丛书编审委员会发行1961年版。

〔5〕 周济《介存斋论词杂著》,周济辑撰,石任之整理《宋四家词选　词辨》,中华书局2022年版,第166页。

〔6〕〔44〕 林立《论陈洵及其〈海绡词〉》,《词学》第二十辑,华东师范大学出版社2008年版,第212、207页。

〔7〕 谭勇辉《〈海绡词〉的"伤心"意蕴》,《中国韵文学刊》2012年第1期。

[8] 谢章铤《赌棋山庄词话》,唐圭璋编《词话丛编》,中华书局1986年版,第3465页。

[9] 刘熙载《艺概》,上海古籍出版社1978年版,第122页。

[10] 曾大兴《论陈洵在桂派词学中的重要地位》,《学术研究》2010年第3期,第153页。

[11][12] 陈洵《玉粲楼词钞序》,黎国廉《玉粲楼词钞》,广东省立中山图书馆藏。

[13] 陈洵著,刘斯翰笺注《海绡词笺注》,上海古籍出版社2002年版,第168页。陈洵常在词前撰写题序,记录词作的叙事背景,本文亦将这些词序认作文本分析的重要对象。正如张海鸥所言:"当词人觉得词调或词题之叙事尚不尽意时,便将问题延展为词序,以交代、说明有关这首词的一些本事或写作缘起、背景、体例、方法等等。"见张海鸥《论词的叙事性》,《中国社会科学》2004年第2期,第152页。

[14][16][20][21][22][23][24][25][26][27][28][29][32][35][36][37][38][39][43][45][46][52][56][58][59][60] 陈洵著,刘斯翰笺注《海绡词笺注》,第91、93、239、343、239—240、343、240、480、369、363、377、374、16—17、236、339、36、175、349、428、277、279、404—405、329、216、218、406—407页。

[15] 陈洵、黎国廉《秌音集》,广东省立中山图书馆藏。

[17] 刘斯翰云:"(广州)白云山有菖蒲涧,世传为安期生隐居处,其地产九节菖蒲,久服可以成仙。"见陈洵著,刘斯翰笺注《海绡词笺注》,第93页。

[18] 详见余意整理《陈洵致朱祖谋书廿一则》,《词学》第二十六辑,华东师范大学出版社2011年版;《朱孝臧致陈述叔书札》,陈洵著,刘斯翰笺注《海绡词笺注》,第499—506页。

[19][57] 《朱孝臧致陈述叔书札》,陈洵著,刘斯翰笺注《海绡词笺注》,第499、500页。

[30] 余意整理《陈洵致朱祖谋书廿一则》,《词学》第二十六辑,第311页。

[31] 据熊润桐回忆:"初彊村未识先生时,偶睹先生词数阕,读之大诧,以为真能得梦窗神髓者。百计咨访,始获致书,道倾慕之意,愿得其稿刻之。"见熊润桐《陈述叔先生事略》,陈洵《海绡词》。

[33] 周济《宋四家词选序录》,周济辑撰,石任之整理《宋四家词选 词辨》,中华书局2022年版,第6页。

[34] 参见朱惠国《中国近世词学思想研究》,上海古籍出版社2005年版,第180—206页。

[40] 王德威《"诗"虽旧制,其命维新》,《社会科学辑刊》2016年第3期,第38页。

[41] 《鲁迅全集》第三卷,人民文学出版社1973年版,第403—404页。

[42] 王德威《国家不幸书家幸》,《史诗时代的抒情声音——二十世纪中期的中国知识分子与艺术家》,台北麦田出版2017年版,第565页。

[47][51] 王德威《后遗民写作》,台北麦田出版2007年版,第35、35页。

[48] 参见瓦尔特·本雅明《历史哲学论纲》,汉娜·阿伦特编,张旭东、王斑译《启迪 本雅明文选》,生活·读书·新知三联书店2014年版,第270页。

[49] 钟嵘著,曹旭集注《诗品集注》,上海古籍出版社1994年版,第47页。

[50] 参见钱锺书《诗可以怨》,《七缀集》,生活·读书·新知三联书店2002年版,第120—121页。

[53] 陈廷焯著,杜维沫校点《白雨斋词话》,人民文学出版社1959年版,第1页。

[54] 马大勇《晚清民国词史稿》,华中师范大学出版社2016年版,第141页。

[55] 《诗·周颂·丰年》:"丰年多黍多稌。亦有高廪,万亿及秭。为酒为醴,烝畀祖妣,以洽百礼,降福孔皆。"朱熹集传《诗经》,上海古籍出版社2013年版,第434页。

[61] 陆机著,张少康集释《文赋集释》,人民文学出版社2002年版,第36页。

[62] 参见张宏生《经典传承与体式流变:清词和清代词学研究》,南京大学出版社2019年版,第2—7页。

[作者简介] 黑白,1990年生,女,辽宁大连人。中山大学古代文学博士,现担任中山大学博雅学院科研博士后。

论岭南"雄直"诗风的话语构建*

郭子凡

  明清时期,诗歌创作、诗文批评所呈现出的异于前代的一大特征,便是地域性的凸显。在清代诗歌批评史中,岭南诗歌以其耀眼的"雄直"诗风为当代直至现代的批评者所关注。现学界对岭南雄直诗风形成的考察,大体上基于一种历史叙事的角度对之进行解释阐发。以王富鹏写的《论岭南诗派"雄直"诗风的形成》一文为例,该文的核心内容延续着陈永正在《岭南诗歌研究》中的观点,认为岭南诗派固有雄直一脉,可追溯到唐代张九龄"曲江规矩"处;在明末清初抗清事件的惨烈背景下,遗民心态激发了岭南诗歌雄直的风貌的再现;与此同时此地封闭的地域位置严重地影响了它与外界的交流,从而使得诗人们的自抒性情自成风气,在岭南地区呈现出强劲的势头。从此分析逻辑来看,研究者明显是将"雄直"的形成视为文学事件的发生,这种分析结构是现代学界探讨"雄直"诗风形成的主流框架,得到了当前广大岭南研究学者的认同。然而笔者注意到,对"雄直"属性的界定,是后人在文学自觉理念下对前代非自觉状态下文本创作的观照,在所谓的"雄直"诗风代表人物的笔下,并没有看到对此宗尚的刻意标举,或许他们并不认为自己所作的风格是一种"雄直"的风貌。这个概念虽然是出于对他们诗歌风貌的概括,但其发展却更依赖于后世岭南文人有意识的构建。因此当我们探究"雄直"形成这一问题时,其核心在于"为什么会用'雄直'这个词来概括岭南的诗歌"以及"它如何成为岭南诗坛经久不衰的诗歌创作风格和形式",关注点在于其提出及后世的塑造。并且,只有基于这个问题的回答,才能够更全面的解释为什么"雄直"是岭南的诗歌标签,而非特定于明末清初诗歌现象。这也就是说"雄直"作为一个批评术语,探究其形成的过程是要基于这个批评术语提出的背景以及其后的构建,而非"雄直"本身作为文学事件的背景。对此研究方向的厘清,直接决定了研究落脚点是在还原"雄直"文学事件的发生现场,还是基于以"雄直"为出发点的话语构建。

  强调将"雄直"作为一个批评术语而非文学事件进行探究,并非否认前学者对"雄直"发生所提出的猜想,前学者以向前追溯式的考察给予这个问题回答。笔者关注的是"雄直"作为一个概念的提出以及它是如何成为整个岭南的诗歌标签的。二者有交叉的部分,亦存在一些观点上的碰撞,但总体上看它们都是对岭南"雄直"诗风形成问题的脉络探究。本篇将对此问题具体分为"雄直"作为诗风的提出、"雄直"的认同塑造、"雄直"的传统追溯三章节进

本文收稿日期:2023 年 3 月 3 日

行探究。只有更全面地了解"雄直"的发展动态,立足于更广阔的研究视野,对岭南诗风形成的考察和把握才能更加到位。

一、"雄直"作为诗风的提出

"雄直"作为岭南诗歌的标签,即是说明了此特点为之所有,并使之有别于其它地区的诗歌风貌。然而这并不代表此地所有诗人或是一个诗人的所有作品皆呈现出同样的效果。那么这个结论是怎么得出来的呢?正如蒋寅所说:"小传统也就是人们在一定地域范围内体认的具有自足性的文学历史及其所包含的艺术精神和风格特征。小传统的体认无疑是通过更广阔的文学史视野的比较而实现的,它反过来又成为小范围内比较的基准。"[1]这启发我们将这个问题的拆分成两个小问题:是哪些比较样本代表着"雄直"诗风?而它们又是在怎样的基准下转化为整个岭南诗歌的风貌?解决以上问题是我们了解此概念提出的关键所在。

岭南诗歌具有"雄直"特征的定调,起于洪亮吉嘉庆五年所作"药亭独漉许相参,吟苦时同佛一龛。尚得昔贤雄直气,岭南犹似胜江南"[2]一诗。嘉道年间,麦伯庄在《题绣子先生集》一诗的注中便说到:"洪北江谓'岭南三家'诗有雄直气,差胜江南云。"[3]认为洪亮吉诗中所指是岭南三大家,而汪辟疆则认为此论"虽指独漉堂而言,然雄直二字,岭南派诗人当之无愧也"。[4]其后朱则杰指出汪辟疆以此诗'指独漉堂而言',将它限定为陈恭尹一家恐怕并不符合原意,进而指出"此诗所论,实际上是清初整个'岭南三大家',包括梁佩兰(药亭其号)、陈恭尹(独漉其号)和屈大均共三位诗人"[5],与麦氏所见相同,此说亦大致为现代学界所公认的一个看法。

岭南诗歌具有"雄直"气这一说法最先是概括提取于三大家的作品中,那么这个有特定意义群体的形成便是我们所要追寻的比较样本所在。据汪宗衍与吕永光列举的材料说明,早在康熙三十一年王隼编选《岭南三家诗选》之前,梁、屈、陈三人的诗名便已远播岭外,如在康熙二十三年,朱彝尊有《送王先生士禛代祀南海兼怀梁孝廉佩兰、屈处士大均、陈处士恭尹》一诗,康熙三十年,王士禛亦作有《闻越王台重建七层楼落成寄屈翁山、陈元孝、梁药亭》一诗,且"同时诗人王士禛、朱彝尊、张尚瑗、卓尔堪、王撼等等?亦以三家并举"[6],王富鹏认为这些材料给人以在王隼选《岭南三家诗选》前屈、梁、陈三人便已成为一个公认的具有特定意义的三人组合的印象,但实际上"屈、梁、陈作为一个固定的具有特定意义的三人组合皆始于王隼所编《岭南三大家诗选》"[7],笔者认同王富鹏的看法,此时三者常被连带提出,可能是因为王士禛与三人的交往颇为密切,而王士禛作为当时颇有影响力的人物,其诗作、交友也必定会受到人们的关注,因此才出现了诸人将三家并举的现象。但是即便王隼编选《岭南三家诗选》,也未必是以"雄直"为标准对他们进行集合,因此他主观的选编也常受到后人的质疑。但应该肯定的是,时人对三大家诗歌共同特点的关注,以及把他们上升为明末清初的岭南诗歌代表又显然是受到这个合称提出的影响。换句话说,三大家并非因"雄直"而集结,但"雄直"却是因为三大家的合称而被归结提取出的一种诗风。一个明显的例子就是前文提到的洪亮吉《论诗绝句》,诗中本只论梁佩兰(药亭)和陈恭尹(独漉),而麦伯庄在《题绣子先生集》一诗直接将诗中的药亭、独漉二人上升为"岭南三大家",可见三家合称提出使得三人的捆绑更为密切,而"雄直"也成为了他们所特有的群体风尚。

而在此之后,将三大家作为一个群体来谈述或是将他们进行对比考量的论说便也随之兴起。在历来的序第评判理由中,三家予以后人的诗风印象呈现出大致相同的特征。如孔尚任以"雄伟"[8]评价屈大均的诗风。樊庶称梁佩兰之诗:"扢扬正变,高浑朴茂,直抒性灵,而才识并轶。"[9]颜平畿则说到:"吾粤人诗,本领之深,力量之厚,无逾屈者。如独漉之沉雄哀激,梁芝五之排宕纵横,求之当时,亦罕有右。"[10]黄培芳亦言:"道援堂五律,超迈绝伦,起调尤卓……皆真气磅礴。"[11]这些言论举以三大家各自之长以相较,但其中所提及的风格特点却与前文概括的"雄直"特征实为吻合。可以看出,即便其他评论者没有像洪亮吉一样直接用"雄直"一词来概括三大家的风格,但三大家予以他们的印象亦不离其宗。

对岭南三大家诗风的体认又是通过何种视野的比较从而实现诗坛风气转化的呢?洪亮吉在诗中已明确的给予我们答案——"岭南犹似胜江南"。由于地理位置的优越以及各种历史原因,江南的政治、经济相较于明清其它地区的发展而言遥遥领先。而于此主导下的诗坛,亦人才辈出,为人所瞩目。正如程可则所言:"明之盛时,学士大夫无不力学好古,能诗者盖十人而九,吴越之诗矜风华而尚才分,河朔之诗苍莽任质,锐逸自喜;五岭之士处其间,无河朔之疆立,而亦不为江左之修靡。"[12]包括王士禛所言岭南诗坛"不为中原江左习气熏染"[13],所体现出的也是江南诗坛的先发性,此时江南诗坛已有形成其固有的风貌——修靡。而在有明时期,岭南方独立为一个诗派,为人所见是南园五子等诗人,他们的诗歌以"风雅"著称,但这并没有成为岭南诗歌的特征风貌。笔者认为,岭南之所以以"雄直"凸显,具体体现在明清之际甲申国变情景下,江南和岭南两个地区的遗民所反映出的创作的差异。在面对山河之变时,江南地区的遗民诗人抱持着对故国旧君的追思悼怀,接续不断地在各类题材的诗歌中宣泄无处排遣的悲伤挣扎心绪,其诗歌调性总体上呈现出一种低靡的哀吟,这与他们历来生活成长于温柔的江南,惯于浅斟低唱有着密切的关联。而当清军南下广东时,虽大局已定,瓯越一隅已不堪固守,但大批志士仍愿意破家殉身,慷慨赴死。这一时期反清抗清、拒仕清朝成了岭南地区士人的主要取向,成了岭南士风的主旋律,屈大均、梁佩兰、陈恭尹皆是其中的一份子。这种情感反应在诗歌中便成了发于感愤之怀的呐喊,在艺术形式上所呈现出来便是"雄直"。如陈恭尹于《拟古》其三中慷慨赋言:"居世逢乱离,始辨英雄士。我生良不辰,京洛风尘起。生死白刃间,壮心未云已。猛士不带剑,威武岂得申?丈夫不报国,终为愚贱人。"[14]将自己的壮志情怀予以笔墨直抒。屈大均则善以用日月、雷霆、天风等壮大的意象及调遣众神话中的形象来营造出一种劲健的气势,如诗有云"天似穹庐覆,风从班马生"[15],"逐日麾金戈,捎星曳红旆。黄帝驾象车,飞廉挥虹鞭"[16]。而梁佩兰对雄直的表现则在于通过细致的刻画从而达到"字字锋芒逼人,骇胆栗魄"[17],或是以一种居高临下的态度来表达自己的胸怀,如诗言"泰山只作一撮泥,黄河不当半杯水"[18]。三大家在情感表达、艺术表现上各有千秋,同时却又给予人们一种雄阔、直率的感受。作为当时诗坛赫赫有名的代表,他们的共有的诗歌特色也正象征性地代表着整个诗坛的风貌,而在以江南诗坛与岭南诗坛的背景比较中,这种群体的风貌自然地上升为地域诗坛的风貌。

有意思的是,洪亮吉在诗中以"胜"字将这两者一分高下,这就意味着"雄直"的提出已经包含着某种情感或立场于其中。他在这组组诗的首诗说到:"偶然落墨并天真,前者宁人后野人。金石气同姜桂气,始知天壤两遗民。"[19]"金石气"是指顾炎武"天下兴亡匹夫有责"式的理想书写,是一种掷地有声的英风豪气。而"姜桂气"则是指吴嘉纪在"一字一成泪,诗到离乱真"中所透露出的严冷危苦,凄急幽奥之感。同为遗民书写性情,一者铿锵直入,一者辛涩婉转。洪亮吉用了"天壤"二字对这两者诗歌所呈现的风貌进行了评价,其倾向不言而喻。而这两者所呈现出来的诗歌风貌极其类似上文所分析的江南遗民和岭南遗民的书写差异,由此我们便不难理解为什么洪亮吉会认为岭南胜于江南,其实正基于这种情感立场。而这也更加明确了岭南的"雄直"诗风是在明末清初清军入关的时间点下与江南诗坛的比较中凸显出来的,最关键的是以"雄直"来概括岭南诗风,其中已蕴含着对岭南遗民于抗志不屈、英勇无畏的遗民精神的肯定和嘉奖,这也为其后的构建增加了荣誉感和认同感。

二、对"雄直"的认同与构建

诗歌的风格必须依附着于作品方能体现,而作品又是诞生于作家之手。当一种诗风出于某个身份极具影响力的地域作家作品中,或是出于一定数量的地域诗人中时,作品中所体现出来的风格便也逐渐成为了这个地域的特色诗风。"雄直"风气在岭南的凸显当属前者。但准确而言,当"雄直"诗风存在于明末清初以岭南三大家为代表的诗人作品中时,还不是它成为岭南诗歌特色标签的开始。真正意义上讲,"雄直"之所以成为一个标签,一种流风,是因为它的价值或特性得到了人们的承认并受到尊重,从而产生了强大的稳定性,而其中的关键便在于它是以一种"历史存在的模式"而存在,也即是说它是作为当下有意义的事物存在,不是过去的遗物,更不是往古的残余。而这种"历史存在模式"则需要后代文人的合力构建,让"雄直"在认同的过程中得到萃取和沉淀。

首先,"雄直"的"经典化"除了体现在对这一词汇的再现举证外,还体现在了对岭南三大家的关注以及更多的岭南诗人被编列于"雄直"的旗下。如陈维崧的《念奴娇·读屈翁山诗有作》、毛奇龄的《道援堂集序》、朱彝尊的《九歌堂诗集序》、王煐的《岭南三大家诗选序》、陆鏊的《问花楼诗话》、秦瀛的《小罗浮草堂诗钞序》等篇目都对三大家个人或群体进行了载录,并对其"雄直"诗风加以评述。而康乾时期三家诗文集的刊行,也间接地为"雄直"的再现与传播提供了文本。此外,"雄直"队伍的壮大也是它保持鲜活的关键所在。丘逢甲"平生风义柳堂门,雄直依然粤派存。谁料南荒柔佛国,听松更有诗孙"[20]一诗便把叶季允编写到了"雄直"的风尚簿上,而他也不止一次对这种风格表示钦慕,在谈及岭南诗歌时曾评论道:"岭南论流派,独得古雄直。"[21]又以"粤诗独得古雄直,赖此巨刃摩天扬"[22]的诗句来推崇潘飞声的诗歌。再如汪憬吾论李黼平诗时提到:"绣子先生诗雄深闳厚,深入杜韩阃奥。以粤人论,惟钦州冯鱼山差可伯仲。洪稚存云:'独得乾坤雄直气,岭南犹似胜江南'者是也。"[23]同样是通过将诗人与"雄直"诗风的连接,使"雄直"成为了一个"同时性"的概念,如同伽达默尔说的:"无论其来源有多么遥远,这一个特殊的东西呈现在我们面前时,它是完全存在于此的。"[24]与此同时,这种"雄直"传统的构建不仅往后发展,还存在向前追溯的情况。据笔者所见,陈邦彦、邝露、黎遂球被誉为"岭南前三家",见于嘉庆十八年《粤东诗海》,无论是从文献记载或是合称的命名说,都后于"岭南三大家"的提出,而此三人的诗歌亦同样以

"雄直"为后世所称,不由得让人猜想他们形成一个特定意义的组合,是由于追溯岭南三大家的雄直之气时得出的结果。当然,在缺少旁证的情况下这只是一个推测。

其次,"雄直"的"经典化"还体现在后人对它的批评上。历来对"雄直"的批评多为积极正面的评价,但其中也夹杂有批判的声音。这些声音不但不容忽视,反而更为真实地透露出文人们在不同时期,不同视角对"雄直"的看法,也更为全面地展示了"雄直"的特性。如李黼平在《著花庵集》自序提到:"汉兴以来,南裔渐辟,至唐张曲江公出,实有追正始之音,流风未微,积而发于胜国。维时天下之诗派有三:河朔为一派,江左为一派,岭南诗自为一派。盖其才力排奡,声调高张,足以起衰式微,彬彬乎其盛也,而世之论者,又或以粗厉猛起少之,则诗乐分而南音之亡也久矣。"[25]这里所谓的"声调高张"、"彬彬乎其盛"、"粗厉猛起"更接近于对明末"岭南三大家"风格的描述。罗学鹏《陈恭尹列传》即有对"以粗厉猛起少之"的非难:"王蒲衣选屈、梁、陈诗……夫居本朝而妄思前朝者,乱民也。翁山叫嚣狂躁,妄言贾祸,大失温柔敦厚之旨,其诗不直入选。"[26]无论是李黼平所谓"世之论者"或者是罗学鹏的评价,都是从儒家传统诗教出发进行批判的,但这些批评显然并没有成为主流,反而让人们意识到这种"慷慨任气,磊落使才,凭臆而言,前无古昔。乃有怨而近怒,哀而至伤者"是"时为之也"[27],从反面凸显出它的时代价值。

再者,"雄直"的"经典化"还体现在它被当作诗歌创作的范式,为后人所模仿和学习。从诗学意义上说,在"岭南三大家"时期,"雄直"所包含的真性情也即是对生硬模仿唐诗的拒斥。而在清末,当岭南诗风走向宋诗雕琢艰涩一路时,它又被重新请出,作为一种创作范本,为人们指明道路,提供修正的方向。如屈向邦指出:"洪北江诗:'尚得先贤雄直气,岭南犹似胜江南',盖指屈翁山、陈元孝诸人之诗也……自近世趋向宋人艰涩一路,而雄直之诗,渺不可复睹矣。"[28]此处屈氏对"雄直之诗"的追忆,像是将一种回归的信号发送给驱驶在"宋人艰涩一路"的作者们。但正如周炳曾评屈大均诗所说:"盖诗之格调有尽,吾人之意境日出而不穷,而才大则无不有,气大则无不举,未尝有急于求知当世之心。"[29]屈大均等人的诗歌创作是"才"、"气"与境遇碰撞出的火花,并非以"求知当世"为目标才有意标举"雄直"之风,因此他当时也不会意识到这些火花会在后世形成燎原之势。从屈氏的诗学言论来看,"雄直"亦并非他自觉的艺术追求。然而,正是这种无意识的、遇事而发的感情流露所形成的纵横在字里行间的雄沉与直率,才突显出了异于雕刻模拟的"真"。反观林明伦在《答关桥孺书》所提到的"吾乡自梁药亭三家后,学者甫离句读,便束书不观,竟为浮诡靡曼之诗,妄意得嗣三家之风流。不知屈、陈二公所遭之世与今不同,故其为诗,人不能学,学之则同于不哀而哭,不病而呻,虽工亦伪"[30]的现象,正是由于脱离了特殊语境,从学者仍将"雄直"作为一种创作范式来模仿而导致的东施效颦。但从另一个角度看,这正是岭南三大家之流风成为后人效法对象的例子。与此同时,"雄直"转化为岭南诗学的批评尺度和实践惯例,也为接续和发展地域文学传统带来深刻的影响。

总而言之,"雄直"作为岭南诗歌的地域标签,除了它诞生于应时应地之外,还在于不断地被模仿学习和批评,从而在反复中加强了稳定性。而其表象背后,反映出的是当时诗学言说中统摄一切诗歌的观念——"崇尚真诗",这也正是"雄直"的价值或特性得到清代世人的推崇的原因所在。如黄培芳所说的:"道援堂五律……皆真气磅礴。"[31]徐世昌所说的:"其实真气盘郁。"[32]批评家们在对"雄直"风格表象进行描述的同时,亦点明了其话语本质。

三、对"雄直"传统的追溯

一般而言,追溯一种事物、现象出现的根源、了解它的发展脉络是研究开展时的基础工作,如果"雄直"作为一个文学事件的发生,那么溯源这件事或许伴随着它的出现而同时进行。但是正如我们前文所说的,"雄直"属于后人在文学自觉理念下对前代非自觉状态下文本创作的观照,当事人对此并不具有主观意识,更无从谈及为这种风气的出现寻找依据。从追溯岭南"雄直"诗风传统的发生时间及其意义来看,它的功能同样在于增加"雄直"于地方的认同感,在于构建地域诗坛风貌。只不过上文所述的构建属于延续和演化,而所谓的追溯则是反观传统为之寻找"立身"的依据。并且笔者观察到对"雄直"传统的追溯甚至要晚于对它的现实批评、将之标举为诗歌范式等一系列构建工作,更多是出于现当代研究者的笔下。

在现代的相关研究中,学者们往往把"雄直"追溯到唐代张九龄的"曲江流风",如陈永正认为"岭南诗歌'雄直'之气,在唐代已露端倪……余靖诗继承了张九龄、邵谒的传统,体现出幽峭傲兀、苍劲朴老的风骨……崔与之和李昴英二家诗,健笔凌云,体现了岭南诗歌'雄直'的本色。宋末的爱国诗人区士衡、赵必𤩪、李春叟、陈纪等均遵循岭南诗歌的传统进行创作"[33]。王富鹏言:"因为张九龄诗在清淡之中透露出雅正、劲秀,乃至兀傲之气。这一特点与'雄直'当中的'直'有着内在的关联,而由'直'到'雄'不但跨度不大,而且'雄'也是'直'的一个自然指向。因此说岭南诗派的'雄直'之气于张九龄就已初露端倪,是有一定道理的。"[34]但是作为任何一个作家,其作品的内容、风格往往呈现出多样性,如果按上述研究者的说法,仅取这些岭南唐、宋诗人中显露出"雄直"风格的作品便断言此为明末清初遗民诗人们所遵循的传统依据,不免模糊了传统的边界,按此逻辑我们甚至可以将"雄直"追溯于其它源头,并且我们很难回答为什么这个传统在曲江之后处于一个"断层"的状态。

从文化社会学的角度看,传统具有历史性、遗传性、现实性和变易性的特征。其中历史性和遗传性便指向了它的持续性。"曲江流风"是指张九龄在融汇汉魏、楚辞和初盛唐诗歌所形成的"雅正"的诗歌规范,也是宋元明时期岭南诗歌给予人们的一个印象。但值得注意的是,即便曲江诗中与汉魏的质直和风骨一脉相承,透露出的刚正不阿的骨鲠之气,被认为是岭南"雄直"诗风的开端,但是历来"曲江规矩"更为强调的是"雅正"的正始元音。既然是诗尚"雅正",那么其表达必定不会是赤裸裸的"雄直"。在岭南诗史上,真正继承曲江流风之醇雅的,是明代南园五子及其后的南园后五先生一派的诗人。正如陈子壮对他们诗歌评价道:"五先生以胜国遗佚,与吴四杰、闽十才子并起,皆南音,风雅之功,于今为烈。"[35]朱彝尊亦说:"岭表自南园五先生后,风雅中坠,文裕力为起衰,如黎惟敬、梁公实辈,皆其弟子。嘉靖中,南园后五先生二子与焉。盖岭南诗派,文裕实为领袖,不可泯也。"[36]可见南园诗人一直固守着曲江风雅一脉的传统。而从世人对他们个人诗歌的评价来看,"委婉"、"典雅"、"沉着"作为其中的高频词汇,与人们对张九龄诗歌的评价多有契合。因此,岭南在明朝被初次划分为一个地域诗派的时候,岭南诗派为人们所认识到的,独立于江左、河朔诗歌而自成一派的特征,应该正是继承了曲江的"自成体段"的雅正,正如汪辟疆说到:"岭南诗派,肇自曲江。"[37]这种方能称为传统的延续。明末清初,屈大均本人虽也把粤东诗歌的原始追溯到曲江处,并认识到千余年来岭地诗歌都遵守着曲江规矩。屈氏曾在《广东文选自序》中表露出了对曲江传统的认可,但是其所强调的也是曲江之"雅正",并没有谈及与"雄直"有关的印象。

　　实际上,"雄直"作为对岭南诗风的概述,其源头最直接便是追溯到明末清初的遗民诗人的笔下,这个批评词汇之于岭南诗坛,带有深刻的时代背景意义,只是在后世的塑造中逐渐普化为岭南诗歌的标签。当然"雄"与"直"二词合并连用,源自张籍《祭退之》中对韩愈的评价:"独得雄直气,发为古文章。"从诗意的表达来看,这里的"雄直"还不是指文章的风格,而是指个人的气节,展开来说就是指作者性格中的雄健刚直之气。韩愈把个人的气节抒发展露在文章当中,成为了文章之气,俞陛云在评韩愈《左迁至蓝关示侄孙湘》诗说到:"昌黎文章气节,震铄有唐。即以此诗论,义烈之气,掷地有声。"[38]可以说"雄直"是一个从个人气节演化到诗文风格的批评术语,在其实现转化后又常见于诗文风格的批评上,用于对个人气节的评价则退居其次,反而成为诗文风格形成的一大原因。从此后谈及岭南诗歌"雄直"特性的研究来看,学者们很少再谈及"雄直"作为气节的本义,而是基于其作为诗文风格进一步对"雄"和"直"的定义进行拓展,认为"雄"是雄壮,指诗歌境界雄伟,画面宏阔,是诗人铿锵有力的豪言壮语;显示出的是一种豪迈之情,是诗歌的"意"和"境"之大,给人雄阔之感。而"直"主要体现在表现手法上,如多运用赋的手法,把事、物直接陈述出来,直书其事,铺叙陈述;在写法上不用比、兴,不用烘托,没有状物抒情,没有虚写衬托,只是直书其事,直截了当地把所见所闻如实地写出来;抒情上多直抒胸臆,而且往往在诗歌的结尾卒章显志。可以说以上的总结概括已较为全面且深入地展现了"雄直"在艺术表达上的特点,也成为了与此相关的研究的定调。

　　本义日益淡化,衍生义逐渐成为主流话语,让我们忽视了"雄直气"中的"气"指向的是一种人格和气节。洪亮吉所言"尚得昔贤雄直气"一语,无论从字面或者含义上都更接近于张籍评价韩愈在性格上的"雄直气"。正如我们前文所分析的,"雄直"这个词的提出,实际上包含着洪亮吉对明末清初岭南遗民勇于抗争的气节的肯定与嘉奖。这么一来,诗中所言的"昔贤"就未必是指向前代那些作品中带有"雄直"诗风的文人,而是指明末清初的遗民诗人们对贤人不屈不挠的抗争精神的继承。

　　由于历来学者们将"雄直"作为一个文学事件来看待,因此对其进行溯源成为了他们研究中最先开展的工作。如果按照本文将"雄直"当做一个批评术语的界定,并且我们已经明确了它的源头即发于明末清初特定的历史事件中,那么在这种情况下溯源是否还存在意义呢?

　　答案是肯定的。可以看到"雄直"作为岭南诗歌的文化符号,在经历了后世三百多年衍化和构建,已然成为了地域诗坛系统中结构发达、组织完善的一部分,甚至形成了所谓的强势话语,进而这种话语内涵又传播到整个文化空间中,如粤剧戏班长期流传的尚武精神、广东民间音乐名曲《连环扣》、《旱天雷》、《雨打芭蕉》、《饿马摇铃》、《渔樵问答》所体现出的雄健清扬的风貌,音乐家冼星海的作品多以刚健激昂的格调为主,都被归功于深受岭南"雄直"

222

文化的熏陶。在"雄直"被当做文化内核渗透到岭南各大艺术领域时,进一步为之寻找坚固而典范的立身之源,与"某一适当的具有重大历史意义的过去建立连续性"[39]成为推动其发展的重要支柱,正所谓求木之长者,必固其根本;欲流之远者,必浚其泉源。依靠内文化的支撑,使之根植于文化传统尤为重要。如艾略特所说:"从来没有任何诗人,或从事任何一门艺术的艺术家,他本人就已具备完整的意义。他的重要性,人们对他的评价,也就是对他和已故诗人和艺术家之间关系的评价。"[40]这句话适用于岭南三大家及之后以"雄直"诗风著称的文人身上,也同样映射于以"雄直"为内核的诗学发展体系之中。在这个过程中,研究者对文化符号的选择、接受与阐释,往往包含着其自身的理解,将"雄直"追溯于"曲江流风"正代表着着学者们对岭南诗学及文化崛起的理解与想象。而这种追溯作为"反方向"的构建,也体现着一种地域文化自觉,为"雄直"诗风的话语构建提供一种更为强大的精神力量,使之于岭南诗坛长盛不衰。

综上内容可以看到,在明末清初易代的特殊背景下,以岭南三大家为代表的遗民诗人笔下呈现出一种刚健的风貌,这种风貌在与同时期的江南诗坛的比照下,上升转变为诗坛的创作风气。在洪亮吉"尚得昔贤雄直气,岭南尤似胜江南"一诗中,岭南诗坛"雄直"的风貌始成定调。然而,"雄直"之所以会成为岭南历久弥新的诗坛标签,在时过境迁后仍保持着蓬勃的生命力,则在于后世文人有意识地将更多文人编写到"雄直"创作队伍当中,并在诗学论述中对之进行反复的提及和批评,以及将之标举为诗歌创作范式,多方面地完成它"经典化"的构建。而当代研究者则进一步对其传统的追溯,建立起"雄直"与"曲江流风"的文化关联,为其延续发展提供源远流长的文化支柱。

相比之前的研究,本文重在构述"雄直"这一批评术语的提出,以及其在提出后的诗风话语构建过程,此论题较为宏大,笔者能力有限,论述难免浅薄,其中的一些推断未必精准,但这一探究优先考察并解决了"雄直"作为诗坛风气的构建问题。在前有的相关研究的基础上进一步打开局面,为接下来的岭南诗坛研究提供多一种思路。我们需要认识到,对一种风气进行探究,除了对其"文学现场"的推敲之外,其发展的动因、过程也值得去了解和探索,这两个方面不可偏废,并且只有在此基础上对岭南诗风形成的考察和把握才能更加到位。

注　释:

*　本文广州市哲学社科规划2023年度课题"清代广东学政与岭南文学文化研究"(2023GZDD07)阶段性成果。

〔1〕　蒋寅《清代诗学史》第1卷,中国社会科学出版社2012年版,第42页。

〔2〕〔19〕　刘德权点校《洪北江诗文集》,《更生斋诗》卷二《道中无事偶作论诗截句二十首》其五,中华书局2001年版,第1244、1244页。

〔3〕〔23〕　李永新点校,李国器辑补《李黼平集》,广东人民出版社2019年版,第561、563页。

〔4〕〔37〕　汪辟疆《汪辟疆说近代诗》,上海古籍出版社2001年版,第40、39页。

〔5〕　朱则杰《〈汪辟疆说近代诗〉考论》,《浙江大学学报(人文社会科学版)》2003年第3期。

〔6〕〔9〕〔18〕〔30〕　梁佩兰撰,吕永光校点补辑《六莹堂集》,中山大学出版社1992年版,第22、117、38、438—439页。

〔7〕 王富鹏《岭南三大家合称之始及序第》,《广州大学学报(社会科学版)》2008年第2期。

〔8〕 徐振贵主编《孔尚任全集辑校注评·题居易堂集屈翁山诗集序后》,齐鲁书社2004年版,第325页。

〔10〕 温汝能《粤东诗海》卷六十七,中山大学出版社1999年版,第1271页。

〔11〕〔31〕 黄培芳《黄培芳诗话三种》,广东高等教育出版社1995年版,第94—95、94—95页。

〔12〕 程可则《海日堂集》卷首,道光五年金山县署重刊本。

〔13〕 王士禛《池北偶谈》卷一一《谈艺一·粤诗》,中华书局1982年版,第251页。

〔14〕 陈荆鸿笺释,陈永正补订,李永新点校《陈恭尹诗笺校》上册,广东人民出版社2016年版,第67页。

〔15〕〔16〕 陈永正校笺《屈大均诗词编年校笺》,上海古籍出版社2017年版,第379、169页。

〔17〕 沈德潜《国朝诗别裁集》卷十六,乾隆二十五年教忠堂刻本。

〔20〕〔21〕〔22〕 丘逢甲著,丘铸昌校点《岭云海日楼诗钞》,上海古籍出版社2009年版,第167、80、84页。

〔24〕 Hans Georg Gadamer, *Truth and Method*, trans. Joel Weinsheimer and Donald G. Marshall, New York: Cross road, 1989, p.127.

〔25〕 仇江《岭南历代文选》,广东人民出版社2009年版,第334页。

〔26〕 罗学鹏《广东文献四集》卷一九《陈恭尹列传》,清同治二年刻本。

〔27〕 罗仲鼎、俞浣萍点校《谭献集》卷一《明诗录叙》,浙江古籍出版社2012年版,第20页。

〔28〕 屈向邦《广东诗话正续编》,香港龙门书店1968年版,第23页。

〔29〕 屈大均《道援堂诗集》序,《清代诗文集汇编》第118册,上海古籍出版社2010年版,第4页。

〔32〕 徐世昌《晚晴簃诗话》卷一八,华东师范大学出版社2009年版,第81页。

〔33〕 陈永正《岭南诗派略论》,《岭南文史》1999年第3期。

〔34〕 王富鹏《论岭南诗派"雄直"诗风的形成》,《地域文化研究》2020年第3期。

〔35〕 陈子壮《重刻〈南园五先生诗〉序》,屈大均辑,陈广恩点校《广东文选》卷九,广东人民出版社2008年版,第421页。

〔36〕 朱彝尊著,郭绍虞主编,姚祖恩编,黄君坦校点《静志居诗话》,人民文学出版社1990年版,第297页。

〔38〕 俞陛云《诗境浅说》丙编,天津人民出版社2011年版,第72页。

〔39〕 (英)E.霍布斯鲍姆、T兰格著,顾杭、庞冠群译《传统的发明》,译林出版社2004年版,第2页。

〔40〕 (英)托·斯·艾略特(T. S. Eliot)著,李赋宁译注《艾略特文学论文集》,百花洲文艺出版社1994年版,第3页。

〔作者简介〕 郭子凡,1995年生,华南师范大学文学院古代文学博士研究生,研究方向为中国诗学。

中国古典"声情论"之"声"的三维解读*

吴 琼

中国古代有着悠久的"尚声"传统,在古典文学领域,对"声"的重视和"声调美"的追求从未断绝。"声情"理论即是在这一传统和诗学追求中形成的,且广泛运用于诗、词、曲的评点之中,是中国古代文学理论中重要的批评范畴。学界相关研究多致力于"声情"批评的历史发展及理论启示,如刘方喜将"声情"列为汉语诗学的核心概念,对其作文化语言哲学的阐释,并揭示其研究方法论的现代启示[1]。陈松青梳理"声情说"的形成与发展,并阐述了其价值内涵与实现途径[2]。二位时贤在"声情"研究方面着力尤勤且成果斐然,但在具体概念的辨析与梳理方面却略失详实;有关"声情"的内涵,关涉"声与情"与"声之情"两个方面,而在实际运用中,这两方面的含义分界模糊,或者只执一端,或者混为一谈,容易造成理解的歧义。而歧义的根源即在于未厘清"声"的具体内涵,以及"声"与"情"的互动关系。

诗歌乃抒情文学,情可谓诗歌之本质,"声"作为"诗之用",是为了更好地表情达意。"声情"之"声",在不同的文体与批评语境中,内涵不同,故有必要对其进行辨析。综观"声情"用例,"声情"之"声"既指乐声,如曲调、宫调等,亦指诗中之音节、声韵,还可指创作者"缘情而发声"之心声。对"声"的辨析利于我们更好地理解"声情"的概念,掌握"声情"理论的运用与实践。基于此,本文拟从三个维度解读中国古典"声情论"之"声"的不同内涵以及这一内涵下的"声""情"关系。

一、乐声——诗歌之外部音乐

"声情"最为人熟知、影响最大的概念,是指音乐曲调所表达的情感,与"辞情"相对,多用于词、曲等配乐文学之中。王世贞《曲藻》最早将"声情"、"辞情"对举,用于对南、北曲的评述:"凡曲,北字多而调促,促处见筋;南字少而调缓,缓处见眼。北则辞情多而声情少,南则辞情少而声情多。北力在弦,南力在板。北宜和歌,南宜独奏。北气易粗,南气易弱。"[3]后王骥德《曲律》亦发扬其说,"声情"之论在曲文学中渐渐应用广泛。关于王世贞对南、北曲声情、辞情的论述,后人多有解释,如《中国古代文学理论辞典》释"声情"时称:

本文收稿日期:2023 年 6 月 9 日

> 北曲字多,节奏明快,劲切雄丽,往往一字一音,腔调曲折,故以"辞情"多而感人。南曲字少,节奏舒缓,清峭柔远,往往一字多音,腔调委宛,故以"声情"多而感人。[4]

郭绍虞《中国历代文论选》解释如下:

> 这二句指前项之差异给予听者的效果,互有一得一失。乐曲之宛转,北曲不及南曲,然因每字的音少引长之故,其发音明了可以听取,且曲词亦平易,辞意容易了解。南曲虽宛转悦耳,然字音却为曲声所蔽,难以听取明白,并且一字之音,往往分解而唱,如果不是熟悉其曲辞,听者竟有不能明其意义之处。[5]

辞典释"声情"之"声"为"腔调",郭绍虞释为"乐曲",此处之"声情"主要是指曲词文学所配乐曲或曲调的情感特质。相对地,"辞情"则指曲词的意义或情感。二者在曲文学批评中颇为重要,也是分辨南、北曲特征的关键所在。与"辞情"相对的"声情","声"主要指乐声,即歌辞演唱时的配乐、曲调;在实际的文学批评中,这一内涵涉及的范围更加广泛,不仅指配乐之曲调以及与之相关的宫调,也包括歌者的演唱(音色、声腔等)。这些文辞之外的"声响",我们可称之为文学的"外部音乐"。

释为"乐曲、腔调的情感"的"声情",在后世影响极大,主要运用于词、曲文学的批评之中。在宋代,"声情"概念虽未成熟,但人们已自觉用表"声情"特征的词语来评价词。如韩元吉《霜天晓角》词序曰:"夜饮武将家,有歌《霜天晓角》者,声调凄婉。"[6]张世南《游宦纪闻》卷八云:"因忆改之,每聚首爱歌《雨中花》,悲壮激烈,令人鼓舞。"[7]王灼《碧鸡漫志》卷五谓:"今双调《雨霖铃慢》,颇极哀怨,真本曲遗声。"[8]"声调凄婉"、"悲壮激烈"、"颇极哀怨",或分析歌者演绎时声腔曲调的情感,或指乐曲之情调,实即解读诸词的声情特征。

元时,燕南芝庵《唱论》总结了十七宫调的声情特点:"仙吕调唱,清新绵邈。南吕宫唱,感叹伤悲。中吕宫唱,高下闪赚。黄钟宫唱,富贵缠绵。正宫唱,惆怅雄壮。道宫唱,飘逸清幽。大石唱,风流蕴藉。小石唱,旖旎妩媚。高平唱,条物洸漾。般涉唱,拾掇坑堑。歇指唱,急并虚歇。商角唱,悲伤宛转。双调唱,健捷激袅。商调唱,凄怆怨慕。角调唱,呜咽悠扬。宫调唱,典雅沉重。越调唱,陶写冷笑。"[9]此论影响甚广,周德清《中原音韵》、沈宠绥《度曲须知》亦承其说。宫调关涉音乐的调高、调式等,在词、曲文学中,是文人"倚声填词"中所倚之"声"。这个"声"决定着乐曲的音高、调式、情调等,为文人填写词作予以谱式规范。一调有一调之风情,唐宋词、元曲多有标注宫调之作,宫调的作用即是规定了该词调的音乐风格,一定程度上也规范了该调的情感类型。而经由宫调、乐曲规范的词曲之情,即是"声情"。

明清时期,运用"声情"这一概念批评词、曲,已十分普遍,略举数例如下:

> 两词声情婉约,亦未可以一眚掩也。[10]
> 古曲声情,雄劲悲激,今则尽是靡靡之响。[11]
> 声情激越,不减东坡《酹江月》。当场高唱,几欲裂铁笛而碎唾壶。[12]
> (杨观潮)尤攻度曲,所著《吟风阁传奇》如《诸葛公夜渡泸江》、《寇莱公思亲罢宴》诸剧,声情磊落,思致缠绵。[13]

以上诸例,"声情"是衡量作品宫调、乐曲之情感特征的一个重要范畴。这一概念下的"声情",强调乐曲情调与辞情的配合。沈祥龙《论词随笔》云:"词调不下数百,有豪放,有婉约,相题选调,贵得其宜。调合,则词之声情始合。"[14]词调的豪放与婉约,正由宫调约束,"相题选调",即是讲求调情与辞情的契合。这在词、曲文学创作中是极为重要的一环。可惜的是,由于历史条件的限制,词、曲文学的配乐并未保存下来,词、曲之"声"在某种意义上已经消亡了。比如词,在北宋即已渐渐与词乐分离,后来成为案头文学。当下研究词的声情,若以"乐声"之情论,已无从入手,只能从古人留下的吉光片羽中来寻绎。但目前稳定的词体形式,是在乐曲、宫调的规范下形成的,其句式短长、声调高低在某种意义上留下了乐声的痕迹,可以从中探寻。并且,在诗歌批评之中,音节、声韵,本就是"声情"之"声"的一个重要内涵。

二、音节、声韵——诗歌之内部韵律

"声情"之"声"的另一要义是指音节、声韵,即对诗歌字声、韵律的关注。先秦两汉时期,诗乐一体,对"乐声"的关注远超"字声"。至魏晋南北朝,随着文学的自觉,人们愈发关注字声。一方面重视诗歌的声律,强调四声的搭配,比如此一时期出现了"永明体"与"四声八病"之说。《南史·陆厥传》载:"时盛为文章,吴兴沈约、陈郡谢朓、琅琊王融以气类相推毂,汝南周颙善识声韵。约等文皆用宫商,将平上去入四声,以此制韵,有平头、上尾、蜂腰、鹤膝。五字之中,音韵悉异,两句之内,角徵不同,不可增减。世呼为'永明体'。"[15]《宋书·谢灵运传》里又提及"欲使宫羽相变,低昂互节,若前有浮声,则后须切响"[16],重视字声之高低配合。另一方面强调声音对情感的表达,以声体情。比如《后汉书》卷七十曰:"北海天逸,音情顿挫。"[17]"音情顿挫"即是从文学作品抑扬转折的铿锵声韵中传达情感。桓玄《与袁宜都论啸书》谓:"读卿歌赋,序咏音声,皆有清味。"[18]是说从诗歌的音声之中能体味清雅之致。到了唐代,陈子昂为了纠正齐梁文学"彩丽竞繁,而兴寄都绝"[19]的弊病,号召诗人们继承和发扬建安风骨,他在《修竹篇序》中云:"一昨于解三处,见明公《咏孤桐篇》,骨气端翔,音情顿挫,光英朗练,有金石声,虽用洗心饰视,发挥幽郁。"[20]陈子昂标举"骨气"和"音情",是对诗歌风骨和声律的重视,所云"音情顿挫",是强调抑扬顿挫之声音对情感表达的重要性。"骨气端翔,音情顿挫,光英朗练,有金石声"遂成为陈子昂所标举的诗歌理念,对盛唐诗的繁盛也有重要影响。又,顾况《礼部员外郎陶氏集序》云"二南六义,在乎章句;安乐哀思,在乎音响"[21],认为安乐哀思之情,系于音响,即是强调音响(声)对情(安乐哀思)的表现。音声有助表情,故诗歌字声的搭配组合愈受重视,最终促使"近体声律"的形成。"声律"的规范化亦促使唐代近体诗的繁盛,使其成为"音节圆足,声情茂美"的一代经典。

虽然,对"音声"的重视始终贯穿中国古典诗歌的发展之中,但"声情"概念的成熟却在明清时期。明时,钟惺较早用"声情"概念批评诗歌,他在《古诗归》中多次提及"声情"并强调了音节的重要性。比如《古诗归》卷十评《西洲曲》曰:"声情摇曳而纡回,不纤不碎,太白妙派。"[22]卷十三评简文帝萧纲《夜夜曲》谓:"简文举体皆俊,声情笔舌足以发之,闺衾妙手。"[23]卷十四评王僧孺《为姬人自伤》称:"艳诗中古今如此声情最多,更有妙者,毕竟入手难抹。"[24]钟惺所指"声情",强调"吞吐起落,音节生情"[25],是诗歌高低疾徐的音节所表达的一种情味,如其评曹植《妾薄命》所谓"妮妮叙致,不尽情而已。看其音节抚弄停放,迟则生媚,促则生哀,极顾步低昂之妙"[26],音节舒缓则有婉媚之态,音节急促则生哀伤之情。

之后,王夫之在其几部诗评中亦大量使用"声情",并将诗之"声"与诗义对举,如《古诗评选》卷一评鲍照《拟行路难》:"全以声情生色。宋人论诗以意为主,如此类直用意相标榜,则与村黄冠盲女子所弹唱,亦何异哉?"[27]评鲍照《中兴歌》:"非有如许声情,又安能入于变风哉?学我者拙,似我者死,此之谓也。宋人以意求之,宜其愚也夫!"[28]他强调诗歌之"意"应从"音响"中求之:"伤悲之心,慰劳之旨,皆寄文句之外,一以音响写之。"[29]在王夫之这里,与"意"相对的"声",指诗歌吞吐吟咏之中,口舌唇吻之间的语调、音节。蒋寅称之为"超越近体平仄格式的一种更高的追求,注重的是特定语境中与情绪感受相吻合的声调",并认为王夫之的声情论"已触及声律的表情功能问题"[30],可谓知言。"声情"即是诗中这种声调与音节所表达的一种情致,突出诗歌之"声"对情的传达与表现,这正是"声情"理论的核心所在。王夫之乃较早触及"声情论"本质的批评家,有关王氏在诗歌声律方面的贡献,蒋寅先生已有精到的论述[31],此文不再赘述。另一方面,"声情"亦注重声与情的兼备与谐合,是为"声与情",即诗歌的声韵与情感。声与情作为诗歌的两大基本要素,往往并举,如宋长白《柳亭诗话》卷十六称"至若《饭牛歌》、《履霜操》,则又声情俱到,非身历其境者不能也"[32],何绍基《与汪菊士论诗》曰:"试取两京、六朝、唐宋大家诗篇读之,无不音节圆足,声情茂美。"[33]田同之《西圃诗话》认为"声情并至之谓诗"[34]。这些均是突出声情兼备乃诗歌的基本特征。

这一内涵下的"声情","声"主要指文字之声,即诗歌语言的声调、音节、韵律等,可谓诗歌内部的音乐性。这一内涵下的"声情",注重"声"在诗歌中的作用,强调"声"与"情"的谐合以及"声"的情感表现力。"声"有一定的情感意味儿,所谓"平声哀而安,上声厉而举,去声清而远,入声直而促"[35]。四声之抑扬、高低组合,传达出不同的情致,对情感表达亦有调剂、促进作用,二者的兼备统一与和合谐畅是构成诗歌声律美妙、情感丰富的关键。

三、心声——作者的内心律动

除了指乐声、音节,"声情"之"声",还有心声之意。这一概念根植于古人对"声"与"情"关系的认知:缘情发声,由声知情,声中有情,情中有声。"声"与"情"的辩证关系已被古人所知。《乐记》云:"凡音之起,由人心生也,人心之动,物使之然也,感于物而动,故形于声。声相应,故生变,变成方,谓之音。比音而乐之,及干戚、羽旄,谓之乐。乐者,音之所由生也,其本在人心之感于物也。"[36]人的情感萌动于心,发出成声,声形成一定组织而成为音。乐由音生,而音本于人心。可以说,人之"心声"的萌发形成了"音"和"乐",也是"音"和"乐"最本初的意义。诗歌的发生亦然,《毛诗序》谓:"诗者,志之所之也,在心为志,发言为诗。情动于中而形于言,言之不足故嗟叹之,嗟叹之不足故永歌之,永歌之不足,不知手之舞之足之蹈之也。情发于声,声成文谓之音。"[37]人之心声、情志,发言而为诗。以"心声"释,指创作之初,作者内心的声音、内心的律动;具体来说,可指由人情萌发出的最原始、最自然的音节和语调,陈伯海称之为"自然声律"[38]。这一释义在"声情"批评中时有体现。

比如《李太白诗醇》卷一载严羽评李白《古风》(绿萝纷葳蕤)曰:"不意弃绝,但言恩毕,斯得怨而不怒之意。欲言难言,而又不能无言,'将何为'三字,无限声情。"[39]这是目前可见的明确以"声情"二字批评的首例,此处"声情"何解?李白原诗结句云"君子恩已毕,贱妾将何为","将何为"三字何以有"无限声情"?古曲难闻,当不会指《古风》之曲调;以文字之声看,"将何为"乃三平尾,在近体诗中是大忌,但用在古体诗之中,并不违和;三个平声连用,还增加了此句哀伤的情致。且三字还包含着作者赋予女主人公的哀叹之声、无可奈何之声,即严羽所谓"欲言难言,而又不能无言"的心声。"将何为"三字将这种欲吐未吐而不得不吐的哀怨之声形之于问句,更增悲怆,与全诗郁悒之情谐合如一,使诗歌的情感韵味更深长。此处"声情",可谓由情知声,情中有声,声中含情,其声其情,自然谐合,邈远深长,令人动容。

又,元人吴澄《题刘爱山诗》曰:"昔欧公于诗,尊韩抑杜,尝云:'"老夫清晨梳白头,玄都道士来相访",韩必不肯道。'或应之曰:'"昔在四门馆,晨有僧来谒",非此类也耶?'欧遂语塞。然则杜为诗家冠冕,固亦以如此诗而鸣于盛唐,况其集中如'黄四娘家花满蹊',如'南市津头有船卖',此类非一。盖杜诗兼备众体,而学之者各得其一长。翁诗不专学杜,而与此体合,声情自然,不事雕镂。众之所同其籁以人,翁之所独其籁以天。"[40]吴氏此文,是说刘诗与杜甫那类自然流丽甚至带有口语色彩的诗歌相类,主张"不事雕镂",强调情感的自然流露与抒发;此处之"声",是"缘情而发声"之"心声"。"其籁以人",指人为雕琢修饰过的"声";"其籁以天",则指情到深处的自然流露之"声",与情天然谐合,可谓声乃天成。即李锳所谓"称情而出,无不合节,殆所谓天籁乎"[41]。

再如,钟惺《古诗归》卷一评《麦秀歌》曰:"末语哽咽吞吐,弃贤、弃老之叹,声情纸外,可想可悲。"[42]"声情纸外",是说诗歌之声情不由文字见得,而在"纸外",其实亦是讲作者之心声;《麦秀歌》结句"彼狡童兮,不与我好兮",表达了"忠而见弃"的无奈与悲叹,作者心声与诗歌情感有效联结,直击人心,可想可悲。

以上三例中的"声情",均强调"声"的自然吐露,与外部音乐和文字声律无涉,王夫之称之为"元声"。其《唐诗评选》评钱起《早下江宁》称:"故五言之体,丧于大历:惟知有律而不知有古,既叛古以成律,还持律以窜古,逸失元声,为嗣者之捷径。有志艺林者,自不容已于三叹也。"[43]所谓"元声",就是由诗人内心本源的情感而发出的声音,而非人为规定的"声律"。情之所至,自然成声而形成诗歌,或不符合近体诗律,但却依然吞吐自然,声情谐合。这是因为,由"心声"而发出的音响,有着天然和谐的声韵与语感。《贞一斋诗说》曾云:"庄生所云'天籁'者,言为心声,人心中亦各具窍穴,借韵语而发之。其能者自然五音六律,与乐相和。"[44]即是说,心声如天籁,与乐能自然相和。

释为心声的"声情",情占据绝对主导地位,引导着"声"的高低抑扬。洵如韩愈所云"气盛,则言之短长与声之高下者皆宜"[45],气盛情足,则语言的长短与声音的高下就会自然合宜。钟惺《古诗归》卷七评曹操曰:"英雄帝王未必尽不读书,而其作诗之故,不尽在此。志至而气从之,气至而笔与舌从之,难与后世文士道。"[46]亦是讲情志完足,则笔端与口舌会不自觉发声,形成诗歌。恽敬《坚白石斋诗集序》对此有一个很精到的论述:"性之至者体自正,情之至者音自余也。今夫思妇之朝吟必长,无律吕以节之而未尝无抗与坠也;感士之夜啸必厉,无声韵以限之而未尝无调与格也。"[47]情至深处,音节自谐,思妇朝吟,感士夜啸,即便无律吕声韵的限制,依然符合抗坠顿挫之势,有调有格。这一概念下的"声情",情盛而声隐,因而容易被忽视,但它却能很好地揭示天才诗人即使不守格律,诗歌依然动人的奥秘。

以上从外部乐声、文字音声、作者心声三个维度阐释了"声情"之"声"的具体内涵,表现出诗歌之声由乐声到声律的转变,诗乐的分离使得文辞之声愈受重视。对"声"的三维解读以及"声"、"情"关系的论述,揭示了"声情"理论的独特性——勾连作者、作品与读者,而联结的核心即是"声"。作者"心声"与作品的内外部音声,构成诗歌整体的声音,作用于读者。《孟子》曰:"仁言,不如仁声之入人深也。"[48]《复堂词话》云:"声音之道,入人最深。"[49]"声"有效联结作者、作品与读者,突出了"声"的表现力与美感效力,也最大发挥了"声情"的批评价值。中国古典"声情论"的核心,正是"声"。

从诗歌创作发生的角度看,"声"是逐渐由隐至显,由虚至实的,即从作者心声到诗乐一体的乐声,再到音节与声律;而从诗歌批评的角度,对"声"的研究只能落于实处,即关注外部音乐、文字音节,尤其是格律、声韵;但创作之初的心声,那种与情志联系最直接且紧密的音声,于口齿间吞吐自然的语调,一直被忽视,而这一本源之声,值得被重视。三个维度下的"声情"理论,在具体的诗歌批评中,既有区分,亦有重合。区分在于,以"乐声"解,多用于诗乐一体之时,比如词、曲等配乐文学之中;以"音声""声律"解,则多适用于声律相对固定的诗体之中,比如近体诗;以"心声"解,多适用于不讲求格律的古体诗,以及虽不谐律却自然流丽的诗词。重合在于,在实际的创作和批评之中,三个维度的"声情"并非泾渭分明,乐声配合之下的诗歌,亦有格律、音声,亦讲求作者"心声"的完足;词、乐分离之后,词之声韵、音节所表现的情味,未尝不能称之为词的"声情"。区分"声"的概念,是为了更好地厘清"声情"在不同文体和批评语境中的内涵,梳理"声情"理论的形成与发展。事实上,在对具体作品的解读中,三种音"声",更多地是交融在一起的,共同构成了中国古典"声情论"的丰富内涵,且均归于对诗歌声调美学的探求,以及对声音情感表现力的挖掘。这是中国古典"声情论"的本质所在,也是声情批评的应有之义。

注 释:

　　* 本文系武汉工程大学校内人文社会科学基金项目"中外语言文化协同创新研究"(R202107)阶段性成果。

〔1〕见刘方喜《声情辨——对一个汉语古典诗学形式范畴的研究》(《人文杂志》2002年第6期)、《"声情"——汉语诗学基本范畴的新发现及理论启示》(《南阳师范学院学报》2004年第1期)、《"声情"研究方法论的现代启示》(《文学评论》2004年第6期)、《声情说:诗学思想之中国表述》(知识产权出版社2008年版)等。

〔2〕陈松青《中国古典诗学之"声情说"阐释》,《中国文学研究》2006年第3期。

〔3〕王世贞《曲藻》,俞为民、孙蓉蓉《历代曲话汇编》明代编第1集,黄山书社2009年版,第511—512页。

〔4〕赵则诚、张连弟等主编《中国古代文学理论辞典》,吉林文史出版社1985年版,第583页。

〔5〕郭绍虞《中国历代文论选》第3册,上海古籍出版社2001年版,第186—187页。

〔6〕韩元吉《南涧甲乙稿》卷七,《丛书集成初编》本,中华书局1985年版,第109页。

〔7〕 张世南《游宦纪闻》,《全宋笔记》第七编第八册,大象出版社2016年版,第85页。
〔8〕 王灼著,岳珍校正《碧鸡漫志校正》,人民文学出版社2015年版,第96页。
〔9〕 芝庵《唱论》,《历代曲话汇编》唐宋元编,黄山书社2006年版,第461—462页。
〔10〕 冯煦《蒿庵论词》,唐圭璋编《词话丛编》,中华书局2005年版,第3598页。
〔11〕 沈宠绥《度曲须知》,《历代曲话汇编》明代编第2集,第622页。
〔12〕 杨恩寿《词余丛话》卷二,《历代曲话汇编》清代编第4集,黄山书社2008年版,第564页。
〔13〕 王昶《湖海诗传》卷六,凤凰出版社2018年版,第231页。
〔14〕 沈祥龙《论词随笔》,唐圭璋辑《词话丛编》,中华书局2005年版,第5册,第4060页。
〔15〕 李延寿《南史》卷四八《陆厥传》,中华书局1975年版,第1195页。
〔16〕 沈约《宋书》卷六七《谢灵运传》,中华书局1974年版,第1779页。
〔17〕 范晔《后汉书》卷七十《荀彧列传》,中华书局1965年版,第2293页。
〔18〕 欧阳询《艺文类聚》卷一九,上海古籍出版社1965年版,第354页。
〔19〕〔20〕 徐鹏校点《陈子昂集》卷一,上海古籍出版社2011年版,第16、16页。
〔21〕 顾况《礼部员外郎陶氏集序》,董诰等编《全唐文》卷五二八,中华书局1983年版,第5366页。
〔22〕〔23〕〔24〕〔25〕〔26〕〔42〕〔46〕 钟惺、谭元春《古诗归》,湖北人民出版社1985年版,第205、260、268、148、135、5、122页。
〔27〕〔28〕〔29〕 王夫之《古诗评选》,《船山全书》第十四册,岳麓书社2011年版,第537、620、574页。
〔30〕〔31〕 蒋寅《王夫之对诗歌本质特征的独特诠释》,《文学遗产》2011年第4期。
〔32〕 宋长白《柳亭诗话》卷一六,《清诗话三编》第1册,上海古籍出版社2014年版,第460页。
〔33〕 龙震球、何书置点校《何绍基文集》,岳麓书社2008年版,第735页。
〔34〕 田同之《西圃诗说》,《清诗话续编》第2册,上海古籍出版社2016年版,第724页。
〔35〕 顾野王《玉篇》,杨正业、冯舒冉等辑校《古佚三书:上元本玉篇·韵·小学钩沉三编》,四川辞书出版社2013年版,第1559页。
〔36〕 孙希旦《礼记集解》卷三七《乐记》,中华书局1989年版,976页。
〔37〕 孔颖达《毛诗正义》,北京大学出版社2000年版,第7页。
〔38〕 陈伯海《中国诗学的声韵节奏论》,《河北学刊》2006年第3期。
〔39〕 近藤元粹编《李太白诗醇》,中国国家图书馆藏青木松山堂钤印本,第14页。
〔40〕 李修生主编《全元文》第14册,江苏古籍出版社1999年版,第493页。
〔41〕 李锳《诗法易简录》卷一,《续修四库全书》1702册,上海古籍出版社2002年版,第499页。
〔43〕 王夫之《唐诗评选》,《船山全书》第十四册,第1028页。
〔44〕 李重华《贞一斋诗说》,丁福保辑《清诗话》,上海古籍出版社2015年版,第969页。
〔45〕 韩愈《答李翊书》,刘真伦、岳珍校注《韩愈文集汇校笺注》卷六,中华书局2010年版,第701页。
〔47〕 恽敬《大云山房文稿》,《清代诗文集汇编》第449册,上海古籍出版社2010年版,第196页。
〔48〕 焦循撰,沈文倬点校《孟子正义》卷二六,中华书局1987年版,第897页。
〔49〕 谭献撰,谭新红辑录《重辑复堂词话》,葛渭君编《词话丛编补编》,中华书局2013年版,第1313页。

〔作者简介〕 吴琼,1990年生,文学博士,武汉工程大学外语学院讲师,研究方向为词学、宋元文学。

文章范围、文体侧重与文论演进
——以《典论·论文》及《文赋》为中心[*]

陈 特

魏晋常被视为"文学自觉"的时代,若云此说尚有争议,认为观念上之"自觉"(也即文学批评独立)发端于魏晋,则较少异议。郭绍虞曾明确论断:"迨至魏晋,始有专门论文之作,而且所论也有专重在纯文学者,盖已进至自觉的时期。"[1]

"论文"之"文"实包含各种文体,若论者所论说之"文"并不相同,则各自的文学批评和理论阐发自会有不同面貌。同时,不论范围广狭,"文"乃"虚位",诗、赋、传、论等文体才是"定名",论者即使在最泛泛的意义上论述文章,其论说多少会基于对某些具体文体的体会与把握。一般而言,对"文学批评史"的研探,多重在"批评"的一面,但"文"之广狭与侧重,实非无关紧要之因素。故下文将围绕魏晋时期最为重要的两种"专门论文之作"——曹丕《典论·论文》和陆机《文赋》[2],讨论曹、陆论文时的"文章范围"与"文体侧重"(也即他们所论之"文"主要指向哪些文体),进而解释二人理论之异同,并借此窥视当时文学图景嬗变与文学批评演进之关系。

一、《典论·论文》:广义之"文章"与批评之偏重

《典论·论文》的"文"包含极广,涵盖了后来所谓的"四部"分类。[3]在"盖文章,经国之大业,不朽之盛事"后,曹丕以"古之作者"来支持自己的判断:"故西伯幽而演《易》,周旦显而制《礼》。"指出无论"隐约"还是"康乐",皆应致力于文章。《易》和《礼》自然是[4]而在严可均所辑《论文》"佚文"[5]中,有一则论及李尤,涉及其参与撰写的《汉记》,可见曹丕对于史书修撰也有提及,如果再考虑奏议多收于史书,推测曹丕心目中的"文"包含史书当属合理。《论文》中提到徐幹"著论",即徐幹所著子书《中论》,此证《论文》所谓"文"也包括子书。[6]至于诗赋,不必多提。

虽然"文章"兼包四部,但曹丕在进行批评时,则有自己的侧重。曹丕专门论次八种文体曰:"夫文本同而末异。盖奏议宜雅,书论宜礼,铭诔尚实,诗赋欲丽。""四科八体"是他讨论的主体,也是批评的中心。而曹丕对"七子"的批评(这是《论文》中最具体的批评),完全在"四科

本文收稿日期:2022 年 8 月 29 日

八体"的范围内。之所以会出现这种涵盖极广而侧重略狭的情况,当与魏晋时已经相对明晰的个人撰作观念有关。"经"乃圣人之著,"史"多为"述",非个人之撰作。子、集则多出于个人撰作(子书也有可能是某一学派多人之作)。

在"四科八体"中,曹丕是否又有所侧重呢?可以尝试从《典论·论文》的具体批评方面考察。曹丕在围绕具体作家展开批评时,有明确的侧重:在对"七子"逐一批评时,曹丕针对王粲、徐幹的辞赋,各列出四篇作品,并以著名赋家张衡、蔡邕类比。这在关于其他五子的讨论中是没有的。列出具体作品加以评论,至少可以说明,曹丕对于王粲、徐幹的辞赋作品较为熟悉,也颇珍视。辞赋之外,曹丕在批评各作家时,对能"成一家言"的徐幹特别推重,这和他在《与吴质书》中的态度是一致的。[7]故而可以认为:在对作家展开具体批评时,曹丕尤重辞赋(诗赋)和子书(书论)。

曹丕之"尤重"诗赋和书论,还可以得到一些侧面支持。《三国志·魏书·文帝纪》结尾部分,裴注引《魏书》:"帝初在东宫,疫疠大起,时人雕伤……故论撰所著《典论》、诗赋,盖百余篇,集诸儒于肃城门内,讲论大义,侃侃无倦。"又引胡冲《吴历》:"帝以素书所著《典论》及诗赋饷孙权,又以纸写一通与张昭。"[8]以上史料说明,在称帝前后,不论是对内宣讲,还是对外交涉,曹丕在自己的"文章"中最重视子书《典论》与诗赋。

正因曹丕论"文"兼摄四部,"文"中有经,故《典论·论文》对"文"的推尊实际上并不石破天惊,作为例证的《易》和《礼》向来地位崇高。然而,《典论·论文》在兼摄各体同时又侧重辞赋与子书,因此全篇的理论取向并非"功利主义",亦没有过分强调"政教之用",而与当时文坛整体上的"非功利"、"重抒情"风气有一贯性。[9]

二、《文赋》:"撰文"之铺展和用心于诗赋

相较《典论·论文》,《文赋》在批评理论上的推进甚是显豁,考究为何会发生这样一种"推进",首先须考察《文赋》之"文"究竟何指。

《文赋》大致可分为三部分:第一部分是第一至第四小段,描述一个完整的撰文过程;第二部分是第五至第十六小段,第五小段承上启下,之后便集中论"作文之利害";第三部分是第十七至第十九小段,泛论作者和文章,略松散,讨论的范围较近《典论·论文》。[10]能够说明《文赋》之"文"具体所指的,主要是一、二部分。

初看之下,《文赋》与《典论·论文》十分不同,除了明确提到十种文体外,《文赋》并不涉及具体作家作品的批评。《文赋》所呈现的"文",是否只是抽象的概念(或曰"共相"),与具体的文体无涉?抑或《文赋》之"文"就是诗赋等十种文体?细绎全文之后,我们不难发现:《文赋》之"文"实指单篇独创的文章;而在铺陈撰文过程、叙说文章利病的时候,多隐隐以美文为论述目标;其中有的论说,更是直指诗赋二体。

个人著作观念在《文赋》中被进一步强调和突出。《文赋》第一部分的结尾处明确地点出了此"文"是个人独创的单篇作品。《文赋》赞美文学创作,谓"课虚无以责有,叩寂寞而求音",此言固有道家的思想渊源,然"从无到有"而成的文章,自然是"著"出来的"文"。陆机特别重视作者撰文的独创性,《文赋》中的"谢朝华于已披,启夕秀于未振"、"虽杼轴于予怀,

怵佗人之我先。苟伤廉而愆义,亦虽爱而必捐"都在强调这一点。考虑到魏晋时对个人撰作的自觉认识,我们可以认定:《文赋》之"文"是个人独创的文本。

《文赋》中专门涉及文体的段落(第五小段,"诗缘情而绮靡"云云)则进一步限定了"文"的范围,排除了成部之书。第五小段中,"夸目"、"惬心"、"言穷"、"论达"四句着眼于作者;对诗、赋、碑、诔、铭、箴、颂、论、奏、说的特征提炼则立足于文体。需注意的是,《文赋》在此是通过铺排文体来展示"撰文"的不同风貌,故不能由此推出《文赋》之"文"仅有这十种。同时,相较"四科八体",《文赋》不仅更加细密,且没有提及"议"和"著作集"。《文赋》不及议,主要是因为议和奏在功用、文体规定上比较接近,都论述政事,重在实用。至于《文赋》不及"著作集",可证陆机之"文"不包括整部之书,唯集中于单篇之文。此外,《文赋》所列十种文体中,不见于"四科八体"的有:碑、箴、颂、说,都是单篇之文。实际上,"单篇"与"成部",是体量上的区分,而诗、赋以至奏、说,则是体裁上的分别,一部书完全可以包含不同体裁的单篇文章。就此而言,《文赋》的十种文体分判,比《典论·论文》之"四科八体"更讲求逻辑。

个人独创的单篇之作是《文赋》之"文"的大范围,但这一范围内的文体甚多,特征各异,功能不同,不同文体的撰文情状和相应的"文章利病"是否一致?答案显然是否定的。陆机没有面面俱到地对十种文体的撰写过程和利病施加笔墨,他在描摹撰文诸情状、论述"文章利病"时,主要以美文为描述对象、基于撰作美文的经验展开铺陈。美文的代表是诗赋,而《文赋》中的部分论述更直接由诗生发。在《文赋》的第一、第二部分中,我们可以找到大量证据。

在《文赋》第一部分对准备、构思、写就诸阶段的描绘中,我们都能看到陆机对"美"的讲求,亦能从陆机的理论述说中看到他个人诗赋创作的影子。

《文赋》第一小段述写作前的准备,值得注意的有三点:一,陆机所感之物偏重于自然景物,[11]较近《文心雕龙·物色》篇之"物色",而在汉魏文学传统中,感于物而作的"文"主要是诗赋,[12]留存至今的陆机作品,感于物而成的也主要是诗赋(如《感时赋》);[13]二,陆机有专门表彰"世德之骏烈"、"先人之清芬"的创作,即《祖德赋》和《述先赋》;三,"游文章之林府,嘉丽藻之彬彬"二句中,"丽藻"直接指向美文。第二小段描摹构思之情状,陆云:"其致也,情瞳昽而弥鲜,物昭晰而互进。""其"指文思,文思来时,"情"由朦胧而鲜明,"物"则清晰地涌现。故文思到达时,"文"所欲表现的内容是明白的。而陆机对赋之文体特征的提炼——"浏亮",其意涵正是"清明"。[14]陆机的文体论中,箴之"清壮",论之"朗畅",也多少有"明"之意涵,但都不若"浏亮"与"鲜"、"昭晰"在词义上接近。因此,陆机对文思来临时情状的描绘很可能基于作赋体验。本段又云:"谢朝华于已披,启夕秀于未振。"以"华"、"秀"喻文章,极重文章华美的一面,与前段表彰"丽藻"亦一以贯之。

《文赋》第二部分先总后分,论文章利病。总原则之"巧"和"妍"显然针对美文而发,"音声"的原则更是直接关乎诗。其后分列"文术"(程千帆用词)时,"文繁理富"之问题与陆机本人的创作(尤其是赋创作)联系密切;"佳句"则与当时的诗赋赏鉴风尚有关。分论之文病,亦多是美文才会产生,部分"文病"更直指当时的诗歌新变。

第六小段总谈文章利病,"其为物也多姿,其为体也屡迁"承上启下,"其会意也尚巧,其遣言也贵妍"二句是关于创作的总原则。"巧"和"妍"自然主要针对美文。"暨音声之迭代,若五色之相宣"二句,仍正面提出创作原则,谈的是音韵问题。如果说"巧"和"妍"的原则对各体文章都多少适用,只是尤其适用于诗赋等美文的话,那"音声之迭代"的适用范围就是诗赋(诗更突出),张少康明确指出:"'音声迭代'就是指的诗歌语言在音节上要有抑扬顿挫之美。"[15]本段最后从反面指出撰文可能出现的问题(也即不遵守"达变识次"的后果)——"溺忍而不鲜",这里的"鲜",和"情瞳昽而弥鲜"之"鲜"正是同一意思。

第七至第十小段展开了"文章写作中四个基本技巧问题"[16],第八小段所及的"文繁理富",当有陆机自家体会在其中。陆机生前身后,都有人(张华、潘岳等)指出他作文太过繁富。陆机自己对此也应有一定认识,故铺陈"文繁理富"一段时,陆机"自属文"的体验理当混入其中。既然陆机有"文繁"之病,那么是否陆机的所有文体都如此?陆云对陆机的评价或能提供若干线索。在《与兄平原书》中的论文部分,陆云多次提到陆机为文之"多"。钱锺书析论《与兄平原书》,指出陆云所谓"多"有两种情况,一是"一生中篇什或著作之多",二是"一篇中词句之多"。[17]陆机之"文繁"属后一种"多"。陆云在通信中用"多"评价的具体作品有《二祖颂》、《文赋》、《九愍》、《丞相箴》,论"作文唯尚多"时列出的作品是《蝉赋》和《隐士赋》。可见陆云对陆机赋作之"文繁"最为措意。还须指出的是,陆云认为《文赋》"绮语颇多",故而"体便欲不清"。[18]所谓"不清",不正是《文赋》第八小段的"意不指适"?而"清",不也就是"浏亮"?由此观之,陆机在反面展开"文繁理富"、"意不指适"问题时,心中或悬本人之赋为鹄的。

第十小段提出了"文有佳句,而全篇不称"(黄侃语)的问题,六朝人对一篇作品中的"嘉(佳)句",颇多兴趣,《世说新语·文学》就有关于此一问题的不同记载,试举三则(刘孝标注只引关系密切的一处,用[ ]标出):

  谢公因子弟集聚,问《毛诗》何句最佳?遏称曰:"昔我往矣,杨柳依依;今我来思,雨雪霏霏。"公曰:"吁谟定命,远猷辰告。"谓此句偏有雅人深致。[19]

  孙兴公作《天台赋》成,以示范荣期,云:"卿试掷地,要作金石声。"范曰:"恐子之金石,非宫商中声!"然每至佳句,["赤城霞起而建标,瀑布飞流而界道。"此赋之佳处。]辄云:"应是我辈语。"

  王孝伯在京行散,至其弟王睹户前,问:"古诗中何句为最?"睹思未答。孝伯咏"'所遇无故物,焉得不速老!'此句为佳。"[20]

这三则所关涉的都是诗赋评论,由此可见,在诗赋中寻觅、赏鉴"佳句"的风气,在两晋时颇为兴盛。此外,刘勰在述论宋初诗歌时,也有"争价一句之奇"(《文心雕龙·明诗》)的说法。因此,在陆机的时代,人们多围绕着诗赋讨论"嘉句",《文赋》陈说"济庸音"时的经验依托也主要源自诗赋。

第十一至十五小段从反面排列诸种文病,并有针对性地递进提出五点美学理想(应、和、悲、雅、艳),皆以音乐为喻。因以音乐为喻,故不宜将"短韵"和"应"狭窄地理解为作诗时的音韵问题,陆机论行文宜"应",并不只指涉诗,而是泛论"文学作品在内容上或文辞上都应当互相配合呼应"[21],下面几段所倡之"和、悲、雅、艳",也当如此理解。然而,陆机用"言徒靡而弗华"描述"瘁音","靡"即"美","徒靡而弗华"即"空美而不光华"[22],"空美"的

"文",自然是美文。此外,"悲"之审美理想,关乎抒情,在中国文学传统中与诗关系最为密切。[23]徐复观甚至直接认定"此小段言当时初兴起的玄言诗之缺失"[24]。故陆机之言"悲",主要本于诗。至于陆机反对的"不雅"之作,徐复观认为指的是"当时无含蓄的恋歌","殆指《晋白纻舞歌诗》、张华《情诗》等作品而言",[25]推考"嘈囋"、"妖冶"、"悦目"等词及陆机用于类比的《防露》、《桑间》,谓此段主要指向以声色娱人的乐府歌诗等作品,当无问题。最后,"艳"这一美学理想,正是"陆机美学思想中反映时代特点的重要表现"[26],与曹丕之"诗赋欲丽",陆机本人之"诗缘情而绮靡,赋体物而浏亮"息息相关。综上所述,陆机在这五小段中所列的"文病"和相应的美学理想,主要建基于诗赋为代表的美文。[27]

通过以上释读,可以确认:一,《文赋》涉及的"文",是个人独创的单篇作品,不包括述、钞之作,[28]也不含成部之书,其范围大体与"四部"之集部相当。二,在铺陈"撰文过程"和"论作文之利害所由"两大部分,陆机主要是以撰作美文的经验体会来展开的,美文之中,诗赋二体首当其冲,《文赋》的部分段落和某些论说,甚至直接针对诗赋而发。

那么,在《文赋》中,诗赋二体是否又有轻重之分?徐复观曾言:"《文赋》之所谓'文',把当时承认的文学种类,都概括在里面;但我感觉到其中最主要的是作赋的体验。"[29]此论洵可谓孤明先发,惜徐氏并未就此详加论证。在陆机的时代,整体而言,赋的地位比诗更高,而诗中蕴含了更多新变的因素,故《文赋》中专门针对诗的意见("音声之迭代"、"和而不悲"、"悲而不雅"),都是着眼于诗歌中的新变因素而发的。

三、文体侧重、论文体式与理论演进

《典论·论文》与《文赋》是把握魏晋文学批评史最重要的经典文献,曹、陆论文之差异与批评史之演进,自与二人身份、经历有关,也受各自时代风气的影响。相较曹丕,诗赋在陆机生命历程中的比重要大很多。陆机精心地以赋论文,或与此有关。不过,在个体差异和时代变迁之外,曹、陆论文之"文体侧重"与"论文体式",对二家理论之异同与演进同样影响极大。

首先,曹、陆所论之"文",范围不同,侧重有别。《典论·论文》之"文章"涵摄最广,大致相当于"四部",曹丕真正施展批评的,则约略相当于"四部"之子、集两部,他尤其重视子书("书论")和辞赋("诗赋");《文赋》之"文"强调出于个人独创,且不及成部之书,只含单篇之文,大致相当于"四部"之集部,陆机真正用心的,则是富于艺术性的美文,他尤其重视诗赋。就此而言,从《典论·论文》到《文赋》,正是"文的自觉"到"美文的突出"的历程。而《文赋》在批评史上的推进,与陆机在撰写此篇时以诗赋为主要悬想对象大有关系。《典论·论文》虽尤重子书和辞赋,但"书论"和"诗赋"之间差异太大,要紬绎出共同的理论问题,实在很难,故曹丕只能重在论人,以人论文;《文赋》则重在美文,尤重诗赋,这一文体侧重使得陆机能够展开一系列较为抽象而根本的问题,但若拿《文赋》所述的撰文过程和"文章利病"去衡量一些应用性较强的文体,却又难免有"隔"之感觉。

其次,曹、陆论文所据体式不同:《典论·论文》乃子书之一篇,《文赋》则是长篇体物赋。而曹、陆文体侧重的差异,恰对应他们据以论"文"的体式:曹丕用他最推重的子书之一章来论文;陆机则以他用心最深的赋体来赋文。《论文》是子书中的一个篇章而非单篇的"论"体文,这一点并非无关紧要。秦汉子书多以单篇流传,[30]但东汉以后,单篇之文和专门之书间的区分逐渐明晰。[31]对于中古文人,子书具有非凡的意义,[32]曹丕利用子书来表述自己对于方方面面的意见(从《典论·自叙》看,《典论》也包含了曹丕对自身生命历程的总结),其中专用一篇讨论他所擅长的"文",十分合宜。《文赋》形式上最引人注目的一点则是以赋体论"文"。依刘勰说,赋需"铺采摛文,体物写志",陆机本人则谓"赋体物而浏亮",《文赋》便是一篇标准的"体物"赋。陆机所谓的"物"不限于实体,"文"自然是"物"之一种。作为一篇"体物赋",《文赋》对"文"的讨论,并非通过逻辑推演的方式进行,而是围绕着"文"这一"物"大加铺陈。同时,陆机巧妙地将"撰文"作为"文"的重要方面加以表现。[33]撰文有一过程,此过程内含时间和逻辑的维度。于是《文赋》的铺陈就自然地描摹、表现了撰文的不同情状,使得《文赋》既保持了"体物赋"之本色,又成为一篇谈论运思写作、文章利病等理论问题的文论佳构。不过,赋这一文体重在平面展开,这使得陆之论文常有跳跃(虽然陆机在行文中多有承上启下的文句段落),刘勰对《文赋》"巧而碎乱"(《文心雕龙·序志》)的评价便与此有关。

《文赋》以赋论文,这还标志着在陆机那里,赋的版图进一步扩大,可以直面较为抽象的"文"与"作文"。尤须强调的是,陆机本人就是作"论"的高手,他的《辨亡论》和《五等诸侯论》被《文选》收录,也被《晋书》载录。这两篇讨论的是历史和政治问题,这让人不禁怀疑,陆机面对不同的话题时,有明确的文体意识并精心选择:面对史事政事,他用"论"探讨;面对"文"与"作文",他以赋展开。从子书中的一篇到刻意选择的赋体,这一进程或许也提示了从汉末到西晋,地位甚高的赋不断开拓出新的领域。

由此可见,透视魏晋文学批评史之演进,实不可忽视论者在论文时使用的文体以及他们各自的"文体侧重"。[34]

余论:变动的"文"与"文论"的轨迹

经由上述分析,不难发现:从《典论·论文》到《文赋》,"文"的范围大为缩小,而诗赋二体的身影在文论中愈发明显,不过,在这一历程中,诗赋多同时出现。而此二体在文论中更加浓墨重彩的呈现,以及对诗、赋的单独论述,尚待刘勰和钟嵘。

文学史和文学批评史是现代学术的产物,过去对魏晋文学史及批评史的勾勒,离不开"纯文学"、"文学自觉"等核心概念("纯文学"概念的确立可说是"文学自觉"说的前提)。如果依照所谓"纯文学"的标准,那么从曹丕到陆机的理论嬗变无疑是"进步"的,《典论·论文》虽然推尊"文章",却不若《文赋》集中,曹丕最推重的子书也属于著作,致力于思想,故其"文"尚属"杂文学";而《文赋》排斥了经史典籍,也不包含子书等,更是最重以诗赋为代表的美文,故陆氏所论之"文"已聚焦于"纯文学"。[35]同样,如果将上述过程汇入"文学自觉"的论述系谱中,也不难确认,相较《典论·论文》,《文赋》的理论表现有着更高的"自觉"程度,这正与他脑海中的"文"的具体指向息息相关。

因此,若从"文"之范围与"文体侧重"来看,从《典论·论文》到《文赋》的进程,就集中表现为从大范围(重在辞赋与子书)的"文的自觉",到小范围(重在以诗赋为代表的美文)的"美文的突出"。

然而,历史的演进并非单向线性展开。至南朝,《文心雕龙》海涵地负,所包孕的文体(凡用文字写成的均加论列)尤胜《典论》,又对若干重要文体(首推诗赋)专篇讨论;《诗品》则只论五言诗。

在强调《典论·论文》和《文赋》的范围与侧重大不相同的同时,却不能由此认定这两篇文论丝毫不具备同一性。实际上,虽然陆机不曾像今人写作论著那样明确提及他的前辈曹丕,但从"四科八体"、"诗赋欲丽"到十种文体、"诗缘情而绮靡,赋体物而浏亮",陆机的批评与论说,无疑和曹丕具备相当之同一性。甚至可以假设,如果能起陆机于地下而问之,问他:"经"是否是"文",是否重要?他肯定会作出和曹丕一致的判断:"经"是"文"而且是最伟大的"文"。陆机甚至可能谦虚地为自己辩解:陆某与圣人相差极远,《文赋》只是一篇容量有限的赋,不敢对经妄加置评,故不曾讨论。[36]更何况,陆机最侧重的诗赋,在曹丕处同样也是分量极重的。故而从曹丕到陆机,确实存在着"史"的演进。因此,以上对曹、陆所论之"文"差异性的揭示,恰是为了更好地理解魏晋文学批评史演进的轨迹。

实际上,今日讨论"文学史"与"文学批评史"时,一方面需有一个相对明确的"文学"、"文论"的概念,由此划出区域、甄别材料(此为同一性所在);另一方面却不能忽视古人所谓的"文",在不同时代、不同文人处常有不同指向(故有差异性),此间的差异性,有时恰是决定各家"文论"面貌不同的重要因素。而批评史上的许多重要演变,恰由"文章"之"虚位"与"文体"之"定名"间的张力造就。

如果注意到"文论"所指向的"文"不尽相同,那么今天再次讨论"文学自觉"这一老话题时,就多了一个考察的维度。"文学自觉"之所以聚讼纷纭,一大原因即是论者对何为"自觉"有不同看法与界定,有的认为自觉体现在创作层面,具备审美、娱乐功能的就可称"自觉",如此则以楚辞、汉赋为"自觉";有的认为自觉要在观念层面获得体现,故在文论上强调文学的重要性方为"自觉",由此判定魏晋文学始"自觉"。这些界定都是有意义的,但"自觉"之标准并非此一论题的唯一变量,"文"之指向同样不可忽略。

实际上,不同的标准自然会导向歧异的判断。而有关"文学自觉"的各家论说,只要言之成理,都对我们理解古代文学与文论有所裨益。相较于"立标准"与"下判断","作描述"是相对客观而可验证的,而细致、准确地描述各家"文论"所谓之"文"指向、侧重哪些文体,在过去的文学批评史研究中并未受到足够重视。上文的勾勒,对于从《典论·论文》到《文赋》的理论演进,从"文章范围"和"文体侧重"的角度作出了阐释,而南朝文论的诸多问题(如"梁代文论三派"说是否成立),也可以沿着这条线索作出相应的考察。当我们循此思路,对汉唐间的文论做一全面而到位的清理后,或许对于争论不休的"文学自觉"、文论分派诸说,能有更清晰的把握与分判。

注　释:

＊ 本文系 2021 年度国家社会科学基金后期资助一般项目"诗赋兴替与六朝文学的演进"(21FZWB076)阶段性成果。

〔1〕 郭绍虞《中国文学批评史》,商务印书馆 2010 年版,第 91 页。

〔2〕 本文引用《典论·论文》与《文赋》原文,悉据《文选》(中华书局1977年版)与张少康《文赋集释》(人民文学出版社2002年版),不再标页码。

〔3〕 《典论·论文》因收录于《文选》而存,严可均辑录《全三国文》,于《文选》外还从《北堂书钞》、《太平御览》、《艺文类聚》中辑出若干条归于《论文》,并认为"《文选》删落者尚多"。后来专门整理校订曹丕文集者大多这样处理。见严可均校辑《全上古三代秦汉三国六朝文》,中华书局1958年版,第1093—1100页。《文选》中的《论文》究竟是全文还是节录尚待考索。

〔4〕 古人多视周文王和周公为圣人,其"文"乃具有神圣性的"经"。故吴承学指出:"但从上下文来看,所谓'经国之大业,不朽之盛事',所举之例是周文王制《易》和周公制礼,古人视《易》与礼皆为'文章',但不是现代人观念中的'文学'。"《中国古代文体学研究》,中华书局2022年版,第4页。

〔5〕 这里需要特别说明的是,严可均等人认定为《论文》佚文的四则文字,分别出自《北堂书钞》卷一百、《太平御览》卷五百九十五、《北堂书钞》卷六十二、《艺文类聚》卷一百。这三部类书引文时都只标出《典论》,而没有明确说明这四则文字出自《论文》。见《全三国文》卷八,《全上古三代秦汉三国六朝文》,第1098页。并参:夏传才、唐绍忠《曹丕集校注》,中州古籍出版社1992年版,第242—243页;魏宏灿《曹丕集校注》,安徽大学出版社2009年版,第314页。

〔6〕 杨明判断"'书论'指论说性文字",并认为:"'书'、'论'二字,都既可指单篇文章,也可指'连结篇章'而成的整部子书。"本文从其说。见杨明《〈典论·论文〉之"书论"》,《欣然斋笔记》,东方出版中心2010年版,第136—139页。

〔7〕 田晓菲《诸子的黄昏:中国中古时代的子书》已论述此点,文载《中国文化》第二十七期,相关讨论见第65页。

〔8〕 陈寿撰,裴松之注《三国志》,中华书局1959年版,第88—89页。加粗是本文的处理。

〔9〕 罗宗强对"盖文章,经国之大业,不朽之盛事"有如下分辨:"用文章于治国,衡之于建安时期的整个创作倾向,实找不出任何足资佐证的根据。它不惟在理论表述上是一种孤立现象,而且与创作上反映出来的文学思想倾向,正相违背。"他对"建安文学创作的总倾向"则有"非功利、重抒情"的大判断。见《魏晋南北朝文学思想史》,中华书局1996年版,第16—18页。如果注意到《典论》论文时"范围"和"侧重"的不同,或能较好解释罗先生所言"违背"。

〔10〕 今人(徐复观、张少康、杨明等)疏通《文赋》,序文之外,正文皆分为19个小段,但刘运好在《陆士衡文集校注》(凤凰出版社2007年版)中的小段分法与通行的19小段不同,今不从。本文所谓"小段",同徐、张、杨之分判。参看徐复观《陆机〈文赋〉疏释》,《中国文学论集续篇》,九州出版社2014年版;张少康《文赋集释》;杨明《文赋诗品译注》,上海古籍出版社1999年版;黄霖、蒋凡主编,杨明、羊列荣编著《中国历代文论选新编·先秦至唐五代卷》(上海教育出版社2007年版)中的《文赋》部分(在第125—135页,此部分由杨明负责)。

〔11〕 不过《文赋》之"物"只是偏重自然景物,并不完全排斥社会活动,这与《文心雕龙》中的大多数"物",尤其是《物色》篇之"物"是"作为代表外境或自然景物的称谓"的情况,并不相同。参看王运熙、杨明《中国文学批评通史(贰)·魏晋南北朝卷》,上海古籍出版社2011年版,第93—94页;王元化《心物交融说"物"字解》,氏著《文心雕龙讲疏》,上海古籍出版社1992年版,第93—98页。

〔12〕 参看王运熙《读〈文心雕龙·神思〉札记》、《〈物色〉篇在〈文心雕龙〉中的位置问题》,《王运熙文集》卷三《文心雕龙探索》,上海古籍出版社2012年版。

〔13〕〔24〕〔25〕〔29〕 《中国文学论集续篇》,第88、117—118、118—119、79页。

〔14〕 "浏亮",李善注曰"清明之称",张凤翼释为"爽朗",方廷珪解为"达而无阻",都突出了"明白"这一特质,见《文赋集释》,第112页。

[15][16][21][22][26] 《文赋集释》，第144、183、208、188、211—212页。

[17] 钱锺书《管锥编》，生活·读书·新知三联书店2007年版，第1916页。

[18] 陆云书信中提到的"文赋"，或泛泛理解为文与赋，此解不确。本文对《与兄平原书》的断句与理解，主要从钱锺书说。参看《管锥编》，第1862页。

[19] 《言语》门有"谢太傅寒雪日内集，与儿女讲论文义"一则，述谢安在家庭聚会时诱导子侄辈作"佳句"，与此则情境颇近，一为创作，一为赏鉴。不过，谢安在家族内部谈诗论文，并不只是雅好文章。骆玉明指出，"昔我往矣"四句，在美感上自然胜过"讦谟定命，远猷辰告"，但谢安并非不懂诗，而是因为谢玄乃谢家下一辈之翘楚，谢安通过谈《诗》"提醒他要有伟大的政治家的胸怀和气魄"。骆玉明《世说新语精读》，复旦大学出版社2007年版，第111—112页。

[20] 余嘉锡《世说新语笺疏》，中华书局2007年版，第278、316、327页。

[23] 不过《文赋》此处之"悲"涵盖且不止狭义的悲哀，相当于"要感动人"，见《文赋集释》，第209—210页。

[27] 徐复观甚至认为，这五小段"系就是五种不同文体以论其利害所由"，前揭《中国文学论集续篇》，第120页。但徐并未明确指出是哪五种文体(他只明确提到了玄言诗和恋歌)，其说恐太过坐实。

[28] 张舜徽认为文献从形成角度来看，有"著"(著作)、"述"(编述)、"钞"(钞纂)之区别，这里借用其说。张舜徽《中国文献学》，中州书画出版社1982年版，第31—51页。

[30] 余嘉锡《古书通例》，《余嘉锡说文献学》，上海古籍出版社2001年版，第206—207、238—242页。

[31] 参看郭英德《〈后汉书〉列传著录文体考述》，氏著《中国古代文体学论稿》，北京大学出版社2005年版，第62—98页；何诗海《汉魏六朝文体与文化研究》，北京大学出版社2011年版，第8—14页。

[32] 田晓菲认为："在魏晋时期，子书似乎承担了'自我表述'的责任，相较诗赋之"只能书写一时一地的情怀"且可以在不同情境时段下撰作，子书的'自我表述'更加重要("但在一个士人的一生中，却一般只写作一部子书")。前揭《诸子的黄昏》，第66页。

[33] 钱锺书云："《文赋》非赋文也，乃赋作文也。机于文之'妍蚩好恶'以及源流正变，言甚疏略，不足方刘勰、钟嵘；而于'作'之'用心'、'属文'之'情'，其惨淡经营、心手乖合之况，言之亲切微至，不愧先觉，后来亦以远过。"《管锥编》，第1901页。

[34] 用什么文体"论文"(也即"文论"的形式)，与"文论"之内容间的关系，值得细加考究。某些比较独特的文体(如"论诗诗")，也已吸引了研究者的注意。由于这一问题极大，本文只能在此略微提及，更加全面的论述尚待来日。

[35] 郭绍虞在论述中国文学批评史时，就旗帜鲜明地推重"纯文学"的观念，故而他对中古文论评价甚高。郭氏对"纯文学"、"杂文学"的分判以及基于此一分判引发的价值判断，贯穿《中国文学批评史》全书。参看张健《纯文学、杂文学观念与中国文学批评史》，《复旦学报》2018年第2期。

[36] 实际上，陆机之后最重要的文论家刘勰在篇幅远大于《文赋》的《文心雕龙》中，就一方面将经典纳入"文"之藩篱且明确主张"宗经"，另一方面又以非经典的"文"，尤其是以诗赋为代表的"美文"为主要论说对象。就此而言，文论家真正用力的文体，实是考察他们的理论主张时必须详加留意的。

〔作者简介〕 陈特，1989年生，文学博士，现任职于复旦大学中国古代文学研究中心、中国语言文学系。主要研究方向为汉魏六朝文学、佛教与中国文学。

论中国文学批评中的"诡"范畴

程 维

刘勰《文心雕龙》极好用"诡"字，如曰"瑰诡"、"谲诡"、"瑰诡"、"繁诡"、"浮诡"、"波诡"、"诡异"、"诡丽"、"诡巧"、"诡滥"、"诡杂"、"诡术"、"诡俗"、"诡祷"、"诡随"、"览文如诡"、"时同多诡"、"危侧趣诡"、"采滥辞诡"、"诡言遁辞"、"诡势瑰声"等，凡32次。显见"诡"是《文心雕龙》的一个重要范畴，也是中国文学中的一个重要范畴，而学界未有专门的研究。若能对此范畴的发生、演变进行细致的考察，则对于历史上的一些重要命题，如孙子"兵者，诡道也"，以及对于《文心雕龙》本身的理解，都会有所推进。

一、"诡"范畴的生成与基本内涵

关于"诡"字本义，未有定论。《说文》释"诡"曰"责也。从言，危声"[1]，然而"责"并非"诡"的本义。因为"诡"的"责"义出现于汉代以后，先秦典籍中的"诡"字无此义项，并且此义也不为后世所习用。先秦文献中"诡"字的涵义，约有以下数种：

一，欺诈义。如《管子·法禁》"行辟而坚，言诡而辩"[2]，《韩非子·八经》"易功而赏，见罪而罚，而诡乃止"[3]，《孙子兵法》"兵者，诡道也，故能而示之不能"，其中"诡"字皆欺诈义。曹操注《孙子兵法·行军》"辞诡而强进驱者"[4]，成玄英《庄子·马蹄》"诡衔窃辔"[5]，杨倞注《荀子·正论》"则求利之诡缓"[6]，皆释义为"诈"。

二，违反义。如《银雀山汉墓竹简·孙子兵法·计》云："道者，令民与上同意者也，故可与之死，可与之生，民弗诡也。"[7]《韩非子·诡使》云："常贵其所以乱而贱其所以治，是故下之所欲常与上之所以为治相诡也。"[8]《吕氏春秋·淫辞》："则下多所言非所行也，所行非所言也，言行相诡，不祥莫大焉。"[9]

三，奇怪义。如《管子·法禁》："诡俗异礼，大言法行，难其所为而高自错者，圣王之禁也。"[10]《庄子·齐物论》："是其言也，其名为吊诡。"郭象注庄曰："未合至道故为诡怪"，宋人林希逸注曰："诡，怪也。"[11]

由于此数种涵义差别较大，很多训诂家认为各义之间并无联系，为同形词；实则此数义项之间有一共同的核心意涵，即"违常"义。诈者，伪也；违真为"伪"。奇者，异也，违常曰

本文收稿日期：2023年4月8日

"奇"。"诡"还有"差异"义，如《淮南子·说林》："衡虽正，必有差；尺寸虽齐，必有诡。"高诱注："诡，不同也。"[12]也是从"违"义出，违规矩衡准则有差。

若结合"诡"的同声形近字分析，则其"违常"之义未必从"言"旁出，而很可能从"危"声出。如"恑"，《说文·心部》曰："恑，变也。从心，危声"[13]，《广雅·释言》曰："恑，反也"。[14]"变"、"反"，亦违常之义。又如"垝"，《说文·土部》释曰："垝，毁垣也。从土，危声。《诗》曰：'乘彼垝垣。'"[15]"毁垣"，常垣之毁也。由此我们可以推断，"诡"之违反义或从"危"声出。

总之，"诡"字的本义，当与"违常"相关。而中国古代所谓的"常"中，"常理"或"常礼"是非常重要的方面。故而违道之辩称"诡辩"，非常之类曰"诡类"，非常之色曰"诡晖"。《汉书·董仲舒传》云："意者有所失于古之道与？有所诡于天之理与？"[16]"天之理"即常理。班固《幽通赋》："变化故而相诡兮，孰云预其终始。"李善注引曹大家曰："诡，反也。"祭有常礼，毁常之祭曰"祂"，《说文·示部》徐锴系传引郭璞曰："祂，毁也，附新庙毁旧庙也"[17]，朱骏声《通训定声》曰："将毁而祭曰祂，新庙曰祔"[18]，《尔雅·释诂下》郭璞注："祂，毁庙主"，郝懿行义疏："祂训为毁"[19]，亦涵"毁常"之义。射有常礼，"横而射之曰诡遇"（《孟子·滕文公下》"为之诡遇"赵岐注；《文选·班固〈东都赋〉》"辔不诡遇"李善注），"诡遇，非射礼也"（《后汉书·班固传》"不诡遇"李善注引《孟子》赵岐注）。《管子》谓"诡俗异礼"，"诡俗"即"异礼"。

从这个角度来看，则《孙子兵法》中的著名论断"兵者，诡道也"，可以有其新的理解——即"兵法"非"常礼"、"常道"，而是不得已之偏门。春秋时期的战法，尚能守礼，试看《左传》的记载：

> 公曰："君子不重伤，不禽二毛。古之为军也，不以阻隘也。寡人虽亡国之余，不鼓不成列。"（《左传·僖公二十二年》）

> 秦行人夜戒晋师曰："两君之士，皆未愍也。明日请相见也。"……胥甲赵穿当军门呼曰："死伤未收而弃之，不惠也。不待期而薄人于险，无勇也。"乃止。（《左传·文公十二年》）[20]

两军交战，不攻其不备。这是当时的"常礼"，反此，则为诡道。晋杜预注"不鼓不成列"曰："耻以诈胜"。因此交战双方常常约定次日为战，"戒尔车乘，敬尔君事，诘朝将见"、"明日请相见也"，不击无备也。《公羊传》也有类似的论述："结日定地，各居一面，鸣鼓而战，不相诈。"[21]又如《司马法·仁本第一》曰："古者，逐奔不过百步，纵绥不过三舍，是以明其礼也；不穷不能而哀怜伤病，是以明其仁也；成列而鼓，是以明其信也。"[22]又《礼记·檀弓下》云："古之侵伐者，不斩祀，不杀厉，不获二毛。"[23]从仁、义、礼、智、信等角度谈论兵家之常礼。

《孙子兵法》之所以自称"诡道"，正因其诡于当时兵法之"常礼"，"乘人之不及，由不虞之道，攻其所不戒也"[24]，"利而诱之，乱而取之，实而备之，强而避之，怒而挠之，卑而骄之，佚而劳之，亲而离之。攻其无备，出其不意，此兵家之胜，不可先传也。"[25]宋郑友贤称"孙武以诈立"[26]，明刘寅亦谓"兵者诡道，是以孙、吴之流尚诈谋，《司马法》以下论仁义。"[27]

二、汉魏正统论对"诡"的批判倾向

《马王堆汉墓帛书·老子乙本卷前古佚书》云："诸阳者法天，天贵正，过正曰诡。"[28]汉代由于对儒术的独尊,儒学之正统成为"常道",而"诡"成为了儒家正统论的对立面。若以"诡"为关键词梳理汉代的文献,则大体不出于以下几类论述:

其一,诡礼诡俗。汉代以儒家礼制为奠基,因而在礼与法上非儒的,便被冠以"诡"字。如《新书·道术》云:"动有文体谓之礼,反礼为滥。容服有义谓之仪,反仪为诡。"[29]认为礼仪的反面是"诡"。《汉书·王莽传》载大司徒司直陈崇奏议,以儒家"必也正名"的观念批评了王莽的"诡辟制度"。[30]又如《汉书·元后传》云:"日蚀阴盛之象,为非常异。定陶王虽亲,于礼当奉藩在国。今留侍京师,诡正非常,故天见戒。宜遣王之国。"[31]是以儒家天子藩国之礼为正,反之则判为"诡"。再如仲长统《昌言》:

> 今夫国家漏神明于媟近,输权重于妇党,算十世而为之者八九焉。不此之罪而彼之疑,何其诡邪!(《后汉书·仲长统传》)[32]

> 今嫁娶之会,捶杖以督之戏谑,酒醴以趣情欲,宣淫佚于广众之中,显阴私于族亲之间,污风诡俗,生淫长奸,莫此之甚,不可不断者也。(《群书治要》卷四十五)[33]

前段"何其诡邪"是慨"法"之不正,后端"污风诡俗"是斥"俗"之不端,而都是以儒家之政治与伦理作为参照对象。又如《吕氏春秋·侈乐》篇论侈乐之"俶诡殊瑰"[34],与《诗大序》"治世之音安以乐,其政和;乱世之音怨以怒,其政乖;亡国之音哀以思,其民困"[35]一段论述正可对参;又蕴孔子"文胜质则史"、"过犹不及"之义。

其二,诡行诡遇。贾谊《新书·傅职》曰:"天子燕业反其学,左右之习诡其师。"而"反其学"、"诡其师"的表现是"答远方诸侯,遇贵大人,不知大雅之辞;答左右近臣,不知己诺之适,偭问小诵之不博不习"[36],亦指不知进退礼仪。王符《潜夫论·班禄第十五》曰:"无纵诡随,以谨无良。"[37]所谓"诡随",《毛传》释《大雅·民劳》"无纵诡随"句云"诡人之善随人之恶者",朱熹《集传》释为"不顾是非而妄随人也",指枉曲善人以惠泽奸恶。王符的思想多尊孟子,此段引《传》引《诗》,亦是儒家作习。崔寔《政论》云:

> 夫淳淑之士,固不曲道以媚时,不诡行以邀名,耻乡原之誉,绝比周之党。[38]

崔寔近法家,司马光《资治通鉴》论曰:"汉家之法已严矣,而崔寔犹病其宽"、"崔寔之论,以矫一时之枉,非百世之通义也。"而此处所论及的"诡行",则指脱离儒家操守之德行。"乡原"、"比周之党"等皆从《论语》来。《史记·儒林传》载辕固教导公孙弘语"务正学以言,无曲学以阿世",这些都是崔寔所谓"诡行"的参照系。

其三,诡言诡辞。扬雄《法言·吾子》载:

> 或问:"公孙龙诡辞数万以为法,法与?"曰:"断木为棋,捖革为鞠,亦皆有法焉。不合乎先王之法者,君子不法也。"[39]

所谓"诡辞",即荀子所谓"琦辞"。《荀子·非十二子》认为惠施、邓析、公孙龙之流的论辩"持之有故,其言之成理,足以欺惑愚众",然而"不法先王,不是礼义,而好治怪说,玩琦辞,甚察而不惠,辩而无用,多事而寡功,不可以为治纲纪"[40]。汉代又有"诡辩"之称:

> 彭祖为人巧佞,卑谄足共,而心刻深,好法律,持诡辩以中人。(《汉书·景十三王传》)
> 显为人巧慧习事,能探得人主微指,内深贼,持诡辩以中伤人,忤恨睚眦,辄被以危

法。(《汉书·佞幸传》)[41]

颜师古解释"诡辩"："诡，违也，违道之辩。"而所违为何道呢？言"巧佞"、"巧慧习事"，显然是儒家"巧言令色"之论。再看葛洪的论述："《春秋》之义，天不可雠。大圣著经，资父事君……俗儒沉沦鲍肆，困于诡辩。""诡哉言乎！……岂有人臣当与其君校智力之多少，计局量之优劣，必须尧、舜乃为之役哉！"[42]此二处论"诡辩"、"诡言"，皆用君臣、春秋之义。

从以上三类也可以看出，汉魏时期，"诡"的反面不是"常见"之"常"，而是"恒常"之"常"。因而趋时阿世，以世俗常理为尚者，反而有违于道。崔寔《政论》称"不曲道以媚时，不诡行以邀名"[43]，王充在思想上较为异端，范晔评其"充好论说，始若诡异，终有理实"[44]。又蔡邕《释诲》云："于是智者骋诈，辩者驰说，武夫奋勇，战士讲锐，电骇风驰，雾散云披。变诈乖诡以合时宜。""时宜"是世俗之"常"。然而若世俗之常是"智者骋诈，辩者驰说"、"隆贵翕习，积富无崖，据巧蹈机"、"女冶容而淫，士背道而辜"，合乎时宜反而是"乖诡"了。[45]

汉代倡经术，因而儒家之礼、经义之道成为"恒常"之理。因而汉代常有"诡经"、"诡道"、"诡圣"之说。如《汉书·王尊传》载："王尊文武自将，所在必发，谲诡不经，好为大言。"《汉书·匡衡传》载元王皇后元始五年《诏赐免马宫策》："臣知妾不得体君，卑不得敌尊，而希指雷同，诡经辟说，以惑误上。为臣不忠，当伏斧钺之诛。"是"诡经"之例。《汉书·王商传》载："商言有固疾，后有耿定事，更诡道因李贵人家内女。执左道以乱政，诬罔悖大臣节，故应是而日蚀。"[46]鲁丕《举贤良方正对策》谓："治奸诡之道，必明慎刑罚，孔子曰：'导之以礼乐，而民和睦。'说以犯难，民忘其死。死且忘之，况使为礼义乎？"[47]是"诡道"之例。《汉书·扬雄传》称："诸子各以其知舛驰，大氐诋訾圣人，即为怪迂，析辩诡辞，以挠世事，虽小辩，终破大道而或众。""今扬子之书文义至深，而论不诡于圣人。"[48]《孔丛子·居卫第七》谓："舜禹揖让，汤武用师，非故相诡，乃各时也。"[49]是"诡圣"之例。

总之，汉代对于"诡"的评断，多以儒家正统论为依归。"诡"本与"常"相对，而在儒家文学观的影响下，"常"与"正"不经意间合二为一了。汉代"诡"范畴的价值判断色彩十分鲜明，从先秦的"违常"渐渐偏于"违正"了。

三、《文心雕龙》与"诡"范畴的文辞转向

魏晋南北朝时期，"诡"范畴一方面承袭了汉代以来的礼乐正统论的价值取向，另一方面又有了新的发展。

承袭者如《晋书·华表附传》载晋武帝《责有司失议华廙诏》："诸侯薨，子逾年即位，此古制也……诸贤不能将明此意，乃更诡易礼律，不顾宪度。"[50]"诡易"指不合古制。又如晋葛洪《抱朴子·外篇·任命》谓：

> 金芝须商风而激耀，仓庚俟烟煴而修鸣，骐骥不苟驰以赴险，君子不诡遇以毁名。[51]

"诡遇"一词出自《孟子·滕文公下》"为之诡遇"，赵岐释之为"横而射之曰诡遇"，朱熹《集注》释为"不正而与禽遇也"；又赵岐注《后汉书·班彪传》"辔不诡遇"句曰："范，法也，为法

度之御,应礼之射,终日不得一。诡遇,非礼射也,则能获十";皆指出其不合礼仪法度之义。葛洪更是将俗间不合儒家者,皆称"诡道"。《抱朴子·内篇·勤求》云:"俗人见庄周有大梦之喻,因复竞共张齐死生之论。盖诡道强达,阳作违抑之言,皆仲尼所为破律应煞者也";[52]《抱朴子·外篇·汉过》云:"反经诡圣,顺非而博者,谓之庄、老之客";[53]是将世间所谓老庄之说归入"诡"道。又《抱朴子·外篇·君道》云:"匠之以六艺,轨之以忠信,莅之以慈和,齐之以礼刑。扬仄陋以伸沉抑,激清流以澄臧否。使物无诡道,事无非分",[54]直将儒家所唱"六艺"、"忠信"、"慈和"、"礼刑"作为评判事物是否入诡的标准。

从整体上说来,《文心雕龙》全书是以五经作为评判"诡"的标准的。凡是违反标准的,刘勰都以"诡"字批评之。如《辨骚》篇中所谓"诡异之辞"、"谲怪之谈"、"狷狭之志"、"荒淫之意",正可与《宗经》"体有六义"中的"诡"、"诞"、"回"、"淫"相对应,因而是"诡于经"、"异乎经典"者[55]。《文心雕龙·正纬》篇,三用"诡"字:"伎数之士,附以诡术"、"张衡发其僻谬,荀悦明其诡诞"、"芟夷谲诡,采其雕蔚"[56]。纬书本为经之支流,秦汉以后去圣日远,作者私相撰述,杂以术数之言,随意附会,以神其说,又增以妖妄之言,刘师培批评谶纬之说"或以灾祥验行事,或以星象示废兴。四始五际,已失经义之真;六甲九宫,遂启杂占之学。是则前知自诩,格物未明,易蹈疑众之诛,允属诬天之学。复有仓圣四目,虞舜重瞳,丹凤含书,赤龙纪瑞,白云覆孔子之居,赤血辨鲁门之字,亦复说邻荒谬,语类矫诬。此尹敏所由致疑,而君山所由耻习也。"[57]故而刘勰作《正纬》篇以讽之。刘永济《文心雕龙校释》曰:"舍人之作此篇,以箴时也。盖谶纬之说,宋武禁而未绝,梁世又复推崇。其书多托始仲尼,抗行经典,足以长浮诡之习,扬爱奇之风。故列四伪以匡谬,述四贤而正俗。疾其'乖道谬典',正所以足成《征圣》、《宗经》之义也。故次之以《正纬》。"[58]故本篇三用"诡"字,以示"纬"为偏道、诡道,须以经正之。

刘勰在其他篇章中仍以此标准,如《书记》篇云"及七国献书,诡丽辐凑",《体性》云"才有庸儁,气有刚柔,学有浅深,习有雅郑;并情性所铄,陶染所凝。是以笔区云谲,文苑波诡者矣",《序志》云"去圣久远,文体解散,辞人爱奇,言贵浮诡,饰羽尚画,文绣鞶帨,离本弥甚,将遂讹滥"等等。[59]刘勰对于"诡"的一次次运用,对于浮诡讹滥文风的一次次纠正,都是对于其"宗经"标准的一次次确认。这是同于汉代的一方面。

魏晋六朝对于"诡"范畴的新发展,则是将礼乐正统论一变而为文辞章句之批评。"诡"字开始入于文学之批评,东汉王符已开其端,《潜夫论·务本第二》曰:"辞语者,以信顺为本,以诡丽为末。"[60]《文心雕龙》立《原道》、《宗经》二篇作为衡文之标准。《宗经》一篇云:

> 故文能宗经,体有六义:一则情深而不诡,二则风清而不杂,三则事信而不诞,四则义贞而不回,五则体约而不芜,六则文丽而不淫。扬子比雕玉以作器,谓《五经》之含文也。[61]

刘勰认为各种文体皆导源于《经》,更是从经书中寻觅出文之标准,析之为六义。然而,正因为其析"宗经"为六,而六义中涉义理者少,涉文辞者多,故而刘勰对于"诡"的大量应用,实际上将"诡"范畴的主流批评倾向从思想价值导往了辞章文句。

《文心雕龙》"诡"范畴的辞章批评,对象主要为两类,一是宋初好新之风,一是辞赋诡滥

之风。而批评之问题,主要分以下几类:

一曰文体之"诡"。《辨骚》篇"《远游》、《天问》,瑰诡而惠巧",《神思》篇"情数诡杂,体变迁贸",《体性》篇"才性异区,文体繁诡",[62]皆此类也。

二曰辞句之"诡"。《宗经》篇"《尚书》则览文如诡"[63],与上文"训诂茫昧"相应,指文辞之古怪难懂。《情采》篇"采滥辞诡,则心理愈翳"[64],是指文辞之过度与诡谲。《总术》篇"诡者亦曲",批评深文隐蔚之风。《夸饰》篇评司马相如曰:

> 相如凭风,诡滥愈甚。故上林之馆,奔星与宛虹入轩;从禽之盛,飞廉与焦明俱获。[65]

梁玉绳《史记志疑》卷三十四案:"左思《三都赋序》、《文心雕龙·夸饰》篇并称相如之赋诡滥不实。余谓上林地本广大,且天子以天下为家,故所叙山谷水泉,统形胜而言之。至其罗陈万物,亦惟麟凤蛟龙一二语为增饰。观《西京杂记》、《三辅黄图》,则奇禽异木,贡自远方,似不全妄。况相如明着其指曰子虚、乌有、亡是,特主文谲谏之义耳。不必从地望所奠,土毛所产,而较有无也。"[66]梁玉绳以为刘勰所谓"诡滥"是诡于上林风貌之实,误也。刘勰评相如之"诡",实是诡于修辞之"正",正如《情采》篇所谓"采滥辞诡"、《体性》篇所谓"文体繁诡"、《章句》篇所谓"事乖其次"罢了。《体性》篇称"长卿傲诞,故理侈而辞溢",《物色》篇称"及长卿之徒,诡势瑰声,模山范水,字必鱼贯,所谓诗人丽则而约言,辞人丽淫而繁句也"[67],亦是此意。

三曰练字之"诡"。"今一字诡异,则群句震惊,三人弗识,则将成字妖矣",又"一避诡异,二省联边,三权重出,四调单复。诡异者,字体瑰怪者也。曹摅诗称:'岂不愿斯游,褊心恶讻呶。'两字诡异,大疵美篇;况乃过此,其可观乎?"[68]理正则辞畅,字诡异,则文必不畅;文之不畅,源自理之不正。搜奇抉怪,缀字属篇,正是赋体擅场。《才略》篇云:

> 子云属意,辞义最深,观其涯度幽远,搜选诡丽,而竭才以钻思,故能理赡而辞坚矣。[69]

"涯度幽远"即义深也;"搜选诡丽"谓辞深也。扬雄为小学家,著有《方言》一书,多知奇字,"辞韵沉膇"(《哀吊》),"诡言遹辞"(《封禅》),"扬雄以奇字纂训,并贯练雅颂,总阅音义"(《练字》),"构深玮之风"(《诠赋》)。

四曰声律之"诡"。"夫吃文为患,生于好诡,逐新趣异,故喉唇纠纷;将欲解结,务在刚断。左碍而寻右,末滞而讨前,则声转于吻,玲玲如振玉;辞靡于耳,累累如贯珠矣。"刘勰认为声律本于自然,"声含宫商,肇自血气,先王因之,以制乐歌"[70],而声律失调之病,正源于"逐新趣异",诡于自然。

以上这四点讲的都是言辞,但与汉代所谓"诡言诡辞"完全不同了。汉代的诡辞是以伦理道德作为评价标准,而此四种"诡"则主要是以"文"(形式)为坐标,而不涉道德礼教问题。汉魏正统论纳"常"入"正",使得"诡"范畴具备了伦理上纠偏的效应;《文心雕龙》则返"正"入"常",从而部分地将形式问题剥离开内容而讨论。

刘永济称《文心雕龙》"全书斥浮诡,黜繁缛,不一其词"[71],范文澜亦谓"彦和论文,最恶讹诡……或者不察,以为艰涩可以文鄙浅,绮语可以市宠悦,舍本逐末,务尚怪奇,是犹德行卑下,而服上古冠服以衒鬻也"[72],二人都注意到刘勰对于文章形式上务尚怪奇的批评态度。然而,"立身先须谨慎,文章且须放荡",文学在义理上可以尚正,但在形式上却往往尚新,"诡"范畴在这种尚新的趋势中担当了什么样的角色呢?

四、陌生化与回归力

如前所述,"诡"意味着对于正统与传统的背叛。然而对于文学而言,这种"背叛"也是改革和创新的力量。

这一点在刘勰的《文心雕龙》中已有显现。刘勰常将"诡"与"新"联用,虽仍以批评为主,但已经注意到"诡"的这种"他者"的位置和革新的力量。《文心雕龙·体性》篇云:"新奇者,摈古竞今,危侧趣诡者也。"《声律》篇云:"夫吃文为患,生于好诡,逐新趣异"。《定势》篇云:"自近代辞人,率好诡巧,原其为体,讹势所变,厌黩旧式,故穿凿取新,察其讹意,似难而实无他术也,反正而已。故文反正为乏,辞反正为奇。效奇之法,必颠倒文句,上字而抑下,中辞而出外,回互不常,则新色耳。"[73]都将"诡"与"新"相属而言。刘勰并不一味反对新式,"反正"者,反常规,即西方所谓"陌生化"手段,正如什克洛夫斯基在《艺术作为技巧》一文中所说:"艺术的手法是将事物奇异化的手法,是把形式艰深化,从而增加感受的难度和时间的手法,因为在艺术中感受过程本身就是目的,应该使其延长。艺术是对事物的制作进行体验的一种方式,而已制成之物在艺术之中并不重要。"[74]陌生化的本质就是反常规、反格套。刘勰认为修辞上的"反正",是文术上的"诡道"。此"新式"若违于《宗经》中所谓"六义"之道,则可判为"诡"。然而于文辞而言,旧式即为常式,"诡"则是变旧式而为新式。

刘勰处在新、旧两种文学观念交织的时代,他对于文学的"返正"与"求新"看似偏向前者,实则他的态度是复杂、矛盾。《文心雕龙》大量使用"诡"范畴,正是这种复杂心态的呈现。他一方面是对于当时一味求新的文风并无好感,但另一方面,他以理论家的敏锐,深刻地感受到,形式的不断发展才是文学前进的助推剂,"文律运周,日新其业。变则堪久,通则不乏"、"通变无方,数必酌于新声"(《通变》)。所谓"诡异之辞"、"谲怪之谈",不正是《离骚》"奇文郁起"的重要原因?新旧、奇正之间并非是对立的,而是有着微妙的联系,一味地逐奇自然不对,一味地求正也可能失去创新的力量。

自《文心雕龙》之后,文学理论中对于"诡"范畴"创新"义的理解,渐渐成为一股潮流。如与刘勰同时的钟嵘《诗品》评鲍照诗曰:"其源出于二张,善制形状写物之词,得景阳之諔诡,含茂先之靡嫚。"[75]此中"諔诡"只是中性的风格形容,已无褒贬与纠偏之意了。又如唐卢藏用《右拾遗陈子昂文集序》:"长卿、子云之俦,瑰诡万变,亦奇特之士也"[76],强调其文辞之奇与新。宋人对于韩退之、李长吉诗歌的"诡"的批评就更是如此:

> 韩退之乃作《陆浑山》诗,极于诡怪,读之便如行火所燎,郁攸冲喷,其色绛天,阿房欲灰而回禄燃之。(沈作喆《寓简》)[77]
> 李长吉辞尚奇诡,而当时皆以"绝去翰墨畦径"称之。(林希逸《李君瑞奇正赋格序》)[78]
> 玉川之怪,长吉之瑰诡,天地间自欠此体不得。(严羽《沧浪诗话》)[79]

宋人对于韩愈、李贺等人诗歌的"诡怪"、"奇诡"、"瑰诡"等特色,非但不批评,反而给予很高评价。这与宋人力求在唐诗基础上革新的创作倾向有关。清翁方纲《石洲诗话》谓:"若夫宋诗,则迟更二三百年,天地之精英,风月之态度,山川之气象,物类之神致,俱已为唐贤占尽。即有能者,不过次第翻新,无中生有。而其精诣,则固别有在者。"[80]宋诗这种求奇求新的精神,自然使得"诡"这一风格被提倡。

中国文学批评史上,大部分文体的"正"与"诡"并无恒定之标准,与时迁移。比如诗体,有以唐为宗,有以宋为宗;文体,有以秦汉为正,有以唐宋为正。文学正统论的发展,会影响"诡"的理论范畴。而本为"诡"的文学,也可能会发展成为正统。例如宋晁补之《离骚新序》云:

> 至言浇羿姚娥,与经传错缪,则原之辞甚者称开天门、驾飞龙、驱云役神、周流乎天而来下,其诞如此。[81]

"谲诡"二字指前言"诞",专指所言事之奇谲非常,世俗不得以其浅议之,以经责之;又驳斥刘勰"异乎经典"之说。原因在于晁补之论楚辞,不再以《诗经》作为唯一标准了。到了宋代,《离骚》已然成为文学的又一典型了,风雅之外的又一个正途了。又如南宋李纲《拟骚赋序》:"昔屈原放逐,作《离骚经》,正洁耿介,情见乎辞。然而托物喻意,未免有谲怪怨怼之言……取其正洁耿介之义,去其谲怪怨怼之言,庶几不诡于圣人,目之曰《拟骚》。"[82]在李纲看来,《骚》之同乎经典者,正洁耿介之义;诡于圣人者,"谲怪怨怼之言"。这显然与刘勰看法有差别。

然而整体说来,古代诗文评中,宗经、重诗教、以三百篇为尊者,不喜"诡"风。如唐贾至《工部侍郎李公集序》云"扬、马诡丽,班、张、崔、蔡、曹、王、潘、陆,扬波扇飙,大变风雅"[83],以风雅为司南,荡离者须知还;宋王禹偁《答张知白书》"夫赋之作,本乎《诗》者也……后人流荡忘反,盖其得也,荐宗庙,播管弦;其失也,语淫奔,事诡怪而已",[84]以六义为准则,游移不可忘返;到清李调元《赋话》"取镕经语,未尝不错采镂金,何必以纤靡侧诡之辞,自矜巧密"[85],清毛奇龄《田子相诗赋合集序》"惟夫诗有六义,其一曰赋……大抵高之为长卿、子云之流,失之芜诡"[86]之说;无不是以风雅为正,违之则为"诡"。又有些诗评家以《三百篇》为坐标,批评偏离坐标者为"诡":

> 夫优柔悱恻,诗教也,取其足以感人已矣。而后之言诗者……杂事以罗之,长韵以属之,傲诡以炫之,则骈指矣。此少陵误世,而昌黎复涌其波也。(明陆时雍《诗镜总论》)[87]

> 至如《双鸟诗》……此等诗由怪僻而入诡诞,颇于诗教有害。(清潘德舆《养一斋诗话》)[88]

陆时雍批评杜甫诗"傲诡以炫之"是误世,潘德舆批评韩愈诗"由怪僻而入诡诞"有害诗教,都是对汉魏正统论的传承。在这类诗文评中,"诡"范畴成为风雅正道的偏离纠错机制。

相反,重性灵、求变化、突破传统规范者,则重视"诡"之风格。如提倡"不涉理路,不落言筌"的严羽称:"玉川之怪、长吉之瑰诡,天地间自欠此体不得"[89];又如倡导"性灵"说、提出"唐人学汉魏变汉魏,宋学唐变唐……乃不得不变也"的袁枚赞元木诗"诗甚奇诡,不能备录"、称王兰泉诗"读之,俶诡奇险,大得江山之助"、赞蒋起霞诗"奇横谲诡,惜篇长,不能备录"等。[90]

荀况赋论言"请陈诡诗",王芑孙释"佹"曰:"曰佹,旁出之辞。"旁出即是他者。总体说来,"诡"范畴作为他者范式的标志,一方面代表着破执的、革新的力量,另一方面征示着正统论对旁出者的召回,呈示了中国文学一个拨乱反正的传统及其对于文学创新力的牵制力量。

注 释:

　　* 本文系国家社科后期资助项目"赋学范畴研究"(21FZWB101)阶段性成果。
[1][13][15] 许慎撰,段玉裁注《说文解字注》,上海古籍出版社1981年版,第110、510、691页。
[2][10] 黎翔凤《管子校注》中华书局2004年版,第278页。
[3][8] 王先慎集解《韩非子集解》,中华书局1998年版,第434、410页。
[4][24][25] 孙武著,曹操等注《孙子十家注》,上海书店1986年版,第157、193、14—20页。
[5] 郭庆藩《庄子集释》,中华书局1961年版,第339页。
[6][40] 王先谦《荀子集解》,中华书局1988年版,第339、93—94页。
[7] 银雀山汉墓竹简整理小组编《银雀山汉墓竹简:孙子兵法》,文物出版社1976年版,第29页。
[9][34] 许维遹《吕氏春秋集释》,中华书局2009年版,第490、112页。
[11] 林希逸《庄子口义》卷三,明正统道藏本。
[12] 何宁《淮南子集释》,中华书局1998年版,第1228页。
[14] 王念孙《广雅疏证补正》,清光绪二十六年黄氏借竹宧刻本。
[16][30][31][41][46][48] 班固《汉书》,中华书局1964年版,第2520、4055、4019、2419/3726、3240/3365/3372、3580/3585页。
[17] 徐锴《说文解字系传》,通释卷一,四部丛刊景述古堂景宋钞本。
[18] 朱骏声《说文通训定声》,解部第十一,清道光二十八年刻本。
[19] 郝懿行《尔雅义疏》,《郝懿行集》第四册,齐鲁书社2010年版,第2956页。
[20] 杨伯峻《春秋左传注》,中华书局1990年版,分别见第397、592页。
[21]《春秋公羊传》,阮元《十三经注疏》本,中华书局1980年版,第2219页。
[22] 司马穰苴《司马法》卷上,清嘉庆五年本。
[23] 孙希旦《礼记集解》,中华书局1989年版,第272页。
[26] 郑友贤《十家注孙子遗说并序》,《续四库全书》,上海古籍出版社2002年版,第959册,第89页。
[27] 刘寅《武经七书直解序》,景印明本。
[28] 马王堆汉墓帛书整理小组编《马王堆汉墓帛书〈经法〉》,文物出版社1976年版,第95页。
[29][36] 贾谊著,阎振益等校注《新书校注》,中华书局2000年版,第304、173—174页。
[32][44] 范晔《后汉书》,中华书局1965年版,第1659、1629页。
[33] 魏徵等《群书治要》,天津人民出版社2015年版,第430页。
[35]《毛诗正义》卷三,中华书局1979年影印阮刻《十三经注疏》本上册,第272页。
[37][60] 王符著,汪继培笺,彭铎校正《潜夫论笺校正》,中华书局1985年版,第194、16页。
[38] 崔寔《政论注释》,上海人民出版社1976年版,第9页。
[39] 汪荣宝《法言义疏》,中华书局1984年版,第63页。
[42][51][54] 葛洪撰,杨明照校笺《抱朴子外篇校笺》上册,中华书局1991年版,第390—291、317—

321、478、177页。

〔43〕 崔寔撰,孙启治《政论校注》,中华书局2012年版,第50页。

〔45〕 蔡邕《蔡中郎集》,外传,四部丛刊景明活字本。

〔47〕 袁宏撰,周天游校注《后汉纪校注》,天津古籍出版社1987年版,第445页。

〔49〕 孔鲋《孔丛子》,上海古籍出版社1990年版,第21页。

〔50〕 房玄龄等《晋书》,中华书局1974年版,第1261页。

〔52〕 葛洪撰,王明校释《抱朴子内篇校释》,中华书局1986年版,第253页。

〔53〕 葛洪撰,杨明照校笺《抱朴子外篇校笺》下册,第127页。

〔55〕〔56〕〔59〕〔61〕〔62〕〔63〕〔64〕〔65〕〔67〕〔68〕〔69〕〔70〕〔72〕〔73〕 范文澜《文心雕龙注》,人民文学出版社1958年版,第47、30—31、456/505/726、21—23、47/495/506、22、538、608、506/694、624、698、553/552、575、505/552/531页。

〔57〕 刘师培《谶纬论》,乙巳年(1905)《国粹学报》文篇。

〔58〕〔71〕 刘永济《文心雕龙校释》,武汉大学出版社2013年版,第6、37页。

〔66〕 梁玉绳《史记志疑》,中华书局1981年版,第1418页。

〔74〕 (俄)维·什克洛夫斯基著,刘宗次译《散文理论》,百花洲文艺出版社1994年版,第10页。

〔75〕 钟嵘撰,曹旭注《诗品集注》,上海古籍出版社1994年版,第290页。

〔76〕 卢藏用《右拾遗陈子昂文集序》,《陈子昂集》卷首,上海古籍出版社2013年版。

〔77〕 沈作喆《寓简》卷四,清知不足斋丛书本。

〔78〕 林希逸《竹溪鬳斋十一稿续集》卷一二,清文渊阁《四库全书》本。

〔79〕 郭绍虞《沧浪诗话校释》,人民文学出版1961年版,第180页。

〔80〕 翁方纲《石洲诗话》,《清诗话续编》,上海古籍出版社1983年版,第1427页。

〔81〕 晁补之《鸡肋集》卷三十六,四部丛刊景明本。

〔82〕 李纲《梁溪集》卷一,清道光刻本。

〔83〕 贾至《工部侍郎李公集序》,载《全唐文》卷三六八,中华书局1983年影印本,第3736页。

〔84〕 王禹偁《小畜集》卷十八,四部丛刊景宋本配吕无党钞本。

〔85〕 李调元《赋话》,中华书局1985年版,第8页。

〔86〕 毛奇龄《田子相诗赋合集序》,《西河集》卷三十九,清文渊阁《四库全书》本,第1320册,第328—329页。

〔87〕 丁福保《历代诗话续编》,中华书局1983年版,第1415页。

〔88〕 郭绍虞《清诗话续编》,上海古籍出版社1983年版,第2142页。

〔89〕 严羽著,陈超敏评注《沧浪诗话评注》,上海三联书店2013年版,第185页。

〔90〕 袁枚《随园诗话》,人民文学出版社1960年版,分别见第215、583、667页。

〔作者简介〕 程维,1984年生,文学博士,现任职于安徽师范大学文学院、中国诗学研究中心,主要从事先秦两汉文学与古代文学批评研究。

陈訏《宋十五家诗选》编撰旨趣探论

郑 斐 谢海林

《宋十五家诗选》成于康熙三十二年(1693)，同年付刊。[1]编选者陈訏，字言扬，号宋斋，浙江海宁人，岁贡生，任淳安教谕十八年，后擢温州教授，享寿八十三岁。[2]陈訏乃黄宗羲门人，与查慎行、嗣瑮昆仲、曹廉让、杨中讷等人友善，时常酬唱往还。目前学界关于《宋十五家诗选》的研究成果多散见于清代宋诗选本研究和清初浙派诗研究中[3]，如朱则杰指出陈訏编撰《宋十五家诗选》恐与黄宗羲有关，而《宋十五家诗选》的问世也对宋诗的倡导和浙派的形成起到了推波助澜的作用。[4]申屠青松对此选的入选诗人、诗学思想、宋诗选史地位及其对浙派的影响等方面展开论述，多有创获。[5]综上来看，目前学界对《宋十五家诗选》虽有一定的研究，但仍有待发之覆。本文拟从《宋十五家诗选》的编撰背景、选家的诗学渊源和文学交游，对其编选旨趣作进一步探究。

一、《宋十五家诗选》编撰的时代背景

陈訏《次韵胡令修病中示诗索和余近借宋人诗集故次章及之》曰："断简书来容借阅，一瓶酒饷拟追陪。课勤钞撮忘胝手，字暗偏旁细认煤"[6]，联系诗题中的"余近借宋人诗集"之语，陈訏当从友人处借得宋人诗集后，诵读选抄。此诗作于康熙三十一年(1692)，《宋十五家诗选》完稿于次年，则诗中所言借抄宋人诗集之事无疑指编选宋诗，据此推断，迟至康熙三十一年，陈訏已着手从事《宋十五家诗选》的编选工作。考虑到《宋十五家诗选》凡选十五家诗，收录诗歌逾千首，而清初宋诗文献流布未广，搜罗不易，诗选不容易于一年内完工，则陈訏很可能此前数年就开始诗选的编撰工作了。在康熙三十一年(1692)之前数年间，诗坛的风尚是怎样的呢？

据陈伟文考证[7]，由于王士禛的提倡，康熙十年(1671)，京师已形成了以其为中心的宗宋诗人团体。同年，浙地的宋诗倡导者吴之振携新刊成的《宋诗钞》进京活动，次年康熙十一年(1672)江苏扬州的宋诗提倡者孙枝蔚亦进京。至此，三地宋诗提倡者合流，宋诗风应运而起。值得注意的是，王士禛提倡的宋诗风更趋向黄庭坚及江西诗派一路的硬宋诗，在审美趋向上更接近宋诗本色瘦硬生新的艺术特征，与此前钱谦益倡导的苏轼、陆游一路的软宋诗大

本文收稿日期：2023年3月29日

异其趣。[8]康熙十八年(1679)朝廷开博学鸿词科,汪琬、孙枝蔚、曹禾等宋诗派诗人和毛奇龄、朱彝尊等宋诗风批评者齐集京师,两派展开激烈论争,宋诗风借此再添热度。至康熙三十一年(1692)前后,宋诗风已风行近二十年,学宋末流的空疏率易之弊也日益显露。早在康熙二十年(1681),王士禛为王又旦诗集《黄湄诗选》题序时已论曰:"予习见近人言诗辄好立门户,某者为唐,某者为宋,李、杜、苏、黄强分疆域,如蛮触氏之斗于蜗角而不自知其陋也……今人号为学唐诗者,语以退之之琴操、东野之五言,能举其目者盖寡矣。欧、梅、苏、黄诸家,其才力、学识皆足凌跨百代,使俛首而为撏拾吞剥、秃屑俗下之调,彼遽不能耶?其亦有所不为耶。"[9]渔洋不仅痛斥时人论诗好立门户、强分唐宋之陋习,而且批评尊唐宗宋之末流:宗唐者不能领略韩愈、孟郊诗歌之妙,学宋者落入剽窃模拟之窠臼,作诗生吞活剥,俱未得其三昧。可见他对当时宗宋末流的弊病已有清醒的认识。浙江诗人陆嘉淑康熙二十四年(1685)为《黄湄诗选》作《掖垣集序》,亦表达了对当时学宋者"以一字之巧、一语之工,雕铍割裂,诡反支离"[10]的不满。陈訏在《宋十五家诗选叙》中也说:"诗道之由来久矣!昔敝于举世皆唐,而今敝于举世皆宋。举世皆唐,犹不失辞华声调堂皇绚烂之观。至举世皆宋而空疏率易,不复知规矩绳墨与陶铸洗伐为何等事。嗟乎!此学宋诗者之过也。"[11]这一方面说明宋诗风的盛行,另一方面也直接指出了大部分学宋诗者空疏流易之病。

在诗坛自发对宋诗流弊作出反应的同时,来自官方权力中心的诗歌价值观念和诗歌审美理想也对当时的诗苑、选坛造成了不小的压力。众所周知,康熙帝的诗歌审美趣尚为独宗唐诗,这既与其个人的诗歌趣味有关,也因为"清明广大"的唐音更符合康熙盛世的形象及满族统治者对汉族士人的统治策略。[12]康熙十九年(1680),施闰章为宰相冯溥的诗集《佳山堂集》撰序,盛赞其诗符合温柔敦厚的诗教之旨,并说:"今天子湛深古学,喜声诗,使先生日进其所撰,岂不足以鼓吹正始也哉?尝窃论诗文之道与治乱终始,先生则喟叹曰:'宋诗自有其工,采之可以综正变焉。近乃欲祖宋元而祧前,古风渐以不竞,非盛世清明广大之音也。愿与子共振之。'夫孔子删诗而《雅》、《颂》得所,延陵听乐而兴衰是征。诗也者,持也。由是言之,谓先生以诗持世可也。"[13]康熙帝常与冯溥讨论诗歌,甚至让冯溥每日进呈所作,冯溥论诗的趣味受到康熙帝的影响就不难想见了,进而言之,康熙帝的诗歌趣味也能成功地通过冯溥传递给诗坛。毕竟,宰相冯溥"好奖接羁旅憔悴词赋之客"[14],与其时许多著名文人来往密切。从这一段材料也可看出,冯溥认为宋诗虽"自有其工",可资采撷以"综正变",但终究"非盛世清明广大之音",与治乱兴衰、人心世道无补。言下之意,诗歌创作应以清明广大的盛世唐音为宗,上溯《风》、《雅》,以温柔敦厚之诗教为旨归,宋诗只不过是用于扩大诗歌史视野,丰富具体写作中可供借鉴的对象而已。如此的宋诗观念和诗歌趣尚自上而下地传达到诗坛、选坛,自然会引起后者的相关反应。

综上可知,当陈訏编选《宋十五家诗选》之际,诗坛、选坛一方面已自发地认识到宋诗风的流弊,另一方面也受到了来自皇权中心尊唐祧宋的压力。当时被目为风雅正宗的王士禛自康熙二十一年(1682)后便对此做出反应,编选了《五七言古诗选》(康熙二十一年编成)、《唐贤三昧集》(康熙二十七年编成)、《十种唐诗选》(康熙三十一年刻本)这一系列古诗、唐诗选本,肯定了唐诗的正宗地位,也表明了其诗歌趣尚向唐诗的回归。[15]这代表着选坛对当时诗坛风气的一种反应,即通过编撰唐诗选来回归雅正的诗歌审美理想,用唐诗的法度来纠正学宋末流泛滥于规矩之外的偏失。此外,还有一些选家试图通过编选宋诗来纠正学宋末流之弊,陈訏便是其中之一。清初的宋诗选家基于他们对宋诗主"情"(即抒发情感的酣畅淋漓)特质的认识,所编宋诗选大多为"浅宋型"或"以唐存宋",只有陈訏的《宋十五家诗选》为"深宋型"(即重视宋诗"理"的一面,强调宋诗的法度)。[16]陈訏对宋诗的这种深度理解,首先体现在他对宋诗特征的总体概括上。《宋十五家诗选叙》云:"盖宋之与唐,其诗之所以为诗,原未尝异,特以其清真超逸,如味沉瀣者陋膏粱,游蓬阆者厌都邑,故足贵耳。"[17]他指出宋诗与唐诗是两种风味的诗,宋诗的特色与可贵之处在于清真超逸,而不同于唐诗的高华典正;并着眼于唐宋诗的精神特质,认为宋诗是山林之音,唐诗是庙堂之声。虽然他也说宋诗与唐诗"原未尝异",但这只是从诗歌发展的源流角度出发,略作说明而已。其次,从入选诗人的评语中,也能看出陈訏不同于时人的宋诗审美趣味。他评梅尧臣诗"巉削瘦硬,咀嚼之真有无穷之味。欧阳公寄诗云:'初如食橄榄,真味久愈在。'千载下读之尤信"[18],评王安石诗"学少陵,其瘦硬处别自擅长"[19],评黄庭坚诗"语必生造,意必新奇,想力所通,直穷天际,宜与眉山颉颃"[20],评范成大诗"取境雅瘦,力排丰缛,然气韵自腴,故高峭而不寒俭"[21],甚至对一向被时人斥为俚俗的杨万里诗也赞其"矫矫拔俗,魄力又足以胜之。雄杰排奡,有笼挫万象之概"[22]。由此可见,他对宋诗瘦硬生新的风格是了然于胸的,上述诸人之诗的选录也有取于此。针对时人学宋而至于"颠颠没溺"、"打油钉铰",陈訏认为是他们"简弃法度"之故:"今以什伯远逊古人之才而简弃法度,卤莽灭裂,顾欲借口古人,陷于沦胥而莫之道,多见其不知量矣。然则天下未尝无冷然而善之风与夫桂舟玉车也,而不得其所以驾御而乘之,其害至于颠颠没溺,此打油钉铰之所以讥尔。"[23]有鉴于此,陈訏提出的解决办法就是重视作诗的法度,即"由舟车之有待以几于无待"[24],之后则可以"凡也而超乎圣技也,而进乎神矣。不但得宋诗之所以至,而且可以自为至,将唐亦可,宋亦可,即独辟蚕丛、别开境界,以与唐宋相鼎足,亦乌乎而不可?而奚至承流踵失如世俗云云哉?"[25]为此,他基于宋诗的审美标准,藉《宋十五家诗选》为学诗者标出宋诗法度,选出供人学习的典范之作。那么,陈訏以贡生官教谕,不可能对当时官方尊唐祧宋的诗学趣尚没一点了解,为何能在如此背景下编选出一部"深宋型"的宋诗选本呢?

二、从陈訏的诗学渊源看《宋十五家诗选》的旨趣

陈訏出自著名的海宁陈氏,其父陈之问,字令升,一字近思,号简斋,与黄宗羲同游于刘宗周之门,之问还从黄道周学。黄宗羲对陈之问颇为敬重,对其人其学评价甚高,所撰《陈令升先生传》云:

> 陈氏科甲冠于两浙,而先生不以华腴为意;顾独好读书,自六经三史以下,八家之集、唐宋之诗,丹铅殆遍。高会广座,有所征引,长篇累牍,应口吟诵,以架上书覆之,不错一字。当世文章家,指摘其臧否,咸中要害……先生尝从学于蕺山、漳海两先生。顾未尝谈学,与人言者不出诗书。然而知学者莫如先生……先生于诗文亦不多作。余劝之曰:"以先生之诗文,虎帅以听,谁敢不从?"先生不应。今人胸中无整段书,描写得欧、曾一二曲折,便以作者自命。先生可以作文而不作,彼不可以作文而腼然作者,不亦可

愧乎？余与之同学五年，霜天寒夜，漏已参半，余于卧榻中闻先生放笔铿然，率以为常。先生之力学，寒士中所未见也。顾独倾心于余，临没前一日，犹作书招余，余能忘其把臂之言乎？"[26]

陈之问不乐仕进，惟好读书，沉酣于经史子集，多有所得，能随口征引长文而一字不错。他与黄宗羲在刘宗周门下同学五年，力学不辍，黄宗羲感叹其刻苦程度在寒士中不多见。至于他的学问，黄宗羲盛赞"知学者莫如先生"。关于陈之问对当世文章家的评骘，黄宗羲认为均能切中要害。之问诗文不多作，仅有诗集《简斋诗稿》一卷，得诗六十首。[27]黄宗羲许之为"可以作文"者，且劝其作诗文时，当有"虎帅以听，谁敢不从"之语，可见对其诗文也很赞赏。而陈之问"独倾心"黄宗羲，临终前一日还写信邀黄氏相会，可见二人性情之投契，交谊之笃厚。

黄宗羲与陈之问论诗甚契，其《谢莘野诗序》曰："曾忆与陈令升剪烛论诗，颇有短长。余曰：'浙东之诗，看他好处不出；浙西之诗，看他不好处不出。'令升曰：'看他不好处不出，此言尤毒。如此做去，更自转身不得，所谓五百年堕野狐身也。'相与一笑。"[28]清初浙东与浙西诗风迥然不同。吴骞曾回忆道："予自少癖耽吟咏，每游武林，辄喜从诸名宿谭艺。尝闻诸董浦杭先生之言……间复论及诗道之源流，先生曰：'浙中诗派夙宗唐音，盖源自云间。昔陈卧子先生为绍兴司李，名重于时，吾杭西陵十子咸从问业，各得黄门之一体。嗣是西河、竹垞诸君皆宗法唐音，与新城尚书遥相应和。'"[29]此处提到的从云间派陈子龙到"西泠十子"再到毛奇龄、朱彝尊之诗学源流，反映的正是其时浙西地区的诗学风尚。而浙东地区的诗学则在黄宗羲等人的倡导下，具有鲜明的宗宋倾向。大要言之，浙西尊唐，浙东崇宋。[30]因此，从黄宗羲与陈之问论浙东与浙西之不同诗风的情形来看，陈之问与黄宗羲一样，也宗尚宋诗，并且认为浙西承袭自云间、脱胎于格调派的宗唐诗风乃未参透诗家三昧而坠入魔道的产物。不仅如此，陈之问还曾批点黄宗羲诗集《南雷诗历》卷二部分。[31]由前述《陈令升先生传》中可知，陈之问先于黄宗羲下世，因而陈之问批点诗集之举必在黄氏生前，这亦可从侧面见出黄氏对陈之问诗歌造诣与诗学趋向的赞赏与认同。黄宗羲《怀陈令升》有"但觉世人多剿说，始知此老有锋铓"[32]句，亦可为一证。陈之问尤喜东坡诗，黄宗羲《绿萝庵诗序》中提到："陈令升喜苏诗，共馨胸怀，谁云猜忤。"[33]陈訏《时用集》自序也说："先君子课余兄弟制举业之外，时及诗古文，颜所居家塾曰'静学斋'，署联用东坡语'春秋古史乃家法，诗笔离骚亦时用'。盖余兄弟六人寓坡公六子晨耕意，然实庭训也。"[34]陈之问用东坡诗句作为家塾楹联、课子庭训，可见他对东坡其人其诗的尊崇。

陈父与梨洲交谊甚笃，故陈訏游学于梨洲之门。据陈訏自述："岁丙辰，余获侍梨洲黄先生门下，与同学诸子受筹算开方法，因著《开方发明》。先生见之喜，谓：'其习于数而明于理也。'"[35]丙辰即康熙十五年（1676）。陈訏在黄宗羲门下精研理学[36]，得其勾股学之传[37]，于诗文一途也有所承受。陈訏有诗曰："读书想前辈，学问究终始。指南有夷涂，绪言犹在耳。昔闻梨洲师，略可述源委。为学先穷经，经穷明义理。识见定心胸，方许读子史。大家助波澜，曲折随行止。马班韩欧苏，代远姑置齿。元儒大手笔，牧庵姚承旨。行文学子长，碑版照远迩。欧阳与黄柳，著作俱云美……举业锢聪明，不学昧前轨。更杂经生见，习气沦骨髓。举笔堕尘雾，空疏竟胡底。学文不闻道，蛇神与牛鬼。学文不读书，跛行而瞽视。苟能瀹其源，涓流自泫泫。加膏光可希，养根实乃竢。弱冠闻训言，今三十年矣。"[38]从诗中可

254

知,黄宗羲论学强调本于经术,作文强调以学问为根本,否则便会"举笔堕尘雾",空疏无根,堕入牛鬼蛇神一道。此诗乃针对古文创作而发,于作诗同样强调学问之重要性。黄宗羲重视学问主要体现在以学问怡养性情,而后发为声诗,并非直接以学问为诗[39],但他希望张心友"以文字为诗,以才学为诗,以议论为诗"[40],至少表明不反对以学问为诗,而以文字、才学、议论为诗正是严羽标出的宋代诸公之特点。陈訏在三十年后对老师的教诲如数家珍,娓娓道来,可见其承教之深。陈訏幼承庭训,对其父的诗学宗尚必定也了然于胸。他用乃父节用东坡诗句的家塾楹联命名自己的诗集,也说明他对家学的重视与继承。因此,陈訏对宋诗的宗尚,不是在当时宋诗风的裹挟下而随波逐流、人云亦云的被动接受,而是受到父亲和老师诗学思想的双重影响之故。家学渊源、师门之教,再加上多年的揣摩学习,使陈訏对于宋诗的特征有着清晰的认识。因此,他能在宋诗风之弊逐渐显露,且官方诗学高举崇唐大旗之时,独辟蹊径,编选《宋十五家诗选》这样一部推崇硬宋诗的选本,为学宋诗者标出宋诗的法度,希望以此为津梁来拯救学宋末流空疏、率易、流俗之弊。

  黄宗羲论诗还以经史为本,具有浓厚的史学色彩,这对陈訏编选《宋十五家诗选》也有影响。黄宗羲认为,诗歌具有记录历史、保存精神史的功能。他曾汇辑故乡余姚的诗人之作为《姚江逸诗》,并题序指出:"孟子曰:'《诗》亡然后《春秋》作。'是诗之与史相为表里者也。故元遗山《中州集》窃取此意,以史为纲,以诗为目,而一代之人物赖以不坠。"[41]所谓"一代之人物赖以不坠",即指一代人的精神风貌仰赖诗歌以传后世。陈訏继承乃师的"诗史"观念,并付诸《宋十五家诗选》的编撰之中。《宋十五家诗选》共选梅尧臣、欧阳修、曾巩、王安石、苏轼、苏辙、黄庭坚、范成大、陆游、杨万里、王十朋、朱熹、高翥、方岳、文天祥十五人之诗。陈訏自序称:"今十五家之诗具在,皆宋之圣于诗、神于诗者",有志之士若能"熟读而深思",便能"以斯编为津梁"[42],在《发凡》中再次提到"兹十五家系宋一代眉目"、"学者可以各随所好,沉酣一家,博通众妙,剖蚌见珠,凿石得玉"[43],但历来对此十五家名单持异议的大有人在。如钱锺书先生即认为陈訏此选选入曾巩、苏辙、王十朋、朱熹、方岳、文天祥这几人的诗,却未选入与黄庭坚并称为江西派"三宗"的陈师道、陈与义二人之诗,乃"诗识亦不高"[44]的表现。申屠青松认为,《宋十五家诗选》不及陈师道、陈与义二人,并非陈訏没有认识到二人之诗的价值,而是因为清初宋诗文献搜集不易。他还指出高翥之诗入选乃由于陈訏偏私远祖之故。[45]高磊也指出朱熹入选是由于陈訏精于理学[46],王友胜认为曾巩、苏辙、王十朋、高翥及文天祥入选是出于编选者网罗散逸的考虑。[47]要言之,关于此十五人名单的异议主要集中在曾巩、苏辙、王十朋、朱熹、高翥、方岳、文天祥这几人身上,因为在多数人的认知里,这几人并不以诗名家。查昇的题序或许能透露出此选的另一旨趣:"往时言诗家宗唐,而近多尚宋,盖才人之心思原不因时代为澌灭,故其呈铓吐焰亦递出而益张也。就宋言诗,当日号称作手者,不啻数十百辈,而今之竞传者无几。岂非数家之精神发越,长如日星之丽天、江河之行地。其人品文章、功名道德,虽久不磨,而特于流声发响中,规模仿佛,犹能想见其为人,则宋诗之传之以人,又不仅传以诗也。"[48]也就是说,宋诗的可贵之处不仅在于诗歌本身,更在于这些诗歌中所保存的当时人的精神面貌,使后人读其诗,便可想见其为人,则其人之心思精神、人品道德实有赖于诗歌以传。这正与黄宗羲以诗存史的观念如出一辙。查序又曰:"今自宛陵以迄信国,反复循览,皆所谓弱而后强,以上续乎变而得正之意。风流文藻,炳耀千古，而其间盛德大业又掩映乎词章之外……日与十五家之精神贯注，大有关于世道人心，而非仅为风雅之标的已也。"[49]其所着意处仍在于"掩映乎词章之外"的"盛德大业"，此十五家之诗非仅为风雅标的，更重要之处在于有关世道人心。换言之，查昇认为《宋十五家诗选》不仅为世人树立了诗歌艺术方面的标准和诗法对象，还为时人了解宋人的精神、思想提供了一个窗口，给宋人的道德风骨泽被后人、沾溉后世提供了一个途径，而后一个方面的作用和意义甚至超过前者。诗选《发凡》的最后一则更是直接指出："至曾南丰、苏栾城、王梅溪、文文山暨先菊磵处士，近选绝少，兹悉购全集采录，表彰散逸，更与日月争光，发潜阐幽，尤为快事。"[50]至此，陈訏借编诗选来表彰散逸、留存与发扬宋人的精神道德之用意已明确无疑了，而查昇之序确为知陈訏之言。由此可见，陈訏所列十五家诗人名单实际上可分为两个序列：一个序列以诗歌成就为主要考量因素，选取两宋诗歌艺术成就高且能代表瘦硬生新诗风的诗人，梅尧臣、欧阳修、王安石、苏轼、黄庭坚、范成大、陆游、杨万里这八人属于这一序列。另一序列则以保存宋人之精神、表彰散逸、发潜阐幽为主要目的，曾巩、苏辙、王十朋、朱熹、高翥、方岳、文天祥七人即属于这一序列。学人认为高翥入选乃陈訏偏私远祖之故，朱熹入选是由于陈訏精于理学，均言之有理，但从根本上看，这些均出于传扬前人之思想风骨，发挥诗歌保存精神史之作用的考虑。

需要指出的是，陈訏藉诗选来传扬宋人道德风骨的深层原因，与其师黄宗羲对"诗以道性情"的看法及其对"性情"的解释有关。黄宗羲曰：

> 诗以道性情，夫人而能言之。然自古以来，诗之美者多矣，而知性者何其少也。盖有一时之性情，有万古之性情。夫吴歈越唱，怨女逐臣，触景感物，言乎其所不得不言，此一时之性情也。孔子删之，以合乎兴、观、群、怨、思无邪之旨，此万古之性情也。吾人诵法孔子，苟其言诗，亦必当以孔子之性情为性情。如徒逐逐于怨女逐臣，逮其天机之自露，则一偏一曲，其为性情亦末矣。故言诗者不可以不知性……人之性则为不忍，亦犹万物所赋之专一也。物尚不与物同，而况同人于物乎？程子言："性即理也。"差为近之，然当其澄然在中，满腔子皆恻隐之心，无有条理可见。感之而为四端，方可言理。理即率性之为道也……故自性说不明，后之为诗者，不过一人偶露之性情。彼知性者，则吴楚之色泽、中原之风骨、燕赵之悲歌慷慨，盈天地间皆恻隐之流动也，而况于所自作之诗乎？[51]

"诗以道性情"已成为当时诗人的共识，但对于"性情"的内涵，却言人人殊，而它又关系到诗歌的内容、思想乃至价值。黄宗羲提出"性情"可分为"一时之性情"与"万古之性情"，"一时之性情"即为个人情感的抒发，它指向诗歌的抒情性以及诗歌所表现情感的个人性和暂时性；"万古之性情"则为"合乎兴观群怨、思无邪之旨"的情志，指向儒家传统诗论所标举的诗歌的政治教化功能。[52]在这两种"性情"中，黄宗羲明确表示，"应当以孔子之性情为性情"，如果诗中仅仅抒发"怨女逐臣"式的个人一时之情感，则"其为性情亦末矣"。黄宗羲虽然没有全盘否认在诗歌中抒发个人化情感的合理性，但明显更偏向于"万古之性情"，认为诗歌所表现的内容与情感应当具有社会性、道德性[53]。因此，他强调"性"之于"性情"的根本作用。言诗者应当知"性"，更具体一点，应当知"人之性"为"不忍"。诗人有"不忍"之"性"，而后方有满腔恻隐之情,之后触物而感,发为声诗,则此声诗乃为诗人恻隐之"情"的流露,为诗人不忍之"性"的体现。只有这样的诗,才具有恒久的道德价值和精神价值,才能成为反映一代人之思想、风骨的"心史",这就与他的"诗史"观联系了起来。[54]黄宗羲此序主要是从诗歌创作的角度出发来阐释性情与诗歌的关系,而如果从诗歌评价的角度出发来看待这种观点,便自然得出诗歌能体现作诗之人的思想、道德(即"万古之性情")的结论。正因为如此,诗歌才具有保存一代之精神的作用。

从陈訏对王十朋、朱熹、方岳、文天祥等人之诗的评价中,可以看出他对黄宗羲"性情"观念的认同。《梅溪诗选》前引朱熹评语曰:"公平居无所嗜好,顾喜为诗,浑厚质直,恳恻条畅,如其为人。"[55]其后附陈訏评语:"梅溪晚始登第,一生肆力稽古,诗章蕴藉深厚。"[56]朱熹认为王梅溪之诗的风格与其人的品格修养能相互映发。陈訏亦认为梅溪之诗之所以"蕴藉深厚",乃与其一生志行相关。《朱子诗选》先引吴寿昌评语:"先生每观一水一石一草一木,稍清阴处竟日目不瞬,饮酒不过两三,行又移一处。大醉则跌坐高拱,微醺则吟哦古文,气调清壮。每爱读屈原《离骚》、孔明《出师表》、陶渊明《归去来辞》并杜子美数诗而已。"[57]后附陈訏评语:"朱子诗高秀绝伦,如峨眉天半,不可攀跻,至其英华发外,又觉光风霁月,粹然有道之言。千载下可想其胸次也。"[58]两则评语合读,可见陈訏对朱熹之诗的欣赏主要在于诗中所体现的诗人人格道德的魅力。他对方岳和文天祥之诗的评价亦主要从他们的为人、志行、出处来展开。从《秋崖诗选》所附的诗人小传中,可以看出方岳为人刚直耿介,陈訏曰:"《宋史》虽不具载,然亦足以想其气节矣。"[59]可见他对方岳之人格、气节的敬仰与钦慕。他评秋崖诗云:"秋崖诗工于琢镂,清隽新秀,高逸绝尘。挹其风致,殆如云中白鹤,非尘网所能罗也。"[60]极赞其诗超逸绝俗,这与他对其人矫矫独立之风节的称赏是一致的。评文山诗时,陈訏更是直接将其诗与其人之风骨品节结合起来,其言云:"先生忠义大节,照耀千古……今观先生平时诸什,固多和平淡泊之音,即乱离后如《指南录》诸诗亦雅醇不迫,可见浩然之气,惟真有性情人有之。所谓仁义之人,其言蔼如也。余采先生诗殿宋诸公末,见词华中有不朽人物,世之诗文家弗以春华自薄云尔。"[61]陈訏在此处明确标出"性情"一词,谓惟有真性情之人方能有浩然之气,方能有此等诗,可见他认为浩然之气乃是性情的题中应有之义。且其又曰:"仁义之人,其言蔼如也",则进一步表明了他所理解的"性情"乃是与诗人的儒家道德修养密切相关的,即黄宗羲所说的"万古之性情"。综上所述,陈訏对上述四人的评价均主要着眼于各人诗中所体现出符合儒家道德标准的"万古之性情",这与《诗选》中其他诗人小传主要就诗歌艺术方面的特点与成就而言判然有别。

此外,陈訏不对所选诗作进行细批圈点的理由也很可注意。其言云:"至于细批圈点,概不增设。使学者熟读深思,自能融会贯通,深知其妙,则性灵油然而生,真诗出矣。"[62]这与《宋诗钞》的做法与理由简直如出一辙。《宋诗钞初集·凡例》云:"诗文选录,古人间有品题而无批点,宋以来方有之,亦自存其说,非为一代定论也。若一加批点,则一人之嗜憎,未免有所偏著,而古人之全体失矣。是选于一代之中,各家俱收;一家之中,各法俱在。不著圈点,不下批评,使学者读之而自得其性之所近,则真诗出矣。由是取其所近者之全书而餍饫展拓焉,始足以尽古人之妙。"[63]两书均着眼于性情与真诗这两点,认为不对诗作进行细批圈点,更有利于学者在读诗时熟读深思,于涵咏古人诗作之际深刻地体会古人的思想情感

（即性情），甚至达到一种精神共鸣，而后才能领略到古人之诗的真面目，所谓"真诗出矣"。陈訏与《宋诗钞》的编撰者颇有渊源。其师黄宗羲曾参与《宋诗钞》的编撰[64]，而陈訏与《宋诗钞》的另一编撰者吴之振的关系也在师友之间。陈訏《题橙斋先生遗像》一诗中便有"读书前辈亦吾师"[65]之句。他还作有《读黄叶村庄诗集寄吴孟举》一诗，其中有"青坛与橙斋，相得诗鸣两。梨洲导其源，派别辟芜莽"、"君今与代兴，独力更雄长。文章翻水就，森若武库仗。诗律长城坚，言言不可上"、"琅然橙斋集，敷腴爽且朗"、"此时恒展讽，遥忆辄神往。不惟文字慕，师门瓣香赏"[66]等句，不仅可以窥见二人平日诗歌往来之情形，而且能看出陈訏对吴之振诗的欣赏，认为其诗瓣香黄宗羲。此诗虽专论吴之诗，但也能推见陈訏对黄宗羲、吴之振等人诗学思想的推崇。因此，《宋十五家诗选》与《宋诗钞》在此处体例相同，当为陈訏受到《宋诗钞》编撰思想影响之故。"性情"和"真诗"是两个被清初诗坛广泛讨论的诗学概念。在各家不同的阐释中，《宋诗钞》编撰人员对于这两个概念的理解当与钱谦益的思想相近，因为他们均与钱谦益关系密切，黄宗羲与钱谦益的关系在师友之间，其余吕留良、吴之振诸人均对钱谦益自称弟子，而他们编选宋诗之举也是部分缘于钱谦益诗学思想的影响。[67]根据张健的研究，钱谦益论诗主张性情优先，而这一诗学命题得以成立的前提就是必须保证诗中所表达的感情是真实的，因此"真"就成为钱谦益诗学的核心价值尺度。钱谦益所谓的"真"，有两层含义，一是指诗中所展现的诗人的真实性情，二是指诗人的真实性情表现于诗歌的风格层面，形成人各一面的独特风貌，即诗歌的真面目。[68]在性情优先和形成诗人独特风格这两个方面，黄宗羲与钱氏的主张亦相同。[69]由此可见，《宋诗钞》和《宋十五家诗选》在凡例中加以强调的"真诗"，也具有真性情和真风格这两层含义。陈訏在《凡例》中希望读者能对所选之诗熟读深思、融会贯通，不仅指诗歌的创作艺术手法和风格特点而言，也是希望读者能深刻地体会诗人蕴含于诗中的真性情。

三、陈訏之为人、文学交游及浙地文化传统与《宋十五家诗选》诗学立场的关系

据《光绪海盐县志》，陈訏"尝举《柳氏家训》'门第可畏'、'不可恃'二语刊置座右，以训子侄。性至孝，痛父未届古稀，绘《梦莱图》以志感"[70]。又据《光绪严州府志》："公之伯仲历陟崇阶，顾绝弗以门第自高。绛帐谈经，泊如也。"[71]由此可见，陈訏与其父一样，好读书，不乐仕进。陈訏弟兄皆官至高位，其弟陈谦字廷益，号任斋，官至户部郎中，出守莱州[72]；其伯兄陈论，号丙斋，任刑部侍郎[73]；另一兄陈诜，号实斋，任礼部尚书，谥清恪[74]，但他始终性情淡泊，不以门第自高，甘心居于州县教谕这类品级不高的学官之位，且在其子中举之后旋即告归，可见其志不在官。在《时用集》中，随处可见他对仕宦羁旅的厌倦和对脱却尘网、回归山林的向往。如《秋日园居杂咏次伯兄谢浮韵》其三："却扫园林尽自怡，秋光况复畅襟期。浅沙摇月芦花冷，幽径侵霜菊蕊迟。与世周旋宁作我，戏人造化总如儿。未妨欢趣聊遗俗，尘网由他似茧丝。"[75]《将赴宁海任》曰："秋闱被放即为师，仕学谁优总不知。刖足难言非我也，汗颜又强教人为。念灰然烬身从老，心铁销镕鬓早丝。十日冻蝇真我似，冲寒吒驭可胜痴。"[76]《题芥老背坐看菊花小影次原韵三首》之三有云："而我困尘网，未见心窃

病。"[77]《钱塘江别廷益弟》亦云:"薄宦驱人值岁阑,更堪同气别江干。他乡分袂情尤恶,作戏逢场意不欢。"[78]从这些诗句中,可以看出陈訏性不谐俗。他不仅立身处世如此,作诗论诗亦然。他四十岁作《雨窗》,其云:"书缘忘去频渔猎,文到穷来坐怪奇。自挹檐流写新句,不求人爱独闲嬉"[79],可见他作诗不随时俗的态度。他称赞友人、藏书家马思赞(字寒中)之诗,"如嚼橄榄非馒头,一味苦硬异甜软"[80]、"诗肠冰雪净,笔力纵横扫。倔强出规矩,险搜穷浩淼"[81],可知他推崇韩愈、黄庭坚雄奇瘦硬的诗风。诗中又曰:"近来作诗家,啁啾似百鸟。聒耳殊憎听,烦冤每绝倒。安得孤凤凰,言语圣而巧"[82],表达了他对当时诗歌风尚的不满和拒斥。浙中前辈诗人金张(字介山)瓣香杨万里(号诚斋),颇不同时好,但陈訏却认为杨诗乃从韩愈诗中变化而来,为真得韩诗之精髓者,其言云:"宋人学昌黎,水陆资车舟。诚斋忽变化,御风行归休。有待而无待,是道乃头头。譬如青空天,滓秽谁能留。此真得韩豪,世少知根由。"[83]因此,对于诗学诚斋的金张,他在诗中叹赏金诗"鲸呿鳌掷"的气势,盛赞其诗为"逸品",可以"独起酬千秋",对那些批评金张的声音则斥之为"妄庸口悠悠"[84]。陈訏嗜好宋诗,与他这种多山林之思、少仕进之念、立身论文皆不媚时俗的性情亦有关系。刘世南即认为"性不谐俗者,多好宋诗"[85],原因即在于宋诗"奇"、"清"的特点与他们的性情更为投合[86]。

陈訏与曹廉让、叶燮、查慎行、查嗣瑮、杨中讷等宗宋诗人交往密切,时常一起集会赋诗,如康熙三十年(1691)曹廉让召集鸳湖雅会[87],同年陈訏又与叶燮、金子亮等人在曹氏处小聚[88]。康熙三十一年(1692)陈訏与友人两度作消夏之游。他们还常在花朝、中秋等节日小集,或赏梅花,或办齿会,如雍正三年(1725)中秋前查慎行举齿会,邀查嗣瑮、陈訏等人参加。除了社集雅会,几人也经常唱和,或咏园林物事(如陈訏咏杨中讷拙宜园之诗多达二十九首,叠韵数次)[89],或寄诗怀友(如《叠前韵酬查德尹,昔与余俱受业黎洲先生,诗以道契阔且相勖也》[90]、《次韵曹希文梦杨嵩木南还余辈话旧》[91]),或品评诗歌、切磋诗艺(如《题敬业堂诗集》[92]、《廉让再示和章求余摘疵二叠前韵答之》[93])。陈訏还常在岁初与友人互寄新正诗。康熙二十九年(1690)、康熙三十二年(1693)他均有次韵曹廉让的元旦试笔诗。三十四年(1695)他作《新正送曹希文之京师》[94],四十四年(1705)又有《寄怀曹二希文次香山秋寄微之十二韵》[95](中有"新正怀吾友"句)。雍正四年(1726)陈訏寄新春诗给查慎行、嗣瑮昆仲[96],慎行有和诗[97]。

陈訏与几位友人不仅交往频繁,情谊深厚,在诗学趋向上也是同宗宋调。他与查慎行乃通家之好,二人自少相识,其《题敬业堂诗集》即言:"余昔少识君,世交因两父。"[98]查慎行《花朝偕韩奕家德尹赴陈宋斋看梅之招二首》之一诗末自注亦云:"余与宋斋同生顺治庚寅,年十六出应童子试,始相识。余问君年,君漫应曰:'甲午生。'追忆已是六十年前事矣。"[99]后来二人同游于黄宗羲门下。查慎行乃清初浙派的重要诗人,诗宗苏轼、陆游,陈訏称赞其诗"讽谕香山亚,牙颊玉局伍。瓣香始剑南,奔轶非步武"[100]。几十年间,二人论学谈诗不断。查慎行编《苏轼补注》,也曾采录陈訏的意见。慎行临终前十日,陈訏"携宋人孙奕论北台马耳一条相示",慎行"犹即令录出"[101]。慎行殁后,陈訏《哭查山同学》诗意哀词切,如其二曰:"忆昔师门侣,晨星竟落然。鱼鱼多宿草,齿齿幸随肩。忽又分张去,何堪垂暮年?教谁托末契,硕果自生怜。"[102]其四曰:"握手中秋后,惊心重九前。同生十日长,滨死一句缘。续集诗亲授,临岐意共怜。君交满天下,末路我踽然。"[103]大有知音零落、伯牙子期之叹。杨中讷字嵩木,号晚研,也好宋诗。陈訏《和杨嵩木饮书巢见赠,时观庐陵、眉山集前画像及先君子诗册小饮》云:"但乏同调友,赏奇共谁陈……傲物动成癖,此意招世嗔。独契得晚研,旧友今比邻。汲古相依辅,亲若齿与唇。时过抵掌谈,面目呈天真。裁诗辨郑雅,煮字严瑜瑉……孰知质前轨,于今烈犹新。六一起衰靡,眉山无点尘。先子所私淑,庭训曾具论……帛幅衣有畔,法度贵力遵。妥贴追险绝,排奡归大醇。欧苏两公间,君才至自驯。而我守先训,步趋勉依循。"[104]由此可见,杨中讷与陈訏一样,论诗重视法度,在诗歌审美上崇尚妥帖、排奡、新奇,被陈訏引为同调。陈訏《官舍怀曹希文》一诗回忆了他与曹廉让相交相知的经过,诗云:"中年得朋曹廉让,友直友多闻友谅。生同里闬迁同邑,况又同学同肮脏。花晨坐月评诗文,雨夜烹茶杂歌唱。酬吟答韵响应捷,风致磊砢意跌荡。我初淡交殊落落,如秫得曲渐醖酿。臭味之间两不知,彼此相须謦得相。"[105]可见二人性情相投,同为不从流俗之人。两人虽常年游宦他乡,分隔两地,但多年间诗歌往还不断,一有机会即会面畅谈。陈訏集中这首《余自杭至盐闻廉让尚未入都,急往索晤,他出不遇,遂返海昌,行五六十里忽中途遇之,停舟剧谈,夜分始散》[106],仅从诗题便能看出二人交谊之深厚。此诗作于康熙丙子三十五年(1696)曹廉让即将入都时,此前不久,陈訏刚为此事作诗赠别,并不无感伤地说:"昔每过从三径熟,今余诗卷两情谙。"[107]而此时欣闻廉让尚未入都,便急往晤面,惜未遇,后于返程途中偶遇,停舟剧谈至深夜,可见二人交谊之深。陈訏很欣赏廉让之诗,有"问奇人已遥天迥,惊座余还默地惭。真色君诗应独绝,底须藻绘混青蓝"[108]之语,认为曹诗本真奇绝,无需藻饰。陈訏与这些宋调诗人一起讨论诗艺,以不从流俗相砥砺。他在编选《宋十五家诗选》时能与官方宗唐趣味保持距离,坚持"以宋选宋",这与他的文学交游圈子也是有一定关系的。

明清易代之际,浙江抵抗清王朝统治极为激烈,故遭到残酷镇压。即使清廷统治渐趋稳定,统治者也未放松对浙江士人的控制,清初几起大型文字狱多以浙人为目标。即使到了雍正时期,对全国的统治已经基本稳定,雍正帝依然忿于浙省的"风俗浇漓",在浙江置"整风观俗吏",并禁止浙江士人参加科举三年。以上种种,造成了浙江文士在心理上对新朝的疏离,形成浙江文化传统中浓厚的民族主义因素和野逸倾向[109]。陈訏生长于斯,又师从浙江著名反清学者黄宗羲,自然受到当地文化传统的影响。康熙中期,当康熙帝宗唐的诗歌趣味由上而下地在诗坛、选坛产生影响时,陈訏依然与官方诗学话语保持着一定的距离,坚持宗宋的立场,以宋诗的范型与法度来纠正宋诗风之弊,与浙地的民族主义文化传统不无关联。

余论

《宋十五家诗选》是在康熙中期宋诗风流弊凸显、康熙皇帝提倡宗唐的官方诗歌趣味的时代背景下而编撰的。编选者陈訏为人淡泊、不媚时好,且受到其父陈之问和其师黄宗羲宗宋诗歌趣味的影响,对宋诗十分喜爱,并且能认识到宋诗之于唐诗不同的诗歌艺术特征,能欣赏瘦硬生新的宋诗风格。陈訏与查慎行、曹廉让、金张等浙派诗人交往密切,再加上浙地民族思想相对高涨、野逸倾向浓郁的地方文化传统的影响,因此他能与官方诗学宗尚保持一定的距离。对硬宋诗风格的欣赏和与官方诗学相对疏离的关系,使陈訏能在当时的时代背景下,坚持宋诗本位的立场,针对宋诗风空疏滑易之弊,编选《宋十五家诗选》,思以宋诗的法度来矫正学宋末流之弊。这是《宋十五家诗选》的主要编撰宗旨。此外,陈訏还受到其师黄宗羲"诗史"观念和"性情"观念的影响,借诗选来表彰散逸,传扬宋人的精神风貌,并希望读者能熟读深思,不仅学习宋贤的诗歌艺术,还要体会他们灌注于诗篇中的真性情。这是《宋十五家诗选》的另一编撰旨趣。但在此选的选目上,高磊指出,一些具有重要社会价值和历史意义的作品,如梅尧臣《田家》、苏轼《荔枝叹》、范成大《催租行》、《田园杂兴六十首》、陆游《示儿》、杨万里《初入淮河四绝句》等名篇,均未入选[110]。而据笔者初步翻检,梅尧臣《汝坟贫女》、陆游《长歌行》、《五月十一日,夜且半,梦从大驾亲征,尽复汉、唐故地。见城邑人物繁丽,云:西凉府也。喜甚,马上作长句,未终篇而觉,乃足成之》、《龙兴寺吊少陵先生寓居》、《楚城》、范成大《后催租行》、《宜春苑》、《州桥》、《市街》、《翠楼》等篇目也未入选。这些诗作多表现民生疾苦、民族矛盾和诗人的故国之思,尤能反映宋人在面对异族入侵时展现出的不屈不挠的气节风骨,是宋人及宋诗精神的精髓所在。陈訏生长于民族主义情绪相对浓厚的浙江,又师从著名的遗民学者黄宗羲,本应重视对上述这类诗作的收录,故这些诗作未入选的原因和此选的选录标准值得进一步探究。

注　释:

* 本文系国家社科基金一般项目"清代乾嘉以来宗宋思潮研究"(21BZW107)阶段性成果。

〔1〕 谢海林《清人宋诗选与清代文化论稿》附录《清人宋诗选叙录》,人民出版社2018年版,第222页。

〔2〕〔36〕〔70〕〔72〕 王彬修,徐用仪纂《光绪海盐县志》卷十六,《中国地方志集成》浙江府县志辑第21册,上海书店1993年版,第874、874、874、874页。

〔3〕 如王友胜《宋诗总集三论》(《中国韵文学刊》2013年第4期)提到《宋十五家诗选》仅选名家,《宋诗总集五种叙录》(《湖南科技大学学报》2011年第1期)指出《宋十五家诗选》的选录标准不统一,曾巩、苏辙、王十朋、高翥及文天祥入选是出于选家网罗散逸的考虑,并指出《诗选》悉依原集顺序编次的体例较为少见;赵娜《清代康雍时期唐宋诗之争流变研究》(苏州大学2009年博士学位论文)认为《宋十五家诗选》有文献搜罗之功;高磊《清代宋诗选本研究》(苏州大学2010年博士学位论文)以为《宋十五家诗选》意在指导初学,并且入选诗人皆为道德楷模,选家有借此弘扬诗教之意。谢海林《师法苏、黄、陆——从清人所编宋诗选本看清代宋诗学之推宗》(《甘肃联合大学学报》2010年第6期)认为陈訏大抵从主变求新的角度出发推举苏轼、黄庭坚之诗,等等。

〔4〕 朱则杰《黄宗羲与浙派诗》,《浙江师范学院学报》1983年第2期。

〔5〕〔16〕〔39〕〔45〕〔64〕〔67〕 申屠青松《清初宋诗选本研究》,南京大学2008年博士学位论文,第108—122、117—119、116、108—110、78—79、76页。

〔6〕〔34〕〔38〕〔65〕〔66〕〔75〕〔76〕〔77〕〔78〕〔79〕〔80〕〔81〕〔82〕〔83〕〔84〕〔87〕〔88〕〔90〕〔91〕〔92〕〔93〕〔94〕〔95〕〔96〕〔98〕〔100〕〔101〕〔102〕〔103〕〔104〕〔105〕〔106〕〔107〕〔108〕 陈訏《时用集》,清康熙松柏堂刻本,第28—29、3、136—137、156、15、7、34—35、36、36、6、30、44—45、44—45、35、34、19、21、25—26、27、160、23—24、48、118、169、160、160、175、175、175、14—15、37、56、56、23页。

〔7〕 陈伟文《论清初宋诗风的兴起历程》,《中国诗学》第12辑,人民文学出版社2008年版,第139—145页。

〔8〕〔15〕〔30〕 蒋寅《清代诗学史》第一卷,中国社会科学出版社2019年版,第630—635、644、537—542页。

〔9〕〔10〕 王又旦《黄湄诗选》卷首,《清代诗文集汇编》第140册,上海古籍出版社2010年版,第565、

568 页。

〔11〕〔17〕〔18〕〔19〕〔20〕〔21〕〔22〕〔23〕〔24〕〔25〕〔42〕〔43〕〔48〕〔49〕〔50〕〔55〕〔56〕〔57〕〔58〕〔59〕〔60〕〔61〕〔62〕　陈訏《宋十五家诗选》，《四库全书存目丛书》集部第 410 册，齐鲁书社 1997 年版，第 283、283、288、354、450、466、577、284、285、285、285、286、280—281、282、287、597、597、615、615、643、643、658、286 页。

〔12〕　参见蒋寅《清代诗学史》第一卷，第 640—641 页；黄建军《康熙推尊唐诗探赜》，《广西社会科学》2006 年第 2 期。

〔13〕〔14〕　施闰章《佳山堂诗序》，《施愚山先生学余文集》卷七，《清代诗文集汇编》第 67 册，上海古籍出版社 2010 年版，第 60 页。

〔26〕〔28〕〔33〕〔40〕〔41〕〔51〕　吴光主编《黄宗羲全集》第 10 册，浙江古籍出版社 2012 年版，第 599—601、97、100、51、10、95—97 页。

〔27〕〔73〕〔74〕　许傅霈等原纂，朱锡恩等续纂《民国海宁州志稿》卷十三《艺文志六》，《中国地方志集成》浙江府县志辑第 22 册，第 369、373、373 页。

〔29〕　吴骞《拜经楼诗集续编自序》，《愚谷文存续编》卷一，《清代诗文集汇编》第 380 册，上海古籍出版社 2010 年版，第 336 页。

〔31〕　康熙间黄宗羲门人施敬校刻三卷本《南雷诗历》卷二首页有"同门陈之问近思批点"字样，《四部丛刊》本《南雷集》第 7 册所收《南雷诗历》即据康熙原刻本影印。《南雷诗历》版本考论，详见吴光《南雷诗文诸集及散佚诗文考》相关部分，吴光主编《黄宗羲全集》第 11 册，第 471—475 页。

〔32〕　黄宗羲《南雷诗历》卷三，吴光主编《黄宗羲全集》第 11 册，第 302 页。

〔35〕　陈訏《勾股述自叙》，《四库全书存目丛书》子部第 55 册，齐鲁书社 1995 年版，第 690 页。

〔37〕　全祖望《万循初墓志铭》曰："姚江黄梨洲出，始言周公、商高之术……梨洲弟子半江南，而得其传者，海宁陈言扬也。"载朱铸禹《全祖望集汇校集注》，上海古籍出版社 2000 年版，第 368 页。

〔44〕　钱锺书《谈艺录》，中华书局 1984 年版，第 147 页。

〔46〕〔110〕　高磊《清代宋诗选本研究》，苏州大学 2010 年博士学位论文，第 224、224 页。

〔47〕　王友胜《宋诗总集五种叙录》，《湖南科技大学学报》2011 年第 1 期。

〔52〕〔53〕〔54〕〔68〕〔69〕　张健《清代诗学研究》，北京大学出版社 1999 年版，第 22—23、4—5、39—42、104—126、104—126 页。

〔63〕　吴之振、吕留良、吴自牧选《宋诗钞》，中华书局 1986 年，卷首第 5—6 页。

〔71〕　吴士进纂，吴世荣续纂《光绪严州府志》卷十三《遗爱·陈訏传》，《中国地方志集成》浙江府县志辑第 8 册，上海书店 1993 年版，第 284 页。

〔85〕〔86〕　刘世南《清诗流派史》，人民文学出版社 2004 年版，第 222、222 页。

〔89〕　见陈訏《时用集》中《杨尚木拙宜园八咏》（第 13—14 页）、《拙宜园补泳三首用查夏重韵》（第 15—16 页）、《叠前韵柬杨尚木曹希文》（第 16—17 页）、《再赋拙宜园十咏仍限叠前韵》（第 17—18 页），清康熙松柏堂刻本。

〔97〕〔99〕　查慎行著，周劭标点《敬业堂诗集》卷四，上海古籍出版社 1986 年版，第 1667 页。

〔109〕　申屠青松《清代浙江宋诗选本及其野逸倾向》，《北方论丛》2011 年第 5 期。

〔作者简介〕　郑斐，女，1990 年生，福建南平人。福建师范大学文学院 2022 级硕士研究生，研究方向清代诗学。谢海林，1979 年生，江西吉安人。文学博士，福建师范大学文学院教授、博士生导师，研究方向为中国诗学、清代近代文学。

王国维语境中的"人间"新考*

伍世昭

考察王国维"忧生情怀",需先弄清其语境中"人间"一词的意涵。这是因为,"人间"一词的频繁使用是王国维语境中的一个十分突出的现象。首先是其诗词作品中多次出现"人间"或与"人间"相类的词。据统计,王国维《人间词》115首词作中,直接用到"人间"二字者达38处之多;而《静庵诗稿》49首诗作中,直接用到"人间"或与"人间"相类的词(如"尘世"、"人生"等)也有11处之多。其次是以"人间"命名词集和词著,如王国维将其1906年4月、1907年11月集成发表于《世界教育》杂志的词集分别命名为《人间词甲稿》(收词作61首)、《人间词乙稿》(收43首),紧接着又将1908年11月和1909年1、2月刊于《国粹学报》的64则词话命名为《人间词话》。再次是友人对王国维以"人间"相称,而王国维又以"人间"为自己的号。友人以"人间"相称,据陈鸿祥考证,当始于"罗氏亲为王氏刻'人间'章"之时,即"1906年春三月(或略前)"[1],此后陆续有人效之。王国维以"人间"为号则始于1908年。据周一平文所见,"王国维手稿《词录》的序作于光绪戊申三十四年七月,则'人间'所记的年代在1908年"[2]。此外,日本学者榎一雄、大陆学者陈鸿祥在各自的考证中,都得出了王国维自号"人间"的事实[3]。

以上诸问题即词作中多次出现"人间"二字,以"人间"名词集、词话,"人间"之被称为号均为周知的事实,应不容置疑。问题是,"其自然发展的过程"(彭玉平语)究竟是怎样的?这涉及对以"人间"名词集、"人间"之被称为号时间先后的确认问题。陈鸿祥《关于王国维之号"人间"及其考辨》一文认为,"罗氏亲为王氏刻'人间'章,当在甲稿词刊印的1906年春三月"。罗氏亲为王氏刻"人间"章,当是王国维被称为"人间"之号的始端。但该文紧接着又说:"《人间词》因'人间'而来;'人间'之号,则因词名而来……"但王国维《人间词甲稿》刊发于1906年4月,而罗氏刻"人间"章则在该年三月,显然被称为号要早于以"人间"名词。这样,说"人间"之号因词名而来,就难以立足了。在这个问题上,彭玉平的《王国维语境中的"人间"考论》提出了正确的看法:"王国维因为究心哲学,关注人间,故其词中频频出现'人间'一词,而这种频繁的出现又引起了王国维周围同学友人的注意,故时以'人间'相称。而王国维遂将这缘于静观哲学人生而意外获得的'人间'之号,因为十分契合词中的创作主题,故拈以为词集名,其直接缘由固然是有了'人间'之号,而'人间'之号则来源于其哲学思考。"在这里,有必要提起罗振常在《人间词甲稿序·附记》中所说的一段话:"时人间方究哲学,静观人生哀乐,感慨系之。而甲稿词中'人间'字凡十余见,故以名其词云。"这段话尽管在一定程度上启发了彭文,但其本身并不足以证明"人间"之号早于以"人间"命名词集这一观点,因为罗振常的"附记"写于《人间词甲稿序》之后,而且还有追记的意思——事后称王国维为"人间"并不表明当时就是这样称呼的(根据罗继祖信中回忆,当时王氏的友人并不是以"人间"称王氏本人,而是笑称其词就叫"人间"好了)。故而说罗振常、樊炳清在《人间词》尚未编订成集时就以"人间"相称了,也是不足为凭的[4]。现在已很清楚了,如果在坚持彭文的观点的同时,又考虑到陈文提供的足以为凭的证据(即罗氏刻"人间"章)支持,"其自然发展的过程"就明晰了,即先有词作中的"人间"一词,次有"人间"之号,最后才有"人间"词集之名。

王国维为什么如此执著于"人间"的表达呢?上引罗振常《人间词甲稿序·附记》提供了线索:王国维词作中"人间"频繁出现,乃"静观人生哀乐,感慨系之"的结果,是为了从哲学的高度探究人生、解决"人间"之问题。这一点可从王国维自己的说法中得到印证。他在《自序·一》中说:"留东京四五月而病作,遂以是夏归国。自是以后,遂为独学之时代矣。体素羸弱,性复忧郁,人生之问题,日往复于吾前。自是始决从事于哲学……"正是因为"人生之问题,日往复于前",王国维才"始决从事于哲学",意欲从哲学中求得人生问题的解答。而其《人间词》即是其哲学思考在创作中的自然迁移,因为"从事于哲学"与《人间词》的创作在时间上几乎是重叠的。对此,陈鸿祥的看法似乎更直接些,他认为"为什么要冠以'人间'之名?这不仅承袭了他填词而来的一个名称;实际上也是他此时哲学、文学思想之直接的反应和表现","是表现'人生之问题'的直接尝试"[5]。陈文既照顾到了"人间"之名与填词的渊源关系,更肯定了其哲学、文学思想的寓意。后来周一平也发表了类似看法,他说:"我们认为'人间'二字是王国维早年生活、社会遭遇以及厌世、出世哲学思想的概括和反映。"又说:"这些词写出了人间一片纷浊,充满痛苦,做人间的人真可怜,还是和人间诀别,不必再管人间的凉与热了。这说明用'人间'命名词,是王国维用以表明对人间的厌倦,对超脱人间的向往。"[6]不过,周一平的看法似乎忽略了王国维思想中积极的一面。因为王国维所描述的"人间"尽管"纷浊"、"充满痛苦",却并非要"和人间诀别",而是要从哲学中求得某种解答,以拯救纷浊而充满苦痛的"人间"。这恐怕才是王国维在诗词中频繁使用"人间"二字,并拈以为词集名、更以此为号的深层原因。

"人间"一词的意涵究竟是什么呢?国内三家有代表性的观点值得一提。陈鸿祥最早于1981年在《〈人间词话〉三考》中作了解释:

> 《人间词话》第二十五则,写道:"'我瞻四方,蹙蹙靡所骋',诗人之忧生也。'昨夜西风凋碧树,独上高楼,望尽天涯路'似之。'终日驰车走,不见所问津',诗人之忧世也。'百草千花寒食路,香车系在谁家树'似之。"把我国第一部诗歌总集《诗经》以来,近三千年诗词,更广而言之,是文学之对人生的反映,概括为"忧生"与"忧世",这就是王国维所称人间的本意,就是他命名其词话为"人间"的最简明而清晰的自我概括,也是他自填词中反复吟咏的"人间"二字的主题所在。

李庆提出了王国维更多的"从个体的存在的角度去思考人生"的新看法。他认同陈鸿祥关于"人间"是"表现'人生之问题'的直接尝试"的见解,认为"'人生之问题'一般说来,可从两个角度去探讨和认识,一是从个体出发,也就是现在常说的个人内在的,'主体性'的角度。一是从群体出发,也就是一般所说的客观外在的,'社会性'的角度。"李庆力否王国维的"社会"的角度,而力主"个体"的角度:"王国维是否主要从汉语的'人间'和'社会'这样的角度去探索思考'人生之问题'呢？（这当然也是一种'哲学、文学思想'的反映）但看来并非如此。这时，是他受尼采、叔本华等的哲学思想影响最明显的时期。应该说，他更多的是从个体的存在的角度去思考人生的。"而之所以如此，则与日文"人间"一词的影响不无关系："王国维在《人间词》、《人间词话》等著述中使用的'人间'一词，是受到当时日语词汇意义的影响"，而这一影响又离不开近代中日文化交流的语境。李庆详尽比较了"人间"一词在汉日两种语言中的不同用法和含义，认为"日语中'人间'一词，不仅包括和汉语意义相同或相近的'人间社会'，也就是客体的，群体性的内涵，同时，还比汉语包括更多的主体性、个性的内涵"，"'人间'这个由汉字组成的词，在汉语和日语中，意义上有着不同。在日语中，比在汉语包括更多的表示个人、个体，以及人性这样的含义"[7]。

彭玉平2011年在《王国维语境中的"人间"考论》又提出了完全不同于李庆的观点。他认为李庆的结论"当然可备一说"，但"立论似欠周详，这不仅预设了王国维使用'人间'乃是建立在个性化基础之上，而且忽略了王国维的使用语境"。他指出："事实上，王国维早年翻译过数种日人著述，其中所使用的'人间'一词在日语语境中似乎确实指称'人世'者居多，如王国维翻译的日人著述《教育学》，就有'盖教育学之原则，即如何而可使人间完全之问题是也……伦理学之宗旨，在讲明完全之人间，而使人自己之理想十分发挥之，而使近于完全，即伦理学之业也。而教育学亦以造完全之人为宗旨。故与伦理学有彼此相通之性。''完全之人'才能造就'完全之人间'，显然在这种语境中。'人间'的含义是指'人世'。因为，在王国维的译文中，表示个体的人有时直言'人'的，则'人间'应是侧重在人世、社会的意思。"他将王国维与庄子作类比后，得出了如下结论："'忧与生来讵有端'，他的忧虑并非限于一时一事，而是与生俱来的，其来无端的，所以王国维对'人间'的理解并无太多特定的个人化的情景，而是更多地出于一种对人类本质命运的思索。其《自序》云：'人生之问题，日往复于吾前，自是始决从事于哲学。'而其《哲学辨惑》亦云：'宇宙之变化，人事之错综，日夜相迫于前，而要求吾人之解释，不得其解则心不宁……'言之甚明，以哲学解决人生中的苦恼忧患而已，而这种让人心境不宁的人生问题其实是包括宇宙之变化与人事之错综两个方面的。若是个人化的忧患，则哲学何尝能有此功效？……依笔者之见，王国维语境中的'人间'一词，其基本意蕴乃是在个人感受的基础上对世间人生的处境与出路、价值与意义的深沉考量，具有强烈的生命意识与人文关怀。"

可以说，上述三家皆有发现，均有所得，对于深化人们对"人间"一词的理解是有很大帮助的。但他们的看法仍有探讨的余地，而"人间"的意涵也还有阐释的空间。陈鸿祥根据王国维《人间词话》对传统诗词的解说，直接将"忧生"、"忧世"视为"人间"的"本意"或"主题所在"。其方法没有什么问题，如果不违背研究对象本意的话。只是这一概括显得笼统，缺乏必要的分析，多少有些简单化了，而且忽视了对象区别于传统诗词的特出之处。王氏是因为"人生之问题，日往复于吾前"而"决从事于哲学"并在诗词创作中表现其对人生的哲思的。陈鸿祥也有"表现'人生之问题'的直接尝试"的观点。"人生"一词的含义是什么呢？《现代汉语词典》(商务印书馆1996年版)1064页是这样解释的："人的生存和生活。"由此可以看到，王国维所忧患和解决的"人生"问题，就是"人的生存和生活问题"，而并不是"人世"、"社会"问题。王国维还在《红楼梦评论》一文中专门讨论了"生活之本质"或"生活之性质"

问题,其结论是"欲"与"苦痛",其实这也就是"人生"之本质。所以王国维说"人生者,如钟表之摆,实往复于苦痛与厌倦之间者也"。王国维关于"生活之本质"的思考实源于叔本华对"人的本质"的考察,而两者的结论也是一致的。所以在这里,"人"、"人生"、"生活"是等价的。这都说明王氏主要所关注的就是人的生存与存在问题。这就是王氏区别与传统的特出之处,也是我们将其对人生的忧患概括为"忧生情怀"原因所在。

  李庆提出的观点是应该引起重视的,因为在王国维的诗词中,绝大多数是从"个体"角度探讨"人生之问题"的;他所说的日语中的"人间"一词的影响也是客观的事实,其对"人间"一词在汉日两种语言中的不同用法和含义的比较也令人信服。但问题是,由于李文缺乏对王国维诗词文本的解读与阐释,其观点也多少显得有些偏激。因为显而易见的是,王国维诗词中的"个体"往往是与"普遍"紧密相连的。正如彭玉平所言,若仅执着于个人之忧患,则王国维"以哲学解决人生中的苦恼忧患"之功效就会大打折扣[8]。事实上,王国维总是从个体出发而指向普遍现实人生的。在理论上,王国维有"诗人之眼"、"喉舌"之说:所谓"诗人之眼",乃"通古今而观之",与"域于一人一事"之"政治家之眼"恰相反对[9];而所谓"喉舌",则指大诗人"以人类之感情为其一己之感情……不以发表自己之感情为满足,更进而欲发表人类全体之感情"的博大情怀[10]。在批评上有"道君不过自道身世之戚"、而后主"俨有释迦、基督担荷人类罪恶之意"的评价[11]。在诗词创作上,往往于其作品结末处翻进一层——由个体上升为普遍性的传达,如"最是人间留不住,朱颜辞镜花辞树"、"人间总是堪疑处,惟有兹疑不可疑"、"终古众生无度日,世尊只合老尘嚣"、"君看岭外嚣尘土,讵有吾侪息影区"等等。其实,对王氏诗词文本的普遍性蕴含,周策纵早有极其准确的把握。如他认为《蝶恋花》之"阅尽天涯""因个人之身世而及于普遍之人生,因一时之感而及于永恒之忧"[12],而王国维《观堂集林》所录23阕则为"鲜伤时之作,所悲悯者要为普遍之人生"[13]。可见,仅从"从个体的存在"的角度去理解"人间",显然是偏颇的。

  我们在很多文章中见证了彭玉平的考证功夫,这篇对王国维语境中"人间"一词的普遍性的论述同样可领略到其考证功力,也具有很强的启示意义。但这里考证的难点在于不可能涉及王国维语境中"人间"一词的所有用法及含义,于是对"人间"一词的理解就有了某种偏差。在我们看来,"人间"一词在日语中的确比汉语"包括更多的表示个人、个体,以及人性这样的含义",而且也影响到了王国维。彭文在其开篇就提到了王国维的《人间嗜好之研究》一文,这里的"人间"其实就是"人"的意思,可以理解为"个人",也可以理解为"人类",但绝对不能理解为"人世"或"社会"。几乎同一时期的鲁迅也在这个意涵上使用过"人间"一词,如李庆所言,其早期论文《人之历史》最初发表时即署题名为《人间之历史》[14],这里的"人"与"人间"显然是可以划等号的,而把"人间"更改为"人",则很可能是为了方便中国人的理解。无独有偶,"五四"时期周作人在《人的文学》中也用了"人间"一词,他在解释"人道主义"时,作了这样的界定:"我所说的人道主义,并非世间所谓'悲天悯人'或'博施济众'的慈善主义,而是个人主义的人间本位主义。"[15]这里的"人间"也只能理解为"人"或"个人"。由此可见,完全否认王国维语境中"人间"一词的"个人"、"人性"所指,多少显得有些武断。为了论证"人间"的普遍性意蕴,彭文多处引用了周策纵的观点,但彭文对周文的分析及观点明显存有误读,如对前文所引周文关于《蝶恋花》之"阅尽天涯"以及《观堂集林》所录23阕词的解读的理解,就是如此。周氏在论及王氏词作"普遍性"时,从没有忽略其"个人性",而往往注意到了两者的连接,所谓"因个人之身世而及于普遍之人生,因一时之感而及于永恒之忧",说的就是由个体向普遍的提升或扩展。同样的,周策纵所言"无可奈何"与"似曾相识"也是这个道理,所谓"沉重之心情,不得已之笔墨",指王国维的个人感受;而认为王氏所表述的多为"常人之境界",能引起人们的共鸣,则指带有普遍意义的人生感悟[16]。忽视了个体、个人的感受,奢谈普遍性,是很难令人信服的。所以,当彭文说"'人间'一词,其基本意蕴乃是在个人感受的基础上对世间人生的处境与出路、价值与意义的深沉考量"时,他是正确的;但当他说"'人间'应是侧重在人世、社会的意思"时,则是不确切的。而且这里的普遍性并不是人世或社会,而是现实整体人生。还有一点需提请注意的,虽然人间二字很多时候指的是人世、社会,但只是一个空间概念,王氏之忧并非人世、社会本身,而是人世、社会中的个体生命存在和整体现实人生,如"依旧人间。一梦钧天只惘然"(《减字木兰花》之"皋兰被径")、"人间总是堪疑处,惟有兹疑不可疑"(《鹧鸪天》之"阁道风飘")、"人间事事不堪凭,但除却无凭两字"(《鹊桥仙》之"沉沉戍鼓")、"金城路,多少人间行役"(《摸鱼儿》之"问断肠")"算来只合,人间哀乐,者般零碎"(《水龙吟》之"开时不与人看")、"不辞苦向东风祝,到处人间作石尤"(《红豆词》第二首)、"人间地狱真无间,死后泥洹枉自豪"(《平生》)等等。

行文至此,可以顺理成章地得出如下结论:王国维对人生的忧患并不是什么传统意义上的"忧世",而是王国维特有的"忧生";王国维语境中的"人间",既是"个体"的,又是"普遍"的;"人间"一词的"普遍性",不是人世或社会,而是现实整体人生;由个体人生之忧上升为普遍现实人生之患,则是"人间"一词的基本意蕴。

注　释:

* 本文系国家社科基金后期资助项目"学术与人生的贯通:王国维诗学建构及其普适意义"(22FZWB074)阶段性成果。

〔1〕 陈鸿祥《关于王国维之号"人间"及其考辨》,《齐鲁学刊》1988年第3期。

〔2〕〔6〕 周一平《王国维号"人间"辨析》,《近代史研究》1985年第4期,第310、311—313页。

〔3〕 参见榎一雄《王国维手钞手校词曲书二十五种》(《东洋文库书报》第8号)、陈鸿祥《关于王国维之号"人间"及其考辩》(《齐鲁学刊》1988年第3期)。

〔4〕〔8〕 彭玉平《王国维语境中的"人间"考论》,《徐州师范大学学报》2011年第6期。

〔5〕 陈鸿祥《〈人间词话〉三考》,《文艺理论研究》1981年第2期。

〔7〕〔14〕 李庆《〈人间词话〉的"人间"考》,《中国典籍与文化》2001年第1期。李庆在该文中将鲁迅的《人之历史》和《人间之历史》误写为《人的历史》和《人间的历史》。

〔9〕〔10〕〔11〕 王国维《人间词话手稿》,《王国维全集》第一卷、第十四卷、第一卷,浙江教育出版社、广东教育出版社2010年版,第519、115、466页。

〔12〕〔13〕〔16〕 周策纵《论王国维人间词》,台北时报文化出版事业有限公司1981年版,第8、36、1页。

〔15〕 周作人《人的文学》,《周作人文类编·本色》,湖南文艺出版社1998年版,第34页。

〔作者简介〕 伍世昭,1962年生,湖南永州人,文学博士,广州华商学院文学院特聘教授,广西师范大学硕士生导师,研究方向为20世纪中国文论。

论龙榆生词学批评的现代特色*

袁晓聪

龙榆生是现代词学三大家之一,中国词学学的奠基人。[1]他的词学研究有着很强的目标性,就是要从创作和研究两个方面构建一套完整的现代词学体系。这个体系的一个基本点就是"还词一个本来面目"。[2]基于对词体的清醒认识,龙榆生从八个方面构建词学研究体系,即词韵之学、词史之学、校勘之学、图谱之学、音律之学、声调之学、批评之学以及目录之学,基本规划出了现代词学研究的范围。当然,龙榆生不全是为了研究而研究,他更看重的是词的现实意义,换句话说,研究词的目的是什么?这就要落实到创作层面。即如何创作出更好的词?在龙榆生心中,好词应该既体现时代精神,又充分彰显词的艺术本体。什么样的精神能够恰当的体现当时的时代精神呢?龙榆生认为就是苏、辛精神,其比较直接的现实意义就是要砥砺节操,培植根柢。关于词的艺术本体,龙榆生说:"我总觉得词所以'上不似诗,下不类曲',它的主要关键,仍只在曲调的组成方面。"[3]也就是说,曲调的特别是词之所以为词的标志。所以,龙榆生特别强调词的音乐性。无论是他的词韵之学、音律之学、声调之学还是新体乐歌,都是围绕这个中心思想。词究竟应该呈现出一种什么样的风格呢?龙榆生认为词之风格形成与很多因素有关,因此也呈现出不同的风格特色。而他本人所着力提倡的则是合周、贺、苏、辛之长,又避其短的风格,即以健笔写柔情,又要合于音律,在豪放与软媚之外,创建一种新的风格。有学者认为"奇崛"风格为龙榆生词学理论批评之关纽。[4]诸如此类的现代观念还有许多。作为现代词坛的大家,龙榆生的词学思想被公认为是古典走向现代的典型标志。所谓现代,不仅仅是一个时间概念,更是不同于古典词学研究的一种批评视野与思维格局。龙榆生词学批评的现代性,条理清晰,内涵丰富,当前人们对此专门探讨还不够。于此我们详论之。

现代特色之一:研究方法的科学性

龙榆生词学研究体系的现代特色首先体现在研究方法的科学性上。这种科学性既表现在对传统研究方法的改造,又表现在对现代的乃至西方学术的受容与吸取。

第一,龙氏研究方法能够坚持理性的逻辑思维。中国古典诗词的批评多是感悟式的,是

本文收稿日期:2022年3月24日

一种艺术的欣赏的解读。注重的是意境之美带来的艺术感受,体悟"景外之景,象外之象,韵外之致,味外之旨"。纯属兴到神会。此乃中国古典诗学的优点,但也是其缺点。这种诗学的思维方式注重于结果导向,也就是说,它主要探讨的是我们从诗词中要获得什么? 如果把真善美作为诗词的三个内涵层次,这种批评方式又偏重于对美的获得、美的追求,是一种感性的思维。也就显得不够科学,也不够有据。因此,也无法真正打开诗词的精神世界。而与之相应的批评话语也多是只言片语的感悟评点。相反,作为现代词学的开拓者龙榆生长于推论,撰写过一系列具有现代意义的学术论文,有宏观层面的词史勾勒,如《宋词发展的几个阶段》等;也有微观层面的个案研究,如《南唐二主词叙论》等。这些论文并非泛泛而谈,也未偏执己见,充分体现了现代词学研究严谨的理性思维。《宋词发展的几个阶段》一文由"宋词的先导"、"宋初令词的继续发展和慢曲长调的勃兴"、"柳永、苏轼间的矛盾和北宋词坛的斗争"、"北宋词坛的两个流派"、"南宋词风的转变和苏辛词派的确立"、"姜夔的自度曲和南宋后期的词风"等几个部分组成,每一个部分均有细致的论述和严密的推理,以词的音乐性和艺术性、思想性和时代性两条线索并行对宋词发展脉络进行勾勒。而这几个阶段的划分直接奠定了后代宋词史建构的基础。《南唐二主词叙论》对后主词境之高的原因分析,不仅注意到其嗜好、性情、宗教信仰、家庭环境等方面的影响,而且也注意到后主在位、归宋的境遇对词影响。认为"后主词之高不可攀,由多方面之涵濡与刺激,迫而自然出此,非专恃天才或学力者所能为也。"[5]有理有据,启人深省。总之,由感悟评点到详细论述直接表明了传统诗学向现代的转型,其中最重要的便是理性的逻辑思维的凸显。

第二,龙氏在批评词学时能够保持客观的研究态度。我国古典诗词的批评一直缺少必要的社会历史、语言文化等方面的考察。对这种"中国批评学者之通病"龙榆生是有比较清醒的认识,并提出自己的方法:"今欲于诸家词话之外,别立'批评之学',必须抱定客观态度;详考作家之身世关系,与一时风尚之所趋,以推求其作风转变之中,与其利病得失之所在。不容偏执'我见',以掩前人之真面目,而迷误来者。"[6]例如胡适在《词选》中将姜夔、吴文英、张炎诸家归为"词匠之词",并称这些词人"重音律而不重内容"。龙榆生认为此语太过主观,不符合实际情况。云:"殊不知南渡以来,歌词本分二派:姜、吴一派,趋于醇雅,其失固有过于艰深晦涩者……南宋姜、张一派之注重音律,而又力求醇雅,实由其环境所造成。所制之词,一以供士大夫之所欣赏,'重音律'则有之,而'不重内容',则胡氏殆未深究诸家词集耳。"[7]又举吴文英《八声甘州》(渺空烟四远)为例,说明胡适"以读白话词之目光论梦窗,其无当于理必矣"。并提出:"后人从事批评者,正不容以一人之私见,而率意加以褒贬也。"又比如在《两宋词风转变论》一文"引论"中开篇就言明:"词以两宋为极则,而论者或主北宋,或主南宋。此皆域于门户之见,未察风气转变之由,而妄为轩轾者也。"[8]对清代论词学者忽略客观之事实,蔽于宗派之见,议论纷纷,断断于南、北之争的情况提出质疑,认为这种"南、北观念"影响学词者甚深。并分别从"南唐词在北宋之滋长"、"教坊新曲促进慢词之发展"、"曲子律之解放与词体之日尊"、"大晟府之建立与典型词派之构成"、"南宋国势之衰微与豪放词派之发展"、"文士制曲与典雅词派之昌盛"几个方面,客观详细的剖析了南北宋词风之流变。南北宋词风之所以不同,究其缘由则是因为时代与环境的关系,"因时因地,而异其作风。"如果以南北强为疆界,或以豪放婉约分为两支,均"不足与言词学进展之程序。"

综上所言,龙榆生的词学研究一直秉持着"以史为据",力争从词产生的原始文化生态中探寻变化之原因,并保持客观的态度,不以私废公。

第三,能够使用准确的学术化语言,是龙氏异于当时遗老词人研究群体而与现代派词学批评亲近之处。中国传统的诗学,可以说是"感悟诗学"。很多批评之语言比较"务虚",模糊不清,云里雾里。即使作为较具理论性的王国维的《人间词话》,其评语也多为简洁抽象之辞,很少具体分析,使人读之迷离恍惚,不能明确,基本上亦属于传统词话的范畴。比如他曾用"画屏金鹧鸪"、"弦上黄莺语"、"和泪试严妆"分别评价温庭筠、韦庄以及冯延巳的词,但并未对此三句话做出详细解释,使人只可意会不可言传,难以确指其真正的含义。这种不能算得上是真正的学术语言。学术语言一般包括三大要素,即显化结构,定量精准以及客观陈述。其目的就是把所研究的问题按照学术语言的规范表达清楚。龙榆生的论文首先从体制上来说就不同于传统评点模式,是一种客观陈述模式。语言组织结构与措辞都呈现出现代性。他的词学研究论文几乎每一篇都是有意识的谋篇布局,精准分析,尤其对传统评点话语的解读,更彰显了语言学术化的特色。例如王国维在《清真先生遗事》中评价周邦彦的词云:"词家之有清真,犹诗家之有杜少陵。"清真之词与少陵之诗到底有什么关系?为什么王国维会如此评价?对此龙榆生则从字句、结构、笔力等几个方面做了比较细致的分析,读之使人豁然开朗。知其然知其所以然是也。在个案研究方面,龙榆生的论文撰写也多是按照身世背景、词作评论、后世影响等先后顺序结构篇目的。例如《东坡乐府综论》、《清真词叙论》、《漱玉词叙论》等,大体如此。《东坡乐府综论》对苏轼"振笔为豪放之词"的现象进行了精准的剖析,并认为以"豪放"论东坡词,是以偏概全。龙榆生将东坡词分为三期,即自杭州至密州,自徐州贬黄州,去黄州以后。可谓慧眼独具。这些见解影响后来深远。总之,龙榆生词学论文体现了语言的学术规范化、客观陈述、定量精准以及结构显化,正是其词学研究现代化的典型标志。

现代特色之二:研究布局的系统性

龙榆生词学研究体系的现代特色也体现在研究布局的系统性上。胡适先生于1919年在《新思潮的意义》提出了"整理国故"的著名主张。其中指出古代的学术思想向来"没有条理,没有头绪,没有系统"。[9]因此,他极力提倡用一种批评的眼光"整理国故",并给出了四个步骤:第一步是条理系统的整理;第二步要弄清楚学术思想发生的原因以及产生的影响;第三步真正的弄清楚古人所要表达的意义;第四步是要还"国故"一个本来面目。胡适的"整理国故"的主张在当时产生了很大的影响。龙榆生的词学研究其实就是对这一主张的践行与响应,并从不同层面展开了布局,以建立一套比较完整的词学研究体系。

第一,研究结构的系统化。龙榆生的词学理论大体包括"一个基点,八个方面"。一个基点是"还词一个本来面目",八个方面是"词韵之学、词史之学、校勘之学、图谱之学、音律之学、声调之学、批评之学以及目录之学"。这八个方面是由词的组成结构分解而来,形成词学研究的一个完整的系统。而每一个方面又都各成系统。对此,龙榆生都有撰文探讨,尤其是后三个方面,更为他所看重。以声调之学而论,龙榆生撰写了《从旧体歌词之声韵组织推测新体乐歌应取之途径》、《研究词学之商榷》、《词律质疑》、《韵位疏密与表情的关系》、《韵位的平仄转换与表情的关系》、《宋词长调的结构和声韵安排》、《论适用入声韵和上去声韵的长调》等论文,龙榆生在否定传统"图谱之学"和"词乐之学"无法适应现实情况的基础上,立足时代需求,提出"声调之学",并从词韵、音乐、文体等方面进行了系统的阐释。总之,龙榆生的"声调之学"比较系统且圆满的解决了古代词乐消亡以后词的音乐性问题。再以目录之学为例,龙榆生认为"'目录之学',所以示学者以从入之途,于事至要。"[10]并提出必须做好重考作家史迹,详辨版本善恶以及慎察词家品藻这三方面的工作,如此才能继往开来,成就不朽之业。并且龙榆生自己也撰写了《水云楼词——词林要籍解题》、《东坡乐府笺》、《清词经眼录》、《词籍题跋》等论著,集中体现了其目录之学的主张。其中《东坡乐府笺》是第一部苏词编年笺注本,校勘精审,笺释简洁。夏敬观先生对此书有很高的评价,云:"考证笺注,精核详博,靡溢靡遗。"[11]总之,龙榆生的目录之学其实是在构建现代词学文献学之框架系统,涉及范围包括辑佚、校勘、补阙、考据、注释、汇编等方面,为后面的研究打下基础,为后辈学者指明方向。以上可知,龙榆生的词学研究结构是一个大的系统里面包含着几个小系统,每一个小系统里面又有不同的组织结构,表现出很强的统绪意识。

第二,研究视角的系统化。龙榆生涉猎广泛,并且能够将所学及时的运用于词学研究。他在词学研究中总是有意识的构建系统,无论是在个体词人研究、词派研究还是每一个阶段的词风研究,均是如此。例如《苏辛词派之渊源流变》一文,即是以系统化的视角给予苏辛词派以考察。全文共分五个部分,首次全面系统的阐释了苏辛词派的形成、发展以及意义。在当时影响极大。文章第一部分对苏辛以前之歌词风尚进行分析,认为:"苏、辛以前之歌词风尚,不但以'香软'为归,而作者皆视为游戏玩好之词,苟以资一时之笑乐,未有出以严肃态度,如苏轼诸人之所为者。"[12]第二部分从情境、修辞以及声律三个方面对苏辛词之特征进行探讨,肯定其创造精神。第三部分追溯了苏辛词之先导,认为范仲淹等人之词作已为豪放之滥觞。第四部分从风格流变的视角对苏辛词派形成的原因进行剖析,认为"横放一派,发自东坡,至稼轩乃极其致,苏、辛各派,非偶然也。"[13]第五个部分论述苏辛词派在南宋之发展,对词派成员及词作进行了分析。在此篇文章中,龙榆生对苏辛词派进行系统梳理,勾画出了该词派的主要成员以及词风发展脉络,就今天的词学批评而言,也是厥功甚伟。再以《两宋词风转变论》为例,这篇文章是以词风的发展变化为着眼点,由源及流,对宋词进行系统论述。首先言令词系统。龙榆生认为五代歌词之西蜀、南唐本已分为两大系统,而北宋之词风是南唐的承续,云:"从词学上系统言之,则北宋初期作家,实承南唐之遗绪。"[14]又云:"令词之发展,由《阳春》以开欧、晏,至小晏而集大成。令、慢递嬗之交,贺氏实其后劲。"而这一系统之词,内容上多悲欢离合之情,风格上则沉着厚重。其次是慢词系统。最典型的当推柳永。"柳永慢词之创制,出于教坊乐工之要求,'骫骳从俗',即所以迎合社会普遍心理。"[15]龙榆生认为柳永之慢词,自成一系。并且在当时影响甚大。云:"以慢曲擅长者,如张先、秦观,莫不受其影响。"[16]柳永一派虽格调不高,但开后来法门不少。第三大系统则是"以诗为词",代表人物为苏轼。这一系统的特点则是"破除狭隘之观念,与音律之束缚","表现自我之人格与性情抱负","使词内容突趋丰富,体势益见恢张"。这一系统发展到南宋即为稼轩词派。"稼轩词绍东坡之遗绪,又以身世关系,从而发辉光大之。"[17]这一派多英

271

雄志士,因此情感表达恢宏士气,慷慨淋漓,别开生面。第四大系统是以周邦彦为代表的典型词派。这一系统的特点是词格高雅,符合音律。因而为文人学士和伶工歌伎所共同喜爱。此一系统发展到南宋,即为姜、吴一派。云"论南宋词者,或主白石,或主梦窗……就二家风格言之,虽清空质实殊途,然其并重音律而崇典雅则一也。"[18]总之,龙榆生的《两宋词风转变论》对不同时期不同词派的研究,集中体现了其系统化的研究视角。

第三,研究目标的系统化。龙榆生的词学研究有着很强的针对性和现实性,其研究的目的是为了创作出更符合时代的词。在《今日学词应取之途径》一文中,龙榆生云:"吾人将依前贤之矩矱,以从事于倚声,则今日之环境为如何?个人之身世为如何?填词之鹄的又复何在?试一寻思,恐不免爽然自失。"[19]由此,龙榆生提出在传统之外"别建一宗"。如何建立呢?云:"私意欲于浙、常二派之外,别建一宗,以东坡为开山,稼轩为冢嗣,而辅之以晁补之、叶梦得、张元幹、张孝祥、陆游、刘克庄诸人……庶几激扬蹈厉,少有裨于当时。"[20]可知,标举苏、辛是龙榆生"别建一宗"的词学主张。为此,龙榆生对苏、辛这一系统之词进行了深刻的研究,先后撰写《辛稼轩年谱》、《东坡乐府笺》、《苏辛词派之渊源流变》、《苏门四学士词》、《试谈辛弃疾词》、《论贺方回词质胡适先生》、《试论朱敦儒的〈樵歌〉》等论著,详细阐释了这一系统之词的利弊得失。然后针对其粗犷之弊提出解救之法,云:"必欲于苏、辛之外,借助他山,则贺铸之《东山乐府》、周邦彦之《清真集》,兼备刚柔之美,王灼曾以'奇崛'二字目之(见《碧鸡漫志》)。参以二家,亦足化犷悍之习,而免末流之弊矣。"[21]在此基础上,龙榆生还通过编词选来进一步巩固自己的研究目标。以《唐宋名家词选》为例,入选前五的,依次是辛稼轩词44首,苏东坡词42首,周邦彦词31首,晏几道词31首,贺铸词29首。又《唐五代宋词选》中选辛弃疾词33首,苏轼词15首。可见,龙榆生选词的导向性。不仅如此,龙榆生自己所创作的词,也是以学苏、辛为旨归,虽然由于身世背景的影响未能如其所愿,如其在《答张孟劬先生》函中所说:"苏辛之不易学,由其性情、襟抱、学问蕴蓄之久,自然流露……虽不能至,心向往之。"[22]但这恰好也说明了龙榆生推举苏、辛的词学主张并非一句空话。综上所述,龙榆生从理论主张、救弊措施、选词开宗到创作示范将"别建一宗"的这个目标进行系统而细致阐释,提高并确立了苏、辛豪放词派在词史上的地位,影响深远。当然,龙榆生除了对苏、辛这一目标词派进行系统研究之外,对于曲调的声韵组织形式本身的研究以及关于周邦彦、贺铸词的艺术经验的研究也都各自成一系统。

现代特色之三:研究方式的实践性

龙榆生词学研究体系的现代特色也体现在研究方式的实践性上。如前所述,龙榆生的词学研究是在"整理国故"的大环境下进行的,其最终也是要服务现实的。龙榆生要把自己对词学的构想尽可能的落实到现实层面。所谓根植传统,面向现代。这种实践性大体表现在创作、教学以及创刊三个方面,这三方面都具有较强的实践意味。

首先来谈龙榆生词的创作实践。龙榆生词的创作在一定程度上是其词学理想的变现。其研究与创作相辅相成。他推举苏、辛,因此在创作上也一直"心向往之"。但是,学者普遍认为他本人的创作与苏、辛相比,并未达到清雄超放之境,观其《忍寒词》、《忍寒词遗稿》、

《葵倾室吟稿》可知。但是"清雄超放"主要是指风格方面,那么,此时我们似乎有了一个疑问,龙榆生推举苏、辛,到底是在推举什么?是苏、辛风格还是苏、辛精神?也有学者认为龙榆生之于苏、辛,一直处于模拟阶段,并未自成一家。笔者认为,龙榆生所主要推崇的是苏、辛精神。换句话说,龙榆生更多着眼的是词所内蕴的文士精神、民族精神、爱国精神。龙榆生始终认为词是一种音乐文学,始终坚持词的艺术本位。他对苏、辛一脉之词的音乐性的问题,也提出过自己的质疑。而他所要创建的是一种合苏、辛之词情与贺、周之词艺为一体的兼备刚柔之美的词体艺术风格。因此,龙榆生的词作没有达到苏、辛的清雄超放,我们觉得似不必过分苛求。因为龙榆生本人好像也并未有意追求此类风格。龙榆生词的创作,顺应时代,表现了一定的时事思想,具有现代示范意义。总之,龙榆生的词是在远绍前贤名家又紧跟现实的基础上形成并自成一家。另一方面,龙榆生推崇苏、辛精神,又特别注意词的音乐性,因此,他提倡创制符合时代潮流的新体乐歌。龙榆生曾创作《玫瑰三愿》,由黄自谱曲,声韵优美,至今犹不绝于歌者之口。这是龙榆生对词体的现代艺术形态的积极探索。龙榆生云:"吾辈为适应时代需要而创作新歌,为适应社会民众需要而创作新歌。"[23]他所追求的是创制富有新思想、新题材,能表现我国国民性之歌词。由此可见,龙榆生始终致力于解决词这种传统艺术在新时代如何继续发展下去的问题,他的词的创作也必然带有现代性。同时,他作为当时的词坛领袖人物势必会影响一代风气,进而促进词体艺术在现代的发展。

第二,通过教学实践、示范,积极培养后学。民国时期高校的旧体文学教学的课程设置和教材编写多集中在"史"的梳理以及学习范本的确立。龙榆生作为"教学科研型"老师,其课堂教学的途径也以"词史"和"词选"等为主要教材。但是,龙榆生又不仅仅局限于此,对于词籍的整理、校勘、笺注等也尤多重视。当然,这些教材讲义,基本也都是他自己编写。龙榆生的词学教学主要包括课堂教学、教材编写、词学活动等。在教学过程中,龙榆生提倡诵读,鼓励学生创作。他的教材讲义的编写具有很强的问题意识。例如关于词的起源、性质、格律、词的欣赏与创作、词与音乐的关系等问题,龙榆生分别撰写了《词曲概论》、《词学十讲》、《唐宋词格律》、《词体之演进》、《今日学词应取之途径》、《词律质疑》、《选词标准论》等论著,不仅教给学生以词学知识,而且为现代词学研究做出了重要贡献。在学术实践方面,龙榆生也给予学生肯定与指导。他的《东坡乐府笺》堪称典范之作,对学生也起到了示范的作用。其学生李勗有《饮水词笺》,朱衣(居易)有《词话四种会笺》等,都是不错的本子。而他们在撰写过程中也得到了龙榆生大力的帮助。龙榆生编有《稼轩先生年谱》,他的学生亦有年谱之作,如谌然模《刘须溪先生年谱》、李湾《饮水词人年谱》等。就是在课外龙榆生还组织成立了"中文系研究室"和"词学研究会",和学生们一起讨论研究,并在其带领下编成《词调索引》一书。另一方面,龙榆生也大力提倡新体乐歌。撰写《从旧体歌词之声韵组织推测新体乐歌应取之途径》、《如何建立中国诗歌之新体系》等理论文章,而且发起组织歌社,从《歌社成立宣言》可知其所标宗旨:适应时代创作新歌,表现泱泱大国之风,贡献于社会民众。不但他本人创制新体乐歌,他的学生也积极响应。如刘雪庵发表在《国立音乐专科学校五周纪念刊》的两首词《浪淘沙》(豆蔻正芳辰)、《西江月》(红粉轻匀脸上),即是对新体乐歌的尝试。此外,他的学生也为传统词作谱曲,如华丽丝为后主李煜《浪淘沙》谱曲等。以上可知,龙榆生的词学研究是紧跟现实,绝非纸上谈兵。当下正处于优秀传统文化复兴的紧要阶段,还原古典诗词的音乐性、可歌性,或为古典诗词谱新曲配新乐,均已被提上日程,并且出了不少成果。从一个方面来说,这也算是对龙榆生新体乐歌的一种世纪回应吧。

第三,通过办刊,促进现代的词学及其观念传播。龙榆生是词学家,也是"媒体人"。他创办的《词学季刊》《同声月刊》在交流学术、普及词学、构建现代词学学科等方面有着不可估量的作用。晚清民初,旧体文学面临着新的生存困境,词也不例外。对此,龙榆生精准定位,走专业化办刊路线,致力于将词学发扬光大。一方面,通过刊物平台促进了词学观念的传播与交流。龙榆生作为词学研究者,要实现自己的词学理想,首先必须积极宣扬自己的词学主张。发表在《词学季刊》上的《研究词之商榷》一文,首次明确了"词学"之概念,云:"推求各曲调表情之缓急悲欢,与词体之渊源流变,乃至各作者利病得失之所由,谓之'词学'。"[24]使"词学"真正成为一门专门之学,被认为是现代词学建立的理论标志。这个定义包含词学研究的三个基本方向,即声调之学、词史之学以及批评之学。明确了"词学"的概念之后,龙榆生构建了词学研究体系。同时,他也对治词者提出建议,云:"治词学者,就以往之成绩,加以分析研究,而明得失利病之所在,其态度务取客观。"[25]换句话说,保持客观的态度,这是词学研究者必备的条件之一。这些理论均是构建现代词学的基础。另一方面,通过期刊平台也团结了一批优秀的词人学者。比如唐圭璋、夏承焘、赵尊岳、陈三立、叶恭绰、夏敬观、卢前等,都曾是主要撰稿人。现代词学三大之一的唐圭璋先生有《全宋词》、《词话丛编》、《宋词三百首笺注》、《唐宋词简释》等;现代词学三大之一的夏承焘先生有《唐宋词人年谱》、《姜白石词编年校注》、《唐宋词论丛》等。均为典范之作,也为后世树立了学者榜样。再一方面,引导词学研究的方向。龙榆生作为一位专业的词学研究者,又同为期刊主编,从期刊栏目的设置到稿件的选用刊登,必然有着专业的审视。栏目设置主要分文献与批评两大类,具体又分为论述、专著、遗著、辑佚、词录、金载、图画、通讯、杂缀等几个板块。这就从专业和类别两个方面给作者以限定,也就是明确了研究什么,以及要达到什么标准。从而提高刊物的质量,引导词学研究的方向,将词学发扬光大。

综上所述,龙榆生在20世纪词学研究史上是一位不可多得的大师级人物。他创立了现代的具有科学意义的词学研究体系。在现代学术思潮的影响下,龙榆生首次明确了"词学"之概念,构建了现代的词学研究体系,对现代词学研究做出了非常重要贡献。他运用科学的研究方法,对词学问题进行理性客观的深入剖析,并用准确的学术化语言撰写论著。不同于传统词学的"感悟评点",龙榆生的词学批评无论是从研究结构的调节,研究视角的选择还是研究目标的设置都表现出较强的系统意识。而龙榆生词学研究的最终目的是"以史为鉴"创造出更符合时代精神的优秀词作,通过亲自创作、培养后学、创办期刊等,从而让传统词学在新时代继续焕发生命力。龙榆生词学批评所展现出的现代特色,既是现当代词学家所经历学术转变的轨迹的集中体现,也是词学批评史由传统而现代良好过渡的明证。与唐圭璋先生的"词学文献学"与夏承焘先生的词人年谱、词乐研究等贡献相比较,龙榆生均有所涉及,其贡献重在词学批评的现代化、学科化以及词学的普及等方面。这也就使龙榆生成为现当代词学批评史上一位"全能"的学者。现当代词学离不开龙榆生这样"现代"特色浓郁的学者,其意义还需要有更加深入地揭示。

注　释：

　　* 本文系国家社会科学基金重大项目"中国词学通史"（17ZDA239）、国家社会科学基金一般项目"民国词话史及其总目叙录"（23BZW092）阶段性成果。

〔1〕 施议对《中国词学学的奠基人——民国四大词人之三：龙榆生》，《文史知识》2010年第5期。

〔2〕 徐培均《试论龙榆生先生的词与词论及其学术地位》，《北京大学学报》哲社版2015年第7期。

〔3〕〔5〕〔6〕〔7〕〔8〕〔10〕〔12〕〔13〕〔14〕〔15〕〔16〕〔17〕〔18〕〔19〕〔20〕〔21〕〔23〕〔24〕〔25〕 张晖主编《龙榆生全集》第3卷论文集，上海古籍出版社2017年版，第632、352、250、253、274、254、163、172、276、281、282、292、290、297、300、301、108、241、297页。

〔4〕 梅向东《龙榆生词学的"奇崛"范畴及其现代意义》，《中国韵文学刊》2012年第4期。

〔9〕 胡适《胡适文集》第2卷，北京大学出版社1998年版，第557页。

〔11〕 张晖主编《龙榆生全集》第5卷笺注一，再版序，第23页。

〔22〕 张晖主编《龙榆生全集》第9卷杂著，第225页。

〔作者简介〕 袁晓聪，1983年生，女，文学博士，博士后，运城学院讲师，主要从事诗词学、民国旧体文学研究。

《明文海》（全20册）

（清黄宗羲纂辑，黄灵庚、慈波点校，人民文学出版社2023年版）

　　本书首次对《明文海》进行全面校点整理，附收《明文案》、《明文授读》二书所载而不见于《明文海》的选文，庶几一编而兼备观三书。《明文海》以浙江图书馆藏482卷抄本为底本，参校四库全书文津阁钞本、文渊阁抄本、文澜阁钞本、涵芬楼抄本、静嘉堂抄本等，并酌情参校选文作者别集及明代其他文献。底本有目无文者，据《文案》、《授读》、作者别集及明代其他文献补辑。《明文案》不见于《明文海》浙图本选文的整理，以天一阁本《明文案》为底本，参校台图本、甲库本、浙图本。其有目无文者，据作者别集及明代其他文献补辑。《明文授读》不见于《明文海》浙图本选文的整理，以清康熙三十八年刻本为底本。其中与《明文案》所重复者，更为剔除。书前有翔实深入的前言，从明代政治、学术渊源、文学流变、遗民情思及七个抄本源流关系均作全面疏理、考索和研究。附录相关序跋、《〈明文海〉选文作者索引》、《〈明文案〉选文作者索引》、《〈明文授读〉选文作者索引》。

徐复观诗论之"回归"与"当代化"

王祖琪

中国诗论扎根在中国文化土壤中,具有悠久的生命力与独特的风格。与西方的文学理论相比,中国传统诗论"既不偏重于裁判、评论,又不偏重于思辨、理论"[1]。朱光潜在《诗论》中提到:"诗话大半是偶感随笔,信手拈来,片言中肯,简练亲切,是其所长。但是它的短处在凌乱琐碎,不成系统,有时偏重主观,有时过信传统,缺乏科学的精神和方法。"[2]近代以来,随着西方的各种"主义"与"方法"的涌入,传统诗论的短处被放大,余英时在《现代危机与思想人物》一书中表达了这种忧虑:"世界的一切文化危机似乎都已由中国知识界全面承受下来了。"[3]中国传统诗论在当代到底应该如何取径,这是几代学人不懈追寻的问题。徐复观是现代"新儒家"代表学人之一,他不仅致力于中国思想史研究,而且对文学理论用力颇深,他的诗论体现了新旧交替时期学者对"传统"与"现代"的取向。

一、回归中国诗歌的本源

郭绍虞说:"唐人的诗歌理论,主要有两派:其一重视诗歌的现实内容与社会意义,由陈子昂发展到白居易、元稹,一直到皮日休;其一则比较重于诗歌艺术,发挥了较多的创见,并写成专书,由皎然的《诗式》,发展到司空图的《二十四诗品》。"[4]这两派的分类可以直接追溯到中国诗歌乃至整个中国文化精神的本源,即徐复观确立的两种典型:儒家"为人生而艺术"的艺术精神,与道家纯粹的艺术精神。

从中国艺术精神的本源出发,徐复观的诗论重整体与体验,这也是中国传统诗论的特色。朱立元认为:"中国古代文论偏重于直觉、顿悟和对感性体验的描述。"[5]这便与西方重视逻辑推理与思辨力相对立,呈现出一种整体性与开放性。中国传统诗歌创作与理论本身是紧密联系在一起的,一些论诗的理论著作,如司空图《二十四诗品》、杜甫《戏为六绝句》、元好问《论诗绝句》等甚至直接是用诗的形式以论诗,传统诗论从未将理论从创作中抽离出来,评论、理论、创作,构成传统诗论的三大要素。中国传统诗论是在中国文化之源头孕育,在实践与体验中发展。新儒家学者强调生命之体认,就是将知识与个人修养相融合,与程朱理学,陆王心学一脉相承。

"诗言志"与"诗缘情"是传统诗论中的根本问题。以朱自清为代表的一批学人认为,"诗

本文收稿日期:2022 年 4 月 9 日

言"与"诗缘情"的侧重点不同,"诗言志"强调的是诗与政治教化或人生义理相联系,而"诗缘情"则是指明了诗歌吟咏个人感情之特征,故而不能混为一谈。[6]徐复观则认为,"情"包含"志":"大家公认最早说明诗之来源的'诗言志'(《尚书·舜典》)中的'志',乃是以感情为基底的志,而非普通所说的意志的志……情,才是诗的真正来源,才是诗的真正血脉。"[7]他明确指出了中国传统诗论中的"诗言志"其本质上还是"诗缘情",因为能够称为诗的"志",一定是由情感而引起的。

徐复观论诗言"情"与其师熊十力的主张大相径庭。熊十力自言平生于诗研究很少,他认为艺术无论有多高深,都不能够达到中国人精神的根源,故而不应该将艺术提高到与宗教、哲学一样的高度。此际正处于动荡时期,唐君毅、徐复观、牟宗三避居香港,熊十力守于大陆。熊十力针对弟子唐君毅、徐复观等人谈艺术谈人文的文章提出了批评。熊十力固守的是明心见性,而忽视了艺术精神的本质力量。而熊门弟子们在吸收了林语堂、胡兰成等学人的诗性观念后,思维更加开放,徐复观更是其中对于熊氏"形而上"的观点反对较为强烈的一位。在以《心的文化》为题的一次演讲中,徐复观开篇便提出,"心的文化"是中国文化的基本特性,能不能正确地理解这个"心",关系到中国文化的出路。徐复观认为"心"是道德、艺术的根源,这实际上是对熊十力思想内核的继承,但是与其师甚至整个师门的出发点不同,采取的路径也不同。他所谓的"心"是"形而中"的,是立足于实际问题上的,也是发源于人的情感本源上的。他之所以强调"情感",是因为"情感"来源于"心","情感"是诗的生命。

随着21世纪初上博简《孔子诗论》的公布,"诗言志"的理论观点有了新的发展,将徐复观的观点与之相比照,可见徐复观与中国传统文艺思想紧密的血脉联系。一直以来,受《诗大序》的影响,对于《诗经》的阐释偏重于教化功能,历代研究也主要以经学研究为主。朱熹《诗集传》中提出"淫诗"的概念,可以说是对传统诗经学的一次突破,但是仍然不能够完全摆脱《诗大序》的影响。然《孔子诗论》千言中,有多处提到了"情",如"孔子曰:诗亡隐志,乐亡隐情,文亡隐意……"(第1简)"情,爱也。《关雎》之改,则其思益矣。"(第11简)"《燕燕》之情,以得蜀也。"(第16简)"《折杜》,则情喜其至矣。"(第19简)《孔子诗论》中孔子的诗歌理论思想强调的并不是后世所附会的诗教传统,而是人的情感本质力量。在徐复观写作的时期,《孔子诗论》并未问世,他不可能以之为参考,但是自宋代以来,学者们就"情志"问题早已有了探讨,近代以来,古史辩派对于《诗经》更是有了全新的认识视角。所以,徐复观对"诗缘情"的坚信是站在历代古籍层堆的阶梯上,由传统文学艺术的根源之处体验而来,他由诗歌"情本论"而对传统诗论进行提炼与升华,由阐释"性情之正与性情之真"解决"志"与"情"的内在冲突,由"诗是情动于中的产物"[8]出发,在继承前人观点的基础上对"温柔敦厚"这一命题从内而外地进行研究。沿着这个路径来看,"性情之正"与"性情之真";"社会性"与"个人性";"道德教化"与"诗艺技巧";"诗言志"与"诗缘情";儒家"为人生而艺术"的艺术精神与道家纯粹的艺术精神并不存在绝对的矛盾,当追到中国文化艺术精神的本源时,在一定程度上是可以达到融合的。

作为"现代新儒家"的代表人物,徐复观并不是一开始就立足于中国传统文化,而是经历了一个"由今到古"、"由西到中"的"回归"过程。追溯徐复观的思想背景,他的父亲是一名传统读书人,青少年时期,徐复观便在父亲的督责下,熟读了基本典籍,大部分甚至熟而能诵,可以说有相当扎实的基本功了。进入湖北省立第一师范学校和湖北国学馆之后,在宋明讲学之遗风的浸润下,徐复观更是受王季芗、刘凤章、黄季刚等先生的影响甚大。毕业以后,徐复观留学日本,投身军事政治,这一阶段,他的思想也发生了很大的改变,对于传统文化产生排斥与疏离感,直到熊十力点醒了他,徐复观在《漫谈鲁迅》一文中写道:"一九四四年我在重庆认识了熊十力先生,对中国文化的态度开始有了变化。"[9]徐复观开始重新审视"线装书"与传统文化,这也是对于过去他所认知的中国文化的超越,他认识到乾嘉学派的饾饤零碎并不能代表传统学术的一切,而应该从思想的角度对中国文学艺术的本源进行宏观观照。由此,就可以解释徐复观与其师黄季刚在学术取径上出现分歧的原因,主要在于徐复观对于黄侃以及黄侃的老师章太炎背后的乾嘉学派繁琐考证而排斥宋学思想的不满。但是,从徐复观扎实的文章考证功底与严谨勤奋的治学精神来看,黄侃对于徐复观的影响是不可抹灭的。从学术脉络上来看,徐复观的思想更亲近宋学,但是又不排斥汉学,徐复观为代表的一代新儒家学人早已经跳出了"汉宋之争"与"今古文经之争"的桎梏,更多的是对学术史进行整体的反思与扬弃。故而徐复观诗论之"回归"一方面基于文献考证的功夫,另一方面也是主要方面是从"文学本身"出发,从整体上对中国文化精神进行把握。

二、传统诗论的"当代化"

传统诗论发展到今天,自身内部也不断进行演进与发展。比如"意境"一词,在唐以前"意"与"境"一直是分开使用,而且"意"最初也并没有美学意义上的"韵味"之意,"境"也只有边界疆土之意。随着唐代诗歌极大繁荣,"意境"一词被连用,并逐渐产生了美学意义,这也可以看作唐代诗论的"当代化"。同时也体现了按照西方的研究方法由概念而来的考察在中国文学思想研究中是不合适的。

近代以来,各种思潮与方法涌入中国,民国文人致力于尝试用新的方法来解释传统诗歌问题,其中胡适对中国现代学术的建构可谓"开风气之先",无论在当时的号召力还是对后世的影响都是极大的。在主张"全盘西化"的大前提下,中国传统的理论与方法基本被全部否决,只有清代乾嘉学派的考据学传统被部分保留下来。徐复观认为胡适一派"他们把乾嘉学派与科学方法结合起来,以张大考据学派的旗帜"[10]。中国考据学因其"科学精神"与西方语文学诠释学联姻,在很长一段时间成为文学研究的"科学方法"。然而,胡适的研究方法很快就暴露了一些问题,不断受到质疑。钱锺书对盲目的考据实证提出了批判,他认为所谓"实证主义"就是烦琐无谓的考据,盲目的材料崇拜。张汝伦在《胡适与杜威》一文中提到,胡适终其一生的方法研究既没有对乾嘉学人实现超越,又没有真正走进杜威的实证主义哲学,更缺乏将科学主义作为人文学研究普遍方法论的反思。对此,徐复观认为:"在西方很长的传统中,对文学的研究,过分夸大了一个文学家的传记文学作品中所用的语言,及对作品的注释等的作用,尤其是受了语言学的压制、歪曲;常把文学的东西变成非文学的东西。"[11]

可见完全借助西方理论来建构中国当代诗学是不可取的,而在对传统诗论进行当代阐释时,也要避免两大问题:一是缺乏动态的眼光,忽视传统诗论的演进过程,不能与当代文化语境相结合。如一味考据的乾嘉学派,就容易陷入故纸堆中无法自拔。一是忽视东西方思维方式与文化背景的不同,一味以西方的标准与方法考量传统诗论,势必"如七宝楼台,拆碎不成片段"[12]。到底应该用怎样的方法来研究中国的诗歌呢?徐复观在对李商隐《锦瑟》诗进行分析时便明确提到了"追体验"的研究方法:"在不断的体会、欣赏中,作品会把我们导入向更广更深的意境里面去,这便是读者与作者,在立体世界中的距离,不断地在缩小,最后可能站在与作者相同的水平,相同的情境,以创作此诗时的心来读它,此之谓'追体验'。"[13]

徐复观"追体验"的提出与西方"作者中心论"、"文本中心论"、"读者中心论"有一定的联系,但是又不同于其中的任何一种理论。他吸收了西方建构理论体系的方法,突出了单一的范式。徐复观"追体验"的提出是建立在中国思想传统之上的,与重视思辨的西方哲学不同的是,中国的先哲从未将概念与实践抽离开,体验不是一种方法或是过程,而是目的。徐复观认识到了中国思想的探索路径是指向内在的,他所谓"体验"也可以说是"工夫"。"工夫"与"方法"的不同在于,方法的对象可以是外界的客观事物,也可以是自己的内心。而"工夫"的作用对象仅仅指自身,尤其是指精神。先通过生理上的淘汰、升华、超脱,逐渐追溯到心的本源,以发现、把握、扩充自己的生命与精神。故而,作者是通过"体验"把外界的事物内化于自己的主观感情,再将凝聚着自己生命体验的感情具象为作品,所以,文学艺术,尤其是诗歌便不会是冷冰冰的文字与符号,必须要通过心与心的交流,裹挟着读者的生命感悟,才能做进一步的鉴赏与批评。

追溯中国文化思想的根源,打破现代读者与古代名家先哲的思想隔阂,用传统文化涵养生命,发掘中国现代人文学术研究的方法路径,便是"追体验"的目的。徐复观致力于此,同时以西方的方法作为"磨刀石",来让中国传统文化这把生锈的宝刀,历经磨砺,重见天日。这个过程不是中国文化对西方文化的妥协,而是站在同等位置上的彼此对照,中国文化有西方无法理解的精微之处,西方的现代研究方法也是中国传统学术中缺失的,正确认识二者,于异中求其同,再求其相异中的互补。学术的现代化转型是不可阻挡之趋势,但是西方的评判标准不应该作为唯一的准绳。中国现代思想学术之建立,必须立基于中国传统文化上,要恢复文化的神圣容貌,是由内而外的努力,是"追体验"到中国文化根源之地,否则,只能是"借尸还魂",即使披着中国文化的外壳,其灵魂早已置换了。

"追体验"一词,完全是西方化、现代化的学术术语,是传统诗论中从未有过的概念,但是这种诗歌研究方法却是纯粹地道的本土化。这或为我们提供一种研究思路,传统诗论的"当代化"不应该仅仅拘泥于用现代西方的理论去分析、填充、评价本土诗论,不妨换一种视角,借鉴西方的理论建构与分析研究方法,对过去"可意会不可言传",散落于各处的传统诗论观点进行梳理总结、概念化建构与阐释。这既可以弥补传统诗论缺乏概念化与逻辑性的短处,又不会打破中国传统诗论的稳定性与适用性。

三、徐复观诗论的现代意义

徐复观对于中国文化与思想始终保持高度的责任感与使命感,他认识到:"亡国族者常先亡其文化。""欲救中国,必先救其学术。"这与徐复观的个人经历与性情修养是息息相关的,少年贫苦,行伍出身,宦海沉浮,中年向学的丰富人生使他与熊氏门下师兄弟的学术相比,更加贴近现实生活。"新儒家"学人都充满了对于传统思想文化的使命感,致力于发掘中国古代优秀文化传统,以开发一条适合于中国的现代学术发展道路。徐复观的与众不同之处在于他主张用感性生命去"体验",而不是用理性思维来"超脱"。徐复观弟子陈昭瑛总结道:"激进的儒家是大地的儿子,超越的儒家乃是上帝的选民;激进的儒家是实践的,超越的儒家是批判的。"[14]徐复观便是激进的儒家。

徐复观提到,当前关于中国文化有很多迫切解答的问题,其中最根本的是解决"中国文化'是什么'的问题"[15]。西方思想文化涌入中国以来,有很多学者都认识到了传统文化危机,可是却缺乏对于中国文化深入的理解与剖析,没有真正进入中国文化系统中,无法明白古人之心,就不能发现传统文化对于现代的意义,所以,对于中国文化的鼓吹往往流于苍白,甚至被冠以"玄学鬼"的称呼。从根本上来说,这就是还没有弄清楚中国文化"是什么"就急于阐释的后果。故而,还原中国文化的本来面目迫在眉睫,需要寻找一条可供操作的方法,这不仅仅关乎学术本身,更在于对民族文化的重新建构,对国族精神的续接,而后者的意义更为重大。

回答中国文化"是什么",必然要回到历史之中。徐复观提到:"任何的创造,都要扶着历史的线索去走。"[16]历史是指向未来的,立足现世生活,尤其是处于迷途的紧要关头时,看不到前方的路,只有回过头来顺着来时的足迹,方可以照见未来的发展。近现代以来,受西方科学精神"进化论"影响,思想也被认为是"进化"的,是不断向前的。而徐复观认为,人文思想是源于生命体验,而不是实验室里的科学精神,文化思想不能说是"进化"的,只能说是"变化"的。所以,徐复观所作的工作不是续接历史说下去以"成一家之言",而是力图回归历史,用感性生命来体验,以获取前行的方法与动力。他说道:"我所致力的是对中国文化作现代的疏释。在我心目中,中国文化的新生,远比个人哲学的建立更为重要。"[17]

有学者认为,徐复观是"问题中人",而非"学问中人"[18],似指徐复观之研究并没有深入学理方面。还有学者指出"追体验"的方法缺乏客观性,缺乏理论依据,因而很难立足。徐复观曾明确表示过,自己反对将传统思想作形而上的研究,他对于中国思想史、中国文学艺术的研究都是发源于对现实问题的关怀上。这也许是一些学者认为徐复观不是真正的"学问中人"的原因。然而,"追体验"的方法实际是立足于"实证"的基础之上,将几百年来关于"考据"与"义理"进行融合,使清代以来的两大文学潮流由分离趋于整合。这就整个动态的学术发展而言,徐复观是功不可没的,他在反思中摸索,于中国文化精神中体悟,中国文化精神与知识本身的特点在于"合",而不是自成系统,各自为政。王守雪认为:"徐复观功绩也许不在于首倡,不是首先提出两大学术方向各自偏颇病痛的人,他的功绩在于建设,在于研究实践,在于开出了新的途辙。"[19]徐复观方法之"新"是立足于"旧"的传统思想文化中,他的"追体验"研究方法不是凭空出现,在陆机的《文赋》是:"余每观才士之所作,窃有以得其用心。"[20]在刘勰的《文心雕龙》是:"观文者披文以入情。"[21]徐复观就像一位技艺高超的酿酒大师,他于"旧"的原材料中汲取精华,无限接近于原料的本质,也就是文化之精神,最终在消化提炼中以全新的面貌呈现出来,如同粮食变酒,虽然形式不同,但是精华皆在。

徐复观的诗论,于实践而言,贯穿于徐复观整个思想、文化的研究,他对于诗人、诗歌作品本身以及诗歌理论的研究都是将考证与体验结合在一起。在徐复观的研究中,诗是"活"

的,"有生命"的,而不是冷冰冰的文字符号,所以,徐复观取得了具有创新意义的诗歌理论成果。于方法而言,"追体验"是将古代与现代进行连接的有益尝试,中国现代学术想要立足,就必须找到适合本体学术研究的方法。通过"追体验"获得的,正是中国文化血脉中最精华的部分。于现代人而言,无论是治文学艺术,还是哲学历史,这种方法都是必不可少的。于当代精神而言,徐复观重拾中国文化中"修己""经义"之精髓。他认为学术研究与人格修养是一致的,读者在阅读中,获取的不仅仅是知识,而是探源作者之心,回溯文化之路,最终指向自己的内心。徐复观曾提到:"这从表面看,是诗人感动了读者,但实际,则是诗人把无数读者所蕴蓄而无法自宣的悲欢哀乐还之于读者。"[22]从这个层面上来说,中国人只有在中国文化中才能汲取原汁原味的精神力量。于现实意义而言,徐复观之研究便是源于现实问题,他的起心动念在于对吾国吾民,对民族文化,对个体生命的深深忧患中。从情感倾向上看,他非常赞赏杜甫,正是由于二人"间千载而相遇相感"这一治学动机注定了徐复观的学术格局是"大"、"深"、"厚"、"重"的。这是徐复观评价杜甫的评语。同时又何尝不是说徐复观本人呢?他一生致力于回答中国文化"是什么",从这些层面来看,他用等身的著作回答了这一根本问题。

结语

徐复观之诗论是在"变"与"通"中求"回归"与"当代化"。徐复观之"变"是对20世纪以来西方话语强势涌入、中国传统诗论内部紊乱的学界现象的有力反拨。他站在整个中国文化的立场上,追溯到孔门与老庄两家精神之源头,采取了中国学术史中"复古以求新"这一传统方式,却又不再以某朝某代某种文体为依托,而是立足于整个中国的文献、文学、文化,力矫"文论失语"之弊。而"通"是一种开阔的视野,整体的方法,圆融的观照。徐复观既有宏观的诗学思想,又有针对具体问题的诗学理论,他的诗论中熔铸其史学的、哲学的思考,扫除了文史哲之间的障壁。他致力于打通"古"、"今"、"中"、"西"之间的关卡,努力冲破门户之见与时代之限。与此同时,也要认识到徐复观的文艺主张仍有保守性。徐复观是"问题中人",他的研究都是立足于解决现实问题,这一点与熊十立、牟宗三、唐君毅等人有很大不同。故而,他不会轻易提出一个石破天惊的观点,也不会抛开传统文论的牵绊,所以很多学者认为他又被守旧的一面所禁锢。但是当我们深入了解徐复观的人生经历与时代大背景后,就会明白徐复观的"保守"是在"破"与"立"的时代中的必然选择,是对胡适辈开疆拓土者的反思与修正,亦是对中国传统文脉的诊断与疗救。

注　释:

〔1〕　胡大雷《关于传统文论的特质及"当代化"的理论思考》,《文学评论》2003年第3期。

〔2〕〔12〕　朱光潜《诗论》,北京出版社2011年版,第1页。

〔3〕　余英时《现代危机与思想人物》,生活·读书·新知三联书店2005年版,第32页。

〔4〕　郭绍虞《中国历代文论选》第二册,上海古籍出版社1979年版,第82页。

〔5〕　朱立元《走自己的路》,《文学评论》2000年第3期。

〔6〕 朱自清《诗言志辨》,广西师范大学出版社2004年版,第10—11页。

〔7〕〔8〕〔9〕〔11〕〔13〕〔22〕 徐复观《中国文学论集》,九州出版社2014年版,第90、405、503、75、232、81页。

〔10〕 徐复观《中国人的生命精神》,华东师范大学出社2004年版,第147页。

〔14〕 陈昭瑛《台湾儒学的当代课题:本土性与现代性》,中国社会科学出版社2001年版,第67页。

〔15〕 徐复观《中国文学论集续篇》,九州出版社2014年版,第2页。

〔16〕 徐复观《中国学术精神》,华东师大出版社2003年版,第245页。

〔17〕 徐复观《中国思想史论集》,九州出版社2014年版,第56页。

〔18〕 许纪霖《重建知识与人格的立足点——徐复观的知识分子论》,《学术月刊》2003年第8期。

〔19〕 王守雪《心的文学》,华东师范大学博士学位论文,2004年。

〔20〕 陆机著,张少康集释《文赋集释》,人民文学出版社2004年版。

〔21〕 刘勰著,范文澜注《文心雕龙》卷十,人民文学出版社1958年版,第715页。

〔作者简介〕 王祖琪,1993年生,文学博士,现任职于江苏师范大学文学院。主要研究方向为中国古代文学与比较文学。

《近现代报刊词话汇编》(全5册)

(朱崇才编纂,人民文学出版社2023年版)

晚清以来,以上海为中心,近代报刊杂志蔚然兴起。于是词话绝大多数改在此一新阵地发表。《近现代报刊词话汇编》是即继唐圭璋《词话丛编》、朱崇才《词话丛编续编》之后,收录1949年之前报刊杂志所发表之词话130余种,约220万字。《近现代报刊词话汇编》按照《词话丛编》和《续编》的成熟体例做整理工作,所收都是传统意义上的条目式、漫话式词话,力求做到不滥入、不遗漏。相关词话资料系从国家、上海、南京等图书馆所藏或相关全文数据库所收录的25300余种报刊杂志中查检所得,基本达到了"竭泽而渔、应收尽收"的数据汇编标准。所收词话的整理,以原发表之报刊杂志为底本,录入、标点、校勘、整理、排版,并加作者简介、刊载说明,原无标题者,为便检阅,增拟了序号小标题。总而言之,这是一套内容全面、整理严谨的近现代报刊词话汇编之作。

《杨万里选集》与诗史互证方法

郝润华　高云飞

　　南宋是中国历史上的一段极特殊时期,阅读《宋史》,除了其中的疏误与不实之处外[1],对这段记载总有一种语焉不详的感觉。由于当时文人承载巨大的家国之痛与忧患意识,笔下总是涌现出对重要史事的叙写,期盼收复北方失地的情绪,诗歌表现尤其明显。如陆游《关山月》"遗民忍死望恢复,几处今宵垂泪痕",充满了对收复中原失地的渴望,表现出忧时情绪,暗含对朝廷的不满。直至南宋末年,文天祥、汪元量、谢翱、林景熙等人在"诗史"传统的影响下,继续用诗歌抒发爱国情绪,叙写亡国之恨。在诗歌深处潜隐了每位诗人对历史的独特感受,他们的作品如镜像般真实反映了所处特殊年代的情境。钱锺书说:南宋"诗人就像古希腊悲剧里的合唱队,尤其像那种参加动作的合唱队,随着搬演的情节的发展,歌唱他们的感想,直到那场戏剧惨痛的闭幕、南宋亡国,唱出他们最后的长歌当哭"[2]。如何通过诗歌了解南宋时北方的真实情形,如何理解时人对抗金战争与收复北方领土的态度,如何认识南宋诗人眼中真实的皇帝与朝臣形象,如何挖掘出这些诗歌中传达出的微言大义,这无疑是诗歌诠释者的一项重要使命。《杨万里选集》正是这方面的代表性成果。此书是二十世纪六十年代周汝昌(1918—2012)完成的一部诗歌诠释著作[3],他在精心编选宋代诗人杨万里部分具有现实性、思想性的诗歌的基础上,为诚斋诗作了详细注解。针对诚斋诗的写实性特质,周汝昌选择诗史互证的笺释方法,通过诠释诚斋诗,帮助读者深入把握其表现手法与创作思想的变化,引导读者直观认识南宋史实中一些细节以及创作时的特殊历史环境。在古典诗歌阐释著作中独树一帜,具有重要学术意义。关于《杨万里诗集》对诗史互证方法的运用,学界几无研究,拙著《〈钱注杜诗〉与诗史互证方法》中略有简论[4],并未展开阐述,本文就此问题再作进一步讨论。

一、杨万里诗的写实性特质及其表现

　　黄庭坚创立的江西诗派提倡"夺胎换骨"、"点铁成金",主张"无一字无来历"的诗歌创作方法,其好议论、重文字的诗风在北宋末至南宋初风靡一时,它固有的弊端到后期越加显露出来。至南宋初年,虽然有人试图一改这种局面,但收效甚微。直到南宋孝宗时,一些曾经学习过江西诗派的诗人才力图通过创新从根本上摆脱了它的拘束,并以不同的创作风格打

本文收稿日期:2022 年 12 月 15 日

开了宋诗的新局面。这其中成就最为突出的当属杨万里的"诚斋体"。杨万里(1127—1206)一生创作诗歌两万余首,现存四千两百多首,著有《诚斋集》一百三十三卷传世,今有辛更儒《杨万里集笺校》(中华书局2007年版)、王琦珍《杨万里诗文集》(江西人民出版社2006年版)等整理本。清代四库馆臣认为杨诗"虽沿江西诗派之末流,不免有颓唐粗俚之处,而才思健拔,包孕富有,自为南宋一作手,非后来四灵、江湖诸派可得而并称"[5]。杨万里诗以描写自然流畅、语言风趣活泼著称,内容题材以状写自然景象与日常生活为主,但其中也不乏反映现实社会生活与时事政治的作品,这些作品也是杨万里诗歌中较有分量的部分。

杨万里曾写过一首诗《题刘高士看云图》,句云:"谁言咽月餐云客,中有忧时致主心。"这种情怀与其创作实践始终相一致。他不仅创作出了不少吟咏江风霁月的写景抒情作品,还给后人留下了大量伤世忧时的作品。淳熙十六年(1189)十二月,杨万里充任金国贺正旦使的接伴使,由于往来于江淮间迎送金国使者,他亲眼目睹沦丧于金国的大好河山和受苦的中原父老,心中充满了国家残破的耻辱和忧愤,这期间所创作的现实性作品表现得最集中、最强烈。如著名的《初入淮河四绝句》,是其踏上原为北宋国土、后已成为宋金国界的淮河后触景伤怀所创作的四首绝句,诗中"何必桑乾方是远,中流以北即天涯"(其一)、"却是归鸿不能语,一年一度到江南"(其四)等句,包含了诗人对朝廷的失望和羞愤,对主战派的褒扬,对投降派的谴责,对中原人民的同情,正抒发了国家民族处于灾难深重之时爱国士人和广大人民的共同心愿与情感,是其最重要作品之一。又如,在他看到镇江金山的吞海亭已成专为金国使者烹茶饮茶的场所时,他沉痛地发出慨叹:"大江端的替人羞!金山端的替人愁!"(《雪霁晓登金山》)对朝廷的苟且感到羞愤。再如《过扬子江》其一:"携瓶自汲江心水,要试煎茶第一功。"清代纪昀评曰:"结乃谓人代不留,江山空在,悟纷纷扰扰之无益,且汲水煎茶,领略现在耳,用意颇深。"[6]未解出其中意味。其实此句中蕴藏着沉痛的感慨与讽喻,与《雪霁晓登金山》一诗有异曲同工之妙。此外如《嘲淮风进退格》、《题盱眙军东南第一山》、《读罪己诏》、《故少师张魏公挽词》、《宿牧牛亭秦太师坟庵》等诗,以雄阔沉郁的诗风,寄托家国之思,呼吁抗战复国,歌颂抗金英雄,批判卖国权奸,字字包含深情与怨愤,都是其直抒胸臆、伤时忧世与忧国爱民的名篇。另外如《豫章江皋二首》、《九月十五夜月细看桂枝北茂南缺未经古人拈出纪以二绝句》、《月下杲饮绝句》、《初九夜月》等诗,又呈现出曲折多讽、意味深长的特点,暗含着诗人对国家残破、中原待复的深沉反思。总之,杨万里使金期间创作诗歌绝大部分具有感时伤世、讽喻时政的特点,在风格上多深沉忧愤、含蓄委婉。

在杨万里之前,南宋出使过北方的诗人就创作过纪行感怀诗,"金人给整个宋朝的奇耻大辱以及给各个宋人的深创巨痛,这些使者都记得牢牢切切……淮河以北的土地人民是剜肉似的忍痛割掉的,伤痕还没有收口,这些使者一路上分明认得是老家里,现在自己倒变成外客,分明认得是一家人,眼睁睁看着他们在异族手里讨生活。这种惭愤哀痛的情绪交搀在一起的情绪产生了一种新的诗境……"[7]如曹勋《出塞》:

> 闻道南使归,路从城中去。岂如车上瓶,犹挂归去路。引首恐过尽,马疾忽无处。吞声送百感,南望泪如雨。[8]

以被金人掳去汉人或北方人的视角,向往自己能如使者车上的油瓶,随车一同回到祖国怀

抱。与杨万里同时的范成大也有此经历和同类作品,其《州桥》最为著名:

> 州桥南北是天街,父老年年等驾回。忍泪失声询使者:"几时真有六军来?"[9]

通过中原百姓对宋军是否打算收复失地的询问,充盈着朝廷不能收复中原的愤懑与不平。"在南宋对金交往中,范成大是派出使节的代表,创作出一组优秀的使金纪行诗,抒发他在金国的见闻和感慨。在南宋境内,还有众多接伴使、送伴使,其中最杰出的代表是杨万里。他沿途创作了三百五十二首诗歌,是接送使中创作量最大、水平最高的诗人,有《初入淮河四绝句》这样脍炙人口的名作"[10]。"迎送金使途中的创作量远高于临安为官期间。迎送金使的四个阶段约七十七天,创作诗歌三百五十二首,日均 4.57 篇"[11]。可见杨万里使金诗的分量。杨万里在使金一路北上途中,亲眼目睹了"靖康之变"后金国统治下北方地区生产破坏、民不聊生的惨状,也深切感受到了中原百姓期盼宋军北上收复失地的强烈愿望,在无奈之余满含悲情,出之以吟咏,记录下了朝廷屈辱求和的一段历史,创作出了一些极具思想性与史料性的诗歌作品。这些诗歌中寄寓感慨与深意,值得读者玩味。

　　杨万里诗歌对政治国事与中原人民生活的观照与书写,是由其理学思想、人生历程、社会经验、个性品质与特殊历史时代所造成。杨万里青年时期拜主战派代表人物张浚为师,受其影响,一生力主抗金,反对议和。在朝任官时进奏皇帝的许多奏疏中,不断力陈国家利病,痛斥投降之误。面对中原处于金人统治的严峻形势,他说:"为天下国家者,不能不忘于敌。天下之忧复有大于此者乎!"[12]告诫统治者要时刻不忘出兵收复中原故土。他甚至大胆批评宋孝宗的态度与做法。与杜甫一样,杨万里十分同情百姓,具有强烈的民本思想,他认为:"民者,国之命而吏之仇也。"[13]因此他提醒朝廷要"节财用,薄赋敛,以结斯民之心","赋减而后民可富,民富而后邦可宁"[14]。他在孝宗淳熙十二年(1185)任吏部郎中期间,曾上《上寿皇论天变地震书》,极陈时政之得失。尤其是光宗绍熙元年(1190)任秘书监的杨万里奉诏任焕章阁学士,为金国章宗贺正旦使的随从,接待金臣,这一特殊经历对于其人生与创作影响巨大,使他不仅体会到了朝廷的庸懦、耻辱,也深感中原百姓的困苦与国家的分裂。另据史书记载,作为理学家的杨万里为人耿直,敢于批评朝政,居官清廉,始终保持文人的操守与使命感与责任感,故其一生仕途坎坷,直至晚年才得到朝廷进封,但他不愿与韩侂胄之流合作,依然长期居家不赴,具有高尚节操与人格魅力。因此,他能够在特殊时期用冷静敏锐的目光观察南宋政治的阙失,用深沉的感情关怀中原人民的生活状态,进而运用婉转蕴藉的艺术表现力在诗歌中描摹当时的社会情景,以此抒发其爱国热情和民胞物与的胸怀。

　　杨万里之所以对诗歌的现实功用有比较深入的体会,除了个人经历与特殊时代背景因素外,也与其文学理论有关。杨万里十分重视外部环境对诗人的触动,他说:"我初无意于作是诗,而是物是事适然触乎我,我之意亦适然感乎是物是事,触先焉,感随焉,而是诗出焉。我何与哉?天也,斯之谓兴。"[15]这里的"物"和"事",兼指自然之物与现实社会。他在《诗论》中进一步论述诗歌的功用,曰:"诗人之言,至发其君宫闱不修之隐慝,而亦不舍匹夫匹妇'复关'、'溱洧'之过;歌咏文武之遗风余泽,而叹息东周列国之乱哀穷屈,而憎贪谗。深陈而悉数,作非一人,词非一口,则议之者寡耶?"[16]这段论述旨在说明中国古代诗歌的任务之一在于美刺,在于观照社会现实,这也是儒家传统文艺观的体现。因而,他在作品中对民生疾苦、国家兴衰、民族前途投入关切的目光,形成较强的写实性特质。

清人曾评:"诚斋与放翁同在南宋,其诗绝不感慨国事,惟《朝天集》中《入淮河》四绝句、《题盱眙东南第一山》二律、《跋丘宗卿使北时诗轴》少见其意,与放翁大不相侔。"[17]其实这种说法不够客观全面。杨万里诗中的涉政题材数量虽不及陆游和范成大丰富,关注现实的程度也远不及陆游,但杨万里诗并非毫不感慨国事,如"《初入淮河四绝句》之哀痛国土沦丧、恢复无望;《过扬子江二首》之讥刺苟安求和、有失国体;《宿牧牛亭秦太师坟庵》之批判秦桧弄权误国,均为南宋爱国主义诗歌中的佳作"[18]。是评论者并未仔细体会出诚斋某些诗作的意味。如何发见诚斋诗的言外之意与爱国情怀,这只有通过笺注者的抉微探隐了。《杨万里选集》就承担了这一责任。

二、诗史互证方法与《杨万里选集》

由于中国儒家文化提倡仁义、敦厚、中和以及尊君思想,受其影响的中国古典诗歌创作也积极主张含蓄蕴藉,即使是诗人不平而鸣,想要反映现实、批判时政,也尽量要做到"婉而成章",就像"《春秋》笔法",寓褒贬于曲折表达之中。如此一来,那些蕴含深刻思想的作品就变得晦涩难懂,从而影响了读者的阅读接受与诗歌本身的传播,这就需要学问深厚的诠解者对其做出准确的挖掘笺释。谈到杜诗的笺注,周勋初指出:

> 杜诗之被称为"诗史",就是因为他用文学手法反映了唐代的历史。诗歌是用精炼的语言构成的,对于叙及的史实来说,时移势改,旁人难得明白,后人在理解时有更多困难。这就说有待于注者依据史籍而加以阐发,或作必要的补正。[19]

因此,宋代以降,随着杜诗地位的高涨出现了钩沉史事、发抉深意的注诗风气,南宋《黄氏补千家注纪年杜工部诗史》是其中代表性成果,至清初钱谦益以诗史互证的成功运用和确立而著名[20],"牧斋之注杜,尤注意诗史一点,在此之前,能以杜诗与唐史互相参证,如牧斋所为之详尽者,尚未之见也"[21]。近代以来,陈寅恪继承与发扬此方法,并融入现代学术精神,完成《元白诗笺证稿》、《柳如是别传》等著作,通过对白居易、元稹、钱谦益、柳如是等人诗歌的阐释,与诗人之间进行跨时空交流,借此探寻某些史实真相和诗人心迹,使传统学术散发出新的时代气息。现代不少学者从中体会到文史互通、文史互证方法的魅力,也竞相以此方法阐释古典文学作品,考察现代学者的研究成果,在这一方面卓有成就的有刘师培、缪钺、邓广铭、周汝昌等[22],研究领域主要集中在诗歌方面,除杜诗外,宋元之际与明清之际诗歌也是研究热点,遗憾的是,对于在学习杜诗基础上改造形成的宋诗,以诗史互证方法研究之者却是寥寥无几。

南宋时代民族矛盾激烈,文人与朝廷之间、与政治之间存在着错综复杂的关系,前期有些史事如岳飞被杀原因、南宋君臣关于收复北方失地的态度、朝廷对待金国的政策与立场,等,都需要借助各种文献载体得到证实,文学作品即是其中一种。当时有不少诗人尤其是因公差到过北方的诗人,通过诗歌表现时代变化、吐露自我心迹,因此,对于大量宋诗需要用实证方法进行深度笺证,以便挖掘其历史价值与文学价值。如前所述,与范成大、陆游一样,杨万里使金诗歌作品体现出明显的"诗史"特质,具有较强的现实性,因此,极有必要用诗史互证方法对其进行笺注。周汝昌有很深的古典诗词造诣,在1953年完成出版了著名的《红楼梦新证》一书,他运用的即是实证的方法,认为此书是曹雪芹自传小说。因此,他能够顺利完成杨万里诗歌阐释也在情理之中。《杨万里选集》精选诚斋诗文词赋作品,加以注释、评笺,体现了选注者独特的学术见解与文学研究成就。尤其杨万里诗歌的注释贯穿了作者独特的理念与方法,"自于《范成大诗选》初试牛刀、与人合注《白居易诗选》之后,《杨万里选集》成为周汝昌真正按照自己的想法贯彻注诗理想的一部作品"[23]。从《范成大诗选》(1959年出版)、《白居易诗选》(1962年出版)到《杨万里选集》(1962年出版),从作品选录到诗歌诠解,均可见作者的研究视角始终倾向于诗歌的写实性特点。

周汝昌"注诗理想"是想通过笺释杨万里诗解决文学与历史的双重问题,在直观反映南宋前期历史场景的同时,挖掘出杨万里的爱国思想。因此,在《杨万里选集》中结合南宋史事对杨诗作出深入笺释。他首先在《引言》中阐述了自己运用这种方法笺注诚斋诗的缘由。他引用杨万里《诗论》中的一段论述,认为诗人的笔触,像《诗经》一样,既要能揭示批判统治者的腐败统治与腐朽生活,也要反映百姓的日常感情与真实生活;既要歌咏贤达、英雄的光荣事迹,也要为社会之动乱、现实之残酷而叹息。因此,他认为杨万里这些反映现实的蕴含复杂情感的诗歌是其理论思想的具体体现,是不可多得的优秀作品,需要加以认真选录与诠释,否则我们会"掉轻心、失具眼,把他的千秋万古的苦心密意都给看没了,岂不是非常对他不起了吗?"[24]《杨万里选集》选录了较具写实性、思想性的诗歌291题,共计三百多首,用诗史互证方法做出阐释,具体体现在以下三个方面。

第一,以史证诗。

知人论世的观念成为古代人文研究中的优秀传统,孟子曰:"颂其诗,读其书,不知其人可乎!是以论其世也,是尚友也。"[25]知人论世,反映在诗歌解读上其实就是以史证诗。在诗歌解释中,以史证诗传统由来已久,如东汉王逸《楚辞章句》中就有大量对创作背景(即本事)与创作年代的释证。宋代开始在杜诗阐释中大量运用。基于此点,《杨万里选集》在诠释杨万里诗歌创作背景时即大量引入南宋史实,如《旱后郴"寇"又作》一首即明显体现了这种方法的运用,诗曰:

> 自怜秋蝶生不早,只与夜蛩声共悲;眼边未觉天地宽,身后更用文章为?去秋今夏旱相继,淮江未净郴江沸。饿夫相语:"死不愁,今年官免和籴不?"

笺曰:

> 本篇作于乾道元年(1165),是年两淮地方灾伤极重,饥民纷纷起而反抗官府。二月,皇帝下令蠲免两淮灾伤州县的身丁钱绢,并速决系狱犯人,藉以缓和阶级矛盾斗争。湖南也大旱,五月,郴州(治所在今湖南郴县)宜章县李金领导的人民反抗复起。统治集团派刘珙为湖南安抚使、兼知潭州,进行镇压。(38页)[26]

首先交代本诗的创作背景,接着又对诗句中的词语进行重点注释:

> 和籴,当时官府害民虐政之一,一名"助军粮草",是官府以筹助军饷官民商量交易

为名而实际向民硬派数额、强买食粮的毒辣办法。起初还定价给钱,后来则低作价、多要粮,甚至朝廷发下的购粮钱帛等物都被历层官府扣留自饱私囊,不发给售粮户,成为白抢人民的粮食,更有的干脆令农民按官价出售了,要钱要物,不要粮,种种"折变"名目,弊窦百端。所以诗人记录饿夫的痛语;死倒不要紧,今年的和籴免不免呢?——看来,人饿死不在话下,和籴的罪难还是逃不掉的!(38页)

注者首先引用白居易《论和籴状》文,说明和籴政策从唐代就已产生,下面又引杨万里《千虑策·民政》中的论述,证明宋代和籴政策在压迫和剥削百姓这一点上已远远超过了唐代。据杨万里文"都可见当时封建统治者残酷剥削掠夺、逼民为盗的事实,作者虽然站在统治阶级立场而称呼饥民为'寇',可是已然抉出了那种官逼民反的阶级压迫、斗争的实质"(39页)。类似这种注释例证在《杨万里选集》中较多,在此不赘。

第二,以诗证史,以诗补史。

以诗证史,是通过发掘诗歌中所反映的历史事实说明当时社会上的重大事件及其背景和细节,这种方法难度较大,要求对诗歌有深刻理解和对历史的正确把握,《文选》李善注所引阮籍《咏怀诗》颜延之与沈约注才初露端倪,宋人在注释杜诗时开始大胆尝试,直到《钱注杜诗》方将此种方法确立下来,经过陈寅恪的发扬光大,在《杨万里选集》这里也得到了很好的应用发展。此书通过诗歌诠解补充南宋史事细节或进一步证实某些史实,尤其对涉及宋金关系一些诗歌的诠释对于我们了解朝廷想法与做法提供了比史书更直观的内容。如《晓立普明寺门时已过立春去除夕三日尔将归有叹》:

……年华纵留春已换,半生作客今何恨?夜来飞霰打僧窗,便恐雪真数尺强。催科不拙亦安出?吾民沥髓不濡骨!边头犀渠未晏眠,天不雨粟地流钱!

此诗作于绍兴三十二年(1162)。注者笺说:

案本年夏天,金发兵数万围海州,镇江都统制张子盖,听从张浚的指示,大败金兵于石湫堰,溺死的几达半数,其余的也败逃了。冬天,金以十万兵屯河南,声言将进窥两淮。张浚以大兵屯驻盱眙、泗、濠、庐州等地,金兵不敢动,但仍以文书索割海、泗、唐、邓、商等州及岁币以为威胁。诗中"边头"句所指即在此。(11页)

又揭出诗旨:"字面是善于理财通货,但实际意义是封建统治集团聚敛苛重,靡费、侈乐无度。天上不往下掉粮食,而地上尚要钱如水流,当然就只有沥民之髓了。"(10页)战争本就耗费钱粮,朝廷不仅不知节俭,还要靡费享乐,又要给金人贡献"岁币",徒增百姓的负担。

又如《题曹仲本出示谯国公迎请太后图自"肃天仗"以下皆纪画也》诗("德寿宫前春昼长,宫中花开宫外香"),注者首先指出此诗的本事:

靖康二年(1127),金人攻陷汴京,掳赵佶、赵桓(钦宗)、韦贤妃、赵构的妻子邢氏等人北去,曹勋是随从同行者。不久逃回,把赵佶、韦妃、邢氏等的秘信带给赵构;并建议募敢死之士航海入金国设法把徽宗救回来。但因此之故却被调离出守外郡,九年不得迁升。后来宰相秦桧卖国投降议和,金人才答应把赵佶、赵桓的灵柩和韦贤妃(这时已"遥尊"为太后)送回;曹勋充当"报谢"金国副使。正使是何铸,见了金兀术竟吓得伏地不能

> 讲话,曹勋一力交涉,才算成功。绍兴十二年(1142)六月,曹勋又充接伴使迎接韦太后。八月,至浙江临平镇,赵构来迎,封韦太后入居慈宁宫。她是被掳诸皇室人等中唯一得生还的。(132—133页)

这一段利用史书详细介绍了北宋灭亡、皇帝和皇后被掳以及曹勋赴金迎接韦太后回南宋的史实,作为此诗创作时的历史背景。接着是对此诗内容的具体注解,最值得注意的是诗末的笺释:

> 爱国大将岳飞被卖国汉奸宰相秦桧害死,正是在秦桧和金人议和——投降——并派出使臣往金国请迎韦太后的同时,——其实,"议和"投降,迎回韦氏和赵佶等灵柩,正是用为国干城的岳飞的屈死换来的。作者的诗句,"曲终奏雅",也正就是大胆揭露了这个事实内幕。因此,诗中表面所说的一些颂扬曹勋的话头以及劝他功成早退、"明哲保身"的那套消极理论显然并非作者真实的主要的意旨所在了。(134页)

注者将今典本事与古典出处的发掘相互融合分析[27],明确指出此诗主题在于对朝廷贪生怕死、陷害忠良行径的揭露,有力证实了南宋朝廷的昏庸腐朽行为。正史在记载史事时往往以历史大事件的正面叙述为主,而诗歌却能通过好的笺注就史事的细节展示得更为具体明白。

第三,揭示诗人心路历程与思想情感。通过笺释揭示出杨万里的心路历程与忧国忧民情怀,是《杨万里选集》的重要目的。如《过扬子江二首》之第一首"千载英雄鸿去外,六朝形胜雪晴中"两句曾受到清人批评,认为是败笔之作[28],而周汝昌在注释此诗时却独具慧眼,一反古人之说,认为这两首诗正体现了诗人的良苦用心。他笺注道:

> 那两句,明明是借古吊今;"千载英雄",指的就是绍兴年代乃至乾淳之际的刘、岳、韩、张诸位大将,国之干城;"六朝形胜",就是指"直把杭州作汴州"的南宋小朝廷……单是翻一下《朝天续集》本卷,也会见得出是了如指掌。诚斋原句,以表面壮阔超旷之笔而暗寓其忧国虑敌之凤怀,婉而多讽,微而愈显,感慨实深……"[29]

《朝天续集》是杨万里的诗集,收录其淳熙十六年(1189)十一月至绍熙元年(1190)九月间的作品,其中不乏与《过扬子江二首》同题材的作品。注者准确把握杨万里诗的写实性特质和大量运用"美刺"、"比兴"手法这一点,以诗歌典故和当时时事互相考证、互相发明,对杨诗中的现实意义进行阐释,指出此诗的主旨是讽刺偏安一隅的南宋小朝廷。关于这一主题,作者在笺释另外一首《初入淮河四绝句》诗时也有进一步强调:

> 放着爱国名将名相不用,偏偏要宠用大汉奸秦桧及其党羽,迫害忠义人士,解散抗战力量,是谁之过呢? 言外暗斥最高统治者高宗赵构。(176页)

指出诗人将矛头直接对准当朝皇帝。这种观点或许有违儒家"为尊者讳"的原则,但结合杨万里性格特征与其内心始终存在的忧国忧民情绪,这绝非注者的钩沉索隐与穿凿附会,这种说法也完全符合历史事实。据李心传《建炎以来系年要录》卷五七记载,绍兴七年(1137),宋高宗赵构得到金国愿意议和的消息,他立即起用秦桧为宰相兼枢密使,不顾岳飞、韩世忠、胡铨等武将文臣的反对,加紧与金国的议和活动。绍兴九年(1139),朝廷终于与金人订立了和约,这就是历史上著名的"绍兴和议",也是一个充满耻辱意味的盟约,让国家和民族蒙羞的不是别人,正是贪恋权力、贪图享乐的皇帝。杨万里在此首诗中所蕴含的深刻思想情感,通过注者的诗心与史识被挖掘凸显出来,也被读者所了解、所感触。

诚斋有些讽喻现实之作写得比较隐晦,非有独具只眼的能力不能诠解,如《过瓜洲镇》:

> 夜愁风浪不成眠,晓渡清平却晏然。数棒金钲到江步,一樯霜日上淮船。佛狸马死无遗骨,阿亮台倾只野田。南北休兵三十载,桑畴麦垄正连天。(完颜亮辛巳南寇,筑台望江,受诛其上,土人云。)

有学者解:"当年北魏拓跋焘追击刘义隆,追至瓜洲,在山上建立行宫,完颜亮南侵,亦在此筑台,后被部下所杀。杨万里在这两段侵略历史之后,没有接着写抗击侵略,收复失地,而是转写当下的和平局面,'南北休兵三十载,桑畴麦垄正连天',呈现出一派喜人的景象,这说明杨万里等人已经习惯了和议的政局。"[30]然而,《杨万里选集》却有完全不同的解释:

> 从采石一役到本篇作时,约为二十八九年,故云三十载。乾道元年(1165)"隆兴和议"订成,从此南宋再不想报仇恢复国土。诗句所说的"休兵",所说的"桑畴麦垄",好似一片"太平景象",不可认为是作者赞成"休兵",庆幸"太平",须知他言外正是感慨忘掉复仇的南宋小朝廷。(172页)

这末联,与"直把杭州作汴州"是一样的手法,注者如此解释正与杨万里的北上经历与当时无奈心情很相吻合,即使是写北魏典故的第三联,其实也是用借古讽今的手法吟咏眼前实事。总之,《杨万里选集》对诚斋心迹的挖掘阐释,反映了选注者细读文本的能力、独特的眼光与创新意识。

其实,大多时候《杨万里选集》是将以史证诗与以诗证史以及揭示诗人思想相互融通起来使用,以期达到最佳效果,如前述《旱后郴"寇"又作》,注者将以史证诗和以诗证史两方面结合起来,用杨万里诗歌作品中描写的情景证明南宋时所发生的百姓为反对和籴政策的反抗这一历史事件的真实性,同时也引用当时其他材料说明杨万里在诗歌中所尽力表现的现实内容,使读者对宋代和籴政策的真实内容也有了深刻的认识,而且对杨万里的民本思想也有了较为形象、生动的理解。《杨万里选集》中诸如此类的综合阐释还有不少,如,笺出《读〈罪己诏〉》是告诫孝宗不可因"符离之战"而灰心,当发奋自强,力主抗战;《雪霁晓登金山》乃挖苦南宋小朝廷懦弱无能,表现出作者的失望之情;《舟过扬子江远望》是借六朝史事婉转批评南宋朝廷的昏庸苟且;《宿牧牛亭秦太师坟庵》是对阴魂不散的秦桧的讥讽挞伐,表现出诗人不畏权贵的精神;《过石磨岭岭皆创为田直至其顶》则暗含对朝廷画地为牢、不思进取的讽喻指责,等等。在这些诗歌的深细探索中,注者不仅用历史记载的确切性证明诗歌中所描写内容的真实,而且能够深刻挖掘出诗人通过诗歌揭露南宋小朝廷皇帝贪权、奸臣当道、贤臣不遇、政治腐败的思想主旨。

杨万里诗歌用比兴、美刺手法表现时代风云、批评南宋君臣,也是杜甫"诗史"传统的接续与弘传,但是,如果不具备丰富的历史知识和较高的文学批评水准以及独具慧眼的思考能力,即使是十分明显的诗歌主题,也不一定能够发掘出诗人通过诗歌作品所表达的微言大意。尤其是对南宋历史的熟悉程度,《杨万里选集》中注者征引了不少南宋史书,如,《宋史》、《资治通鉴》、苏轼《内制集》、《撼遗》、《乾淳起居注》、陆游《入蜀记》、洪迈《容斋随笔》、

《清波杂志》、刘克庄《后村大全集》、《云麓漫钞》、《演繁露》等。兹举一例，《雪霁晓登金山》，注者笺曰：

> 按南宋建炎、绍兴中金兵南侵时，金焦地点是最险急的必争的渡口，由于韩世忠、虞允文等率将士奋勇抵抗，金兵败退未得逞。而当时臣僚竟以为"水府""江神"有"保佑"之"灵德阴功"，并请加封"帝号"。陆游《入蜀记》："（乾道六年六月）二十五日早，以一豨、壶酒，谒英灵助顺王祠，所谓下元水府也……绍兴末，完颜亮入寇，枢密叶公审言督视大军守江，祷于水府祠，请事平奏加帝号。既而不果。隆兴中，虏再入，有近臣申言之，议者谓四渎止封王，水府不应在四渎上，乃但加美称而已。"此近臣指洪迈，议者指朱汉章。洪迈《容斋随笔》："绍兴末，牧马饮江，既而自毙（指完颜亮为部下所杀）。诏加封马当、采石、金山三水府……方完颜亮据淮上，予从枢密行府于建康，尝致祷大江，能令虏不得渡者，当奏册为帝。洎事定，朝廷许如约，朱丞相汉章……终以为不可，亦仅改两字（所谓"美称"），吁可惜哉！"作者在本篇诗中，则对此种不自图强、倚赖"水府"的迷信可耻的思想行为加以讽刺，末二句指此。同时也指出，可羞之外，也可愁可虑，仅仅倚赖"天险"，是十分危险的。又按《入蜀记》云："山绝顶有吞海亭，取气吞巨海之意，登望尤胜，每北使来聘，例延至此亭烹茶。"据此可推本篇当即作者陪伴金使登金山时有感而作。（179—180页）

注者引陆游《入蜀记》、洪迈《容斋随笔》说明洪迈等人有关"水府""江神"借口之荒诞不经，进而指出此诗对朝廷不自图强的讽喻意味。

三、《杨万里选集》的特点与意义

《杨万里选集》不仅在作品选录、诠解诗句、钩稽诗意方面具有独创性，读后使人有茅塞顿开、耳目一新之感，具有自己鲜明的研究特色：一是诠解诗歌时，不仅能够将史事考证与诗歌赏析紧密结合，而且与同时期其他诗人如陆游、范成大作品相互比较，融会贯通，内容繁简适当，甚至化繁为简。二是笺注语言浅近生动，清新活泼，深入浅出，富有意趣，十分易于阅读理解。正如注者所说："好注释，应该密切结合作品，透辟、中肯、详而不烦、简而不陋、恰如其分，既要富于启发性，又要给读者留有独自寻味、思考的余地，亦即要'应有尽有，应无尽无'。"[31]

《杨万里选集》的价值与意义体现在三个方面：第一，诗歌本身是艺术审美的体现，但就诗歌创作过程而言，它一定会受到作者的境遇、时代环境、历史事件等外部因素的影响。研究者必须要进一步探究这些外部因素与诗歌作品之间的有机联系，才能对诗人与诗歌有深入的体认，这就必须要求研究者在"知人论世"前提下，借助各种史料对诗歌的古典与今典做出考证。通过此书的笺注，杨万里诗歌的写实性或"诗史"特质得到凸显，进而使得读者对南宋这段历史的理解更加深刻。第二，《杨万里选集》是周汝昌较晚出的一部成熟著作，但是学界在除了研究杨万里诗歌时偶有引用外，此书一直未受到学界的普遍关注，原因之一，或许是受到周汝昌《红楼梦》研究成就的遮蔽和掩盖。此书是在《白居易诗选》、《范成大诗选》之后才完成,可谓是作者诗歌研究的集大成著作。第三,诗史互证是将历史环境与诗歌创作相结合,更加精细地考查诗人创作时的社会环境、历史事实以及诗人自身在当时所处的社会地位、人生态度和心路历程等,为读者更好地理解诗人的思想与诗歌文本提供一种路径,同时也为今后的诗歌诠释开辟一条新路。《钱注杜诗》在探究杜诗与唐代史实之间搭起了桥梁,陈寅恪《韦庄〈秦妇吟〉校笺》则帮助读者通过《秦妇吟》直观认识了黄巢起义与藩镇割据对大唐灭亡的影响。《杨万里选集》继承这一传统,在陈寅恪之后为读者进一步了解诗人爱国心迹与南宋真实史实发挥了桥梁作用,进一步阐释了诗史互证方法的学术意义。如果说陈寅恪对元白诗、钱柳诗的阐释属严肃的学术考证,那么《杨万里选集》应该是属于介于严肃与活泼之间的研究,即以通俗化的形式为广大读者展示了诗史互证方法的精髓。在当代人所著古代诗集诠释中,《杨万里选集》是成功运用诗史互证方法的一部优秀成果,体现了从钱谦益到陈寅恪所建构起来的诗史互证方法的学术精神,周汝昌对于传承与弘扬这种精神做出了重要贡献。

然而,《杨万里选集》中也存在一些值得商榷的地方。选注者的目的是想联通诗与史,勾稽诚斋的爱国诗,但如《题盱眙军东南第一山》二首这样讽喻奸臣误国、反思北宋历史的好诗却未被选入。在诗歌诠解方面也有未妥之处,如《道逢王元龟阁学》首联:"秋日才升却雾中,先生更去恐群空。"注者征引《史记·龟策传》"日月之明,而时蔽于浮云"、陆贾《新语》"邪臣蔽贤,犹浮云之障白日也"、李白诗"总为浮云能蔽日,长安不见使人愁"三条材料,说明首句的语典出处,注云:"这句明写天气,暗喻孝宗赵昚初即位好像很有志气有作为,旋即动摇,任用奸臣,打击贤者,如日在雾中。"(27页)这种注解似乎有些过度解读的意味。这第一句,笔者认为似乎是纯粹写景,属"兴"体,朱熹《诗集传》云:"兴者,先言他物以引起所咏之辞也。"[32]姚际恒《诗经通论·诗经论旨》进一步说:"兴者,但借物以起兴,不必与正意相关也。"[33]这首七律是为赞扬主战派人物王大宝(字元龟)而作,后几句表达了对王的敬重之意,"古谁云远今犹古,公亦安知世重公。轩冕何缘关此老,江山所望总清风。我行安用相逢得?不得趋隅又北东",也体现了诗人自己的价值取向。这后几句才是此诗的重点。古典诗歌创作一般采用的是轻重结合、情景交融的表现手法,如果一首诗中每一句都暗含深意,未免有一种过重或过满的感觉,显得不够匀称、和谐。杨万里善于写景,其写景诗构思巧妙、灵动活脱,在纪行、感怀、送别诗中尤其明显。因此,将此诗总体解读为作者对王大宝的同情与敬重是准确的,但其首句写景未必是暗含比喻或讽刺。再如,与萧伯和的《又和风雨二首》:

东风未得颠如许,定被春光引得颠。晚雨何妨略弹压,不应犹自借渠权。
风风雨雨又春穷,白白朱朱已眼空。拚却老红一万点,换将新绿百千重。

注者笺曰:"这两首小诗意在暗讽当时在朝诸臣僚的朋党盘结、交相为恶,正人渐被排挤而去,都换了一色的佞幸之辈。"(40页)指明此诗的主旨是委婉讽喻,但却并未作出任何笺证,故此难以使读者信服。再如,《九月十五夜月细看桂枝北茂南缺未经古人拈出纪以二绝句》:

桂树冰轮两不齐,桂圆不似月圆时。吴刚玉斧何曾巧,斫尽南枝放北枝。
青天如水月如空,月色天容一皎中。若遣桂华生塞了,姮娥无殿兔无宫。

解第一首曰:"'南枝'隐指南宋,'北枝'隐指敌人金国。"又第二首曰:"月中有'嫦娥'、'玉兔',是熟知的神话。这里说她们'无宫''无殿',即隐指南宋有被金人消灭的危险,嫦娥、玉兔隐射南宋最高统治者。"(145页)这样的诠解似是有些过度阐释了。类似的还有《清晓出郭迓客七里庄》等诗。清代朱鹤龄批评《钱注杜诗》说"诗有可解有不可解"[34]。解读杨万里诗也是如此,有些诗有寄托,可深解;有些诗并无寄托,恐怕也是不可深解。当然,瑕不掩瑜,《杨万里选集》能够细致深入阐释诚斋诗歌,引导读者准确理解诗人的思想感情,其注释质量之高,揭示诗旨之精当,实为当今不可多得的一部古典诗歌研究著作。

结语

"后人为古人的诗文作注释,看似简单,实则不易。即以诗史互证方法而言,即要求对诗歌的背景有全面而透彻的了解,还要求从事此道的人客观而公正地对待研究对象,不陷于穿凿和武断,敏锐地直探诗人的内心世界。"[35]《杨万里选集》结合南宋历史史实对杨万里那些深婉味厚的具有思想性的诗歌进行深入诠解,独具慧眼,探寻诗人的文化寄寓与价值导向,凸显诚斋诗的写实性特色,所得结论既符合诗人的原意,又达到了与诗人在精神和心灵上相互沟通的目的。注语也是清新活泼,可读性强,使读者在此书的阅读体会中对杨万里的诗歌艺术魅力、情感思想与南宋时代的悲情历史往事有了更加深刻的了解和体认,《杨万里选集》可谓是一部具有典范性作用的宋诗诠释著作。

注 释:

〔1〕《宋史》之疏误与记载不实之处甚夥,清人如钱大昕《十驾斋养新录》、《廿二史札记》、赵翼《十七史商榷》等已有所揭示。

〔2〕〔7〕〔8〕 钱锺书《宋诗选注·序》,人民文学出版社1989年版,第2、141、143页。

〔3〕 周汝昌《杨万里选集》,中华书局上海编辑所1962年初版,上海古籍出版社1979年再版,2012年修订重印。

〔4〕 参见郝润华《〈钱注杜诗〉与诗史互证方法》第四章,黄山书社2000年版,中华书局2020年修订版。

〔5〕 永瑢等《四库全书总目》卷一六〇《诚斋集》提要,中华书局1965年版,第1308页。

〔6〕〔28〕 方回选评,李庆甲集评点校《瀛奎律髓汇评》卷一"登览类",上海古籍出版社2005年版,第44页。

〔9〕 范成大《石湖居士诗集》卷十二,《四部丛刊初编》影印清爱汝堂本。

〔10〕〔11〕〔30〕 胡传志《论杨万里接送金使诗》,《文学遗产》2010年第4期。

〔12〕〔13〕〔14〕〔15〕 杨万里《杨万里集笺校》,中华书局2007年版,第3433—3434、3530、2948、2841页。

〔16〕〔24〕〔29〕〔31〕 周汝昌选注《杨万里选集·引言》,上海古籍出版社1979年版,第21、21、18、38—39页。

〔17〕 光聪谐《有不为斋随笔》庚卷,清光绪十三年(1887)刻本。

〔18〕 莫砺锋《论陆游、杨万里的诗学歧异》,《文艺研究》2018年第8期。

〔19〕〔35〕 周勋初《〈钱注杜诗〉与诗史互证方法·序》,载郝润华著《〈钱注杜诗〉与诗史互证方法》(修订本)卷首,中华书局2020年版,第2、5页。

〔20〕 参看郝润华《〈钱注杜诗〉与诗史互证方法》(修订本),中华书局 2020 年版。
〔21〕 陈寅恪《柳如是别传》,上海古籍出版社 1980 年版,第 993 页。
〔22〕 按,刘师培有《读〈全唐诗〉发微》,见卞孝萱《刘师培〈读全唐诗发微〉书后》,《古典文献研究》第 8 辑,凤凰出版社 2005 年,第 443—472 页;缪钺有《杜牧诗选》;邓广铭有《稼轩词编年笺注》。
〔23〕 《杨万里选集》内容简介,上海古籍出版社 2012 年版。
〔25〕 《孟子·万章下》,影印《十三经注疏》本,上海古籍出版社 1997 年版,第 2746 页。
〔26〕 周汝昌选注《杨万里选集》,上海古籍出版社 1979 年版。以下不一一出注,仅标出该书页码。第 38 页。
〔27〕 关于古典与今典理论,见陈寅恪《柳如是别传·缘起》:"此稿既以释证钱柳因缘之诗为题目,故略述释证之范围及义例。自来诂释诗章,可别为二:一为考证本事,一为解释辞句。质言之,前者乃考今典,即当时之事实。后者乃释古典,即旧籍之出处。"上海古籍出版社 1980 年版,第 7 页。
〔32〕 朱熹《诗集传》卷一,中华书局 1958 年版,第 1 页。
〔33〕 姚际恒著,顾颉刚点校《诗经通论》,中华书局年 1958 年版,第 1 页。
〔34〕 朱鹤龄辑注,韩成武、孙微等点校《杜工部诗集辑注·序》,河北大学出版社 2009 年版,第 4 页。

〔作者简介〕 郝润华,1964 年生,西北大学文学院教授;高云飞,1994 年生,西北大学文学院博士研究生。

《张隽集》(清代诗人别集丛刊)

(王洪军点校,人民文学出版社 2023 年版)

张隽,明末清初吴江人,字非仲,又字文通,号西庐。他曾被庄廷鑨邀请,协助其纂修明史,理学诸儒传记就是他的手笔。庄廷鑨明史案发,张隽深受牵连,被处以弃市的极刑。张氏家富藏书,再加上他深深地牵涉"明史案"之中,所以他的文字别具价值。张氏有《石船诗稿》五集附补遗一集、《西庐文集》四卷附补遗一卷、《古今经传序略》二十集等。由于他的特殊身份,他《石船存草》是抄本,未能刊行,诗稿也有遗失。后经孙俣重新整理,才避免风流云散。本书作者在前人的基础上,进一步整理,无论是点校方面,还是对相关资料的考核,都有很大的进步,这为我们进一步了解张隽本人,以及与他相关的人物、历史,都很有重要的学术参考价值。

1949年后"豪放"、"婉约"话语体系流变

刘泽华

自明人张綖在《诗余图谱》揭示了词"豪放"、"婉约"的二元对立后,踵武者甚夥,至清代与词分南北的观念相携,共同成为传统词学中最为常用的分析模式。可是"豪放"、"婉约"的二分法在1949年前虽然被不少人袭用,但与"词分南北"相比,并没有压倒性的优势,很多学者对二分法的粗率都持有谨慎的态度。但是在1949年后,"词分南北"的分析框架几乎被丢弃不用,"豪放"、"婉约"大行其道,不论是"体制外派"还是"体制内派"的学者,都欣然使用二分法论词。

胡云翼和龙榆生在1949年前后都展现出对于二分法截然不同的态度。

万云骏在《试论宋词的豪放派与婉约派的评价问题》一文中将矛头指向胡云翼《宋词选》,纠弹其将豪放词视为顺流,而将婉约词视作逆流的偏向。然而,在1949年前胡云翼虽然对苏、辛多有褒扬,但是对于"豪放"、"婉约"的二分法,胡云翼也并非完全接受:"辛弃疾、苏东坡有豪放的词,也有婉约的词。一切词人都是如此。在这里,我们既然不能说某一个词家属于某派,则这种分派便没有意义了;何况分词体为豪放与婉约,即含着有褒贬的意义呢?"[1]可以说胡云翼对于二分法的弊端有着自觉的认识,而囿于强大的传统观念又不自觉地使用其框架展开词学讨论。在1949年后出版的《宋词选》里,胡云翼却毫不犹疑地贯彻二分法,将豪放派视为主流,大力揄扬豪放词,选录辛弃疾词达40首,其次则为东坡词23首,其在1928年编选《抒情词选》的时候,所选欧阳修词的数量为全编之冠,稼轩词仅选录10首。在1949年前他虽也不掩饰对于辛弃疾等人的偏爱,但是如《抒情词选》、《词选》、《唐宋词选》等选集依然兼顾艺术性,并不贬斥婉约词。

受命于彊村的龙榆生,对于二分法的态度在1949年前后同样判然有别。在1934年发表的《两宋词风转变论》中,龙榆生力破"豪放"、"婉约"和"词分南北",将两宋词风分为六个阶段,虽然出于对时局的感发,力倡稼轩词让龙榆生不自觉地陷入到二分法的境地,但是1949年后,对于二分法,他却由不自觉陷入转变为自觉地使用。1957年龙榆生发表《宋词发展的几个阶段》[2],在《两宋词风转变论》的基础上袭用了"豪放"、"婉约"的二分框架,将苏轼、黄庭坚、晁补之、辛弃疾等作为豪放派的代表,晁补之视作由东坡词过渡到稼轩词的桥梁;与之对立的则是柳永、周邦彦、姜夔、吴文英等作为婉约派的代表,周邦彦则作为勾连柳永和南宋雅词的关键。

本文收稿日期:2023年4月7日

关于1949年后"豪放"、"婉约"内涵的置换和统摄地位的取得，六十年代归国的吴世昌对之有着敏锐的捕捉：

> （二分法）这是在解放以前即有人谈起，而解放以后越谈越起劲，越谈越肯定的问题。由此而推演发挥，则豪放一派变为中国词史上的主流或进步或革新的力量，思想性、艺术性、文学价值最高；而婉约派则是保守力量、消极成分、落后乃至庸俗不堪，不值得赞扬提倡，必须加以批判等等。[3]

吴世昌意识到学术界对"豪放"、"婉约"这一传统词学观念的使用是在解放后达到高潮，且其背后的意涵在1949年前后也发生了置换，而之后学术界对"豪放"、"婉约"分析模式的大量使用，也自此奠定基调。

仔细梳理百年词学史，"豪放"、"婉约"在1949年前虽然是分析词史的常用框架，但并未形成统摄般的势头，反而在1949年后鲜被使用的"词分南北"的分析模式，在1949年前更多被使用，以"豪放"、"婉约"分析词时也常常混杂着南北之分，1949年后"豪放"、"婉约"是如何彻底替代"词分南北"的分析方式呢？为什么二分法的优势会在1949年后得以确立？是以本文拟对"豪放"、"婉约"话语体系再做覆议，回顾"豪放"、"婉约"话语体系的流变，挖掘其流变过程中背后的深层观念，及其进入现代后的内涵置换。

一、"词分南北"对"豪放"、"婉约"的渗入

"词分南北"的滥觞要回溯至南宋，刘克庄揭示出唐词与宋词的异趣："然词家有长腔、有短阕，坡公《戚氏》等作，以长而工也；唐人《忆秦娥》之词曰'西风残照，汉家陵阙'、《清平乐》之词曰'夜夜常留半被，待君魂梦归来'，以短而工也。"[4] 宋人长于长腔，而唐人擅为短阕，这是刘克庄对唐宋词之分的宏论，或许是出于刘克庄本人作词的偏好，在谈及宋人作词由短阕转向长调时，选择苏轼作为标志性人物，而忽视了早于苏轼的柳永，于是"豪放"的变革和长调的转向都集于苏轼一身。

陈子龙在《幽兰草题词》中将北宋词与南宋词相对举：

> 晚唐语多俊巧，而意鲜深至，比之于诗，犹齐梁对偶之开律也。自金陵二主以至靖康，代有作者。或秾纤婉丽，极哀艳之情；或流畅澹逸，穷盼倩之趣。然皆境繇情生，辞随意启，天机偶发，元音自成，繁促之中，尚存高浑。斯为最盛也。南渡以还，此声遂渺。寄慨者亢率而近于伧武，谐俗者鄙浅而入于优伶。以视周、李诸君，即有彼都人士之叹。[5]

以陈子龙为代表的云间词派尊奉北宋词，专意于小令，在这篇文章中，他将北宋词上延，囊括晚唐五代，这样其所谓的北宋词也就不仅仅是时间层面的划分，而是代表了以小令为主的创作风尚。自此而后，在清代词学的话语中，北宋词与南宋词的对立，其背后的内涵也成了令词与慢词的对立，如浙派宗主朱彝尊云："小令宜师北宋，慢词宜师南宋。"[6] "窃谓南唐北宋人惟小令为工，若慢词至南宋而极其变。"[7] 后之常州词派又以北宋词之浑成救南宋词雕饰之弊，但小令与慢词的对立依旧是"词分南北"的主要意涵，如谢章铤《赌棋山庄词话》云：

"北宋多工短调,南宋多工长调。"[8]陈廷焯《白雨斋词话》云:"以小令之风华点染指为北宋,而以长调之平正迂缓、雅而不艳、艳而不幽者目为南宋。"[9]

民国时期,"词分南北"的分析框架与"豪放"、"婉约"的二元对立模式可谓彼此纠葛、各占胜场,甚至"词分南北"在清代词学传统的强大牵制下更胜一筹,学者在谈论"豪放"、"婉约"时也难免渗入南北之分的成分。

徐敬修出版于二十年代的《词学常识》将宋词分作二派:"其一则沿花间之遗,婉约蕴藉,所谓'南派'是也;其一则为苏黄一派,脱音律之拘束,创为豪放激趣之声调,所谓'北派'是也。"[10]其视"南派"为本色正宗,"北派"为变体别支,他没有直言"豪放"、"婉约"的名称,但显然使用了这一框架,可是"词分南北"又羼入其中。"南派""北派"与"婉约""豪放"的混杂在民国词学著作中实不罕见,吴国璋在上海持志大学的毕业论文《宋词概论》就使用了这一组概念:

> 先是东坡自立一派,文情纵放,不受羁勒,时下颇崇尚之。然其词多不协律,漱玉所谓"长短句不葺之诗句"而已,未可以语于斯道也。盖才人笔乃词家别派,并非正宗。惟辛稼轩独冠当时,敛雄心,抗高调,变温婉成悲凉,沉着痛快,有辙可循,屹然为北派之宗。后来南宋诸公靡不传其衣钵,洵杰出也。南渡以还,姜、张为一派,梦窗、草窗为一派,碧山又自为一派。旗鼓相当,不相上下。然玉田双绝,为填词妙手,而尤缘情善感,不胜黍离麦秀之悲,总括而论,沿《花间》之遗,婉约蕴藉者南派是也。创自苏、辛,脱音律之拘束,为豪放激越之声调者,北派是也。[11]

是文将苏轼、辛弃疾视为北派的代表,而南派则是上继花间正宗,以姜夔、张炎、吴文英、周密、王沂孙为代表。吴氏显然是以"豪放"和"婉约"的对立划分出"北派"与"南派"的阵营,但是"北派之宗"的辛弃疾又生活在南宋,与"南北"之分格格不入。在胪列与苏辛相对的绍绪花间正统词家时,又被"南派"的名目牵扯,有意地忽视了柳永、秦观等人,而只选取南宋诸家。作为毕业论文的《宋词概论》可以说与名家巨手的著作相较,更能反应当时普遍流行的词学观念,即使在基于"豪放"、"婉约"模式阐述词史时,"词分南北"也难免混杂其间,以至于冠以"北派""南派"的名目。

"词分南北"的观念对民国词学史书写的影响不仅仅在于对"豪放"、"婉约"名目上的改换,还在于分析词史时二者常常混杂并用。郑振铎《插图本中国文学史》将北宋词分为三个时期。第一个时期是柳永以前的时期,以晏殊、欧阳修等为代表,这个时期延续着花间词风,"真挚清隽是其特色,奔放的豪情却是他们所缺少的。他们只会作《花间》式的短词,却不会作缠绵宛曲的慢调。"第二个时期以柳永、苏轼、黄庭坚、秦观为代表,与多数将柳、苏判然二分不同的是,郑振铎虽然认识到了二者的异趣,但又言"其实东坡词亦多绮丽隽妙者","二人皆注意于慢词,皆趋于豪放宛曲的一途"。郑振铎着眼于苏、柳的慢词创作,但以"豪放"作为两人共同的特质殊为奇怪。第三个时期以周邦彦为代表的北宋后期词,这一时期"在严格的词律之中,以清丽婉美之辞章,写出他们的心怀。他们实开辟了南宋词人的先路。"[12]第三期的周邦彦因为"开辟南宋词人先路"才与苏、柳分属两期。他一面认为"东坡词取境取意与柳七绝异",但又因为二者在表达上"奔放铺叙"[13],被共同归于"豪放"。苏、柳词与花间词相比，不再是类型化的情感和描写，都有着强烈的个人情绪的表达，郑振铎所谓"奔放铺叙"当是从这个角度谈起。可见，他对于"豪放"的理解不在于词是否合乐谐律，也不在于风格刚柔，而是在于感情是否强烈，表达是否含蓄。据此也可以看出，郑振铎对北宋词的分析和"豪放"的使用，在某种程度上是延续了词分南北的框架，将柳永以前的词归属于花间遗风，而苏轼、柳永作为北宋词的代表，与周邦彦分居二期。

同样出版于三十年代的薛砺若《宋词通论》，在第三章《宋词作风的时间分剖》中体现出了"词分南北"的强大惯性。[14]为了突破这一模式，他将宋词分为六个时期：一为蓓蕾时期，以晏殊、欧阳修、张先、晏几道、范仲淹为代表；二为柳永时期，以柳永、苏轼、秦观、贺铸、毛滂为代表；三为柳永时期的总集结时期，以周邦彦、宋徽宗、李清照为代表；四为苏轼派的抬头时期，以辛弃疾、张孝祥为代表；五为姜夔开始期，以姜夔、吴文英、史达祖为代表；六为姜夔之提高期，以张炎、周密、王沂孙为代表。

这样的分期虽然有大致的时间脉络，但是很多不同时期词人的生活时间多有重叠，如作为第二时期代表人物的柳永，其生年甚至早于第一时期的范仲淹、晏殊、欧阳修。显然薛砺若的划分不仅仅是时间上的分期，而是逻辑上的划分，虽然薛砺若认为苏轼属于"词学中的一个旁支"[15]，但还是从创作慢词的角度着眼，将柳永和苏轼同作为第二时期的代表。周邦彦作为第三时期的代表，承续柳永，其实也是为南宋词风的开篇。第四、第五两个时期的分列，是基于豪放与婉约的对立。可见，薛砺若的分期，是词分南北和"豪放"、"婉约"两种观念的混杂，而当这两种观念相矛盾时——如柳词作为本色的婉约代表和苏词作为非本色的豪放代表，而二者又同样开始创作慢词，为词的创作风气由唐五代的小令转向南宋的慢词奠定基础——薛砺若为了迁就词分南北，而选择将苏轼和柳永并列。

对于婉约词，薛砺若并没有直接将其与本色词等同，他认为"北宋词自晏氏父子至欧阳永叔，已成了一个婉约派的完整系统。——所谓正统派词人。——至少游则更登峰造极，遂使此派词风，益复焕其异彩。然后此因继踵无人，遂渐成绝响了。"[16]薛砺若所说的"婉约派"，将柳永排除在外，将晏殊、晏几道、欧阳修直到秦观作为婉约派的发展脉络，而秦观以后则不再纳入婉约派的范围，可以说薛砺若虽然将"婉约"称为正统派，但仅仅框定在晚唐五代词风里，长于小令的词人才被纳入其中，显然在他的词学观念里，与其说"婉约"是与"豪放"对立的存在，不如说是词分南北观念下北宋词的代称。

二、现实主义与反现实主义的论争

1949年后对词史中"豪放"、"婉约"内涵的置换还要从五十年代现实主义的论争谈起。这场论争，让以"现实主义"和"反现实主义"为代表的的新二分法渗入"豪放"、"婉约"的传统二分法，从而使之彻底压倒"词分南北"，在词史分析上占据了统摄地位。

1956年5月，苏联文学评论家艾里斯别格在《文学报》发表文章《现实主义和所谓反现实主义》，矛头指向当时苏联文艺界将现实主义普范化的倾向。面对这种倾向，艾氏认为无论哪一时代的何种文学流派，其创作都不能挖完全脱离现实，如此一来，如果把现实主义与真实性完全等同，相当于取消了"现实主义"概念的边界，也就无所谓现实主义了。艾氏认为应该把现实主义视为一种创作方法,如果不顾艺术性质具体的、历史的规定,去审视艺术史,只能将各种艺术现象简单纳入到现实主义和反现实主义的二元对立框架中。

刘大杰在读到艾氏的文章后,有感于国内存在的同样倾向,于同年8月在《文艺报》发表《中国古典文学中的现实主义问题》,针对国内将中国古代文学史的发展看作是现实主义同反现实主义斗争的历史,刘大杰延着艾氏的思路,认为不能将现实主义和真实性等同,如果将现实主义滥用于古典文学,必然会导致对文学史理解简单化,尤其不满于将屈原、李白和晚明公安派等这样具有典型浪漫主义色彩的作家划归入现实主义的阵营中,他认为现实主义在杜甫、白居易那里才称得上成熟。

恐怕刘大杰完全没有想到,自己卷入的并不是一场简单的学术论争。1949年后,现实主义取得了不容置疑的权威地位,而对古典文学中现实主义的追认,也几乎成了为现实主义寻求权威性的必要条件。1952年周扬在苏联文学杂志《旗帜》发表《社会主义现实主义——中国文学前进的道路》,1953年1月被《人民日报》转载。文章提出积极学习苏联文艺,让社会主义现实主义成为创作基础,而所谓"社会主义现实主义"是以社会主义为立场的现实主义,而不仅仅是对社会主义描摹的现实主义,尤其强调立场的重要。同时,周扬指出现实主义要与人民生活和民族传统相结合,要认识到古典文学中的现实主义传统。冯雪峰撰写的《中国文学从古典现实主义到无产阶级现实主义的发展的一个轮廓》[17]一文,于1952年陆续在《文艺报》分节刊载。冯文认为中国古典文学中最有价值的伟大著作都是具有现实主义精神的,他为"五四"以来的现实主义指认出两大源头,一为西方特别是苏联的现实主义,一为中国古典文学中的现实主义。冯雪峰对古典现实主义的讨论远较周扬详细。对于屈原这样作品中充满理想和想象的作家,很容易被划入浪漫主义的阵营,而这样的作家在文学史上实不在少数,为了解决这一难题,冯雪峰将浪漫主义分为积极浪漫主义和消极浪漫主义,积极浪漫主义充满反抗现实的精神,本质上是现实主义的,如此一来,现实主义的标准得到合理的扩张,顺其自然地成为评判古典文学价值的标尺。

在刘大杰发表《中国古典文学中的现实主义问题》之后的同年9月,署名为何直的秦兆阳在《人民文学》发表《现实主义——广阔的道路》,将矛头朝向"社会主义现实主义",指出为了将文学作为政治宣传工具导致的教条主义,进而提出"社会主义时代的现实主义"。秦文可谓一时激起千层浪,国内文艺界掀起了对现实主义的讨论,但是随着讨论的深入,这场学术论争在山雨欲来的大环境下逐渐变质,姚文元给秦兆阳等人扣上了修正主义的帽子[18]。这场关于现实主义的讨论焦点在于"社会主义现实主义",但是古典文学中的现实主义问题也被卷入其中。

在这场大讨论中,涉及古典文学的讨论,最引人注目的是茅盾1958年发表的《夜读偶记》。在第二节和第三节,茅盾讨论了文学史上的现实主义问题:"近来有人对于文艺史上的现实主义和反现实主义的斗争,提出疑问,而且认为这一个曾经得到许多人承认的理论是教条主义地套用了一部哲学史是唯心主义与唯物主义的斗争这一个公式的。"[19]虽然未直言刘大杰其名,但明显是与之针锋相对。茅盾认为世界观决定创作方法,在阶级社会中,"被剥削阶级的阶级本能及其斗争的性质规定了它对于文艺的要求和任务,因而它的这种文艺就其内容来说是人民性的、真实性的,就其形式来说是群众性的(为人民大众所喜闻乐见的)。这就产生了现实主义的创作方法。"[20]而与之站在对立面的剥削阶级,他们的阶级地位决定了他们的文艺是反现实主义的。反现实主义并不是一种创作方法,而是一个笼统的集合,将所有脱离现实的创作方法都纳入其中。

茅盾基于阶级分析,扩大了现实主义的范围,这也导致他将现实主义与反现实主义的公式贯穿于整个文学史。但在他的论述中,对"现实主义"的判断过于依赖阶级性,如将现实主义上溯至《诗经》,以"为谁服务"为原则,将"变风"、"变雅"认定为现实主义,而颂扬剥削阶级功德和历史的篇目,像《生民》、《公刘》等则被归入反现实主义。我们很难说颂扬商周先祖历史的长诗不够"真实性",可见茅盾在分析文学史时,甚至不再以"真实性"为标准。

1958年复旦大学在批判资产阶级学术思想的浪潮下展开了对刘大杰《中国文学发展史》的批判,而他对于"现实主义与反现实主义"贯穿文学史的反对意见,在这批判中也被指责为资产阶级文学史观[21]。随着1958年底对"左"倾错误的反思,文艺界的风气也逐渐缓和,刘大杰于1959年4月发表《列宁的两种文化说——谈现实主义与反现实主义公式》、《文学的主流及其他》[22]。在经历过风雨后,刘大杰对于"现实主义与反现实主义"的公式依然持反对的态度,同时他挪用列宁两种文化的观点,指出了在讨论这一公式时,多数持论者其实是把现实主义和反现实主义的斗争,同人民性的进步文学和反人民性的反动文学的斗争等同起来。对于后者贯穿于文学史,刘大杰则表示了认同。他认为与现实主义和反现实主义的势均力敌不同,具有人民性的进步文学始终是文学史的主流,反人民性的反动文学是逆流,在文学史上是一直不被重视的。刘大杰虽然没有认同"现实主义与反现实主义"公式,但其实是从另一角度将二元对立的公式引入了古典文学史。刘大杰的妥协,似乎是古典文学界对庸俗社会学态度的缩影,至此,二元对立的方式分析文学史逐渐成为主流,词学中的"豪放"、"婉约"的内涵也被新时期的二元对立观念置换,焕发出另一番生机。

三、文学史编写中对"豪放"、"婉约"的内涵置换

刘大杰《中国文学发展史》长期作为高校教材,影响巨大,该书的几次改写,体现出鲜明的时代因素,其对于词史的论述,成为"豪放"、"婉约"内涵置换的重要契机。《中国文学发展史》写成于抗战时期的上海,上卷1941年由中华书局出版,下卷则由于各种原因拖到1949年方才出版。学者独自撰写文学通史难免顾此失彼,刘大杰在初版的自序中就有了未来修订的计划,但是《中国文学发展史》的改写,遭遇之奇特,命途之坎壈,在他自己立下修订计划之初,恐怕无论如何是无法料到的。

1957年刘大杰对《中国文学发展史》做了第一次大规模的修订,他在序言中说:"解放后,由于自己对马克思列宁主义的初步学习和看到了一些从前没有看到过得史料,关于中国文学史的某些问题,已有不同看法……这次印出来的,只在文字上作了些改动,体制内容,仍如旧书。"其实刘大杰这次做的修改不在少数,他不仅仅在作家作品分析上注入了颇具时代性的马克思主义色彩,还删去了初版中对胡适等人观点的引用,另外又增补了部分章节。但即使如此,经过修订的《中国文学发展史》还是没能躲过反右运动的批判。复旦大学中文系教研组编的《〈中国文学发展史〉批判》收录了刘大杰对自己资产阶级学术思想的"交待":以

庸俗进化论为思想基础;不认同"现实主义与反现实主义"的斗争是文学史基本规律;以人性论代替阶级论;评价作家时没有贯彻政治标准第一、艺术标准第二的原则[23]。但是在1962年的修订本中,虽然刘大杰更加贯彻了"政治第一,艺术第二"的原则,却依然没有以"现实主义与反现实主义"的公式分析文学史。这一版的《中国文学发展史》是流传最广、影响最大的一版,被众多高校作为教材广泛使用,甚至得到了毛泽东的青睐。《中国文学发展史》的第三次修订是在特殊时期,上册出版于1973年,中册出版于1976年,所述文学史范围截止于唐末五代。因为时代因素,这次的修订刘大杰本人也感到十分痛苦,不能不说是一次失败的修订。

虽然刘大杰在几次改写《中国文学发展史》时都没有向"现实主义与反现实主义"的公式妥协,但是在现实主义的论争中,他对于列宁"两种文化"的认同某种程度上是对二分法的让步,而在几次修订中,"两种文化"的二分逐渐成了《中国文学发展史》的主要框架。如对于李清照的《词论》被视为反对"以诗为词"主张"别是一家"的婉约派本色论宣言,40年代初版《中国文学发展史》对于《词论》评价道:"她这段批评,虽未能尽真,但以词的传统性格和词的正宗的立场看来,她这些话是自有其理由的了。"[24]肯定了婉约派的"正宗"地位,言其"自有其理由"。到了1957年版中,刘大杰对《词论》评价删削为只寥寥几字,云:"她这段批评,是值得我们重视的"[25]。在1962年的修订版里,对《词论》的评价则话风顿转,由初版的肯定,到修订版的不置臧否,再到批判:"她这段批评,主张作词既要铺叙又要重典,既要情致又要故实,强调词别为一家,并且特别强调音律代表了北宋末年的词坛趋势,与苏轼的词风是背道而驰的。"[26]苏轼以诗为词扩大词的表现内容,开辛弃疾等人爱国词的先河,而李清照对于音律的强调却有着重视形式的倾向,与苏轼的背道而驰则成为词史发展的逆流。再如对周邦彦的评价,《中国文学发展史》将周邦彦作为格律派在北宋的代表,上为北宋词集大成者,下启姜夔、张炎等南宋词人。初版在言清真词内容时言苏轼词内容广泛,而周邦彦"在这一方面,却不能继承苏轼"[27]。在1957年和1962年两版中改为"在这一方面周邦彦就贫弱得多",1957年版还称周词"表现出浓厚的形式主义倾向"[28],在1962年版则直接指责周词"培养了形式主义的根芽"[29]。

在对南宋以姜夔、吴文英、张炎为代表的格律派词人的评价中,更能看出前后态度的变化,为便于见出异同,初版和1957年版内容直接摘录于下:

(40年代初版)因此辞句务求雅正工丽,音律务求和协精密,结集词社,分题限韵,<u>做出许多精巧唯美的艺术品</u>,是由周邦彦建立起来的格律古典派的词风,<u>经过了朱敦儒、辛弃疾诸人的挫折以后,</u>到这时候,<u>跟着时代的转变,又复活起来,形成最坚固的阵容,庞</u>大的势力,统治朱、辛以后整个的南宋词坛。明宋征璧说:"词至南宋而繁,亦至南宋而敝。"<u>朱彝尊也说:"世人言词必称北宋,词至南宋而极工,至宋季而始其变。"所谓极其工,就是走到最古典最唯美的路上去,结果是词的生命必归于衰敝。</u>周济说:"北宋词,盛于文士而衰于乐工,南宋盛于乐工而衰于文士。"(《论词杂著》)<u>因北宋盛于文士,故词中有名士气,有诗人气,有自由浪漫的精神,有活跃的生命与性格。因南宋盛于乐工,故词中有音律美,有字句美,有形式美,有古典主义的精神,而缺少活跃的生命与性格。属于这一派的作家,真是多不胜举。</u>最重要者有姜夔、史达祖、吴文英、蒋捷、王沂孙、张炎、周密诸人。[30]

(1957年修订版)因此辞句务求雅正工丽,音律务求和协精密,结集词社,分题限韵,<u>做出许多精巧华美的内容贫弱的作品</u>。由周邦彦建立起来的格律派的词风,到这时候,又复活起来了。明宋征璧说:"词至南宋而繁,亦至南宋而敝。"周济说:"北宋词,盛于文士而衰于乐工,南宋盛于乐工而衰于文士。"(《论词杂著》)<del>这几句话说得有理由,但并不全面。</del>辛弃疾一派的词,正是文士词,<u>而且是南宋词的主流</u>。所谓盛于乐工,应当是指的格律词派。这一派的作家,最重要者有姜夔、史达祖、吴文英、蒋捷、王沂孙、周密、张炎诸人。<u>他们固然有许多优秀的作品,但从整体来说,确实具有形式主义的倾向和缺点</u>。[31]

注:双横线表示1957年版修改的部分;单横线表示1957年版删除的部分;波浪线表示1957年版增添的部分。

可以看出在初版中,刘大杰对于姜夔、史达祖、吴文英等格律派词人有着相当的价值肯定,认为他们的作品是"精巧唯美的艺术品",将朱敦儒、辛弃疾等豪放词人视作周邦彦格律词风的"挫折",同时认为格律词派其实是占据了主流的位置,有着"最坚固的阵容,庞大的势力",统治南宋词坛。对于周济的话"北宋词,盛于文士而衰于乐工,南宋盛于乐工而衰于文士。"刘大杰也基本是赞同的,南宋词在格律派手中达到了繁盛。但是在1957年的修订版中,刘大杰删去了对于格律派的肯定评价,虽然还认为其词"精巧华美",但同时也指出"内容贫弱""具有形式主义的倾向和缺点"。对于所引用的周济《论词杂著》中的话,由基本认同,转变为部分反对,他不再将格律派当作主流,而是将辛弃疾等豪放词视作南宋词的主流。显然在刘大杰面对词史时产生了两难的窘境,他贯彻列宁"两种文化"的观点,将人民性的进步文学和反人民性的反动文学的斗争作为文学史发展的基本规律,而他宣称人民性进步文学是文学史的主流,反动文学是势力微弱的逆流。被认定为形式主义的格律词派自然属于逆流,但这与词史的客观事实截然不同,刘大杰在面对事实与理论的矛盾时,放弃了词史本身的论述,而是选择了向理论妥协。通观刘大杰在修订本《中国文学发展史》中对词史的论述,他将以苏轼、辛弃疾等人为代表的豪放派视作了词史的主流,具有人民性和进步性,而对于李清照、周邦彦、姜夔等人为代表的婉约派,因其重视音律、讲求形式美,则被定义为逆流。

1958年在"大跃进"的巨浪中,高校也掀起批判资产阶级学术思想的运动,本科生为响应时代号召,爆发了编写文学史的热潮,这些教材彻底贯彻现实主义和反现实主义二分法,其中最具代表性的是北大和复旦本科生编写的《中国文学史》。虽然这一时期编写的文学史没有被高校广泛使用,但因时代因素,却产生了不小的影响。北京大学中文系1955级本科生将矛头对准当时的中文系教授,作为插上的"红旗",他们仅用三十余天就编写出了一部中国文学史教材,因其封面为红色,被称为"红皮本文学史"。这部教材作为时代的产物,以论带史,将民间文学作为文学史的主流,以二分法统摄全书,而"豪放"、"婉约"则被自然而然地套用到现实主义和反现实主义的公式中:

> 词也不例外,苏轼扫清了晏、欧以至柳永等词人婉约、浓艳、绮丽的遗风,扩大了词的题材,突破了音律的羁绊,有了比较充实的社会内容,标志着宋词的根本改变。可是不久词坛上又出现了以格律派词人周邦彦为代表的反现实主义逆流,其中包括女词人

李清照在内,他们不是对形式和格律的追求,就是对个人身世的悲叹。辛弃疾用自己的创作实践,扫清了周、李的恶劣影响,不但在作品中深刻反映了社会真实,并且团结了一批爱国词人在自己的周围,他深刻地影响了当时的作家。此后宋词每况愈下,以姜夔为代表的形式主义词人,葬送了词的生命。与之相适应的,就有了音律须协、下字须雅、"用字不可太露"、"发育不可太高"的反现实主义戒律的提出。[32]

这段对宋词的概述可以清晰看出"红皮文学史"的脉络,将苏轼为代表的豪放派视作对婉约的改革,婉约词人因为重视艺术形式,被纳入到形式主义中去,成为反现实主义的逆流。

随着1958年年底开始对冒进进行纠偏,北京、上海等地学者对于北京大学、复旦大学本科生集体编纂文学史教材中以民间文学为主流、以现实主义和反现实主义规律贯穿文学史的做法展开讨论。时任社科院文学所所长的何其芳在6月17日中国文学史讨论会上发表长篇讲话《文学史讨论中的几个问题》,这篇发言随后发表在《光明日报》上。文章批评了"红皮文学史"以论带史的做法,为了发现规律不顾文学史的客观情况,强行套入到预先设定好的公式中去,同时何其芳指出"在文学史上,在同情人民和反对人民之间,在明显的进步和明显的反动之间,还有大量带有中间性的作品"[33]。这也促成了1959年对"红皮文学史"的修订,修订本由老师和学生共同参与,初版中搬用的公式和规律被放弃,参与这次修订的游国恩则于1962年被周扬提名担任新版《中国文学史》的主编。1962年的《中国文学史》曾被建议在"红皮文学史"的基础上修改,但最终采取了重写的策略[34],可"红皮文学史"的论述框架不少被沿用,在宋词的部分,我们依然可以看出"豪放"、"婉约"二元对立框架下"现实主义"和"反现实主义"的痕迹,从思想内容方面着眼,尊豪放而贬婉约,如将江西诗派和大晟词人并置,认为二者"表示当时封建文人的两个方面,前者表现他们的脱离现实去追求'文字之乐'的情趣;后者更表现他们的醉生梦死,在一座就要爆发的火山顶上寻欢作乐"[35]。评价南宋后期词人史达祖、吴文英等人"沿着婉约派词人脱离现实的倾向越走越远,把宋词引向了僵化的道路"[36]。

四、词学界对"豪放"、"婉约"的内涵置换

在厘清古典文学史在五十年代文艺思潮下的书写后,再反观胡云翼等词学家的异辙,就显得顺理成章了。胡云翼在1949年前虽然对豪放词多有推尊,但是对于"豪放"、"婉约"的二分法是断然反对的,谢桃坊认为胡云翼的词学贡献由为"三大重要理论","宋词无派别"[37]便居其一。在1962年出版的《宋词选》中,胡云翼完全抛弃了先前的观点,在经历过1959年文艺界对于直接搬用公式论述文学史做法的讨论后,他虽然未明言套用"现实主义"与"反现实主义"的公式,但全书显然是将"豪放派"当作了文学史发展的现实主义主流,而"婉约派"俨然成为"反现实主义"的代名词,是阻碍词发展的逆流。

在《宋词选》的前言中,胡云翼勾勒出宋词的发生发展史,他将词起于民间作为立论之基,这样词的"本色"便由绮丽婉约的花间习气置换为浅近生动的民间风格。在胡云翼看来,随着文人对词创作的介入,词在晚唐五代分为文人词和民间词,民间词"体现了市民阶层比较广阔、复杂的社会生活,其中某些词反映出当代动乱不堪和民族矛盾的现实。"文人词作为

303

分化后民间词的对立面,体现着"反现实主义"的倾向:"他们竭力逃避现实,词便成为他们歌筵舞榭、茶余饭后的消遣工具。"[38]在这样的叙述下,苏轼"以诗为词"的豪放之风,就不再是别派小支,而是接续词史传统的主流。虽然胡云翼将苏轼作为豪放词的开派祖师,但是在庸俗社会学的影响下,苏轼作为王安石变法的反对者,他的词作也必须受到批判。胡云翼在前言中特别说明了苏轼词中透露出的消极色彩:

> 他那种宠辱皆忘的清冲淡远之怀、浮生若梦的醉月乘风之想,看来是胸襟旷达,情绪似乎很健康,其中却隐藏着虚无成分相当浓厚的消极思想,对旧社会封建士大夫曾经起过不良影响,在今天还是必须批判地对待的。[39]

在这一思路下,胡云翼将辛弃疾等作品中充满家国情怀的词人视为豪放派的顶峰,而对于词于南宋达到极盛的观点也就有了新的解释:"向来人们都认为宋朝是词的辉煌灿烂的黄金时代,如果把这话说得确切一点,这光荣称号应归之于南宋前期。这时期爱国主义词作突出地反映了时代的主要矛盾——复杂民族矛盾,放射出无限的光芒。"[40]

胡云翼将柳永、秦观到周邦彦的婉约词人视为与豪放词相对的逆流,他们让词脱离现实、缺乏思想内容,走向格律的形式主义道路,在南宋与辛派豪放词人相对的姜夔、吴文英等人,"代表南宋士大夫的消极思想和个人享乐思想,在词坛里形成另外一支逃避现实、偏重格律的逆流"[41]。

《宋词选》在出版后的一年内印行了三次,其流传之广,据万云骏言,当时古典文学爱好者可以说人手一册。马茂元于次年在《光明日报》发表文章《从胡云翼同志的〈宋词选〉来谈古典文学选注工作中的一些问题》[42],委婉指责《宋词选》在编选时片面理解"政治标准第一",忽视了艺术标准,对一些反映现实而艺术水平却很低的作品多有不实之誉,但这样的声音在当时的时代是十分微弱的,《宋词选》在时代的推波助澜下成为了影响最大的一部词选,而"豪放"、"婉约"背后的内涵也由"非本色"和"本色"置换成了"现实主义"与"反现实主义",婉约派也被认定为词史的逆流。

传统"体制内派"的词学研究者在面对滚滚浪涛时,也偶有发声。吴梅的学生万云骏词绍常州,无论从个人学脉还是创作倾向,恐怕都难以接受婉约为逆流的结论。1962年万云骏发表《词话论词的艺术性》[43]强调文学史上的词人和作品大多属于婉约一派,而婉约派在艺术上有着杰出的贡献,不能武断否定其价值。吴文治1964年撰文《婉约派词研究中的几个问题》[44]与万文针锋相对,指出婉约派词作的内容或是偏于色情,或是消极颓废,不能因为其艺术成就而给予高的评价。

被誉为"词宗"的夏承焘1966年发表《"诗余"论——宋词批判举例》[45],其以思想内容为标准,认为词的价值逊色于诗和曲,究其原因是因为古人在创作时有着"诗余"的观念。夏承焘将"诗余"的观念析为三者,导致词的内容狭隘的正是诗余观念将词定性为"艳科",与诗相区别,而坚守这一观念的则是婉约词人。以苏轼、辛弃疾为代表的豪放派试图使诗词合流,让词反映社会矛盾,但却遭到了婉约派的阻挠。对词史的熟稔让夏承焘无法将占词史大多数的婉约词视作逆流,他选择用"诗余"的观念统摄词史,与这一观念相悖的豪放词虽然"开拓了词的正确发展道路",但毕竟是少数,而更多的婉约派词人,在"诗余"观念影响下,他们的创作脱离现实生活,使词的价值大大降低。夏承焘以深厚的学养,用更为"词学"的方式对现实主义和反现实主义模式影响下的词史观作出了阐释,为这一逐渐呈现压倒性的论争作出总结,标志着词学界对"豪放为主流,婉约为逆流"近乎全面的接受。

五、余论:观念的惯性——80年代后对"豪放"、"婉约"的反思

1979年万云骏发表《试论宋词的豪放与婉约派的评价问题———兼评胡云翼的〈宋词选〉》[46]拉开了对"豪放"、"婉约"二分法反思的序幕,文章涉及了两方面问题,一方面是关于二分法的价值判断,从艺术手法的角度肯定婉约派的价值,但受时代因素影响,万先生依然使用"现实主义"来肯定婉约派的价值,认为姜夔《暗香》"基本上是现实主义的",以此来反驳《中国文学发展史》对姜夔形式主义倾向的指责;另一方面文章涉及对二分法的合理性提出质疑,认为豪放与婉约不能截然对立,豪放派的作家有婉约词的创作,婉约派的作家也偶发豪放之声,这就涉及对二分法是"体"还是"派"的理解。

正如万云骏的文章,80年代后对"豪放"、"婉约"的反思也是从这两个方面展开的。在价值判断方面,由之前对婉约词的贬斥,到从艺术性角度出发的抬高,缪钺《诗词散论》从词的特征立论,认为词在美学上偏于阴柔,有着文小、质轻、径狭、境隐的特点,婉约词才是本色当行。杨海明《宋词所带有的南方文学特色》[47]从地域的角度入手,提出北方文学多呈现阳刚之美,而南方文学多为阴柔之美,词是一种南方文学,以此来看婉约词才是"正宗"。在对婉约派价值的肯定中,80年代后对婉约派的研究也如雨后春笋般焕发生机。

1980年《西北大学学报》刊登了一组施蛰存和周楞伽关于二分法的通信,二人就"豪放"、"婉约"是风格还是流派,各执一端,施蛰存认为"豪放"、"婉约"仅仅是体,不存在截然对立的两个流派,周楞伽坚持二分法所论是派非体[48]。至此,越来越多的学者参与到讨论中,吴世昌、高建中等人纷纷发表文章,1983年华东师范大学举办的词学讨论会,推动了这一问题的深入讨论,二分法的不合理性逐渐为学界所公认,并进一步认识到"豪放"、"婉约"的对立是基于正变观念下的词学变形,同时与词家的创作风格纠缠,形成了词学所特有的二分[49]。

然而颇为吊诡的是,即使80年代后,对于"豪放"、"婉约"二分法辨析的成果已经汗牛充栋,对于将词截然二分并不合理的结论似乎人人皆知,但是80年代以来对二分法的使用却并未消减。成书于1988年的《唐宋词鉴赏辞典》依然沿袭着"豪放"、"婉约"的论述,而90年代以后的选本中,不乏以二分法为基的豪放词选和婉约词选。刘扬忠在90年代末出版《唐宋词流派史》,其主要目的还是打破"豪放"、"婉约"的二元对立框架,然而到了当今,词学研究者依然能感到二分法传统的强大牵扯。

通过以上对1949年以来"豪放"、"婉约"话语体系流变的厘清,我们可以看到"豪放"、"婉约"由张綖《诗余图谱》正式提出,在1949年以前虽然具有较大的影响,但是在阐述词史时并不具有统摄的力量。在民国时期,"词分南北"的论述框架似乎更具优势,即使以"豪放"、"婉约"论述时依然掺杂着"词分南北"的因素。在1949年后,经过意义置换,这一传统观念才焕发出前所未有的生命力。然而当80年代之后,词学界断然抛弃了特殊时期二分法

的内涵,但是这一观念形成了强大的惯性,即使其肉身尽焚,幽灵却附着在每一个角落,成为挥之不去的枷锁。更为有趣的是,这一观念惯性与大多文化惯性并不相同,同样是失去了赖以存在的基础,文化惯性更多体现为一种集体不自觉的留存,它们通过仪式和场所,在新的空间内发挥着前世的余温;而这一观念惯性竟是在学术界,人们有着无比自觉的反思意识,即使对之辨析甚明,可是它却依然如一把巨大而无形的烙铁,将时代裹挟着传统,深深印在每一个走进这一场域的人的头脑中,除之不尽。

注 释:

〔1〕 胡云翼《宋词研究》,中华书局1928年版,第65页。

〔2〕 龙榆生《宋词发展的几个阶段》,《龙榆生学术论文集》,上海古籍出版社2017年版,第645—662页。

〔3〕 吴世昌《有关苏词的若干问题》,《文学遗产》1983年第2期。

〔4〕 刘克庄《跋刘叔安〈感秋〉八词》,曾枣庄主编《宋代序跋全编》卷一八〇,齐鲁书社2015年版,第5143页。

〔5〕 陈子龙《幽兰草题词》,冯乾《清词序跋汇编》卷一,凤凰出版社2013年版,第1页。

〔6〕〔7〕 朱彝尊《鱼计庄词序》、《书冬田词卷后》,《曝书亭集》卷四〇、卷五三,《清代诗文集汇编》第116册,上海古籍出版社2010年版,第232页下、第419页下。

〔8〕 谢章铤《赌棋山庄词话》卷十二,唐圭璋《词话丛编》,中华书局2005年版,第3470页。

〔9〕 陈廷焯撰,孙克强等辑校《白雨斋词话全编·白雨斋词话》卷十,中华书局2013年版,第1325页。

〔10〕 徐敬修《词学常识》,孙克强、和希林主编《民国词学史著集成(第一卷)》,南开大学出版社2016年版,第161页。

〔11〕 吴国璋《宋词概论》,孙克强、和希林主编《民国词学史著集成补编(中卷)》,南开大学出版社2020年版,第288页。

〔12〕〔13〕 郑振铎《插图本中国文学史》,上海人民出版社2005年版,第501—502、516页。

〔14〕 "以前研究词学的人们,对于宋词时间划分问题,都是分为北宋、南宋两个部分的。即一般人谈起宋词来,也好不假思索的称之为'北宋词'与'南宋词'。"(薛砺若《宋词通论》,上海开明书店1937年版,第31页。)

〔15〕〔16〕 薛砺若《宋词通论》,上海开明书店1937年版,第34、121—122页。

〔17〕 冯雪峰《冯雪峰全集》第5册,人民文学出版社2016年版,第393—438页。

〔18〕 姚文元《社会主义现实主义文学是无产阶级革命时代的新文学——同何直、周勃辩论》,《社会主义现实主义论文集》,新文艺出版社1958年版,第262—296页。原载《人民文学》1957年9月号。

〔19〕〔20〕 茅盾《夜读偶记》,百花文艺出版社1958年版,第5页、第32页。

〔21〕 中文系四年级六人小组《现实主义与反现实主义的规律不容抹煞》,复旦大学中文系教研组编《〈中国文学发展史〉批判》,中华书局1958年版,第52—60页。

〔22〕 见《刘大杰古典文学论集》,湖南人民出版社1984年版。

〔23〕 刘大杰《批判〈中国文学发展史〉中的资产阶级学术思想》,《〈中国文学发展史〉批判》,第277—282页。

〔24〕〔27〕〔30〕 刘大杰《中国文学发展史》,百花文艺出版社2007年版,第348、344、359—360页。注:此本据40年代版排印。

〔25〕〔28〕〔31〕 刘大杰《中国文学发展史》(中册),古典文学出版社1957年版,第260、255、278页。

〔26〕〔29〕 刘大杰《中国文学发展史》(中册),中华书局1962年版,第628、622页。

〔32〕 北京大学中文系1955级《中国文学史》下册,人民文学出版社1958年版,第7页。

〔33〕 何其芳《文学史讨论中的几个问题》,《文学遗产选集》第3辑,中华书局1960年版,第55页。

〔34〕 参见洪子诚《红、黄、蓝:色彩的"政治学"——1958年"红色文学史"的编写》(《文艺研究》2020年第11期)注释第66对60年代文科教材编选问题座谈的相关记录。

〔35〕〔36〕 游国恩《中国文学史》第3册,人民文学出版社1963年版,第84、152页。

〔37〕 谢桃坊《〈宋词选〉导读》,《宋词选》,上海古籍出版社2017年版,第8页。

〔38〕〔39〕〔40〕〔41〕 胡云翼《〈宋词选〉前言》,《宋词选》,第3、8、11、15页。

〔42〕 马茂元《从胡云翼同志的〈宋词选〉来谈古典文学选注工作中的一些问题》,《光明日报》1963年2月17日。

〔43〕 万云骏《词话论词的艺术性》,《学术月刊》1962年第2期。

〔44〕 吴文治《婉约派词研究中的几个问题》,《光明日报》1964年8月30日。

〔45〕 夏承焘《"诗余"论——宋词批判举例》,《文学评论》1966年第1期。

〔46〕 万云骏《试论宋词的豪放与婉约派的评价问题——兼评胡云翼的〈宋词选〉》,《学术月刊》1979年第4期。

〔47〕 杨海明《宋词所带有的南方文学特色》,《学术月刊》1984年第1期。

〔48〕 施蛰存、周楞伽《词的"派"与"体"之争》,《西北大学学报》1980年第3期。

〔49〕 参见高建中《婉约、豪放与正变》,施蛰存主编《词学》第二辑,华东师范大学出版社1983年版;吴世昌《宋词中的"豪放派"与"婉约派"》,《文史知识》1983年第9期;吴世昌《有关苏词的若干问题》,《文学遗产》1983年第2期;刘乃昌《宋词的刚柔与正变》,《文学评论》1984年第2期;王水照《苏轼豪放词派的涵义和评价问题》,《中华文史论丛》1984年第2期。

〔作者简介〕 刘泽华,1994年生,河北武邑人,文学博士,华东师范大学中文系博士后,研究方向为词学、宋代文学与文献。

《晚明诗歌研究》(中国古典文学研究丛书)

(李圣华著,人民文学出版社2019年12月版,448页)

该书以明代万历至崇祯末近七十年的诗歌创作为研究对象,深入细致地探讨了晚明诗人的社会构成、诗人群落的地域分布、各流派的创作追求和整体诗风的历史演化。作者占有资料丰富,推理严密,行文简洁,论述清晰,使该书具有较高的理论深度和学术可信性。

《全清词》顺康、雍乾、嘉道卷女性词补目

徐 梦

清词中兴,词家辈出,女性词创作的繁荣亦为表征之一。《全清词》整理一代文献,可谓皇皇巨制,惜乎因各种原因,于女性词不免收拾而未尽,笔者在已有成果的基础上进行一番补遗,以就正于方家。限于篇幅,补遗词作均只列词目,包括《顺康卷》及《补编》已收女词人之佚词 19 首(包括断句 5)、未收录女词人 12 人之词作 69 首;《雍乾卷》已收女词人之佚词 55 首、未收录女词人 2 人之词作 7 首;《嘉道卷》中女词人佚词 102 首。

一、顺康女性词补遗

顺康年间距今已有三百余年,屡经变故,文献多有散佚,许多女词人的词集现已难以寻觅。《顺康卷》所录清初女性词多出于徐树敏、钱岳刊行于康熙二十九年(1690)的《众香词》,亦录自周铭于康熙十年(1671)所刊的《林下词选》、蒋景祁编于康熙间的《瑶华集》等。笔者幸而见到顾嘉容、金寿人刊于康熙五十七年(1718)的《本朝名媛诗余》,其中大部分词作与《众香词》重合,亦可证明其真实性;少数作品为其他文献所无,可补《顺康卷》及《补编》中已收女词人之佚词及失收女词人词作。此外,笔者还依据清代别集、家集、词选及方志等辑出词作若干,现抄存如下。

(一)《顺康卷》及《补编》已收女词人之佚词

周琼,见《顺康卷》第 1 册[1],可据丁绍仪《清词综补续编》卷十七补《南歌子》(细雨将愁织)[2]。

周琍,见《顺康卷》第 3 册(第 1925—1926 页),生平极简。《本朝名媛诗余》卷二提及周琍"归诗人顾来章",顾来章当是顾嘉誉(1669—?),字来章,号润西,可补女词人生平;录周琍词《忆秦娥·秋夜寄外》[3],为《顺康卷》中所无。

虞兆淑,见《顺康卷》第 9 册(第 5391 页)。据徐骐编刻于咸丰二年(1852)的《海盐徐氏诗》卷九,可知虞氏为海盐徐赓元室,并可补词 4 首:《采桑子·西湖送别小妹》、《浪淘沙·庭前玉兰为风雨摧损》、《南乡子·闺怨》、《烛影摇红·闺情和韵》[4]。

叶宏绸,见《顺康卷》第 17 册(第 10173—10197 页)。王昶《国朝词综》卷四十八中《南歌子·寄七姊查夫人眉令》、《浣溪沙·题女史杨倩玉〈远山遗集〉》[5]为《顺康卷》中所无,应补之。

本文收稿日期:2022 年 1 月 4 日

李长宜,见《顺康卷补编》第 2 册[6]。可据《众香词·礼集》补《梦江南·寄五妹刘何减》[7]、《惜分飞》(愁难遣)[8];从乾隆十七年(1752)《颍州府志·艺文志》补《秋波媚·同诸女伴游园》[9]。

钱彻,见《补编》第 4 册(第2463页),可据《众香词·射集》补《浣溪沙》词题"鱼攒花影",再补词 2 首:《鹧鸪天·咏藕花》、《临江仙·绿牡丹》。

侯氏,《补编》第 4 册(第2464页)据《词综补遗》录词 2 首,但并未追溯文献源头。《词综补遗》系录自徐乃昌《闺秀词钞·补遗》,后者原有 3 首,可以据补《鹊桥仙·七夕忆亡姊》,并丰富侯氏小传:"侯氏幼工诗词,姿容绝世。以所适非偶,年十八郁郁而卒。"[10]

此外,还有一些女性留有残句。断句也能部分反映词人的创作特色与词坛风貌,故仿效《全宋词》体例,在下文的考辨补遗中,"网罗散失,虽断句零章,亦加摭拾"[11]。吉光片羽,可存其人;虽零金碎玉,亦不忍弃。

庞蕙纕,见《顺康卷》第 4 册(第1951页)及《补编》第 1 册(第519页)。《松陵诗征》记载:"有女伎小青者……蕙纕即调《桂枝香》一阕,有'浪萍飞絮前生果,别是伤心一小青'之句。"[12]应据此补 1 断句。

杨琇,字倩玉,见《顺康卷》第 8 册(第4556页),同时代女词人钟筠(第4969页)有《浣溪沙·和杨倩玉"那不教人说可怜"起句》,可据此补 1 断句。

汤淑英,见《顺康卷》第 16 册(第9411页),可从王士禄《宫闺氏籍艺文考略》补 3 断句,分别为:"莫待春归空懊恼,而今趁取心情好"(《蝶恋花》);"莫望白苹尽处,夕阳唯见东流"(《何满子》);"纷纷世事一枰棋,局残犹打鸳鸯劫"(《踏莎行》)。[13]

(二)《顺康卷》及《补编》未收女词人及词作

由于文献难寻,《顺康卷》及《补编》对女性词人多有失收,不免令人有遗珠之憾。笔者依据三部清初女性别集及《曲阿词综》、《闺秀词钞》、《全清词钞》等集,考据女词人生平并辑出词作。

彭孙莹,字信芳,浙江海盐人,彭孙婧(见《顺康卷》第 9 册,第5234页)妹、彭孙遹(1631—1700)姊,其夫徐复贞在康熙三十四年(1695)尚在世[14]。据此,彭孙莹应生活于清初。彭孙莹《碧筠轩诗草》现存钞本,其中 2 首见于陆勇强《新补〈全清词·顺康卷〉51 首》[15],应补其余 11 首:《长相思·秋夜》、《长相思·春闺》、《苏幕遮·七夕》、《踏莎行·春夜宿重庆楼,忆亡媳有作》二首、《阮郎归·夏日晓起》二首、《菩萨蛮·秋夜纳凉》、《菩萨蛮·早秋夜坐》二首、《虞美人·春尽感怀》[16]。

蒋纫兰,字秋佩,浙江嘉善人,钱以垲妻。蒋纫兰与婶母沈榛(《顺康卷》第 12 册(第6764-6772 页))齐名,郭麐《灵芬馆词话》云:"近世闺秀能词者,嘉善沈夫人榛、蒋夫人纫兰,最为清绝。"[17]根据钱鸿文《浙善钱氏世系续刻》,钱以垲"生康熙壬寅,卒雍正壬子"[18],既为人妻,蒋纫兰应与丈夫年龄相近。徐乃昌《小檀栾室汇刻闺秀词》收录蒋纫兰《鲜洁亭诗余》一卷,词 27 首,应补入《顺康卷》:《长相思·病中诉怀》、《点绛唇·秋晓》、《点绛唇·忆别》、《点绛唇·七夕简外》、《点绛唇·秋海棠》、《减字木兰花·春夜和研北斋韵》、《误佳期·闰六月七日为天孙戏》、《忆秦娥·暮冬望家报不至》二首、《画堂春·清明即事》、《三段子·牡丹》、《三段子·秋夜云掩月》、《三段子·早春忆别》[19]《柳梢青·湖亭晚望》、《西江月·吹箫》、

《醉落魄·秋思》、《踏莎行·白莲》、《踏莎行·七夕感怀》、《踏莎行·仲春拟雁别燕》、《一剪梅·中秋》、《一剪梅·观并头莲》、《一剪梅·春夜感别》、《一丛花·暮春感事》、《意难忘·代闺人记梦》、《凤凰台上忆吹箫·重阳忆外》、《满庭芳·病中春暮》、《百字令·早春咏并头兰》[20]。

钱湄,又名珏,字双玉,康熙间江苏常熟人。钱湄著有《怀德堂女山人诗稿》,汪殿元夫人胡氏评选,现存稿本,有词9首,应补入《顺康卷》:《浣溪沙·踏青》、《浣溪沙·黄昏》、《点绛唇·春半》、《点绛唇·忆得》、《浪淘沙·题秋景美人钓鱼图》三首、《西江月·春思》、《雨中花·春情》[21]。

倪素玉,字无瑕,江苏无锡人,同邑邹云城继室,邹仪母,著有《冰壶小草》;顾光旭《梁溪诗钞》记载她为倪之煃女,卒于三十四岁。王尔烈(1727—1801)有诗《读〈冰壶小草〉》,注云:"元高士倪云林先生后裔、博陵太守邹公继配倪氏宜人幼作。宜人殁已三十年,其长君补山孝廉乃刻而传之。"[22]"博陵太守邹公"即邹云城(1700—1771)[23],字拥书,号亦楼,根据《清代官员履历档案全编》及《同治深州风土记》,他在乾隆二十一年(1756)任深州(古称博陵)直隶州知州,乾隆二十九年(1764)升任河间府知府;"补山孝廉"指邹仪(1722—1803)[24],字补山,号晓楼,为乾隆二十五年(1760)举人。据此,王尔烈之诗当作于乾隆二十五年(1760)至二十九年(1764)之间,此时倪素玉"殁已三十年";再据邹氏父子的生年推算,她应生于康熙中后期,卒于雍正间,《冰壶小草》为其幼作,作于康熙年间。《闺秀词钞·续补遗》卷三录其词6首,应补入《顺康卷》:《点绛唇·燕》、《点绛唇》(曙色临窗)、《长相思》(碧天晴)、《忆王孙》(卷帘无语倚朱桯)、《如梦令》(一夜雨声催晓)、《浣溪沙》(午夜蟾光照碧空)。

薛凝波,上元(今属江苏南京)人,《全清词钞》据《影鸾集》录其词6首。《影鸾集》中另有清初女子柳霞卿、黄妙婉和燕燕之词,皆见于《顺康卷》,薛词亦应补入,如下:《水龙吟·咏杨花和苏东坡韵》、《菩萨蛮·有怀用孙光宪韵》、《画堂春·望远用郑中卿韵》、《锦缠道·幽栖》、《昭君怨·月夜赏荷花》、《滴滴金·梅花,用孙夫人韵》[25]。需要说明的是,《水龙吟》、《锦缠道》、《滴滴金》这3首词同时系于徐石麒名下(《顺康卷》第9册第5170—5173页),但《影鸾集》为徐石麒康熙三年(1664)购得,此书"极罕秘,不见著录"[26],或为编者不慎混入徐集。

姚汭,字琼娥,吴江(今属江苏苏州)人,著有《香奁集》,陆勇强据《道光平望志》考姚汭生于崇祯八年(1635),卒于康熙七年(1668)[27]。另外,《道光平望志》还可补充姚汭之父为姚紫书、其夫名潘栳;《香奁集》又名《香奁遗稿》,有二卷。《闺秀词钞》卷十一据朱和义《玉琼集》录姚词《南乡子·送春》,应补入《顺康卷》。

陈银,字令仪,号一塘,又号练湖,江苏丹阳人,著有《离骚发蒙》、《黛山斋词》。二书皆已亡佚,但乾嘉间陈本礼在《屈辞精义》中引用《离骚发蒙》,并写明陈银著书于康熙四十九年(1710),可确定其生活时代;道光五年(1825)刘会恩所编江苏丹阳的地方词选《曲阿词综》录其词4首,应补入《顺康卷》:《虞美人影·步小鸾韵,送春》[28]《捣练子·即事》、《如梦令·春晓》、《浪淘沙·春闺》[29]。

戴韫玉,字西斋,浙江归安人,戴永椿女,陈淞室,著《西斋词》。据阮元《两浙輏轩录》卷四十录周塽所作之《传》可确定戴韫玉生于顺治十四年(1657),卒于康熙二十五年(1686):"丙寅夏,抵浔……阅月,遂不起,时年止三十也。"[30]朱祖谋《国朝湖州词录》卷六录其词《浪淘沙》(梅蕊堕仙霞)[31],可补入《顺康卷》。

此外,《本朝名媛诗余》中有4位女词人亦可录入《顺康卷》,此书与《众香词》体例相似,兼收晚明与清初女性词。以下词人中,王媚珠生平可考,其余三人未见其他文献收录,姑且算作清人,一并录入。

王媚珠,字玉渊,长洲(今属江苏苏州)人,女词人许飞云(字天衣,词见《顺康卷》第20册(第11683页))女,有词《踏莎行·春暮与家慈夜话》(卷二)。

顾瑢,字圆玉,吴县(今属江苏苏州)人,茂才陆平堆室,卷四录《如梦令》(红褪蔷薇香了)。

邵莲史,闽中三山(今属福建福州)人,有词《长相思·别妹》(卷三)。

叶氏,吴县东洞庭(今属江苏苏州)人,有词《踏莎行·闺情》(卷三)。

二、雍乾女性词补遗

《雍乾卷》搜罗宏富,反映了雍乾词坛的整体风貌,但仍存在失收女性词人词作的情况。首先,女性别集流传较少,编撰者往往只能从流传更广的词选中收录其词作,但忽略了一些女性仍有别集行世。其二,个别女性词作逸出于别集,被录于词选之中,编者也可能忽视了对此进行搜集采录。笔者依据所见别集及词选,可补充《雍乾卷》中女词人及佚词,抄存如下。

(一)《雍乾卷》已收女词人之佚词

熊琏,见《雍乾卷》第4册[32]。熊琏曾为冯云鹏《红雪词》题词,张鹏据《清词序跋汇编》补其一[33],另一首《满庭芳》(天上仙流)[34]也当补入。

吴瑛,《雍乾卷》第9册(第5115—5119页)据其《芳荪书屋存稿》录词24首,但尚有逸出之篇。徐乃昌《闺秀词钞》据朱和义《玉琼集》录词4首,除去陆勇强《〈全清词·雍乾卷〉拾遗39首》[35]所补,犹可再补《十六字令》(莺)及《罗敷媚·有感》。

李华,《雍乾卷》第14册(第8044页)仅据《宫闺词》录词《多丽》(看休轻)。李华《画远山楼吟稿》与其夫徐邦殿《芍园诗稿》合刻,且诗词不分卷,编者可能因此忽略而失收。应补词21首:《锦堂春·瓶梅》、《秋蕊香·题独立苍茫自咏诗图》、《秋蕊香·九日》、《踏莎行·题听瀑图》、《摊破浣溪沙·食菱同夫子联句》、《锯解令·题独立图》、《满江红·落叶》、《凤凰台上忆吹箫》(翠袖轻翻)、《十六字令》(年)、《朝中措·正月三日见月》、《木兰花慢·题渔父图》、《小重山》(叶样船儿山下行)、《十六字令·钱》四首、《一剪梅·夫子命为凌象环题照》、《满庭芳》(香占无双)、《沁园春》(居岂求安)、《谒金门·题课读图》、《满庭芳·题黄楚桥古春园图》[36]。

许燕珍,《雍乾卷》第16册(第8929页)仅据《国朝词综补遗》录《念奴娇·新柳》。其实许氏《嵩余小草》尚存,有乾隆三十三年(1768)刻本,其中有《诗余》一卷,录词32首;此外,沈善宝《名媛诗话》卷三提到许燕珍词集原名为《松窗词草》,并录《凤栖梧·咏谢道韫》,为《嵩余小草》中无。许氏词共33首,除去陆勇强之补遗[37],犹可补31首,如下:《忆秦娥·美人拜月图》、《黄莺儿·对月》、《秦楼月·雨后月下抚琴》、《点绛唇·渡江》、《浪淘沙·蝴蝶花》、《虞美人·晓起看庭前海棠》、《浪淘沙·水仙花》、《菩萨蛮·秋日戏占》、《惜奴娇·元夜》、《昭君怨·怀曾园四弟》、《后庭宴·怀翠珍四妹》、《乳燕飞·春草》、《惜余春慢·春闺斗草》、《鹊桥仙·七夕》、《沁园春·题恽闺秀牡丹轴》、《沁园春·柬寄曾园四弟》、《沁园春·荷花》、《瑶台聚八仙·寿钱母沙太夫人八十》、《绿意·珍珠兰》、《瑶华·茉莉花》、《金缕曲·闻歌声有感》、《乳燕飞·梦游》、《玉女迎春慢·隔墙桃花》、《满江红·春感》、《念奴娇·月下有感》、《念奴娇·新月》、《双瑞莲·咏雪》、《东风第一枝·立春》、《蝶恋花·闻莺》、《西子妆·题晓春图小照》[38]《凤栖梧·咏谢道韫》[39]。

(二)《雍乾卷》未收女词人及词作

因闺秀生平难考、别集难寻,《雍乾卷》中亦难免有对女词人的失收。

张取,字与姬,江西湖口人,张文鲲女,周梦窗妻,年二十七而卒,表妹许权(1705—1736)[40](见《雍乾卷》第2册(第644—647页))曾作《哭张与姬》。张取有《梅花轩遗稿》,主要创作时间应在雍正间,存词5首,应补入《雍乾卷》:《浣溪沙》(折得花枝上鬓迟)、《点绛唇·春日》、《点绛唇·夏日》、《点绛唇·秋日》、《点绛唇·冬日》[41]。

陈品闺,字筠斋,浙江海盐人,陈克鋐与朱逵(1713—1762)三女,卒年二十四。陈品闺之诗词附于朱逵《慈云阁诗存》后,此集刊刻于乾隆三十年(1765)后,是时母女俱亡。陈品闺有词2首,应补入《雍乾卷》:《采桑子·晚晴》、《鹧鸪天·秋日》[42]。

三、嘉道女性词补遗

《嘉道卷》体制更为完备,校对也更为审慎,但由于嘉道间女词人数量众多,故在词作收录时仍不免有一些遗漏。笔者对《嘉道卷》中已收女词人之佚词进行了搜集采录,抄存如下。

黄兰雪,见《嘉道卷》第12册[43]。可据《闺秀词钞》卷十五补《醉花阴·悼表妹周姞》、《翠楼吟·丙寅仲秋登舣舟亭赏桂外子索赋》;并据徐贞《珠楼遗稿》补题词《台城路》(春风忽剪芳兰折)[44]。

朱文娟,《嘉道卷》第12册(第477页)仅据《词综补遗》录词1首。其集《听月楼诗草》尚存,可补《点绛唇》(斜倚纱窗)、《柳梢青·冬日游虎邱山》[45]。

梁蓉函,见《嘉道卷》第15册(第371页)。可据《闺秀词钞》卷十二补《清平乐·送外北上》、《百字令·吊李月楼二尹殉难仙游》、《沁园春·题亡媳赵玉钗遗像》。

熊象慧,见《嘉道卷》第15册(第373页)。可据《闺秀词钞》卷十二补《调笑令》(行客)、《卜算子》(杨柳弄轻柔)、《桃源忆故人》(窗前忽洒潇潇雨)[46]。

卢蕴真,《嘉道卷》第17册(第204-206页)据其《紫霞轩诗钞》录词9首,但犹有逸出之篇,可据《闺秀词钞》卷十五补《锯解令·春暮有感》。

张縡英,《嘉道卷》第20册(第170—177页)据其《澹鞠轩词》录33首。孙殿起《贩书偶记续编》提及张縡英晚年曾编《澹菊轩词续稿》,此集未见,但《名媛诗话》收录了《澹鞠轩词》之外的4首词作,应补入:《念奴娇》(良辰易误)(与沈善宝合作)、《念奴娇·感事》(卷八)、《虞美人》(井梧摇落新凉夜)、《虞美人》(著书聊借维摩病)(卷十)。

项纫,见《嘉道卷》第21册(第136—137页),可据《名媛诗话》卷八补《东风齐着力·末社白海棠》。

方荫华,《嘉道卷》第21册(第448—450页)据其《双清阁词剩》录词12首,还可据民国十七年(1928)本《双清阁诗余》补《菩萨蛮·燕儿病甚作》[47]。

袁青,见《嘉道卷》第 21 册(第 632—633 页),可据《闺秀词钞》卷十补《百字令》(琼钗断处)及《南乡子》(檐外滴秋霖)。

项纫,见《嘉道卷》第 23 册(第 410—411 页),可据《名媛诗话》补《江南好·西湖》、《捣练子·送春》(卷六)、《豆叶黄·夜景》、《如梦令·蟋蟀》、《清平乐·元夕》、《望江南·黄昏》(续集中)。

龚自璋,见《嘉道卷》第 25 册(第 424 页),可据《名媛诗话》补《清平乐·春夜对月》、《金缕曲·呈佩珊师》(续集上)。

沈珂,见《嘉道卷》第 26 册(第 563—565 页),可据《闺秀词钞》卷十五补《金缕曲·次韵和湘江吟社探梅词》。

赵云卿,《嘉道卷》第 27 册(第 420—425 页)据其于归后所作《寄愁轩词钞》录词 18 首,另从《词综补遗》补词 2 首。其实赵云卿在闺中时曾著《绣余小咏》,与妹书卿、韵卿合刊为《兰陵三秀集》,可据此补词 31 首:《齐天乐·母亲大人千春隔宵庆祝即席恭赋》、《菩萨蛮·梅花》、《菩萨蛮·春夜》二首、《蝶恋花·题落花蝴蝶》、《忆江南·夏初偶兴》、《十六字令·立秋夜作》、《南楼令·中秋夜应家大人严命》、《霜天晓角·冬晓》、《醉公子·早起》、《十六字令·春暮》、《眼儿媚·春昼》、《南歌子·即景》、《南柯子·荔枝湾晓发》、《西江月·舟行》、《渔歌子·早行》、《浪淘沙·双流道上书酒家壁》、《杨柳枝·春郊偶兴》、《浣溪沙·春夜》、《转应曲·春日》、《清平乐·白牡丹》、《蝴蝶儿·偶兴》、《唐多令·清明前二日随侍两大人驷马桥扫墓即景口占》、《如梦令·送春》、《百尺楼·初夏》、《归自谣·送别瑞轩女甥》、《虞美人·题吹箫美人图》、《捣练子·闺夜》、《渔歌子·早起》、《西江月·秋宵》、《醉花阴·赏桂》[48]。

杨琬,见《嘉道卷》第 27 册(第 492—493 页),可据顾翎《绿梅影楼诗词存》补题词《高阳台》(画阁连云)[49]。

沈蕊,《嘉道卷》第 29 册(第 403—405 页)仅据《洺州唱和词》录词 8 首。其《来禽仙馆词》尚存,可补词 22 首,如下:《南浦·送春》、《绮罗香·萤》、《探春慢·迎春花》、《瑞鹤仙·玉簪花》、《菩萨蛮·题带剑美人》、《双瑞莲·并头莲》、《露华·白秋海棠》、《御街行·洺州城北寒女皆以卖绣球为业倚声赋之》、《疏帘淡月·病中遣怀》、《唐多令·题张伴莲女士绣诗图》、《齐天乐·题黄子湘诗稿》、《卖花声》(百草欲抽芽)、《卖花声》(春树冒春烟)、《玉漏迟·竹夫人》、《疏影·蛛网》、《疏影·题王荇波夫人画菊》、《江城梅花引·题陈润之女史画过墙梅便面》、《祝英台近》(帐垂罗)、《齐天乐·分咏蜂针》、《齐天乐·苔衣》二首、《忆旧游·题廖再卿关山行役旧游图》[50]。此外,还可据劳蓉君《绿云山房诗草》补题词《祝英台近》(碧云停)[51];再据汪韵梅《梅花馆集》补题词《蝶恋花》(箫谱修残幽兴杳)[52]。

任崧珠,《嘉道卷》第 29 册(第 619—620 页)仅据其《瑶清仙馆草》钞本录词 6 首,此本另有同治三年(1864)刻本,据之可补词 14 首:《深院月·春夜》、《如梦令·村居》、《生查子·秋雨》、《生查子·偶成》、《蝴蝶儿·本意》、《点绛唇·漫兴》、《浣溪沙·夏夜》、《减字木兰花·冬日即事》、《清平乐·题画》、《一络索·春雨》[53]《眉峰碧·冬晓》、《眼儿媚·春柳次韵》、《踏莎美人·题画》、《满庭芳·次韵奉答宏农夫人》[54]。

蒋沁芳,《嘉道卷》第 30 册(第 255 页)仅据《全清词钞》录词 1 首,还可据吴景潮《谢琴诗钞》补另一题词《白蘋香》(仍是燕云瑟瑟)[55]。

杨瑾华,见《嘉道卷》第30册(第492—493页),可据《闺秀词钞》卷十一补《百字令·草堂春社旧燕重来》;再据吴宗爱《徐烈妇诗钞》补《水龙吟》(百年前事难寻)[56]。

注　释:

〔1〕　南京大学中国语言文学系《全清词》编纂委员会编《全清词·顺康卷》,中华书局1994年版,第414—415页。为免繁琐,下文皆随文注出页码,不再分条出注,其他参考文献亦依据此例。

〔2〕　丁绍仪《清词综补附续编》,中华书局1986年版,第1457页。

〔3〕　顾嘉容、金寿人《本朝名媛诗余》卷二,康熙五十七年(1718)金氏秀实轩刻本,国家图书馆藏。

〔4〕　徐骐编《海盐徐氏诗》,见徐雁平《清代家集丛刊续编》第109册,国家图书馆出版社2018年版,第198—200页。

〔5〕　王昶《国朝词综》卷四十八,嘉庆七年(1802)刻本,国家图书馆藏。

〔6〕　张宏生编《全清词·顺康卷补编》,南京大学出版社2008年版,第1087页。

〔7〕　按,《众香词》作"三妹",但刘何减为刘佐临第五女,见恽珠《国朝闺秀正始集》卷五。《闺秀词钞》从《正始集》而题作"五妹",笔者从之。

〔8〕　徐树敏、钱岳《众香词·礼集》,大东书局民国二十二年(1933)影印本。

〔9〕　王敛福纂修《乾隆颍州府志》,《中国地方志集成·安徽府县志辑》影印本第24册,江苏古籍出版社1998年版,第599页。

〔10〕　徐乃昌《闺秀词钞》补遗卷,宣统三年(1911)刻本,国家图书馆藏。

〔11〕　唐圭璋《全宋词》凡例,中华书局2009年版,第11页。

〔12〕　袁景辂《国朝松陵诗征》卷三十,乾隆三十二年(1767)吴江袁氏爱吟斋刻本,哈佛燕京图书馆藏。

〔13〕　王士禄《宫闺氏籍艺文考略》,《艺文杂志》1936年第6期。

〔14〕　《海盐张氏涉园藏书目录》卷二收录明人徐从治《徐忠烈公遗集》,其子徐复贞辑,刊于康熙三十四年(1695),见张人凤《张元济古籍书目序跋汇编》,商务印书馆2003年版,第1215页。

〔15〕　陆勇强《新补〈全清词·顺康卷〉51首》,《徐州工程学院学报》2019年第3期。

〔16〕　彭孙莹《碧筠轩诗草》,清初钞本,见肖亚男《清代闺秀集丛刊续编》第2册,国家图书馆出版社2018年版,第261—267页。

〔17〕　郭麐《灵芬馆词话》,见唐圭璋《词话丛编》,中华书局1986年版,第1508页。

〔18〕　钱鸿文《浙善钱氏世系续刻》卷一,民国三年(1914)铅印本,上海图书馆藏。

〔19〕　按,《三段子》应分三段,共157字。这三首词只分两段,上阕22字、下阕26字,查诸词调,皆不合。姑且列出,以俟后考。

〔20〕　蒋纫兰《鲜洁亭诗余》,见徐乃昌《小檀栾室汇刻闺秀词》第3集,浙江大学出版社2018年影印版,第554—578页。

〔21〕　钱湄《怀德堂女山人诗稿》,清初稿本,南京图书馆藏。

〔22〕　王尔烈著,王明琦编著《瑶峰博陵诗稿注》,辽宁人民出版社2012年版,第50页。

〔23〕〔24〕　邹仁溥《无锡邹氏家乘》龙泾三房支二十六世至三十世,光绪二十九年(1903)中和堂木活字本,上海图书馆藏。

〔25〕　叶恭绰《全清词钞》,中华书局2019年版,第1613—1614页。按,虽然书中没有说明文献出处,但据《历代妇女著作考》中《影鸾集》提要可以判定这6首词的出处,《全清词钞》引用书目中亦有此书。

〔26〕　胡文楷《历代妇女著作考》,上海古籍出版社1985年版,第891页。

〔27〕 陆勇强《〈历代妇女著作考〉补正》,《玉溪师范学院学报》2019 年第 1 期。
〔28〕 按,词调原作《虞美人》,误。
〔29〕 刘会恩《曲阿词综》卷四,道光五年(1825)刘九思堂刻本,南京图书馆藏。
〔30〕 阮元、杨秉初辑,夏勇整理《两浙輶轩录》,浙江古籍出版社 2012 年版,第 2974 页。
〔31〕 朱祖谋《国朝湖州词录》卷六,民国九年(1920)吴兴刘氏嘉业堂刊本。
〔32〕 南京大学文学院《全清词》编纂研究室《全清词·雍乾卷》,南京大学出版社 2012 年版,第 2323—2358 页。
〔33〕 张鹏《〈全清词·雍乾卷〉辑补 82 首》,《安阳工学院学报》2020 年第 3 期。
〔34〕 冯云鹏《红雪词》,嘉庆十二年(1807)扫红亭刻本,美国国会图书馆藏。
〔35〕 陆勇强《〈全清词·雍乾卷〉拾遗 39 首》,《邵阳学院学报》2019 年第 5 期。
〔36〕 李华《画远山楼吟稿》,嘉庆元年(1796)留香草堂刻本,南京图书馆藏。
〔37〕 陆勇强《雍正乾隆两朝词作拾遗》,《绍兴文理学院学报》2018 年第 1 期。
〔38〕 许燕珍《觜余小草》,见《清代闺秀集丛刊续编》第 9 册,第 53—74 页。
〔39〕 沈善宝《名媛诗话》卷三,光绪十五年(1879)鸿雪楼刻巾箱本,中山大学图书馆藏。
〔40〕 《雍乾卷》提到许权生于康熙四十年(1701)后,但依据其夫崔谟撰写的《小传》可知许权卒于三十二岁,可推算其生年为康熙四十四年(1705)。
〔41〕 张取《重订梅花轩遗稿》,光绪十五年(1889)退思堂刻本,国家图书馆藏。
〔42〕 朱遽《慈云阁诗存》,乾隆海昌陈克鋐刻本,浙江省图书馆藏。
〔43〕 张宏生编《全清词·嘉道卷》第 12 册,南京大学出版社 2020 年版,第 414—415 页。
〔44〕 徐贞《珠楼遗稿》,民国十一年(1922)上海博古斋刻《拜经楼丛书》本,见肖亚男《清代闺秀集丛刊》第 24 册,国家图书馆出版社 2014 年版,第 24—25 页。
〔45〕 朱文娟《听月楼诗草》,嘉庆八年(1803)刻本,国家图书馆藏。
〔46〕 按,《闺秀词钞》还录了《满庭芳·酒帘》,但据丁绍仪《听秋声馆词话》卷十《吴枨夫妇词》可知为吴枨词。
〔47〕 方荫华《双清阁诗余》,民国十七年(1928)武进陶氏涉园石印本,见《清代闺秀集丛刊》第 36 册,第 39 页。
〔48〕 赵云卿《绣余小咏》,见《兰陵三秀集》,道光十三年(1833)刻本,南京图书馆藏。
〔49〕 顾翎《绿梅影楼诗词存》,光绪十四年(1888)杨志濂刻本,《清代闺秀集丛刊》第 23 册,第 561—562 页。
〔50〕 沈蕊《来禽仙馆词》,《同声月刊》1941 年第 1 卷第 3 期,第 137—150 页,国家图书馆藏。
〔51〕 劳蓉君《绿云山房诗草》,光绪四年(1878)橘荫轩刻本,《清代闺秀集丛刊》第 41 册,第 350 页。
〔52〕 汪韵梅《梅花馆集》,光绪三十四年(1908)排印《言氏家集》本,《清代闺秀集丛刊》第 55 册,第 127 页。
〔53〕 按,原文误作"一索络"。
〔54〕 任崧珠《瑶台仙馆草》,同治三年(1864)张氏刻本,《清代闺秀集丛刊》第 32 册,第 420—427 页。
〔55〕 吴景潮《谢琴诗钞》,嘉庆(1796—1820)刻本,上海图书馆藏。
〔56〕 吴宗爱《徐烈妇诗钞》,民国十六年(1927)石印丁芝宇手写本,《清代闺秀集丛刊》第 4 册,第 346—347 页。

〔作者简介〕 徐梦,1993 年生,浙江师范大学人文学院 2020 级中国古代文学博士生。

《程千帆全集》（十二册）

（莫砺锋主编,凤凰出版社2023年版）

第一册、第二册:《校雠广义》之《版本编》《校勘编》《目录编》《典藏编》。

第三册:《史通笺记》《文论十笺》《唐代进士行卷与文学》。

第四册:《两宋文学史》

第五册:《元代文学史》《程氏汉语文学通史》

第六册:《古诗考索》《被开拓的诗世界》《杜诗镜铨批抄》《读宋诗随笔》

第七册:《古诗今选》（与沈祖棻先生合作）

第八册:《闲堂诗文合抄》《闲堂文薮》《桑榆忆往》

第九册:《闲堂书简》

第十册、第十一册:《闲堂日记》

第十二册:《治学小言》《古诗讲录》《逸稿》《学术年表》《程千帆沈祖棻年谱长编》

《周勋初文集》

（凤凰出版社陆续推出新版15种）

1. 《李白评传》
2. 《唐诗纵横谈》
3. 《艰辛与欢乐相随:周勋初治学经验谈》
4. 《无为集》
5. 《文史探微》
6. 《唐代笔记小说叙录》
7. 《中国文学批评小史》
8. 《魏晋南北朝文学论丛》
9. 《唐人笔记小说考索》
10. 《锺山愚公拾金行踪》
11. 《〈韩非子〉札记》
12. 《师门问学录》
13. 《诗仙李白之谜》
14. 《九歌新考》
15. 《撷英集》

《中国诗学》撰稿格式

一、来稿请用4A页面排;除特殊需要,全文用简体字;正文用5号宋体,独立引文用5号仿体。

二、一律使用新式标点符号。除破折号、省略号占两格外,其它标点均占一格。书名和论文篇名均用《》,不用引号和单书名号。并列书名、引号,中间加顿号。

三、引用文献应据可靠版本,所有引文均需核实无误。独立引文用仿体,首段前空四格,回行前空二格。

四、注释采用篇末注,括码如〔1〕〔2〕标示在标点符号前上方,体例如下:

(一)引用常用古籍(如"二十四史"、《资治通鉴》、《全唐诗》等),需标明书名、卷数和篇章,如:

〔1〕《三国志》卷一《魏书·武帝纪》。

引用一种易见文献次数众多时,首次引用注明版本,以下可随文注出卷次、页码,不另出注。

(二)引用古籍,需标明作者、书名、卷数、篇章和版本信息,稿抄本或稀见刊本需注明收藏处所。如:

〔1〕方象瑛《报朱竹垞书》,《健松斋续集》卷四,民国十七年方朝佐重刊本。

〔2〕陈瑚《顽潭诗话》补遗,中国社会科学院文学研究所藏缪荃孙钞本。

(三)引用新版古籍,首次出注时需注明作者、整理者(包括校注、校笺、校释、点校者)、书名、篇章、丛书名、出版机构、出版日期、页码等项,再见时可省去丛书名、出版机构、出版日期。如:

〔1〕徐熊飞《修竹庐谈诗问答》,周维德辑注《诗问四种》,齐鲁书社1985年版,第263页。

〔2〕孔颖达《春秋左传正义》卷一五,中华书局影印阮元校刻《十三经注疏》本,1980年版,第1816页。

(四)引用今人论著译著,首次出注时需注明作者、篇名、书名、译者、出版机构、出版年、版次、页码等,再见时可省去出版机构和出版日期。如:

〔1〕程千帆《张若虚〈春江花月夜〉的被理解和被误解》,《古诗考索》,上海古籍出

版社1983年版,第85—101页。

〔2〕钱锺书《谈艺录》,中华书局1984年补订本,第234页。

〔3〕青木正儿《清代文学评论史》,杨铁婴译,中国社会科学出版社1988年版,第138页。

(五)引用期刊论文,首次出注时需注明作者、文章名称、刊物名、刊期、页码等,再见时可省去刊物名和刊期。由出版社发行的连续出版物,需注明出版者、出版年月。如:

〔1〕傅璇琮《李白任翰林学士辨》,《文学评论》2000年第5期。

〔2〕周勋初《元和文坛的新风貌》,《唐代文学研究》第3辑,广西师范大学出版社1992年版,第307页。

(六)引用外文论著,可依照中文格式,论著名使用斜体,如:

M. I. Finley, *politics in the Ancient World*. Cambridge University Press, 1979, pp. 11—12.

五、文章所涉及的中国古代朝代年号,一般在第一次出现时括注公元纪年,公元前纪年加"前"字;二位数以内的公元纪年,数字前加"公元"二字。如:

建安元年(196),元狩二年(前121),建初四年(公元79)。

六、中国古代朝代年号、古籍卷数等采用中文数字,序数一般用简式,如:

《全唐诗》卷一三七。

年号、卷数一般用繁式,如:

唐玄宗开元二十五年,《豫章黄先生文集》三十卷、《外集》十四卷、《别集》二十卷。

公元纪年、期刊卷、期、号、页等均用阿拉伯数字。

七、注释之下请附录〔作者简介〕,包括生年,学位,工作单位,职称,研究方向等。

八、请附文章题目的英文翻译,注意实词首个字母要大写。

九、最后请附详细地址(若有变动,请及时通知),电话、电邮地址等,以便联系。

十、请作者提供电子文本,文件格式为.doc,通过网络寄发电子信件。同时,若文章有造字或手写字等复杂情况,须提供简体字打印稿。稿件请寄蒋寅(华南师大文学院,广州市番禺区外环西路广州大学城华南师大文学院,邮编:510006),电邮地址:jiangyin615@163.com)、巩本栋(江苏省南京市栖霞区仙林大道163号南京大学文学院,邮编210023,电邮地址:gongbendong@hotmail.com)。

请注意:寄稿请寄一位主编,勿同时发两处。